T0059766

CONFIANZA CIEGA

LA **T** R A M A

CONFIANZA CIEGA

John Katzenbach

Traducción de Laura Paredes

Confianza ciega

Título original: *The Architect*

Primera edición en España: octubre, 2020
Primera edición en México: octubre, 2020

D. R. © 2020, John Katzenbach

D. R. © 2020, Penguin Random House Grupo Editorial, S. A. U.
Travessera de Gràcia, 47-49, 08021, Barcelona

D. R. © 2020, Penguin Random House Grupo Editorial, S. A. de C. V.
Blvd. Miguel de Cervantes Saavedra núm. 301, 1er piso,
colonia Granada, alcaldía Miguel Hidalgo, C. P. 11520,
Ciudad de México

www.megustaleer.mx

D. R. © 2020, Laura Paredes, por la traducción

ISBN: 978-607-319-158-6

Impreso en México – *Printed in Mexico*

El papel utilizado para la impresión de este libro ha sido fabricado a partir de madera
procedente de bosques y plantaciones gestionadas con los más altos estándares ambientales,
garantizando una explotación de los recursos sostenible con el medio ambiente y beneficiosa para las personas.

Penguin
Random House
Grupo Editorial

PRÓLOGO 1

La recompensa inesperada

El detective privado marcó el único número que había en el móvil desechable que le había proporcionado el cliente al contratar sus servicios. No había tenido ningún otro contacto con el cliente desde su encuentro inicial. Ante su sorpresa, el cliente contestó al segundo toque del timbre.

—Ah, detective. Me alegra tener noticias suyas. Dígame, ¿alguna novedad?

—Creo que le complacerá —respondió el detective apresuradamente—. Nombre. Dirección. Número de teléfono. Tengo algunas fotos, incluso de la niña, aunque, como sabe, ahora ya es adulta. Las fechas, las épocas, las edades, todo concuerda con los parámetros que usted me dio, de modo que estoy bastante seguro de haber encontrado a nuestro sujeto. Imagino que lo sabrá con certeza cuando vea las imágenes. No son muy buenas; las tomé en lugares muy concurridos o desde sitios donde no pudiera ser visto, de acuerdo con sus instrucciones. No creo que me pillaran, aunque no puedo estar seguro. Sea como sea, puedo enviárselo todo a su oficina hoy mismo.

—Hay algo que me intriga: ¿cómo ha logrado resolver este caso? Muchos otros han fracasado.

—Perseverancia. Y algo de suerte.

—¿Qué clase de suerte?

—Bueno, por los antecedentes que me contó, limité mi búsqueda a Nueva York, Connecticut y cuatro estados de Nueva Inglaterra. Massachusetts, New Hampshire, Vermont. Presté atención especial a Maine por motivos obvios...

—Por supuesto.

—Muchos callejones sin salida y muros infranqueables. Tenía mis dudas de lograr nada, supongo que como los demás...

—Todos aceptaban mi dinero y acababan dándose por vencidos. Ha sido muy frustrante.

—Bueno, repasé todos los detalles de lo que me explicó inicialmente y tuve una idea. Indemnizaciones por la muerte de un militar. Por lo que se trataba de acceder a los registros de la Administración de Veteranos de hace un par de décadas. Bastante aburrido, pero solo necesitaba un nombre. Imaginé que habría tenido que probar quién era para percibir las prestaciones del gobierno. Así que habría un rastro documental. Supuse que un nombre llevaría a otro. Conocía a una persona que podía facilitarme el acceso a esa información. Alguien que me debía un favor enorme.

—¿Un favor?

—Digamos simplemente que cuando se lo pedí, se vio obligado a hacerlo.

—¿Se vio obligado?

—Tiene unos gustos verdaderamente inusuales que ha conseguido ocultar a todo el mundo excepto a mí.

Una pausa. Y entonces el cliente soltó una sonora carcajada.

—Bueno, creo que ambos coincidimos en que el fin justifica los medios.

—Acostumbra a ser casi siempre así en mi profesión —afirmó el detective privado.

—También en la mía —aseguró el cliente—. Así que obtuvo un nombre...

—Sí. Y eso me llevó a un acuerdo inmobiliario cerrado hace más de diez años. La venta de una vieja granja en Maine. El importe fue a parar a una persona que había fallecido años antes, y fue enviado posteriormente a la cuenta de otra persona en otro pequeño municipio del estado de Nueva York. Fue un hueso duro de roer, pero, al final, bingo.

Una pausa. Como si el cliente estuviera pensando.

—Excelente. Y en cuanto a la discreción...

—No conservo registros de quién me contrata —mintió el detective, pero solo un poco. Guardaba archivos encriptados de todos sus casos.

El detective no sabía si el cliente había creído su mentira o no. Pero añadió con avidez:

—Quiero que esté totalmente satisfecho con mis servicios.

Lo que el detective privado no dijo en voz alta fue: «Es usted rico y quiero trabajar otra vez para usted porque el dinero me va muy bien».

—Lo estoy. En cuanto a sus honorarios... supongo que aceptará efectivo.

—Gracias. Si hay algo más o si necesita cualquier otro trabajo de investigación en el futuro...

—Será el primero a quien llamaré. Se lo prometo.

Eso era exactamente lo que el detective privado quería oír.

—Fantástico. Se lo agradezco.

—Y creo que si la información resulta ser tan exacta como dice, recibirá una considerable recompensa más adelante. Pero tendrá que darme algo de tiempo para que pueda cerciorarme. Un par de meses, diría yo.

Esto también hizo feliz al detective privado. Empezó a calcular mentalmente lo grande que sería la recompensa.

—Es un detalle por su parte.

—Me gusta ser generoso.

La información resultó ser exacta y la recompensa fue realmente considerable. Llegó tres meses después. El detective privado había estado solo hasta bien entrada la noche en su pequeño despacho situado en un centro comercial trabajando en un caso de divorcio trivial pero particularmente desagradable. Los dos miembros de una pareja acomodada que se había prometido en su día amarse hasta que la muerte los separara se lanzaban amenazas airadas. Acusaciones de engaño. De abusos infantiles. De chanchullos económicos. De maltratos físicos. Unas pocas verdades. Muchas mentiras. Un montón de odio. Era algo con lo que el detective privado estaba muy familiarizado. La mayoría de sus casos eran bastante anodinos salvo por el odio. Maridos amenazando a sus esposas. Esposas amenazando a sus maridos. Ambas partes amenazándolo a él. De hecho, ese mismo día había recibido una amenaza de muerte anónima. Anónima solamente en el sentido de que imaginaba que tardaría unos diez minutos en determinar quién se la había enviado. No se había molestado en hacerlo. Eran gajes del oficio, y casi siempre las amenazas procedían de perdedores furiosos a los que se les soltaba la lengua sin pensar demasiado. Fiel a su estilo, ni siquiera se había molestado en llamar a uno de sus amigos de la policía local.

Cuando se sumió en el mundo vacío y oscuro del exterior de su despacho, su viejo sedán Chevy era el único coche que quedaba en el amplio estacionamiento. Las tenues farolas apenas lo iluminaban. Algo distraído por toda la ira que emanaba inagotable del caso de divorcio, exhausto por lo tarde que era y el largo día que había tenido, no oyó los pasos tras él cuando abría la puerta del coche, pero algo lo alertó y se dio la vuelta mientras su sexto sentido le decía que sacara la pistola que llevaba a veces encima. Sus movimientos fueron puramente instintivos porque el arma estaba en el cajón del escritorio de su despacho, no en la funda del hombro. Así que no tenía nada con lo que poder defenderse antes de que un par de disparos apagados que le impactaron directamente en la cara acabaran con su vida.

PRÓLOGO 2

«La vida es un chiste...»

No dejaba de sonarle en la cabeza una canción, «All Along the Watchtower», de Bob Dylan.

«There must be some kind of way out of here, said the joker to the thief...»

Pero la que oía, diciendo que tenía que haber alguna salida, era la versión de Hendrix de su juventud: eléctrica, desenfrenada, poderosa, hipnótica, seductora, incluyendo todas las cualidades del rock and roll que tenían la capacidad de sobrecoger, animar y entusiasmar. Hacía años que no oía esa canción. Deseó tenerla grabada para poder ponerla antes de hacer lo que planeaba hacer. No la tenía, así que se la tarareó débilmente a sí misma.

Al detener el pequeño coche, los neumáticos hicieron crujir la grava del suelo. Apagó los faros y la tranquilidad de la noche la envolvió. Se dijo a sí misma: «Todo está en orden». Como un piloto antes de despegar, repasó rápidamente todos los detalles, intentando encontrar hasta el más pequeño que pudiera habérsele escapado. Tiempo atrás había confiado en su capacidad de ser misteriosa y organizada a la vez. Ahora no estaba tan segura, pero, aun así, comprobó mentalmente cada elemento hasta llegar al final de la lista y supo que solo le faltaba hacer una cosa. Eso la entristeció un momento.

«Ojalá pudiera decirlo. Ojalá pudiera decirlo. Sé que sería

doloroso, pero ojalá... —Y entonces interrumpió esos pensamientos para concluir—: El final de algo. El comienzo de algo.»

Inspiró hondo y se quitó los zapatos. Abrió la puerta del coche y los dejó en el suelo. Descalza, se sumió en la oscuridad de la noche. Se dijo por enésima vez a sí misma que no había ninguna alternativa realista. Creía, como decía la canción, que esa era la única salida.

PRIMERA PARTE

UN PLAN PARA SEIS MUERTOS

Solo y triste...
No soportas echarla de menos.
Ninguna otra chica servirá.
¿Ves lo que puede hacer el amor?

NILS LOFGREN y GRIN, «See What Love Can Do?», 1971

Dicen que el tiempo quiere un héroe,
pero solo el tiempo lo dirá.
Si es real, es una leyenda del cielo.
Si no lo es, lo envió aquí el infierno.

PAUL BARRERE, KENNETH R. GRADNEY y
WILLIAM H. PAYNE LITTLE FEAT,
«Time Loves A Hero», 1977

1

Uno

Dos semanas antes de los exámenes finales de la licenciatura en Arquitectura y a última hora de la tarde del día en que tenía intención de romper por fin con su constantemente infiel novio, Sloane Connolly recibió una carta manuscrita de su madre. Estaba escrita en un anticuado papel de vitela grueso color crema, de la clase que se suele reservar para una invitación formal. Era el primer contacto que había tenido con su madre en meses. Con una repentina sensación de ansiedad, abrió el sobre con una mezcla de emociones encontradas: mucha rabia y el esquivo resto del amor. Contenía solamente una única hoja cuidadosamente doblada. En la conocida e inconfundible letra florida de su madre, la carta rezaba, en su totalidad:

Recuerda qué significa tu nombre. Lo siento mucho.

No estaba firmada.
Inmediatamente llamó al fijo de su casa.
Veinte timbrazos. Nadie contestó.
Llamó al móvil de su madre.
Accedió directamente al buzón de voz.
Llamó a los vecinos, a quienes apenas conocía. Hacía seis años que no había estado en casa y parecieron no saber muy

bien quién era cuando contestaron al teléfono. Su madre y ella no compartían el mismo apellido, aunque el de su madre era de origen tan irlandés como Sloane: Maeve O'Connor. Sloane intentó ocultar la preocupación en su voz cuando pidió a la pareja que fuera a la casa de al lado para asegurarse de que su madre estaba bien. Después de cierto tira y afloja porque parecieron desconcertados por la petición, y de una breve espera mientras iban a mirar, volvieron a ponerse al teléfono y la informaron: «El coche no está. La casa parece vacía. No hay indicios de que haya nadie dentro ni de que haya pasado nada, como una ventana rota. Solo oscuridad. Las luces apagadas. La puerta principal cerrada con llave. La puerta trasera cerrada con llave. La casa vacía. Silenciosa».

«Como muerta», pensó Sloane.

Colgó y pensó a quién podía llamar a continuación.

¿Amigos? No. Su madre no tenía ninguno, que ella supiera.

¿Trabajo? No. Su madre no trabajaba desde hacía años.

¿Familia? No.

No alcanzaba a recordar ninguna vez que ningún pariente hubiera llamado, escrito, enviado una postal o un correo electrónico, o simplemente se hubiera pasado por casualidad. A ella no le constaba que tuviera familiares.

Hacía ciento cincuenta años, su madre habría sido considerada como la extraña y excéntrica viuda que siempre iba vestida de negro y nunca hablaba demasiado, que jamás salía, jamás se relacionaba con los demás y ponía por encima de todo su privacidad. Habría parecido un fantasma más de los que rondaban el pequeño municipio de Nueva Inglaterra al que llamaban «hogar». Por aquel entonces, la gente de letras habría opinado con grandilocuencia que recordaba a un personaje salido de una novela de Hawthorne. Los niños del barrio se habrían inventado historias descabelladas y aterradoras sobre «la bruja que vive al final de la calle» o pegadizas rimas burlonas para describirla: «¿Ves esa mujer vestida de negro allí plantada? Si te pilla, te dará una buena bofetada...». Pero en el mundo moderno las cosas tampoco eran tan distintas: Sloane sabía que los adultos de su pequeña población especulaban sin cesar sobre la ermitaña que vivía sola salvo por el ratón de biblioteca de su hija y que parecía no querer relacionarse con nadie. En el vertedero de la ciudad. En una clase de aeróbic. En clubes de lectura o torneos de fútbol, en Facebook: «¿De qué crees que se esconde? No lo sé. Ni idea. De algo terrible, sin duda; y esa niña tan maja que vive sola con ella, pobrecilla...».

Sloane nunca se había considerado pobrecilla.

Llamó a la comisaría de policía de la zona y denunció su desaparición. Mintió cuando el inspector, con voz huraña, le preguntó cuándo el sujeto, palabra que usó para llamar a su madre, había desaparecido supuestamente. En lugar de minutos, le dijo que días. También mintió por omisión al no contar al policía lo de la carta. La carta parecía extrañamente personal, aunque críptica, y Sloane decidió instintivamente no mencionársela a nadie. Solo dijo que no había podido dar con su madre por teléfono y que los vecinos la habían informado de que no había señales de actividad en la casa.

El hombre apuntó diligentemente la información, le dijo que irían a echar un vistazo más a fondo en la casa y que, en caso de encontrarse con lo que los vecinos se habían encontrado, o mejor dicho, con lo que no se habían encontrado, emitirían una alerta federal para localizar el Toyota de nueve años de su madre. El policía le pidió permiso para permitir a los agentes de patrulla entrar y revisar el interior, y Sloane se lo dio.

—¿Está segura de que no tiene una pareja de la que nunca le haya hablado y con la que pueda estar ahora?

—Sí, estoy segura. No.

—¿Quizá se fue de vacaciones sin decírselo?

—No.

—¿Suele estar en contacto con usted?

—Sí. —Era mentira.

—¿Y su padre, su ex... podría haber...?

Lo interrumpió con brusquedad:

—No llegué a conocerlo. Murió antes de que yo naciera.

—Lo siento —dijo el inspector.

Le explicó que investigaría los registros de las tarjetas de crédito y las llamadas de móvil. Le indicó que si su madre había puesto gasolina, había comprado comida o había marcado un número con el móvil, aparecería en los registros de la compañía o figuraría la ubicación del repetidor que había captado la señal. Le dijo que la policía estatal podría saber rápidamente si la matrícula de su coche había pasado por algún peaje electrónico. También dijo a Sloane que no se preocupara, cuando esa sugerencia no tenía el menor sentido.

—¿Tiene algún motivo para pensar que haya ocurrido algo sospechoso?

Le pareció una forma arcaica de hacer una pregunta directa.

—No.

—¿Tiene algún problema emocional o mental subyacente?

—No. —Esto no era exactamente cierto, ni totalmente falso. Fue evidente que el poli no la creyó.

—¿Tiene alguna idea de dónde podría haber ido?

—No. —Sloane sabía que la respuesta tendría que haber sido «Sí, se me ocurre una docena de sitios, todos ellos privados, aislados y remotos», pero fue incapaz de decirlo en voz alta.

«Esta vez lo ha hecho —pensó. Inspiró hondo—. Jamás pensé que lo haría. Jamás pensé que no lo haría.» Notó que se le aceleraba el corazón. No era la primera vez que su madre desaparecía de repente, de modo que conocía la lista de comprobaciones sobre personas desaparecidas del policía. A lo largo de los años había creído que cada desaparición significaba que estaba muerta, incluso cuando su madre había reaparecido comportándose como si no hubiera ocurrido nada fuera de lo común. Sloane sospechaba que, en cuanto dio al policía el nombre de su madre, su ordenador le había escupido un puñado de denuncias de desaparición. Algunas de ellas le vinieron a la cabeza: la de ocho años atrás, en la ceremonia de graduación de secundaria de Sloane, cuando su madre no estaba entre el público, la de la fiesta de su decimotercer cumpleaños, cuando sus amigas del colegio se habían presentado pero su madre, no. Una vez, cuando solo tenía nueve años, Sloane había pasado un espantoso fin de semana sola en casa comiendo sobras dudosas y patatas chip rancias, viendo la televisión y esperando no haber acabado de convertirse en huérfana. Esa vez su madre había vuelto de repente, despreocupada y contrita, preguntando a los agentes por qué creían que pasaba nada, unos minutos después de que un trabajador social y un par de policías llamaran a la puerta. Esa vez, el trabajador social había querido saber qué medicamentos había en el botiquín y los policías le habían preguntado si tenía un arma en casa.

—Claro que no, agentes —había respondido su madre.

Podría haber sido mentira. Sloane no lo sabía.

Sloane colgó al inspector después de que él le prometiera que alguien estaría en contacto con ella, y se planteó un instante subirse al coche y dirigirse a casa. Pero la idea de conducir dos horas y llegar a la casa oscura y vacía que odiaba la contuvo. Era consciente de que poco podía hacer aparte de esperar, y daba igual dónde esperara.

Sintiéndose aún como si una violenta tormenta la hubiera pillado al aire libre, decidió seguir adelante con sus planes de romper con su novio. Terminar esa relación de repente era algo concreto en un mundo que se había vuelto insistentemente incierto. Sloane se enorgullecía de ser organizada y pragmática en cualquier circunstancia por compleja que fuera. Librarse de Roger era lo sensato antes de recibir la nota de su madre; era lo sensato después de recibir la nota. Se dio cuenta en ese momento de que, tontamente, había tenido la intención de que Roger fuera a su pisito para poder tener cara a cara una sentida conversación de aquí es dónde nuestra relación termina. De golpe decidió no hacerlo.

Se acercó al espejo del pasillo y se miró un momento. Una figura atlética, esbelta; muchas clases de yoga. Cabello castaño rojizo que le caía, ondulado, hasta los hombros. Unos ojos verdes que centelleaban llenos de interés y entusiasmo. Unas manos delicadas que escondían una fuerza nervuda, ideal para construir maquetas precisas. Pensó: «No estoy nada mal» y «Seguro que puedo encontrar a alguien mejor que Roger», y entonces se dijo a sí misma: «Gemirá y suplicará, pondrá ojos de cordero degollado, muy acaramelado, y volverás a tragarte esas estupideces. O puede que se enfade y empiece a tirar cosas. Ha hecho ambas cosas antes». Se pasó la siguiente media hora metiendo cualquier cosa suya que encontraba en una destartalada caja de cartón. Cepillo de dientes. Algunos materiales para el afeitado. Una muda. Un par de zapatillas deportivas destrozadas y unos pantalones cortos de gimnasia descoloridos. Un par de libros de texto de primer curso de Derecho que evidentemente ya no necesitaba ahora que acababa de instalarse cómodamente en una empresa administrativa. La cerró con cinta adhesiva para embalaje y escribió su nombre en el exterior con un rotulador rojo. Dejó la caja en la entrada de su viejo edificio de piedra rojiza. Como medida de seguridad, contaba con dos puertas cerradas con llave. Podía abrirle la primera, pero no la segunda por más que aporreara el grueso marco de madera.

Y después decidió limpiar el piso.

Primero pasó la aspiradora, cuyo sonido enojado invadió sus pensamientos, a continuación, armada con un trapo y un limpiador en aerosol, se encargó de las estanterías, la mesita de centro y las encimeras de la cocina, y finalmente fregó frenéticamente el inodoro hasta que la porcelana relucía.

Cuando hubo terminado, con las manos sucias, el pelo despeinado, las axilas sudadas de los nervios, se tomó una larga ducha caliente, enjabonándose dos veces el cuerpo, como si pudiera librarse así de su novio y de sus miedos sobre su madre con la misma facilidad que de la suciedad.

Se envolvió el pelo con una toalla y, de pie, todavía goteando, orgullosamente desnuda en su dormitorio, le envió un mensaje al móvil:

Estoy harta de tus mentiras. Te he dejado abajo tus cosas. Se acabó. Del todo. Lo sabes bien. No es ninguna sorpresa. No te molestes en llamar. Ve a joderle la vida a otra.

No era tan corto como la carta de su madre, pero imaginó que transmitía la idea.

Le respondió de inmediato con otro mensaje:

Tenemos que hablar.

No contestó. Le siguió otro:

Te quiero, Sloane.

«No es verdad. O tienes una forma muy extraña de demostrarlo», repuso para sus adentros.

Le sonó el móvil; era él que intentaba llamar. «¡Qué propio de Roger! —pensó—. Le dices que no te llame, ¿y qué hace? Llama.» El móvil sonó unas cuantas veces más durante una hora, pero cada vez que aparecía identificado el nombre y el número de Roger, Sloane rechazaba la llamada. Pasó también de una llamada aparentemente de uno de sus amigos. Supo al instante que Roger le habría dicho: «Oye, marca el número de Sloane, que necesito hablar con ella». El único número que esperaba era el de la policía de su ciudad natal. Se preparó una taza de café solo, bien cargado, y aguardó alguna noticia.

Dos horas después el inspector la llamó.

—Tenía razón —dijo—. No hay rastro de ella en la casa. Y, por lo que vieron los agentes que enviamos, toda su ropa y objetos personales siguen allí. La casa estaba ordenada. La ropa doblada y guardada. Había platos en el lavavajillas, preparado para ponerse en marcha. Había algo de correo acumulado, de dos, tal vez tres días. Y tenía el móvil en la mesa de la cocina. Vimos que usted había llamado. ¿Por qué podría haber dejado el móvil?

—No lo sé.

—Bueno, eso dificulta las cosas —prosiguió el inspector.

—Entonces... —empezó a decir Sloane.

—Lo único que los agentes desplazados observaron fue un paquete, como un obsequio, envuelto en papel de regalo, dejado sobre la cama de una habitación de invitados...

—Sería mi viejo dormitorio. Pero hace años que no estoy ahí.

—El paquete llevaba escrito su nombre.

—Mi cumpleaños será de aquí a un par de semanas. Y mi graduación, espero.

—Pues su madre le dejó algo.

Sloane no sabía qué pensar. Un año antes, su madre le había enviado, de golpe y porrazo, un portátil nuevo por su cumpleaños. Había sido el primer regalo que le hacía en años.

—¿Y ahora qué? —preguntó.

El inspector parecía sosegado, su voz era casi sombría. Sloane recapacitó un momento sobre qué faltaba y enseguida cayó en la cuenta: esperanza.

—Hemos emitido una alerta para su coche. Avisaré a su banco para que estén atentos, de modo que si alguien utiliza su tarjeta de crédito o su tarjeta de débito, nos lo notifiquen de inmediato. Preguntaremos en los hospitales, por si ha sufrido un accidente en alguna parte. ¿Tiene una fotografía reciente de ella?

La única actual era una imagen captada con el móvil el verano anterior que su madre le había enviado sin ninguna explicación. En ella, estaba de pie en una extensa playa de arena rubia con el cabello ondeando a la suave brisa y una ligera sonrisa en los labios. En el fondo, las olas azul oscuro del mar golpeaban un malecón de enormes piedras negras bajo un característico faro alto y blanco. El sol de mediodía le iluminaba la cara. No había nada que indicara dónde se había tomado la foto. Sloane ni siquiera sabía que a su madre le gustara la playa. Ni recordaba que ella la hubiera llevado alguna vez a la playa. O que conociera a alguien que viviera en la playa.

—Puedo enviarle algo por correo electrónico —dijo al inspector. Tenía otras fotos más antiguas, de hacía tres o cuatro años. Decidió enviar una de esas y no enseñar la imagen de la playa.

—Excelente —respondió el inspector. Le dio su dirección de correo electrónico—. También tenemos su foto y su información del Departamento de Tráfico: altura, peso, color del pelo y de los ojos, ese tipo de cosas. Pero la verdad es que son los datos que no figuran en registros oficiales los que normalmente resultan más útiles en casos como este.

«En casos como este.»

—Lo intentaré —aseveró Sloane.

—Excelente —dijo el inspector de nuevo. Sloane detestaba que usara esa palabra.

—¿Qué puedo hacer? —preguntó.

—Esperar —contestó el inspector—. A lo mejor llama —comentó cansinamente, sin creer en absoluto que eso pudiera suceder. Lo cierto es que no era probable. El móvil de su madre estaba en la mesa de la cocina. El inspector le dio entonces una serie de nombres, correos electrónicos y números de teléfono—. Si se le ocurre cualquier cosa que pueda ayudarnos, cualquier pequeño detalle, llame a cualquiera de estas personas y ellas tomarán la información.

«Si» fue la palabra que oyó Sloane.

—Entendido —dijo.

—Emitiré ahora las alertas —explicó el inspector—. E introduciré algo en la base de datos del Centro Nacional de Información Criminal. Avisaré al FBI y a nuestro departamento de investigación. Tendría que plantearse recurrir a los periódicos locales o a redes sociales como Facebook. También hay grupos privados, como websleuths.com, que son realmente hábiles a la hora de encontrar el rastro de personas desaparecidas... —Se le apagó la voz un momento antes de volver a cobrar impulso para repetir—: Podemos hablar mañana. Y si se le ocurre algo, cualquier cosa, no dude en decirlo, por insignificante que sea. Nunca se sabe lo que puede ponernos sobre la pista adecuada.

«Si» fue la palabra que oyó por segunda vez.

Notó como el inspector titubeaba al otro lado de la línea. Estaba esperando que ella dijera: «Mi madre está loca. Es bipolar. Esquizofrénica. Está como una cabra. Necesita tratamiento. Necesita medicación. Ya se ha ido así muchas veces». No dijo ninguna de estas cosas aunque pudieran ser verdad.

Lo que quería decir era: «Mi madre es un misterio. Lo ha sido todos los días de mi vida».

—De acuerdo —dijo.

Colgó y, simplemente, se sentó en el sofá. De vez en cuando le sonó el móvil, pero siempre era Roger, quien evidentemente no estaba acostumbrado a que lo rechazaran. A medianoche le envió un mensaje desagradable:

Muy bien, Sloane. Vete a la mierda. Que te vaya bien.

Supo que aquel era el verdadero Roger.

En aquel momento tenía sus dudas de que fuera a irle bien. En ese instante, resultaba bastante lejano, casi borroso. Pero curiosamente estaba contenta de haber visto un poco cómo era en realidad su ahora exnovio. Pensó en su madre y se dio cuenta de que tampoco había visto demasiado cómo era ella en realidad.

Dos

Dos días.

Ninguna novedad. Sloane había tenido un puñado de conversaciones breves con el inspector de la zona o con alguno de sus compañeros, y todas ellas habían llegado a la misma y anodina conclusión: nada nuevo de que informar. Sigue desaparecida.

Era como si el aire fuera repentinamente frío a su alrededor. Gélido. Se sentía como un actor en el escenario, haciendo ademanes. No dormía demasiado. No comía demasiado. Era como si su mundo se hubiera enrarecido.

Procuró no pensar lo que creía que estaba pasando realmente. Palabras como «perdida» o «desaparecida» quedaban sustituidas por lo más temido: «muerta». Combatiendo las emociones que la invadían, hizo lo que siempre había hecho desde niña cuando estaba preocupada, insegura o llena de dudas: estudiar. Libro tras libro; página tras página. Repasó trigonometría, geometría, física y pruebas de estrés. Y entonces, cuando todas esas palabras, ecuaciones, fórmulas y algoritmos empezaron a fundirse entre sí, metió sus cosas en una mochila y caminó rápidamente hacia el estudio de diseño de la universidad, donde su proyecto final estaba casi terminado. Trabajando en imágenes digitales tridimensionales y construyendo una maqueta podría evitar pensar en su madre.

Era como si pudiera separar las cosas en su interior.

Una parte de ella presa del pánico: «Mi madre se ha suicidado».

Una parte de ella calmada: «Tengo trabajo que hacer para licenciarme».

Su proyecto final generaba tranquilidad en ella.

Se trataba de replantear una plaza pública, bordeada de negocios modernos, con un mayor espacio verde en el centro que rodeaba un monumento a los caídos en la guerra. Se inspiraba en términos generales en un parque argentino de Buenos Aires que honraba a los soldados muertos en su lucha quijotesca por las islas que ellos denominaban Malvinas y que los británicos insistían en afirmar que eran las Falklands. En su reinterpretación, el monumento central era para los soldados muertos en Afganistán. Reunía los nombres y las fechas en una serie de bloques hechos con ladrillos de obsidiana, cada uno de ellos con la información de un militar; un homenaje, esperaba, al portentoso monumento de Maya Lin a los veteranos de Vietnam en la ciudad de Washington. También quería recordar el monumento al Holocausto de Berlín, donde la gente podía andar entre los más de dos mil bloques de piedra gris y tratar de hacerse una idea de la enormidad de las pérdidas humanas. Estos monumentos la fascinaban.

Encontrar formas de honrar a los muertos e inspirar a los vivos la motivaba.

Su proyecto anterior había captado una atención generalizada.

Dos profesores distintos habían usado con entusiasmo imágenes de su construcción en sus influyentes páginas de Facebook. Otro le había dicho que era probable que ganara el prestigioso concurso universitario de diseño con jurado. Eso iría seguramente acompañado de un elogioso artículo de felicitación con fotografía incluida en la revista universitaria, puede que incluso en la portada. Era muy probable que el *Globe* de Boston fuera a entrevistarla, y había muchas posibilidades de que un estudio de arquitectura con contratos para espacios públicos llamara a su puerta y quisiera contratarla.

El proyecto incluía bocetos, diseños, versiones a todo color, planos verticales y horizontales con medidas y una maqueta hecha de papel maché y fibra prensada, con figuritas que andaban por el parque ficticio incluidas. En su diseño, todos los caminos convergían en el monumento, por lo que daba igual si se iba al parque a pasear al perro, a caminar por la tarde o tal vez a disfrutar de un bocadillo al aire libre a la hora del almuerzo, era prácticamente inevitable llegar al lugar donde se honraba a los muertos. Esta era a la vez la poesía y la psicología tras el diseño. Cada elemento, tanto generado informáticamente como elaborado con el rotulador y el cúter de un delineante, requería precisión y concentración. Le impedía enfurecerse.

A primera hora de la tarde del tercer día, cuando cruzaba el campus en dirección al estudio con los planos en la mochila y la cabeza gacha para no establecer contacto visual con ningún otro estudiante, le sonó el móvil. Vio enseguida que era el inspector de su ciudad natal. No Roger, quien incluso después del mensaje que le envió insultándola había intentado llamarla una docena de veces.

Dejó el macadán negro para adentrarse en el césped cuidado hasta un lugar donde podía apoyarse en un viejo roble de grandes dimensiones. La luz menguante que cubría los bordes de los edificios del campus se abría paso entre las ramas y las hojas, de modo que estaba en parte en sombra y en parte iluminada. Era como si el árbol la abrazara.

—¿Sí? —contestó. Temblorosa.

—Señora Connolly, tengo noticias inquietantes. ¿Está sentada? ¿Puede hablar ahora?

—Estoy bien —respondió, aunque sabía que no lo estaba.

—Hemos localizado el vehículo de su madre.

—¿Dónde?

—Parece haber sido abandonado en una zona de estacionamiento sin asfaltar, cerca de unas cuantas rutas de senderismo adyacentes al río Connecticut, en Northfield, Massachusetts. Justo encima de la central hidroeléctrica. ¿Le gusta a su madre estar al aire libre? ¿Solía dar paseos por el bosque?

Sloane notó que una oleada de frío le recorría el cuerpo.

—No.

—¿Tenía algún amigo, o acaso conocido, que viviera en Northfield?

—No que yo sepa.

—¿Se le ocurre alguna razón por la que su coche pueda estar allí?

—No sé... No.

«Pero sí sabía. Su madre la había llevado una vez a ese sitio una bonita tarde a principios de verano cuando tenía solamente quince años. Aparentemente, para hablar: Sloane había imaginado que sería sobre el instituto, sobre chicos y sobre la vida. No fue así. Su madre simplemente había contemplado durante más de media hora cómo las aguas circulaban veloces a sus pies mientras las lágrimas le resbalaban por las mejillas antes de anunciar: «Lo siento, Sloane. Todavía eres demasiado joven. Es hora de irse». Nunca dijo para qué era Sloane demasiado joven. Y jamás surgió de nuevo esa conversación a medida que fue creciendo.»

—¿Recuerda que su madre mencionara alguna vez esa zona, o que expresara el deseo de visitarla?

Sloane titubeó.

—Creo que la conocía. Muchas personas conocen esa zona. Es un lugar habitual para los excursionistas, ¿no?

Era casi como si estuviera oyendo a otra persona responder las preguntas del inspector. No sabía por qué no le estaba contando toda la verdad. La respuesta correcta habría sido: «Sí. Mi madre conocía ese sitio. Yo conocía ese sitio. Fue hace más de diez años, pero nunca lo olvidé. Y cuando recibí su carta de una línea, fue uno de los lugares donde pensé que podría haber decidido ir. Es un sitio hermoso, agreste, lleno de follaje, árboles y agua cristalina, luz del sol y naturaleza. Es un buen lugar para acabar con cualquier tristeza secreta».

El inspector aguardó un momento antes de contestar. Sloane notó que su voz era tensa.

—Sí, lo es. Un agente forestal vio el coche mientras hacía un recorrido rutinario por la zona.

—¿Y eso qué significa?

Sloane lo preguntó, pero sabía la respuesta.

El inspector titubeó de nuevo.

—Nos tememos lo peor.

Parecía una forma refinada de decir algo duro y sombrío. Sloane notó que el corazón le latía con fuerza y el pulso se le aceleraba.

—¿Había algún rastro de mi madre?

—Bueno... —contestó el inspector—, estaba el coche. Y había un par de zapatos fuera, junto a la puerta del conductor.

—¿Sus zapatos?

—Sí. Por lo que se marchó descalza.

—Esa zona... —empezó a decir Sloane, pero el inspector la interrumpió.

—Todas las autoridades policiales de las poblaciones cercanas la conocen. Se sitúa justo sobre un tramo ancho del río donde la corriente es muy fuerte.

«Eso ya lo sé», pensó Sloane. Recordó aquel sitio.

—La conocen... —afirmó—. Porque...

—Es un lugar donde se han cometido ya varios suicidios. La prensa local le ha dedicado cierta atención. Hay un afloramiento rocoso unos seis metros por encima del río, y más de una persona ha saltado a él desde ahí. Normalmente adolescentes afligidos por una ruptura o universitarios deprimidos que han cateado un examen...

Se detuvo, y Sloane inspiró hondo.

«Una vez me senté con mi madre en esas rocas», reflexionó.

—¿Había alguna nota? ¿O cualquier otra cosa? —quiso saber.

«La nota me llegó al buzón hace tres días», se dijo a sí misma.

—No —contestó el inspector—. Y, al parecer, dejó las llaves del coche en el salpicadero del lado del conductor.

Sloane cerró los ojos. Intentó imaginar a su madre de pie, descalza y a oscuras, sobre el río.

—¿Y ahora qué? —preguntó. Oyó cierto temblor en su voz.

—Mañana enviaremos buceadores —explicó el inspector—. Pero no soy demasiado optimista sobre lo que encontrarán... —Se detuvo, y se produjo un silencio momentáneo antes de que prosiguiera—: Me temo que no estamos hablando ya de una persona desaparecida, señora Connolly.

—¿De qué estamos...?

—De recuperar un cadáver —la interrumpió.

TRES

Se había desplegado un operativo importante: tres coches patrulla, dos con distintivos del departamento local y uno de la policía estatal, un sedán gris camuflado, una ambulancia de la oficina forense del condado y un todoterreno negro para el equipo, pero Sloane observó cómo los dos buceadores se preparaban para sumergirse en el río. Hacía un día espléndido, cálido, soleado, con una ligera brisa que acariciaba los árboles, y el río centelleaba bajo la luz de la mañana. Los buceadores se tomaron su tiempo para equiparse. Sloane pensó que tenían el aspecto de un par de gladiadores armándose antes de saltar a la arena del coliseo. Imaginó una variante de su antiguo juramento: «Los que buscan a los muertos te saludan». Una vez se hubieron enfundado los gruesos trajes negros de neopreno, se adornaron con muchos cinturones de lastre y empezaron a comprobar el equipo de respiración de sus botellas. Vio que los dos hombres escudriñaban un mapa del río y oyó que hablaban sobre las corrientes y el flujo y especulaban por dónde empezar a peinar la zona.

Sloane se quedó a un lado, apoyada en su coche.

Uno de los agentes uniformados se acercó a ella. Era joven, más o menos de su edad.

—Señorita Connolly, no hace falta que esté aquí —dijo en voz baja. Sloane pensó que tenía una voz bonita, muy musical y calmada—. Esta clase de búsqueda puede durar cinco minutos o una eternidad. ¿No preferiría estar en otro sitio? La llamaremos en cuanto sepamos algo.

«Sepamos algo» significaba «encontremos el cadáver de su madre».

—Si no estorbo —respondió Sloane—, me gustaría mirar un rato.

—Como usted quiera —repuso el agente—. Pero quiero advertirle que, a veces, cuando se recupera un cadáver del agua después de cierto tiempo, puede resultar bastante perturbador.

Sloane asintió. Observó cómo volvía a la orilla del río y ayudaba a uno de los buceadores a hinchar la balsa neumática de dos plazas. Otro policía se sumó a ellos para ayudar a los buceadores a botarla al río, mientras que un tercero sujetaba una cuerda amarrada a un extremo. Cuando la balsa se adentró en el río, los dos buceadores se ajustaron las máscaras y la siguieron. Sloane los vio desaparecer bajo la superficie negra del agua.

Y esperó.

Una hora como mínimo.

Nada.

Los buceadores se tomaron un descanso. Vio que bebían café y hablaban con los demás policías. Después volvieron a equiparse y se sumergieron de nuevo en el río.

Otra hora.

Nada.

Esta vez, cuando salieron y se quitaron las máscaras, vio cierta frustración en sus caras. Poco después llegó un segundo equipo de buceadores. Se apiñaron todos alrededor del mapa y el primer equipo cedió su lugar al segundo, que se deslizó bajo la superficie del agua del mismo modo.

Esperó otra hora.

No hablaba con nadie, aunque de vez en cuando pilló al policía joven mirándola.

Unos minutos después apareció uno de los buceadores. Había sacado una maltrecha prenda de ropa empapada y enlodada del fondo del río.

Sloane vio que el buceador se la entregaba a un agente uniformado, que la extendió sobre el capó del coche camuflado. El joven policía se acercó entonces a Sloane.

—Han encontrado algún tipo de chaqueta. ¿Querría echarle un vistazo por si la reconoce?

Sloane se percató de que era poco probable que pudiera identificar una prenda del guardarropa de su madre. Pero siguió al joven policía hacia el vehículo. Ninguno de los demás policías que estaba ahí dijo nada mientras ella miraba la chaqueta. A pesar de que el fango del río la cubría y las ramas sumergidas la habían rasgado, distinguió una parca acolchada de dos colores, rojo y negra, más adecuada para las temperaturas del invierno.

—¿La...? —empezó a decir el joven agente, pero Sloane lo interrumpió.

—Sí. No. Lo siento. Es la clase de prenda que vestiría, pero no puedo afirmar que recuerde haberla visto llevando nada parecido. No estoy segura de...

Se detuvo ahí.

—Muy bien —intervino el joven agente—. ¿Está diciendo que puede ser? —Sloane asintió—. Muy bien. Seguiremos buscando. Al río llega todo tipo de cosas, por lo que no es extraño que los buceadores encuentren algo que no tiene ninguna relación. Creo que llevará un rato.

Dirigió la vista hacia el curso de agua. En ese punto, el río medía unos cien metros de anchura. Sacudió la cabeza y repitió:

—No hace falta que esté aquí, de verdad.

Sloane decidió que tenía razón.

—Ya me llamarán. Si encuentran algo más, quiero decir. O quizá para tenerme al corriente, por favor.

—Por supuesto. ¿Está aquí con algún amigo o amiga? ¿Algún familiar? ¿Alguien que la ayude y le haga compañía?

—No —contestó Sloane—. Nadie.

Enfiló con el coche el estrecho camino de entrada y contempló la casa. Pequeña, de dos plantas y muy modesta, retirada de la calle, con la fachada tapada por árboles y la parte trasera oculta tras una extensión de bosque frondoso. No quería entrar, aunque sabía que tenía que hacerlo. Todavía era de día pese a que ya era tarde, por lo que las primeras sombras de la noche avanzaban sigilosamente por el barrio. Dentro estaría a oscuras, y se imaginó que no podría ser tan sombrío como su estado de ánimo. Creía que estaba actuando robóticamente, como una especie de Sloane cibernética de ciencia ficción y que la Sloane real estaba en la universidad dando alegremente los últimos toques a lo que sabía que sería un proyecto premiado. Imaginó que esa Sloane era felicitada por compañeros universitarios envidiosos y un profesorado orgulloso. Era probable que esa Sloane encontrara un nuevo novio que la respetara. Esa Sloane tendría muchas ofertas de trabajo y oportunidades profesionales apasionantes. A esa Sloane le haría ilusión cada nuevo día, porque esa Sloane solo vería posibilidades ante ella.

Pero esta Sloane falsa, irreal y sucedánea tenía que entrar mecánicamente en la casa donde había crecido y de la que se había esforzado tan diligentemente para huir. La casa que había esperado no volver a ver jamás. No sabía muy bien por qué tenía que hacer aquello, pero parecía formar parte de todo lo que le estaba pasando.

Como fuera, las sombras parecían estar intentando envolver el interior de su casa. Alargó la mano hacia un interruptor pero la dejó suspendida en el aire. El interior gris se acercaba más a su estado de ánimo. La invadieron los recuerdos, repeticiones de imágenes de su pasado que la ametrallaban. «El fantasma de Sloane», pensó. Se vio sentada a la mesa de la cocina cenando con su madre. La excentricidad de ella y su irresistible necesidad de aislamiento parecían aligerar cada recuerdo que le venía a la cabeza. Recordaba docenas de veces en las que había aspirado a ser normal, típica o corriente, como todos los demás niños de su colegio, en cada patio, en cada equipo y en cada aula, y su madre se había interpuesto.

—Recuerda, Sloane, somos solamente tú y yo. Siempre seremos solamente tú y yo. Juntas estamos seguras.

Ese había sido el mantra de su madre.

Y si su madre necesitaba estar sola y aislada, mantenerse apartada y ser distinta, al final Sloane había acabado apoyando su locura. Se volvió un poco como su madre, convirtiéndose en una persona solitaria a lo largo de todos los momentos del crecimiento en que la soledad resultaba dolorosa. Nada de quedar con las demás chicas y quizá con algunos chicos en el centro comercial el sábado por la noche. Ningún ramillete de camino al baile del instituto. Había dejado el fútbol, que la situaba en un equipo, para dedicarse al cross. Soledad. Eventos en los que su madre podría mantenerse separada de los demás padres, oculta mientras veía correr a Sloane.

De la entrada pasó a la cocina.

Vio el móvil en la mesa.

Vio, como el inspector le había dicho, que todo estaba limpio, ordenado y guardado. Eso la sorprendió. A su madre le encantaba el caos, detestaba limpiar; no le gustaba que todo estuviera demasiado organizado, prefería el desorden.

«Lo contrario de mí», pensó Sloane. Siguió deambulando por la casa. Todo estaba ordenado. Las cosas estaban en su sitio. Las cosas estaban limpias. Era como recorrer un museo cuidadosamente conservado. Revisó los estantes de la cocina. Las latas estaban alineadas con precisión militar. En la nevera había solo una botella de zumo de naranja y un brik de leche. Ninguno de los dos caducados. Fue al cuarto de baño contiguo al dormitorio de su madre. El tubo de dentífrico enrollado cuidadosamente desde la parte inferior. El cepillo de dientes en su soporte. El cepillo sobre la encimera. Abrió el armario del baño. Sabía que su madre tenía problemas para dormir y había obtenido una receta de zolpidem. Había un frasco de pastillas de ese fármaco en el primer estante junto con las vitaminas que su madre tomaba rutinariamente. Estaba lleno.

Sloane fue al dormitorio de su madre. Echó un vistazo alrededor, intentando ver si faltaba algo. El guardarropa lleno. Alguna que otra joya dispuesta sobre la cómoda. Un ejemplar de una novela de John Fowles junto a la cama. Reconoció una fotografía enmarcada de las dos tomada cuando ella tenía unos once años. No vio nada que recordara fuera de lugar, pero hacía años que no entraba en aquella habitación, por lo que no podía estar del todo segura.

Nada de lo que veía tenía sentido. Y entonces pensó que tal vez lo tenía.

Al principio pensó que si su madre hubiera sido presa de una desesperación suicida y hubiera acabado desmoronándose, sumida en un profundo dolor psicológico en el suelo de la cocina, sollozando en el dormitorio en medio de una agonía emocional, incapaz de dormir, incapaz de comer, incapaz de funcionar, la lógica le decía que la casa habría estado en un caos parecido. Tendría que haber estado todo patas arriba, de modo que la casa reflejara la agitación de su madre.

«¿Quién se molesta en limpiar el retrete cuando va a suicidarse?», se preguntó a sí misma.

Inspiró con fuerza antes de responderse: «Quizá todo el mundo».

Y siguió pensando: «Quizá se había decidido y lo estaba dejando todo en orden. Dejándolo todo limpio y ordenado antes de morir».

Recorrió despacio el pasillo hasta detenerse delante de la habitación donde había crecido. Alargó la mano hacia el pomo de la puerta y se detuvo.

Por un instante se sintió como si fuera a abrir una puerta a su pasado, cuando todo lo demás de su vida señalaba su futuro. Una voz en su interior le insistía en que se marchara de inmediato, volviera a subir al coche y se dirigiera a toda velocidad a su piso, a la universidad y a su vida.

Ignoró todo eso y abrió la puerta.

Su cuarto estaba tal como lo recordaba. Una estantería con sus antiguas lecturas: desde *La casa de la pradera* y *Belleza negra* hasta *El guardián entre el centeno* y *Grandes esperanzas*. También había un ejemplar de la autobiografía de Frank Lloyd

Wright junto a una edición del libro de Vincent Scully sobre la arquitectura y el urbanismo en Estados Unidos. Le sorprendió haber dejado esos libros ahí cuando se marchó de casa seis años atrás. Echó un vistazo alrededor de la habitación como si alguien pudiera ver una presentación de recuerdos. Una cama individual contra una pared. Una colcha floreada de vivos colores azul y amarillo. Cojines, uno adornado con corazones, y un osito de peluche. En una pared estaba colgado el póster de una película, una reproducción del famoso abrazo de Clark Gable y Vivien Leigh en *Lo que el viento se llevó*. A su madre le encantaba esa película. Sloane nunca la había visto. Había un pequeño escritorio de madera con una lámpara sencilla en un rincón y un crucifijo de madera tallada encima de él en la pared. Recordaba haber estado muchas horas sentada allí. Abrió el cajón superior derecho. En el fondo había una foto de un chico por el que estaba colada en el instituto pero con el que nunca había hablado. Estaba donde la había dejado.

Y vio el regalo de cumpleaños.

Era una caja envuelta en un papel alegre, no mucho más grande que una caja de zapatos, pero un poco más baja y ancha. Estaba en el centro de su cama. Bajo ella vio un sobre de papel manila. Tanto el regalo como el sobre llevaban su nombre escrito con letras gruesas. Le sorprendió que el inspector no hubiera detectado el sobre.

Por un instante quiso dejarlos allí. Se dijo a sí misma que no tendría que tocar nada, como un policía que llega a la escena de un crimen. Se sintió un poco como una investigadora intentando controlar arriesgadamente sustancias mortíferas, como si un desliz y un frasco roto al caerse fuera a liberar al aire una plaga mortal parecida al ébola. Estuvo a punto de dar media vuelta, pero se detuvo. Se dio cuenta de que si no averiguaba qué era lo que su madre le había dejado, eso la roería durante años. Una parte de ella creía que tendría que dejárselo a los agentes de policía para que pudieran analizar minuciosamente lo que fuera. Imaginó que lo tratarían como la brigada de artificieros hace al desactivar un artefacto. Entonces, casi temerariamente, alargó de repente la mano, tomó el regalo y el sobre, se los puso bajo el brazo, se marchó de su cuarto y cerró la puerta. Bajó corriendo la escalera, cruzó el salón y salió por la puerta principal. A medio camino del coche sintió náuseas, y las arcadas la obligaron a agacharse.

El mundo daba vueltas a su alrededor.

Estaba mareada.

Creyó que vomitaría, pero no fue así.

Cuatro

Mientras conducía veloz por la autopista de peaje marchándose de casa para ir a casa le sonó el móvil. Como su pequeño automóvil tenía conexión Bluetooth, pulsó una tecla en el volante para contestar.

—Sí. Sloane al habla.

—Señorita Connolly... —reconoció al instante la voz hosca del inspector. Lo primero que pensó fue: «La han encontrado».

Viró casi bruscamente hacia el carril de la izquierda.

Se equivocaba.

—Solo quería decirle que el equipo de buceadores ha terminado por hoy. Mañana volverán a sumergirse en el río, pero...

Se detuvo.

—Pero ¿qué, inspector?

—Creo que las probabilidades de encontrar algo...

«Algo» era el mismo eufemismo que había usado antes para referirse a su madre.

—Bueno —prosiguió—, el jefe del equipo de buceadores tiene dudas sobre la posibilidad de obtener algún resultado. Si un cuerpo se queda atrapado en el agua que es captada por la central hidroeléctrica y pasa por esas turbinas, bueno, la salida es tan considerable que podría estar en cualquier lugar corriente abajo. Podría llevar semanas encontrarlo.

—¿No le dedican semanas?

—No. Lo siento. Nos limitamos a dos días. Por los recortes. Lo siento. Lo normal es que alguien que surque el agua, como un pescador o un kayakista, detecte algo más adelante, en verano, pero no hay ninguna garantía.

—Entiendo.

En realidad no lo entendía. Pero creía que tenía que decirlo.

—Quiero preguntarle algo —dijo el inspector despacio, como si cada palabra estuviera cargada de electricidad.

—¿Sí?

—¿Cómo escribía su madre sus iniciales?

A Sloane se le hizo un nudo en la garganta.

—MO'C —respondió—. Con un apóstrofe entre la «O» y la «C». ¿Por qué?

—Cuando examinamos más detenidamente esa parka que encontró uno de los buceadores, observamos que había unas letras en la etiqueta interior, ya sabe, justo donde alguien las escribiría para que la prenda pudiera ser identificada.

—¿Qué letras eran?

—Es difícil decirlo con seguridad. Se veían bastante mal. La tinta se había corrido y con tanto fango, imagínese. Tal vez cuando la limpien en el laboratorio y la pongan bajo un microscopio... Pero es probable que la última fuera una «C». Por lo menos, eso es lo que creyó todo el mundo.

Sloane se quedó callada.

«"C" de Connor —pensó—. Una letra en la etiqueta de una parka abandonada; eso es todo lo que tendré para demostrarme que mi madre está muerta. Tiene el mismo sentido que "C" de "conjetura".»

—Volveré a llamarla mañana —dijo el inspector. El tono de su voz había cambiado; ahora parecía resignado—. Sé que es duro, pero existe un procedimiento en casos como este. Ya la pondré al corriente.

La misma frase que había usado antes: «Casos como este».

«Ahora se refiere a un caso en el que alguien está muerto pero no pueden recuperar su cuerpo», reflexionó Sloane.

Colgó.

Siguió conduciendo, observando los faros que la rodeaban. Se sentía como si volviera a estar fuera de su cuerpo. Lo que quería, más que nada en el mundo, era regresar a su piso, a su nueva vida sin Roger, tomar su mochila y sus libretas y dirigirse al estudio de diseño para dar los toques finales a su proyecto. Algo concreto que controlara todas las emociones que confluían en su interior.

Esto era lo que estaba pensando una y otra vez, como una canción con el botón de repetir pulsado durante más de una hora del trayecto, cuando recibió una segunda llamada.

En la pantalla del coche apareció un número que no reconoció. Pensó por un instante dejar que saltara el buzón de voz porque podría ser otra de las tretas de Roger para lograr hablar con ella, pero pensó que a lo mejor era un profesor o uno de los estudios de arquitectura a los que había ofrecido un avance de su proyecto, o el jefe del equipo de buceadores, o incluso el policía simpático de la orilla del río. Todas esas posibilidades le pasaron rápidamente por la cabeza mientras pulsaba el botón para contestar.

—Sloane al habla —dijo, igual de serena que antes, pero preparada para cortar la llamada en cuanto oyera la voz aduladora de Roger.

—¿Señorita Connolly? —respondió un hombre cuya voz no reconoció.

—Sí.

—Me llamo Patrick Tempter. Soy abogado. Siento ponerme en contacto con usted tan de improviso, pero represento a un caballero al que le gustaría mantenerse en el anonimato de momento, y también me disculpo por ello de antemano. El caso es que mi cliente parece convencido de que usted podría ser la persona adecuada para diseñar un proyecto que tiene en mente.

Eso desconcertó a Sloane al instante.

—¿Un trabajo?

—Correcto.

—¿Cómo supo...? —empezó a preguntar Sloane.

—Mi cliente conoce su trabajo en la universidad. Es muy impresionante.

—Pero ¿cómo...?

—Creo que tiene muchos contactos entre el profesorado y la administración de la universidad de su facultad. Puede que sea así como obtuvo su nombre y su número de teléfono y me los hizo llegar a mí. También es probable que sea así como pudo valorar su trabajo privadamente.

—¿Tiene esto algo que ver con Roger?

—Perdone, señorita Connolly. ¿Qué Roger?

Sintió una oleada de vergüenza.

—Olvídelo. ¿Por qué yo?

—La han recomendado mucho.

—Lo siento, señor Tempter —dijo Sloane tras inspirar hondo—, pero no estoy pasando por un buen momento. Tengo un importante problema familiar, y además se acercan los exámenes finales y tengo que terminar mi proyecto de final de curso...

El abogado la interrumpió:

—Es ese proyecto lo que captó la atención de mi cliente. Está deseando crear un monumento conmemorativo. Tal vez incluso una serie de monumentos conmemorativos.

—¿Un monumento conmemorativo?

—Exactamente.

—¿Para quién?

—Para varias personas que contribuyeron decisivamente a que se convirtiera en quien es. Profesores. Mentores. Personas que lo guiaron por el camino al éxito. Personas que fueron importantes para él. Personas que influyeron en su vida. Y desea verlas honradas como es debido. Se planteó colocar una simple placa con sus nombres y grandes donaciones y becas en su nombre, cosas que puede hacer igualmente, pero quiere algo más permanente. Y la idea de una placa... bueno, me temo que la consideró una especie de cliché. Su diseño le gustó. Es increíblemente original. Mucho más cercano a lo que mi cliente tiene pensado. Está volcado en la idea de ver su propósito culminado.

—No sé. Mi situación...

—Sea cual sea su situación, señorita Connolly, creo que mi cliente se adaptará a usted. Aceptaría que necesitara más tiempo, por ejemplo. O más dinero, naturalmente. El coste no le preocupa demasiado. El diseño, sí. Es un hombre paciente. Pero lo que quiere que usted cree, bueno, la palabra que usó fue «memorable».

—¿Quiénes son las personas...?

—Ah, lo siento, señorita Connolly. Esos detalles le serán comunicados una vez haya aceptado el encargo y se hayan firmado los contratos.

—No sé qué responderle, señor Tempter. Me ha pillado totalmente por sorpresa. Tengo muchas cosas entre manos ahora mismo...

—Por favor, señorita Connolly, no tiene que decir sí o no en este momento. Piense en el encargo. Tenga en cuenta que su tarifa será de seis cifras o puede que más considerable. Sepa que es muy probable que la fama que obtenga al hacer esto para mi cliente lance su carrera. Es una oportunidad inmensa. Como ganar la lotería. Así que piense detenidamente en ello.

Esto hizo que Sloane se detuviera. Solo se le ocurría una respuesta.

—Muy bien —dijo—. Lo pensaré.

—Excelente. Le diré qué vamos a hacer —prosiguió el abogado, llenando el breve silencio que se había hecho en la línea—. Haré una reserva en un restaurante. Le enviaré un mensaje con el nombre y la hora. Ahí podremos vernos en persona. Es mucho más fácil conversar cuando no se está al volante.

Sloane tuvo un instante la impresión de que la estaba viendo. Pero se dio cuenta de que más de un coche había tocado el claxon al pasar junto a ella.

—De acuerdo —convino—. Muy bien. Pero no mañana. Este fin de semana, creo. Eso me dará tiempo suficiente. Hablaré con usted entonces.

—Perfecto, señorita Connolly. Permítame que se lo repita: es una oportunidad enorme para usted, señorita Connolly.

Mi cliente es generoso. Y decidido. Y está muy bien relacionado. Y, según mi experiencia, cuando alguien de su talla decide devolver algo de lo que ha recibido, se vuelca casi por completo en ese objetivo. Mi consejo sería que la aprovechara, sea cual sea el problema personal al que tiene que enfrentarse.

—Creo que necesitaré conocer mejor los parámetros del proyecto.

—Naturalmente. Sin embargo, ambos tendremos que dar el siguiente paso, creo. Ese siguiente paso no es más que una comida.

Incluso al otro lado de la línea, la voz del abogado era firme, seductora. Nada amenazadora. Sloane tenía en la punta de la lengua un grito de guerra: «Pero ¡mi madre ha desaparecido y creo que está muerta!».

No lo dijo. Era como si estuviera en una encrucijada: un camino conducía hacia delante y otro volvía hacia atrás.

—De acuerdo, señor Tempter. Hasta que tenga noticias suyas entonces.

—Adiós, señorita Connolly.

Colgó. No pensaba que el remolino de sus emociones pudiera girar más deprisa, pero lo hizo.

Cuando por fin Sloane encontró una plaza de aparcamiento lo bastante cerca de su piso ya era tarde. De repente estaba exhausta. Tomó su bolsa de viaje, que no había abierto, el regalo de cumpleaños envuelto y el sobre de papel manila, y entró en su edificio. La alivió que no hubiera sobres de papel de vitela con cartas suicidas ni notas obscenas y virulentas de Roger en su buzón. Subió penosamente las escaleras hasta su piso y entró.

Tenía hambre, pero no quería comer.

Había una Bud Light en la nevera, que había quedado de la última vez que Roger había invitado a sus compañeros de baloncesto a ver un partido, emborracharse un poco y gritar al televisor. Sloane detestaba esa clase de cerveza, pero la abrió y se bebió casi dos tercios de un trago rápido.

«Mi primer encargo —pensó. Sintió una oleada repentina de orgullo—. ¿Por qué no? Es lo que quiero hacer.»

Y se centró entonces en el sobre de papel manila y el regalo de cumpleaños.

Abrió primero el sobre y vació su contenido sobre la mesa de la cocina.

Soltó un grito ahogado.

Lo primero que vio fue un fajo de billetes de cien que ascendía a dos mil quinientos dólares. Eran tan nuevos como si acababan de salir del cajón del cajero del banco. Encima de ellos había un justificante. Además de eso, había una anticuada libreta de ahorros, de la clase que era habitual cuando ella era pequeña pero que ya no se usaba, reemplazada por versiones electrónicas y digitalizadas. La abrió y vio que estaba a su nombre en un banco local de la ciudad donde creció. La única entrada de la libreta era un solo depósito de diez mil dólares abierto veinte años atrás. Toqueteó los demás documentos esparcidos y encontró una tarjeta de débito del Bank of America con el adhesivo que indicaba «Llame a este número para activar su tarjeta» todavía pegado en ella. Estaba a su nombre. Vio que había un extracto de una cuenta corriente vinculada a la tarjeta de débito. El extracto, sin embargo, era de hacía más de una década. Recogió el justificante del efectivo y vio que había sido retirado de la cuenta de su madre hacía un mes. Mostraba que el «saldo restante» era cero.

—Madre —susurró.

Había otro sobre y lo abrió despacio.

En su interior vio la escritura de la casa de su madre. Había una declaración firmada ante notario cediéndole la casa a ella, poniéndola, junto con todo su contenido, a nombre de Sloane. También contenía un sencillo testamento, firmado asimismo ante notario. Era la clase de formulario barato que puede descargarse de Legalzoom.com o de cualquier otro servicio jurídico en línea. «Yo, Maeve O'Connor, en pleno uso de mis facultades mentales...» Lo había dejado todo a Sloane. Junto a eso había una póliza de seguros totalmente pagada por otros cien mil dólares en la que Sloane figuraba como beneficiaria. Pasó a la segunda página, donde vio que una cláusula que establecía que no se pagaría el seguro en caso de suicidio estaba tachada y firmada con las iniciales de su madre y de un agente de seguros. También había documentos diversos que mostraban deudas satisfechas en su totalidad e impuestos pagados en su debido momento.

Sloane se tambaleó un poco. Se sintió mareada por segunda vez.

—Madre —repitió en voz alta. En esta ocasión su voz sonó ronca y seca.

Examinó de nuevo todos los documentos. Todo (dinero, testamento, escritura y seguro) la dejó con una enorme sensación de vacío en su interior.

«Muchas cuentas cerradas», pensó. Quería llorar, y notó que los ojos se le llenaban de lágrimas pero solo una o dos le resbalaron por las mejillas.

Extendió todos los papeles como un rompecabezas infantil que precisa una solución. Y se centró entonces en el regalo de cumpleaños. Faltaban unas semanas para ese día, pero imaginó que su madre había querido que recibiera el regalo al mismo tiempo que las demás cosas.

Desenvolvió despacio el papel, como si dudara si quería ver lo que había tras aquella alegre fachada.

Era una sencilla caja de cartón marrón desprovista de cualquier señal.

La destapó para ver qué había dentro.

Soltó de nuevo un grito ahogado.

Le temblaron las manos y, como si lo que veía estuviera ardiendo, retrocedió.

Era como si el aire de su pequeño piso fuera de repente asfixiante, supercaliente y tóxico. Necesitaba respirar y tuvo la impresión de no poder hacerlo. Le zumbaban los oídos, como el silbido de un tren que iba aumentando, yendo *in crescendo* hasta llenarle la cabeza con un alarido insistente.

Lo que había visto era lo siguiente:

Una pistola Colt semiautomática del calibre 45 de color negro mate muy gastada.

A su lado: dos relucientes cargadores de acero nuevos llenos de balas.

Pegada a la empuñadura del arma había un post-it con las siguientes palabras garabateadas:

VÉNDELO TODO.
QUÉDATE LA PISTOLA. PRACTICA.
HUYE. AHORA.

2

Uno

Sloane se removió en su asiento, entrada la noche, contemplando la pistola, que seguía intacta en la caja en la que había llegado. Nunca había sujetado un arma. Pensó en las enigmáticas palabras de la nota adhesiva y decidió no seguir el consejo de su madre.

«Difunta madre», pensó.

No, se corrigió: «Posiblemente difunta. Tal vez difunta. Potencialmente difunta. Probablemente difunta. Noventa y nueve por ciento difunta. Ciento por ciento desaparecida. Intentando hablarme».

Creía que siempre había parecido que su madre estaba a punto de hacer algo irreversible y dramático.

«Muy a menudo daba la impresión de que quería suicidarse. Pero nunca lo hizo. ¿Qué le indicó que este era el momento adecuado?», se dijo.

—Buenos días, Maeve. Es un bonito y soleado martes de mayo, con temperaturas moderadas y el cielo totalmente despejado. Sloane va a obtener su licenciatura y a pasar a la siguiente fase de su vida. Un buen trabajo. Una buena carrera profesional. Encontrará un marido mejor de lo que habría sido nunca Roger. Piensa en ello: un día perfecto para el suicidio. Hoy es el gran día. Todo está en orden. Dinero. Testamento. Escritura. Arma.

Solo falta enviar una nota por correo, envolver el regalo de cumpleaños de Sloane, hacerle un lazo y dejarlo en la cama.

Sloane se dijo todo esto a sí misma en voz alta, como si fuera una locutora televisiva leyendo el pronóstico meteorológico.

Estaba pegada a su asiento por una pregunta sencilla que tenía una respuesta compleja.

¿Huye? ¿Por qué? ¿Dónde? ¿De qué?

El arma era explícita. Podía oír la voz de su madre susurrarle al oído: «Sloane, cielo, sé que estás muy ocupada con tus estudios universitarios y tal, y estoy muy orgullosa de ti y de todo lo que has logrado, pero por favor, busca tiempo para matar...».

¿A quién?

O quizá era: «Sloane, cielo, sé que tienes toda clase de planes, pero si este alguien en concreto llama a tu puerta, por favor, asegúrate de dispararle para matarlo... o matarla».

La invadió la ira, como si creyera que su madre jamás había prestado la menor atención a quién era ella y qué clase de vida se estaba construyendo.

«Eso es lo que hace un arquitecto —pensó—. Construimos para los demás. Y, al hacerlo, nos construimos a nosotros mismos.»

En voz alta, con toda la dureza que pudo, repuso:

—¿Te lanzas a un puto río y crees que eso te da derecho a darme órdenes? —La desaparición de su madre era como un actor totalmente incompetente que farfulla la fundamental y fantásticamente importante línea final por encima del hombro a toda prisa de modo que resulta incomprensible mientras abandona el escenario.

Y, casi de inmediato, se regañó a sí misma: «Estás completamente equivocada».

Le vino a la cabeza una imagen muy distinta: se recordó a sí misma las horas que su madre había pasado feliz a su lado, construyendo con suma paciencia estructuras enteras con bloques de Lego; los momentos de «no voy a suicidarme». Y hubo otros momentos, con viajes de aventuras secretos, espontáneos, exóticos y realmente maravillosos a alguna ciudad, donde su madre se detenía, señalaba una cornisa ornamentada o un diseño inesperado en un edificio y preguntaba a Sloane: «¿Por qué crees que pusieron eso ahí?». O le indicaba un obelisco: «¿Qué significa para ti esa forma?». O paseaba con ella por un parque: «¿Cómo te sientes ahora? ¿Qué te recuerda?». Visitas pausadas a museos y galerías de arte. En Boston, Beacon Hill, la fragata *Old Ironsides*, y la Tate. En Nueva York, el MoMA, el Empire State y el parque de la High Line. En Washington, el monumento a Lincoln, el monumento a Jefferson, el cementerio nacional de Arlington y el Memorial de Guerra del Cuerpo de Marines, además del Air and Space Museum y el Capital Mall, terminando en el monumento a los veteranos de Vietnam. Sacudió la cabeza y sospechó que todo arquitecto de éxito poseía un montón de recuerdos similares de su propia infancia en que los contornos y las formas dejaron de repente de ser caprichosos para pasar a sugerir orden y diseño.

Hasta pasada la medianoche no se levantó por fin de la silla, secándose las lágrimas. La suma de todo lo que había ocurrido desde que recibió la carta pareció desaparecer de su mente como si pudiera simplemente dejar de pensar en todo. Se sentía como si estuviera en blanco, como una pizarra que aguardara a que alguien escribiera en ella. Se fue a su cuarto, pensó que tendría que estar exhausta, se sintió de repente cargada de energía y, acto seguido, agotada. Dejó la póliza de seguros, la escritura, el efectivo y la caja con el arma junto con la carta de una línea en el cajón superior de su cómoda tras unos calcetines de deporte y ropa interior. Echó un vistazo alrededor y pensó que el pasado se había inmiscuido con furia en el presente y amenazaba el futuro. Pensó que estaría bien hablar sobre todo esto con alguien que la quisiera de verdad, pero para su asombro, se dio cuenta de que, a su modo, estaba tan aislada como lo había estado su madre.

«Pero yo no voy a lanzarme a un río —pensó—. Puede que esté a punto de aceptar mi primer encargo de verdad.» Decidió que averiguaría cómo cobrar la póliza de seguros. Transferiría el saldo de la libreta de ahorros a la cuenta que ella tenía en otro banco. Y se pondría en contacto con un agente inmobiliario para poner la casa a la venta en cuanto recibiera la licenciatura. Se vende. Totalmente amueblada.

«Nunca volveré allí», se dijo a sí misma.

Decidió que entregaría el arma a la policía para que la destruyera.

Y entonces, con la misma rapidez, descartó ese plan.

«Si esa pistola era lo último que creyó mi madre que yo necesitaba en la vida, seguramente tendría lo que creía ser una buena razón. Una razón descabellada, tal vez. Absurda. Estúpida. Irrelevante. Pero que tenía sentido para ella en aquel momento. Y hasta que sepa exactamente en qué estaba pensando, bueno...»

Habló para sí misma:

—¿Cómo voy a llegar a saberlo?

Volvió a la cómoda y sacó la caja con el arma, extrajo la pistola y la sopesó. Se dirigió hacia su portátil y buscó en Google: «¿Cómo manejo una pistola del calibre 45?». Rápidamente aparecieron miles de respuestas en la pantalla. Hizo clic en un vídeo de YouTube y vio como un hombre obeso con una barba poblada que llevaba una gorra y una camiseta manchada de la Asociación Nacional del Rifle estadounidense mostraba lo que él denominaba «el manejo seguro de una semiautomática perfecta para la autodefensa». El hombre pronunciaba las vocales con el deje característico del Medio Oeste del país. Siguió sus instrucciones atentamente. Vació uno de los cargadores y dejó caer las balas sobre la cama. Introdujo el cargador vacío en la empuñadura. Repitió la acción, una y otra vez, deslizándolo en su sitio. Le dio la vuelta para examinarlo. Simple. Mortífero. Apretó el gatillo y escuchó el clic del percusor. Se situó frente al espejo con la pistola en la mano, la levantó y miró su reflejo blandiendo el arma, adoptando una pose de mujer fatal de póster de película. No sabía muy bien si se veía ridícula o fiera.

Tras quitar el cargador vacío, volverlo a llenar de balas y dejarlo otra vez todo en la caja, la envolvió con algunas prendas de ropa interior de encaje negro y unas medias rojas muy sexis que se había puesto en Nochevieja para ligar y la metió en el fondo de un cajón.

Tomó el móvil y vio que había un mensaje de los policías de su ciudad natal que le había llegado horas antes: «Búsqueda finalizada por hoy. No ha habido suerte. Por favor, llame al inspector Shaw cuando pueda para que la ponga al día».

«"No ha habido suerte" es una frase mal elegida —pensó—. No hay nada de suerte en todo esto.»

Sloane siguió revisando los mensajes. Había tres más. El primero era de Roger: «Oye, creo que tendríamos que hablar. He estado pensando en ti». El siguiente era de uno de sus profesores favoritos, que le recordaba que solo le faltaba un examen antes de licenciarse y le decía cuándo tendría lugar la presentación formal de su proyecto ante un jurado formado por tres miembros. Sería la semana siguiente.

Sloane pensó rápidamente varias cosas.

«A la mierda, Roger. Ni hablar.»

Y: «Mañana por la mañana llamaré al inspector».

Además de: «Mi madre podría estar muerta pero haré ese examen. Mi madre podría estar muerta, pero me presentaré ante ese jurado».

El último mensaje era del señor Tempter.

Era extrañamente formal.

Soy Patrick Tempter, señorita Connolly. Espero que haya pensado detenidamente en esta oportunidad. He reservado una mesa para nosotros en el Bistro Rive Gauche el sábado a las ocho de la tarde. Por favor, confirme su asistencia a este número. Estoy deseando conocerla en persona y comentarle el encargo propuesto. Será apasionante.

Dudó un momento antes de enviarle un mensaje de vuelta.

Nos veremos allí.

Se dio cuenta de que la vida consistía en aprovechar las oportunidades cuando se presentaban. Esa era la lección que había aprendido por sí misma. No de su madre. O eso es lo que pensó con engreimiento al principio, antes de preguntarse si tal vez estaba equivocada al respecto.

Dos

—¿Así que ya no enviarán más buceadores?

—Me temo que no, señorita Connolly.

—¿Y ahora qué?

—Bueno, seguiremos con todas las alertas y con el control de la tarjeta de crédito, la tarjeta de débito y el móvil, y a lo mejor aparece algo, pero me temo que no es probable. El estado sigue un proceso para declarar a alguien muerto cuando no hay restos físicos, pero es un proceso largo, que lleva años, y seguramente necesitará un abogado para gestionar todo el papeleo. Lo siento muchísimo, señorita Connolly. Pero realmente hay poco más que podamos hacer nosotros. No hay indicios, ni en su casa ni donde fue encontrado el coche de su madre, de que ocurriera un crimen, de modo que estamos atados de manos.

—Comprendo. Así que me limito a esperar...

—Me temo que esto es lo que hay.

—¿Debería contratar a un investigador privado?

—Eso es decisión suya, señorita Connolly, pero creo que un investigador privado llegará a la misma conclusión. No puedo decirle cómo gastarse el dinero, señorita Connolly, y no puedo aconsejarla, pero yo lo pensaría mucho antes de hacer ese gasto. Estos tipos pueden ser caros.

Sloane oyó lo que le estaba diciendo: «Está muerta. No lo sabemos con certeza, pero estamos bastante seguros de ello. Espere a que alguien remando río abajo en kayak encuentre su cuerpo un caluroso día de verano después de que aflore a la superficie completamente blanco, desintegrándose, mordido por los pececitos e hinchado casi hasta tal punto que sea imposible reconocerse».

—Ni siquiera puedo organizarle un funeral. —No tenía ninguna intención de hacerlo. Se imaginaba sin lágrimas, sentada sola en una iglesia a la que nunca había asistido mientras un sacerdote al que nunca había visto y que no conocía en absoluto a su madre decía unas cuantas palabras sin sentido ante un ataúd vacío.

—Bueno, podría hacerlo, si es lo que decide. Como dije, yo me pondría en contacto con un abogado.

—¿Es como si desapareciera sin más entonces?

El inspector esperó un instante. Pareció prepararse para contestar.

—Verá, señorita Connolly, a veces hay personas que intentan desaparecer. A veces hay personas que tienen vidas distintas en varios lugares. A veces huyen, como cuando deben mucho dinero o a lo mejor si son criminales que creen que han cabreado a quien no deben o simplemente saben que las estamos cercando. A veces hay maridos que abandonan a sus familias. Se escapan con la niñera o con una alumna a la que dan clase. Es aquello de que el césped es siempre más verde en el jardín de al lado, ¿sabe? De vez en cuando, hay personas que desaparecen, se quedan sin hogar y viven en la calle, pero eso es casi siempre atribuible a una enfermedad mental, al alcoholismo o la adicción a las drogas. Y en esta clase de situaciones hay pistas claras y motivos reconocibles. Este no es evidentemente el caso de su madre. Podría irle bien ponerse en contacto con un terapeuta para hablar de estas cosas. Tal vez llegar a una comprensión más satisfactoria de la situación.

Sloane notó que estaba evitando la palabra «conclusión», que tan popular era en los círculos psicológicos.

Colgó.

Pensó que su madre era egoísta: todo lo que había hecho era despedirse de Sloane. Nada de lo que había hecho daba a Sloane la oportunidad de despedirse de ella.

Se bebió dos tazas de café solo. Recogió sus cosas y las metió en su mochila de estudios. Se dirigió al campus. Mantuvo la vista baja. No sonrió. Apenas se fijó en nadie. Solo quería trabajar en su proyecto, sola, tranquila.

Y, tal como esperaba, esa tarde sacó una A en el examen: un resultado perfecto.

TRES

Llegó a las ocho en punto de la noche, y el maître le dirigió una larga mirada. De arriba abajo. La examinó como un comprador en una feria de ganado. Sloane se había vestido cuidadosamente para la cena: pantalones oscuros, chaqueta azul, blusa blanca almidonada, lo que ella consideraba un atuendo de negocios, pero que se había comprado hacía poco en un gran centro comercial. Todo lo que llevaba puesto le parecía de repente barato.

—He quedado con el señor Tempter —dijo.

—Naturalmente —respondió el maître—. Por aquí. El caballero ya está en la mesa.

Sloane cruzó la sala un paso detrás de él. Había un murmullo de voces. Alguna que otra risa. El tenue sonido de una sección de cuerda tocando. Todas las mesas estaban llenas: hombres con trajes caros de raya diplomática hechos a medida; mujeres esbeltas con brevísimos vestidos de fiesta negros; cuanto menos cubrían, más costaban. Unos camareros con inmaculadas chaquetas blancas servían discretamente whiskies de malta con soda y martinis con Bombay Sapphire. Un sumiller con esmoquin rondaba cerca de algunas de las mesas, descorchando vinos añejos que Sloane imaginó que jamás podría permitirse. Se oía el murmullo de conversaciones apagadas y de elegantes platos de cerámica con solomillo de ternera servidos con pericia. Mientras seguía al maître, vio que un hombre que debía de acercarse a los setenta se levantaba en una mesa oportunamente situada en un rincón del fondo para gozar de algo de privacidad. Era delgado, alto y con una buena mata de pelo plateado que le caía vigorosamente sobre las orejas, y llevaba unas gafas redondas con montura metálica que evocaban una época anterior. Tenía un aspecto casi magistral. Parecieron iluminársele los ojos al verla, y esbozó una enorme sonrisa. Como los demás hombres del restaurante, vestía un conservador traje oscuro hecho a medida, pero la corbata que llevaba al cuello era de una extravagante cachemira rojo y amarillo chillón, casi psicodélico, que parecía totalmente fuera de lugar en el ambiente acartonado del establecimiento. Debió de ver que le miraba la corbata porque cuando le estrechó la mano comentó:

—Ah, ha detectado uno de los pocos lujos que me permito, señorita Connolly. Una corbata original de Jerry Garcia. Al difunto guitarrista le gustaba pintar, y unos años antes de su tan lamentada muerte una empresa llevó algunos de sus diseños inspirados en el ácido a las corbatas. Me ayuda a recordar mi antiguo pasado en parte hippy, en parte anarquista.

No había absolutamente nada en Patrick Tempter que Sloane relacionara con los años sesenta: el eslogan que interpelaba a Lyndon B. Johnson y le preguntaba «LBJ, ¿a cuántos niños has matado hoy?», Haight-Ashbury, el «conecta, sintoniza, abandona» de Tim Leary, los Grateful Dead, Jefferson Airplane, The Doors, llevar flores en el pelo o cualquier otra cosa de aquella época.

Su apretón de manos era firme. Su voz, melodiosa, con una nota de humor.

El maître sujetó la silla para Sloane.

—¿Le apetece un cóctel, señorita Sloane? —preguntó. Sloane vio que le habían dicho su nombre de antemano.

—Creo que la joven dama y yo preferiríamos vino, Robert —lo interrumpió Patrick Tempter.

Miró a Sloane, que asintió con la cabeza.

—De inmediato les envío a Felix —dijo el maître.

Al cabo de unos segundos, tenían a su lado al sumiller.

—Algo fuerte —indicó Tempter—. Festivo. Entusiasta. ¿Tal vez un Chateau Lafitte del 81?

—Excelente. Perfecto. Enseguida vuelvo, señor Tempter. —El sumiller saludó a Sloane con la cabeza.

El abogado se inclinó sobre la mesa, casi con complicidad.

—Una botella de mil dólares. La cena corre a cargo del cliente, señorita Connolly. Así que pida lo que quiera. ¿Caviar, quizá?

—Nunca lo he probado —respondió Sloane.

—Ahora tiene la oportunidad —dijo con entusiasmo el abogado sonriendo de nuevo, y llamó con la mano a un camarero—. La señorita y yo tomaremos algo de caviar mientras miramos la carta —comentó.

—Enseguida, señor —contestó el camarero—. ¿Querrá una ración o...?

—Mejor dos —indicó Patrick Tempter—. Puede que mi invitada le encuentre el gusto. —Su voz añadía una especie de floritura a todo lo que decía. Se inclinó hacia Sloane y susurró—: «¡Al carajo los torpedos, adelante a toda máquina!» Esta cita es del almirante Farragut en la batalla de la bahía de Mobile. En la Academia Naval de Annapolis le encanta a todo el mundo. El almirante fue muy valiente, aunque algo temerario. Tuvo un golpe de suerte, según dicen. Bueno, ya que nos dejamos llevar por la historia, imagino que Custer diría algo como: «No veo tantos indios de los cojones...» en Little Big Horn. Pero es menos probable que aparezca en el libro de citas de Bartlett.

Rio, y Sloane hizo lo mismo.

—O —añadió— más probable, ahora que lo pienso —soltó con una sonrisa pícara. Señaló la carta—. Elija algo exquisito y hablemos de negocios.

Tras echar un vistazo alrededor de comedor, aseguró:

—Y es raro que una vieja gloria como yo esté acompañado de alguien tan joven, talentoso y atractivo, señorita Connolly. Hay aquí esta noche más de uno que me conoce y que se preguntará sobre este encuentro, y tal vez con algo de envidia. —Alzó una ceja antes de proseguir con un tono cantarín en la voz—. Así que alguna que otra sonrisa que conlleve algo más que diversión avivará toda esa envidia, lo que disfrutaré muchísimo.

Sonrió de nuevo y Sloane asintió. El abogado no era en absoluto como se había imaginado.

—El maravilloso escritor humorístico Calvin Trillin bromeó

una vez sobre el Jockey Club de Miami —prosiguió—. Dijo que el promedio de edad de quienes lo frecuentaban era de cuarenta años. Es decir, un hombre de sesenta acompañado de una chica de veinte.

Tempter abarcó con un pequeño gesto el restaurante lleno.

—Diría que hoy podría hacerse aquí un poco ese cálculo.

Sloane sonrió. El abogado cambió al instante ligeramente el tono.

—Pero bueno, yo aquí, contando chistes, y usted me dijo que tenía un problema familiar de cierta importancia. No tendría que ser tan frívolo.

Antes de que Sloane pudiera contestar, el camarero regresó con un bol helado de cristal y borde de plata con caviar y el sumiller, con una botella. Tempter apenas la miró, asintió y probó después la pequeña cantidad que el sumiller le sirvió.

—Está bien —dijo—. Contendré la casi irresistible tentación de fruncir el ceño, poner cara de vinagre y devolverlo. —El sumiller se quedó un instante atónito, pero se recuperó de inmediato, medio rio y llenó la copa de Sloane antes de verter el resto del vino en un decantador de cristal tallado que depositó en la mesa.

En cuanto se quedaron solos, Tempter preguntó a Sloane:

—Este problema personal, ¿le parece que debamos comentarlo? ¿Es algo que pueda interferir en lo que vamos a tratar esta noche?

Sloane se vio desbordada por un torrente de respuestas.

«Sí. No. Mi madre se ha suicidado. Creo.»

Una parte de ella pensó: «Tendría que estar acurrucada en un rincón de mi piso, sollozando desesperada. No comiendo caviar por primera vez en mi vida».

Tempter tomó una tostada, extendió sobre ella las huevas negras y se la dio a Sloane, que las encontró saladas y no acabó de entender a qué venía tanto revuelo.

«No, no es así —reflexionó con dureza—. Jamás permití a mi madre entorpecer mi futuro cuando estaba viva. Y no puedo dejar que lo haga ahora que está muerta.»

—Es difícil de decir, señor Tempter —admitió en voz baja—. He estado sola varios años, pero...

Se detuvo ahí. El abogado la miraba detenidamente.

—¿Tal vez pueda separar lo personal de lo profesional?

—Espero que sí —respondió.

—Eso se parece mucho a lo que diría alguien de mi ámbito profesional —afirmó el abogado—. Discúlpeme si me he inmiscuido en algo privado. Quiero ser respetuoso. —Hizo una pausa mientras parecía pensar qué iba a decir a continuación y finalmente se inclinó hacia ella—. He tenido muy poco contacto con arquitectos a lo largo de los años, especialmente con los que tienen pericia en crear monumentos conmemorativos duraderos. De modo que estoy en desventaja.

Sloane dudó que el señor Tempter estuviera nunca en desventaja.

—Tal vez —prosiguió— podría preguntarle esto: cuando está ideando un monumento para conmemorar la pérdida de vidas, ¿qué tiene en cuenta para que el recuerdo de esas vidas tenga... —aguardó un momento para decir—: relevancia?

—Bonita palabra —respondió Sloane. Inspiró hondo. De repente se sintió en un terreno mucho más seguro. Podía hablar sobre algo que conocía bien, no de algo tan misterioso como aquel tramo ancho del río Connecticut y de si el cuerpo de su madre estaba atrapado en algún lugar de él bajo la superficie—. Ese es el enfoque. Requiere conocer a las personas, lo que hicieron en vida, lo que significó su muerte, tanto para sus allegados como para quienes las apreciaban. Existen muchos factores emocionales. Cuestiones psicológicas. La historia juega un papel en ello. Y el diseño de un monumento conmemorativo tiene que captar la mayor cantidad de estos elementos que sea posible. Si fuera de otro modo, sería tan solo la estatua de un tipo uniformado con el ceño fruncido montado a caballo con una espada en la mano. O, como usted dijo por teléfono el otro día, una placa de madera llena de nombres en una pared. Eso no dice gran cosa.

—Deberíamos pedir —comentó el abogado sonriendo una

vez más, y alzó la copa—. El vino tinto marida mejor con carne, como sin duda sabrá. Pero yo acostumbro a saltarme las convenciones. Tomaré pescado. ¿Y usted?

—Pescado también —dijo Sloane—. Las convenciones son lo que todo buen arquitecto desea evitar.

—Bien dicho —replicó Tempter mientras hacía una señal de nuevo al camarero.

3

UNO

La limusina avanzó cuidadosamente por una estrecha y mal iluminada calle lateral mientras el chófer buscaba la entrada del edificio de ladrillo rojo donde vivía Sloane. Sentada sola en la parte trasera, Sloane creía que había hecho la mayoría de las preguntas adecuadas, si bien las respuestas no habían sido nada completas. Se sentía relajada, con las ideas más claras, como si la comida, el vino y el ambiente embriagador de la velada hubieran aliviado su tensión interior.

Reprodujo mentalmente la parte final.

—Dígame, señor Tempter, ¿quién es exactamente su cliente?

—Mi cliente preferiría seguir manteniendo el anonimato de momento. Como le dije, es muy excéntrico. ¿Será esto un impedimento para cerrar el acuerdo?

—No estoy segura. Podría serlo. Me gusta saber para quién trabajo.

—Pues claro que sí. Como a todo el mundo. Pero estas circunstancias son excepcionales. ¿Puede ser flexible?

—Quizá.

—Estupendo. Me lo tomaré como un sí.

—Bueno, señor Tempter...

—Patrick, por favor. Creo que ya podríamos tutearnos, ¿no?

—Muy bien, Patrick, ¿a tu cliente le gustaría que yo conmemorara a varias personas sin saber cuál es su vínculo con él? No tiene demasiado sentido y es algo muy difícil, no, probablemente imposible de hacer. Carecería de contexto. Desconocería su relación. No podría valorar bien su importancia. Se trata de aspectos clave en cualquier monumento conmemorativo. Sería como construir un edificio sin poner unos cimientos sólidos. No es un buen enfoque.

—Te aseguro, Sloane, que mi cliente es muy consciente de este dilema, lo mismo que yo. Pero antes de aportar la información relevante, que incluye todas estas cosas que solicitas, me ha pedido que obtenga tu compromiso en firme.

—Parece una persona muy reservada.

—Lo es —dijo sonriendo el abogado—. Ni te imaginas cuánto. Pero di que sí y las cosas empezarán a aclararse.

—¿Cómo puedo hacerlo sin saber qué...?

La interrumpió, y ella se quedó callada y lo escuchó con atención mientras hablaba.

—No es fácil, desde luego. Estoy de acuerdo contigo en este punto. Creo que haces bien en ser cauta. He hablado mucho con mi cliente para pedirle que sea más abierto ahora, al principio. Supongo que podría decirse que te está pidiendo un acto de fe. Tienes que aprender a confiar en lo desconocido. Mi tarea esta noche es convencerte de que aceptes este trabajo. Pero, verás, Sloane, le he dado muchas vueltas a esta situación. Y he llegado a la conclusión de que puede que estés exagerando el problema que se te presenta. En nuestra vida y a lo largo de la historia, hemos visto cómo conseguían grandes cosas personas excepcionales que habían empezado con el mayor de los misterios, rodeadas de dudas, sumidas en la incerteza. Piensa en los grandes avances de la tecnología, la medicina, el arte, la literatura. Se harían pocos si la gente supiera con certeza con qué va a encontrarse al final. La grandeza requiere a menudo más que el mero compromiso, exige riesgo, ¿no te parece? Aventura. Steve Jobs en su garaje, Marie Curie con su microscopio, Lewis y Clark contemplando por fin el océano Pacífico, por mencionar algunos que me vienen a la cabeza. Te estamos pidiendo eso, ni más ni menos, porque mi cliente cree que tú podrías ser una de esas personas excepcionales. Y sea cual sea el resultado final, serás generosamente recompensada por tu trabajo...

—Caramba, Patrick. Ha sido un discurso muy elocuente y de lo más halagador. Me he hinchado como un pavo real. Casi me lo trago todo. Pero lo de Steve Jobs y yo, bueno, no es realmente mi estilo, creo. Tendrás que probar otra cosa.

El abogado sonrió, inclinó ligeramente la cabeza con deferencia casi asiática.

—Ah, me has calado, más o menos como imaginé que ocurriría. Te pido disculpas. Después de tantos años de persuasión, hay que saber elegir el planteamiento adecuado para cada persona. El halago es una opción muy evidente. Tendría que haber sido mucho más sutil. ¿Soborno? ¿Amenazas? Más bien no. ¿Engatusarte? ¿Suplicarte? ¿Ponerme de rodillas en este lujoso restaurante para rogarte? No estoy seguro de que nada de eso funcionara. ¿Tal vez una combinación de todas esas cosas?

Echó la cabeza hacia atrás y rio como si todo lo que había dicho fuera un chiste, y ella se unió a él.

—Verás —prosiguió, adoptando de golpe una expresión fingida de cordero degollado—, con un apellido como el mío, que significa «tentador»... bueno, tengo que encontrar la forma exacta de tentarte.

—Un problema, en tu profesión, imagino —asintió Sloane.

—Tiempo atrás tuve un amigo abogado con quien solía jugar al squash los fines de semana —comentó Tempter encogiéndose de hombros—, Fred Cheatham, que lo tenía mucho peor. Habríamos formado un bufete fantástico. Se leería: Tempt-her y Cheat-him, ya sabes, «tentarla» y «engañarlo».

—Muy bien —dijo Sloane con una carcajada—. ¿Qué significa exactamente «generosamente recompensada»?

—Ah, el meollo del asunto, como suele decirse. Mi cliente te proporcionará un despacho. Completamente amueblado con el equipo que creas que vas a necesitar durante todo el tiempo que precises. Puede que tengas que viajar un poco. Sí. Con casi toda seguridad. Diría que llevará varios meses determinar si las personas a las que mi cliente quiere ver honradas merecen monumentos conmemorativos individualizados, o uno solo que capte todas sus contribuciones en un único lugar. Eso es cosa tuya, Sloane, aunque mi cliente parece preferir un único lugar, un único diseño conceptual. Pero no querría inmiscuirse en tu creatividad. Mientras trabajes, documentándote, un sueldo de cinco mil a la semana. Por una propuesta que cumpla todos sus criterios y sea aceptada, él es el único juez de este concurso, un millón de dólares. Y posteriormente, por supervisar la construcción, otro millón de dólares. Una vez finalizada satisfactoriamente, una gratificación de medio millón. Y, naturalmente, todos los gastos en los que incurras. No tendrás costes adicionales.

Sloane se había caído de espaldas al oír las cantidades. Debía de tener la boca abierta porque Patrick Tempter sonrió.

—Parece mucho, pero apenas representa los beneficios que mi cliente obtiene en la bolsa en una semana. Puede que incluso en menos de una semana. En un par de días buenos. Quizá incluso en unas horas destacadas.

—Esas cifras parecen...

—¿Altas?

—Más bien imposibles. Improbables.

—Sí. Yo también lo pensé. Casi sospechosas, diría. Pero tienes que verlo desde otra perspectiva. A mi cliente le satisfaría enormemente lanzar tu carrera profesional. Como una beca de investigación tras la residencia para un médico, una beca Rhodes para un estadista en ciernes o ser seleccionado en la primera ronda del *draft* de la NFL para un jugador de fútbol americano.

—¿Por qué yo?

—¿Por qué no tú?

—Hay arquitectos mucho más experimentados...

Tempter alzó inmediatamente la mano para indicarle que parara.

—Cualquiera de los cuales habría aceptado este reto al instante —aseguró con énfasis—. Pero mi cliente lo ve de otro modo: las personas a las que quiere conmemorar fueron fundamentales para él cuando estaba empezando y en momentos decisivos de su carrera profesional. Desde su juventud hasta su madurez. Así que, de hecho, quiere devolver estos favores. En cierto sentido, Sloane, tú y tu diseño formáis parte de ese monumento conmemorativo. Por lo que alguien ya establecido no le atrae del mismo modo.

Esto tenía sentido para Sloane.

—¿De cuántas personas estamos hablando? Para el monumento conmemorativo, quiero decir.

—De media docena. Está preparando los nombres ahora mismo.

Tempter sonrió de nuevo.

—Y mientras lo hace, aquí tienes un incentivo. Digamos que es una pequeña muestra de su sinceridad.

Tempter se sacó un sobre del bolsillo de la chaqueta y se lo entregó a Sloane por encima de la mesa. Llevaba su nombre escrito a máquina en el exterior. Lo abrió. Dentro había un cheque bancario a su nombre por diez mil dólares.

Fue a hablar, pero el abogado levantó la mano para interrumpirla.

—Puedes cobrarlo cuando quieras. No tienes que firmar el acuerdo para hacerlo. Es tuyo, simplemente por oír la propuesta esta noche. Y, por supuesto, por ser una compañía tan encantadora durante la cena.

El abogado hizo una pausa. Se inclinó hacia ella como si fueran a compartir un secreto.

—¿Qué es lo que decía Marlon Brando al interpretar a don Corleone en *El padrino*? Te está haciendo una oferta que no podrás rechazar.

—¿Es aquí, señorita Connolly? —oyó Sloane que decía el chófer. Tenía en las manos dos copias de un sencillo contrato de tres páginas. «Uno para usted, uno para nosotros», había dicho Patrick Tempter. Era poco más que una carta de acuerdo. Detallaba la extraordinaria compensación que Tempter ya le había descrito y contenía un par de párrafos que explicaban a grandes rasgos sus responsabilidades, todo ello en el típico lenguaje jurídico lleno de «considerando que» y de «la parte de la primera parte». Incluso bajo aquella tenue luz, veía que el «contrato» le daba mucha libertad de acción en cuanto a diseño, tiempo empleado y estilo. Sería su propuesta, sin ninguna supervisión aparente. Era inexperta en las legalidades de la arquitectura. Sabía que los proyectos de construcción complejos requerían contratos muy bien revisados. Ese, en cambio, era muy distinto.

—Sí —dijo al chófer.

—De acuerdo —respondió este, y se detuvo junto al bordillo.

Patrick Tempter la había sorprendido con el chófer y el largo y reluciente automóvil negro al salir del restaurante.

—Supuse que vendrías en taxi, en Uber o incluso en metro, ¿o me equivoqué? No hay que renunciar a una codiciada plaza de aparcamiento, ¿verdad? —Verdad. Los dos habían reído de esa simple realidad de la vida urbana. Tempter había señalado el documento mientras le sujetaba galantemente la puerta—. No es complicado, Sloane. No dudes en pedirle a tu abogado que le eche un vistazo, por supuesto. O, si tienes alguna pregunta más, llámame. De día o de noche. He adjuntado mi tarjeta a la primera página junto con un sobre sellado para devolvérmelo por correo, que espero sinceramente que utilices en cuanto lo hayas firmado.

Sloane tomó su bolso y salió de la limusina. Una parte de ella deseaba que Roger pudiera verla en aquel momento: a punto de ser rica. A punto de iniciar un proyecto por el que cualquiera de sus compañeros de la facultad de Arquitectura mataría. A punto de ser exactamente la profesional que siempre había querido ser.

Una ironía se agazapaba en su interior. De repente tenía dos fuentes de ingresos: el dinero que le había dejado su madre junto con la advertencia de que huyera, y el dinero del hombre oculto que quería monumentos conmemorativos y la llevaba a quedarse.

—¿Necesitará algo más esta noche, señorita? —preguntó el chófer.

—No —respondió Sloane.

—Me iré entonces —dijo, tocándose la gorra a modo de saludo. Más que educado. Sloane pensó que el cliché era válido: «Podría acostumbrarme a esto».

Esperó en la acera a que el chófer se marchara calle abajo. Sintió que la envolvía la noche. Todavía hacía calor. Se sintió vigorizada. Entusiasmada. Era como si el contrato que tenía en las manos tapara todo lo demás que le había pasado desde que había recibido la carta de su madre. Los buceadores en las aguas oscuras del río, el agobiante orden previo al final de la vida de la casa y la pistola envuelta en papel de regalo parecían, todos ellos, fruto de una alucinación, de un sueño, como si la velada recién terminada hubiera hecho a un lado la realidad que sugerían. Se adentró en la sombra contigua a los peldaños de acceso a su edificio.

Escuchó un momento los ruidos de la ciudad: coches y autobuses lejanos, un televisor a todo volumen que se oía a través de una ventana abierta. Una ligera brisa acariciaba las hojas de un árbol cercano. Miró a derecha y a izquierda, calle arriba. La luz difusa de las farolas y los portales iluminados que se colaba entre los coches estacionados dejaba zonas sin luz que ocultaban formas sombrías y extrañas. La mayoría de las ventanas que veía estaban a oscuras, pero de repente tuvo la sensación de que detrás de una de ellas había alguien observándola, como si se asomara desde detrás de una cortina. Recorrió los edificios con la mirada para intentar detectar el origen de su súbita ansiedad. Notó que le subía la adrenalina y se le aceleraba el pulso, y pensó que algo andaba mal. Aquello contrastaba con los restos de su entusiasmo, y sujetó con más fuerza el contrato y el cheque, como si alguien estuviera a punto de salir de golpe de entre las sombras para apoderarse del documento y encargarse del proyecto, convirtiéndose en la nueva Sloane. Nada de lo que sentía tenía sentido. Intentó organizar su mirada, como un científico inclinado sobre un microscopio examinando una muestra de sangre en busca de algo que indicara la presencia de una enfermedad. Notó que le costaba respirar y se le tensaban los músculos, como si llevara un buen rato manteniendo una postura de yoga. Por un instante, creyó oír unos pasos, y se giró rápidamente.

Nadie.

Se volvió hacia el otro lado.

Nadie.

No sabía si era más inquietante estar sola o frente a algún desconocido. Notó la presión de alguien observándola, como dos manos en la espalda empujándola. Tuvo miedo de dar trompicones como si estuviera borracha. Se puso tensa, dirigió una última mirada primero a la derecha, después a la izquierda, sacudió la cabeza y se dijo a sí misma que estaba siendo absurda, algo que, como sabía perfectamente, era lo que todo el mundo se obligaba a sí mismo a pensar cuando se veía prácticamente superado por la sensación de que algo andaba ligeramente mal.

En aquel momento no distinguía si tenía calor o frío.

Se encogió de hombros de modo exagerado, tomó los sentimientos incontrolados de su interior como si fueran desperdicios, los zarandeó, los estrujó, los partió por la mitad, los hizo trizas como haría con un diseño fallido y los desechó. Subió agresivamente los peldaños de su edificio y abrió el portal. Al cruzar la doble puerta de entrada, notó que su pulso se normalizaba. Al entrar en su piso y cerrar la puerta, se sintió imbécil. Cuando cruzó el salón, el comedor y el dormitorio, encendiendo luces, rodeada de familiaridad, se quitó la chaqueta, los pantalones y los zapatos y se puso el chándal que hacía también las veces de pijama, se relajó.

«¿Quién no querría esta aventura?», se preguntó a sí misma.

Dos

Era casi medianoche cuando Sloane encendió el ordenador y buscó el nombre del abogado. Encontró una docena de entradas. Las que le parecieron más relevantes eran artículos de prensa de diarios jurídicos o de periódicos importantes titulados: «Tempter designado para dirigir la División de Litigios», de hacía casi dos décadas, y «Destacado abogado litigante se retira», de hacía dieciocho meses. Había otros artículos a los que echó un vistazo: uno dedicado a casos interesantes en los que Patrick Tempter actuaba a favor de una u otra parte. Grandes casos multimillonarios. Adquisiciones de empresas. Crímenes de guante blanco. Lo que vio enseguida era que Tempter gozaba de gran reputación como experto en juzgados, y que se había jubilado anticipadamente de uno de los bufetes de abogados más prestigiosos de la ciudad más o menos un año antes. No encontró nada sobre su vida personal: ninguna mención a su esposa o sus hijos, y nada en los ecos de sociedad. Se dijo a sí misma que debía mirar si llevaba alianza la próxima vez que lo viera. Buscó algún perfil, algún artículo que no tratara tanto de leyes y de argumentos y más de la persona, pero encontró poca cosa. La única historia que vio que contara algo sobre él era una serie de citas en un blog sobre la ciudad relativas a una «ley sobre el uso de la correa» que proponía la administración local de uno de los barrios más elegantes. Tempter había argumentado de modo persuasivo y elocuente en contra de la ordenanza local que exigiría llevar sujetos a todos los perros en todo momento.

Esto hizo sonreír a Sloane. Imaginó al elegante abogado deleitándose en los detalles, a favor y en contra, de que los perros anduvieran sueltos.

Con sus modestas aptitudes detectivescas en internet, fue incapaz de encontrar algo que la llevara a cuestionarse la honestidad del abogado. Todo lo que vio y leyó indicaba una dedicación a los principios de la ley y una devoción por la integridad. Encontró un par de *webcasts* que mostraban a Tempter en un entorno universitario hablando sobre algún asunto constitucional profundo. Se preguntó por un instante si Roger había asistido alguna vez a algo así. Revisó todas las menciones para ver si había algo que indicara para quién estaba trabajando Tempter. No logró encontrar nada.

«Ha sido inútil —pensó—. Quienquiera que sea sigue siendo anónimo.»

Se preguntó si era realmente algo por lo que preocuparse, decidió que sí y no, echó un vistazo al reloj, vio que eran casi las dos de la madrugada y se levantó de su escritorio.

Dirigió la mirada al contrato de tres páginas.

—No seas tonta —se recriminó en voz alta—. Ocasiones como esta no se presentan todos los días.

Impulsivamente tomó un bolígrafo del escritorio, buscó la última página y estampó su firma en el lugar designado. Metió el contrato en el sobre que Tempter le había proporcionado y lo cerró.

Al final de su calle había un buzón. Se dijo a sí misma que debería esperar a mañana. Pero el deseo de poner las cosas en marcha casi la superaba. Se dirigió al cuarto de baño en busca de un viejo y andrajoso albornoz de algodón púrpura. Se puso unas zapatillas raídas, tomó las llaves y el contrato en el sobre y salió sigilosamente de su piso.

Al llegar a la doble puerta revivió la exasperante sensación que había tenido antes y dudó.

—Ahora es más tarde —se susurró a sí misma—. No hay nadie ahí fuera.

Como un caballo de carreras al que se le abre la compuerta de salida, salió disparada, cruzó las dos puertas y bajó los peldaños hasta la acera. No corrió hasta el buzón, fue más bien una veloz marcha militar, con el albornoz ondeando con cada paso y el ruido de las zapatillas sobre el cemento. Echó un vistazo rápido a su alrededor cuando llegó al omnipresente buzón azul, vaciló apenas un poco antes de tirar la carta por la ranura y la cubierta se cerró enseguida con un sonido metálico. Imaginó que era el sonido de su vida cambiando.

Se volvió y regresó con movimientos raudos a su edificio. Subió los peldaños, cruzó las puertas, oyó el satisfactorio clic que hacían al cerrarse, siguió escaleras arriba para entrar en su piso, correr enseguida el cerrojo de seguridad y poner la cadena. Avanzó un paso y, aunque era consciente de que debería apagar todas las luces y acostarse, estaba demasiado alterada. Sabía que lo que necesitaba era dormir profundamente sin soñar, pero también sabía que eso era poco probable. Le venían a la cabeza imágenes de monumentos conmemorativos famosos y sólidamente establecidos, como si todo lo que había estudiado reclamara de repente su atención. Por un segundo, una imagen de su madre se inmiscuyó en ellas.

«¿Qué clase de monumento conmemorativo tendrá ella?», se preguntó Sloane.

Y entonces, cansada, pero llena de una energía ilimitada, dejó a un lado todos los recuerdos de su madre como si pudiera envolverlos en ropa interior y esconderlos en el fondo de un cajón como había hecho con su regalo de cumpleaños: la pistola del 45.

Se dirigió hacia la cama.

«Seis nombres», le había dicho el abogado.

«Me pregunto quiénes son», pensó.

4

Uno

Tras firmar el contrato, pasaron dos semanas volando. Emociones confusas. Inconexas.

Sloane se pasó una hora frente a los miembros del jurado de su diseño universitario escuchando cómo hablaban con entusiasmo de ella. Disfrutó de los elogios y se marchó sabiendo que el premio de diseño universitario era evidentemente suyo pero sin alargar la mano hacia el teléfono porque no tenía a quién llamar para enorgullecerse de su éxito inminente. No tenía madre. No tenía novio. No tenía viejos amigos. No tenía nuevos amigos. Cumplió todos los requisitos que le faltaban para su licenciatura y se inscribió para un examen que iba a hacerse durante el verano para obtener la licencia profesional. Cobró el cheque de Patrick Tempter una hora después de haber recibido un mensaje entusiasta de él: «Hace unos minutos llegó su contrato firmado. ¡Maravilloso! ¡Felicidades! Estamos deseando trabajar con usted. Por favor, envíeme por correo electrónico una lista de las cosas que necesitará en su nuevo despacho». Se puso en contacto con un agente inmobiliario y puso la casa de su madre, ahora suya, a la venta al tipo de precio razonable con el que seguramente recibiría rápidamente una oferta. Preparó la lista que le había pedido Patrick Tempter con la idea de un «despacho de caviar» en mente. Todo de gama alta, hasta los gruesos lápices de dibujo y las reglas de metal, no de plástico. Lo único de su larga lista de cosas que hacer que no pudo hacer fue hablar con un abogado sobre los detalles del proceso para declarar a su madre legalmente muerta. Cayó en la cuenta de que no corría prisa. Recibió otro mensaje de Roger: «Te echo realmente de menos. De verdad. ¿No podemos vernos y arreglar las cosas? Te prometo ser mejor». Lo ignoró, pensando con sarcasmo: «Mejor ¿qué?». Y, a continuación: «¿Crees que puedes ser mucho mejor? ¿Lo bastante?». El teléfono sonó por lo menos seis veces debido a sus esfuerzos vanos por hablar con ella. Rechazó cada llamada.

«Déjalo ya, Roger», pensó.

Llamó al inspector de su ciudad natal. El policía le repitió lo que le había dicho anteriormente. Seguirían controlando las cuentas bancarias y las tarjetas de crédito. «Dicho de otro modo —se dijo Sloane—: no hay ninguna esperanza.» Esto era cierto, además de: «No hay nada que nadie pueda hacer». La policía parecía contar con que ese kayakista anónimo solucionara mágicamente el problema. Tres días después de enviar a Patrick Tempter su exhaustiva lista de requisitos deseados, él le remitió la dirección de un edificio de oficinas compartidas que no quedaba lejos de la universidad y estaba a tan solo diez minutos a pie de su piso. Su mensaje rezaba simplemente: «Creo que encontrará el despacho 101 más que aceptable».

Entró en el edificio de oficinas a mediodía.

Era elegante, muy moderno, lleno de mesas de trabajo repartidas por una amplia superficie abierta. Pasó junto a personas inclinadas delante de ordenadores. Otros pequeños equipos examinaban diseños y documentos. Algunos de ellos tomaban notas o mantenían animadas conversaciones telefónicas. Más de un par de jóvenes estaban enzarzados en discusiones acaloradas. El edificio parecía rebosar de ideas. Miró a su alrededor, pensando quién iría a la quiebra, quién se abría paso gracias a los planes de pensiones de mamá y papá y quién estaba a punto de dar con el concepto que de repente y milagrosamente valdría millones, quizá más.

En un extremo había una joven atractiva que tendría su edad, sentada ante una mesa, leyendo una revista de modas mientras gestionaba más o menos el movimiento de personas en el local. Sloane se acercó a ella.

—Me llamo Sloane Connolly. Creo que el despacho 101... No pudo decir más.

—Ah, sí. Hola, Sloane. Te estábamos esperando. Tengo aquí tu llave. Creo que los últimos muebles llegaron ayer por la noche. Te enseñaré todo esto.

La joven entregó a Sloane unas llaves y se lo mostró todo mientras le explicaba a grandes rasgos algunas de las normas, sobre las entregas de comida preparada para trabajar por la noche, sobre espacios compartidos para reuniones que había que reservar de antemano, sobre la recogida diaria de la basura. Siguió hablando mientras la llevaba hasta un despacho con una gruesa puerta de madera que lucía su nombre. Había una gran ventana de cristal que daba a la sala de trabajo. Era un sitio que mezclaba la privacidad y la exposición pública.

—Es aquí —dijo la joven.

Sloane vaciló, contempló su nombre en la puerta, introdujo la llave en la cerradura, giró el pomo y entró. Fue como ver la perfección hecha realidad. Había todo lo que siempre había imaginado que un arquitecto necesitaría.

Un potente ordenador Apple, totalmente nuevo.

En el teclado, había una tarjeta Platinum de American Express. Tenía grabado en relieve: «SLOANE CONNOLLY, ARQUITECTURA Y DISEÑO». Junto a ella había un iPhone nuevo. Lo tomó, lo encendió y vio que estaba programado con su número.

Dominaba el espacio una plataforma ajustable de dibujo dispuesta en forma de «L» y conectada a la mesa del ordenador. Una silla de piel negra estaba situada delante para que ella pudiera pivotar fácilmente entre el ordenador y los dibujos. Calculó que solamente la silla costaba casi tanto como el cheque que había cobrado de Patrick Tempter.

Papel y rotuladores cuidadosamente dispuestos decoraban la superficie de dibujo.

A un lado: armarios nuevos de caoba. Una reluciente cafetera Keurig negra y plateada y un conjunto de tazas blancas colocadas sobre una pequeña nevera. Abrió un cajoncito y vio una hilera de cápsulas de café. La nevera contenía botellas de agua Perrier y una selección de refrescos light.

Un sofá de piel negra a juego estaba situado contra una pared, bajo la única ventana que daba a la calle. Delante había una mesa de centro. Alguien había puesto en ella un florero con flores rojas, amarillas y verdes.

En la gran pared blanca del fondo del despacho había diez dibujos elegantemente enmarcados, todos ellos de famosos edificios del mundo en sus distintas fases de diseño. Tres de la visión de Versalles de Luis XIV. Un par del museo de Frank Gehry en Bilbao, España. Tres de los diseños provisionales del monumento a Thomas Jefferson de Monticello. Dos del inmenso edificio de David Childs en el World Trade Center, en el bajo Manhattan, construido después de la destrucción de las torres gemelas el 11 de septiembre. Nuevos y viejos. Era la clase de arte que inspiraba a un arquitecto.

Sloane lanzó la cartera al sofá y se dirigió hacia el ordenador. Lo encendió.

Al iluminarse, apareció un salvapantallas con la imagen artística de una isla gris, marrón y verde poblada de altos abetos que emergía misteriosamente de un lago cubierto de una neblina matinal. La imagen parecía de otro mundo, casi como si procediera de un planeta nuevo, aunque parecido a la Tierra, de ciencia ficción. La isla de la fotografía le resultaba vagamente familiar. La observó unos minutos, intentando deducir dónde había visto antes esa imagen, pero no le vino nada a la cabeza en aquel momento.

En el margen inferior aparecía el conocido grupo de opciones del ordenador.

En el centro del salvapantallas había un único archivo de color azul claro titulado «BIENVENIDA, SLOANE». Situó el cursor sobre él e hizo doble clic.

Al hacerlo, dijo en voz alta:

—Buenos días también.

Abrió un documento de Word.

Hola, Sloane.

Patrick me ha informado de que has aceptado los términos.

Estoy encantado.

Pero antes de vernos en persona, me gustaría que iniciaras el proceso de investigación.

Te adjunto los nombres de las seis personas a las que deseo que conmemores. Están relacionadas al azar. Y cada una de ellas tuvo un tipo distinto de efecto en mi desarrollo en las diversas fases de mi vida y, por tanto, en mi posterior éxito. Junto a cada nombre hay una característica identificativa y el último paradero que conozco de esa persona. Esto debería ayudarte a empezar a encontrar información sobre cada una de ellas. El ordenador te proporcionará alguna, pero como Patrick te advirtió, puede que tengas que viajar. Según mi experiencia, las reuniones cara a cara aportan siempre más información. La tarjeta de crédito está pensada para este propósito y para cualquier otro gasto en el que puedas incurrir. Cuando te hayas familiarizado íntimamente con quién es cada una de estas personas de mi lista, podemos comentar inteligentemente lo que cada una de ellas significó para mí y la mejor forma de honrar su papel único y su recuerdo. Querré asegurarme de que todos están relacionados entre sí para ti para que puedas dar a tu diseño una gran profundidad y un impacto verdaderamente duradero.

Por favor, ponte en contacto con Patrick si precisas o quieres algo más. Ninguna petición es demasiado grande o demasiado pequeña. Nada es trivial. Él se encargará de que tus necesidades sean satisfechas de inmediato.

Saludos cordiales,

Tu Empleador

«Excéntrico es quedarse corto —pensó Sloane moviéndose incómoda en su asiento. Y siguió pensando—: Será mejor que empiece.» Se lo planteó un poco como estar a la orilla de un lago, a punto de zambullirse en él, valorando lo fría que el agua podía, o no, estar.

Dos

Sloane miró la lista de nombres y se encogió de hombros. Ninguno de ellos le decía nada. Pensó que podría haberle sido útil que uno de los nombres fuera conocido, un artista o político famoso o un destacado empresario habitual de los titulares, porque eso podría ayudarla a entender quién era el Empleador. Sacó un bloc y se inclinó hacia la pantalla del ordenador. Sin pensar realmente demasiado en lo que estaba haciendo, accedió a Google y tecleó el primer nombre de la lista del Empleador: «Lawrence Miner, Dred Scott y la Proclamación de Emancipación, Exeter, New Hampshire». La primera entrada que apareció en pantalla se remontaba a diez años atrás y era un recordatorio y necrológica conjuntos de la *Revista de Exalumnos* de la prestigiosa escuela privada situada en esa ciudad. El titular del artículo rezaba: «EXDIRECTOR Y QUERIDO PROFESOR DE HISTORIA FALLECE A LOS OCHENTA Y SIETE AÑOS».

«Bueno, no ha sido demasiado difícil y tiene todo el sentido del mundo —pensó Sloane—. Dred Scott y la Proclamación de Emancipación son momentos cruciales de la historia estadounidense y temas básicos en cualquier curso de Historia de Estados Unidos. De modo que el Empleador fue a un colegio de secundaria caro y elegante. Pues claro que sí. Fue uno de los primeros pasos del proceso de hacerse inmensamente rico.»

Leyó los artículos. Palabras de elogio de los compañeros del cuerpo docente, «estaba extraordinariamente entregado», y administrativo, «siempre disciplinado y sumamente organizado» y «era estricto y eficiente». De algunos exalumnos, «conseguía que prestáramos atención en el aula hasta cuando comentábamos las partes aburridas de la historia estadounidense». Sloane imaginó que los exalumnos habían alcanzado grandes logros. Se preguntó si el Empleador estaba entre las muchas personas citadas. Su primera impresión sobre la carrera profesional de Lawrence Miner fue que la palabra «querido» no estaba fuera de lugar.

Leyó otro artículo, escrito cinco años después de la muerte del hombre. Al parecer, hubo cierto movimiento para bautizar un dormitorio con su nombre. Otro breve texto dos años posterior al boletín de los exalumnos indicaba que se habían recaudado fondos para encargar un retrato del profesor, que se esperaba que colgaría junto a los de otras personas distinguidas en un lugar destacado del centro.

Pudo imaginarlo: retratos de hombres canosos fallecidos largo tiempo atrás con trajes negros mirando desde sus lienzos respectivos con una expresión severa e implacable en la cara.

Todo aquello era previsible y razonable. El colegio había sido fundado a finales del siglo XVIII, y había una lista inmensa de hombres de Estado y algunos miembros de la realeza que habían estudiado allí. Escritores famosos y actores famosos, filántropos famosos y científicos y médicos famosos habían recorrido en su día aquellos pasillos. La sensación de que el Empleador era otra de las personas importantes que querían contribuir al legado del director casi la abrumó. Tuvo la impresión de que se estaba preparando para participar en algo honorable. En su cabeza se arremolinaron ideas incipientes. Pensó: «El nombre del hombre en un edificio y un retrato colgado en una sala no significan demasiado. El nombre en el edificio se convertirá en una parte poco memorable del paisaje; la imagen se irá apagando a medida que nuevas generaciones de alumnos pasen ante ella en busca de su futuro, no de lo que ocurrió antes. No tendrá ninguna importancia para ellos. Tengo que encontrar algo mucho más sugestivo».

Mientras pensaba esto, iba clicando distraídamente las entradas de internet que Google proporcionaba.

Una captó su atención: «La muerte del director sigue desconcertando a la policía».

Se detuvo.

¿La policía?

¿Por qué? ¿Qué tiene que ver la policía con el querido director?

Leyó el primer párrafo del breve artículo de un pequeño periódico.

> Tres años tras las muertes violentas en su casa rural a varios kilómetros del centro del que había sido parte integral durante décadas, la policía sigue sin pistas fiables de los brutales asesinatos de Lawrence Miner, profesor y director retirado, y su esposa, Muriel.

El resto del artículo citaba a un agente y al nuevo director. Afirmaban que no había nada nuevo de que informar.

Era exiguo en cuanto a los detalles sobre lo sucedido.

Pero no fue en eso en lo que Sloane se fijó.

Lo hizo en la palabra «asesinatos».

5

Uno

Esto es lo que Sloane se dijo a sí misma:

«No significa nada.

»Coincidencia.

»Mala suerte. Simple mala fortuna.

»No tiene nada que ver con nada de lo que estoy haciendo».

Profundizó un poco más en internet y encontró unos cuantos detalles sobre las circunstancias que rodearon la muerte del anciano director y su esposa. Allanamiento de morada. Noche oscura, lugar apartado en los bosques de New Hampshire. En pleno invierno. Pasaron semanas antes de encontrarse los cadáveres, ya que la pareja vivía sola con pocas visitas y familiares lejanos. De hecho, podría haberse tardado más en descubrir el crimen si no hubiera sido por el observador conductor de un quitanieves que fue a despejar su camino de entrada tras una gran nevada en enero. Vio la puerta principal abierta, se paró en seco, bajó, llamó insistentemente, gritó sus nombres y, finalmente, se asomó y se llevó el susto de su vida.

Los artículos periodísticos iniciales afirmaban que en el interior de la casa hacía un frío terrible. Sloane imaginó un mausoleo gélido, con cuerpos recubiertos de hielo como estatuas de cera y manchas de sangre que se habían cristalizado en forma de charcos resbaladizos. El exdirector, ex querido profesor de historia y su esposa de sesenta años fueron hallados muertos a palos en un estudio. Se había utilizado un atizador de la chimenea, o eso dedujo la policía porque faltaba un atizador de hierro del conjunto situado junto a la chimenea del salón. La puerta trasera de la casa estaba también abierta, lo que generaba una corriente de aire casi ártica por la casa. El único móvil del crimen parecía ser intentar conseguir el efectivo disponible y cualquier receta de analgésicos que la pareja mayor tuviera en casa, no mucho por lo que morir, al parecer de Sloane. La policía relacionó el crimen con otros allanamientos que habían tenido lugar por todo el estado los meses anteriores, aunque ninguno de ellos terminó en una muerte violenta. Un portavoz de la policía sugirió que los principales sospechosos eran adictos a los opioides. Tal vez unos consumidores de metanfetaminas bajo los efectos del polvo de ángel se dejaron llevar por el frenesí provocado por las drogas. Advertía que los ancianos eran especialmente vulnerables a ser presas porque a menudo disponían de las sustancias deseadas como fármacos para sus habituales achaques y dolores.

Un asesinato brutal. Sloane imaginó golpe tras golpe, grito tras grito, huesos rompiéndose mientras la sangre salpicaba la habitación. Sacudió la cabeza como si pudiera desprenderse así de la imagen.

Solo era mala suerte.

Dejó las notas y pensó: «Bueno, la muerte del viejo director no será en lo que el Empleador quiera concentrarse. Querrá celebrar las contribuciones que el hombre hizo cuando estaba vivo y en un aula. Querrá destacar las lecciones que el profesor y director dio al Empleador cuando este todavía era adolescente. Lecciones de vida. No lecciones de muerte».

Por más duro que fuera olvidarse de los macabros relatos del par de asesinatos, Sloane miró el siguiente nombre en la lista del Empleador. Una mujer:

Wendy A. Wilson, muy hermosa,
Poughkeepsie, Nueva York.

Sloane se relajó. Algo sobre una mujer con un nombre muy común parecía extrañamente más seguro que un anciano vulnerable y su esposa que vivían en los bosques de New Hampshire. Encontró enseguida más de veinte necrológicas de mujeres llamadas Wendy en un puñado de estados. Wendys que habían sido «esposas abnegadas y madres entregadas»; Wendys que habían dejado «legados de vida»; Wendys que habían sido profesoras, economistas, enfermeras, contables, conductoras de autobús escolar e incluso una monja. Ninguna parecía estar relacionada con Poughkeepsie, Nueva York. No pudo encontrar ningún artículo periodístico, como había hecho con el exdirector de New Hampshire. Hizo clic página tras página en su búsqueda, profundizando electrónicamente y encontrando más respuestas vagas hasta tal punto que el ordenador le ofrecía entradas relacionadas con la cadena de hamburgueserías Wendy's o con las actividades académicas de la Escuela de Estudios Internacionales Wilson de la Universidad de Princeton.

Cuando iba a darse por vencida, vio algo. Era una tesis doctoral sobre un estudio médico y sociológico de la muerte prematura de modelos femeninas en el mundo de la moda de Nueva York.

Una entrada truncada captó su atención:

> ... Esta tabla incluía la sobredosis mortal de pastillas para adelgazar de la exmodelo de pasarela Wendy A. W. unos cuantos años después de haberse retirado del mundo de la moda...

Sloane hizo clic en esa entrada. Era una posibilidad: Wendy A. Wilson podía ser perfectamente Wendy A. W.

«Muy hermosa» podía ser «exmodelo».

Fue de poca ayuda. El estudio solamente usaba los nombres y las iniciales de los apellidos, y contenía pocos detalles sobre esa Wendy concreta que aparecía mencionada solo en una nota a pie de página. Cuando estaba a punto de abandonar esa búsqueda, vio que el autor estaba en la facultad de una universidad cercana.

La mitad de ella insistía: es una pérdida de tiempo.

La otra mitad exigía: investiga cualquier posibilidad.

Decidió impulsivamente intentar llamar una vez. En realidad, no tenía demasiadas esperanzas, pero le sorprendió que el número que marcó contestara al segundo timbrazo.

—Profesora Andrews al habla... —dijo la persona.

Sloane se quedó tan desconcertada que tartamudeó con dificultad una respuesta inconexa.

—Mi nombre es Sloane Connolly, profesora. Estoy documentándome para un proyecto arquitectónico y en una nota a pie de página de un estudio que usted llevó a cabo he encontrado un nombre que se corresponde con otro que forma parte de mis pesquisas, y me gustaría saber si podría hacerle una o dos preguntas.

Intentó parecer oficial y académica. El resultado fue flojo y poco convincente.

—¿Proyecto arquitectónico?

—Exacto. Un monumento conmemorativo.

—¿En un estudio que yo llevo a cabo?

—Sí. Para su tesis doctoral.

—De eso hace mucho, muchísimo tiempo. No he mirado mi tesis desde hace, bueno, muchos años.

—Sobre modelos y muertes prematuras.

—Sí. Esa es una de mis áreas de conocimientos. Los abusos habituales en la industria de la moda que provocan la mortalidad prematura y lo que eso significa en una interpretación feminista posmoderna del lugar de trabajo. Pero le repito que de eso hace muchos años.

—Una tal Wendy A. W. La menciona en una nota en la página veintisiete de su tesis.

—Es algo muy confuso, señorita Connolly. No recuerdo nada en absoluto de esa persona ni de qué aportaba su caso a la tesis. Seguimos toda clase de problemas relevantes, desde el acoso manifiesto o la esclavitud sexual hasta la toxicomanía y el equivalente moderno a la servidumbre obligatoria del siglo diecisiete.

—Quería saber si se trataba de una tal Wendy Wilson de Poughkeepsie, Nueva York.

La profesora soltó un largo suspiro.

—De acuerdo. Le concederé un par de minutos. Echaré un vistazo rápido a unos viejos archivos. No cuelgue.

Sloane oyó que la profesora dejaba el teléfono sobre la mesa. Aguardó. Oía a lo lejos el ruido que hacía al teclear en el ordenador. Lo siguió el sonido de un cajón al abrirse. Pasaron unos minutos. Un rato después, la voz de la profesora llenó de nuevo la línea.

—Tengo algo de información —dijo resueltamente.

—¿Sí?

—He encontrado la nota a pie de página. Puedo decirle lo siguiente: sí, la persona que murió de una sobredosis de pastillas para adelgazar se llamaba efectivamente Wendy Wilson. Si la sobredosis fue deliberada o accidental no figura en ninguna de mis notas.

La profesora pareció pensar en lo que acababa de decir y añadió:

—Da la impresión de que tan solo era una estadística adicional.

Lo dijo en un tono que indicaba que, simplemente, Wendy Wilson y su muerte no eran lo bastante relevantes o importantes.

—¿Tenía alguna relación con Poughkeepsie, Nueva York?

—No que yo sepa. Murió en la ciudad de Nueva York. Manhattan está a unos ciento treinta kilómetros de Poughkeepsie. Su muerte se produjo varios años después de dejar de ser modelo, lo que también la situó fuera de los parámetros de mi estudio.

—¿No era esa su ciudad natal?

—Mis notas solo dicen que procedía de la zona de Boston. Imagino que ni su familia, ni la policía, ni la funeraria, ni ninguno de sus amigos ni las agencias de modelos con las que trabajó proporcionaron la información que requerían las preguntas de la tesis, razón por la cual solo figura en una nota a pie de página —explicó la profesora, que titubeó antes de continuar—: Creo que esto es todo lo que puedo decirle.

—Pues se lo agradezco —respondió Sloane. Pero como había oído una ligera objeción en su voz, añadió—: ¿Hay algo más? —No era una buena pregunta, pero cubrió el silencio de la línea telefónica.

—Bueno, dijo «Poughkeepsie» —contestó lentamente la profesora—. Se me ocurre algo. Por aquel entonces, y tenga en cuenta que de esto hace muchos años, antes de internet, de los registros digitales y todo eso, a menudo las mayores agencias de modelos enviaban cazatalentos a merodear por algunas de las universidades en busca de posibles candidatas. En busca de belleza que poder explotar sería la mejor manera de describirlo. Ahora ya no tienen que hacerlo. Hay demasiada gente llamando a su puerta con el *book* de fotos en la mano, ansiosa por que una industria muy cruel abuse de ella...

—¿Pero?

—Verá, Vassar College está en Poughkeepsie, Nueva York. Cuando la señora Wilson empezaba en el mundo de la moda, hacía poco que Vassar era mixta. Empezó como una universidad exclusivamente femenina. Una de las Siete Escuelas Hermanas, ya sabe, las primeras universidades para mujeres del nordeste. Eran lugares ideales para esos cazatalentos, y uso esa palabra deliberadamente, porque «chulo» no es del todo correcta aunque se le acerca mucho. En cualquier caso, ¿por qué no pregunta en la universidad?

—Lo haré —aseguró Sloane—. Gracias.

Colgó.

Pastillas para adelgazar.

Se trataría de anfetaminas de mala calidad. Preparadas en algún desvencijado laboratorio y vendidas como supresoras del apetito.

Una forma desagradable de morir. Toma una. Toma dos. Toma diez, y después veinte. Trágatelas todas acompañadas de vodka o de bourbon. Marearte, estar acelerado y quedarte inconsciente mientras el corazón se te acelera hasta tal punto que te explota.

«¿Peor que morir apaleado con un atizador? No. Sí. No lo

sé —pensó, y dirigió la vista a la lista del Empleador—. Estarán todos muertos.»

¿Buenas muertes? ¿Malas muertes? ¿Habría muerto alguien en la cama mientras dormía a los noventa y cinco años rodeado de sus familiares y amigos más queridos?

Se apoderó de Sloane una sensación estremecedora totalmente opuesta a la claridad de su despacho y a las personas ajetreadas al otro lado de su ventana de cristal. Se dio cuenta de que su proyecto universitario se había basado en víctimas militares anónimas en la zona de guerra de un remoto país extranjero. Esas muertes de la lista del Empleador iban a ser mucho más íntimas. Inspiró hondo y se volvió de nuevo hacia su ordenador. Se recordó a sí misma que la muerte es una parte normal de la vida, pero no podía recordar cuándo había oído ese cliché por primera vez. ¿Fue en labios de su madre? No, no era la clase de cosa que Maeve le diría.

Dos

La joven voz de la oficina de exalumnos tenía una nota de entusiasmo pero no albergaba demasiadas esperanzas.

—Sí, en nuestros registros aparece una tal Wendy Wilson en la década de los setenta, pero al parecer se marchó a mitad del tercer curso. Lo siento.

«Un callejón sin salida», pensó Sloane.

Entonces oyó que la joven titubeaba.

—Sí, bueno, espera un segundo. En mis registros hay una entrada. Con asterisco. Eso significa que un familiar estudiaba aquí... Espera que lo compruebe. —Sloane esperó un momento—. Sí. Al parecer, la señora Wilson tenía una hermana que estudió en la universidad más de diez años después de que ella lo dejara y que se licenció en el 86. Tenía que ser mucho más joven que ella. Una tal Laura Wilson. Actualmente vive en Brookline, Massachusetts. Es uno de esos distritos municipales conectados con Boston.

«Un simple desplazamiento en metro y me planto ahí», pensó Sloane.

Sabía que tendría que haber llamado primero, pero quería salir del despacho, respirar algo de aire fresco de la ciudad, pasear un poco y organizar sus pensamientos.

Había encontrado unas fotos antiguas de Wendy Wilson tras buscar «Wendy Wilson, Vassar, modelo de moda, imágenes»: una portada de la revista *Glamour*, un anuncio de Chevrolet en los que posaba junto al último modelo de automóvil de esa marca, una fotografía en blanco y negro con grano tipo tabloide de la inauguración de una galería, en la que iba del brazo de un productor cinematográfico. Encontró una referencia de una destacada agencia de modelos en el pie de foto de una fotografía. Todo ello era de hacía décadas.

Wendy Wilson había sido imponente. Larguirucha, escultural. Hermosa cabellera rubia. Atractiva sonrisa coqueta. Sexy parisina luciendo un vestido de fiesta negro en una foto. Chica corriente del Medio Oeste de Estados Unidos en otra. Chica corriente con camisa tejana de algodón y botas de vaquera en un anuncio de automóviles.

Sloane sonrió. el Empleador debió de estar enamorado.

No tardó en encontrar la dirección que buscaba.

Se dijo a sí misma que una periodista de prensa escrita no dudaría en llamar a la puerta de la hermana menor. También se dijo a sí misma que tenía poco que perder si le cerraban esa puerta en las narices. Se recordó a sí misma que llamar al timbre era exactamente lo que el Empleador le había pedido que hiciera.

Las casas que la rodeaban eran majestuosas, de ladrillo rojo y cubiertas de hiedra, con columnas blancas que señalaban los porches delanteros, céspedes cuidados y caminos de entrada limpios. Era la parte de la ciudad que respiraba un aire elitista y que olía a dinero de toda la vida. Parecía rezumar privilegio.

Sloane llamó y esperó. Cuando estaba intentando organizar mentalmente las palabras para que lo que iba a preguntar no sonara descabellado, oyó moverse el pomo de la puerta.

Abrió una mujer cercana a los sesenta, de cerca de metro ochenta de altura y esbelta, con el cabello rubio platino recogido en un moño adusto y que vestía una blusa de seda y vaqueros de diseño.

—¿Sí? —preguntó.

—Hola —dijo Sloane, intentando parecer enérgica y benévola a la vez—. Estoy buscando a la señora Laura Wilson.

—Sí —dijo la mujer sujetando la puerta como si estuviera a punto de cerrarla de golpe—. Ese es mi apellido de soltera.

—Señora Wilson —prosiguió Sloane—, perdone que la moleste así, pero estoy trabajando como arquitecta en el proyecto de un monumento conmemorativo y me han proporcionado el nombre de su difunta hermana como parte de lo que tengo que documentar. La encontré a usted a través de los exalumnos de Vassar College, y esperaba que pudiera arrojar algo de luz sobre la vida de su difunta hermana.

Sloane pensó que eso sonaba razonable y descabellado a la vez. Le salió de los labios como una ráfaga de palabras que se atropellaban unas a otras.

Vio que la mujer vacilaba en la puerta, como si un músculo se le contrajera en su interior y una parte de ella le gritara la orden de cerrar la puerta de golpe.

—¿Mi hermana? —preguntó.

—Sí. Wendy A. Wilson. El caballero que me ha encargado este proyecto considera que su hermana era una persona importante en su vida y merece ser honrada.

—¿Wendy? ¿Honrada? ¿Por un hombre?

—Sí.

—¿Importante en qué sentido?

—No sé muy bien por qué —respondió Sloane encogiéndose de hombros—. Mi jefe es muy excéntrico y me ha encargado que me documente sobre cada persona de su lista sin proporcionarme demasiada información inicial, por lo que voy básicamente a ciegas. Por eso estoy aquí, molestándola. Lo siento. —Sloane se disculpó, aunque no estaba segura de por qué se estaba disculpando.

La mujer titubeó.

—¿Podría identificarse? —pidió.

Sloane rebuscó de inmediato en su cartera, sacó el carnet de conducir y el carnet de estudiante de la universidad a punto de vencer y se los dio a Laura Wilson, quien los miró un momento antes de devolvérselos.

—¿Y quién es su jefe, Sloane?

—Lo siento. No puedo revelar quién es —mintió Sloane—. Supongo que lo que le estoy preguntando realmente es por sus relaciones. ¿Se había casado alguna vez su hermana o había tenido una relación seria con algún hombre en concreto? ¿Algo especial? ¿Intenso? Se remontaría, creo, a la época en que hacía de modelo.

Laura Wilson pareció desconcertada.

—No creo que deba contestar esa pregunta —comentó con frialdad—. Parece, no sé, fuera de lugar.

—Lo sé —tartamudeó Sloane—. Disculpe si le parezco grosera. Pero mi jefe, bueno, creo que su deseo de honrar a su hermana es realmente sincero. Me pidió que averiguara todo lo que pudiera sobre las personas a las que quiere honrar, por lo que solo le pido eso. Estoy segura de que tuvo que haberla querido mucho.

Todo esto sonaba pobre y poco convincente.

—Mi hermana nunca tuvo a nadie así de importante en su vida —dijo Laura Wilson con acritud.

Sloane esperaba que terminara diciendo «que yo supiera». Pero en lugar de eso, la hermana añadió:

—Mi hermana... Wendy... era... —La mujer hizo una pausa—. Especial.

Sloane se apresuró a sacar partido de ello.

—Por eso estoy aquí —soltó—. Era especial para mi jefe. —De repente, la hermana dejó de sujetar la puerta como si estuviera a punto de cerrarla de golpe.

—La mayoría de las modelos —prosiguió Laura Wilson—, bueno, algunos de los clichés habituales son ciertos. Cabezas de chorlito y egoístas. Interesadas solo por ser las siguientes más hermosas, más delgadas, más seductoras, si sabe a qué me refiero. Wendy no era así en absoluto. Por supuesto, rompió algunos corazones. Muchos corazones. Cuando eres tan excepcionalmente hermosa como ella, los hombres se obsesionan. Parece cruel, supongo. Pero Wendy jamás le dio demasiada importancia. «Son gajes del oficio», solía decir. Los hombres llegaban a su vida y ella los estrujaba y los tiraba como si fueran papel desechable. Y ahora ¿va usted y me dice que un hombre quiere honrarla?

—Sí —contestó Sloane.

—¿Porque le rompió el corazón? Es algo muy misterioso —afirmó Laura Wilson—. Y hacía mucho tiempo que no pensaba en mi hermana.

Sacudió la cabeza.

—No, no es verdad —se corrigió—. Pienso en ella cada día. A veces cada hora.

Sloane asintió.

—Wendy se suicidó —prosiguió la mujer, con un tono tenso de repente en la voz—. Por lo menos, eso es lo que nos dijeron una y otra vez. Me refiero a la policía, al forense y a la gente de su antigua agencia de modelos.

—Sí —dijo Sloane.

—Toda la gente a la que ella no le importaba en vida y le daba igual su muerte.

La amargura impregnó el ambiente como humo acre.

Laura Wilson abrió la puerta del todo y con un gesto invitó a Sloane a entrar. Sloane echó un vistazo rápido a su alrededor. Era como sumergirse en un mundo de abundancia.

—Yo jamás lo creí —prosiguió Laura Wilson mientras guiaba a Sloane hacia el interior de su casa, pasando ante unas impresionantes obras de arte, caras alfombras orientales, sofás tapizados con telas de importación—. No. Jamás. Ni una palabra ni por un segundo. Wendy tenía demasiadas cosas por las que vivir. Era apasionada, optimista y estaba contenta, no deprimida y con intenciones suicidas. Creo que fue asesinada. Siempre lo he creído. Desde el momento en que nos llamaron para decirnos que estaba muerta. Lo primero que le pregunté al policía que nos llamó por teléfono fue «¿Quién lo hizo?», y él me contestó «Ella misma», y yo le dije «Está totalmente equivocado». Y no dijeron nada más. Y ¿sabe qué, Sloane? Quien la asesinó, bueno, el muy cabrón quedó impune.

6

UNO

Ya casi era de noche cuando Sloane regresó a su nuevo despacho tras escuchar a Laura Wilson hablar sobre su hermana Wendy. Había sido un monólogo que había motivado a la vez lágrimas y rabia, y poco que fuera concreto. Laura Wilson había dicho «asesinada» sin aportar ni una sola vez pruebas. Todo lo que había dicho podría definirse como una impresión. Tras salir de la mansión de la hermana en Brookline, Sloane había caminado al azar por algunas calles de la ciudad intentando procesar lo que había averiguado, como si la energía urbana pudiera ayudarla a revisar todo lo que le habían dicho. El tráfico de la hora punta, el traqueteo cuando un metro pasaba por debajo, las aceras llenas de peatones, algún que otro claxon y el tubo de escape de un autobús diésel hacían las veces de una especie de sistema de archivo en su cabeza. Al cruzar el vestíbulo del edificio de oficinas vio que los equipos que quedaban trabajando en los diversos puestos habían menguado considerablemente. El interior estaba mucho más tranquilo y solitario.

«Hasta los genios en ciernes tienen que cenar —pensó—. La pizza y los platos para llevar chinos estimulan las grandes ideas.»

Ella no tenía hambre. Se dirigió directamente hacia su ordenador y se quedó mirando cada uno de los restantes nombres de la lista:

- Elizabeth Anderson, enfermera entregada, Somerville, New Jersey.
- Martin Barrett, empresario experto, San Francisco, California.
- Michael Smithson, trabajador social y orientador de Narcóticos Anónimos, Miami, Florida.
- Ted Hillary, director de seguros y filántropo, Mystic, Connecticut.

El grupo de nombres parecía flotar ante ella. Desde el punto de vista de Sloane, el mundo de los monumentos conmemorativos solía clasificarse en distintas categorías: una persona o un grupo que había alcanzado algo grande o adquirido cierta notoriedad y merecía el respeto público de la sociedad; o una clase distinta de personas, como los hombres que murieron en las playas de Normandía en junio de 1944 o los matemáticos que desarrollaron la telemetría espacial que permitió el primer aterrizaje en la Luna. Se trataba de personas que habían hecho algo por mucha gente. el Empleador quería honrar a personas que habían hecho algo específicamente por él. Su deseo era inusual. Se situaba, sin duda, fuera de todo lo que había estudiado.

Esto hizo que moviera nerviosa el cursor por la pantalla sin hacer clic en ninguna entrada.

Intentaba encontrar algo en común entre las dos personas de las que ya sabía algo: un anciano que había sido profesor y director de un colegio privado y que había muerto a manos de unos yonquis colocados de crack; una mujer que había dejado la universidad para ganarse la vida en la pasarela o delante de una cámara y que murió justo cuando su aspecto empezaba a traicionarla.

¿Qué los había incluido en la lista del Empleador?

Revisó las fotografías que tenía de Wendy Wilson y se dijo a sí misma que tenía que ser clarividente.

—¿Qué sé? —se preguntó en voz alta.

Una mujer cuya vida se definía por el hecho de ser hermosa caía en la cuenta de que estaba perdiendo su belleza. Los trabajos que antes abundaban estaban de repente empezando a escasear. El teléfono ya no sonaba para hacerle ofertas. Lo de ve a París, ve a Buenos Aires, vende esto, vende aquello había desaparecido. Su agente no le devolvía las llamadas. Ni los publicitarios que tiempo atrás se morían de ganas de que posara junto a sus productos con su encantadora sonrisa.

Fue como si oyera a Wendy Wilson hablar con el espejo la noche que murió: «Cirugía. Tendría que hacerme un lifting. Tendría que hacerme una liposucción. Tendría que hacer más ejercicio, más rato, más duro. Estoy perdiendo el tono. Tendría que operarme los ojos. Los pechos me cuelgan y habría que hacerles algo. Bótox. Se me están ensanchando las caderas. Tengo los muslos más gruesos. Hasta las manos se me ven arrugadas y con las venas marcadas».

La única persona en quien confiaba era su hermana, que era mucho menor que ella y no tan hermosa, pero que estaba pendiente de cada palabra suya y se creía todo lo que le decía. Sloane siguió hablando en voz baja como si temiera perturbar a algún fantasma de la habitación.

—Por supuesto, Laura no quiere creer que su hermana se suicidó. Es mucho más fácil pensar que la culpa es de otra persona.

«Era mucho mayor que yo, casi dieciséis años. Mi hermana poseía una belleza auténtica. Adoraba su cuerpo. Jamás se tomaría nada parecido a pastillas para adelgazar.»

Sloane no se lo había creído.

«Y era cuidadosa, lista, no fumaba, no bebía. No se metía coca por la nariz, no se inyectaba *speedball* entre los dedos de los pies para que no se le vieran las marcas de las agujas ni ingería anfetaminas. No iba a fiestas alocadas por las noches. Era una puritana en ese negocio hedonista. Jamás se habría tomado una sobredosis.»

Sloane no se lo había creído.

«La policía dijo que las trituró y se las tragó deprisa con alcohol para que le llegaran rápidamente a la sangre y le causaran la muerte antes de poder cambiar de parecer. Y el forense lo confirmó. Nos dijo que había visto la muerte de más de una modelo mayor. Pero aquello no era propio de ella. Ese forense, esos policías no conocían a Wendy. Era feliz. No tenía problemas con su aspecto ni con lo que el futuro le deparara. Me lo dijo una y otra vez. Como un secreto que se comparte de hermana mayor a hermana menor. Iba a mudarse aquí de vuelta y dejar atrás la competencia de Nueva York. Tal vez montaría una pequeña agencia propia, y me dijo que yo podría ayudarla. Había ganado el dinero suficiente para poder intentar algo así. Y entonces aparece muerta. No, no, no, lo siento, Sloane. La hermana que yo conocía no era así.»

Sloane había pensado que aquella forma de suicidarse era casi tan eficiente y tan dramática como lanzarse a un río convenientemente cercano.

—Pero aparte de ser tan poco propio de ella, ¿qué le hace pensar que fue asesinada? —había preguntado.

Esta pregunta obvia, lógica y totalmente oportuna había hecho que la mirada de Laura Wilson se volviera dura. Le tembló el mentón. Le subió un tono la voz.

—Los vecinos del piso de al lado oyeron dos voces a primera hora de esa noche. Hubo una discusión. Gritos. A punto de una buena pelea, ¿sabe? Oyeron un portazo y unos pasos que se alejaban. Por lo que hubo alguien allí.

—Y cuando la encontraron...

—Después, esa misma noche. Alguien llamó al conserje del edificio para decirle que creía que Wendy estaba enferma y necesitaba ayuda. Una llamada anónima desde un número imposible de rastrear. El conserje subió diligentemente al piso porque era su trabajo, llamó a la puerta y no oyó nada. Los vecinos que habían oído la discusión salieron. Todos se preocuparon, llamaron a la puerta, la aporrearon. De modo que cuando no obtuvieron respuesta, llamaron a la policía y llegó el supervisor, abrió la puerta y ella estaba allí, en el suelo.

Laura Wilson lo había contado con una voz que fue adquiriendo fuerza hasta que se le partió violentamente. Amargamente.

—No había ninguna nota ni nada —había añadido la herma-na—. Wendy no nos habría dejado colgados así. Me habría lla-mado, me habría escrito una carta o algo. Era meticulosa.

«Mi madre dejó todos sus asuntos en orden —había pensado Sloane. Después se obligó a apartar los pensamientos sobre su madre de su cabeza y valoró—: Una discusión, por más fuerte que sea, no conlleva por fuerza un asesinato.»

No se lo había dicho a la hermana, sino que se había queda-do callada mientras observaba cómo desahogaba años de una ira difusa, dirigida a nadie en concreto.

—La policía nunca descubrió quién estuvo en ese piso la no-che que Wendy murió ni quién llamó al conserje. No me consta que lo intentara siquiera. Wendy nunca quiso que nadie se ena-morara tanto de ella como para obsesionarse. Había visto pasar-les eso a algunas de sus amigas. Pero creo que tuvo que ser al-guien así, aunque ella simplemente no lo supiera o no se diera cuenta de ello. Son cosas que pasan. Un individuo realmente enfermo, alguien realmente retorcido ve una foto en una revista y empieza a acosar a la modelo. Como Robert De Niro en *Taxi Driver*, solo que seguramente es usted demasiado joven para re-cordar esa película. Pero a la policía le dio exactamente igual.

Sloane repasó una vez más sus notas. Estaba dispuesta a des-cartar todo lo que había oído sobre el posible asesinato de la modelo hasta que volvió a fijarse en el nombre del director y lo que le había ocurrido en su casa aislada en el campo de New Hampshire. Miró los demás nombres de la lista del Empleador y decidió que había que documentarse más sobre todo y sobre todo el mundo, y no descartar nada todavía.

Algo los acabaría relacionando. Su tarea era averiguar qué. Sabía que tenía que separar mitos de ficciones y desechar las mentiras para averiguar las verdades. Era así como cualquier buen arquitecto enfocaría el diseño de un monumento conme-morativo.

Dos

Como antes, Sloane se inclinó hacia el ordenador y empezó a teclear los cuatro nombres restantes. Búsquedas sencillas en Google, como había hecho con los dos primeros.

Elizabeth Anderson, la «enfermera entregada» de una pequeña ciudad de la parte central de New Jersey, había muerto en un accidente en el que el conductor se había dado a la fuga. Somerville, New Jersey, era un lugar que Sloane no conocía, un lugar en el que nunca había estado, pero que parecía un pequeño núcleo urbano en medio de tierras de cultivo, por lo que dedujo al mirar las imágenes de la Cámara de Comercio y de *Wikipedia*. Buscó alguna conclusión sobre la muerte, pero fue incapaz de encontrar nada. Vio algunos detalles en un pequeño periódico local: «Una noche oscura, lluviosa, muy pasada la medianoche. Paseaba con el perro por un barrio de las afueras después de volver a casa tras un turno en la UCI de un hospital cercano. No hubo testigos. Un chirrido de neumáticos y un inconfundible e inolvidable golpe sordo había despertado a los vecinos, aunque no oyeron ningún grito. Un periodista informaba de que, según fuentes de los equipos de homicidios de tráfico de la policía del estado, el coche que la había matado se había subido al arcén, parecía haberla atropellado por detrás hasta incrustarla en un roble, lo que les causó la muerte tanto a ella como a su perro al instante y, acto seguido, había huido de la escena. Un conductor ebrio, habían dicho. A pesar de que la policía había especulado que la parte delantera del coche implicado había sufrido daños considerables y que había investigado en talleres de reparaciones y de carrocería, en depósitos de chatarra y en puntos de venta de vehículos de ocasión, el coche nunca se encontró y no se practicó ninguna detención».

—Ninguna detención, igual que en el caso del viejo director. —Sloane habló a la pantalla del ordenador, repitiendo esa significativa información.

«Simple mala fortuna», pensó, y no era la primera vez.

O: «Un accidente en el que el conductor se da a la fuga es una clase de asesinato».

Pero lo que fue incapaz de encontrar era una conexión evidente con el Empleador. Se concentró en la «enfermera entregada». Se le agolparon un montón de posibilidades en la cabeza.

El Empleador tuvo que haber estado enfermo. ¿De niño? ¿De adulto? Elizabeth Anderson tuvo que haber estado junto a su cabecera, poniéndole una mano en la frente para consolarlo, hablándole con voz tranquilizadora al oído, administrándole medicamentos.

«Eso es evidente —pensó Sloane encogiéndose de hombros—. Pero ¿no sería la persona que se merecería realmente ese monumento el médico que lo diagnosticó, lo trató y tal vez lo curó?»

Era posible que sí.

Era posible que no.

Como en tantas cosas en su vida durante las últimas semanas, parecía que «quizá» era la única respuesta oportuna y no era en absoluto una respuesta.

Sloane intentó averiguar algo sobre la vida personal de la enfermera, pero poca cosa logró encontrar aparte de que murió sola de una forma cruel. Un breve artículo periodístico en una tercera referencia la llamaba «la divorciada». Aunque no se mencionaba de quién se había divorciado. Ni por qué. Ni cuándo. Tomó nota de intentar investigar ese aspecto. Tenía que haber un certificado de divorcio en algún registro de New Jersey.

Pasó al siguiente nombre de la lista, dejando tras ella preguntas que parecían agujeros enormes.

Martin Barrett, empresario experto.

Leer sobre su muerte hizo que la garganta se le volviera a quedar seca.

Lo primero que vio fue un titular: «ENCONTRADO EL CADÁVER DEL INVERSOR TECNOLÓGICO DE SILICON VALLEY JUNTO A UN RANCHO DE TIJUANA».

A partir de varios artículos periodísticos y de un perfil adulador en una revista de viajes, la impresión que se llevó fue la de un tomador de riesgo.

Martin Barrett era una de las típicas personas de Silicon Valley que había tenido una sola buena idea, en su caso, un algoritmo que facilitaba determinados tipos de recogida de datos, la había vendido a una de las monolíticas empresas informáticas y había convertido el resto de su vida en una serie de vacaciones continuas. Bucear con tiburones blancos en False Bay, en Sudáfrica. Escalar El Capitán. Practicar heliesquí en la zona rural de las Montañas Rocosas canadienses, propensa a las avalanchas. Una de esas vacaciones consistió en ir a un rancho en la península de Baja California, donde había combinado una dieta regular de ejercicios para perder peso, comidas biológicas para gourmets, limpiezas de colon y clases de pilates por la tarde con expediciones a un burdel de lujo cargado de tequila por la noche.

«Para satisfacer muchos deseos», pensó Sloane.

No había vuelto de una de esas aventuras nocturnas, aunque nadie pensó en avisar a las autoridades locales hasta que, al día siguiente, bastante tarde, no ocupó su lugar habitual en la piscina para una clase de aeróbic acuático.

A la policía mexicana no le interesó demasiado el caso de un hombre rico que estaba haciendo algo que no debería estar haciendo. Cuando un agricultor encontró el cadáver de Martin Barrett tirado como si fuera basura en una zanja, el empresario estaba desnudo, mostraba indicios de haber sido torturado y había terminado muerto con seis agujeros de bala en el pecho y la cabeza cortada. Y la policía de su lugar de residencia, en las afueras de San Diego, se había encogido de hombros con un colectivo «el caso no es nuestro».

«Hay que viajar, desde luego —pensó Sloane—. Pero no voy a ir ahí.»

El «ahí» en el que pensaba era Tijuana. California, en cambio, era una posibilidad real porque no pudo encontrar demasiadas cosas sobre la vida de Martin Barrett antes de las vacaciones, aparte de una entrada bastante alocada que había escrito en el blog de una paranoica organización de derechas que se dedicaba a la vigilancia fronteriza y que sugería que en cualquier segundo ejércitos de chusma asesina cruzarían el Río Grande en busca, pensó Sloane cínicamente, de hamburguesas con patatas fritas y de oportunidades indiscriminadas de violar y saquear.

No encontró nada sobre su familia. ¿Esposa? ¿Hijos? No. Había una indicación de «soltero empedernido» que Sloane supuso que significaba que era gay. Nada sobre sus amigos. Nada sobre familiares, herederos, colegas profesionales, exnovias o compañeros de habitación de la universidad consternados por la muerte de Martin Barrett. Ningún elogio tipo «El mundo ha perdido una luz brillante». Era como si Martin Barrett hubiera llegado al mundo, se hubiera formado, se hubiera hecho rico y hubiera sido asesinado y olvidado.

Y una vez más, asesinato sin ninguna detención.

Sloane se retorció un poco en su cara silla y, entonces, vio algo. «Silicon Valley. Una idea que valía millones. ¿Fue ahí donde Martin Barrett coincidió con el Empleador? —Le pareció que era probable y sintió una satisfacción casi imperceptible pero real—. Quizá acabo de averiguar algo.»

Tecleó el siguiente nombre. Michael Smithson, de Miami, Florida, orientador de Narcóticos Anónimos y trabajador social.

Ninguna necrológica.

Ningún artículo periodístico.

Ningún anuario de exalumnos.

Sloane navegó por distintas páginas para intentar descubrir cosas que le dijeran algo sobre Michael Smithson, buscando muy lejos, como había hecho con la referencia velada en una tesis de doctorado en el caso de Wendy Wilson. Solo que esta vez, la única entrada que encontró estaba en un lugar de lo más extraño: una iglesia católica del centro de Miami publicaba un boletín electrónico semanal, y encontró una alusión a Michael Smithson en «próximos oficios», que incluía un oficio en recuerdo de «quienes nos sirvieron a nosotros y sirvieron al Señor». Su nombre figuraba entre otros cuatro, los de una monja, un sacerdote y dos feligreses mayores. La única información identificativa era una referencia a: «Nuestro tristemente fallecido, demasiado joven, Michael Smithson, que dirigió nuestros eficaces servicios de rehabilitación de narcóticos y alcohol».

Sloane logró contactar con una secretaria de la iglesia por teléfono. La voz de la mujer tenía acento español.

—Oh, claro, sí, sí, sí, pobre Michael, era una parte maravillosa del programa de servicios a la comunidad de nuestra iglesia, y las reuniones que él dirigió, bueno, hubo muchas personas que luchaban contra las drogas o el alcohol que dijeron que sus reuniones eran las mejores. Era muy bueno, el más honesto, no sé, puede que el más atento; fue muy triste. Sentimos su pérdida todos los días.

—¿Podría decirme algo sobre quién era, sobre sus orígenes, por ejemplo?

—Oh, era todo un caballero. Nos traía flores a la oficina. Era muy educado y simpático. Y había tenido que superar sus problemas durante muchos años...

—¿Sus problemas?

—Bueno, como muchas personas a las que ayudó, Michael había sido adicto en su día. Pero dejó atrás las drogas y aceptó a Jesús en su corazón, y ayudó a muchas otras personas a ver la misma verdad.

Sloane anotó «yonqui reformado» en su bloc.

—¿Y de dónde era? ¿Tenía familia?

—Del nordeste, creo. Quizá Nueva York. Y no tenía familia, por lo menos que nadie supiera. Supongo que nosotros, en la iglesia, y las personas a quienes ayudó éramos su verdadera familia.

—Comprendo —dijo Sloane.

—Fue muy triste —prosiguió la mujer—. Tantos años limpio y entonces el diablo volvió a apoderarse de él.

—Perdone —soltó Sloane—. ¿Qué quiere decir?

—Michael siempre decía: «Nadie pierde el deseo, hay que aprender a darle la espalda». Y un día, no sé por qué, él no pudo darle la espalda. Es muy triste.

—Murió de...

—Una sobredosis. Trágico. Nos afligimos todos mucho. Pero es maravilloso imaginar que alguien pueda honrar a Michael y todas sus buenas obras. Lo verá desde el cielo y sonreirá, estoy segura.

Sloane anotó en su bloc: «Un yonqui asesino en New Hampshire. Una sobredosis de pastillas para adelgazar en Nueva York. Una sobredosis en Miami. ¿Hay relación?».

—¿Y dónde falleció?

—Tenía un pisito a apenas una manzana de aquí. Cuando no vino a una reunión que tenía que dirigir, y él nunca faltaba a ninguna sesión, el padre Silva se acercó a su casa y encontró al pobre Michael. Fue un golpe terrible.

—¿Lo encontró?

—En la cama con una aguja en el brazo. Fue muy triste.

—¿Puedo hablar con el padre Silva?

—Ahora mismo está ocupado. Puedo darle información de contacto.

Sloane lo anotó todo.

—¿Quién conocía mejor al señor Smithson? —quiso saber Sloane.

—Pues el padre Silva, naturalmente.

—Intentaré hablar con él —aseguró Sloane.

Colgó el teléfono más confundida que nunca. Pasar de una «enfermera entregada» que trabajaba en una UCI a un exadicto era el salto más extraño que podía imaginar. Se meció en la silla, pensando que tendría que intentar encontrar al padre Silva porque tal vez él conseguiría arrojar algo de luz sobre cuál podría ser la relación del exyonqui con el Empleador. Le costaba imaginar que un hombre dispuesto a gastarse millones para honrar a un extoxicómano hubiera sido toxicómano en su día. Pero era posible. Tomó el teléfono para llamar al sacerdote, pero decidió tratar primero de investigar un poco el último nombre de su lista para organizar después sus siguientes pasos.

Lo que descubrió casi al instante: «director de seguros» era una inmensa exageración.

La última persona de su lista, «Ted Hillary, director de seguros y filántropo», no era ningún director. Era un simple agente de seguros que había vivido en la ciudad costera y portuaria de Mystic, en la costa de Connecticut, al lado mismo del río que lleva el nombre del estado y desemboca en el estrecho de Long Island.

Y, por lo que Sloane pudo ver, su única obra filantrópica se limitaba a participar activamente en su iglesia, trabajando como voluntario en el puerto de Mystic, donde personas vestidas con trajes de época recreaban escenas de la vida de la antigua era revolucionaria batiendo mantequilla con una sonrisa o trabajando en un yunque con una explicación para que los escolares y los turistas supieran cómo era la vida doscientos años atrás. Ted Hillary había sido jefe local de los boy scouts y entrenado un equipo de baloncesto de una liga femenina no profesional de chicas de trece años. Su funeral había estado abarrotado de gente que había estado en contacto con él, ya fuera por la necesidad de hacerse un seguro de automóvil o de barco, por sus dotes para hacer nudos o por las infinitas virtudes del bloqueo y continuación tradicional.

Una nota: Hillary había vivido solo con su nonagenaria madre.

Murió en un accidente de natación. A Ted Hillary le gustaba darse un baño a primera hora de la mañana con un grueso traje de neopreno negro cuando no era verano. Como era un gran aficionado, le gustaban las playas más aisladas y, a través de sus contactos de las pólizas de seguros, gozaba de acceso a puertas cerradas que daban a aguas privadas. Al parecer, una traicionera mañana de otoño se había zambullido en las olas, desconocedor de los avisos de corriente de retorno emitidos para las playas de toda la costa.

«Una forma aterradora de morir —pensó Sloane—. Atrapado en una incesante lucha contra un océano mucho más poderoso. Por lo menos —se dijo a sí misma—, no fue asesinado.»

Detuvo ese pensamiento al instante.

Sí lo había sido. A manos de la naturaleza. Del océano, de la mala suerte y de la mala decisión de adentrarse en el mar.

Se preguntó si ahogarse accidentalmente en el mar supondría la misma liberación que sintió su madre al lanzarse al río cerca del cual vivía Ted Hillary, solo que a cientos de kilómetros más al norte.

Lo dudaba. Lo único que era igual era el final.

Se preguntó si el Empleador habría ido al funeral. Lo imaginó sentado a un lado, conservando el anonimato mientras escuchaba el aburrido torrente de elogios a Ted Hillary por sus muchas pequeñas pero admirables buenas obras.

Bajó la vista hacia su bloc. Estaba lleno de notas, como: «¿De qué droga era la sobredosis que mató a Smithson?», «¿Qué enfermedad de la infancia?», «¿Tal vez Hillary y el Empleador estaban juntos en un equipo de natación de aquel elegante colegio?».

O «¿Se conocía alguno de ellos?».

No podía saberlo. No daba esa impresión.

«Esto es inútil», pensó.

Seis personas fallecidas. Ninguna por causas naturales. Ningún cáncer. Ningún infarto. Ninguna enfermedad de larga duración. Muertes violentas. Muertes crueles. Muertes antes de que hubiera llegado la hora, excepto en el caso del viejo director, que debía de estar acercándose al final cuando un golpe en la cabeza con un atizador se lo adelantó.

Sloane se tambaleó hacia atrás en su asiento.

Por primera vez pensó: «¿En qué me he metido?».

Al alzar la vista oyó:

—Hola, Sloane. Se me ocurrió pasarme por aquí para ver cómo te había ido el primer día —dijo alegremente Patrick Tempter desde la puerta.

7

UNO

Tempter entró en el despacho con el entusiasmo de un retriever persiguiendo una pelota de tenis. Se dejó caer en el sofá, dejó su caro maletín de piel oscura a su lado, se aflojó la corbata de múltiples colores e hizo un gesto hacia Sloane y su ordenador.

—¿Estás haciendo algún progreso? —preguntó sin rodeos.

—Alguno —respondió Sloane.

—Excelente —dijo el abogado.

—¿Has visto la lista del Empleador?

—el Empleador. Eso me gusta. Resulta extrañamente apropiado. Pero no, de hecho no la he visto. Solo habla de estas personas en términos generales.

Le pasó los seis nombres, pero no ninguna de sus notas.

—¿Te suena alguna de estas personas? —le preguntó.

El abogado echó un vistazo a la lista. Se encogió de hombros.

—Por desgracia, no —contestó con una sonrisa irónica—. Ninguna parece estimular nada en mi viejo banco de memoria. «Muy hermosa», «Dred Scott» y «entregada». Interesantes descripciones. Estas personas me son tan desconocidas a mí como a ti. —Se dio unos golpecitos en la frente, como si dijera un chiste.

—Todas ellas murieron en lo que supongo que podría llamarse circunstancias extrañas.

— 102 —

—¿De veras? ¿Extrañas?

—Uno se ahogó nadando en aguas conocidas. Uno fue asesinado en su casa. Una fue víctima de un atropello con fuga bien entrada la noche, mientras paseaba con su perro ni más ni menos. Dos murieron de sobredosis. Uno accidentalmente, con la aguja en el brazo, ya sabes. La otra, aparentemente, se suicidó tomando una sobredosis de pastillas, aunque su familia discrepa. Cree que fue asesinada. Y, por último, uno fue asesinado por, qué sé yo, bandidos o miembros de un cártel de droga en México. Un asesinato brutal. Lo decapitaron.

Tempter dejó de sonreír.

—Realmente son algo fuera de lo corriente —comentó. Volvió a mirar la lista—. Inquietante, diría yo.

Sloane procuró expresar todo lo que decía como si jugara una mano de póquer con apuestas elevadas en la que su montón de fichas disminuía. Quería parecer profesional.

—«Inquietante» es quedarse corto. Me ha dejado, tengo que admitirlo, algo conmocionada.

—Naturalmente —asintió Tempter—. No me extraña. Tiene que haber sido una sorpresa. Pero permíteme que te pregunte qué esperabas exactamente.

—No estoy segura. Pero no me imaginaba que me encontraría con gente asesinada. Esperaba oír «cáncer», «infarto» o «anciano». No esto.

Tempter pareció pensar en lo que iba a decir a continuación.

—Sabías que todos los nombres que el Empleador iba a proporcionarte serían de personas fallecidas, ¿verdad? Me parece que esta cualidad de haber muerto en lo que podría considerarse un modo extraño, por usar tu palabra, bueno, forma parte integral de tus conocimientos de diseño. Los monumentos conmemorativos suelen honrar a personas que murieron de un modo considerablemente fuera de lo normal. Vidas a las que los hechos pusieron final. Estoy pensando en las sillas vacías del Monumento Nacional de Oklahoma City para conmemorar el atentado con bomba, por ejemplo...

Sloane había estudiado ese diseño.

—Después de todo, rara vez construimos para conmemorar a los vivos, ¿no? La muerte es, bueno, simplemente muerte, ¿no crees, Sloane? ¿Realmente importa cómo murieron estas seis personas?

—Bueno, Patrick —replicó despacio tras rumiarse la respuesta, dubitativa—, supongo que sí y no. En Oklahoma City importó.

—Ah, una respuesta prudente, típica de un abogado, para una pregunta difícil —dijo Tempter sonriendo de nuevo—. No me has pedido consejo, pero te lo daré igualmente. Creo que sería mejor que centraras tu atención en averiguar exactamente en qué momento influyeron estas personas en la vida del Empleador, me encanta esta descripción. Bueno, esa tendría que ser la información dinámica que contribuya a inspirar el monumento, ¿no? Y supongo que ese esfuerzo exigirá trabajar duro.

Sloane no dijo nada.

—Recuerdo que el poeta John Donne escribió: «Muerte, no seas orgullosa». ¿No crees que son palabras que hay que tener presentes?

Sloane asintió a modo de respuesta.

—¿No es ese el propósito de todos los monumentos conmemorativos? ¿Decir a la muerte que no tiene la última palabra? ¿Que la vida sigue teniendo impacto más allá del momento en que la gente abandona este mundo?

—Das la impresión de haber estudiado las mismas cosas que yo —contestó Sloane.

Eso hizo que el abogado esbozara otra sonrisa.

—Me lo tomaré como un cumplido más.

Contempló la lista de nombres.

—Desconocidos —comentó—. Si lo piensas bien, querida Sloane, ¿cómo se informa uno exactamente sobre un desconocido? ¿Puede hacerse con un mensaje de texto? ¿Con una búsqueda en internet? ¿Con una llamada telefónica? —Hizo un gesto con la mano—. Creo que tienes que pasar a convertirte en una especie de cuarto poder. Actúa como si fueras periodista. Piensa en ti misma como en una modesta Woodward o Bernstein. No en el

Watergate. Más bien, diría yo, una Woodward o Bernstein en otra época y en otro caso.

Cada movimiento florido que hacía Tempter, unido a cada palabra que decía, poseía una elegancia despreocupada. Sonreía, y lo siguió haciendo al levantarse de un modo casi felino.

—¿No imaginas que en esta situación tan única en la que te encuentras podría ser necesario que te enfrentaras cara a cara con la muerte de estas seis personas? ¿Y que solo entonces podrías comenzar a conocer las vidas que tienes que honrar?

Se detuvo un momento, sonrió de nuevo y añadió:

—Por supuesto, podría estar completamente equivocado al respecto.

Sloane pensó que el abogado sabía perfectamente qué conllevaba el proceso de crear un monumento conmemorativo.

—No, no lo estás —respondió.

Tempter alzó la vista al techo y, tras mirar un instante por la ventana, volvió a fijar sus ojos en Sloane.

—Me pregunto si has pensado alguna vez en esos monumentos conmemorativos que se ven de vez en cuando en las cunetas, ya sabes, en una curva peligrosa o donde alguien se saltó una señal de stop o un semáforo en rojo. Hay una pequeña cruz improvisada con flores marchitas y una placa de cartón escrita a mano tal vez con un nombre y un mensaje diciendo «Siempre te recordaremos» y algunas fechas, y pasamos ante él sabiendo que alguien murió ahí, pero no significa nada para nosotros porque lo único que recuerda es un momento en el que alguien anónimo dejó este mundo prematuramente. Y al reconocer solamente este único momento, empequeñece la vida vivida y no honra la atrocidad que la muerte puede haber supuesto para la familia, las amistades o quien sea. Esos monumentos conmemorativos dicen solo: «Nuestro amigo, nuestra hija, nuestro hermano o nuestra hermana murió aquí. Caray. Mala suerte. Y todos los que pasáis por aquí no dedicáis ni un segundo a pensar en ello». Y esta simplicidad que roza el cliché, bueno, querida Sloane, eso es precisamente lo que el Empleador quiere evitar.

—Si se reuniera conmigo, sería más fácil. Podría decirme sencillamente lo que necesito saber sobre cada...

Tempter la interrumpió:

—A su debido tiempo, a su debido tiempo. Es él quien dirige. El telón se levanta cuando él lo ordena, y baja cuando dice que se acabó. Y no creo que «fácil» sea una palabra que quiera ver relacionada con este proyecto. Y, por supuesto, recibes una buena paga por las dificultades con las que te encuentras.

Consultó rápidamente su reloj de pulsera.

—Ah, una cita a la que no puedo llegar tarde para unas propuestas rápidas. ¿Sabes qué? Estoy disfrutando muchísimo nuestras charlas. Como siempre, llámame, mándame un correo electrónico, grítame desde la ventana, hazme señales de humo, usa banderas de señales, código Morse, el Pony Express, lo que creas oportuno para hacerme llegar cualquier pregunta, necesidad o deseo. Y haré todo lo que pueda para orientarte.

El abogado se marchó sigilosamente del despacho como si patinara con seguridad sobre una capa delgada de hielo sin temer el agua mortífera que circulaba bajo los crujidos que provocaban sus pies. Dejó a Sloane sentada ante su escritorio observando cómo la oscuridad crecía al otro lado de la ventana.

Dos

Sloane se detuvo en un bar de fideos y se compró algo de comida preparada antes de volver a pie a su casa. El ruido que hacía cada uno de sus pasos en la acera era como un tambor marcando el ritmo de lo que debería hacer a continuación. Creía que todo lo que le había dicho Patrick Tempter implicaba que tendría que empezar a viajar para examinar la vida de los Seis Nombres de Difuntos, como ya los llamaba al pensar en ellos. No estaba segura de por dónde empezar, aunque se reconoció interiormente cierto mérito por su conversación con Laura Wilson.

«Tengo que hacer eso seis veces», se dijo a sí misma.

Cuando comenzó a planear un itinerario y trató de pensar

en qué, quién y dónde, se quedó automáticamente absorta en sus pensamientos, de modo que la noche que la envolvía, los transeúntes que pasaban a su lado, los coches que circulaban por la calle, todos los lejanos sonidos familiares de la vida urbana, todo ello parecía estar relegado a un espacio distinto y muy remoto. Solo podía pensar en:

Llegar a casa.

Planear su siguiente paso.

los Seis Nombres de Difuntos. ¿Qué los relacionaba?

Comerse sus fideos Lo Mein.

No pensar en su madre. Ni en kayakistas.

Dormir.

Ensimismada en esta serie de pensamientos, no advirtió como la puerta del coche se abría cuando ella pasaba a su lado, a unos veinte metros del portal de su casa. Ni tampoco se fijó en los pasos apresurados tras ella hasta que oyó su nombre.

—¡Sloane! ¡Espera!

Se dio la vuelta y se sumió al instante en esa sensación de sorpresa mezclada con miedo. Como cualquiera que oye su nombre, pensó quién la estaría llamando mientras que otra parte de ella sabía exactamente quién lo hacía.

—Por favor, Sloane.

Diversas emociones la invadieron de golpe. Ira. Sobresalto. Furia. Recelo.

—Roger —dijo, alzando al instante la voz, aguda debido a una tensión repentina—. No quiero hablar contigo. ¡Déjame en paz!

—Solo será un minuto, por favor, Sloane.

Quería huir deprisa, darse la vuelta, subir los peldaños de su edificio, entrar y cerrar la puerta, y se tambaleó ligeramente al intentar marcharse, pero Roger le sujetó inmediatamente el brazo, con lo que le hizo perder el equilibrio.

Muy fuerte.

Los Lo Mein cayeron al suelo, esparciéndose como gusanos.

Roger era fuerte, y la presión en el brazo, molesta.

—Suéltame —le pidió.

—No hasta que me escuches —respondió Roger.

Lo miró a la cara. Ira. Falta de control. Su primera reacción: tratar de zafarse. Pero lo único que logró con ello fue que la sujetara con más fuerza. Un torniquete de furia.

—Tengo que hablar contigo —insistió—. Por favor, Sloane. Dame un minuto. —Incluso al suplicar, su voz era fría, y las palabras la envolvían con la misma fuerza con la que le sujetaba el brazo, más fuerte con cada sílaba. Sloane solo fue vagamente consciente de que empezaba a dolerle.

Sloane se tranquilizó en busca de fortaleza interior.

—Me estás haciendo daño, Roger —dijo.

Esta frase no pareció causar ningún impacto.

—¿Crees que esta es la forma de conseguir que hable contigo?

Notó que aflojaba un poco la fuerza con que la sujetaba, pero no la soltó.

—No quiero que te vayas hasta que haya tenido ocasión de decirte lo que quiero decirte.

—No lo haré —aseguró, medio creyendo que estaba mintiendo, que en cuanto la soltara, se iría hacia su casa. Era rápida. Atlética. Había sido corredora de cross en la secundaria, por lo que sabía mucho sobre velocidad solitaria y control de la distancia. Pero Roger también era rápido. Sería un esprint. Dudaba que pudiera ganar esa carrera.

Vio que la cara de Roger se contorsionaba con la emoción.

—Sloane, desde que me enviaste ese mensaje he estado triste. Muy triste. Deprimido. Incapaz de concentrarme en el trabajo. No puedo comer. No puedo dormir. Doy vueltas y más vueltas. La comida tiene incluso mal sabor. Solo puedo pensar en ti y en cómo te he fallado. Quiero otra oportunidad. Te prometo que esta vez todo irá bien.

«Y qué más», pensó sarcásticamente. La fuerza con que le sujetaba el brazo le indicaba que no iría bien.

—Suéltame —repuso en lugar de decir eso.

—Lo haré cuando accedas a darme una segunda oportunidad. Te quiero, Sloane. Te lo demostraré. Haré lo que me pidas, te lo juro. Cualquier cosa. Lo que sea. Dilo y lo haré.

—Lo que quiero es que me sueltes —repitió Sloane.

Volvió a ejercer más fuerza, de vuelta al punto en que le dolía. Tiraba de ella hacia él, y tuvo un miedo fugaz que era como la sensación que su madre debió de sentir atrapada en las corrientes del río.

—Te necesito, Sloane. Te necesito más que a nada en el mundo. Nada más me importa.

Sloane pudo ver en sus ojos la ira mezclada con un deseo desbordante. Pensó que Roger parecía a punto de perder totalmente el control. Explosivo. Peligroso. Obsesivo. Aspectos de Roger que siempre había sospechado pero que solo había visto fugazmente. No estaba segura de lo que Roger haría en aquel instante. No podía moverse, ni hacia atrás ni hacia delante. La presión en el brazo la mantenía anclada en el sitio. Vio que Roger cerraba el puño izquierdo.

«Va a pegarme», se percató.

—Por favor, Sloane —dijo. La súplica pareció abrirse paso entre los dientes apretados. Una exigencia. No una petición.

Un frío gélido le recorrió el cuerpo.

«¿Es este un momento de esos de "si no eres mía, no serás de nadie"?», pensó.

—Si no me sueltas ahora mismo —le amenazó, intentando con todas sus fuerzas parecer calmada y racional, aunque oyó que el volumen de cada palabra iba aumentando—, nunca volveré a hablarte. Si lo haces, lo pensaré. —Su argumento era convincente, tajante, pero lo soltó en un tono tembloroso, asustado.

Roger no la soltó. La acercó más a él.

—No te creo —aseguró, casi en un susurro. Eran palabras que precederían una amenaza—. Quiero otra oportunidad. Quiero que me lo prometas, Sloane.

Vio que abría y cerraba el puño izquierdo, como si no acabara de decidir si golpearla o acariciarla.

—Suéltame y lo pensaré —respondió. Se dio cuenta de que estaba dispuesta a decir cualquier cosa que pudiera reducir la fuerza con que le sujetaba el brazo, que le diera un instante para zafarse. Quería correr, aunque sabía que perdería la carrera.

—¿Me lo prometes?

Una pregunta que rogaba ser contestada con una mentira.

—Sí.

—¿Por qué voy a creerte? Invítame a tu casa para que podamos hablar.

Sloane no creía que Roger quisiera hablar. Cada palabra que le diría arriba sería un preludio de tirársela. Medio pensó: «Si le dejo follarme, ¿me dejará en paz después?».

Respuesta fácil: no.

Se estaba sumiendo en un miedo tan oscuro que no alcanzaba a identificarlo. Se aferró a la razón.

—No quiero hablar ahora. No esta noche. Estoy cansada. Ha sido un día muy largo. Estoy inmersa en un proyecto que me tiene exhausta.

Lanzó estas excusas lo más rápido que pudo. Eran muy racionales en una situación que se estaba volviendo totalmente irracional a marchas forzadas.

Roger no la soltó.

—Dime cuándo —exigió.

Una brizna de esperanza. «Miente para liberarte», se dijo a sí misma.

—Mañana. Pasado mañana. Te lo prometo. Pero suéltame.

Finalmente el miedo se había adueñado de su voz. Vio que Roger titubeaba. Vio que no la creía y que toda la rabia que se esforzaba por dominar empezaba a superar el poco control que le quedaba.

Y supo que iba a pegarla en cuanto cayera en la cuenta de que estaba mintiendo. Una vez. Dos veces. Una docena de veces. Cien veces.

Supo que iba a matarla.

Y en aquel momento oyó una tercera voz. No la de Roger. No la suya. Procedía del otro lado de la calle, aunque era como si le llegara de algún lugar celestial. La voz bramó. Fuerte e insistente.

—¡Eh, vosotros! ¿Va todo bien? ¿Está bien, señorita?

Seguida casi de inmediato de una cuarta voz. Femenina.

—¡Oye, tú! ¡Para! ¡Déjala en paz!

Tanto Sloane como Roger se volvieron hacia las voces. Procedían del otro lado de la estrecha calle, de una parte en sombras de la acera de enfrente, entre farolas, entre peldaños de portales, entre coches estacionados. No alcanzó a distinguir la cara del hombre ni pudo ver si era joven o mayor, corpulento o menudo. Solo oyó la fuerza con que pronunció cada palabra. La voz de la mujer era penetrante. Estaba donde terminaba la oscuridad y avanzó hacia la tenue luz. Sloane pudo verle la cara. Era alta, más o menos de su edad, muy guapa. Por un extraño segundo, le recordó las fotografías de Wendy Wilson. Aquella mujer parecía cortada por el mismo patrón que la exquisita modelo. Tanto el hombre oculto como la mujer elegante iban de etiqueta, como si volvieran de una fiesta.

La voz del hombre rasgó la noche. Firme. Afilada como un estoque. Cargada de determinación y de amenaza.

—Mira, macho, ahora mismo vas a soltarle el brazo, retroceder y dejar que se vaya. Si quiere hablar contigo, lo hará. No te conviene que vaya hacia allí. Y no te conviene en absoluto que llame a la policía.

La mujer sostuvo un móvil en alto.

—Voy a llamar a urgencias —dijo con dureza.

—Esto no es asunto vuestro —gritó Roger de vuelta.

—Exacto —contestó el hombre. Tranquilo, sin titubear. Como si hubiera previsto esa respuesta de Roger—. No lo conviertas en asunto mío.

—Si no la sueltas ahora mismo, llamo —insistió la mujer.

—Dejadnos en paz —soltó Roger con aspereza.

—Déjala en paz a ella —ordenó el hombre. Era como si las sombras intensificaran su voz.

—Mira, colega... —empezó a decir Roger.

—Yo no soy tu colega —lo interrumpió el hombre—. Y te prometo que, cuando llamemos a la policía, los agentes tampoco serán tus colegas.

—Dejadnos en paz —repitió Roger.

—Deja que hable la muchacha —indicó el hombre.

Sloane supo que aquella era su oportunidad.

—Estoy bien —afirmó—. Solo quiero irme a casa.

—Pues adelante —respondió el hombre con palabras mesuradas—. Y tal vez tu amigo te deje marchar y evite meterse en el tipo de problemas que no quiere tener.

Sloane pensó que el hombre entre las sombras y la mujer elegante tenían práctica. Parecían no tener miedo y controlar totalmente todas las cosas que decían y las amenazas que lanzaban.

—Esto no es asunto vuestro —repitió Roger.

—Eso ya lo hemos hablado —repuso el hombre con calma.

Roger la soltó. La mano le resbaló por el brazo como si la tuviera engrasada. Sloane retrocedió al instante para aumentar la distancia entre ellos, pero, aun así, Roger todavía podía arremeter contra ella y volver a sujetarla o, incluso, pegarle.

—Muy bien —dijo el hombre al otro lado de la calle—. Adelante.

Roger fulminó con la mirada a la otra pareja antes de volverse de nuevo hacia Sloane. Otra vez suplicante. Le temblaba el labio inferior.

—Sloane, cariño, tenemos que hablar —le susurró.

Sloane inspiró hondo. Las palabras le salieron como una exhalación de la boca.

—Usa el teléfono.

Acto seguido se dio la vuelta y, sin mirar a quien estuviera al otro lado de la calle ni a Roger, tieso como un palo, en la acera, corrió hacia la puerta de su edificio. Metió torpemente las llaves en la primera puerta y, una vez abierta, pasó a la segunda. Las cerró de golpe, una a una, tras entrar, corriendo el cerrojo de seguridad con un sonoro clic. Corrió peldaños arriba, de dos en dos, entró a toda prisa en su piso y cerró la puerta. Picaporte. Cerrojo de seguridad. Cadena. La única luz del piso era la que se colaba por las ventanas procedente de las tenues farolas de la calle. Pero le bastó para cruzar el salón, entrar en el dormitorio, abrir el cajón y sacar de él el regalo de cumpleaños de su madre. Giró en redondo con la semiautomática del 45 en las manos

mientras las medias rojas caían revoloteando al suelo como ago-
nizantes mariposas nocturnas. Tenía la sensación de tener a Roger a un paso, dispuesto a romperle la cara. Pero no era así. Todo
estaba en silencio. Aun así se acurrucó en un rincón, con el arma
a punto durante casi treinta minutos. Le sonó varias veces el
móvil, pero lo ignoró mientras apuntaba hacia la puerta con
el arma, a la espera de que su pulso recuperara algo vagamente
parecido a la normalidad, preparada para disparar al primer ruido que oyera. Una parte de ella creía que solo seguía viva gracias
a un par de buenos samaritanos que habían decidido intervenir.
Recordaba a la mujer que mostró el móvil como si fuera un
arma amenazando con llamar a la policía. El hombre, sin embargo, se había mantenido esquivo, ejerciendo toda su fuerza desde
las sombras. Cuando el silencio que la rodeaba le pareció por fin
seguro, bajó el arma, recogió las medias rojas, envolvió de nuevo la pistola con ellas y se metió en la cama.

8

Uno

Sloane durmió fatal, alternando pesadillas agitadas con ratos en los que daba vueltas con los ojos como platos. Tres veces se levantó para comprobar las puertas y las ventanas. Una vez se sorprendió frente a la cómoda, medio dormida, pero buscando su regalo de cumpleaños. En una vívida pesadilla, de las que te dejan la boca seca y el corazón desbocado, soñó que Roger había entrado en su cuarto, pero el cajón con el arma estaba cerrado con llave y ella buscaba frenéticamente una llave inexistente mientras él le rodeaba el cuello con las manos. Cuando se despertó, empapada en sudor, le dolía la mandíbula como si la hubiera pegado. Se dirigió hacia la puerta de entrada y encajó una silla bajo el picaporte. Finalmente, poco después del alba, se levantó, contenta de que la noche se hubiera acabado, se pasó diez minutos dándose una ducha humeante y se tomó dos tazas de café solo. Decidió que aquella mañana conduciría hasta New Hampshire para ver qué podía averiguar sobre el director y profesor de historia asesinado.

Tenía muchas cosas que olvidar: el exnovio que no estaba dispuesto a aceptar que lo suyo había terminado; los buenos samaritanos que intervinieron y probablemente la salvaron de algo terrible; la carrera hacia su casa. Prefería considerarlo todo otro sueño. Etéreo. Inexistente.

Imposible. Pero quería distraerse. Y lanzarse a cumplir las peticiones del Empleador le pareció la mejor forma de hacerlo. Así que se vistió y comprobó las indicaciones en el móvil. Observó que ya había recibido más de doce mensajes de texto de Roger, el último a las 4.40 de la mañana. Los borró en cuanto vio que el primero comenzaba con «Sloane, estamos hechos el uno para el otro...».

Se detuvo en lo alto de la escalera. Una oleada de ansiedad había vencido la poca resolución que tenía y una enorme parte de ella quería encerrarse en su piso, cerrar la puerta con llave y meterse en la cama.

Se dijo a sí misma:

«Estará fuera, esperándote.

»No. No está fuera.

»Estás a salvo.

»No. Corres peligro.

»Es un cobarde quejica.

»No. Es violento e imprevisible.»

Las contradicciones la abrumaban. Se ordenó a sí misma: «Sé valiente». Pero le siguió costando un auténtico esfuerzo físico salir del portal y apresurarse calle abajo hacia donde tenía aparcado el coche. Giraba la cabeza a un lado y a otro, medio figurándose oír: «¡Espera, Sloane!». Un paso, dos, tres y cuatro; se movía con rapidez, trotando como quien llega tarde a una reunión crucial.

Cuando se sentó al volante, cerró las puertas del coche con seguro, introdujo torpemente la llave en el contacto, pensó de repente que podría estar sentado en el asiento trasero y se giró en esa dirección con la necesidad de convencerse de que no estaba loca, cuando lo más posible es que lo contrario fuera cierto.

Nada.

Al salir a la calzada imaginó que la seguía. Buscó el coche de Roger. Era un BMW, marca que le encantaba, de color rojo, fácil de detectar. No lo vio pero enfiló igualmente una calle lateral tras otra, zigzagueando caóticamente como una espía de la Guerra Fría en Berlín, para dirigirse hacia una vía más amplia que la condujera hacia la autopista. Una vez creyó verlo un momento por el espejo retrovisor, siguiéndola tenazmente. Una alucinación provocada por el miedo. Fuera como fuese, hasta haber recorrido por lo menos quince kilómetros no empezó a sentirse segura. O algo segura. Razonablemente segura. Solo deseaba que no fuera falsamente segura.

Con cada kilómetro se fue relajando un poco.

Se esforzó mucho por despejar su mente, intentando olvidarse de Roger y lo que estuviera pensando, intentando ignorar el doloroso moretón en el brazo donde él la había sujetado y, sobre todo, descartando todo lo que eso significaba aquel día, el siguiente y el otro. En lugar de eso, se concentró en el «querido» profesor de historia, tratando de averiguar cómo se convirtió en «querido» para el Empleador.

Dos

A Sloane no le costó demasiado encontrar la casa del profesor asesinado. Estaba a poco más de quince kilómetros de la famosa academia donde desarrolló su carrera por una carretera rural que daba a otra y, después, a una tercera, cada una de ellas más aislada, más rústica. Sus vecinos, a cada lado, eran granjas activas, con ondulados paisajes verdes salpicados de vacas dignas de una postal que pastaban satisfechas disfrutando del calor y del sol. Era difícil pensar que estaba a menos de noventa minutos de distancia de la ciudad y a tan solo unos kilómetros del pequeño municipio cercano a Boston en cuyos casoplones se estaban instalando muchas de las personas que se desplazaban diariamente para ir a trabajar. El nuevo dinero estaba erosionando la antigua cualidad granítica y pétrea de New Hampshire. Pero, al retirarse, Lawrence Miner y su esposa Muriel habían ido a vivir a un lugar que reflejaba más el pasado desaparecido que el futuro inminente. Un día soleado, su casa era acogedora y anticuada, con tablas blancas de madera, retirada de la estrecha carretera que conducía a la civilización, oculta tras árboles e hileras de arbustos. Era evidente que unos cuantos siglos antes había sido una granja activa, pero ahora la rodeaban jardines de flores y un alto roble que proyectaba sombra al césped delantero. Desde donde se paró en la carretera, Sloane distinguió una placa negra situada junto a la puerta principal. Rezaba: «1789». Era la fecha de construcción de la casa, y parecía de lo más adecuado para un profesor de historia jubilado. Le recordó la famosa historia *El diablo y Daniel Webster*, de Stephen Vincent Benét. La casa del difunto director se parecía mucho a la descripción que hacía el autor de la granja de Jabez Stone. Pensó que quizá el profesor asesinado y su esposa habían corrido la misma suerte que el desdichado granjero que cierra su desafortunado trato con el señor Scratch para acabar rescatado por el gran orador. Recordó que cuando Daniel Webster ganaba ese caso contra todo pronóstico, arrancaba una promesa al diablo: jamás volver a molestar a un hombre ni una mujer de New Hampshire.

Pero la muerte del profesor, por lo menos según lo que ella sabía, parecía obra del diablo.

Esperó un momento, salió del coche y vio un cartel de SE VENDE colgando junto al camino de entrada.

No pudo ver actividad alguna. No había coches aparcados delante. El silencio la envolvió acariciándole la piel.

«La casa de un asesinato», pensó.

Sloane avanzó por el largo camino de entrada, con la grava y las piedras crujiendo bajo sus pies. Se dirigió hacia la puerta principal y tocó el timbre.

Nada.

Llamó a la puerta.

Nada.

Retrocedió para observar la casa con ojos de arquitecto. Un familiar diseño de principios de la era colonial con la escalera en el centro, de cientos de años de antigüedad, habitual en New Hampshire, Massachusetts y Maine. Intentó imaginarla en pleno invierno. Habría varios centímetros de nieve amontonados a cada lado del camino. Los árboles, entonces frondosos, estarían desnudos y estériles, como un esqueleto. Las hileras de flores coloridas y cuidadas estarían vacías, salvo por algunos tallos amarronados y muertos. De los aleros colgarían carámbanos. Una columna de humo se elevaría en espiral hacia el cielo gris desde las chimeneas encendidas en el interior que lucharían sin éxito contra el frío implacable. Se desplazó un poco hacia un lado, llamó de nuevo lo más fuerte que pudo y miró por una ventana.

Vacía.

Pudo ver techos bajos con vigas anchas, suelos de madera, alguno inclinado tras años asentándose. Paredes pintadas de blanco, desprovistas de obras de arte. Sin muebles. Sin alfombras. Ningún indicio de vida. Ningún indicio de muerte.

Esto carecía de sentido para ella. El director y su esposa habían sido asesinados hacía años. Pero daba la impresión de que se había eliminado de la casa cualquier señal de que alguien había vivido alguna vez en ella.

Tomó nota del nombre de la inmobiliaria del cartel con la idea de llamarla. Mientras lo hacía, oyó de repente el sonido de un cortacésped cobrando vida. Miró camino abajo y vio que un hombre montado en un cortacésped se acercaba a ella.

Vio enseguida que se trataba de un individuo curtido por trabajar al aire libre, con la cara bronceada y arrugada, un hombre acostumbrado a ensuciarse las manos al que le gustaba la cerveza fría con un poco de whisky por la noche y un partido de hockey sobre hielo por la tele, y que podía tener cualquier edad entre los cincuenta y los cien años. Llevaba una andrajosa gorra azul de los Red Sox que apenas cubría una mata de pelo castaño con canas, y llevaba los pantalones de trabajo marrones manchados. Lo saludó con la mano y él dirigió el cortacésped a un pedazo de césped verde y lo detuvo.

—¿Puedo ayudarla? —preguntó. El tono no era desagradable.

—Sí, eso espero —respondió Sloane—. Estoy buscando información sobre la pareja mayor, Lawrence y Muriel Miner, que vivió aquí.

Habría sido más exacto decir «que murió aquí».

—Sí —asintió el hombre—. Yo los conocía un poco. No viene demasiada gente por aquí, la verdad. ¿Qué quiere saber?

—Bueno, para empezar, ¿por qué está la casa vacía?

El hombre sonrió como si compartiera un secreto.

—No hay demasiada gente dispuesta a comprar una casa donde se produjo un asesinato. Especialmente un asesinato como... —Se detuvo y sacudió la cabeza antes de proseguir—: Hasta los ricos de la ciudad, a los que no parece importarles demasiado nada excepto gastar dinero, parecen asustarse. Mala suerte, supongo. Mal karma, dirían mis hijos, pero yo no sé nada de eso.

—Aun así, es una casa bonita...

—Me esfuerzo mucho por conservarla así —dijo, tras usar con soltura la especie de gruñido que significa «sí» en el norte de Nueva Inglaterra.

—Me parece que no lo entiendo.

—Verá —continuó el hombre del cortacésped, reclinándose en el asiento como si estuviera encantado de hablar con alguien joven, bonita y no cubierta de briznas de hierba—. Que yo sepa, existe cierta disputa entre los hijos de Lawrence y Muriel. Se pelean por el testamento, supongo. Diría que la lucha se ha prolongado años y años, nadie se habla, nadie quiere ceder, por una cuestión de orgullo y viejos rencores, los abogados intervinieron y empeoraron las cosas, y todo lo que los ancianos dejaron está cubriéndose de polvo en un trastero, en los juzgados o en un conflicto, como esta casa.

Sonrió y señaló la casa con la mano.

—No será usted uno de esos parientes, ¿verdad? —preguntó a Sloane, entre receloso y chistoso.

—No —respondió Sloane—. Soy arquitecta. Estoy trabajando en el proyecto de un monumento conmemorativo y esperaba averiguar algo sobre Lawrence Miner porque figura en él.

—¿Un monumento conmemorativo? ¿Como el que tienen en la academia? ¿Como un banco de granito con los nombres de los soldados que murieron en Vietnam o Corea grabados en él?

—Sí. Más o menos.

Eso pareció animarlo.

—Me caía bien el viejo Lawrence —dijo el hombre del corta-césped—. Quiero decir, lo bastante para decirle «hola», «que pases un buen día» y «dicen que el tiempo va a cambiar». Pero me parece que yo era la excepción. Hay mucha gente por aquí que creía que era bastante estirado, quizá cruel, y un tipo duro hasta la médula. Por supuesto, yo solo le cortaba el césped y le cuidaba las flores, echaba mantillo de vez en cuando. Y, por supuesto, limpiaba el camino de entrada en invierno. Así que cuando sus hijos me contrataron para cuidar la casa, puede que la única cosa en la que se hayan puesto de acuerdo, fue un placer conservarla en buen estado.

Sloane se animó al oír las palabras «cruel», «estirado» y «limpiaba el camino de entrada».

—¿Fue usted quien encontró los cadáveres? —quiso saber.

—Pues sí —contestó, asintiendo con la cabeza—. Fue algo verdaderamente espantoso, como una pesadilla real o una película de casquería barata real. Difícil de dejar atrás.

—Ya me imagino.

—Pero fue hace mucho. El tiempo te ayuda a olvidar. Aunque puede que en realidad eso no sea tan cierto como a la gente le gustaría.

—Habla como un filósofo —afirmó Sloane con una sonrisa tras asentir con la cabeza.

—Una vez pasas los suficientes inviernos aquí, se convierte en algo innato. —Se encogió de hombros. Sonrió. Adoptó una expresión que mostraba que le había gustado el comentario de Sloane.

—Por supuesto —convino, y prosiguió—: ¿Así que había gente a quien no le caía bien?

—Exacto.

—¿Sabe por qué? Quiero decir, hasta ahora solo he visto que era honrado y respetado.

El hombre del cortacésped se encogió de hombros.

—No me gusta hablar mal de los muertos —respondió.

Sloane esbozó su sonrisa más coqueta. A los hombres mayores les cuesta negarle algo a una mujer joven. Movió la cabeza de modo que el cabello le cayó alborotadamente alrededor de la cara.

—Cualquier detalle es importante cuando se trata de un monumento conmemorativo.

—Supongo que lleva razón —dijo—. Bueno, tiene que recordar que Lawrence era exmarine. Combatió en el Pacífico durante la Segunda Guerra Mundial. Tengo entendido que oficial, para más señas. Eso fue duro. Guadalcanal. Tarawa. Iwo Jima. Creo que ese tipo de experiencia cambia a un hombre para el resto de su vida.

Sloane sacó el bloc y anotó lo que el hombre del cortacésped le había dicho.

—El problema fue que aplicó parte de ese duro planteamiento de no andarse con chiquitas a la enseñanza de la historia. Y después al trabajo como director, porque se encargaba de la disciplina en el colegio. Creo que pensaba que ser amable no entraba dentro de sus atribuciones.

Sloane asintió. Aquello no era lo que había esperado.

El hombre del cortacésped reflexionó un momento y añadió:

—Siempre pensé que eso fue lo que lo mató. Un yonqui fuerza la entrada y Lawrence y Muriel lo sorprenden cuando está intentando llevarse algunas cosas sin apenas valor, y en lugar de dejar que se llevara lo que tenía, lo más probable es que Lawrence se enfrentara a él. Aunque pasara de los ochenta. Una mala decisión, pero me imagino que una vez marine, siempre marine. El problema es que eso le costó la vida a Muriel también, lo que no fue justo.

—En todo lo que he encontrado —comentó Sloane—, la revista de exalumnos y todo eso, bueno, lo llaman «querido», ¿sabe?

—¿La revista de exalumnos? —soltó burlón el hombre con el ceño fruncido—. ¿Qué esperaba que dijeran? ¿Despiadado hijo de puta? Pero ¿querido? Ni hablar. Quizá para Muriel, pero también lo dudo. Por lo que yo sé, los chicos del colegio lo odiaban cuando no los asustaba. Se portaba uno mal y lo castigaba con severidad, ya sabe. Piense que cualquier pequeño paso en falso les costaba la carrera en Wall Street o en la facultad de Medicina o donde fuera.

Era un punto de vista que Sloane no había esperado oír de un hombre con la ropa manchada como aquel.

—¿Cómo sabe eso? —preguntó.

El hombre echó la cabeza ligeramente hacia atrás como si fuera a soltar una carcajada.

—Verá, ya sé que no parezco gran cosa, pero mis dos hijos fueron a la academia. Con beca completa. Uno de ellos formaba parte del equipo de baloncesto. El otro era *quarterback*. Eso los llevó a ambos a facultades excelentes, y ahora les va mucho mejor que a su padre, que es exactamente como tiene que ser.

—Eso está muy bien —aseguró Sloane.

—Ya he hablado demasiado —añadió el hombre—. En exceso. Pero no tengo ocasión de charlar con demasiadas chicas guapas en mi trabajo. —Sonrió y se llevó un dedo a la visera de la gorra—. Le pido disculpas si lo que acabo de decir no es políticamente correcto, pero es la verdad y esto es New Hampshire, donde decimos básicamente lo que pensamos sin preocuparnos demasiado por lo que pase después...

—Me siento halagada —aseguró Sloane, imaginando que esta respuesta le haría seguir hablando.

—Bueno —soltó con una carcajada—, no sé nada de eso, señorita.

Se detuvo un momento, como si estuviera pensando, y prosiguió diciendo:

—Mire, si quiere, puedo enseñarle el interior de la casa si eso le sirve de ayuda.

—Desde luego.

El hombre del cortacésped se sacó del bolsillo un llavero que tintineó.

—Sígame —pidió mientras se bajaba del cortacésped como un vaquero que desmonta del caballo.

Sloane acompañó al hombre del cortacésped hacia la parte delantera de la casa.

—Dudo que haya entrado nadie en meses. Puede que más. Más bien años —comentó el hombre mientras abría la puerta y la sujetaba para que ella entrara.

Ambos lo hicieron. Incluso con la luz que se colaba a raudales por las ventanas, parecía oscura, en sombras. Había una capa de polvo por todas partes. El olor a humedad era más fuerte de lo que Sloane había imaginado. Un olor a abandono mezclado con muerte. Trató de imaginar dónde habían estado las sillas, las mesas, los cuadros, pero intentar verlo como un hogar era difícil. La casa se veía simplemente desnuda.

—Sígame —indicó el hombre del cortacésped, que se dirigió hacia una habitación oscura situada a la izquierda.

Sloane lo siguió y titubeó a la puerta de una habitación con estanterías de madera oscura vacías a ambos lados de una vieja chimenea de piedra.

La habitación del asesinato.

—Aquí es donde los encontré —explicó en voz baja el hombre del cortacésped, y empezó a señalar—. Lawrence estaba junto a la chimenea. Tirado en el suelo, despatarrado, con la cabeza totalmente destrozada. Había escarcha por todas partes. Muriel estaba a unos metros de donde estamos. Parecía una estatua de mármol, de porcelana o algo así. Me dio la impresión de que intentaba huir, pero no tenía demasiadas posibilidades.

Sloane trató de imaginarse los dos cuerpos en el suelo, el cabello gris, enmarañado y apelmazado, en medio de charcos de sangre cristalizada mientras el crudo invierno se colaba implacable por las puertas delantera y trasera. Se volvió, no sin antes ver una mancha oscura en el suelo de madera oscura y de tener tiempo de preguntarse si sería un resto del asesinato. Tosió y carraspeó.

—Creo que ya he visto suficiente —comentó.

—Lo siento —asintió el hombre del cortacésped—. Supongo que es perturbador.

Volvieron fuera. Sloane engulló el aire puro de la primavera, absorbió las fragancias de los parterres, pero alzó los ojos y vio que se acercaban unas densas nubes grises.

—Es fácil imaginar que sus fantasmas siguen rondando la casa —comentó el hombre sacudiendo la cabeza—. No me gustaría pasar aquí una noche en noviembre, por ejemplo. Diría que una muerte violenta deja su marca. No es como una mancha en la camisa que se va al lavarla.

—Creo que tiene razón —respondió Sloane—. Aun así, la casa es preciosa. —Señaló con el brazo las flores y las tablas blancas de madera de la entrada principal.

—Yo no diría eso —replicó el hombre del cortacésped—. El exterior recuerda un cuadro de Norman Rockwell, ¿verdad? Pero por dentro... —Alzó los ojos hacia la casa—. Bueno, el sistema de calefacción es antiguo y no funciona. Las juntas del techo están podridas y hay que sustituir el tejado. Los suelos se están combando y hay más de un hueco detrás de las paredes donde los ratones se han instalado, y la fontanería, bueno, ha visto días mejores. Alguien que quisiera comprar la casa tendría que hacer muchas reformas. Seguramente tendría que derribarla, pero no se puede porque figura en el registro local de edificios históricos. De modo que es un quebradero de cabeza desde el principio. Y añada a eso que su historia reciente... bueno...

El hombre del cortacésped se detuvo, pareció reflexionar sobre lo que iba a decir y preguntó:

—¿Cómo se llama cuando algo parece una cosa pero, en realidad, es otra?

A Sloane le vinieron varias palabras a la cabeza. «Quimera.» «Ilusión.» «Espejismo.»

Pero no dijo ninguna de ellas en voz alta.

—No lo sé —contestó en cambio.

9

Uno

El joven policía que intentaba ayudar a Sloane frunció el ceño al mirar la pantalla del ordenador donde aparecían informes y documentos cada vez que hacía clic con el ratón.

—Aquí no hay gran cosa que pueda ayudarla, me temo —se disculpó, sacudiendo la cabeza.

—¿Qué hay entonces? —preguntó Sloane.

—Pues informes de la escena del crimen —murmuró el policía, y siguió en un tono monótono, reduciendo una muerte violenta a hechos fríos y detalles gélidos—. Lo típico: análisis forenses. Declaraciones de testigos, simplemente las de los vecinos que no vieron ni oyeron nada y la del hombre que encontró los cuerpos. También hablamos con parientes y con personas del colegio. Para intentar encontrar a alguien con un motivo para cometer el asesinato. Mucha gente lo odiaba. Pero ¿lo suficiente para matarlo? Parecía que no. Esas declaraciones están también aquí. Informes de la autopsia. Fotografías de la escena del crimen. Esas no voy a enseñárselas, señorita. Lo siento. Según los investigadores tendría que haber habido restos de ADN, pero no se encontraron muestras válidas, ni en los cuerpos ni en la escena del crimen. También se analizaron las huellas dactilares. Tuvimos que obtener las de cualquiera que pudiera haber estado dentro de esa casa. Hay un par de huellas de las que los de criminalística encontraron que no se identificaron, lo que no es nada extraño. No se obtuvo ninguna donde se forzó la entrada en la parte trasera y nunca encontramos el arma del crimen, que todo el mundo imaginó que tenía que ser el atizador que faltaba en la chimenea. Supongo que estará en el fondo del río Exeter. Hay algunos informes adicionales elaborados por el departamento de narcóticos: llevaron a comisaría a unos cuantos toxicómanos y a un par de traficantes de baja estofa, recurrieron a diversos confidentes, prácticamente a cualquiera en ese lado de la ley que pudiera saber algo, pero todo terminó en nada. De modo que el caso sigue sin resolver. A lo mejor aparece algo algún día. Eso espero. La academia, desde luego, detestó la mala publicidad que conllevó. Pero ya se sabe que el tiempo lo borra todo.

El policía era algo mayor que Sloane pero con el pelo prematuramente salpicado de canas, una corbata roja floja alrededor de su grueso cuello, un arma a la cintura y una actitud simpática.

—Ojalá pudiera serle de más ayuda —afirmó.

Sloane le dio las gracias. No sabía muy bien qué tenía que ver el asesinato del director con lo que iba a diseñar. Se dijo a sí misma que si hubiera sido querido como había creído al principio, se trataría de un tipo de monumento.

Pero que todos los chavales lo odiaran y lo temieran significaba algo distinto.

—Aquí no queda demasiada gente que trabajara con el director Miner —dijo a Sloane la ayudante del director, una mujer diez años mayor que ella—. Era de dos generaciones anteriores al actual equipo docente y administrativo —añadió.

Sloane estaba en una oficina bien equipada. Mientras hablaba, un timbre lejano empezó a sonar con fuerza.

—Final de la clase —comentó la mujer. Señaló por una ventana y Sloane vio como se abrían las puertas y los caminos se llenaban de repente de chicos y chicas.

La ayudante se fijó en lo que estaba viendo y aclaró:

—No había chicas en la academia cuando el director Miner

ocupaba su cargo. Pasamos a ser mixtos unos años después de que él se jubilara. Eso cambió mucho el ambiente del centro. Pero cuando él lo dirigía, bueno, era simplemente un colegio lleno de chicos adolescentes, lo que implica muchas frustraciones contenidas y suficiente tiempo libre para que todos ellos encontraran las formas más espectaculares y originales de meterse en problemas.

—¿Usted no lo conocía, entonces? —preguntó Sloane.

—De hecho solo lo vi una vez, poco antes de su muerte —respondió la mujer.

«"Muerte" —pensó Sloane—. No "Asesinato".»

—¿Cuándo fue eso?

—Aproximadamente un año, tal vez año y medio antes de que falleciera.

«Falleciera.» No «fuera asesinado».

—Recibió un premio, una especie de equivalente al premio a la trayectoria laboral que te dan cuando has dedicado tu vida a vender calcetines o a trabajar en una cadena de montaje. El equivalente al reloj de oro barato en un colegio privado. Sea como sea, volvió para asistir a una reunión de profesores y alumnos, recibió un aplauso educado, porque nadie aclama en realidad al encargado de mantener la disciplina, y eso fue todo.

Sloane reflexionó un momento. Trató de imaginar al hombre mayor, levantándose ante cientos de alumnos que no solo no sabían quién era, sino que no podía importarles menos.

—¿Asistió alguno de sus amigos, de sus compañeros? ¿Alguien a quien pudiera dirigirme y que pudiera ayudarme?

La ayudante del director pensó un instante.

—Bueno, la mayoría ha muerto. Pero recuerdo que había un jubilado que vino. Estaba en el Departamento de Historia en la misma época.

Sacó un bloc con el membrete de la academia, un león rampante, y anotó en él un nombre y una dirección.

—Lo siento —añadió—. Es poco corriente. No tiene teléfono. Ni correo electrónico. Extraño. —Entregó a Sloane la hoja de papel con la dirección—. Espero que le sirva.

Dos

Según lo que Sloane sabía, el profesor Terrence Garrison vivía solo a unos quince kilómetros de la academia, en una pequeña urbanización a las afueras de Hampton Beach, un núcleo residencial de mala muerte. El lugar era famoso por su vasta extensión de suave arena rubia bañada por las frías aguas del Atlántico y por sus interminables hileras de pizzerías y demás puestos de comida que bordeaban el paseo marítimo entarimado. Era la clase de comunidad costera que pasaba al instante de la tranquilidad al bullicio al comenzar el verano, pero cuya existencia, por lo demás, estaba sometida a las inclemencias del tiempo, aferrada a la esperanza de que la temporada estival supusiera un alivio económico gracias a que los dólares que los turistas se gastaban en algodón de azúcar, caramelos masticables de agua salada y camisetas exageradamente caras con mensajes novedosos, del tipo ESTOY CON UN ESTÚPIDO, mantuviera a flote a los residentes durante el largo e inhóspito invierno de New Hampshire.

Sloane observó el complejo. El tiempo había cambiado. Había empezado a llover, un constante calabobos que caía de un cielo ahora plomizo. Suficiente para que las hileras de anodinos edificios de ladrillos de cemento parecieran más altos y más lóbregos de lo que eran en realidad. Apartamentos de una sola planta con jardín, cada uno de ellos con un pedazo de malas hierbas y césped en la parte trasera en el que cabía justito una piscina hinchable para los niños o una barbacoa y muebles de jardín baratos. No vio que hubiera ningún jardín propiamente dicho. Era un lugar de transiciones: «Me he divorciado», «Me han despedido», «Me he hecho mayor». Sus rápidos cálculos mentales situaron al profesor jubilado cerca de los ochenta años. Los apartamentos estaban a un pequeño paso de ser una penosa residencia para jubilados. No sabía nada de aquel hombre, aparte del hecho evidente de que no era rico. Pensó que llamaría a su puerta para ver si podía ayudarla, pero no había puesto demasiadas esperanzas en ello. Tenía la sensación de estar atrapada en un pantano entre «querido» y «odiado», y no alcanzaba a ver ninguna salida.

Llena de esta incertidumbre, cruzó corriendo el estacionamiento tapándose la cabeza con el bloc hasta la puerta que buscaba. Llamó con fuerza.

A los pocos segundos oyó que alguien arrastraba los pies en el interior.

Acto seguido, una voz penetrante a través de la puerta:

—¿Quién es?

—¿Profesor Garrison?

—¿Quién es?

—Me llamo Sloane Connolly —dijo en voz alta—. Estoy documentándome sobre un antiguo colega suyo y esperaba que pudiera ayudarme a aclarar cierta confusión...

Se había medio preparado esta introducción.

—¿Un colega? ¿Cuál?

—El director Lawrence Miner, de la academia.

Vacilación. Silencio. Sloane aguardó.

—¿Profesor Garrison?

—Sí. Sí. Un momento, por favor.

Otra espera. Aguardó, empezando a tiritar debido a la humedad de la llovizna.

Oyó girar la llave. Una vez. Dos veces. Tres veces. Una serie de cerrojos que se abrían. Esperó a que la puerta se abriera. No lo hizo.

—¿Profesor?

—Muy bien. Entre. Despacio.

Esta respuesta le llegó apagada, tenue, como si procediera de algún lugar más recóndito del apartamento. Sloane alargó la mano hacia el pomo, empujó suavemente la puerta y entró.

Soltó un grito ahogado.

Estaba frente al cañón de una escopeta.

Empuñaban el arma las manos temblorosas del anciano.

Cabello blanco que le salía de la cabeza en todas direcciones. Gafas gruesas. Piel arrugada, manchada. Demacrado. Camisa mugrienta y pantalones que le colgaban de los huesos. Ligeramente encorvado, como doblegado por el viento. La imagen personificada de la vejez, salvo por los ojos, que ardían de intensidad.

La estaba apuntando directamente.

—¿Ha venido a matarme también? —preguntó con una voz aguda y fría a la vez. Parecía dispuesto a apretar el gatillo tanto si Sloane decía que sí como si decía que no.

Sloane levantó las manos en señal de rendición. Tenía la garganta seca de golpe. Su primera reacción fue darse la vuelta y salir pitando, pero imaginó que cualquier movimiento brusco provocaría que el hombre simplemente disparara. Por más tembloroso y poco firme que fuera, Sloane dudaba que fallara a esa distancia.

—Por favor —soltó con voz ronca—. No he venido a hacerle daño.

—Deje las manos donde pueda verlas —contestó el anciano.

Era como estar atrapada en la escena típica de una película. No sabía cómo reaccionar.

—Lo siento, profesor. No quería molestarlo. Si lo prefiere, me marcho.

—Quédese donde está.

Tanto el anciano con la escopeta como Sloane permanecieron inmóviles. Rodeados de silencio, era como si a ninguno de los dos le hubieran dado la siguiente página del guion.

—¿Qué quiere saber de Lawrence? —preguntó por fin el anciano. No movió la escopeta. Sloane vio que tenía el dedo en el gatillo y que le temblaban las manos debido a la edad.

—Un monumento conmemorativo —soltó Sloane—. Estoy diseñando un monumento conmemorativo y estoy intentando averiguar cosas sobre él.

El viejo profesor pareció algo asombrado. Arqueó ligeramente las cejas antes de entrecerrar los ojos sin dejar de apuntarla con el arma.

—¿Un monumento conmemorativo?

—Sí. Mi empleador quiere honrarlo.

—¿A Lawrence? ¿Quiere honrar a Lawrence Miner?

—Sí. Por favor, profesor, baje el arma. Me está asustando.

Esta última parte surgió espontáneamente. Expresaba algo evidente.

—¿Un monumento conmemorativo? ¿Como una estatua, un busto o algo parecido?

—Sí. No, no exactamente. Por favor, profesor. De verdad que no he venido a hacerle daño.

—¿Por qué querría nadie en el mundo honrar a Lawrence? —Soltó una carcajada: un sonido cada vez más alto sin ninguna relación con el humor, casi como un cacareo.

—Eso es justamente lo que estoy intentando averiguar —suplicó Sloane.

El rostro del profesor estaba entre sofocado, colorado debido a la tensión y pálido como si estuviera a punto de morir. Todo lo que decía parecía aterradoramente maníaco.

—Lo mataron —soltó.

Sloane no contestó.

—La verdad es que merecía morir.

Pero entonces el viejo profesor vaciló. El cañón de la escopeta descendió un poco y volvió a levantarse, como si el arma misma estuviera intentando decidir qué hacer. Finalmente el hombre movió la escopeta de golpe para quedarse en posición de descanso e irguió los hombros como para ponerse firmes.

«Estuvo en el ejército —pensó Sloane—. Hace cien años.»

—No haga ningún movimiento rápido y mantenga las manos delante de usted —dijo acto seguido el profesor—. Si veo que va a sacar un arma, la mato de un disparo. Soy viejo, pero no tonto, y todavía guardo un par de trucos en la manga.

—De verdad, profesor —insistió Sloane—. Solo estoy intentando obtener algo de información, y una mujer de su viejo colegio me dio su dirección. No era mi intención pillarlo por sorpresa.

—No lo ha hecho —respondió con frialdad—. ¿Tiene usted nombre, jovencita?

—Sí. Sloane Connolly. —No añadió: «Ya se lo había dicho».

—Muy bien, Sloane, si es su verdadero nombre, que no creo, vamos a dejar clara ahora mismo una cosa. No voy a permitir que me mate.

Y soltó otra carcajada. El mismo sonido inconexo, deslavazado, como de otro mundo, que parecía indicar locura o vejez; un rey Lear agazapado en un tugurio con un solo dormitorio.

Con el cañón del arma le señaló un asiento en un salón diminuto. Sloane echó un vistazo alrededor. En las paredes había fotografías enmarcadas del profesor, mucho más joven, tomadas en viajes por todo el mundo, delante de la Esfinge, del Louvre o de pie, con el Partenón alzándose detrás de él, rodeado de alumnos sonrientes. En un lugar destacado, en el centro, sobre un televisor de diez años en el que se veía un concurso con el sonido apagado, colgaba una banderola granate y gris con el logo del colegio. Los muebles eran viejos y estaban gastados. No había ordenador. Pero sí libros apilados en los rincones. Todo olía a vejez y a final de la vida. Una mirada fugaz hacia la cocina le permitió ver un buen montón de platos sucios de varios días. En la encimera había un puñado de botellas de diversas bebidas alcohólicas medio vacías.

—El director Miner fue asesinado en su casa —dijo el viejo profesor—. Espero que me pase más o menos lo mismo. Desde hace años. Pero, como puede ver, jovencita, estoy totalmente preparado. Nadie va a matarme cuando me dé la vuelta.

Sloane se sentó en un sofá incómodo, y el profesor Garrison ocupó un sillón frente a ella con la escopeta sobre las piernas mientras acariciaba despacio el seguro con la mano derecha.

—No lo entiendo —comentó lentamente Sloane—. ¿Cree que el yonqui que asesinó al director Miner podría ir a por usted? ¿Por qué tendría que creer eso?

Una sonrisa cínica apareció en el rostro del viejo profesor.

—Eso es solo si cree que quien mató a Lawrence fue un maldito yonqui. Lo que sería consecuencia de una mala educación en la que no le enseñaron a hacer preguntas agudas —gruñó el profesor—. Una excusa muy conveniente para cualquiera. Yo no me lo creí ni por un instante.

La misma frase que Laura Wilson había dicho con respecto a su hermana.

—¿Por qué no? La policía cree...

La interrumpió inmediatamente:

—¿Cree que la policía de un pequeño municipio sabe llevar a cabo una investigación como es debido? ¿Cree que realmente se plantearía cualquier explicación que no fuera la fácil que hace feliz a todo el mundo?

Sloane consideraba que las respuestas eran «Sí, sabe» y «Naturalmente que sí». No iba a decírselo al viejo profesor. Parecía medio loco. Chiflado. Claramente paranoico. Con unos ojos que te fulminaban y de repente estaban ausentes. Con una voz que aumentaba y descendía de tono y de intensidad casi de una palabra a otra. Desconocía qué enfermedad padecía. Pero fuera la que fuese, era peligrosa.

—¿Conocía al director Miner?

—Por supuesto —gruñó—. Todos sabíamos que era un hombre estirado, avinagrado y enojado. Era cruel. Y parecía disfrutar con su crueldad.

—Pero...

—Enseñábamos en el mismo departamento antes de que se convirtiera en director. Todo el mundo en el departamento estuvo secretamente encantado cuando pasó a la administración. Tomamos varios tragos totalmente aliviados.

—¿Por qué?

—Porque los alumnos sabían que era difícil, deshonesto e injusto. Si iban a parar a una de sus secciones, pedían el cambio. La historia americana ya es bastante difícil sin que la enseñe un sádico. Lo odiaban. Yo lo odiaba. Sus colegas lo odiaban.

Sloane se quedó pasmada. El anciano sacudió la cabeza.

—Y ahora soy viejo, estoy bastante loco, todos mis buenos momentos ya pasaron y estoy completamente solo esperando morirme. Tal vez neumonía. Cáncer. El corazón falla. Los riñones fallan. No sé. Suicidio, si realmente me canso de este sitio. Me vuelo los sesos.

Sloane no sabía si al hablar de «este sitio» se refería al apartamento, al núcleo residencial de mala muerte o al mundo en general.

El profesor tosió dos veces, acercó una mano a una mesa pequeña y, sin apartar los ojos de Sloane y la otra mano de la culata de la escopeta, abrió un frasco de pastillas, dejó caer dos en su palma y se las metió en la boca. Se las tragó sin nada de agua.

—Le diré algo, jovencita. No voy a permitir que alguien entre por la puerta principal y me mate a golpes con un atizador de chimenea.

El anciano parecía en parte demente, en parte razonable. Sloane no podía decir si deliraba o si estaba siendo totalmente sensato.

—Sigo sin comprender por qué —empezó a decir lo más suavemente que pudo—. ¿Por qué cree que quien mató al director Miner no fue un yonqui desesperado?

El profesor soltó una risotada que parecía indicar que Sloane no podía ser más idiota. La joven imaginó al instante esa mirada fulminante y esa risa burlona dirigidas a algún alumno mal preparado.

—¿Cree que alguien puede ser año tras año severo, totalmente despiadado y completamente injusto, dictatorial y cruel con muchachos impresionables y salir impune de ello?

La respuesta, al parecer de Sloane, era «Rotundamente sí». No lo dijo.

El profesor Garrison sacudió la cabeza.

—Mucha gente diría que recibió lo que se merecía. Yo creo que uno de ellos le dio lo que se merecía.

—No es eso lo que dicen en el colegio —replicó Sloane—. Parecen tenerlo en gran estima, la verdad.

De nuevo, el anciano soltó una risotada, como si lo que había dicho fuera tan tonto que apenas precisara respuesta.

—¡Pues claro que sí! Y supongo que a usted eso le parece razonable. Que todo el mundo que haya ostentado allí la autoridad sea realmente un santo. Claro. Es muy lógico —dijo sarcásticamente.

A Sloane la cabeza le daba vueltas, casi superada por la amargura en la voz del hombre mayor. De golpe, este sujetó la escopeta y volvió a encañonarla. Con manos temblorosas, la apuntó directamente al pecho. Sloane se tambaleó hacia atrás contra el respaldo del sofá. Le costaba respirar y no tenía ni idea de qué podía decir o hacer.

«No lo entiendo. ¿Me van a matar así?»

—¿Ha venido aquí a matarme? —preguntó, vacilante, el viejo profesor. Era como si hubiera olvidado todo lo que habían hablado y hubiera regresado mentalmente a unos minutos antes, cuando ella estaba en el umbral con los ojos puestos por primera vez en el cañón de la escopeta.

—No —contestó—. Quiero ayudarlo.

—Nadie quiere ayudarme —dijo el profesor con lágrimas en los ojos—. Estoy completamente solo.

El cañón de la escopeta osciló de nuevo, y esta vez, el anciano lo bajó despacio.

—Lo siento, jovencita —dijo—. Me confundo. Las cosas no parecen tan ordenadas como antes. ¿Cómo dijo que se llamaba?

Sloane asintió.

—Sloane —contestó. Por tercera vez. Se le había vuelto a quedar seca la garganta.

—¿Y por qué está aquí exactamente?

—Por el director Lawrence Miner —gruñó Sloane.

—Ah, sí —exclamó, sonriente—. Un gran hombre. Un erudito brillante. Un líder indiscutible. Firme. Duro. Alguien que no se andaba con chiquitas. *Semper Fi* y todo eso. Una vez marine, siempre marine. Cuando todos los chicos se dejaban el pelo largo, él lo llevaba cortado al rape. Pero siempre fue un modelo para las generaciones de muchachos impresionables pero brillantes.

Esto contradecía todo lo que había dicho hacía unos instantes.

El anciano se recostó en su asiento, apartó los ojos de ella y miró al techo.

—Muriel no merecía morir. ¿Ha visto su fotografía? Era extraordinariamente hermosa. Y excepcionalmente dulce. Y encantadora. Y amable. Todos los chicos la querían. Yo la quería. A veces, cuando él tenía reuniones, venía a mi casa. En Webster Hall. Esa residencia fue bautizada con el nombre del gran orador. Me gustaba vivir allí. Ella venía y, bueno, usted es demasiado joven para oír esa clase de historias.

Se detuvo un momento.

—Yo la amaba. Ella me amaba —prosiguió—. Éramos apasionados. —Y añadió—: Él no la amaba. Nunca lo hizo. Pero no quería dejarla marchar, aunque ella se lo pidió. Una vez. Dos veces. Cien veces. Pero no. Ella tendría que haberlo matado. Yo tendría que haberlo matado. No lo hice. Ojalá lo hubiera hecho. Así no estaría solo.

Su lógica carecía de sentido. Sloane no se lo hizo notar.

—La policía... —empezó a decir.

—Se lo conté. Todo. Al principio pensaron que tal vez yo lo hice, pero estaba fuera. Tenía coartada. La comprobaron. Idiotas.

Inspiró hondo.

—La echo mucho de menos. —Bajó los ojos—. ¿Quieren honrarlo? Pero resulta que no era honorable. Tendrían que honrarla a ella.

Sloane sintió una repentina exasperación. Aquella conversación, a su parecer, no servía para nada. Quizá el viejo profesor había sido una vez amante de la esposa del director. Quizá era una fantasía, nacida de pensamientos inconexos que le vagaban por la memoria. Lo mejor sería largarse lo más rápido que pudiera antes de que la confusión del anciano lo llevara a apretar el gatillo. Eso suponiendo que se hubiera acordado de cargar la escopeta. Pero no era algo que estuviera dispuesta a comprobar.

—Muchas gracias, profesor Garrison. Me ha ayudado muchísimo —mintió—. Pero tengo que marcharme, y seguro que usted querrá cenar y que sus programas favoritos estarán a punto de empezar. —Señaló el concurso mudo del televisor. En la pantalla una joven pareja, una mujer obesa y un hombre esquelético con un peinado *mullet*, brincaba entusiasmada ante la idea de ganar un crucero a las Bahamas.

—De acuerdo —dijo—. Dejaré que se vaya esta vez. Sí. Tiene razón. Ya casi es la hora de *La ruleta de la suerte*.

Estaba a punto de levantarse y marcharse lenta y cautelosamente, pero se le ocurrió otra pregunta. Tenía la lista del Empleador en la cabeza. «Hermosa» había sido la palabra clave que la había ayudado a encontrar a Wendy Wilson, la modelo que había muerto de una sobredosis. Pensó que tendría que intentar enfocarlo del mismo modo. Dred Scott y la Proclamación de Emancipación. Así que preguntó:

—¿Sabe si la decisión de Dred Scott, la posterior Proclamación de Emancipación y el director Miner, bueno, recuerda si estaban relacionados de algún modo?

Esperaba que se encogiera de hombros y dijera que no. O tal vez otra extraña confluencia de recuerdos que no llevara a ninguna parte.

En lugar de eso, el anciano se echó a temblar de pies a cabeza. Rodeó la culata de la escopeta con una mano a modo de garra con tanta fuerza que los nudillos se le pusieron blancos, como un hombre que pierde el control de un coche que patina. Se quedó sin respiración y, aunque intentaba inspirar aire, Sloane solo podía oír un enfermizo sonido sibilante.

—Sí, sí, lo sabía. El yonqui —dijo—. Tiene que decírselo a la policía. Ellos son los expertos y sabrán qué hacer exactamente.

—Más contradicciones. Su voz era débil y pareció inmediatamente presa de un miedo atroz. Se inclinó hacia delante, casi como si le hubieran dado un puñetazo.

—No lo entiendo —comentó Sloane.

—No permitía que ningún alumno escribiera sobre esos temas —susurró el profesor—. Naturalmente muchos querían hacerlo. Se trata de momentos cruciales en la historia de Estados Unidos. Temas idóneos para un trabajo trimestral, sin duda. Y que son mi especialidad. Mi tesis de licenciatura versó sobre... —titubeó—, versó sobre la decisión de Dred Scott. Pero después de lo que pasó, no, no se lo permitía. «Encontrad otro tema para vuestro trabajo trimestral», les decía.

—Pero ¿por qué? —insistió Sloane—. ¿Qué pasó?

El hombre bajó todavía más la voz y Sloane tuvo que inclinarse hacia delante para oírlo.

—Pilló a uno de mis chicos copiando. Un chico maravilloso. El mejor de su clase. Fue culpado de plagio. Expulsado. Tres semanas antes de la graduación. Como una bomba que explotara en el futuro del chaval. Fue desagradable. Arruinó la vida del muchacho, por lo que me contaron. Harvard rescindió de inmediato su aceptación. Su padre lo repudió y prohibió a su madre que volviera a hablar nunca con él. Revocó su fideicomiso. Nada más que bochorno y vergüenza. Me dijeron que se había suicidado tras recibir la notificación, pero no sé si es verdad. Lo que sí sé es que dijo que jamás perdonaría al director Miner y que lo amenazó sin ambages cuando estaba haciendo las maletas.

Ambos guardaron silencio un momento.

—«Algún día lo mataré», eso es lo que dijo.

El profesor Garrison se recostó en el sillón. Tenía la mirada más clara. Su voz era más firme. Era como si el recuerdo lúcido hubiera superado todo lo demás.

—Ese fue su trabajo. «Dred Scott y la Proclamación de Emancipación». Robó cada palabra, cada idea, cada frase, cada conclusión de dos ensayos escritos por historiadores destacados, bien conocidos en todo el país. Fue algo increíblemente autodestructivo. Era un alumno excelente. Seguro que podría haber escrito algo que no fuera un caso tan flagrante, tan evidente, de ideas plagiadas. No pude comprenderlo. ¿Por qué copió? No necesitaba hacerlo. Iba a obtener la nota más alta de la clase. Podría haber entregado diez páginas en blanco y, aun así, acabar aprobando el curso. Cuando vi lo que había hecho, me entró de todo. Sabía que no había otra opción. Y me sentí fatal por tener que delatarlo y por ayudar al director Miner a preparar el caso contra él. No tendría que haberlo hecho. Tendría que haberme limitado a decirle que volviera a escribirlo o suspenderlo y mantener la boca cerrada. Muriel me dijo que hiciera eso. Me suplicó que no contara nada. Pero lo hice. ¿Va a matarme a mí también ahora? Sí. Creo que sí. Me lo merezco. De modo que todos los años posteriores prohibí esos temas. Superstición, supongo. No es muy propio de mí creer en lo del gato negro que cruza delante de ti, lo de no pasar bajo una escalera o cosas así, ¿sabe? Pero aun así, no quería que otro alumno incurriera en lo mismo. Irracional, supongo. Pero puede que tuviera sentido. No lo sé. Simplemente no lo sé.

Sloane se sintió mareada. La historia del profesor estaba totalmente embrollada: en parte en el pasado, en parte en el presente, en parte en su imaginación, en parte en su paranoia.

—Arruinada, arruinada, arruinada —masculló Garrison—. La vida del pobre chico quedó arruinada. —Repetía la misma palabra, pero Sloane vio que distintos recuerdos le nublaban los ojos.

—¿Recuerda el nombre del alumno? ¿Del que fue expulsado? —preguntó con firmeza.

La miró de un modo curioso.

—¿Cómo dijo que se llama?

—Sloane. Ya se lo dije. ¿El alumno al que expulsaron?

—No, no, no —contestó enseguida, sacudiendo la cabeza para apoyar sus palabras—. No. No lo recuerdo.

—¿Qué me dice de la clase? ¿Del año? ¿Algún hilo del que pueda tirar? —Pareció un poco desesperada al preguntarlo.

—No, no, no.

Le resultaba difícil, casi imposible, procesar lo que estaba escuchando.

—Así que cuando el director fue asesinado... —empezó a decir.

—¿Un yonqui? —comentó el anciano—. No. No. Diría que no.

Titubeó y, acto seguido, añadió:

—Más bien un fantasma que entró en su casa y lo mató a él y a la pobre Muriel a golpes. Muchos fantasmas. Todos en el pasado. Fantasmas que lo odiaban. Pero yo amaba a Muriel. Era bonita. Como tú.

El anciano se echó a llorar. Sloane tenía muchas preguntas. Pero al verlo sollozar, se dio cuenta de que no respondería ninguna. Puede que no pudiera. Confundido. Inconexo. Inexacto. Se levantó y se marchó silenciosamente pensando que era muy posible que el viejo profesor se disparara a sí mismo con esa escopeta después de que ella saliera de su casa.

10

Uno

«Fantasmas.»

Era la palabra del viejo profesor de historia que no paraba de darle vueltas a Sloane en la cabeza. Era la misma palabra que el hombre del cortacésped había dicho en la granja abandonada. Sloane repasó dos listas que parecían mezclar elementos dispares.

Primera lista:

El Empleador.

Roger.

Madre.

Segunda lista:

los Seis Nombres de Difuntos.

Se percató de que las seis muertes podían catalogarse de horribles. No había ningún Sydney Carton o Robert Jordan, ni siquiera un Máximo Décimo Meridio, en la lista.

Pasó algo de tiempo intentando imaginar al alumno desconocido que plagió un trabajo trimestral.

No había ninguna duda de que ese alumno anónimo estaba relacionado con el Empleador.

«A lo mejor él es el Empleador», pensó.

Pero ¿por qué iba a querer el Empleador honrar al hombre que fue decisivo a la hora de que lo expulsaran de un colegio tan prestigioso a pocas semanas de obtener su título, con la aceptación de Harvard en la mano y un fideicomiso aguardándolo? Una idea curiosa le vino a la cabeza: «Tal vez el Empleador es uno de esos hombres que creen que un revés temprano, espectacular, los espolea a conseguir un triunfo mundial más adelante».

Una llamada a la servicial ayudante del director del colegio le había proporcionado una posible montaña de información en algo que precisaba poca. No conservaban ningún registro de los chicos expulsados. La servicial mujer había recordado a Sloane que a veces los alumnos no se graduaban por muchos motivos, como violaciones de las normas, soledad, malas notas, problemas emocionales, por mencionar los más habituales. Por otra parte, podía facilitarle una lista de todos los alumnos que habían estado en el colegio los muchos años que Lawrence Miner había sido director, si era lo que Sloane quería. Veintidós años. Más de veinte mil nombres. No era lo que Sloane quería.

Volvió a la lista de los Seis Nombres de Difuntos. Imaginó que uno de los restantes nombres tendría una relación más clara con el Empleador. No Wendy Wilson, muy hermosa. No Lawrence Miner, director asesinado.

«Muy bien —se dijo a sí misma—. Uno de los demás tendrá que decirme lo que me hace falta saber.»

A continuación venía: la enfermera entregada que había sido atropellada una noche.

Somerville, New Jersey. A seis o siete horas en coche.

A pesar de lo exhausta que la había dejado el día que había pasado en New Hampshire, la necesidad de no estar donde estaba casi la agobiaba. Todavía había humedad en el ambiente, y hacía algo de frío dentro del coche mientras conducía por las últimas calles hacia su casa. Pero notó un repentino y nuevo sudor nervioso en las manos. «¿Qué va a hacer Roger ahora?»

Estacionó el coche a media manzana de la entrada de su casa, apagó el motor y esperó. El mundo de lo que había averiguado y lo que tenía que averiguar se volvió de golpe muy silencioso a su alrededor. Se agachó tras el volante, penetrando el anochecer con la mirada. Echó un vistazo calle abajo y se dio cuenta de que aquel lugar en el que tendría que sentirse casi como en casa se había malogrado.

«¿Dónde estás, Roger? ¿Escondido tras un árbol? ¿Entre las sombras junto a un edificio? ¿Al otro lado de la calle o en un callejón? ¿Dónde me estás esperando? ¿Dónde estás, cada vez más enfadado?»

No sabía muy bien si la oscuridad la escondía a ella de él, o a él de ella.

Sabía que tenía que salir y entrar en casa para hacer la bolsa de viaje para ir a New Jersey, pero la necesidad y la capacidad estaban en conflicto, y permaneció inmóvil repasando con los ojos la calle que tenía ante ella. La asaltaban pensamientos contradictorios: «Está aquí», seguido rápidamente por «No está aquí». Era como tener una discusión imposible de ganar en lo más profundo de su ser. Carecía de experiencia en la situación que él le planteaba. ¿Obsesionado? Sí. ¿La acosaba? Seguramente. ¿La atacaría, le pegaría, la violaría, la mataría? Sabía que esas preguntas tenían respuesta, pero no quería adjudicar un sí o un no a ninguna de ellas. Notó que, mientras seguía observando la calle, le temblaban ligeramente las manos.

«Contrólate —se insistió a sí misma. Todo era normal. Todo estaba en su sitio. Exactamente igual que mil veces antes. El problema era que sabía ya no era igual—. Maldito seas, Roger —pensó—. No me gusta estar asustada.»

Se preguntó si su madre le había dado el arma del 45 porque sabía algo de Roger. Sacudió la cabeza. Imposible. Jamás se habían visto. ¿Cómo iba Maeve a saber nada de Roger?

Aturdida por esa avalancha de preocupaciones, miedos e incertidumbre, echó un último vistazo a la manzana y se aventuró a salir del coche. Se giró a izquierda y a derecha, atrás y adelante, esperando que Roger se abalanzara sobre ella. Oía su respiración. Superficial. Asmática. Agachó la cabeza y se dirigió hacia su casa lo más rápido que pudo sin echarse a correr como una loca. Tuvo un pensamiento fugaz: «¿Va a ser siempre así cada vez que vaya y venga a partir de ahora?».

Dos

Un trayecto largo en coche. Un trayecto agotador en coche. Baches en la calzada. Camiones con remolque en el carril derecho. Mucha velocidad y mucho estrés.

Sloane pasó una incómoda noche en un motel Holiday Inn, en el que se registró muy pasada la medianoche con un recepcionista de noche que se quedó mirando la tarjeta American Express del Empleador como si fuera robada.

Llegó al registro civil justo cuando abría por la mañana. Una jovial empleada del registro del condado de Somerset encontró el certificado de defunción de Elizabeth Anderson, la enfermera entregada, haciendo unos cuantos clics en el ordenador. Era la clase de persona acostumbrada a todo tipo de circunstancias imaginables alrededor de una muerte.

—Al parecer, la señora Anderson falleció sin haber hecho testamento, por lo que todo iría a manos de sus parientes más cercanos —explicó—. Pero eso conlleva mucho papeleo, y las autoridades fiscales tienen que intervenir, y como fue víctima de un atropello con fuga que está sin resolver... eso significa que la policía estatal sigue teniendo abierto el caso criminal... Bueno, es realmente complicado. Una vez el médico forense termina, ha hecho la autopsia, determinado la causa de la muerte y todo eso, todavía se está procesando el aspecto civil, es decir, el testamento, las propiedades y todo. Aunque parezca que sea un caso de hace muchos años, sigue abriéndose paso a través de nuestra burocracia —dijo la empleada—. Y nuestra burocracia es muy lenta. Lo siento. —La empleada miró a Sloane—. La lección es que, por más sano y optimista que sea uno, no debe morirse sin testamento.

Sloane recordó el testamento que su madre dejó sobre la cama en un sobre junto con una pistola envuelta alegremente como regalo de cumpleaños.

—Si estaba divorciada, ¿sería su exmarido su pariente más cercano? —preguntó—. ¿Se menciona ahí a alguien? ¿Qué me dice del certificado de divorcio?

La empleada, una mujer de mediana edad con la fotografía de una familia sonriente en el escritorio al lado de una segunda fotografía de ella misma y de un hombre obeso de vacaciones en algún lugar cálido, tipo Caribe, luciendo ambos bañador y sombrero de paja, y sosteniendo unas copas que contenían una sombrillita, fijó la mirada en la pantalla del ordenador.

—Sí —respondió. Hizo clic con el ratón unas cuantas veces más—. Divorcio sin oposición de Michael Anderson. No se menciona a ningún otro familiar. Acuerdo concedido hace seis años. Bienes divididos a partes iguales. —Se encogió ligeramente de hombros—. Tiene la pinta de lo que ocurre cuando ambas personas deciden pasar página por alguna razón, hacerlo lo más simple posible y con el menor lío posible. —La empleada miró los documentos que aparecían en su pantalla—. Esto es raro —dijo.

—¿De qué se trata?

—Los papeles de la separación, donde se mencionan los abogados que intervinieron. Reconozco el nombre del letrado que representó a la señora Anderson... —Tomó un pedazo de papel de la mesa y anotó un nombre y un número de teléfono mientras seguía hablando—. Es muy conocido por aquí. Un abogado de divorcios muy importante. Pero el letrado que representó al exmarido, bueno, no es una persona que suela ver presentando este tipo de documentos.

—¿Y eso? —quiso saber Sloane.

—Forma parte de la Oficina de Abogados de Oficio. De la división de lo penal. Nunca se encargan de un asunto civil como un divorcio. Como he dicho, es raro.

Dio a Sloane el papel con el nombre y la dirección de ambos abogados.

Primer problema: cuando llamó a sus bufetes, ninguno de los dos letrados se mostró dispuesto a hablar.

—Lo siento, señorita, pero no comento los casos de mis clientes, ni siquiera después de que hayan fallecido —argumentó el abogado de divorcios.

Y colgó.

—Sí, está en lo cierto, señorita Connolly, no es habitual que un abogado penalista intervenga en un procedimiento de divorcio. Le confirmo ese detalle. Pero no voy a decirle nada más sobre mi representación de Michael Anderson. Lo siento.

Y también colgó.

Segundo problema: el complejo de viviendas donde Elizabeth Anderson, enfermera entregada, había vivido y del que había salido tarde a pasear por última vez con su perro era moderno, construido en lo que estaba claro que habían sido campos de tomates o de maíz. Sloane había observado las hileras de edificios bajos, dispuestos de modo que constituían grupos de casas idénticas en calles tranquilas, pensando que el arquitecto que hubiera diseñado aquel sitio se merecía ir a parar a algún anillo del Hades en el que todo fuera igual, una y otra vez, repetido interminablemente sin ninguna originalidad. Implacablemente corriente. Desde la muerte de la enfermera, la casa en que ella había vivido se había alquilado muchas veces, lo mismo que las casas contiguas, por lo que seguramente no habría ningún vecino servicial que rellenara los muchos vacíos que Sloane tenía sobre la enfermera. La difunta enfermera se había sumido inexorablemente en lo que Sloane consideraba «una falta de presencia». Se había olvidado por completo que alguna vez hubiera vivido.

No dejó demasiada huella mientras vivía.

No dejó demasiada huella cuando murió.

Sloane fue en coche a la calle lateral donde ocurrió el atropello. Más uniformidad. Que fuera tan corriente era su única característica destacable. Carecía de la presencia fantasmal de la casa donde el viejo director fue asesinado.

Con la sensación de que sería imposible averiguar quién había sido Elizabeth Anderson y cuál era su relación con el Empleador, decidió ir al hospital donde la enfermera había trabajado en la UCI.

«Un tiro a oscuras», pensó.

Al salir del ascensor en la cuarta planta del hospital se dio cuenta de que se había equivocado. Era un tiro bajo una brillante y aséptica luz fluorescente. Era la clase de luz implacable que hacía que todo el mundo pareciera algo enfermo. Avanzó por un pasillo. A un lado había habitaciones. Unas ventanas de cristal daban a más campos de las afueras: un paisaje que tiempo atrás era rural pero que ahora parecía una serie de extensiones de hierba mezclada con maleza que aguardaba con impaciencia que un promotor inmobiliario con excavadoras y *bulldozers* instalara otro centro comercial. En el interior de cada habitación había otra ventana, de modo que la posible privacidad que tenía un paciente quedaba arruinada por el hecho de que cualquiera que pasara por allí pudiera ver la cama, las máquinas, como monitores cardíacos y respiradores de oxígeno, y todos los demás dispositivos relacionados con intentar mantenerse con vida. Sloane pasó ante más de un bulto aparentemente informe bajo una sábana blanca, en posición supina e inmóvil en la cama, conectado a un montón de vías luchando pacientemente contra la muerte. Era una forma aséptica de morir.

«No como mi madre», pensó.

A mitad del pasillo se situaba un puesto de enfermería. En una pared, más monitores y alarmas. En otra, un gran tablero blanco donde se mencionaban nombres, enfermedades, horarios de medicaciones y signos vitales actuales. En un gran mostrador en forma de «L» con tres sillas había pantallas de ordenadores. Había dos enfermeras en el puesto, ambas ocupadas con papeleo cuando Sloane se acercó. Una de las enfermeras alzó la vista hacia ella. Las dos eran negras y vestían ropa hospitalaria azul claro.

—¿Puedo ayudarla, señorita?

—Eso espero —respondió Sloane—. Estoy intentando encontrar a alguien que pudiera haber conocido a una enfermera que trabajó aquí hace varios años, pero que murió en un accidente...

—Tiene que ser Liz —dijo la enfermera. Tenía un ligero acento de las Bahamas, que confería un agradable tono a cada palabra.

—Sí. Elizabeth Anderson.

La otra enfermera se separó un poco del mostrador. Su acento tenía un deje sureño.

—¿Qué quiere saber de Liz? —preguntó con brusquedad—. Hace años que murió.

—¿La conocían las dos?

—Sí —respondió la enfermera con acento de las Bahamas, asintiendo.

—¿Por qué lo pregunta? —quiso saber la enfermera con acento sureño.

—Soy arquitecta —contestó Sloane esbozando una sonrisa—. Y me han encargado que diseñe un monumento conmemorativo dedicado a varias personas. Y la señora Anderson es una de ellas.

—¿Un monumento conmemorativo? ¿Qué clase de monumento conmemorativo?

—Como una estatua ante una iglesia —dijo Sloane, aunque eso no era en absoluto lo que tenía en mente—. O tal vez una losa de granito con sus nombres y algunos versos. —Eso podría acercarse más, aunque, como diseñadora, Sloane sabía que no sería adecuado—. O quizá una fuente en un parque con sus nombres en ella.

«Más cerca», pensó.

Las dos enfermeras se miraron entre sí.

—¿Liz tendrá una fuente? —preguntó la enfermera con acento sureño.

—Algo más o menos así. Pero el problema es que no consigo encontrar a nadie que pueda hablarme de ella. Es difícil conmemorar a alguien cuando no sabes nada de él.

Esto pareció tener sentido para las dos mujeres.

—Era un cielo —afirmó la enfermera con acento de las Bahamas—. Era mucho mayor que nosotras dos, pero mucho más experimentada, y se le daba muy bien enseñar todos los entresijos de la profesión, porque hay muchas cosas que no aprendes en las escuelas.

—Una trabajadora incansable y entregada a sus pacientes —añadió la enfermera con acento sureño.

—¿Hubo algún paciente en concreto al que se dedicara más? —preguntó Sloane—. ¿Algún paciente por el que se desviviera más? ¿Alguien que pudiera sentirse en deuda con ella?

Lo que Sloane quería oír era un nombre. El del Empleador. O el de su madre. O su padre. O su hermano o hermana. Alguien relacionado con el Empleador que fuera a parar a esa UCI. Pero lo que quería oír, sobre todo, era su nombre.

Las dos mujeres sacudieron la cabeza.

—Trataba a todo el mundo por igual —comentó la enfermera con acento de las Bahamas.

—Era especial con todos —afirmó con rotundidad la enfermera con acento sureño—. Ponemos mucho cuidado en adherirnos a las estrictas normas hospitalarias aquí en la UCI —prosiguió—. Todo el mundo recibe el mejor tratamiento que podemos dar. No existe lo de desvivirse más, no sé si me entiende.

Sloane asintió, conteniendo un suspiro.

—¿Hay algo, cualquier cosa, sobre su personalidad, sus antecedentes, lo que hacía que fuera una enfermera tan buena que puedan decirme para ayudarme?

Las dos enfermeras se miraron entre sí de nuevo. Un momento de titubeo.

—Era una cuidadora excelente —dijo la enfermera con acento sureño—. Pero su vida en casa, lo demás, bueno, solo la conocíamos aquí, en el trabajo, y de cuando se iba al terminar su turno no contaba nada. No sé si tenía algún amigo de verdad. Era reservada. Hablaba en voz baja. No departía demasiado. Era callada. Pero excelente en su trabajo.

La enfermera con acento de las Bahamas asintió.

—No hablaba demasiado de su vida fuera de estas paredes —explicó—. Ni antes ni mucho menos después de lo que pasó.

—Creo que no tendrías que contar nada de eso —intervino enseguida la enfermera con acento sureño—. A esta joven solo le interesa lo positivo, ¿verdad?

Miró con intensidad a Sloane.

—Por supuesto —confirmó rápidamente Sloane—. Lo positivo.

Titubeó.

—Pero ¿a qué se refiere al decir «lo que pasó»? No sé de qué están hablando.

Sloane tuvo la sensación de haber abierto una espita oxidada de palabras.

—La policía nunca la acusó de nada —aseguró la enfermera con acento sureño—. Verá, aquí se habló un poco de ello, quizá a la hora del almuerzo o en el baño de mujeres en plan cotilleo del estilo de «¿Cómo es posible no saber algo así?» porque salieron algunos artículos en el periódico. Y, la verdad sea dicha, yo nunca creí que ella tuviera nada que ver en eso. Solo su marido. Creo que estaba tan sorprendida como todos nosotros. Una conmoción, algo así, en tu casa, ante tus narices. Hay hombres y hombres, ya sabe.

—Sí, desde luego —corroboró Sloane, intentando que cualquiera de las dos enfermeras rellenara lo que era un vacío inmenso. Al mismo tiempo pensó: «Roger».

—Me caía realmente bien —comentó la enfermera con acento de las Bahamas—. Hasta cuando hubo aquel problema. Nunca me gustó creer algo tan malo de alguien que trabajaba tanto y era tan simpática, día tras día, como Liz. Creo que tuvo auténtica mala suerte. Primero con ese hombre. Y cuando estás superando todo aquello tan negativo, intentando recuperar tu vida, trabajando duro, te matan paseando con el perro. Liz quería a ese perro. Tenía una fotografía de él aquí, en la pared. Eso sí que es mala suerte.

—Desde luego —repitió Sloane—. Mala suerte.

«¿Que ocurrió exactamente? —pensó—. ¿De qué están hablando?» Se devanó los sesos procurando encontrar la pregunta que le proporcionara la información que le faltaba.

—Lo siento —dijo—. Pero es que no sé de qué...

—La trajeron aquí la noche que la atropelló ese coche —la interrumpió la enfermera con acento sureño—. Pero no logró llegar a la UCI. Murió en Urgencias. Un par de nosotras, cuando nos enteramos, fuimos hacia allá. Pero no llegamos a tiempo. Ni siquiera pudimos tomarle la mano mientras fallecía. Creo firmemente que se merecía algo mejor.

—Sí. Mejor —convino Sloane—. Por eso estoy tratando de...

—Jamás habló sobre nada de eso. Tampoco es que fuera la única que se equivocó al elegir un hombre...

—No lo entiendo —comentó Sloane—. No del todo. ¿Qué pasó?

Las dos enfermeras se miraron de nuevo entre sí.

—Bueno, a ver —dijo la enfermera con acento de las Bahamas—, tampoco es que fuera un secreto una vez detuvieron a su marido. Y se libró de ese hombre lo más rápido que pudo, creo.

—Sí. Lo hizo. Pero ¿por qué exactamente?

—Su marido. Menudo cabrón de mierda, con perdón —prosiguió la enfermera con acento sureño—. Me alegro de que lo detuvieran. Vergonzoso. Cuando pienso en los pobres a los que afectó. No quiero hablar de eso. Nunca he entendido cómo es posible que a algunos hombres les atraiga esa clase de cosas. Liz tuvo mucha suerte de dejarlo cuando lo hizo y supongo que la policía creyó que no sabía nada ni lo ayudó de ninguna forma, aunque tengo que admitir que cuesta creerlo. Porque pienso que tendría que haber sabido algo. —La enfermera con acento sureño se detuvo un instante, sacudió la cabeza y añadió—: Pero claro, después no tuvo suerte, con lo del atropello y todo eso.

—¿Vergonzoso?

—Era profesor de piano —soltó la enfermera con acento sureño, como si esas tres palabras significaran todo lo que Sloane necesitaba saber—. Vergonzoso. ¿Quién lo habría imaginado? Por Dios. Espero que ese hombre se pudra en el infierno cuando tenga que reunirse con el Creador.

Sloane tenía muchas preguntas, pero no le salió ninguna. Y justo entonces uno de los monitores electrónicos de la pared empezó a sonar insistentemente y una luz roja empezó a parpadear.

—¡Código! —exclamó la enfermera con acento de las Bahamas poniéndose de pie de un salto.

—¡Habitación 320! —añadió la enfermera con acento sureño—. ¡Ve tú! ¡Yo llamaré al equipo de respuesta rápida!

Ambas mujeres ignoraron al instante a Sloane para ocuparse de sus tareas. Fue como estar atrapada en un serial televisivo. La enfermera con acento de las Bahamas tomó un estetoscopio del mostrador, pasó ante Sloane tan deprisa que esta casi pudo notar su velocidad y se marchó corriendo con los zapatos retumbando en el suelo de linóleo. La enfermera con acento sureño empezó a pulsar teclas en un teléfono hundiendo en ellas los dedos con fuerza.

—UCI, código azul, habitación 320 —dijo al aparato. Y después se levantó también de un salto, se marchó corriendo en la misma dirección que su compañera y dejó sola a Sloane junto al mostrador sin decirle otra palabra.

«Piano —pensó Sloane—. ¿Qué puede tener de vergonzoso el piano? —Miró pasillo abajo—. Alguien se está muriendo.» Y cuando se volvió para irse sintió una gran desazón, como si una corriente eléctrica le recorriera el cuerpo.

«¿Qué clase de profesor de piano era?», se preguntó a sí misma. Pero cuando llegó al ascensor ya se había contestado ella sola esa pregunta y tenía una buena idea de lo que era aquel hombre, y no tenía nada que ver con los sostenidos y los bemoles, las teclas blancas y las teclas negras.

11

Uno

El abogado de oficio seguía siendo reacio a ayudarla. Sloane ya se lo esperaba.

Así que se tiró un farol.

—Trabajo con Patrick Tempter. No sé si lo conoce, pero es uno de los litigantes más destacados de Boston.

—Sé quién es —la interrumpió el abogado de oficio.

—Y si lo llamo y me quejo, él llamará a su jefe y su jefe lo llamará a usted. Y alguien estará enojado —dijo Sloane.

Mientras hablaba, contemplaba su portátil encendido. En la pantalla aparecía un artículo periodístico de hacía muchos años: «Detienen a un profesor de piano de Somerville, acusado de abusar de sus jóvenes alumnos».

—Ya sé cómo va la cosa —soltó. Su voz era fría.

Vacilación. Una pausa. Tiempo para pensar. Tiempo para calcular.

—Muy bien, hablemos de Michael Anderson. ¿Qué desea...?

Esta vez fue Sloane quien lo interrumpió:

—Quiero información sobre su difunta esposa.

—¿Su esposa?

—Sí. La mujer para quien usted presentó los documentos de divorcio sin oposición.

—¿Por qué?

—Ocupa un lugar destacado en un proyecto que nos han encargado al señor Tempter y a mí. Esto facilitará que pueda concluirse.

—¿Un proyecto? ¿Qué clase de proyecto?

—Un monumento conmemorativo. Nuestro empleador quiere honrarla.

—¿Por qué?

—Fue alguien importante para él.

—¿Cómo?

—Eso es lo que estoy intentando establecer.

—Es algo poco corriente, señorita Connolly.

—Sí.

—¿Qué clase de preguntas querría hacer exactamente a mi cliente?

—Creo que puede ayudarme a conocer mejor a su difunta esposa, lo que es fundamental para este proyecto.

«Puede que ella no supiera quién era él en realidad —pensó Sloane—, pero para hacer lo que estaba haciendo, no hay duda de que él sí la conocía a ella.»

—No pienso preguntar a su cliente nada sobre sus delitos —añadió usando un tono de voz lleno de seguridad cuando lo que había dicho era mentira—. No son relevantes para mi proyecto. No es en él en quien estoy interesada.

Otra vacilación. Sloane notó que el abogado sumaba y restaba, multiplicaba y dividía, intentando valorar qué podría resultar perjudicial para su antiguo cliente, qué podría resultarle beneficioso.

—De acuerdo. Me pondré en contacto con él en la cárcel, pero hay que seguir un proceso para recibir autorización para entrar a ver a un preso y...

Sloane había previsto esta excusa fácil.

—Pero usted puede entrar cuando quiera, ¿verdad? —supuso Sloane—. Después de todo, es su abogado.

—Exacto.

—Pues póngase en contacto con él y después lléveme con

usted. No tengo ningún problema en que usted esté presente en nuestra conversación.

Creía que esta afirmación facilitaría las cosas al abogado de oficio.

Tercera pausa. Cautela mesurada.

—Le diré algo en breve —anunció el abogado.

—Estaré esperando su llamada.

—Entienda una cosa, señorita Connolly. Si rechaza su petición, por la razón que sea, y no tiene por qué explicarle esa razón a usted, ni a mí ni a nadie, no podré ayudarla en absoluto.

—Lo entiendo —aseguró. Pensó que era una apuesta razonable, que imaginaba que despertaría el interés del marido divorciado de la enfermera entregada. Y no sabía si le preguntaría nada sobre los diversos casos de abusos sexuales de los que se había declarado culpable. Había prometido al abogado que no lo haría. Pero podía hacerlo.

Dos

Sloane miró por el parabrisas la cárcel que se elevaba ante ella recortada contra un cielo gris, unas vallas metálicas de seis metros coronadas por una reluciente alambrada que rodeaban un edificio más antiguo de ladrillo y argamasa, y se estremeció ligeramente. Nunca había estado en el interior de una cárcel, ni siquiera en una de las descritas como de «mediana seguridad», pero que no eran otra cosa que muros gruesos, cámaras omnipresentes, torres de vigilancia, cerrojos y reclusión.

«No es un diseño demasiado creativo —pensó—. Utilitario y feo. Como tiene que ser.»

Estaba apretujada junto al abogado de oficio en su pequeño sedán destartalado mientras recorrían la carretera larga y despejada hacia la cárcel. Durante la hora anterior, él le había hecho unas cuantas preguntas como «¿Cuánto tiempo lleva trabajando en su proyecto?» y «¿Es la señora Anderson la única persona de este monumento conmemorativo?», que Sloane había evitado responder directamente. Había intentado contrarrestar las preguntas del abogado con las suyas: «¿Qué puede decirme acerca de la personalidad de su cliente?» y «Creo que nunca he hablado con un hombre acusado de este tipo de delitos. ¿Hay algún tema que crea que pueda disgustarlo?». El abogado de oficio no había contestado.

Era mucho mayor que Sloane. Esbelto y delgado, rozando el ascetismo de un monje, como un hombre que se ha pasado los días rezando y subsistiendo a base de pan, agua y algún que otro cuenco de gachas. Sloane imaginaba que hacía ejercicio de modo obsesivo, corriendo de diez a doce kilómetros diarios en una rueda de andar en un gimnasio. Llevaba una barba descuidada y tenía unos penetrantes ojos negros. Pensó que se pasaría la vida en la Oficina de Abogados de Oficio. A su juicio, la oportunidad de ganar algún caso sonado, obtener una absolución que fuera noticia e introducirse en el mundo de la abogacía que representaba a narcotraficantes o criminales de guante blanco, tal vez incluso ejecutivos acusados de algún chanchullo en el que esquivaron las leyes reguladoras ya le había pasado de largo. Esos casos conllevaban unos elevados honorarios y se traducían en trajes de dos mil dólares y segundas residencias lujosas en la playa. Creía que este era el mundo en el que Patrick Tempter había conocido los buenos vinos y el caviar de beluga.

Nada de cháchara. Kilómetros de silencio interrumpidos solamente por preguntas que ninguno de los dos respondía.

Cuando entraron en un pequeño estacionamiento cerca de la garita de vigilancia en la que había varios agentes armados, el abogado de oficio empezó a hablar. Muy bajo, con una voz regular y áspera.

—Nada sobre sus delitos. Si incumple este acuerdo, pondré fin a la entrevista de inmediato.

—Él puede decir lo que le apetezca sobre lo que hizo si es lo que quiere —respondió Sloane—. Pero no le preguntaré expresamente.

—Si creo que mi cliente está diciendo algo incriminatorio, o incluso que va a decirlo, intervendré. Si usted insiste en cualquier línea de preguntas que me parezca inaceptable, pondré fin a la entrevista al instante.

Parecía disfrutar repitiéndose.

—¿Entendido?

—Entendido.

—Es un hombre inteligente. No creo que hubiera aceptado hablar con usted si no le viera alguna ventaja.

Sloane también lo había supuesto.

—O tal vez tan solo quiera descansar de su rutina. Hablar con una chica bonita con la mitad de años que él, ya sabe. No tiene esa oportunidad demasiado a menudo. Le proporcionará alguna fantasía con la que masturbarse después.

Lo dijo con sarcasmo, y Sloane imaginó que el abogado de oficio quería ponerla nerviosa o provocarla. No mostró ninguna emoción. El abogado de oficio prosiguió.

—¿Ha estado alguna vez en una cárcel?

—No.

—Ampliará sus horizontes —soltó. Más sarcasmo—. Las normas de la sala de visitas son muy simples. No estará esposado pero habrá guardias en una sala de observación contigua. No podrán oír la conversación, pero podrán ver qué pasa. Hay una mesa. Varias sillas. Él se sienta en un lado. Nosotros, en el otro. Hay un botón del pánico bajo nuestro lado. No lo toque. No puede darle nada ni tocarlo. Si quiere enseñarle un documento, por ejemplo, tendrá que pasármelo antes a mí. Yo podría dárselo después a él. Como soy su abogado, las normas no son iguales para mí.

—De acuerdo.

—La registrarán a conciencia. Si lleva cualquier cosa que pueda considerarse contrabando, será mejor que lo tire ahora por la ventanilla.

—No. No llevo nada.

—Espero que me esté diciendo la verdad —replicó. Lo hizo con dureza e intimidación. A Sloane no le gustaba el abogado. Creía que a él tampoco le gustaba ella. El ambiente tenso y hostil del coche parecía el ideal para entrevistar a un delincuente sexual.

El profesor de piano se había declarado culpable de abusar de tres niños y de exhibirse ante otros dos. Aunque un juez evidentemente indignado lo condenó a cincuenta años de cárcel, que se declarara culpable hizo que el grueso de la pena no fuera obligatorio. Al cabo de una década podría solicitar la libertad condicional. Sería mayor. Puede que demasiado mayor para volver a las andadas. Pero podría salir.

Sloane dirigió una mirada al abogado de oficio. Parecía descontento, casi nervioso. Imaginó que ella daría la misma impresión más o menos.

Sospechó que su amenaza ocultaba una sola idea: la cantidad oficial de los delitos de Michael Anderson era cinco. «Culpable, culpable, culpable, culpable, culpable, señoría.» Extraoficialmente, era probable que hubiera decenas más. Tal vez veintenas. Tal vez centenares. Que se remontaran a años atrás. Tal vez a décadas. Y no había ningún indicio de qué más podría haber oculto. ¿Pornografía infantil?

Salieron del coche y se dirigieron hacia la garita de vigilancia.

—Hay otra cosa que tiene que quedarle clara, señorita Connolly —comentó el abogado hablando en voz baja, con frialdad—. No me gusta estar aquí. En absoluto. No me gusta volver a ver a este hombre. Si por mí fuera, jamás volvería a verlo o a tener contacto con él. ¿Tiene idea de lo que le pasa a un abogado designado para representar a un pederasta? Tus amigos dejan de quedar contigo al instante. Tus compañeros de trabajo apenas te hablan. Cada noche, cuando llegas a casa, tu familia te mira con asco. Tu mujer no quiere dormir contigo. Y los desconocidos te escupen por la calle cuando te ven, aunque tan solo estés haciendo el trabajo que exige el tribunal. Así que no, no me gusta que me recuerden la época en que fui abogado de Michael Anderson, aunque sea importante para nuestro sistema que él tuviera la asistencia legal adecuada. Hice un buen trabajo para él. Un trabajo excelente. Estupendo. Genial. Logré que se desestimaran algunos cargos excesivos. Logré que se declararan nulas pruebas obtenidas en registros ilegales. Ataqué a algunos de los testigos en su contra y desacredité sus historias. En general me porté como un gilipollas, especialmente en lo que a las víctimas infantiles se refiere, lo que me hizo sentir bastante mal, porque tengo hijos de esas mismas edades. Y, finalmente, como no había la menor posibilidad de que pudiera ganar el caso por más trucos que sacara de la chistera en el juzgado, le conseguí un resultado fabuloso...

«No quiere que nada altere ese resultado», pensó Sloane.

El abogado de oficio se detuvo un instante antes de añadir con dureza:

—No puede decirse que la gente haya olvidado todo lo que hice por Michael Anderson.

Sacudió la cabeza.

—Y pagué caro, pero que muy caro, el buen trabajo que hice, coño.

No dio más detalles. Sustituyó la ira total por un prolongado silencio, aunque ambas cosas significaban exactamente lo mismo.

Tres

Michael Anderson entró en la sala de visitas como si se deslizara por el suelo. Llevaba un mono naranja de recluso que parecía ser dos tallas demasiado grande para él. Era un hombre menudo, con una mata de pelo plateado que lucía grasiento y unos ojos castaños con los que recorrió rápidamente la sala antes de depositarlos en Sloane para examinarla con una mirada penetrante que la hizo sentir incómoda al instante. Era como si pudiera traspasarle la ropa y verla desnuda. Tenía las manos delicadas y unos dedos largos y delgados, acostumbrados a acariciar el teclado. Era mayor, pero a diferencia del profesor de historia de New Hampshire, daba la impresión de que sus delitos habían conservado joven a Michael Anderson. Tenía un aire nervioso, oculto por una sonrisa que dejaba a la vista unos dientes amarillentos. Una sonrisa de cocodrilo. Sloane pensó que era exactamente lo que había esperado como profesor de piano y como pederasta. Trató de imaginarse a Michael Anderson más joven, lleno de energía y artista consumado, en un recital, delante de una orquesta, con un frac negro y una camisa blanca almidonada, interpretando vigorosamente a Mozart. Pero si aquel hombre existió alguna vez, ahora había desaparecido.

El guardia que acompañaba a Anderson, el doble de corpulento que él, con brazos de levantador de pesas cubiertos de tatuajes de dragones y motocicletas y el ceño fruncido como si estar con Anderson fuera a impregnarlo de un hedor terrible, le dio un ligero empujón hacia la mesa.

—Todo suyo —soltó haciendo un gesto con la mano hacia el abogado de oficio.

Anderson se sentó en una silla rígida a un lado de la mesa de acero bruñido. La implacable luz del techo hacía que su piel blanca pareciera casi translúcida.

—Hola, letrado —saludó. Señaló con la cabeza los guardias de detrás de la ventana de cristal—. No les gusto demasiado. Ellos a mí tampoco. —Su voz era suave—. ¿Y esta es la joven interesada en mi difunta esposa?

—Sloane Connolly —dijo Sloane.

—Hola, Michael —respondió el abogado de oficio—. ¿Conoces los parámetros de esta conversación?

—Por supuesto, letrado. No decir nada que pueda generar algún nuevo problema legal endemoniadamente grave. —Había usado un tono burlón.

—Correcto —convino el abogado.

El pederasta se volvió hacia Sloane.

—¿Tiene esto algo que ver con mi maltratada y ahora lamentablemente difunta esposa? —preguntó con cinismo.

—Sí —contestó Sloane. Todavía no confiaba del todo en su voz. Se lamió los labios y vio que los ojos de Anderson seguían incluso aquel pequeño gesto.

—¿Alguien quiere honrar a mi delicada Lizzie?

—Sí.

—¿Quién?

—No puedo decirlo —soltó Sloane.

Anderson se inclinó hacia delante y juntó las manos frente a él en el centro de la mesa de acero.

—No quiere responder mi simple pregunta, pero, aun así, ¿quiere mi ayuda?

—Sí.

—Bueno. Ya veremos —dijo con una sonrisa viperina en los labios—. A mi entender, esta no es una buena forma de empezar a conocernos. Así que dígame, señorita Sloane Connolly, ¿por qué tendría que ayudarla?

Sloane reflexionó un instante. Inspiró hondo, se dijo que debía conservar la calma y sonrió al pederasta del modo más seductor que pudo.

—¿Y por qué no tendría que hacerlo, señor Anderson? No pierde nada. Y quizá se ayude a sí mismo. Mi empleador, el hombre que me ha encargado el diseño de un monumento conmemorativo que incluye a su difunta esposa, es un individuo poderoso, rico. Y quizá algún día haberle hecho usted un pequeño favor conlleve que él le haga un pequeño favor a usted.

Este, al parecer de Sloane, era el mejor argumento que podía dar. Si él lo rechazaba, la visita habría terminado y ella tendría que buscar en otra parte la información sobre Elizabeth Anderson, enfermera entregada. Y no tenía ni idea de dónde empezaría a buscar.

Anderson se echó hacia atrás en su asiento.

Dirigió la mirada al abogado de oficio.

—¿Debería ayudarla, letrado?

—Eso es cosa tuya —contestó el abogado encogiéndose de hombros—. A mí me da lo mismo una cosa que otra. Encantado de quedarme. Encantado de irme. —Sloane sabía que el primer «encantado» era mentira, el segundo «encantado» era verdad.

Anderson se volvió hacia ella.

—Abogados —comentó con cierta repugnancia. Como si fuera una palabrota, y hablando con brusquedad como si el abogado de oficio no estuviera en la sala—. Son unos desaboridos. Solo te dan consejo sobre las cosas más aburridas. Asuntos judiciales. Asuntos penales. Asuntos policiales. Pero ¿algo psicológicamente interesante? No. Imposible. —Se meció en su asiento y se giró de nuevo hacia el abogado de oficio—. Somos amigos, ¿no, letrado?

—No —respondió el abogado de oficio.

—¿Lo ve, señorita Sloane Connolly? —Anderson sonrió—. Pero quizá nosotros podamos ser amigos.

Quería decir «Ni de coña», pero se abstuvo.

—Me gustaría saber si Elizabeth...

—Lizzie —la interrumpió Anderson.

—¿Tuvo alguna vez alguna relación especial? ¿Como enfermera particular, quizá? ¿Contribuyó personalmente en alguna ocasión a salvar la vida de alguien, tal vez? ¿Hubo algo que la hiciera destacar por encima de sus obligaciones diarias?

—No. En absoluto —dijo Anderson con una carcajada—. Trabajaba en el hospital. Fichaba todos los días, todas las noches, y hacía su trabajo. No ejercía como enfermera particular. Nada por el estilo de ser enfermera o cuidadora a domicilio para ocuparse de alguna antigua estrella del cine o algún ricachón senil.

—Hábleme de su esposa —pidió Sloane, confundida. Aquello no era lo que había esperado.

Otra sonrisa retorcida.

—Mi mujer era una santa. Salvaba vidas a montones. Aliviaba el dolor. Reconfortaba a quienes agonizaban. Animaba a quienes luchaban. Derramaba lágrimas con las personas que veían morir a sus seres queridos, compartía el optimismo con las personas cuyos seres queridos tenían posibilidades de seguir con vida. Era como un sacerdote, un general y un entrenador en la esquina de un cuadrilátero. Vamos, tengo la sospecha de que cuando aquel atropello le hizo soltar su último aliento, fue transportada al instante en algún tipo de escalera celestial mágica directamente al cielo.

Se meció un poco en la silla antes de añadir:

—¿Cree todo eso, señorita Connolly?

—Sí.

—Pues no debería.

Siguió mirándola.

—¿Cree que intercedió por mí cuando llegó a las puertas del cielo?

—No —respondió Sloane.

Eso hizo sonreír de nuevo a Anderson.

—Juraría que tiene razón.

Se recostó y se quedó mirando fijamente a Sloane antes de proseguir.

—Dígame, señorita arquitecta, ¿cree que a pesar de todas sus buenas acciones, quizá, tan solo quizá, cuando llegó al cielo alguien al mando le hizo la pregunta que no respondió aquí en la tierra?

—¿Qué pregunta, señor Anderson?

Soltó una carcajada. Aguda, aduladora.

—Pues la pregunta obvia, señorita arquitecta: ¿cómo es posible que volviera la cabeza y cerrara los ojos, y que jamás supiera lo que el cerdo de su marido estaba haciendo?

Sloane no contestó. Era evidente que el pederasta no esperaba que lo hiciera.

Tras mirar al techo, Anderson dirigió los ojos al abogado de oficio, que se movió incómodo de inmediato.

—A los dos nos gustaría responder esa pregunta, ¿verdad, letrado? Estoy seguro de que a la policía también le habría encantado tener la respuesta a eso.

Una vez más se hizo el silencio ante la falta de respuesta rápida.

—A lo mejor ya sabemos la respuesta, señorita Connolly.

—¿Y cuál es? —no pudo evitar preguntar ella.

—Lizzie lo sabía. Lo supo todo el tiempo. Lo supo en cada ocasión. Y tal vez, puede que tal vez, ayudara a su querido marido a obtener un poco de lo que quería. De lo que necesitaba. De lo que deseaba. A lo mejor también la excitaba.

Fue como si el aire de la sala se hubiera vuelto viscoso.

Interiormente Sloane se sintió asqueada y no acabó de creérselo. Se recordó a sí misma que tenía que conservar un saludable escepticismo.

«A este hombre le resulta fácil mentir —pensó—. Mentir es la esencia de su vida.» Pero antes de que pudiera decir nada, el abogado de oficio levantó la mano.

—No siga por ahí, señor Anderson, porque se está acercando mucho a admitir delitos de los que no ha sido acusado —advirtió.

—¡Qué me dice! —soltó el pederasta con una expresión fingida de asombro—. ¡Vaya por Dios! ¿No sería eso terrible? ¿Espantoso? ¿Realmente censurable? ¿Y no le obligaría eso a volver al juzgado, letrado? «Señoría, me he enterado...» —Rio otra vez, como si todo fuera un chiste subido de tono—. ¿Tal vez desplegaría algunos de esos bonitos truquitos legales suyos?

El abogado de oficio no respondió. Volvió la cabeza como si mover un poco el cuerpo fuera a impedirle oír nada más.

Anderson se giró de repente hacia Sloane.

—Exactamente así —dijo señalando al abogado—. Lizzie volvía la cabeza para no ver nada. Lo hizo desde el comienzo de nuestro matrimonio. ¿Sabe cómo nos conocimos? En un grupo de la iglesia. Yo tocaba el órgano. Una tapadera excelente para mí. Para ella, creo, una forma de esconderse en una excesiva creencia religiosa. De esas personas que dicen «Dios tiene un plan» y «Confía en Jesús», ya sabe. Así que si me pregunta quién era, se lo diré: era una enfermera excelente y una persona horrible, porque podría haberme detenido y no lo hizo. Año tras año. Una y otra vez. Yo me daba el gusto. Ella se hacía la sueca. Y ¿sabe qué significaba eso, señorita Connolly? —preguntó en un tono siseante, viperino—. Cada vez que ella me ayudaba a hacer lo que yo quería tapándose los ojos o desviando la mirada, bueno, eso hacía que yo la odiara cada vez más. ¿Quiere diseñar una estatua a Lizzie? Póngale una venda en los ojos. Sería lo más adecuado.

Y, con la misma rapidez, Anderson se volvió hacia el abogado de oficio.

—Verá, letrado, todo lo que hizo en el juzgado, toda aquella anulación de pruebas, todos aquellos interrogatorios discutiendo cada punto, agujereando el caso de la fiscalía, haciendo incluso que aquellos policías que me pillaron parecieran ellos, y no yo, bichos raros, bueno, todo eso tenía un único objetivo: limitar los días que tendría que pasar aquí.

El abogado de oficio ponía cara de póquer sin decir nada.

Anderson se giró de golpe hacia Sloane.

—Pero lo que él jamás imaginó... —dijo señalando con la cabeza al abogado de oficio— es que tal vez yo quiera quedarme aquí.

Sonrió.

—Aquí impera la disciplina. Estoy aislado. Ni loco querría estar con la población general de este sitio. No duraría demasiado. Régimen protegido, lo llaman. Básicamente significa que me paso todo el tiempo solo. Es como estar en cuarentena. Como si todos mis deseos fueran de algún modo contagiosos. Infecciosos. Anda conmigo y sucumbirás a la plaga de la pederastia. Pero la vida no es tan mala: me ducho todos los días. Paseo por el patio treinta minutos solo. Puedo elegir material de lectura de la biblioteca, siempre y cuando no incluya el sexo en el título. Podría hacer una llamada telefónica todos los días si hubiera alguien en algún lugar en este mundo con quien quisiera hablar... —Se detuvo, alzó los ojos de nuevo y, después, los bajó de golpe para clavarlos en el rostro de Sloane—. Bueno, podría llamar a alguna de mis... ah, «víctimas», fue la palabra que usó la fiscalía. «Amantes» es una palabra mejor. Hablar con ellas me recordaría la sensación al tocarlas...

Sloane quería retroceder, salir corriendo. Le quemaba la piel, tenía el sentido del olfato prácticamente inundado de hedor de mofeta, un nudo en la garganta, el estómago revuelto. Tenía ganas de vomitar del asco.

—Bueno, no puedo hacer eso. Pero la vida no es tan mala. Tengo mis recuerdos. Y aquí dentro, bueno, el estado me proporciona este mono naranja tan bonito y atractivo y unas cómodas zapatillas, de modo que cualquiera, con solo mirarme y ver el color, pueda saber enseguida por qué estoy aquí exactamente.

Y, por supuesto, tres comidas al día y asistencia médica para cualquier afección que pueda tener salvo, tal vez, la soledad.

A Sloane no se le ocurría ninguna pregunta. No quería interrumpirlo.

—¿Sabe cómo es aquí la vida para mí? —La miraba con ojos centelleantes.

—No.

—Segura.

—¿Segura, aquí? —soltó Sloane.

—Suficientemente segura. Siempre existe la posibilidad, claro... —señaló con el brazo la ventana de plexiglás y amplió después el gesto para abarcar toda la cárcel—, de que alguien use una navaja hecha de modo artesanal y me raje sin ningún motivo real aparte de que yo amaba a los niños, que no le gusta mi aspecto, que está simplemente cabreado y chiflado o que quiere encargarse de reparar todo el daño que cree que he hecho. Por supuesto, estas son las amenazas a las que todo el mundo se enfrenta aquí. Pero fuera, estas probabilidades cambian.

—No lo entiendo —dijo Sloane, quebrándosele un poco la voz—. ¿Probabilidades?

—Las probabilidades de morir asesinado. —Anderson soltó una carcajada y prosiguió—: Aquí, creo que tengo un ochenta y nueve por ciento de probabilidades de vivir hasta el fin de mis días. Bien mirado, está muy bien. ¿Sabe que vemos televisión por cable? Más de cien canales. Incluso HBO y muchos de deportes. La comida es abundante, aunque la cocina es, por desgracia, limitada. Y en una de las aulas hasta hay un viejo piano vertical que me han dejado afinar y que puedo tocar de vez en cuando, cuando mi conducta es aceptable.

Soltó una carcajada.

—Y mi conducta siempre es aceptable.

Miró a Sloane con dureza.

—Pero ¿fuera, en su mundo? Mis probabilidades de seguir vivo más de unos minutos se reducen a cero.

—¿Por qué? —preguntó Sloane—. ¿Las familias de los niños de quienes abusó lo odian tanto que podrían...?

No terminó. Anderson levantó una mano para interrumpirla.

—Sabrá que en una cárcel hay todo tipo de métodos informales, digamos extracurriculares, de hacer llegar un mensaje a alguien. Correspondencia clandestina. Habrá visto *Ley y orden* en la tele, ¿no?

Se volvió hacia el abogado de oficio.

—Ayúdela —dijo.

—Tiene razón —soltó con aspereza el abogado.

—Gracias, letrado. Así que imagine mi sorpresa, imagine cómo despertó mi interés, cómo centró mi atención en mi futuro recibir esta nota que dejaron en mi celda durante uno de esos ratos de ejercicio, cuando se supone que no tenía que haber nadie en ella.

Se metió la mano en un bolsillo del pecho del mono, sacó un trocito de papel gastado y lo desdobló con cuidado, ya que estaba doblado en muchas partes para dejarlo lo más pequeño posible. Lo extendió sobre la mesa y lo giró para que tanto Sloane como el abogado de oficio pudieran leer las palabras escritas a mano con lápiz.

No te vayas nunca de aquí. No salgas nunca. Si lo haces, te encontraré. Y te mataré. No será una muerte rápida, como la que está a punto de producirse. Nada suave para ti. La tuya será lenta y memorable. Durará. Horas. Puede que días. Y acarreará un dolor que no puedes imaginar.

Ni Sloane ni el abogado de oficio dijeron nada.

Michael Anderson sonrió.

—Está bastante claro, ¿no?

Sloane asintió.

—Creo que me quedaré aquí —declaró Anderson—. Y seguiré con vida.

Hizo otra pausa, dramática, antes de continuar, y esta vez su voz pasó a ser poco más que un susurro.

—Lo más increíble de esta nota es que llegó a mi celda la tarde en que mi querida, dulce e inocente esposa hizo su último turno. Llegó antes de que la atropellaran, antes de que hiciera sus largas, duras y piadosas ocho horas en la UCI. Antes. Antes. Antes. ¿Sabe? Me pasé todo ese rato preguntándome qué querría decir. «Está a punto de producirse.» Naturalmente, al principio pensé que estaba a punto de ser asesinado. Después que quizá iba a diñarla otro recluso. Me llevó algo de tiempo deducir que era la pobre Lizzie quien corría peligro...

Sloane se sintió acalorada. Febril.

—¿Intentó llamarla? ¿Avisarla? ¿Ponerse en contacto con la policía, con su hospital o...?

Anderson casi se echó a reír. Sacudió la cabeza.

—No. No es mi estilo. Y, además, quería ver qué estaba a punto de producirse, como decía la nota. Me quedé callado. Fue mi forma de decir a quien envió esta nota: «Muy bien. Demuéstralo». Era misterioso. Hizo la vida muy distinta durante unas horas. E imagine lo apasionante que fue cuando la mañana siguiente el ayudante del director, dos guardias y un sacerdote vinieron a mi celda a anunciarme la muerte de Lizzie. Creían que me alteraría. Que me volvería loco de dolor. Que lloraría. Que me echaría al suelo. Que me refugiaría en la violencia. Que me refugiaría en Jesús. Lo mismo, a mi entender.

Se detuvo un instante antes de añadir:

—No. Eso tampoco era mi estilo.

Sloane notó que le temblaban las manos. Las escondió bajo la mesa.

—¿Quién? —preguntó—. ¿Quién cree que le envió esa...?

—No tengo ni puta idea, señorita Connolly. Pero imagino que quienquiera que me la enviara, quienquiera que tuviera el poder, los contactos y los medios para hacer que la dejaran en mi celda con lo que es de suponer muy poco margen de tiempo también iba al volante de aquel coche esa noche. O que contrató al conductor. O que lo organizó todo. O algo. Lo que sea. Pero es evidente que es muy capaz. Y que su mano es muy larga. No es alguien a quien quiera molestar.

—Venga, tendrá alguna idea... —comentó Sloane tras inspirar hondo.

—No. Hay demasiadas posibilidades. Demasiadas personas que querrían verme muerto. He dejado un buen rastro de personas enojadas por el camino.

—¿Lo han amenazado otras veces?

—Por supuesto. Sin parar. Son los inconvenientes de la, bueno, digamos actividad a la que me he dedicado. Madres. Padres. Tíos, tías y abuelos. Hasta personas exaltadas que no me conocen a las que les gustaría verme muerto. Pero la mayoría de esas amenazas, bueno, no son tan concretas como esta.

—Pero su esposa, no lo entiendo, ¿por qué ella?

—Ya se lo he dicho.

Titubeó y añadió:

—Señorita Connolly. Cuando cierras los ojos a la maldad, no te escondes de ella. Pasa a formar parte de ti. Pasas a participar en ella.

Se encogió de hombros.

—Nadie sabe eso mejor que alguien como yo.

Esta respuesta provocó un silencio.

Anderson sonrió otra vez y cuando habló cada palabra fue electrizante.

—El mensaje, bueno, digamos que limita mis incentivos para salir algún día de aquí. Extraordinario, ¿verdad? Me presento ante la junta de libertad condicional. Les digo que he sido un recluso modelo. Les aseguro que nunca volveré a tocar una deliciosa carne joven. Me conceden la condicional. Doy un paso hacia la libertad y... bueno, ¿cuánto duraré? ¿Un minuto? ¿Una hora? ¿Un día? ¿Dos? ¿Una semana o un mes? Va a ser que no.

El pederasta sacudió la cabeza.

—En la nota habla de dolor. Creo prudente creer en la palabra de esta persona.

Hubo otro silencio momentáneo.

Entonces el abogado de oficio se inclinó hacia delante, como si hubiera recobrado cierta compostura. Su voz fue enérgica y directa.

—Esta nota es la prueba directa de un delito. La muerte de tu esposa fue considerada un homicidio de tráfico. Un atropello con fuga. Pero esto indica que fue un asesinato premeditado. ¿Has enseñado esta nota a las autoridades carcelarias? Criminalística podría decirnos...

Anderson resopló y lo interrumpió:

—No. ¿Cree que estoy loco?

—Bueno —prosiguió el abogado—, tendrías que permitirme llevarla a la policía y a la oficina del fiscal del condado. Esta amenaza es, en sí, un delito.

Anderson echó la cabeza hacia atrás y soltó una larga carcajada que acabó convertida en una risita.

—Hace años que guardo escondida esta nota, ¿y quiere que ahora se la dé a la policía?

Reflexionó un momento, tomó la nota, volvió a doblarla con cuidado, dirigió una mirada al abogado de oficio y, con una sonrisa en los labios, se metió la nota en la boca. La masticó un segundo y se la tragó de modo exagerado.

—Deliciosa —dijo con desdén—. Sabe a pollo. ¿Cree que quiero ayudar a esos hijos de puta? ¿Cree que ellos me ayudarán? ¿En qué clase de mundo imaginario vive usted, letrado?

Sacudió enérgicamente la cabeza.

—Que se vayan a la mierda. Yo cuidaré de mí mismo. Aquí. Donde estoy a salvo.

Sloane estaba perdida. Se sentía como si estuviera subida en unas montañas rusas dirigiéndose temerariamente hacia un giro aterrador. Cualquier otra pregunta que pudiera hacerle al pederasta se le escabulló y desapareció en una vorágine oscura fuera de su alcance.

En el silencio posterior, Michael Anderson se movió en su asiento.

—Me gustaría saber qué le pasó al perrito de Lizzie —comentó—. Detestaba a ese chucho. Pero paseaba con ella esa noche cuando aquel coche, bueno, digamos que interrumpió su vida...

—Murió —respondió Sloane.

12

Uno

Sloane quería ducharse pero, en lugar de eso, condujo. Después de hablar con el pederasta se sentía como si un montón de bichos se pasearan por su cuerpo.

En cada diseño que había creado, en cada edificio que había imaginado, desde que dibujaba casas con lápices de colores cuando era niña hasta el momento en que había recibido el título, había adoptado formas que confluían, que se relacionaban entre sí para generar contornos suaves de modo que el impacto global fuera fluido y acogedor. Pero todo lo que había averiguado hasta entonces sobre los Seis Nombres de Difuntos era incongruente, como rincones y ángulos que no encajaban. Que eran discordantes. Ninguna de las personas que había investigado era como había esperado. «Querido» era «odiado y temido». «Entregada» era «perversamente permisiva». «Muy hermosa» era «cruel rompecorazones». Por primera vez se formó en su cabeza la frase «dónde me he metido».

Se dirigía hacia el aeropuerto de Newark, y se planteó por un momento subirse a un avión a Miami para averiguar una verdad sobre un exadicto o tomar un vuelo a San Diego para informarse sobre un empresario asesinado, pero pensó que podría posponer esos viajes. Tenía que reorganizar lo que estaba haciendo y replantearse su enfoque.

Era fácil de decir.

Difícil de hacer.

En un momento dado dejó la autopista de peaje de New Jersey para entrar en un área de descanso llamada de modo nada adecuado Joyce Kilmer en honor al poeta, tomó el móvil para llamar a Patrick Tempter y preguntarle qué diablos estaba pasando. Pero en el último segundo, tras marcar ocho de los diez números, se detuvo.

Se quedó mirando el móvil y vio otro texto urgente de Roger.

Al instante él pasó a dominar sus pensamientos, apartando de ellos la imagen de pederastas, directores asesinados y modelos de pasarela ahogándose en su propio vómito. De repente le dolió el brazo por donde él la había sujetado. Pudo sentir que tiraba de ella hacia él, enojado, casi como si de golpe estuviera en el coche con ella. La sensación fue casi abrumadora. Tan solo ver el texto hacía que el miedo le recorriera el cuerpo. Su brusca desaparición lo habría enfurecido. Lo imaginó andando arriba y abajo por su calle, llamando al timbre una y otra vez, poniéndose más colorado de la ira cada vez que no le contestaba nadie. Lo vio acechando de modo errático su estudio, tal vez apostado en la cafetería que había al otro lado de la calle para vigilar la entrada principal durante horas.

Habló furiosa en voz alta consigo misma.

—Tendrías que haberlo sabido desde el principio. Tendrías que haberlo visto desde el primer momento. Era guapo. Era listo. Estudiaba Derecho. Era de familia rica y había ido a los mejores colegios. ¿Y qué? En el fondo lo sabías, y aun así lo ignoraste. —Utilizaba la tercera persona, como si esta diminuta Sloane más sabia pudiera hablarle a la ingenua Sloane de unos meses atrás—. Idiota. Idiota. Idiota —se reprendió a sí misma.

En aquel instante recordó la pistola del 45. El arma parecía estarle gritando, reclamando tener un papel decisivo en sus tratos con Roger. «No lo olvides: ¡estoy aquí! ¡Úsame!» Pero rápidamente desechó esta idea.

«¿Estás loca? —se preguntó a sí misma—. Es demasiado

arriesgado. No soy ninguna asesina. Soy arquitecta. Pero él es peligroso. ¿Es un asesino? No lo sé. Sí. No. Puede.»

Se dio cuenta de que era la misma respuesta que se había dado tras la desaparición de su madre en el río. Notó que le sudaban las axilas.

«¿Puedo defenderme? ¿Soy una autodefensora? ¿Existe tal cosa?» Sabía que la palabra era «no».

Alargó la mano hacia el cambio de marchas.

«Pon el coche en marcha. Vuelve a salir a la autopista. Concéntrate en lo que viene a continuación.»

Se trataba de una parada en Mystic, en Connecticut, para obtener información sobre el hombre que no era en realidad ni un ejecutivo ni un filántropo como el Empleador lo había descrito, sino un agente de seguros local de poca monta y la desafortunada víctima de un ahogamiento.

Iba a hacerlo pero se detuvo. Miró la pantalla del móvil. Mostraba el inicio del texto de Roger:

Sloane, no quería hacerlo... Nunca te...

Aquí terminaba la vista previa.

Primer pensamiento: «Sloane, no quería hacerlo... Tonterías. Claro que querías».

Segundo pensamiento: «Nunca ¿qué?».

Activó el móvil e hizo clic en los mensajes de texto. Había cincuenta y cuatro de Roger. Los leyó todos. Eran lo que había imaginado: una avalancha creciente de ira. Frenética. Exigente. Amenazadora. Engatusadora. Suplicante. Todo lo que había esperado y que solo hizo que el miedo gélido que sentía empezara a aumentar. Su primera reacción fue apagar el teléfono y no mirarlos, como si eso pudiera hacer que desaparecieran. Pero eran adictivos, como emborracharse de terror. Siguió leyendo. Mientras lo hacía, empezó a pensar que jamás podría volver a casa. Y recordó de repente lo que su madre le había dicho.

Huye.

«Podría tener que hacerlo. Pero no puedo. No con el proyecto del Empleador en marcha. Tal vez tendría que mudarme definitivamente a mi estudio. No puedo volver a Cambridge. ¿Estaría a salvo en Nueva York? ¿Y en Filadelfia? ¿Hay algún lugar donde nadie me conozca y Roger no pueda encontrarme? ¿Dónde sería eso? ¿En Alaska? ¿En Mongolia? ¿En la selva amazónica viviendo con una tribu pigmea?»

Leyó el último mensaje.

La hora que constaba en él era de la madrugada anterior. Muy pasada la medianoche.

> Sloane, no quería hacerlo. Nunca te volveré a hacer daño de esa forma. Pensemos en los aspectos positivos de nuestra relación. Podemos volver a empezar. Hacerlo desde cero. No tienes nada que temer de mí. Si dices que se ha acabado, se ha acabado. Podemos ser solo amigos. Por favor, envíame un mensaje y dime qué quieres que haga y lo haré. RESPETO al cien por cien tu decisión.

Observó asombrada la palabra en mayúsculas. Por un instante sintió una oleada de alivio. Pensó: «Estoy a salvo. Me dejará en paz». Y entonces cayó en la cuenta de que era mentira. Más que mentira, era la peor clase de trampa. Solo había cambiado el tono, pero no había cambiado quién era. De hecho, el texto apenas parecía ser uno de los que Roger escribiría. Supuso que le estaría aconsejando alguno de los demás abogados jóvenes de su lujoso bufete. Esa expresión añadida, «al cien por cien», le decía todo lo que necesitaba saber. Puntualizaba la mentira. Y cuando supo esto, se percató de que todo lo que había escrito era más aterrador.

Interpretó mentalmente un guion, subrayado por los faros de los coches que pasaban.

Ella le enviaría: «Déjame en paz».

Él le contestaría: «Si es lo que quieres, lo haré».

Ella se relajaría y bajaría la guardia.

Y entonces él haría lo que fuera que esa obsesión, compulsión y falta de control le pidieran.

Cuanto más segura creyera estar ella, menos segura estaría.

Puso el coche en marcha como había planeado. Trató de quitarse a Roger de la cabeza y empezar a pensar en Michael Anderson, el pederasta, y en su mujer, Elizabeth, la enfermera que hacía su trabajo y miraba hacia otro lado. «Entregada», pensó Sloane. Pero, según su exmarido, el pervertido, a lo que estaba entregada era a permitirle seguir con sus perversiones. Todo aquello era retorcido, malvado y asqueroso. Lo que él había hecho y ella había permitido había marcado a los niños durante años, tal vez para siempre. Aun así, en aquel momento parecía más seguro concentrarse en aquella pareja.

Salió de nuevo a la autopista de peaje. Pisó el acelerador y voló en la oscuridad de la noche, apenas consciente de las luces que la rodeaban.

Pensó en la enfermera y el pederasta; repasó todo lo que él le había dicho. Lo recordó tragándose aquella nota que lo amenazaba con su propio asesinato, «no salgas nunca», y vio que pasaba de conducir demasiado rápido a, acto seguido, hacerlo demasiado despacio.

Los kilómetros iban pasando a toda velocidad. Conducía como un robot.

Dos

Sloane se quedó en un motel barato de las afueras de Mystic, Connecticut. En una habitación contigua, un intérprete de trombón practicó hasta la medianoche. El instrumento emitía unos sonidos lúgubres que traspasaban las paredes. Sloane habría hablado con la recepción para pedir que llamaran a la puerta del intérprete, pero el ruido coincidía con su estado de ánimo y terminó bastante temprano. Aun así le costó conciliar el sueño. La una de la madrugada. Las dos. Seguía dando vueltas.

Sueños sobre Roger.

Sueños sobre el pederasta.

Sueños sobre el difunto director.

Por la mañana comenzó su único plan.

Seguros Hillary estaba en una calle lateral situada a pocas manzanas del puente levadizo que cruzaba el río Mystic, en el centro de la ciudad. Era un edificio bajo, rectangular, que parecía más propio de un centro comercial que de un lugar cercano a uno de los principales destinos turísticos de Nueva Inglaterra. Mystic era famoso por haber sido un puerto ballenero, además de puerto marítimo, y por ser la sede de Mystic Pizza, un pequeño establecimiento situado a cierta altura en una colina que se elevaba sobre un centro abarrotado de tiendas de objetos de artesanía, boutiques y heladerías, la clase de locales que se vendían como pintorescos. Mystic Pizza tuvo sus quince minutos de gloria cuando fue el título de la película que catapultó la carrera de Julia Roberts. Sloane no sabía si la pizza que servían era especial en algo. Lo dudaba.

Ante la puerta principal, al lado del gran escaparate de cristal con el nombre de la compañía de seguros junto con una oferta entrecomillada: «Especialistas en automóviles, embarcaciones, salud, hogar, vida... y TODAS sus necesidades en seguros», Sloane echó un vistazo a sus escasas notas.

Ted Hillary. Director de seguros y filántropo.

Nadador infortunado.

No sabía por dónde más empezar. Cruzó con brío la puerta principal.

Había una recepcionista sonriente en un mostrador. Tras ella, colgaban de la pared dos descomunales fotografías a todo color con un reluciente marco dorado de un hombre de mediana edad. La primera era un retrato frío y solemne del hombre con traje oscuro, cabellos plateados y aspecto distinguido como si el maravilloso mundo de las ventas de seguros no conociera horizontes. Junto a ella estaba una cándida foto del mismo hombre, rodeado de un grupo animado de niños, todos ellos con el uniforme de un equipo de béisbol, cuya camiseta roja llevaba estampado HILLARY HORNETS DE LA LIGA INFANTIL, que levantaban un trofeo. Bajo las fotografías se veía una placa de madera con las palabras TED HILLARY, 1955-2012, NUESTRO FUNDADOR grabadas en falso oro.

—¿Puedo ayudarla? —preguntó la recepcionista. Era mayor que ella, con el pelo gris, gafas y expresión de bibliotecaria.

—Creo que sí —respondió Sloane—. Estoy intentando informarme un poco sobre el señor Hillary. Me preguntaba si habría alguien aquí que lo conociera bien.

—Todos lo conocíamos bien —afirmó la recepcionista. De repente, recelosa—. ¿Por qué? ¿Para qué es?

—Un viejo amigo suyo quiere honrarlo. Con un monumento conmemorativo. O tal vez una donación a su nombre —explicó Sloane. No era del todo cierto, ni tampoco del todo falso.

La recepcionista reflexionó unos segundos.

—¿Un viejo amigo? ¿Un amigo profesional? ¿Un amigo personal?

—Tan solo un viejo amigo.

—Quizá tendría que hablar con Ted, hijo, y con Susan —aventuró la recepcionista, pasado un momento, como si hubiera esperado que Sloane diera más detalles—. Son sus hijos y se han hecho cargo del negocio.

A Sloane la sorprendió la palabra «hijos». Se aseguró de que su asombro no se le reflejara en la cara. Según la información que ella poseía, Ted Hillary había vivido solo con su madre de noventa años hasta el momento de su accidente.

—De acuerdo —contestó.

La recepcionista siguió mirando a Sloane como si fuera una ladrona de tiendas metiéndose algo valioso bajo la blusa. Descolgó el teléfono.

—¿Señor Hillary? Está aquí una joven que pregunta por su difunto padre. Al parecer, un viejo amigo suyo quiere ponerlo en un monumento conmemorativo o hacer una donación a su nombre... —lo dijo todo sin apartar los ojos de Sloane, que asintió vigorosamente.

La recepcionista escuchó. Arqueó ligeramente las cejas como si lo que oía, que Sloane no podía oír, la sorprendiera.

—Parece que puede entrar —anunció, señalando un despacho de administración.

Cuando Sloane había cruzado la mitad del espacio de la pequeña recepción, un hombre algo mayor que ella apareció en la puerta. Era alto y con una postura algo encorvada que le confería el aspecto de un pájaro posado en la rama de un árbol. Sloane le estrechó enseguida la mano. Ted, hijo, la hizo entrar en su despacho, le señaló una silla situada frente a un escritorio abarrotado de documentos y dijo:

—Así que está interesada en mi difunto padre.

—Sí —respondió Sloane—. Soy arquitecta y me han contratado para crear un monumento conmemorativo a varias personas. Su difunto padre figura en mi lista de nombres.

—¿Alguien quiere honrarlo?

—Sí.

—¿Quién?

Todo el mundo con quien había hablado había hecho la misma pregunta. Era natural. Lo que no lo era tanto era su respuesta.

—Ah, por el momento preferiría mantenerse en el anonimato.

—¿Anonimato?

—Sí.

Ted, hijo, fue a decir algo pero se detuvo. Alargó la mano, descolgó el teléfono y marcó una tecla de lo que Sloane imaginó que sería un intercomunicador. Giró un poco la silla para dejar de mirarla mientras hablaba, pero lo que Sloane básicamente oyó fue una repetición de lo que ella acababa de decirle. Ted, hijo, colgó y se volvió hacia ella.

—He pedido a mi hermana que se venga con nosotros —comentó.

Minutos después, entró en el despacho una mujer igual de alta y más o menos igual de delgada, vestida de alta costura de Walmart. Sloane vio al instante que eran gemelos.

—Soy Susan —se presentó la mujer mientras tomaba una silla y la llevaba junto a Sloane—. ¿Alguien quiere honrar a nuestro padre? —preguntó.

Sloane empezó a decir lo que tenía preparado. Cuando finalizó, Susan se giró hacia Ted, hijo. Ambos se miraron un instante.

—No lo entiendo —afirmó—. ¿Un monumento conmemorativo?

—Exacto —contestó Sloane.

—¿Por qué?

—Lo único que sé es que su padre influyó en la vida de mi empleador de un modo profundo y valioso en algún momento. Mi tarea es intentar averiguar cómo.

De nuevo los gemelos se miraron entre sí. Sloane imaginó que tenían algún método de comunicación extrasensorial.

—Bueno —dijo Susan despacio—, eso nos sorprende.

Sloane pensó en las fotografías que colgaban en la recepción. «Liga infantil. Filántropo. Voluntario en el puerto de Mystic para recrear la vida colonial.»

—Nuestro padre era, bueno, difícil —declaró Susan—. A nosotros nos afecta mucho hablar de él.

—¿De su muerte?

—No. De él.

Ted, hijo, se inclinó hacia delante, casi rapaz cuando juntó las manos frente a él en la mesa.

—¿Quiere saber la verdad sobre nuestro padre? —preguntó de golpe.

—Desde luego —respondió Sloane.

—Nadie quiere saber nunca realmente la verdad —prosiguió el hijo.

—Yo sí —aseguró Sloane—. No puedo crear un monumento conmemorativo que sea mentira.

Los dos gemelos se miraron entre sí. Asintieron.

—No es que estemos ocultando nada —comentó la hermana al hermano—. Todo el mundo sabe lo que sentimos.

Esperaron un instante y Sloane vio que ambos valoraban lo que iba a hablarse. El hermano se volvió rápidamente hacia Sloane. Tosió, como si carraspear fuera a facilitar lo que iba a decir.

—Hablaré sin tapujos —aseveró Ted, hijo. Su voz era mesurada y fría—. Nuestro padre era un auténtico sádico. Cruel y constantemente desconsiderado. Un abusón de patio de colegio elevado al máximo.

—Mañana. Tarde. Y noche —añadió la hermana—. Cuando abría los ojos, era un abusón. Cuando los cerraba, era un abusón. Seguramente tenía sueños de abusón. Se pasó mucho tiempo pegando a nuestra madre. Y cuando no la maltrataba físicamente, lo hacía psicológicamente. Con palabras cortantes. Desagradables. Cínicas. Degradantes. Nada estaba nunca bien. Nada era nunca lo bastante bueno para él. En realidad, lo único que le gustaba era poder intimidar a personas más pequeñas que él.

Se hizo el silencio en la habitación.

—Nosotros lo odiábamos —dijo Susan.

—Todo el mundo lo odiaba —puntualizó Ted, hijo.

Esperó un momento y agregó:

—No, eso no es del todo cierto. Todo el mundo a quien no engañaba lo odiaba. Las personas a quienes engañaba creían que era un tipo excelente. Alguien con quien tomarse una cerveza al salir del trabajo. La clase de persona que puede entrenar a tu hija. Pero todo eso era solo la forma en que ocultaba quién era en realidad. Y cuando conocías su verdadera forma de ser, y créame que no costaba demasiado, lo odiabas.

Un silencio momentáneo en el pequeño despacho.

—Pero nosotros lo odiábamos más —intervino la hermana—. Pasamos años enteros en que lo único que hicimos fue odiarlo.

—Pero la liga infantil. Entrenar a niños. El trabajo como voluntario en el puerto... —empezó a decir Sloane.

—¿Cómo cree que un auténtico sádico oculta quién es? —preguntó Ted, hijo, con una mezcla de ira y de frialdad en la voz—. Era un mentiroso y un farsante, y pegaba a las mujeres. ¿Cómo cree que se oculta todo eso?

Sloane no respondió a su pregunta mientras lo escuchaba con cara de póquer. Inexpresiva. Sin reflejar nada.

Pero lo primero que pensó fue: «Lo sabía».

TRES

Sloane pensó que había averiguado tres cosas valiosas.

La primera, gracias al hijo.

—Sí. Fue a ese colegio tan elegante. Seguramente fue allí donde aprendió a ser el abusón que era. Creo que siempre le molestó que tantos de sus compañeros hicieran grandes cosas. Fueran importantes. De la clase de personas que eran alguien. Nuestro padre no logró nada especial. Y lo detestaba. Por eso nunca volvió a ir.

La segunda, gracias a la hija.

—Lo que me preocupó de su muerte es que era un nadador experto. Conocía todas las aguas de la zona. Jamás habría ido a nadar a aquel lugar, no en octubre, aunque fuera con traje de neopreno. Conocía los riesgos. ¡Era agente de seguros, por el amor de Dios! No hacemos otra cosa que valorar riesgos. Así que siempre creí que o bien toda su mezquindad y su sadismo pudieron por fin con él y se lanzó a propósito a esa corriente de retorno...

«Como Maeve», se dijo Sloane.

—O bien alguien lo obligó a hacerlo. Se lo mencioné a la policía y al servicio de guardacostas y no pareció importarles. Claro que a mí tampoco me importaba...

«Cuando odias a alguien, su muerte es tan solo su muerte —reflexionó Sloane—. No importa cómo haya tenido lugar.»

Y la tercera, gracias al hijo y a la hija.

—No se me ocurre nadie que lo considerara amigo suyo.

—No lo suficiente amigo como para querer honrarlo como usted dice.

—Puede que vendiera seguros a los ricos, pólizas para sus yates o segundas residencias. Pero ninguno de ellos era amigo suyo. Les hacía la pelota, buscando que lo invitaran al club náutico y todo eso. Pero esa gente es lo bastante lista para ver que les lamía el culo.

—Y las únicas personas en las que podría haber influido..., ¿cómo lo dijo usted, señorita Connolly, profundamente? Bueno, habrían sido como nosotros. Personas a las que habría intimidado, o con las que se habría portado mal o a las que habría escatimado algún pago que les correspondía del seguro. Lo hacía de modo rutinario.

—Las fotografías de la recepción...

—Mentiras —afirmó la hija.

Sloane esperó, y el hermano añadió:

—Cada sonrisa. Cada apretón de manos cordial. Cada palmadita en el hombro, cada una de esas cosas era mentira. Porque los únicos momentos en que era realmente feliz era cuando pegaba a nuestra madre o nos denigraba a uno de los dos. Diciéndonos que nunca haríamos nada de provecho. Pues toma sorpresa. Jódete, papá, lo hemos hecho. Manejamos el doble de volumen que él en la empresa.

Y la hija agregó con una amargura casi increíble:

—Espero que alguien se lo diga en el infierno y eso haga que su vida en el otro mundo sea todavía peor.

Sloane había preguntado por la exesposa de Hillary, la madre de los gemelos.

—Falleció. De cáncer. Él ni siquiera fue al funeral. El muy cabrón.

Había preguntado por la madre nonagenaria de Hillary.

—Está muerta. Seguramente la pegaba también, pero nunca lo vimos, por lo que no pudimos denunciarlo a la policía. Finalmente lo hicimos cuando se emborrachó y le dio una paliza a nuestra madre. Lo hizo demasiadas veces. Hijo de puta. Llamamos a la policía y declaramos en el juzgado. Fue cuando éramos adolescentes... —Rio ligeramente—. Ya sabe qué dicen, señorita Connolly: el que la hace la paga. Mamá obtuvo una orden de alejamiento antes del divorcio. Obtuvo nuestra custodia exclusiva. Y nosotros nos esforzamos como locos por hacer que los años que le quedaban fueran felices. Aunque, daba igual lo que hiciéramos, nunca lo fueron, porque siempre le preocupaba que una noche mi padre hubiera bebido demasiado, volviera y nos matara a los tres. Solo que nosotros sabíamos que era demasiado cobarde para hacer eso.

Ted, hijo, sacudió la cabeza.

—Y estúpido también. Nunca hizo testamento. Así que cuando murió de forma tan inesperada, gracias, señora Corriente de Retorno, ¿sabe quién heredó todo el negocio?

Era obvio, y fue la primera vez que el hijo y la hija compartieron una sonrisa.

Sloane pensó que ya había terminado, pero le vino a la cabeza una pregunta inteligente.

—¿Ha venido antes alguien como yo, o quizá un abogado, cualquiera, a preguntar por su padre?

—No —respondió el hermano.

—No —respondió la hermana.

Sloane asintió. Pensó que ambos habían contestado demasiado deprisa.

13

UNO

En lugar de volver directamente en coche a su casa, Sloane regresó al motel barato de las afueras de Mystic donde había pasado la noche anterior. Usó la tarjeta de crédito del Empleador para pasar allí una segunda noche. Le dieron la misma habitación, aunque, al parecer, el intérprete de trombón se había ido, llevándose con él cada lúgubre nota. Se duchó y se dejó caer en la incómoda cama tras fijar la alarma del móvil a las dos y media de la mañana. Sus cálculos eran sencillos: arreglarse en unos minutos. Conducir las dos horas y pico de vuelta a Cambridge. No habría demasiado tráfico a esa hora. Ir deprisa. Llegar a su casa poco antes de las cinco.

Imaginó que Roger no estaría a esa hora.

Todavía estaría bastante oscuro justo antes del alba. La penumbra de las cinco de la mañana puede ocultar mucho. Cuando era adolescente, su madre le había advertido una vez: «Pasadas las doce de la noche no ocurre nada bueno. Solo hay problemas». Sloane sabía que su calle estaría tranquila. Cualquier movimiento sería obvio. Y Roger era holgazán por naturaleza. No se pasaría toda la noche en vela delante de su casa. Por lo menos, eso esperaba. No sabía muy bien cómo valorar su obsesión por ella. No había ninguna regla de cálculo, algoritmo o tabla en internet en la que pudiera teclear algo de información, como la edad, la profesión, la altura, el peso, el signo del zodíaco y la duración de su relación, y obtener un plan realizado por ordenador para ocuparse de él. Ningún sitio web útil que indicara: «¿Sufres acoso? ¿Tu novio es una pesadilla? ¿O tu novia? Con estos diez fáciles pasos...», como si se tratara de un plan para perder peso. Se dijo a sí misma que al acercarse a su casa, daría despacio la vuelta a la manzana dos veces en busca del inconfundible BMW rojo de Roger.

No sabía qué haría si lo veía.

O qué podría hacer si él la veía antes a ella.

La pistola del 45 le cantó entonces: «Estoy aquí. No te olvides de mí. Puedo igualar las cosas».

Aunque intentaba dormir acostada en la cama, Sloane miraba el techo blanco. Había una grieta en un rincón que recordaba un relámpago. Mientras oía los sonidos distantes de la autopista, el tráfico de los diversos carriles de la Interestatal 95, repasaba lo que sabía sobre cuatro nombres de difuntos.

Quedaban dos.

Eran los dos más lejanos, lo que parecía convertirlos en los más difíciles.

«Es posible que uno de los dos me diga todo lo que tengo que saber para rellenar los vacíos del Empleador», se dijo a sí misma.

Se planteó hablar con Patrick Tempter, pero tampoco sabía muy bien cuál era su queja.

Se imaginó al elegante abogado sentado delante de ella.

—Pero mi querida Sloane, ¿qué esperabas exactamente? el Empleador solo dijo que estas personas influyeron profundamente en él. ¿Imaginaste que algunos lo habrían hecho de forma positiva y otros de forma negativa? ¿Existe alguna diferencia? ¿No tienen los pecadores el mismo impacto que los santos sobre nosotros?

Sloane se levantó de la cama y se dirigió hacia el lavabo del barato cuarto de baño. En su pequeño neceser, junto al cepillo de dientes y algo de maquillaje, tenía pastillas para dormir sin receta. Advil PM. La dosis recomendada eran dos. Se tomó cinco.

Lo siguiente de lo que fue consciente fue la alarma sonando con insistencia.

Salió a rastras de la cama. Se echó agua en la cara y se miró en el espejo del cuarto de baño. La tranquilizó observar que la Sloane que esperaba ver seguía ahí, devolviéndole la mirada.

No había ningún BMW rojo.

Sloane recorrió despacio dos veces la manzana observando cada coche aparcado para asegurarse de que Roger no hubiera tomado prestado o alquilado algún sedán desconocido. Con cierta sensación de criminalidad placentera, pensó que tendría sentido alquilar un coche así. Roger podría haberse escondido justo delante de su edificio sin que fuera probable que lo detectara. Pero no era probable ver a Roger sin su inconfundible joya. Había sido un regalo de licenciatura de sus acaudalados padres, que a menudo pagaban los numerosos tíquets de aparcamiento y multas por exceso de velocidad que había acumulado, además de reparar todos los rasguños y las abolladuras de la vida urbana en la carrocería del coche.

Intentó examinar cada sombra.

Inspeccionó cada ángulo oculto, cada margen en penumbra.

Sabía que cada vez que pasara, su ansiedad aumentaría, no disminuiría. De algún modo, no ver a Roger era peor que verlo.

A tres manzanas de su piso encontró un lugar donde aparcar. La última oscuridad de la noche la envolvió, tranquilizándola mientras casi corría. A cada rápido paso que daba esperaba oír su voz.

O peor aún:

Pasos tras ella.

O peor aún:

La sensación de su mano sujetándole el brazo.

O peor aún.

Sabía que su obsesión tenía un nivel más. Cuando vio los peldaños de entrada a su edificio aumentó el ritmo. Los subió de dos en dos. Ya había sacado las llaves y se gritó para sus adentros que tenía que concentrarse y no aturullarse con las cerraduras. Abrió una puerta. Entró y la cerró de golpe. En la zona de seguridad respiró algo mejor. Abrió la segunda puerta y casi se sintió segura. Subió corriendo la escalera hasta su piso y se detuvo ante su puerta con el segundo juego de llaves. Por un instante, el miedo de que Roger estuviera dentro, esperándola, casi la paralizó. Lo imaginó en una silla, mirando la puerta, aguardando a que se abriera. A lo mejor estaría como el viejo profesor Garrison, en Hampton Beach, apuntándola a la cara con una escopeta del calibre 12. Intentó valorar su ira. ¿Ira para gritar? ¿Ira para llorar? ¿Ira para amenazar? ¿Ira para hacerle daño?

Sí. Sí. Sí. Sí.

Y quizá: ¿ira para matar?

Era posible.

Se armó de decisión y abrió la puerta.

Inspiró con fuerza. En un instante de alucinación creyó oír el clic de un gatillo, el rugido de una escopeta y, de regalo, un bramido de rabia de un apesadumbrado y enloquecido Roger con la mirada salvaje y la hombría amenazada.

Nada.

Vacío.

Como tenía que estar.

En silencio.

Como había sabido y, aun así, no había sabido que estaría.

Pensó que tenía mucho que hacer, pero cerró con cuidado la puerta, se dirigió hacia su cuarto, sacó toda la ropa de la bolsa y la tiró en un montón. Era como si todo lo que había llevado puesto oliera a pederasta o a maltratador cruel de mujeres. Se quedó en ropa interior, buscó la pistola del 45 y le introdujo un cargador. Después se acostó en la cama, se puso la pistola sobre el pecho entre los senos como un niño se pondría un osito de peluche y se quedó dormida al instante aunque la luz del día estaba empezando a entrar por las ventanas y la ciudad, al otro lado de ellas, iniciaba su vida rutinaria.

Dos

A mediodía, Sloane se dirigió hacia su despacho, sin saber muy bien por qué, pero le pareció que era lo correcto. Temía que Roger la estuviera esperando allí. Pensó en ello un momento y tuvo una idea.

Marcó el número de su nuevo bufete.

La telefonista le preguntó si quería que le pasara a su línea directa.

—No. ¿Tiene secretaria para dejarle un mensaje?

Esta pregunta hizo que le pasaran a una secretaria compartida, cuyo trabajo consistía en seguir la pista a un puñado de abogados júnior del bufete.

—¿Está en su oficina? —preguntó Sloane.

—No. Creo que hoy tiene que ir a los juzgados. Todavía no ha llegado.

Eso tranquilizó a Sloane, aunque pensó que tal vez habría mentido a su empresa. A lo mejor les había dicho que tenía que estar frente a un juez en alguna parte, pero en realidad estaba sentado frente a su despacho charlando con la recepcionista de vaqueros ajustados mientras la esperaba. Quiso preguntar si estaba del todo segura pero no lo hizo.

—Dígale que lo llamé y que intentaré llamarlo después, pero que puede que tenga que irme de la ciudad por mi trabajo y, si es así, estaré unos cuantos días fuera.

—Por supuesto —dijo la secretaria.

Sloane esperaba que eso le permitiera ganar algo de tiempo. Roger recibiría el mensaje, le daría rabia no haber estado cuando ella llamó, la llamaría, no obtendría respuesta y se quedaría intentando pensar qué estaría haciendo y qué iba a decirle como respuesta a su mensaje.

Podía ver la palabra «RESPETO» en mayúsculas en su mensaje.

Tuvo otra idea.

Le envió un mensaje de texto:

He tenido que irme de repente de la ciudad por trabajo. Le dejé un mensaje para ti a tu secretaria. A mi vuelta me pondré en contacto contigo.

Era mentira. No tenía demasiada idea de cómo mantenerse a salvo. Tenía que haber cosas que pudiera hacer, aparte de usar la pistola del 45. Pero estaba aprendiendo sobre la marcha, pensó.

Nunca había estado en Miami ni en San Diego, pero se dijo a sí misma que en cada ciudad había oportunidades que iban más allá de encontrar información sobre los dos últimos nombres del Empleador. En Miami podría ver algunos de los famosos y exclusivos diseños de la firma Arquitectonica: bloques de pisos con un espacio abierto en el centro del edificio y enormes franjas de los colores del arcoíris decorando los balcones en el exterior. En San Diego, podría tener ocasión de examinar el complejo turístico del hotel del Coronado, inspirado en la época victoriana, con su tejado rojo en espiral y sus famosas vistas al océano Pacífico. Sintiéndose algo culpable, reservó todos los billetes en primera clase y metió unas prendas limpias en su bolsa de mano. Con una ligera punzada de pesar, se dio cuenta de que tenía que dejar la pistola del 45 en el cajón de arriba de la cómoda. No quería indisponerse con algún revisor de equipaje entusiasta en el aeropuerto.

Tres

El sacerdote católico no era en absoluto como Sloane había esperado. Parecía estar más que nervioso. Se movió inquieto en su asiento. Dirigió la vista al techo, a la ventana, al suelo, a la puerta, como si tuviera la esperanza de que alguien fuera a entrar por ella y llevarse a Sloane, antes de mirarla a los ojos y decir:

—¿Es usted la persona?

Le temblaba la voz.

—Perdone —contestó Sloane—. ¿Qué persona?

—¿Es usted la joven en cuestión?

—Perdone —siguió disculpándose Sloane—. No sé muy bien qué me está preguntando.

—Dígame la verdad —soltó de repente el padre Silva—. ¿Es usted?

Los dos estaban sentados en una oficina austera dentro del centro de rehabilitación de consumo de drogas y alcohol de Saint Luke, decorada solo con un crucifijo de madera en una pared. El centro estaba en una parte de Miami que contradecía las imágenes turísticas de playas bañadas por el sol, biquinis y aguas celestes. También contradecía la idea de Miami que Sloane tenía al llegar consistente en edificios altísimos, elegantes formas curvas, algo de fascinante art déco, algo de interesante antiguo arte español, una escultura de Botero en la entrada de un edificio, todo ello reunido en una ciudad que había abrazado con insistencia la modernidad. El centro estaba situado al norte del Pequeño Haití, en una calle polvorienta, rodeado de bloques de pisos bajos de dos plantas, unos rectángulos achaparrados de ladrillos de cemento de color rosa apagado, de cuyas ventanas colgaban ruidosos aparatos de aire acondicionado que traqueteaban la falta de éxito, la falta de oportunidades y el aire frío de la desesperanza.

—Tiene que serlo —dijo el sacerdote con un escalofrío. Entonces, como para subrayarlo, preguntó otra vez—: ¿Es usted?

Sloane pensó un momento. Las preguntas del sacerdote se le escapaban. Era como llegar a una conversación que había empezado mucho antes.

—Bueno, puede que lo sea. Puede que no. Creo que va a tener que explicarse mejor, padre —respondió con cautela.

—Se me dijo... —empezó a decir, pero se detuvo y reflexionó antes de continuar—: Se me dijo que una hermosa joven vendría a verme.

—Muy bien —replicó Sloane. Sonrió generosamente, intentando rebajar un poco la tensión del sacerdote—. Me lo tomaré como un cumplido. Y ¿qué fue lo que...?

No pudo terminar la pregunta.

—Se me dijo... —repitió el sacerdote.

Estaba pálido y cada palabra titubeante que decía temblaba como sus manos, de forma que recordaba un diapasón. Tenía en ellas un rosario y empezó a mover frenéticamente las cuentas bajo sus dedos. Era un hombre menudo, de mediana edad, pero de aspecto casi femenino salvo por su rala barba negra y su cabello negro salpicado de gris que llevaba apartado de la cara y un poco demasiado largo, por lo que le rozaba el alzacuello por la parte de atrás. Vio que se tocaba un crucifijo de oro que llevaba colgado del cuello con una cadena, como si acariciar aquella forma fuera a eliminar mágicamente el temblor de sus dedos. Vio que volvía a alzar la mirada y que, después, cerraba los ojos como si algo le doliera antes de volver a hablar.

—Lo tengo prohibido... Fue en el confesionario. Un hombre, oculto tras la pantalla: «Perdóneme, padre, porque he pecado». Dijo que hacía mucho tiempo que no se había confesado y añadió: «Pero no estoy aquí por eso, padre. Estoy aquí para darle la oportunidad de vivir otro día». No era, pues, ninguna confesión, en absoluto, no, no. Era una advertencia. No estoy seguro de lo que puedo decir. Estoy obligado por el secreto de confesión, señorita Connolly. El confesionario es sacrosanto.

Dijo esto como si pusiera una excusa. Pero Sloane pudo ver que lo estaba pasando mal.

—De acuerdo. Michael Smithson —dijo Sloane—. Me gustaría que me hablara de él.

El nombre hizo que el sacerdote respirara con dificultad, casi sibilante como un asmático.

—Sí, eso fue... —empezó a decir, pero se detuvo.

Sloane dejó que su silencio fuera su pregunta.

—De modo que es usted la persona que él me dijo que vendría —concluyó el padre Silva en voz baja.

Sloane sacudió la cabeza, pero no para negar las palabras del sacerdote.

—Tendrá que contarme más —le pidió.

—Nunca esperé... —El padre se detuvo de nuevo.

Otro breve silencio.

—No, no es verdad. Siempre esperé que algún día usted vendría aquí preguntando por mí y que todas sus preguntas serían sobre Michael.

Hizo una pausa. Parecía tan petrificado como si alguien le hubiera puesto una serpiente mortífera en la mesa, delante de él, y el menor movimiento pudiera provocar una mordedura venenosa.

—¿Ha venido a matarme? —preguntó.

—No, claro que no —soltó—. ¿Por qué me pregunta eso?

El padre Silva se inclinó hacia delante.

—¿Mató usted a Michael?

Sloane pensó que debía de tener la boca abierta de sorpresa. El sacerdote sacudió la cabeza como si previera lo que iba a responder.

—No, no, claro que no. Es demasiado joven —sentenció.

Sloane permaneció callada.

—Alguien lo hizo. Creo. Usted no, claro, señorita Connolly. El hombre que vino a verme. Tal vez él. Es muy probable que fuera él. Pero no tiene ningún sentido. ¿Lo mata y vuelve después a arrancarme una promesa? ¿Por qué iba a hacer eso? He tratado de entenderlo, señorita Connolly. Pero de lo único de lo que estoy convencido es de que algún día, quienquiera que fuera..., vendrá a matarme a mí también.

Siguió girando el crucifijo entre sus dedos.

—Padre —dijo Sloane—. Me tiene confundida. Solo quiero información sobre...

—Sobre Michael, sí —la interrumpió—. Pero esa es precisamente la razón...

Miró intensamente a Sloane.

—¿Para quién trabaja? ¡Dígamelo!

Parecía al borde de la desesperación.

—No puedo decírselo —contestó Sloane pacientemente—. Mi empleador quiere mantenerse en el anonimato.

Respuesta estándar. Solo logró que el sacerdote volviera a estremecerse.

—Claro, claro, claro que sí... Eso tiene sentido. —En ese momento, el padre Silva parecía hablar consigo mismo—. ¿Por qué quiere informarse sobre Michael? —preguntó de golpe, dirigiéndose directamente a Sloane.

Sloane iba a dar su respuesta habitual con lo del monumento conmemorativo, las personas que habían influido en su vida, pero se detuvo. Decidió contestar la pregunta con otra pregunta:

—¿Por qué no quiere hablarme de él?

—Se supone que tengo que hacerlo. No, no, recibí órdenes de que le hablara de él, así que sí, le contaré lo poco que sé.

Esto pilló a Sloane por sorpresa. Contradecía lo que esperaba que dijera. El sacerdote actuaba como si fuera a contestar: «No, no, no puedo hablarle de Michael. Márchese, por favor». Esto era justo lo contrario.

—Excelente —comentó tras recuperarse.

—Yo... —comenzó a decir, pero se detuvo un momento antes de volver a empezar—. El hombre del confesionario me arrancó una promesa. Una promesa hecha en un lugar santo. No puedo...

—Pero...

—No fue una confesión en un confesionario —explicó, tembloroso, el padre Silva—. En ese caso estaría obligado a guardar silencio para siempre, sin importar lo que me hubiera dicho. Esa es la norma. El secreto de confesión es inviolable. Pero esto fue una exigencia. Una promesa arrancada. Una amenaza lanzada. Puede que no exija los mismos requisitos. —Lo dijo como si estuviera planteándose una cuestión filosófica—. Ni siquiera estoy seguro de que el hombre fuera católico. Puede que eso cambie el modo adecuado de abordar la situación. Sí. Sí. Puede que sí.

Sloane quería inclinarse sobre la mesa hacia el sacerdote, sujetarlo y zarandearlo con la fuerza suficiente para que dejara de soltar palabras desconcertantes. Pero se contuvo. Pensó: «¿Puede el miedo hacerle esto a una persona?».

Se respondió a sí misma: «Sí».

Se tranquilizó y procuró adoptar un tono oficial, profesional.

—¿Qué le parece si empezamos por el principio, padre?

El sacerdote asintió enérgicamente.

—Por el principio, sí, sí. Pero ¿cuál es el principio, señorita Connolly? ¿Dónde comienza todo?

Sloane pensó que tendría que responder esa pregunta, pero en realidad, era la pregunta que ella había ido a preguntar.

—Quizá podría hablarme sobre este encuentro en el confesionario que no fue ninguna confesión —propuso despacio, esperando que imprimir un tono meditabundo a su voz motivara una respuesta que tuviera sentido—. Aquel en el que fue informado de que yo vendría a verlo.

—Sí. Sí. Hace seis meses.

Iba a preguntar cómo era posible, pero se detuvo.

—Pero hace seis meses es mucho tiempo después de que Michael Smithson muriera.

—Sí. Sí. Murió más de cinco años atrás.

«Cuando yo era una simple estudiante y apenas empezaba a plantearme ir a la universidad y estudiar Arquitectura», pensó Sloane.

—Muy bien —dijo con firmeza para ocultar la dirección que había tomado su imaginación—. Vayamos de adelante hacia atrás, ¿le parece, padre? Primero con el hombre del confesionario y después la relación con Michael Smithson.

El sacerdote asintió.

—Verá, fue de lo más corriente al principio —explicó tras reflexionar un momento—. Era mi horario normal en el confesionario. Muchas personas con muchos pecados, los habituales, claro, desde no haber puesto nada en el cepillo durante la misa del domingo hasta engañar a su esposa o su marido. Impuse muchos padrenuestros y muchas avemarías. Entonces, poco antes de acabar, todo cambió. Una voz que no reconocí. Una presencia temible a mi lado. Era como si uno de los secuaces de Satán se hubiese sentado tras la cortina. Podía notarlo. No podía saber quién o dónde, no tenía acento, no había nada que pudiera indicarme quién era. Percibí algo, como si el frío se hubiera apoderado del confesionario. Una voz muy grave.

—¿Un hombre joven? ¿Un hombre mayor? ¿Qué más recuerda...?

—No era joven. Maduro. Un hombre que había amenazado antes porque sabía lo que estaba haciendo.

—¿Qué le dijo?

El sacerdote cerró los ojos un momento como si estuviera imaginando, rememorando y, a la vez, sopesando el miedo y el recuerdo.

—Dijo: «¿Ama la vida, padre?». Y yo respondí: «Por supuesto, hijo mío». Y dijo: «Yo no soy hijo suyo, padre. Puede que haya tenido una madre y un padre, pero ya no soy hijo de nadie. Pero si quiere llegar a viejo, hará exactamente lo que yo le diga». Y entonces...

El sacerdote titubeó.

—Siga, por favor —lo apremió Sloane.

El sacerdote inspiró hondo.

—Me dijo que un día vendría a verme una joven que haría preguntas sobre Michael Smithson. Y que yo tendría que contarle todo lo que sabía. Y que tenía que decirle toda la verdad. Sin ocultar nada. Y me dijo que si no contaba la verdad, él volvería y lo que le había pasado a Michael me pasaría a mí, solo que él haría que fuera mucho, muchísimo peor.

«La misma amenaza que recibió el pederasta», pensó Sloane.

—Michael murió de una sobredosis...

—Sí, sí. Así es. De la heroína que no había tocado desde hacía años.

—Entonces...

El sacerdote sacudió la cabeza con fuerza.

—Pero Michael ya no consumía —aseguró—. Estaba totalmente limpio. Dedicado a su sobriedad. Lo había estado desde hacía muchos años. Era honrado. Íntegro. Era un modelo para otras personas con su problema.

—Pero había una aguja...

—No creo que esa aguja fuera suya. Ni la droga. Ni que fuera su mano la que inyectó en su cuerpo la droga que provocó la sobredosis. Se lo dije a los policías que vinieron aquella noche, pero no me creyeron. ¿Por qué iban a hacerlo? Todo les parecía obvio. Quien ha sido yonqui, lo es para siempre, decían los policías. La muerte de Michael los aburría. ¿Y qué podía decirles yo para que pensaran de otra forma?

—De modo que no creyó que hubiera recaído... —empezó a decir Sloane despacio.

—No. Rotundamente no. Lo veía casi cada día. Quedábamos a menudo para cenar y después se iba a dirigir otra sesión en el centro. No me habría ocultado una recaída.

Se inclinó hacia delante.

—Aquel día lo vi —susurró—. Y estaba muy animado. Bromeaba. Reía. Entusiasmado y feliz.

Ambos se quedaron callados un instante.

Sloane no tuvo que decir la palabra «asesinato»; podía verla en el rostro del sacerdote.

—Pero ¿por qué? —preguntó Sloane con cautela.

Tanto ella como el padre Silva parecían saber lo que estaba preguntando.

—No puedo decirlo y, sin embargo, debo hacerlo —contestó—. Una vez me contó algo, me refiero a Michael, y me hizo jurar que le guardaría el secreto, como si estuviera en el confesionario. Confió en mi palabra de honor, en mis votos, en nuestra amistad... Era como si tuviera que librarse de aquella carga para convertirse en el asesor especializado en adicciones que era, como si se quitara de encima un peso, una tonelada de culpa y de miedo, y no sé qué más, pero contármelo fue su forma de avanzar, así que le guardé el secreto todos los años que lo conocí...

Miró al techo un segundo antes de continuar.

—Michael mató a un hombre —dijo.

Sloane se tambaleó por dentro y se mantuvo firme por fuera.

—Creo que el hombre que vino y me hizo prometerle que le contaría la verdad a usted lo sabía. Michael nunca fue acusado. Nunca fue detenido. Nunca se presentaron cargos en su contra. Nunca fue relacionado con ello, por lo menos que yo sepa. No sé cómo ocurrió. Si mató a un hombre, ¿no tendría que haber intervenido la policía? Pero no fue el caso. Aunque tampoco es que fuera libre, señorita Connolly. Cada día lo juzgaba un tribunal muy superior. Por eso estaba aquí. Para cumplir su penitencia. Para salvar las vidas suficientes para compensar la vida que había arrebatado. Es así como acabó estando limpio. Era el motor que lo impulsaba.

—Pero ¿cuándo?

—Hace años. En la ciudad de Nueva York. Antes de mudarse a Miami.

—Pero ¿quién?

—Tengo un nombre.

Tomó un pequeño bloc y un bolígrafo de la mesa.

—El hombre que vino a verme me dijo que me asegurara de darle este nombre. Insistió mucho en ello. —Escribió con mano temblorosa.

Alzó los ojos mientras empujaba el papel por la mesa hacia ella.

—Es todo lo que sé —aseguró en voz muy baja.

—¿No le pidió detalles? ¿No quiso saber más?

—No, señorita Connolly. Solo oí que mi amigo había hecho algo terrible cuando era más joven y que entonces estaba intentando crear una vida que contrarrestara aquel hecho. Y por ello lo admiraba. Quería al hombre en el que se había convertido. No al hombre que había sido antes.

«Bueno —pensó Sloane—, eso es muy oportuno, coño.»

El sacerdote la miró, suplicante.

—Cuando ese mismo hombre que vino a verme en el confesionario acuda a usted, señorita Connolly, por favor, dígale que el padre Silva le contó todo lo que sabía, y que le dije toda la verdad. Que no me guardé nada, como él me indicó. Prométame que lo hará, por favor, señorita Connolly. Prométame que dirá que cumplí mi promesa.

La respuesta era fácil.

—Por supuesto. Se lo prometo —dijo Sloane. Se preguntó si estaría mintiendo al sacerdote. Pasado un momento, añadió—: Parece asustado, padre...

El sacerdote titubeó.

—No tengo miedo a la muerte, señorita Connolly... —aseguró en voz baja.

Sloane no se lo creyó. Pero no lo interrumpió.

—Si Jesús me llama, acudiré. Con alegría. Sin dudarlo. Pero el hombre que estaba en aquel confesionario a mi lado... Él no era Jesús.

El sacerdote se movió nervioso en su asiento, pero soltó un suspiro largo, como si estuviera aliviado.

—Puede que ahora, si sabe que he hecho lo que me pidió, no vuelva aquí a matarme a mí también. Pero creo que lo hará.

14

Uno

El vuelo de un extremo al otro del país transcurrió sin incidentes, sin apenas sacudidas mientras los motores zumbaban regularmente. Sloane ocupó su asiento en primera clase ignorando al hombre de negocios demasiado parlanchín sentado a su lado que quería hablar sobre opciones de compra de acciones y saber si los dos podrían tomar una copa para conocerse mejor. Se pasó las horas repasando las distintas informaciones que había obtenido en cada conversación. Creía que un reportero presencia un hecho, habla con la gente y escribe después un artículo periodístico, un detective observa las pruebas que explican un crimen, un abogado se basa en los hechos que encajan en la ley para preparar una exposición, un médico percibe síntomas y resultados de pruebas para dar un diagnóstico. Pero ella era arquitecta, y su modesta experiencia consistía en traducir emociones en formas de hormigón, una construcción de sentimientos que se convertían en ideas que se convertían en estructuras sólidas.

Sacó un bloc de páginas en blanco y un bolígrafo, y empezó a dibujar: primero un rectángulo largo, después un obelisco que se elevaba hacia el cielo. Jugó con las formas y los contornos. Un óvalo se convirtió en un anillo de agua con una fuente en el centro. Un cuadrado se convirtió en un miniparque rodeado de edificios, un tranquilo oasis verde en una ciudad, un lugar tranquilo con seis bancos distintos de cemento para que los visitantes descansaran. Cada banco mostraría uno de los Seis Nombres de Difuntos, quizá con una pequeña descripción de quién había sido cada uno en su día grabado en el asiento.

En un primer instante eso le gustó.

Y después no le gustó.

Había un trasfondo demasiado importante de ira en todo lo que había averiguado.

Dibujó un rectángulo vertical. Lo imaginó de obsidiana negra, con una incesante cascada fina en la parte delantera, de modo que el agua se deslizara hacia un pequeño estanque por encima de los Seis Nombres de Difuntos grabados en la roca. Vio una luz roja iluminando constantemente el estanque.

«Rojo y negro», pensó.

El color de la violencia.

El color de la muerte.

Todavía perdida, incapaz de ver el elemento unificador que suponía el Empleador, empezó a mirar el nombre que el sacerdote le había dado en Miami. Otro difunto, pero este había enviado a Michael Smithson corriendo hacia el calor y el sol de esa ciudad para intentar ¿qué? ¿Esconderse? ¿Estar a solas con su culpa? ¿Cumplir su penitencia, como había dicho el sacerdote? Intentó imaginar la clase de asesinato que podría compensarse haciendo buenas obras toda una vida.

¿Cuántos yonquis habría que salvar?

¿Cuántas avemarías habría que rezar?

El piloto anunció que el avión iniciaba el descenso hacia San Diego. Notó que los motores reducían la velocidad y que el morro bajaba un poquito, y se preguntó si ella seguía el mismo tipo de rumbo que el avión. La diferencia era que ella todavía no conocía su destino.

El policía sentado ante ella era lo contrario de lo que se había encontrado en la pequeña ciudad de Exeter, en New Hampshire. Aquel policía había sido hablador y simpático, y casi se había disculpado por el hecho de que nunca se hubiera cerrado oficialmente el asesinato del viejo director y su esposa. El policía de San Diego tenía un aire malhumorado y enojado, ligeramente de gran ciudad, de «por qué me tocan los huevos con esta gilipollez tan antigua», y Sloane tuvo la impresión de que solo la estaba ayudando porque era joven y bonita, pero le daba igual.

—Lo siento, señorita Connolly. No tenemos gran cosa sobre ese asesinato. Los delitos transfronterizos suelen quedar con muchos agujeros sin llenar, por más serviciales que sean los policías de allí. Las autoridades mexicanas enviaron el informe de la autopsia, algunas fotografías de la escena del crimen y un par de declaraciones, hablaron con los chavales que encontraron el cadáver, con los propietarios del spa y con un par de putas, lo que, en general, no tuvo ninguna utilidad. No pudimos hacer demasiado desde este lado.

Se detuvo, sacudió ligeramente la cabeza y añadió:

—Y no hubo nadie que nos presionara, como una viuda afligida con un amigo en un periódico o un socio empresarial con mucho dinero y contactos políticos muy bien situados que quisieran respuestas. Barrett vivía solo, se lo pasaba bien, no tenía familia, que digamos. De modo que no hizo falta mucho para que este caso se olvidara.

Bajó los ojos de nuevo y empezó a hojear una carpeta, manteniendo su contenido oculto a Sloane, deteniéndose cada dos por tres para asimilar algún detalle horripilante antes de continuar.

—Estoy tratando de encontrar una foto de la escena del crimen que no le revuelva el estómago —explicó.

«Es lo mismo que dijo el policía de New Hampshire.»

Pasado un momento, sacó por fin una fotografía satinada de veinte por veinticinco. Mostraba la cuneta polvorienta de una carretera que parecía serpentear por un terreno de tierra y polvo, con arbustos y kilómetros de nada en el horizonte, salvo más de lo mismo. En la foto se había colocado una barata sábana blanca sobre un bulto y una toalla sobre otra forma a metro o metro y medio de distancia en una zona acordonada con cinta amarilla que rezaba LÍNEA DE POLICÍA. PROHIBIDO EL PASO.

El policía se encogió de hombros.

—Por lo menos esto le dará una idea.

Sloane contempló la fotografía. No era difícil que se dejara llevar por la imaginación. Mentalmente apartó ambas mortajas, vio un torso cubierto de sangre, vio una macabra cabeza cortada con los ojos mirando impotentes hacia arriba. Se estremeció ligeramente y pensó: «Otra pesadilla. Una más que añadir a las anteriores».

Tragó saliva con fuerza, deseó poder beber un poco agua y preguntó con calma:

—¿Qué cree que le pasó al señor Barrett?

No quería que se le quebrara la voz.

El policía volvió a encogerse de hombros. Sloane pensó que ese movimiento era su postura por defecto.

—Se encontró con gente poco recomendable demasiado tarde por la noche después de haberse tomado demasiado tequila y cerveza, habló un poco más de la cuenta, exhibió algo de efectivo y terminó muerto en una cuneta lejos de la ciudad.

Sloane recorrió de nuevo la foto con los ojos.

—Le dispararon varias veces. Lo decapitaron. No es un buen final —dijo el policía.

Teniendo la descripción y la foto en mente, Sloane reflexionó un momento.

—¿Por qué iba nadie a decapitar al señor Barret después de dispararle? Quiero decir, ¿cuántas veces hacía falta matarlo?

El policía sonrió. La primera grieta en la actitud brusca del inspector de homicidios.

—Está pensando como un detective —afirmó—. Porque para qué molestarse, ¿verdad? El tipo está muerto. A no ser que quieras enviar un mensaje. Los cárteles hacen eso, ¿sabe?, envían mensajes con partes del cuerpo. Solía ser habitual, aunque ya no lo es tanto. Creo que el valor del impacto se ha perdido. Demasiados cadáveres decapitados. Salen hasta en las películas, joder. Se vuelve algo normal. A no ser, claro, que sea la cabeza de tu hermano o de tu madre.

Lo dijo como si fuera un chiste que esperara una carcajada o, por lo menos, una sonrisa. Miró fijamente a Sloane.

—Claro que si quieres que un asesinato corriente, como el típico «vamos a dejar sin blanca a este gringo idiota», parezca estar relacionado con las drogas y asegurarte de que nadie te persiga por él, puede que sea así como lo hagas.

—¿Hay alguna forma de saberlo?

—Puede. Pero ¿a quién le corresponde ese trabajo?

Sloane asintió y pensó que había hecho la pregunta más estúpida del mundo.

El cinismo del inspector impregnó toda la habitación. Era un despacho abierto, no muy distinto del espacio compartido donde Sloane tenía su oficina en Cambridge. La diferencia era que allí todo el mundo llevaba un arma colgada a la cintura y que las mesas estaban abarrotadas de documentos que marcaban finales, no comienzos.

Devolvió la fotografía al policía.

—¿Investigaron en algún momento el pasado del señor Barrett? Me refiero a averiguar algo sobre quién era o qué había hecho.

—¿Quiere decir si tratamos de descubrir si había alguien que quisiera tanto verlo muerto que esperó a que viajara a un lujoso spa de México, estuviera allí unos días mientras él se hacía una limpieza de colon o lo que fuera, lo siguió hasta un garito donde se suponía que comería guacamole fresco y se daría un baño de barro, aguardó mientras se lo montaba con un par de prostitutas que lo más probable es que le contagiaran la gonorrea y después lo secuestró, le disparó, decidió que eso no era suficiente y lo decapitó y tiró su cuerpo en una cuneta apropiada?

A Sloane le faltó poco para ruborizarse.

—No —prosiguió el policía en un tono algo burlón—. No investigamos ese escenario imposible en concreto. Por lo que pudimos ver, tan solo era uno más de esos informáticos de Silicon Valley que un buen día tuvo una idea realmente estupenda, la vendió, ingresó unos cuantos millones en el banco y decidió pasárselo bien el resto de su vida. A este tipo, bueno, le gustaba correr riesgos. Vivía demasiado al límite, supongo. La mayoría de los individuos que dan con algo grande y le sacan tajada logran mantener la cabeza sobre los hombros mientras hacen windsurf, van de isla en isla o vuelan a Aspen o a Maui, señorita Connolly. Este hombre no, por lo que no debía de ser tan listo, ¿no? Puede que fuera listo en cuanto a temas informáticos. Pero no en cuanto a la calle.

Más cinismo.

—¿Hay algo en sus informes que pueda ayudarme a averiguar quién había sido? —preguntó Sloane.

—La información sobre el pasado no suele incorporarse en estos archivos. Y tengo que disculparme, señorita Connolly. Este archivo es muy delgado. No puede decirse que nuestros amigos del otro lado de la frontera nos ayuden demasiado. Claro que hay que ser justos. Nosotros tampoco somos demasiado serviciales cuando ellos nos llaman.

—¿Qué hay de sus parientes más cercanos?

El inspector rebuscó en unas cuantas páginas.

—Bueno, esto es poco habitual —dijo de repente con una expresión de ligera sorpresa en la cara.

—¿Qué?

—No se menciona ningún pariente cercano. Pero se incluye una notificación de que su cadáver fue reclamado en la frontera. Al parecer, un abogado de aquí repatrió los restos. —El inspector sacó un bloc de notas y anotó un nombre y una dirección. Sloane recordó al instante el pedazo de papel con el nombre de otro difunto que el padre Silva le había dado y que llevaba en la mochila junto a su portátil. El policía le dio el papel—. Bueno, parece que alguien corrió con unos gastos considerables para traer de vuelta al señor Barrett y se encargó de que tuviera una despedida adecuada. O puede que una segunda despedida adecuada. La primera fue muy fea.

Dos

Era un bufete individual, donde solo trabajaban el abogado y una secretaria, situado en el tercer piso de un bloque de oficinas corriente en el que el antiquísimo ascensor hacía un inquietante ruido metálico mientras subía con esfuerzo las tres plantas. Cuando Sloane entró, lo primero que le vino a la cabeza fue «decadente». Todo estaba gastado, desde los anticuados ficheros de acero negro colocados contra una pared hasta el sofá raído y la estantería llena de descoloridos libros de derecho encuadernados en piel que pensó inmediatamente que habrían sido adquiridos en una venta de garaje. La secretaria era el doble de mayor que Sloane, con un pelo rubio cardado que ocultaba las canas y una ropa demasiado ajustada para su físico fofo.

—¿Puedo ayudarla, cariño? —dijo. Hasta la pregunta parecía anticuada, como la que alguien en un asilo podría hacer.

—Sí —respondió Sloane, imprimiendo la palabra de una confianza que en realidad no poseía—. Me gustaría ver al señor Carson.

—¿Tiene hora con él? —preguntó la secretaria. La primera impresión que el bufete había dado a Sloane era que no hacía falta pedir hora para ver al señor Carson.

—No —contestó—. Pero creo que querrá recibirme.

—Bueno —soltó la secretaria, adoptando al instante el modo de guardián de la entrada—, está muy ocupado. —Y con cara de póquer, añadió—: Con casos importantes.

Sloane lo dudó mucho.

—¿Qué la trae hasta aquí? —quiso saber la secretaria.

—Hace unos años, el señor Carson fue a la frontera entre Estados Unidos y México y se hizo cargo del cuerpo de un tal Martin Barrett, un experto en ciencias de la información que había sido asesinado en México. Estoy aquí para hablar de ese caso.

Se hizo un silencio elocuente en el reducido espacio mientras la secretaria se retorcía en su asiento.

—Sí —afirmó. Tomó un bolígrafo de la mesa y lo sujetó con fuerza—. Sí. Ese caso. Sí, el señor Carson...

Se detuvo, como si no estuviera dispuesta a decir nada más.

—Creo que el señor Carson organizó un funeral...

—Sí, eso es cierto, sí —respondió la secretaria. Dejó caer el bolígrafo en la mesa, revolvió unos papeles como si acabara de recordar lo importante que eran y se detuvo. Alargó la mano torpemente hacia el teléfono y marcó dos números, la comunicación interna, y sin apartar los ojos del rostro de Sloane, habló al aparato—: Señor Carson, tengo aquí a una joven que pregunta por el caso de Martin Barrett.

Escuchó un momento, colgó y señaló una puerta.

—Adelante —indicó.

Las primeras palabras que salieron de la boca del abogado no fueron un saludo, sino una excusa:

—Lo siento, en realidad no sé demasiado sobre nada de eso.

No estrechó la mano tendida de Sloane, sino que se la quedó mirando como si sostuviera un arma hasta que, finalmente, le señaló una silla. Se agachó tras la mesa más o menos como haría un soldado tras cualquier cosa que le sirviera para ponerse a cubierto de las balas del enemigo que volaban cerca.

—Mi participación en aquella situación fue muy limitada —aseguró Carson, agitando una mano en el aire delante de él como si pudiera descartar preguntas que nadie le había hecho.

—¿Sabía que...? —empezó a decir Sloane. El abogado la interrumpió de inmediato.

—No, no, no, en absoluto. No conocía al caballero. No sé nada de él. Solo fui más o menos un mensajero. Eso no es exactamente cierto. «¿Reclamador de los restos?» «¿Repatriador del difunto?» O algo así. No sé muy bien cuál es la palabra correcta. Y no sé cómo puedo... —Se detuvo.

—No lo entiendo —intervino Sloane—. El hombre en cuestión está muerto...

—Se me dijo que esperara su visita —soltó Carson con una voz algo aguda.

—¿Mi visita? ¿Quién se lo dijo?

El abogado sacudió la cabeza.

—Me temo que eso es confidencial, señorita...

—Connolly.

—Sí. Ese es el nombre que tenía que esperar. ¿Puede enseñarme alguna identificación, por favor?

Sloane sacó el carnet de conducir.

—Bueno —dijo mientras se lo entregaba al abogado—, ¿por qué fue a la frontera y reclamó el cadáver? Tal vez pueda decirme eso.

El abogado pensó en la pregunta.

—Me lo pidió un cliente.

«Una respuesta prudente —reflexionó Sloane—. Obvia. No era que yo creyera que decidió espontáneamente ir a reclamar el cadáver de la víctima de un asesinato.»

—¿Cuál? —preguntó, convencida de que aquel cliente tenía que ser el Empleador.

—No puedo decirlo.

—¿No puede o no quiere? —soltó Sloane, sorprendida.

—Ambas cosas —contestó el abogado.

Era un hombre de cara redonda, rechoncho y calvo, con unas contradictorias cejas pobladas que se arqueaban de repente con cada respuesta. Se aflojó la corbata mientras hablaba.

—Estoy intentando decidir qué puedo decir —comentó disculpándose ligeramente.

Se detuvo y echó un vistazo alrededor de la pequeña oficina. Sloane siguió su mirada. Había cajas abarrotadas de papeles, un sencillo paisaje colgado en una pared, una fotocopiadora y un fax en un rincón. El único objeto relativamente nuevo que vio fue el ordenador que el abogado tenía en la mesa.

Sloane insistió cuando él tosió.

—Necesito algo de ayuda —afirmó, intentando mostrarse de nuevo encantadora, casi coqueta—. Realmente necesito algunas respuestas.

Carson titubeó. Levantó la mano y señaló con un dedo regordete primero a la derecha y después a la izquierda.

—¿Qué ve, señorita?

—Veo una oficina.

—¿Qué clase de oficina, señorita Connolly?

—Una bastante modesta —respondió.

—No joda —exclamó—. No hay mucho que ver, ¿verdad? No es como los grandes bufetes del centro con todos sus lujos. Salas de juntas e hileras de secretarias jurídicas y jóvenes pasantes acabados de salir de la facultad de Derecho que se encargan de toda la documentación jurídica y le echan más horas que un reloj. Yo soy un mindundi, señorita Connolly. Lo he sido durante muchos años y siempre lo seré. Nada de trajes de Armani para mí. Me encargo siempre de casos de poca monta. Algunos divorcios. Algunas transacciones inmobiliarias, pero no las de alto nivel, multimillonarias. Estaríamos hablando de que si quiere vender su piso de dos habitaciones y un baño a ocho kilómetros de la playa, yo soy su hombre. De vez en cuando la defensa de algún delincuente de pacotilla, del tipo «¿Lo han pillado conduciendo bajo los efectos del alcohol o las drogas? Puedo solucionarlo». Pero en general hago cosas insignificantes para gente insignificante de formas insignificantes y voy tirando, muchas gracias.

Su franqueza la sorprendió.

—Me gustaría conservar lo que tengo —añadió el abogado.

Sloane asintió. Estaba intentando encontrar la clave para hacerle seguir hablando.

—No quiero acabar arruinado —dijo.

—¿Quién lo arruinaría? —preguntó.

—No se lo diré —replicó levantando la mano.

—¿No quiere o no puede hacerlo?

La misma pregunta, hecha por segunda vez.

El abogado reflexionó de nuevo antes de responder.

—¿Ha visto alguna vez lo que pasa cuando alguien poderoso, importante y rico, con todos los recursos que proporcionan la ley y el dinero para pagar cualquier cosa, decide aplastar a alguien insignificante? ¿Un elefante contra una hormiga?

Sloane sacudió la cabeza.

—No es agradable —prosiguió el abogado—. Solo en las películas la persona insignificante, ya sabe, Jimmy Stewart y Julia Roberts a modo de caballero blanco de *¡Qué bello es vivir para Erin Brockovich!* a lomos de esa maravillosa fantasía de superioridad moral y confianza en lo justa que es su causa consigue derribar a los peces gordos. Créame, en la vida real no suelen darse demasiado a menudo los finales románticos y felices para todos.

La claridad del abogado la sorprendió, y pensó que al policía que le había dado el nombre de Carson le habría gustado su cinismo.

—Me gusta lo que tengo, señorita Connolly, y me gustaría conservarlo. Me gusta levantarme por la mañana, conducir mi cochecito hasta mi discreto bufete, hacer mi trabajo insignificante y volver a casa por la noche, tomarme un vaso de whisky, tal vez ayudar a mis hijos con los deberes, ver un partido por la tele y ser normal y corriente. No quiero hacer nada para cargarme eso.

Se detuvo de nuevo, la miró con dureza desde el otro lado de la mesa y añadió:

—Y no quiero morir.

—¿Este caso podría matarlo? —preguntó Sloane, que no sabía qué otra cosa decir.

—Puede que sí. Puede que no. No lo sé. A un hombre le cortaron la cabeza. Así que no quiero averiguarlo.

Se metió la mano en el bolsillo y sacó un juego de llaves. Con él abrió un cajón del escritorio. Rebuscó un momento en su interior y extrajo un sobre grande de papel manila. Sloane se acordó al instante del sobre que su madre le había dejado en la cama, lleno de dinero en efectivo, escrituras y dudas.

—Esto es para usted, creo —anunció Carson.

Cuando lo tomó, Sloane vio su nombre escrito delante en grandes letras negras.

—Por favor —dijo—, estoy desconcertada.

El abogado rechoncho vaciló de nuevo. Tenía la cara algo colorada, como si hubiera tenido que esforzarse mucho para abrir el cajón y entregarle el sobre.

—Esto es lo que voy a decirle, señorita Connolly. Hace unos años recibí una llamada de un abogado de Boston...

«Patrick Tempter», pensó inmediatamente Sloane.

—... un abogado muy importante.

«De eso no cabe duda.»

—Me hizo una petición muy poco corriente. Me pidió a mí, ni más ni menos, que fuera a la frontera, reclamara un cadáver, hiciera todos los trámites transfronterizos como es debido, llevara el difunto a una funeraria y me encargara de que fuera incinerado. Después, quería que recogiera las cenizas y las esparciera en el mar. Me pagó muy bien por mis servicios. La mejor paga que he recibido nunca. Y parte de mi trabajo en este aspecto consistía en no hacer ninguna pregunta, hacer lo que me había dicho, cobrar su talón y guardar silencio.

—¿No preguntó por qué?

El abogado miró a Sloane y prosiguió, nervioso.

—¿Qué parte de «guardar silencio» no entiende? El cadáver que recogí, bueno, era el de la víctima de un asesinato. Es evidente que cualquiera con un mínimo de inteligencia tendría cientos de preguntas, como usted, señorita Connolly. Y se me dejó muy claro que no querría ni imaginarme las repercusiones que tendría para mí hacer tan solo una de ellas. Y, francamente, señorita Connolly, no tengo ni idea de por qué recibí yo esa llamada y no algún bufete importante. Pero la recibí yo. Así que hice todo lo que me dijo ese hombre. Y mantuve la boca cerrada. A los abogados se nos da bien eso, señorita Connolly. En cualquier caso, una vez terminó todo, esperé no oír nada más del asunto. Y así fue. Pasaron años. Ya casi ni me acordaba de todo esto. Pero hace unos meses recibí un paquete por FedEx con ese sobre dentro. Llevaba una nota adjunta. Me decía que cuando alguien llamado Connolly viniera a mi bufete y preguntara por Martin Barrett y qué fue de su cadáver, tendría que dar a esa persona este sobre y ya está.

«Mintió —pensó Sloane con el sobre en la mano. Había caído de repente en la cuenta—. Patrick Tempter me dijo claramente que no conocía a ninguno de los nombres de la lista. Pero no era verdad. Conocía al menos a uno. Y lo conocía bien.» Quiso toser. Tenía la garganta seca.

Miró el sobre y situó un dedo bajo el borde sellado, pero Carson habló de repente:

—No lo abra aquí, por favor.

Alzó los ojos hacia él y vio que estaba nervioso.

—Sea lo que sea lo que contenga, no quiero tener nada que

ver en ello. Verá, señorita Connolly, nada de lo que he hecho hasta ahora ha sido ilegal. Inusual, sí. Ilegal, no. Y quiero que mi implicación en todo esto termine al entregarle este sobre, porque no tengo ni idea de lo que podría pasar después. Sea lo que sea, no quiero verme involucrado de ningún modo. Estoy seguro de que lo entenderá.

Lo entendía. Aun así preguntó:

—¿Cuándo le llegó?

—Mire el paquete de FedEx. Lleva puesta la fecha.

Sloane bajó los ojos.

«Fue entregado cuando empezaba el último curso —se dijo—. Acababa de empezar a trabajar en mi diseño final. Todavía era un montón de bocetos e ideas. Mi madre estaba viva. Roger parecía ser una posibilidad razonable. Toda mi vida era distinta.»

Notó que una sensación fría le recorría despacio el cuerpo. Sabía una cosa: «Yo estaba en la universidad, pero el Empleador y Patrick Tempter sabían que vendría a este destartalado bufete y haría preguntas sobre un hombre decapitado».

Darse cuenta de ello fue igual que recibir un puñetazo en el estómago. Miró al abogado. Mientras ella estaba deduciendo si debería tener miedo, no le cupo la menor duda de que él ya lo tenía.

—Y eso es todo, señorita Connolly. Fin de la historia. Y ahora...

—Tengo algunas preguntas más —lo interrumpió.

—Bueno, da igual. Dudo que pueda explicarle mucho más. He hecho lo que se me pidió y por lo que fui remunerado. Mi trabajo ha terminado por completo. Y ahora márchese, por favor, y llévese eso. Esta conversación se ha acabado.

Se levantó y señaló la puerta.

«No me ha contado ni la mitad», pensó Sloane.

No veía ninguna forma de lograr que el letrado llenara los evidentes vacíos. Todavía sabía muy poco de Martin Barrett y no se le ocurría dónde podría averiguar nada más. Miró el sobre y esperó que su contenido le dijera algo. Volvió a dirigir los ojos hacia el abogado y vio que este había empezado a indicarle frenéticamente la salida. Estaba claro que el sobre que ahora tenía ella en las manos era una amenaza, aunque no sabía qué clase de amenaza. Pero supuso que el abogado acababa de traspasarle la amenaza, como cuando tocas a alguien en el juego infantil del pillapilla.

15

Uno

Sola en un hotel de cuatro estrellas lo bastante cercano al aeropuerto como para oír los motores en desaceleración de los aviones que aterrizaban, Sloane se sentó ante un pequeño escritorio y colocó el sobre con su nombre sin abrir a la derecha y el nombre del difunto que le había dado el sacerdote de Miami a la izquierda.

Sabía algo: «Seis nombres. Seis contradicciones».

Había muchos otros detalles contradictorios. Asesinatos sin resolver y accidentes que parecían inverosímiles: un cadáver decapitado, una excursión a nado que resultaba atípica y una inyección de narcóticos mortal a un hombre que había dejado el caballo, un suicidio tras una discusión. Había averiguado muchas cosas, pero nada permitía dibujar una imagen consistente, y mucho menos las características unificadoras que constituían la base de un memorial. Le había llegado mucha información de todas partes pero se le escapaba qué significaba para el Empleador.

Sloane contempló el sobre y el papel con el nombre del hombre que el consejero de drogodependientes de Miami afirmaba haber matado años antes en Nueva York.

«el Empleador y Patrick Tempter sabían que recibiría ambas cosas —pensó—. Aleccionaron al sacerdote e instruyeron al abogado. ¿Con quién más hablaron? ¿Con el viejo profesor con la escopeta? ¿Con la hermana de la modelo? ¿Enviaron ellos aquella nota al pederasta? Llevan meses preparando mi participación en este proyecto.»

Esto la inquietaba y la desconcertaba a la vez.

«¿Cómo podían saber con certeza que aceptaría el proyecto?», se preguntó a sí misma.

Era una pregunta estúpida.

Dinero. Prestigio. Ambición. Más dinero. Oportunidad. Lanzarse al mundo que quería ocupar. Y dinero.

Pues claro que iba a aceptar el trabajo.

Maldijo en voz alta: un torrente purificador de «maldita sea», «joder» y «la madre que me parió» adoptando el modo de un carretero, de forma que recordó un tipo duro que acababa de pisar un clavo. Hasta su voz fue grave. Con un «Me cago en la puta» final alargó la mano hacia el papel con el nombre de otro hombre asesinado más y lo desdobló.

Mitchell Carmichael.

—Muy bien —dijo a nadie salvo a sí misma—. ¿Quién coño eres, Mitchell? ¿Y por qué coño estás muerto?

Dejó que un momento de silencio la envolviera. Su pregunta pareció cargar el ambiente en la habitación del hotel.

Tomó entonces el sobre y lo abrió. Sacó varias fotografías y una única hoja de papel. En el papel había escrito lo siguiente:

Hola, Sloane. Si has llegado hasta aquí, estás haciendo grandes progresos. Felicidades. Sé lo mucho que te gusta el mundo visual. Aquí tienes unas imágenes que te ayudarán a dar ese importantísimo siguiente paso.

Lo leyó dos veces y exclamó:

—¡Maldita sea! ¿Qué quiere decir eso? ¿Siguiente paso?

El lenguaje soez de camionero la calmó. Leyó la nota una tercera vez.

Como la carta de su madre, no estaba firmada.

A diferencia de la carta de su madre, no estaba escrita a

mano. Las pocas líneas que contenía se habían imprimido desde un ordenador anónimo.

Observó la primera fotografía. En blanco y negro. Llevaba un gran número 1 escrito en la esquina con tinta roja.

Dos jóvenes irreconocibles, de tu edad más o menos, de espaldas a la cámara, sentados en una roca contemplando la puesta de sol sobre el mar. La foto fue tomada desde muy lejos, casi como una foto de vigilancia obtenida con un teleobjetivo. Granulada. Algo desenfocada. La luz que les daba de cara confirió a la foto un aspecto descolorido, que impide distinguir los detalles. La joven llevaba el cabello moreno recogido en un moño que sujetaba con un pañuelo. El chico llevaba una gorra de cuya parte posterior sobresalía un cabello greñudo. Estaban inclinados el uno hacia el otro de modo que sus hombros se tocaban en una actitud evidentemente cariñosa.

Sloane recorrió atentamente la fotografía con la mirada.

El mar del fondo podría ser el Pacífico o el golfo de México, no lo sabía con certeza. El sol se pone por el oeste, y el trío miraba en esa dirección, pero no estaba claro si se trataba de Cayo Hueso o de algún lugar de la Pacific Coast Highway 1. Por lo que podía ver, eran solo dos personas contemplando románticamente las olas a lo lejos. Examinó todos los detalles que pudo, pero la distancia entre el fotógrafo y los sujetos lo hacía difícil. Tuvo la clara impresión de que la foto había sido tomada hacía décadas. Pero no figuraba ninguna fecha en el dorso ni ningún otro elemento que le permitiera confirmarlo. Tal vez un técnico forense pudiera analizar el papel y el proceso fotográfico usado y fecharla, pero ella no llegaba a tanto.

Pensó un momento y dijo:

—¿Quién era la tercera persona?

Alguien había tomado la fotografía. ¿Quién? Era imposible saberlo. ¿Un desconocido? ¿Un amigo?

—¿Quién coño eres tú? ¿O tú? —preguntó dirigiéndose a cada figura por separado.

Repasó cada centímetro de la imagen en busca de otra pista. Algo revelador, pasado por alto a primera vista, pasado por alto a segunda vista. ¿Tal vez algo en el cabello de la mujer? ¿El modo en que estaban sentados?

«¿Los conozco? ¿Se supone que tengo que encontrar este lugar?», pensó.

Finalmente dejó la fotografía en la mesa, la apartó a un lado y se fijó en la siguiente.

Esta imagen llevaba un número 2 impreso en la esquina.

Una instantánea borrosa de la portada del *San Francisco Examiner* mostrando solo la cabecera y la fecha. 14 de febrero de 1995. Martes. Día de San Valentín. Los titulares, las fotografías y el texto que había debajo estaban ocultos.

Sosteniendo en alto la número 1 junto a la número 2, supuso que la fotografía de la pareja y el periódico eran del mismo día. Fue la única suposición que pudo hacer. Eso la enojó.

—Muy bien, lo pillo. La fotografía número uno fue tomada el día de la fotografía número dos. ¿Y qué? —soltó—. ¿Qué tiene que ver esto con nada? Joder.

Dejó el par de imágenes en la mesa y tomó la siguiente.

Esta no llevaba ningún número impreso.

Reconoció la imagen al instante, aunque era un lugar donde nunca había estado.

Una serie de setos altos, frondosos e impenetrables, dispuestos en cinco anillos concéntricos con un antiquísimo edificio blanco en forma de torre situado en el mismísimo centro.

—Te conozco —dijo en voz alta, casi congratulándose—. Il Labirinto —soltó con acento italiano.

Facultad de Arquitectura, primer curso. Uno de sus profesores había hablado con entusiasmo de su afición, la construcción de laberintos, porque los mejores diseños tenían que crear misterio, llenos de callejones sin salida y giros vertiginosos, pero con una sola salida. El profesor había retado a la clase a diseñar algo tan difícil como el laberinto de 1720 de Stra, en Italia, en el que se había perdido el mismísimo Napoleón cuando el emperador lo había visitado. Esa era la imagen que Sloane tenía ahora en las manos. El profesor había mostrado a la clase las escenas finales de la adaptación de *El resplandor* de Stephen King que habían hecho Kubrick y Nicholson para destacar el impacto psicológico de un laberinto diseñado como es debido.

—Igual que cuando Jack muere congelado, vosotros podéis estar a pocos metros del éxito, ¡y no saberlo! —había dicho el profesor a la clase con un toque de crueldad. Sloane contempló la foto y vio que había una flecha dibujada que señalaba la parte superior de la torre central. Junto a la flecha, había tres palabras garabateadas:

Ve ahí, Sloane.

Tenía sentido. El laberinto era famoso por su dificultad. Pero si llegabas al centro y subías la escalera en espiral hasta lo alto de la torre, desde aquella perspectiva elevada podías ver todo el diseño.

«Dicho de otro modo —pensó Sloane—, lo que es endiabladamente difícil se vuelve increíblemente sencillo y meridianamente claro.»

Dejó esta fotografía a un lado y tomó la última. Esta era fácil.

El actor Al Pacino muy maquillado, con una nariz de lo más protuberante, vestido con túnica negra y tocado.

Bajo la imagen estaba escrito:

ACTO III. ESCENA I.

Encendió el ordenador y tecleó: «*El mercader de Venecia* 3-1».

Al instante Google le regaló el famoso monólogo de Shylock: «¿No tiene ojos un judío?».

Lo leyó entero y después lo citó entre dientes.

Al principio, el monólogo pregunta si las personas de distintas religiones u orígenes étnicos son iguales o no. Pero termina en un tono muy distinto.

Venganza.

«Porque lo que Shylock quiere es su libra de carne», pensó.

Se removió en su asiento y decidió tomar el vuelo nocturno a casa. Al inclinarse hacia el ordenador para hacer una reserva de última hora en el avión, le sonó el aviso de un mensaje en el móvil. Lo miró y vio enseguida que era de Roger. En aquel momento, los problemas que él le causaba le parecieron muy lejanos y, a la vez, tan cercanos que fue casi como si notara que le tocaba la piel.

Leyó el mensaje:

> Hola, Sloane. Siento que no me encontraras en el bufete cuando llamaste. Gracias por devolverme la llamada. Quiero disculparme por mi conducta. ¿Qué tal si nos vemos y lo hablamos como un par de personas civilizadas? Pero la decisión es tuya. Si lo que quieres es que no vuelva a molestarte, no lo haré. Te lo prometo. Nunca. Se habrá terminado, como dijiste. Pero me gustaría despedirme en persona. Perdóname, por favor. Besos, Roger.

Lo leyó dos veces.

Por más que quería, no se creía ni una sola palabra de las que había escrito aparte de «siento que no me encontraras en el bufete cuando llamaste». Todo lo demás eran trampas.

«No le pongas fácil matarte», se dijo a sí misma. Y decidió redoblar sus precauciones frente a Roger.

Hizo la reserva del vuelo y se apresuró a recoger sus pocas pertenencias. Al guardar las fotos pensó: «A lo largo de los años algunas personas han resuelto Il Labirinto, pero no muchas.

Y las que lo lograron, fue solo gracias a una paciencia excepcional, a no caer presas del pánico ni de la claustrofobia y a algo más que un poco de suerte».

Dos

Sloane estaba conectada en línea en la sala de espera de primera clase y vio el pequeño titular justo cuando anunciaban que se iniciaba el embarque de su vuelo. Estaba en la cuarta página sobre Mitchell Carmichael que había consultado, pero su experiencia a la hora de encontrar a la hermana de Wendy Wilson le indicaba que tenía que profundizar en internet para obtener información. El titular, poco más que un comunicado de prensa, rezaba: «Richard Kessler dará la Conferencia inaugural Carmichael sobre planes de tratamiento para adicciones». Estaba fechado tres años atrás, y apenas tuvo tiempo de ver que Kessler era un prominente psiquiatra y que daría la conferencia en un centro de tratamiento de Manhattan.

Destacaban dos cosas: «Nueva York» y «adicción».

Esperaba que en el vuelo de un extremo a otro del país el agotamiento la hiciera caer rendida, pero cada vez que cerraba los ojos, el avión daba una sacudida inesperada y le impedía conciliar el sueño. Llegó a Boston poco después del alba, sin saber muy bien adónde ir. Le apetecía mucho volver a su casa, pero el último mensaje de Roger le daba muy mala espina. Así que se registró en el elegante Charles Hotel, al lado de Harvard Square, con la tarjeta de crédito del Empleador, subió enseguida a su habitación con vistas al río y se echó en la cama con dosel.

Cuando se despertó ya era bien entrada la tarde.

Recurriendo a la estrategia que había usado antes, llamó al bufete de Roger, esta vez por el teléfono del hotel, y habló con la misma secretaria.

—¿Está Roger?

—No, lo siento, señorita Connolly. Lleva sin venir unos

días. Está enfermo en casa, creo. Puedo darle otro mensaje de su parte, si quiere.

—No, no hace falta. Tengo su número de móvil.

Rápidamente elucubró: «No está enfermo. No está en su casa. Está frente a mi casa. O está frente a mi oficina. Y sé lo que está haciendo. Está vigilando y esperando».

Se congratuló. Era como si la enorgulleciera dejar que el recelo se apoderara de sus pensamientos y aceptara la paranoia porque cada miedo que le recorría el cuerpo parecía estar totalmente justificado. Se aseó, tomó la maleta y bajó a recepción. Un joven sonriente y una joven sonriente, ambos con un elegante traje gris, la saludaron.

—Me pregunto si podría pedirles un favor —dijo al darles la llave.

—Por supuesto —replicó la joven—. Espero que su estancia haya sido...

—Perfecta —contestó Sloane, interrumpiéndola—. ¿Podría llamar a la policía de Cambridge por mí?

—¿Se trata de alguna emergencia? —quiso saber la joven.

De repente, el joven que tenía al lado estaba también interesado en su petición.

—No exactamente —contestó Sloane—. Solo me gustaría hablar con un agente.

—¿Está segura de que no hay nada que nosotros podamos hacer? —intervino el joven.

Sloane sacudió la cabeza. Vio que el joven estaba ya marcando un número. Oyó como se identificaba y decía:

—Una huésped del hotel querría hablar con un agente...

—En persona —añadió Sloane—. Quizá donde están sus aparcacoches, por ejemplo...

El joven asintió y repitió su sugerencia por teléfono.

—Tendremos a alguien aquí en unos minutos —aseguró—. Siempre responden muy rápido cuando les llamamos nosotros. ¿Quiere que la ayude con su equipaje?

—Gracias —respondió Sloane, dándole su pequeña maleta cuando salió de detrás del mostrador de recepción.

El joven le sujetó la puerta al ver llegar un coche patrulla blanco y negro.

Para alivio de Sloane, el agente que bajó era una mujer. Cabello corto. Un aspecto muy severo y sensato. El arma por encima de la cadera. Con el chaleco protector oprimiéndole de modo incómodo el pecho. Unos brazos musculosos con un tatuaje del ejército de Estados Unidos que rezaba TORMENTA DEL DESIERTO. Sloane dio las gracias al recepcionista, tomó su maleta y se acercó a ella. Se identificó de inmediato.

—Siento mucho molestarla —dijo con una educación exagerada—. Sé que tendrá cosas mejores que hacer, pero hace poco rompí con mi novio y me ha estado enviando mensajes de una forma que me hace sentir realmente incómoda. Casi amenazadores. Vivo a pocas manzanas de aquí. ¿Podría asegurarse de que llegue a mi casa sin contratiempos? Nunca intentaría nada si está usted ahí.

La agente asimiló la información y pareció plantearse los titulares si se negaba y pasaba algo terrible, algo en el *Boston Globe* como «Una mujer pide ayuda a la policía y ahora está muerta».

—¿Qué ha hecho que resulte amenazador? —preguntó.

—Bueno —contestó Sloane, mintiendo un poco al no mencionar lo que pasó frente a su casa—, nada que sea concreto. Lo que me inquieta es el tono, ¿sabe?

—Ya veo —dijo la agente asintiendo con la cabeza. Dio la impresión de haber oído eso antes—. Claro. Pero ¿quiere presentar una denuncia para conseguir una orden de alejamiento? Podría ayudarla a hacerlo.

—Todavía no —respondió Sloane—. Aunque pronto podría ser necesario.

Dudó que la orden de alejamiento de un juez tuviera el menor efecto en Roger.

—De acuerdo —convino la agente—. Suba. La llevaré. Pero le sugiero que pida una orden de alejamiento temporal. Si la obtiene, no tendremos las manos tan atadas.

Mientras Sloane se sentaba, la policía sacó el micrófono del soporte y soltó una serie de números junto con la explicación:

—Estoy efectuando una ayuda a una ciudadana. No debería llevarme más de unos minutos. —Se volvió hacia Sloane y, con la voz más comprensiva con la que una policía veterana podía hablar, le dijo—: No se convierta en una víctima. No subestime lo que un hombre puede llegar a hacer. Quizá crea que lo conoce, pero, en realidad, no es así. Siempre esperamos lo mejor, pero tenemos que estar preparadas para lo peor.

—Tiene sentido —comentó Sloane, y se relajó mientras la policía conducía.

—¿Está todo normal? —preguntó la policía al llegar frente al edificio.

Sloane examinó la calle. Arriba y abajo. Delante y detrás de ella. Asintió.

—Vuelva a mirar. Tómese su tiempo —pidió la policía.

Sloane hizo lo que le indicaba.

—Creo que está todo bien —insistió.

—Voy a esperar uno o dos minutos para asegurarme —respondió la policía. Miraba fijamente por el parabrisas, y Sloane vio que se había llevado la mano a la pistola reglamentaria. Pasados unos instantes pulsó un interruptor en el salpicadero y la barra de luces del techo cobró vida, emitiendo en el acto unos centelleos rojos, amarillos y azules que bañaban los demás coches estacionados y se reflejaban en las ventanas de los demás pisos—. Esto servirá —dijo.

Sloane vaciló, observando cómo las luces inundaban la calle. Mientras inspiraba, vio que un coche aparcado a unos veinte metros más adelante salía a la calzada. Era pequeño. Extranjero. De un anodino color gris. No rojo. No un BMW para alardear de estar comiéndose el mundo. Tal vez de alquiler.

Una figura encorvada tras el volante.

Roger.

Sí. No. Imposible de decir.

Se puso algo tensa al ver doblar la esquina al coche. Junto a ella, la policía sacó un bloc y anotó un número de móvil.

—Llámeme cuando esté dentro de casa, haya cerrado la puerta con llave y esté a salvo, y me iré.

Sloane le dio las gracias. Subió corriendo los peldaños hasta la doble puerta. Al hacerlo, la asaltó el miedo fantasioso de que Roger podría estar dentro, como le había pasado antes. Al llegar a lo alto de la escalera, se detuvo en seco.

Apoyada en la puerta de su piso había una caja larga y estrecha.

En el exterior, con letra florida, el logotipo de una empresa: CORAZONES FLORECIENTES.

Flores.

La caja llevaba adjunta una nota. La abrió.

PIENSO TODO EL TIEMPO EN TI

La letra no le resultaba conocida. Era la cursiva exagerada del empleado de una floristería. No la de Roger. Pero no era importante quién había escrito la nota. Lo era el sentimiento. Se estremeció.

Notó que le costaba respirar. Apenas se fijó en las dos docenas de rosas rojas del interior de la caja. Sacó el móvil y llamó a la policía que esperaba fuera.

—Voy a entrar —anunció.

—Eche un vistazo. Esperaré al teléfono —indicó la policía.

Sloane abrió la puerta.

Examinó rápidamente el interior.

Nadie.

Hizo entrar la caja con las rosas en el piso de un puntapié. La tapa saltó y cayeron tres flores.

—Ya estoy dentro —dijo por teléfono—. No hay nadie.

—Excelente —respondió la policía—. ¿Está segura?

—Sí.

—Mire en el cuarto de baño y en los armarios.

Sloane hizo lo que se le pedía, pero imaginando que la figura que había visto marcharse en coche era el visitante más probable.

—Todo bien.

—Cierre la puerta con llave.

—Lo estoy haciendo —aseguró Sloane.

—De acuerdo —dijo la policía—. Voy a marcharme. Pero piense en lo de pedir la orden de alejamiento.

—Lo haré —respondió Sloane.

Se dirigió hacia la ventana y vio como la policía se marchaba calle abajo en coche. Fue entonces hacia la cómoda y abrió el cajón donde guardaba la pistola del 45. Desenvolvió las medias rojas que la ocultaban, la sacó y la sopesó. Tuvo una idea extraña: «Me pregunto si después de disparar a alguien el arma parece más ligera o más pesada». Resistió la tentación de girarse con la pistola preparada para disparar al oír el menor sonido en el interior del piso. Se preguntó si abriría fuego si veía otro pequeño coche gris aparcado en su calle. Pensó que tenía todo el derecho del mundo a estar asustada, pero cuando analizó su miedo comprendió que Roger era solo parte de él. los Seis Nombres de Difuntos, al que ahora se sumaba un séptimo, se mezclaban con su presencia acechante: torsos decapitados, corrientes de retorno, anfetaminas trituradas, agujas, coches acelerando y atizadores de chimenea desaparecidos, todo ello se traducía en un nerviosismo persistente. Inspiró hondo y pensó que tendría que añadir a este panorama inquietante el ancho río en el que su madre había desaparecido.

Recogió las flores y las tiró, junto con su caja, a la basura.

«¿Detestaré las rosas a partir de ahora?», se preguntó. Se dio cuenta de que lo de las flores ya era malo en sí, pero lo que le provocaba ciertos escalofríos era la idea de que alguien hubiera logrado cruzar las dos puertas cerradas de la entrada del bloque de pisos, subir la escalera hasta su piso, llamar y, al ver que nadie abría, dejarlas apoyadas en la puerta. Ese alguien podía ser tan inocente como un repartidor haciendo su trabajo. Pero lo dudaba. Nunca había dado a Roger una llave de su casa, aunque ese detalle era irrelevante. Había tenido oportunidades de sobra para robarle una. Se quedó helada al darse cuenta de que ya no sabía qué cerraduras eran seguras y cuáles no, pero la pistola del 45 parecía quemarle en la mano. La dejó en la mesa y se dirigió hacia el ordenador.

Tres

No le llevó demasiado tiempo averiguar cómo ponerse en contacto con el doctor Richard Kessler en Nueva York. Al parecer, se pasaba una parte del tiempo en una consulta privada y la otra tratando adictos en un centro llamado Instituto Nueva Esperanza, que no parecía diferir mucho del lugar de Miami donde Michael Smithson trabajaba y murió, y donde había encontrado al padre Silva.

«¿Es la nueva esperanza distinta de la vieja esperanza, y es cualquiera de las dos real?», pensó con cinismo.

Dejó un mensaje en un contestador automático.

El médico le devolvió la llamada en menos de diez minutos.

—Mitchell Carmichael, ¿verdad, señorita Connolly? ¿Me llama para hablar expresamente sobre Mitchell Carmichael?

—Sí. Exacto.

Hubo una pausa al otro lado de la línea.

—Lo que puedo explicarle es limitado, señorita Connolly —dijo. La primera impresión que dio a Sloane: voz agradable, sin tensión. Un hombre claramente acostumbrado a oír con frecuencia la desesperación en el contestador automático—. Me pidieron que diera aquella conferencia inaugural, recibí unos sustanciosos honorarios y posteriormente descubrí que los años siguientes la entidad financiadora había reducido o interrumpido la aportación de dinero, por lo que la primera fue también la última de la serie de conferencias, de modo que «serie» fue un nombre inexacto en el mejor de los casos.

—¿Cómo conoció a Mitchell Carmichael, doctor?

El médico reflexionó antes de hablar, y cuando lo hizo, fue como si hubiera esperado la pregunta.

—Generalmente no hablo de mis pacientes ni de los tratamientos, pero en este caso... Bueno, el señor Carmichael está muerto... —Pareció plantearse qué iba a decir antes de continuar—. Sí. Lo vi dos o tres veces hace años, y es por esa razón, supongo, por la que posteriormente me pidieron que diera aquella conferencia. Pero Carmichael, bueno, tendría que mirar mis notas para ser exacto. Lo que recuerdo es que vino un poco a regañadientes. Obligado por un familiar preocupado. Es algo bastante habitual, señorita Connolly. La familia quiere ayudar a combatir las adicciones, ¿sabe? Un esfuerzo positivo que termina muy deprisa, claro. Cuando el adicto roba las joyas de la familia, vacía la cuenta bancaria de la familia, roba el coche de la familia o simplemente se marcha una noche y desaparece en las calles.

—¿Recuerda quién era aquel familiar preocupado?

—No.

Sloane receló de esta negación.

—¿Y después?

—Bueno —respondió el médico tras titubear de nuevo—. La persona que lo acompañaba aguardó fuera mientras él y yo hablábamos.

—¿Puede describir aquella conversación?

Sloane pensó que cada vez se le daba mejor preguntar como un detective.

—Pues sí. Clásica.

—¿Clásica? ¿Cómo?

—Las personas que lo amaban querían que estuviera limpio y sobrio. Él no se amaba lo suficiente para molestarse a intentarlo.

—No lo...

—Mire, señorita Connolly. Se sentó frente a mí sin querer admitir su adicción, sin aceptar los problemas subyacentes que habían contribuido a inspirar la adicción, de hecho, sin querer siquiera hablar de ellos, mostró muy poco interés por ningún tipo de tratamiento para terminar con la adicción. Creo que le gustaba ser adicto. Actuaba como si fuera algo divertido. O tal vez le resultara divertido que la gente se preocupara por él. Apabullante en cierto sentido, señorita Connolly. Pero no se mostraba hosco ni desagradable al respecto, lo que era sorprendente. Más bien lo contrario. Un chico encantador, culto, con un buen sentido del humor y de lo más listo, talentoso en muchos sentidos, bien vestido y extrovertido, aunque con una adicción realmente profunda a la heroína que parecía ser bastante consciente de que iba a matarlo algún día. Se lo dije exactamente así. Y él ya lo sabía. Dijo que hacía años que lo sabía. Y, por supuesto, pronto lo hizo.

—¿Cómo fue exactamente? —quiso saber Sloane.

—Bueno, de un modo que no encajaba del todo, para serle sincero.

—¿Podría explicarse? —preguntó Sloane intentando ocultar la sorpresa en su voz. Notó que el médico titubeaba otra vez al otro lado de la línea antes de continuar.

—La noche que murió, según tengo entendido, porque yo no estaba allí y, por lo tanto, hablo de oídas...

—Por supuesto, doctor.

—Bueno, una noche del todo corriente salió alrededor de medianoche, compró su dosis habitual por la cantidad habitual en efectivo a su camello habitual y regresó a su casa, un piso muy bonito que tenía aquí, en la ciudad, en el Upper East Side con vistas al río; lo normal para un adicto de alto copete con muchísimo dinero. Hasta se entretuvo intercambiando cortesías con el conserje. «Hace buen tiempo» y «¿Qué me dice de los Yankees?», esa clase de cosas. El caso es que subió a su piso, lo preparó todo y se inyectó lo que creía que era su dosis habitual, solo que no lo era. El caballo que le habían vendido era totalmente puro, nada cortado y muy letal, y murió antes de haberse quitado la aguja.

«Como Smithson en Miami», se percató Sloane.

—Pero ha dicho que había sido inusual. ¿Cómo...?

—Bueno, por lo general, en el mundo de la drogadicción y la delincuencia, este es casi el método tradicional para librarse de alguien que no paga sus deudas por la compra de droga, que podría informar a la policía o que resulta problemático o molesto en cualquier sentido. Es una forma barata y eficaz de asesinar a alguien y un sistema que se practica desde hace décadas: hacer que el yonqui se mate a sí mismo. Pero el señor Carmichael no era ninguna de estas cosas. Podía pagar y pagar y pagar sin que le afectaran esas irritantes fluctuaciones de los precios que pueden hacer tambalear a algunos toxicómanos y volverlos... —pareció medir cuidadosamente sus palabras—, bueno, volverlos problemáticos. Pero no Carmichael. Él era el cliente soñado de todo traficante. No alguien de quien quieres librarte. No era un adicto al crack demacrado que necesitaba chutes constantes y estaba dispuesto a robar, mentir, engañar o matar para colocarse. De modo que la forma en que murió se salió de lo que era rutinario. La policía, por supuesto, se encogió de hombros, sin que le importara que un hombre rico muriera de aquella forma concreta. Sin ninguna compasión. Y la familia organizó un funeral privado, financió mi conferencia y después prefirió dejar que su recuerdo se desvaneciera. Solo que no lo hará —añadió el psiquiatra con una breve carcajada—. Nunca lo hace. Una muerte así pasa factura, señorita Connolly, y su recuerdo perdura mucho tiempo.

Curiosamente, lo primero que pensó Sloane entonces fue: «¿Será ese el legado de mi madre para mí? ¿Años de angustia?».

Sintió una repentina aceleración en su interior, como si algo oculto se hubiera vuelto evidente.

—Parece disponer de muchos detalles sobre la muerte... —empezó a decir. Como las cortesías con el conserje—. ¿A qué es debido?

Otra demora en la respuesta. Sloane pensó que era como si su pregunta hubiera cambiado de golpe el rumbo de la conversación.

—Me dieron estos detalles por separado —respondió el médico—. Después de la muerte del señor Carmichael.

De pronto muy frío. Con palabras dichas con rotundidad y un trasfondo de repentina tensión.

—¿Quién se los dio? —quiso saber Sloane.

Otro breve silencio.

—Lo siento —contestó, aunque Sloane dudó que lo sintiera en lo más mínimo—. No puedo decírselo. Por la confidencialidad entre médico y paciente —sentenció, como si esa frase impidiera proseguir la conversación.

«¿Otro paciente? —se preguntó Sloane. Recapituló—: Un

sacerdote y un confesionario. Un abogado y un cliente. Un médico y un paciente. La confidencialidad que marcan las normas, las regulaciones, las leyes y las tradiciones.»

—¿Puede hablarme sobre su familia? —insistió Sloane. Habría dicho lo que fuera para que el psiquiatra siguiera hablando.

—En realidad no sé nada, salvo que eran muy ricos. De toda la vida o nuevos ricos. Wall Street, Silicon Valley, inmuebles comerciales o la mafia, no tengo ni idea. Lo siento.

A Sloane le pareció que era mentira. El psiquiatra lo sabía. Pensó en el padre Silva y, después, en el abogado barato de San Diego. Todo el mundo sabía más.

—¿Le dijo alguien que me pondría en contacto con usted?

El psiquiatra vaciló. Diez segundos. Veinte segundos. Medio minuto. Sloane pensó que aquella demora le daba la respuesta.

—Sí —respondió el psiquiatra por fin—. Alguien me lo dijo. ¿Tiene alguna pregunta más que hacerme, señorita Connolly?

El tono servicial y relajado había desaparecido de la voz del médico. Ahora era cortante. Sloane reprimió las palabras que iba a decir. Se devanó los sesos intentando encontrar una pregunta que fuera más reveladora que un sencillo «¿Quién?». Pero el médico interrumpió de golpe sus pensamientos.

—Ha sido un placer hablar con usted, señorita Connolly —soltó en un tono que indicaba lo contrario. Un cambio drástico de actitud al otro lado de la línea telefónica. Bajó la voz para dar fuerza a lo que iba a decir—. Le contaré una única cosa más, solo una...

Otro silencio, que subrayaba esa única cosa.

—Todo —dijo con cautela y frialdad el psiquiatra—, todo lo que le he descrito lo mejor que he podido esta tarde en esta conversación ha sido la verdad total y absoluta... excepto por un detalle importante.

—¿Cuál? —alcanzó a preguntar Sloane.

—Mitchell Carmichael nunca existió.

—¿Qué? —exclamó Sloane tras soltar un grito ahogado—. No lo entiendo...

—Carmichael no es el nombre real del difunto. Nunca lo fue. Es solo el nombre ficticio que se asignó al azar a la conferencia que yo di y que posteriormente se le dio a usted para que me llamara por teléfono. Era un nombre que yo reconocería al instante, de modo que pudiéramos tener esta conversación.

Y colgó.

16

Uno

El silencio en la línea fue como una oleada de calor; la puerta de un horno que se había abierto delante de ella. Todo lo que tenía en la cabeza estaba hecho un embrollo. Se obligó a aportar sensatez a la incertidumbre.

«Así pues: Carmichael no es el nombre del yonqui rico fallecido. No puede ser verdad.»

Debatiéndose entre la verdad y las mentiras, Sloane se acercó al escritorio de su piso donde tenía los materiales. Tomó un gran bloc de dibujo y unos carboncillos, y los extendió ante ella. Dibujó seis «X» negras y después las equilibró con una «X» parecida para formar un patrón de líneas cruzadas. Recordaban matatenas del juego infantil o trampas antitanques de la Segunda Guerra Mundial. Había visto imágenes de ellas erigidas por los alemanes en las playas de Normandía en previsión de los desembarcos de junio de 1944. Pero en cada una de sus figuras, situó uno de los Seis Nombres de Difuntos. En el austero grupo escultórico que imaginaba, estarían hechas de vigas plateadas. Las dibujó dispuestas en la ladera ondulante de una colina, de modo que las formas angulares se recortaran contra el sol poniente, de una manera parecida a la fotografía de las dos personas anónimas que le había dado el abogado.

Trabajó deprisa, casi febrilmente, esbozando un muro semicircular de ladrillo a los pies de la colina, donde una persona alzaría la mirada y captaría toda la fuerza de las relucientes figuras en forma de «X» contra la luz del ocaso.

Se detuvo una vez tuvo el dibujo casi terminado.

No le gustaba.

Era demasiado austero. Demasiado airado.

Dejó los materiales a un lado. Estaba acalorada, casi sudorosa.

Su siguiente pensamiento racional: «Vuelve a llamar a ese médico. Haz que te explique qué quiso decir».

Alargó la mano hacia el teléfono para intentar sonsacarle algunos detalles adicionales que hicieran que todo lo que sabía dejara de ser arenas movedizas para transformarse en roca sólida.

Pero se detuvo.

«No me lo dirá —pensó—. Ni siquiera contestará cuando vea quién llama. Sabía que iba a llamar antes de que le sonara el teléfono. —Tras reflexionar un momento, se dio cuenta de algo—. El abogado sabía que iba a presentarme a su puerta. El sacerdote también me esperaba. El viejo y chiflado profesor de historia jubilado con su escopeta estaba esperando a alguien. "¿Ha venido a matarme?" ¿Sabía que iba a llamar a su puerta?»

Pensó en los gemelos agentes de seguros que odiaban a su padre. Intentó recordar si habían dicho algo que indicara que sabían de antemano que iba a ir a verlos. Habían dicho que no, aunque tal vez mintieron.

«Sin embargo Laura, la hermana de la modelo, no me esperaba. ¿O sí? ¿También me mintió?», reflexionó. Y entonces recordó al pederasta con su mono naranja de reo. Pudo verlo sonriendo mientras masticaba el papel que contenía aquella amenaza.

Todo el mundo con quien había hablado había dicho: «La estaba esperando» o «¿Ha venido a matarme?».

Eso tendría que decirle algo, aunque no sabía muy bien qué. Buscó sus diseños preliminares y las páginas con sus notas y los extendió ante ella en una mesa de centro. Tomó un papel tras otro y, después, igual de deprisa los dejó en el tablero de la mesa junto a la pistola del 45.

Las contradicciones y las confusiones rivalizaban entre sí. Acercó una silla a la ventana para echar un vistazo de vez en cuando escondida tras la cortina. Cada vez que alguien entraba en su línea de visión se ponía tensa y se agachaba para poder observar a quien fuera sin que él o ella pudiera verla. La mayoría de las luces de su piso estaban apagadas, de modo que permanecía sentada en una oscuridad casi total. Estaba segura de que alguien la observaba. Pero no sabía desde dónde.

Antes, al pensar en su miedo habría dicho con total certeza: «Es Roger».

Ahora no lo tenía del todo claro.

Procuró desprenderse de esa oleada de paranoia.

—¿Qué coño está pasando? —soltó. Era un poco como doblar una esquina imaginando que iba a ver el camino que buscaba para encontrarse con una hilera impenetrable de setos.

«Il Labirinto —pensó—. Carmichael no es su nombre. ¿Qué otras mentiras me han contado? Una. No, dos. ¿Puede que cinco o seis? Tal vez dos docenas, como la cantidad de rosas de la papelera. ¿Qué tal cien? ¿Es todo mentira? —Sacudió la cabeza—. No puede serlo.»

Al mirar por la ventana, observaba a cada persona que recorría con aire despreocupado su calle. Joven. Mayor. Parejas que andaban despacio. Alguna que otra persona que avanzaba deprisa, como si llegara tarde a una reunión importante. Una mujer bajando en bicicleta. Un corredor con una cinta reflectante roja en la cabeza para advertir a los conductores de su presencia. Todo normal. Rutinario. Regular.

Confió en que nadie pudiera verla.

Los Seis Nombres de Difuntos. Todos ellos existieron. Todos ellos vivieron. Todos ellos murieron. Cuando respiraban y estaban en este mundo, todos hacían algo. Se levantaban por la mañana. Se acostaban por la noche. Amaban. Odiaban. Eran amados. Eran odiados. Tomaban buenas decisiones. Tomaban malas decisiones. Hacían cosas correctas. Hacían cosas equivocadas. Llevaban una vida que era tranquila unos días y complicada otros.

Pero Carmichael no existió.

Se corrigió a sí misma: la historia era real; solamente el nombre no lo era.

Siguió apostada a la ventana intentando decidir qué era real y qué no lo era. Tras un rato contemplando la calle, tomó el móvil y envió un mensaje a Patrick Tempter. Quería que fuera clarividente y profesional:

> Patrick: he investigado mucho y he seguido muchas pistas, he viajado por todo el país y he averiguado muchas cosas sobre los seis nombres de la lista del Empleador. Sigo sin comprender qué quiere honrar. De hecho, cada persona es muchísimo más deshonrosa que honorable. Y la muerte de cada una de ellas es muy poco corriente. Creo que necesito entender qué se supone que tengo que crear.

El texto era todo lo vago que pudo. No quería que el abogado supiera lo inquieta que estaba. Pero lo que más la asustaba era la idea de que Patrick Tempter y el Empleador habían sabido que aceptaría el proyecto, y que meses antes de ninguna llamada, cena elegante, dinero, despacho bien equipado o tarjeta American Express, los dos hombres habían estado creando el laberinto que la aguardaba. Pero si Il Labirinto estaba hecho de arbustos frondosos y hierba, el laberinto en el que ella estaba atrapada parecía estar hecho por completo de muertes aleatorias y poco claras.

Quería poner en el mensaje: «¿Qué está pasando realmente?».

No lo hizo. En lugar de eso, empezó a contar los coches que circulaban por la calle.

Era una calle lateral, bordeada de árboles y nada concurrida. Justo cuando llegaba a siete, el móvil sonó para indicar que había recibido un mensaje de texto.

> Mi querida Sloane: estaba esperando tener noticias tuyas. No me sorprende tu falta de claridad sobre lo que el Empleador tiene en mente. Puede que lo mejor sea que comentemos tus problemas

en persona. Estoy bastante seguro de que el Empleador puede facilitarte mucho el camino. Se le da muy bien eliminar dificultades. ¿Podrías reunirte conmigo delante de la facultad de Derecho de Harvard a mediodía? En la biblioteca Langdell. Es un edificio imponente. Un diseño fascinante.

Como antes, el mensaje del abogado parecía mucho más formal que un texto habitual. «Mediodía», no «las doce». Ningún WTF o LOL. Le contestó de inmediato.

Sí. Derecho de Harvard. Langdell. Allí estaré.

Dirigió la mirada a la pistola del 45, que descansaba junto a sus bocetos. Era el disuasor de Roger. Se volvió de nuevo para mirar por la ventana, esta vez alargando el cuello a derecha y a izquierda. La calle estaba ahora vacía. No veía ningún movimiento. Ninguna presencia. Ninguna persona. Ante su sorpresa, desconfiaba de sus propios ojos. Lo que veía o no veía parecía irreal.

Echó un último vistazo.

El octavo coche pasó bajo la ventana.

Rojo.

No.

De otro color.

BMW.

No.

De otra marca.

Desde su punto de observación no podía saberlo con certeza. Se apartó de la ventana, alejándose del cristal.

El coche se detuvo un instante antes de acelerar de repente calle abajo, fuera de su línea de visión.

Roger.

No. Podría haber sido cualquiera.

Esperó no estarse mintiendo a sí misma.

Dos

Por la mañana, Sloane tomó el metro hasta Charlestown para visitar el monumento de Bunker Hill. Puede que el metro fuera el método menos eficiente para llegar al parque: en Harvard Square tomó la línea roja hasta Beacon Hill y, desde ahí, la línea naranja hasta Bunker Hill Community College, seguido de un paseo enérgico de diez minutos. Un taxi o un Uber, incluso el autobús, la habrían llevado al monumento en la mitad de tiempo. Pero la ruta que siguió concordaba con su estado de ánimo; recorría la ciudad en sentido contrario antes de dar media vuelta y dirigirse al norte hacia el memorial. Experimentó tres momentos distintos de ansiedad: el primero cuando salió del piso, con la cabeza gacha, moviéndose deprisa pero sin correr, aunque preparada para esprintar si oía o veía a Roger; el segundo, cuando entró en Harvard Square, abriéndose paso entre la muchedumbre de las calles, pensando que alzaría los ojos y se daría de bruces con Roger; el tercero, y el peor momento, tras la línea de seguridad, esperando a que llegara el convoy del metro, con la sensación de tener los ojos de Roger clavados en la espalda. Tensó los hombros para prevenir un repentino empujón desde detrás. No empezó a relajarse hasta llegar al cartel del Servicio de Parques que conducía hacia el monumento.

Pensó que era la primera cosa normal que había hecho desde hacía días.

Visitar el monumento la calmó y la ayudó a elaborar sus pensamientos. Pudo sentarse delante del obelisco que marcaba el lugar donde los colonos observaron las tropas de casacas rojas ascender hacia ellos con las bayonetas reluciendo bajo la luz del sol. Podía oír a William Prescott gritar: «¡No disparen hasta no verles el blanco de los ojos!», y sonrió, a sabiendas de que la atribución de esta famosa orden era controvertida. Ese día era un día de junio. Aquel había sido un día de junio.

«Aun así —pensó—, es un buen consejo. No dispares hasta no ver el blanco de los ojos de Roger.»

Se recostó en el asiento. Si cerraba los ojos podía oír el ruido del disparo de los mosquetes y oler la pólvora, que seguía impregnando el aire desde hacía más de doscientos cincuenta años. Mientras pensaba en los doscientos noventa y cuatro peldaños que la conducirían a lo alto del obelisco, se dijo a sí misma que eso era lo que conseguía un buen monumento conmemorativo. Como en Il Labirinto, un esfuerzo adicional podría ayudar a mejorar la visión.

Un grupo de turistas asiáticos pasó a su lado, sacando fotografías; un tópico basado en la realidad. Unos niños de excursión se dirigieron entre risas hacia el centro de información junto al obelisco. Tres monitores agobiados se esforzaban por mantener a unos adolescentes a raya. Sloane observó a una pareja joven con una gorra y una camiseta de los Red Sox tomada de la mano delante de la estatua. Estaban haciendo tiempo antes de ir al estadio de Fenway a ver un partido. Un agente forestal con una camisa verde y un sombrero de ala ancha del oso Smokey pasó corriendo ante ella. Hombres con pantalones cortos, mujeres con pantalones pirata, niños corriendo por todas partes; un típico día de principios de verano en un monumento nacional.

Sloane cerró los ojos y por un momento se sintió aliviada.

Sin Roger.

Sin una madre desaparecida.

Sin Seis Nombres de Difuntos.

Creía que un laberinto estaba diseñado para confundir y desconcertar. Era complejo. Misterioso.

Un monumento conmemorativo estaba diseñado para crear un centro de atención. Bunker Hill era un lugar tranquilo que recordaba un único día de la historia. Murió gente. Pero significaba mucho más porque se sumergía en la historia. El memorial apelaba a ambas cosas. Simplicidad. Coherencia.

Echó otro vistazo a su alrededor. Turistas. Visitantes. Jóvenes. Mayores. Estudiantes. Historiadores aficionados. Por un instante no supo muy bien a quién esperaba ver en el monumento. Su mirada la llevó de vuelta hacia la pareja vestida de los Red Sox que se tomaba de la mano. Vio que la chica reía por algo que decía el muchacho y se giraba para besarlo en la mejilla. Pensó que sería bonito estar enamorada. Pero las probabilidades de ello eran nulas. Se levantó del banco y empezó a volver sobre sus pasos para regresar a Harvard Square. Era como si a cada paso del camino que ya había recorrido una vez aquella mañana su mundo se encogiera.

Tres

Hay ocho citas en latín grabadas en la fachada de la Biblioteca Langdell de la facultad de Derecho de Harvard. Sloane se sentó frente a la mayor, sobre la entrada.

NON SUB HOMINE SED SUB DEO ET LEGE.

O:

NO ESTAMOS DOMINADOS POR HOMBRES
SINO POR DIOS Y POR LA LEY.

Sloane estaba sentada en un banco, esperando. Los senderos que había a su alrededor no estaban concurridos, ya que la mayoría de los estudiantes estaba de vacaciones veraniegas. Era un día cálido, soleado. Como siempre, la universidad tenía una fragancia de intelecto y privilegio que parecía transportar la brisa. Pensó que había pocos lugares en el mundo, como el campus de Harvard, en los que un transeúnte pudiera oler las oportunidades.

«Fuerte y dulce como la canela», pensó.

De vez en cuando alzaba los ojos hacia la biblioteca de la facultad de Derecho y examinaba la fachada, se fijaba en las enormes ventanas y pensaba que, como diseño, Langdell daba la impresión de que todos los conocimientos verdaderamente importantes estaban recogidos en sus montones de libros. En cualquiera de las demás bibliotecas famosas de la universidad, como

Widener o Cabot, la información estaba bien, pero era del todo superflua. Langdell era robusto. Un edificio sólido, como las leyes que contenía.

Contó los minutos. El mediodía llegó y se fue.

Esperó.

Cinco minutos se convirtieron en diez. Diez pasaron a ser veinte.

Ni rastro de Patrick Tempter.

Siguió sentada en el banco. Se removió en su asiento una o dos veces, pero era como si fuera de metal fundido que se endurecía al enfriarse. Se volvió a derecha y a izquierda para intentar ver al abogado. Cada forma distante parecía ser él, solo para transformarse camaleónicamente en otra persona al acercarse. Consultó el reloj del móvil y vio como los números avanzaban inexorablemente. «Llega tarde» pasó a ser «no va a venir», lo que, a su vez, se convirtió en «estoy sola». Hizo clic en su correo electrónico. Nada. Hizo clic en sus mensajes de texto. Nada. Ni siquiera una nueva y lamentable mentira de Roger. Hizo clic en el control del volumen del móvil para asegurarse de que no lo había apagado sin querer. Comprobó el registro de llamadas perdidas. Nada.

Cuando pasaban treinta minutos de la hora, le envió un mensaje de texto al móvil.

Estoy aquí. Esperando.

No le respondió.

A los treinta y cinco minutos se levantó y se sacudió el polvo. Iba a marcharse pero volvió a dejarse caer en el banco y siguió esperando.

A los cuarenta y cinco minutos decidió irse.

No se movió.

Pasada una hora, se levantó de nuevo y miró a su alrededor. Un hombre en pantalones cortos que llevaba una pelota de baloncesto. Una mujer con un maletín. Una pareja más joven que ella que andaba con la bicicleta al lado charlando animadamente.

Quería encogerse de hombros, decirse a sí misma que había habido algún problema de comunicación. Repasó mentalmente todas las excusas habituales, básicamente de naturaleza electrónica. Soltó el aire despacio, como si liberar el aire fuera a aliviar su frustración. Decidió ir andando a su oficina, sin saber si Roger la estaría esperando allí. Imaginó el edificio. En diagonal a la entrada, en el otro lado de la calle, había un aparcamiento de varias plantas. Usando sus conocimientos arquitectónicos de los ángulos y los espacios, supuso que desde la escalera de la tercera planta, podría ver la calle. Había un café cerca. Ahí sería donde él la esperaría: tenía unos amplios escaparates con mesas junto al cristal, lo que le permitiría estar tomándose una taza de café carísima mientras vigilaba. Pero Sloane creía que podría ver el interior del café desde su punto de observación. A media manzana había un restaurante con mesas al aire libre. Planeó la forma de examinar dónde podría estar Roger acechando sin ser visto.

Añadió elementos que podían hacer que la reconociera. Su ropa —vaqueros, camiseta, zapatillas de deporte, un blazer ligero y oscuro—, una indumentaria bastante corriente en esas calles y con la que Roger estaba familiarizado. Recordaría su cartera, abarrotada de dibujos y notas. Era de piel, de un característico azul apagado. Su pelo. No podía hacer nada en cuanto al color. Pensó que lo que necesitaba era un ligero camuflaje.

Se dio cuenta de que estaba pensando como un francotirador del ejército.

Cruzó deprisa el campus y se metió en la Harvard Coop, la tienda cooperativa que estaba cerca de la entrada del metro, justo al lado de la entrada de la universidad. Dentro, usó la tarjeta de crédito del Empleador para comprarse una sudadera granate con capucha y el nombre de la universidad estampado en la parte delantera, una gorra negra con una «H» enorme, una bolsa de lona, de nuevo con el escudo y la palabra «Veritas» sobre un fondo de color habano, y unas gafas de sol grandes y baratas. Guardó su inconfundible cartera azul en la bolsa de lona, se pasó la sudadera por la cabeza, se metió todo el pelo que pudo bajo la gorra y ocultó después el que quedaba poniéndose la capucha. Caminó después varias manzanas en la dirección opuesta y pasó por una calle estrecha para poder acceder a las mesas al aire libre del restaurante siguiendo un camino que no se viera directamente desde los escaparates del café.

Miró calle arriba y calle abajo.

No vio a Roger.

Mientras observaba, recorriendo atentamente con los ojos cada persona, cada centímetro de la acera, cada lugar donde alguien pudiera apoyarse en un edificio y vigilar la entrada de la oficina, llegó una camarera y le preguntó qué quería pedir.

Sloane se levantó.

—Al final no voy a comer —dijo.

Con la cabeza gacha, se dirigió deprisa hacia el garaje que estaba al otro lado de la calle. Resollando como si acabara de correr un maratón, subió a toda velocidad la escalera hasta la tercera planta.

Pegada a la pared de ladrillo, echó un vistazo fuera.

Como imaginaba, podía ver la hilera de mesas tras los cristales del café. Una mesa. Dos. Tres. Las miró una por una.

No vio a Roger.

Se le ocurrió llamar a su bufete como había hecho antes, pero le dio miedo usar demasiado esa estratagema. Tuvo la sensación de ser una nadadora que surcaba las aguas sobre una sima inmensa. Podía ver el mundo cercano a ella pero no las profundidades que tenía debajo. Oyó como se cerraba de golpe tras ella la puerta de un coche y se ponía un motor en marcha. Estuvo a punto de volverse en esa dirección esperando ver el BMW rojo de Roger, pero se sermoneó a sí misma: «No seas paranoica».

Esperó a volver a respirar con normalidad y echó un segundo vistazo al café. Observó la calle por enésima vez. Se volvió y bajó la escalera corriendo. Al llegar a la calle lanzó una mirada más a derecha y a izquierda. Después se dirigió encorvada hacia su oficina y cruzó la puerta de entrada de la forma más anónima posible.

La recepcionista estaba tras el mostrador.

—Hola, Sloane —la saludó con simpatía mientras ella se quitaba las gafas de sol y se liberaba el pelo. No hizo ningún comentario sobre su aspecto.

—¿Ha venido alguien preguntando por mí? —quiso averiguar Sloane.

La joven alzó los ojos, pensó un instante y frunció el ceño.

—Oh, sí —respondió—. Déjame que mire el registro del edificio —comentó haciendo clic en la pantalla de su ordenador. Miró una hoja unos instantes—. Ah, sí —soltó—. Cuatro veces el mismo caballero. No dejó su nombre. Pero dijo que lo estabas esperando.

«Lo estaba esperando. Aunque no como tú crees», pensó Sloane.

—Mi exnovio —explicó Sloane—. Mira, si alguna vez se presenta cuando yo esté en la oficina, avísame, por favor. Y puede que tengas que llamar a la policía. ¿Hay algún otro tipo de seguridad?

—¿Seguridad? No. Solo yo. ¿Tu ex? —repuso la recepcionista con una expresión de sorpresa en la cara—. Entendido... —dijo alargando la palabra—. ¿Crees que...? —empezó a decir, pero cambió de parecer—. ¿Tendríamos que estar preocupados? —preguntó.

—No lo sé —respondió Sloane.

Sí lo sabía.

—A mí me pasó una vez —aseguró la recepcionista. Sonrió, pero no porque le hiciera gracia—. Te cubriré las espaldas lo mejor que pueda. Pero tienes que ocuparte de ese asunto.

—Gracias —replicó Sloane.

—Podría poner su fotografía aquí, en la recepción —sugirió—. ¿Con una nota diciendo que no hay que dejarle pasar? —Lo planteó como una pregunta.

—No es necesario —contestó Sloane, pensando justo lo contrario.

—No irá armado, ¿verdad? Ya sabes, lees en las noticias que hay hombres locos de amor y de odio que van y disparan...

Se detuvo.

—No, no va armado —aseguró Sloane. Vio que el semblante de la recepcionista reflejaba alivio al instante debido a su relativa falta de honestidad. No sabía si Roger tenía un arma. O no.

«El de recepcionista suele ser un trabajo aburrido en el que se dirige a la gente a un sitio o a otro, se contesta el teléfono y se encuentra tiempo para hacer crucigramas —pensó Sloane—. Pero muy a menudo el recepcionista es la primera persona que ve un arma en las manos de un asesino enloquecido de rabia. Un hecho de la vida en Estados Unidos. —Se planteó por un instante dar a la recepcionista la pistola del 45—. Podría dejársela al entrar y recogerla al salir. Decirle: "Mira, si Roger vuelve a venir aquí preguntando por mí, ¿podrías, por favor, dispararle varias veces al corazón?".»

Se dirigió hacia su despacho.

Se sentó ante su mesa.

Se volvió, mirando las fotografías de edificios famosos.

Encendió el ordenador.

Contempló de nuevo el salvapantallas con la rocosa isla verde poblada de árboles que emergía de un lago cubierto de neblina, convencida de que había visto antes aquella imagen, pero incapaz de identificarla como había hecho con la de Il Labirinto. Eso la atormentaba. Sabía que no era uno de los salvapantallas estándares que proporciona Apple.

Hizo una búsqueda en Google: «Imágenes Isla Lago».

Esto le ofreció centenares de fotografías, de las montañas Adirondacks a Japón, de Rusia a Ciudad del Cabo. No le era de ninguna ayuda.

Reflexionó un instante. «el Empleador quería que viera esta fotografía», se dijo.

Añadió la palabra «memorial» a su búsqueda.

Un conjunto distinto de imágenes apareció ante ella.

En la segunda hilera estaba el salvapantallas. La misma isla. El mismo lago. Los mismos árboles.

Hizo clic en la imagen, cuyo tamaño aumentó, casi como si

fuera un reflejo de lo que había debajo en la pantalla. A la derecha figuraba un breve párrafo descriptivo.

> Las autoridades noruegas se plantean distintos memoriales para el campamento de la isla de Utoya, donde el 22 de julio de 2011 una masacre se cobró 69 víctimas, muchas de ellas menores de dieciocho años...

Sloane tragó saliva con fuerza.

¿Por qué elegiría el Empleador aquella imagen?

Una respuesta benevolente:

Han creado un memorial potente en esa isla; un monumento que honra a las víctimas y que está en sintonía con el futuro sin negar el pasado.

Una respuesta menos benevolente:

Un asesinato en masa.

Mientras vacilaba entre estas ideas, vio que aparecía un dígito en el icono del correo electrónico. Abrió el mensaje enseguida.

> Mi querida Sloane...
>
> Tuve que atender una inesperada emergencia legal, de modo que te pido mis más sinceras disculpas por la grosería de dejarte plantada frente a Langdell. Una inscripción de lo más interesante en la fachada, ¿no crees?
>
> Permíteme que te haga una recomendación que podría ayudarte: el nombre que no sabes es, sin duda, el nombre que te permitirá entender los seis que conoces. Te sugiero que explores más esa vía. También te preguntaría: ¿qué sabes realmente del buen doctor Kessler?
>
> Por favor, ten presente que el Empleador tiene sumo interés en que finalices este proyecto y que no permitirá que nada te distraiga y te impida terminar la tarea. Ten el objetivo general en mente: él tendrá su monumento conmemorativo; tú tendrás tu carrera. Un resultado excelente para todos los implicados, sin duda alguna.
>
> PATRICK

Sloane leyó el mensaje dos, tres veces. Notó que la invadía la rabia y tomó un lápiz de la mesa, lo partió en dos y tiró las dos mitades a una papelera.

«¿Qué se supone que tengo que hacer ahora?», pensó. Se quedó mirando el correo electrónico y se dio cuenta de que Patrick le había dado la respuesta a esa pregunta: el psiquiatra de Nueva York. Pulsó «responder» en el mensaje y escribió:

> Patrick...
> Gracias por tu nota. No es necesario que te disculpes. Seguiré tu consejo. Aun así, sigo creyendo que tendríamos que vernos en persona para comentar mis preocupaciones.
>
> SLOANE

Quiso usar la palabra «laberinto» pero no lo hizo. Quiso preguntar cuánto tiempo llevaban él y el Empleador planeando su participación, pero no lo hizo. Pulsó «enviar» y el ordenador hizo el sonido habitual cuando el mensaje desapareció de su pantalla. Casi al instante sonó el aviso de que había mensajes nuevos. Hizo clic en el icono del correo y vio que su respuesta a Patrick Tempter le había sido devuelta. Una página entera de extraños símbolos informáticos encabezados por las palabras: «No se ha podido entregar el mensaje. Destinatario desconocido».

17

Uno

Sloane se dijo a sí misma que Patrick Tempter no tenía nada de desconocido.

Le envió un mensaje de texto al móvil.

> Me ha llegado devuelta mi contestación a tu correo electrónico. ¿Pasa algo?

No obtuvo respuesta.

Aguardó unos minutos sin apartar la vista de la pantalla del móvil. Finalmente, intentando sustituir la ansiedad por una mera frustración, marcó el número que tenía de Patrick, pensando que eso era lo que tenía que haber hecho de entrada.

—El número que ha marcado no existe.

Sloane se movió nerviosa en su asiento. Repasó a toda velocidad explicaciones rutinarias, corrientes, del repentino muro electrónico con el que se había topado. Al principio achacó la curiosa devolución del correo electrónico a algún tipo de fallo técnico. Supuso que el problema del número de teléfono obedecía a algo sencillo, como que se le había caído el móvil, que había quedado hecho añicos, y estaba en vías de sustituirlo. Nada más parecía razonable. Pero tranquilizarse una y otra vez solo alivió en parte una idea abrumadora.

«Estoy sola.»

Seguida de una idea todavía peor.

«No, no lo estoy.»

Simplemente, no podía entender en qué se había metido. El abogado era encantador, simpático, entusiasta, y la apoyaba mucho. El Empleador era misterioso, permanecía oculto y, aun así, la alentaba. Por no hablar de lo bien que pagaba. Ambos hombres habían sabido con mucha antelación que aceptaría el proyecto del monumento conmemorativo. Se habían preparado a fondo para su participación en él. Habían distribuido imágenes. Habían creado nombres. Habían reunido información. Y, lo que más nerviosa la ponía, habían hecho amenazas.

El camino que estaba recorriendo parecía haber sido diseñado sola y exclusivamente para ella.

Recogió deprisa sus cosas. Cruzó el local y pasó junto a la recepcionista a toda velocidad. Iba algo encorvada y con la cabeza gacha, como si caminara contra una fuerte brisa. Al salir del edificio, le sonó el móvil.

Lo sacó enseguida, esperando que fuera Patrick Tempter.

No lo era.

El identificador de llamadas indicaba: «Roger».

Le dio a «rechazar».

El móvil volvió a sonar casi de inmediato. Roger.

De nuevo: «rechazar».

Había llegado justo a las puertas de la oficina y, cuando estaba a punto de ponerse a andar otra vez a toda velocidad para volver a su casa con el miedo a Roger reemplazando el desconcierto por lo de Patrick Tempter, el móvil la avisó de que tenía un mensaje de texto.

Se detuvo para mirarlo, con la esperanza de que fuera del elegante abogado. No lo era.

Era de Roger.

Iba a borrarlo, como había hecho montones de veces. Pero lo que vio era simple. Decía en la jerga adolescente de internet:

T veo

Nada más.

Levantó la cabeza y se volvió al instante a izquierda y a derecha. Lo que vio fue un montón de personas que volvían a casa por la tarde ocupando las aceras. También llenaban las cafeterías y entraban en los restaurantes. Había mucho movimiento a su alrededor: mares de hombres y mujeres con aspecto enérgico. A quien no alcanzaba a ver era a Roger. De repente fue como si hubiera montones de lugares desde los que él podía verla, hasta los lugares en los que ella se había apostado antes. Recorrió la calle con los ojos. Tuvo la sensación de que lo tenía detrás y se volvió de golpe. Nada. Se giró de nuevo igual de deprisa. Sin rastro de Roger.

«Estaba mintiendo. No está aquí», se dijo a sí misma.

El móvil sonó de nuevo. Un segundo mensaje, como si le hubiera leído el pensamiento:

Estoy aquí. Siempre estaré aquí.

Sloane quiso echarse a correr.
No pudo. Estaba petrificada.
Un tercer mensaje:

¿Por qué no quieres hablar conmigo? Sabes que te quiero.

Con el móvil en la mano, le costó un esfuerzo inmenso empezar a moverse. Dio órdenes a sus músculos como un general que está perdiendo el combate ordenando la retirada del campo de batalla: «Un paso adelante. ¡Ya!». Y fue un poco como el agua que se cuela a toda velocidad por una presa rota. Empezó a andar hacia Harvard Square, aumentando el ritmo con cada paso. Trató de mezclarse con la gente, como si el trajín de la hora punta pudiera engullirla y ocultarla.

Un cuarto mensaje:

¿Qué opciones me dejas?

Ese era Roger, el joven abogado en ciernes. Detestaba que aquel asunto pareciera rutinario porque era de lo más aterrador. ¿Opciones? ¿Qué iba a hacerle? Se sentía atrapada en un torno de banco que no dejaba de cerrarse. Titubeó de nuevo en la calle, girándose en todas direcciones. Nada. Montones de personas ocupando las aceras. Coches llenando las calles. Alguien tocó el claxon y ella casi pegó un brinco. Estaba rodeada de prisas. Procuró decirse a sí misma que en medio de aquel gentío, en público, rodeada por la hora punta de la tarde estaba totalmente a salvo. Nadie, ni siquiera Roger, haría algo violento o descabellado delante de tantos testigos. Tenía unos cuantos estudiantes desaliñados a la derecha: cabellos largos, vaqueros hechos jirones y camisetas con motivos de rock and roll. Vio a un policía a su izquierda. Parecía distraído contemplando, impotente, el atasco de tráfico. Varios hombres de negocios con traje pasaron junto a ella. Una madre empujando un cochecito y un hombre con un caniche sujeto con una correa esperaban a que cambiara un semáforo.

«Aquí estaré a salvo. ¿O no? —Este pensamiento lógico no la tranquilizó demasiado; demasiados titulares de demasiados artículos de prensa demostraban justo lo contrario—. Su amor es obsesivo. No verá la gente. Solo me verá a mí.»

Siguió adelante, recorriendo deprisa la manzana. Se abrió paso entre puñados de personas, serpenteando como un conductor borracho. En lugar de dirigirse hacia su casa, fue hacia la entrada de metro de Harvard Square. Tras pasar frente al quiosco que custodia la escalera, corrió peldaños abajo y se detuvo de golpe junto a las máquinas expendedoras y los torniquetes de acceso. Se estaba marchando un convoy, y el ruido de su salida retumbó en las paredes de baldosas blancas. Sloane se situó rápidamente junto a una máquina y se volvió para mirar la escalera.

«Si me ha seguido, vendrá por aquí», se dijo.

Respiraba con dificultad. La respiración atormentada de un corredor.

Un minuto. Dos.

No estaba segura de qué haría si veía a Roger bajando los peldaños. ¿Correr? ¿Gritar? ¿Pedir ayuda? ¿No hacer nada?

Tres minutos. Cuatro.

Examinaba cada rostro. Desde donde estaba situada, podía ver a la gente en cuanto llegaba al final de la escalera. Todo el mundo parecía ser Roger. Nadie parecía ser Roger. Estaba escondida. También estaba acorralada.

Perdió la cuenta del rato que se quedó allí paralizada, observando.

Le volvió a sonar el móvil.

Apartó los ojos de la escalera y se quedó mirando la pantalla. Mensaje número cinco:

> Si no hablas conmigo, ¿cómo voy a demostrarte lo mucho que te quiero?

Inspiró hondo y trató de pensar en una respuesta. No había ninguna. Cualquier contestación conllevaba tener más contacto. No contestar conllevaba un riesgo. No había mentiras posibles. La verdad no serviría de nada. La decepción amenazaba con desatar una rabia volcánica. La sinceridad sería totalmente malinterpretada.

Mensaje número seis:

> Estoy esperando, Sloane. Nunca dejaré de esperar.

Tampoco contestó.

Sonó otra vez. Número siete:

> Te quiero. Te quiero. Te quiero. Te quiero...

Contó la cantidad de veces que había escrito esta frase: veintidós. Estuvo seguida de:

> Pase lo que pase, Sloane, será culpa tuya. Tú eres quien me está causando todo este dolor.

Este mensaje le heló todavía más la sangre, a la vez que notaba como el calor del pánico le recorría el cuerpo. El dolor de Roger se traduciría en violencia. Lo sabía con una certeza que iba más allá de los artículos periodísticos, los reportajes televisivos, los libros de distinguidos sociólogos o los estudios de expertos en revistas de psiquiatría. La locura del «no ha sido culpa mía que haya tenido que matarte». Alzó los ojos hacia los peldaños. Estaban vacíos. Hubo una breve pausa en el flujo de gente. Sujetó la cartera y sacó rápidamente su Charlie Card, la tarjeta multiusos del metro de Boston. Se abalanzó hacia los torniquetes que daban al andén, acompañada del sonoro crescendo de un tren que llegaba. Apoyó la espalda en la pared, temerosa de que si se colocaba demasiado cerca de las vías, Roger se materializara como un fantasma tras ella y la empujaría delante de las ruedas que se acercaban veloces. Cuando el tren se detuvo con un chirrido, Sloane se volvió a izquierda y a derecha para examinar a todo el mundo que veía en el andén. Sin rastro de Roger. Pero esta observación no la hizo sentir segura. Solo acrecentó la idea de que desde algún lugar cercano, los ojos de Roger le traspasaban el corazón. Vio como las puertas del convoy se abrían y salía gente de dentro. La nueva oleada de viajeros ocupó el andén y, en el último minuto, ella cruzó corriendo las puertas que se cerraban.

Se sujetó en una barra de metal para bajarse a la siguiente parada. Con tanta fuerza que los nudillos le quedaron blancos. Temblaba. Esperaba que fuera debido a la vibración del tren.

Tres minutos. Porter Square.

El tren desaceleró rápidamente y notó que perdía el equilibrio, como si fuera a caerse. Las puertas se abrieron de golpe y se abrió paso entre los demás pasajeros que salían, subió corriendo la escalera y salió por la amplia puerta de cristal. Normalmente se habría parado para admirar el enorme móvil alado rojo y blanco que está junto a la entrada del metro, pero esa vez andaba deprisa, luchando contra la necesidad de echarse a esprintar. Bajó veloz la avenida Massachussetts, alejándose de la estación del metro. Al llegar a la mitad de la segunda manzana vio una lujosa tienda de ropa femenina y, en el último segundo, entró en ella. Giró a la derecha, se escondió tras el primer perchero de vestidos y blusas de seda, y miró por encima de él a través del escaparate.

«No puede haberme seguido —fue lo primero que pensó. Estaba intentando localizar a Roger, aunque no sabía qué haría si lo veía esperando fuera—. Llama a la policía —se dijo. Y se lo repitió una y otra vez, como el mantra de una yoguini—: Llama a la policía. Llama a la policía. Llama a la policía ahora mismo.»

—¿Puedo ayudarla?

Una dependienta se había acercado a ella por detrás. Al oírla, Sloane sintió que la traspasaba el miedo. Cada palabra le recordó la voz de Roger. No comprendió que no era Roger hasta que se dio la vuelta y vio a la mujer sonriéndole. Fue casi como si no estuviera segura, como si no diera crédito a sus ojos, que le indicaban que era una mujer más o menos de su edad, morena, esbelta y atenta. Imaginó por un instante que Roger podía de algún modo transformarse como un camaleón en una persona totalmente distinta. Podía ser joven. Podía ser mayor. Podía ser un hombre. Podía ser una mujer. Negro. Blanco. Hispano. El rico poseedor de un Ferrari. El pobre poseedor de una caja de cartón. Cualquier cosa para perseguirla.

«El miedo me está volviendo loca», pensó, inspiró y esbozó una sonrisa fingida.

—Solo estaba mirando —respondió con voz aguda, cargada de tensión. Manoseó unas blusas de seda de colores vivos colgadas de un perchero.

—Estas le quedarían muy bien —aseguró la dependienta.

—Sí —dijo Sloane. Había tenido una idea, así que sujetó tres blusas del perchero sin mirar siquiera las tallas o los colores—. ¿Tienen probador?

La dependienta, con las cejas arqueadas y cara de sorpresa, señaló la parte trasera de la tienda.

Sloane dirigió una última larga mirada al escaparate. Esperaba ver a Roger devolviéndole la mirada. Después, se encaminó deprisa hacia el probador. Había un cerrojo en la puerta y lo corrió, aunque no resistiría un puntapié decidido.

«¿Haría eso Roger? ¿Me seguiría dentro? ¿Derribaría la puerta de un puntapié? ¿Me mataría aquí, entre diseños de Donna Karan y Vera Wang?», pensó.

En el probador había un pequeño banco y un espejo de cuerpo entero en la pared. Se dejó caer en el banco y esperó.

El tiempo parecía ahogarla.

El teléfono sonó otra vez al recibir el mensaje número ocho.

¿Por qué te escondes de mí? Estamos hechos el uno para el otro. PARA SIEMPRE.

De repente hacía un calor espantoso en el pequeño probador. Sloane podía traducir ese «para siempre». Que estuviera escrito totalmente en mayúsculas creaba un mensaje sencillo: «Te mataré». Echó la cabeza hacia atrás. Pensó algo extraño: «No podré salir nunca de aquí. Este probador será mi hogar a partir de ahora».

El móvil le sonó otra vez.

Lo miró.

Llamada no identificada.

Pensó que tenía que ser Roger.

Siguió sonando.

«Dile que te deje en paz», le ordenó una voz interior.

Era una voz insistente. También sabía que esa voz era poco razonable. Por más que rogara, suplicara o mintiera haciendo falsas promesas, Roger jamás la dejaría en paz.

No había nada que pudiera decir. Nada que pudiera hacer.

A pesar de lo pequeño que era el probador, su mundo entero parecía más pequeño.

El móvil sonó una vez más.

Llamada no identificada.

No podía controlarse. Abrumada. Sudorosa. Presa del pánico. Se sentía como un escalador que se aferra a un saliente rocoso con dedos lastimados y ensangrentados suspendido en el vacío.

«No tengo elección», se dijo, y pulsó la tecla de contestar.

—Por favor, Roger, por favor. Para, por favor... —le rogó al instante, intentando conferir firmeza a cada palabra y sabiendo que fracasaba miserablemente.

Una pausa.

—Ah, querida Sloane, soy Patrick Tempter. ¿Roger? ¿Quién es Roger exactamente? Te estoy llamando para disculparme; siento mucho el embrollo con los números. Y ahora que lo pienso, ¿no era Roger el nombre que dijiste la primera vez que hablamos por teléfono?

Sloane se atragantó y tosió.

—Sí —respondió con voz ronca.

Tempter se percató al instante de su malestar, casi como si hubiera entrado en el probador tras ella.

—¿Pasa algo?

—Tengo un problema con mi exnovio —soltó. Le había temblado la voz. Solo decirlo había hecho que se le llenaran los ojos de lágrimas.

—¿Un problema? ¿De qué tipo? —preguntó Tempter.

—No acepta un no por respuesta. Temo que me ha estado acosando. No sé qué planea hacer, pero tengo miedo. Mucho miedo.

Tempter estuvo callado un momento.

—Bueno —dijo despacio, imprimiendo de inmediato el tono de abogado experto en cada palabra—, eso no está bien. Nada bien. ¿Crees que puede ser peligroso? ¿Lo has denunciado a las autoridades? ¿Has obtenido una orden de alejamiento? ¿Tal vez te has puesto en contacto con su lugar de trabajo o su familia? ¿Qué medidas has tomado?

—Nada oficial. Esperaba que parara...

—Ah, querida Sloane, eso no suele pasar. ¿Quién más está al corriente de este problema?

—Nadie —contestó tras pensarlo—. Bueno, espera, no sé si sus amigos lo sabrán. Puede que estén...

—Oh, lo dudo —la interrumpió Patrick Tempter—. Y aunque tuvieran alguna idea vaga sobre su obsesión por ti... «Obsesión» es la palabra correcta, ¿verdad?

—Sí. Creo que sí.

—Bueno, aunque la tuvieran, lo más probable es que no hagan nada al respecto. ¿Qué me dices de su lugar de trabajo?

—Es abogado, como tú. No, no como tú, pero es un abogado que está empezando su carrera en un gran bufete.

—Bueno, a lo mejor puedo razonar con él. Podemos hablar en el lenguaje de la ley. Pero, por tu parte, tu familia o tus amigos, ¿le has contado a alguien...?

—No.

—¿Estás segura? ¿Ni siquiera a una amiga o a un excompañero de estudios?

—Sí. Estoy sola en esto.

—¿Un hermano? ¿Hermana? ¿Padres?

—Soy hija única y mis padres están muertos.

Esto último le sonó extraño al salirle de la boca.

«Mi madre ha desaparecido. Sí, está muerta. No, no lo está. No oficialmente. No hasta que el kayakista mágico encuentre su cadáver.» Todos estos pensamientos la aporrearon rápidamente como golpes fuertes, y eran demasiado duros para decirlos en voz alta.

—Pues permíteme que te ayude —prosiguió Patrick Tempter con entusiasmo—. Tengo cierta experiencia en este ámbito. Y el Empleador, estoy seguro de que él también querrá implicarse en ello. ¿Dirías que este tal Roger está obstaculizando tus progresos en el monumento conmemorativo?

—Sí.

—Entonces estoy convencido de que el Empleador querrá ayudarte.

—Eso sería genial —afirmó Sloane.

—¿Podrías enviarme un mensaje con las señas de Roger? Dirección. Cualquier cosa sobre su familia. Su bufete. Sí, eso iría bien. Número de teléfono. Correo electrónico. Algunos aspectos de tu relación con él, como la duración, dónde os conocisteis, cualquier cosa que te parezca que puedas contarme, aunque no me gustaría husmear en tu vida social...

—No, ningún problema —contestó Sloane enseguida.

—Y una fotografía de Roger. Esto también iría bien. A color. De frente. La mejor que tengas.

Sloane todavía tenía fotografías de Roger en el móvil. Se preguntó por qué no las había borrado.

—Se lo enviaré —dijo.

—Excelente. Veré si puedo convencer a Roger para que te deje en paz. Se me da muy bien esa clase de discusión. Te daré otro número para que envíes un mensaje con esta información.

Le leyó un nuevo número de teléfono.

—Ahora se te nota muchísimo mejor, querida Sloane. Pero detecté auténtico miedo en tu voz cuando empezamos a hablar.

—Creo que me ha estado siguiendo. Y todo lo que me escribe suena a amenaza.

—Eso es inquietante, desde luego. ¿Algo más? ¿Algún hecho manifiesto, quizá?

—Me abordó en la calle, al lado de mi casa. Me sujetó. Pensé que iba a pegarme...

—Pero ¿no lo hizo?

—Solo porque unas personas que pasaban por la otra acera intervinieron y amenazaron con llamar a la policía.

—Ah, unos buenos samaritanos. ¿Les preguntaste su nombre por casualidad?

—No.

—Sea como sea, bien por ellos. Veamos, ¿te hizo daño?

—Un poco. Sí.

—Bueno —soltó el abogado con un sonoro resoplido—. Eso no está nada bien. Será mejor manejar esto directamente y con firmeza, creo.

—¿De verdad crees que puedes...? —empezó a preguntar Sloane.

—No sé con certeza qué voy a conseguir. Haré todo lo que pueda, veremos qué pasa y, después, reconsideraremos tu situación. A veces esta clase de compulsiones son de naturaleza profundamente psiquiátrica e inmunes a la persuasión, al soborno o incluso a las amenazas tipo policía por más listo que sea un abogado. Tal vez nuestro doctor Kessler de Nueva York sepa algo sobre estas cuestiones. Pero eso es llegar demasiado lejos y mezclar churras con merinas. Déjame ver primero qué consigo. Informalmente, claro. —Patrick Tempter reflexionó un momento—. Y —empezó a decir poco a poco— ¿dónde estás ahora?

—Escondida en el probador de una lujosa tienda de ropa de la avenida Massachusetts, cerca de Porter Square.

—Bueno —dijo Tempter con una ligera carcajada—, eso es ingenioso. Quédate donde estás. Ordenaré a mi chófer que vaya a recogerte. ¿Puedes probarte prendas una media hora más o menos?

Lo preguntó en un tono festivo para relajar la tensión en la voz de Sloane. Esta se obligó a reír. Notó que la tensión empezaba a abandonarla.

—Sí —contestó, agradecida.

—Estupendo —exclamó Tempter—. Ahora mismo envío al chófer. Lo recordarás de la noche que cenamos juntos. Es muy experto. Y no solo conduciendo. Él te llevará a casa sana y salva.

—Gracias —soltó Sloane.

—Y entonces ponte a investigar de nuevo —pidió Tempter—. Porque tanto yo como el Empleador creemos de verdad que la investigación dará lugar a un diseño memorable.

En aquel momento, a Sloane le vinieron a la cabeza todas sus anteriores preguntas sobre su investigación. Laberintos, torsos decapitados, sobredosis, sacerdotes asustados, fotografías entregadas a un abogado de pacotilla, pederastas, personas atropelladas mientras paseaban con el perro y plagios en el colegio. Pero el alivio por lo de Roger las dejó todas a un lado y no hizo ni siquiera una.

18

Uno

La dependienta de la tienda escuchó la rápida explicación que
Sloane le susurró: una mala ruptura, creo que mi ex me está acosando, y la dejó esperar tras la caja registradora, fuera de la vista,
pero desde donde Sloane podía observar con cautela la calle por
el escaparate. Con gran alivio, no tardó en ver aparecer la larga
limusina negra. El chófer aparcó en doble fila y salió. Lo vio observar cuidadosamente la manzana antes de entrar en la tienda.

—¿Señorita Connolly? —la llamó con una sonrisa—. Me
alegra volver a verla. ¿Está bien?

—Sí —contestó Sloane, aunque la respuesta podía haber
sido igualmente «No».

—Pues vámonos.

Vio que el chófer tenía la mano derecha bajo la chaqueta de
su traje negro.

«Funda de hombro —supuso—. Sujeta un arma con la
mano.»

Dio efusivamente las gracias a la dependienta y siguió al
chófer a la calle.

—Un cupé BMW rojo, ¿verdad? —dijo el chófer mientras
sujetaba la puerta de la limusina para que ella entrara. Apenas se
le ocurrió preguntarle cómo había obtenido aquella información. Estaba a punto de hacerlo, pero se contuvo.

—Sí —respondió simplemente.

—Ningún problema —aseguró el chófer. Su voz irradiaba una seguridad masculina de poder con todo. Al sentarse al volante, añadió—: No se preocupe. —Le sonrió. Sloane podía verle la cara por el retrovisor—. Exmilitar. Expolicía —dijo, como si este currículum de dos líneas fuera más que suficiente—. He estado en situaciones mucho peores —añadió, como para respaldar el currículum; algo así como si dijera que tenía un doctorado en violencia brusca.

La llevó despacio a su casa. Igual que había hecho en la tienda, detuvo el coche justo delante de la puerta, en doble fila detrás de una furgoneta blanca. Había un hombre de mediana edad con aspecto de obrero de pie junto a la furgoneta.

Sloane vio un logotipo pintado en el costado. Una llave grande y anticuada, y una cerradura que se abría: Cerrajeros Urgencias 24 horas en Cambridge. ¿No puede abrirlo? ¡Nosotros sí!

—Tengo que comprobar que llega sana y salva a su edificio y a su piso —explicó el chófer—. Y ese hombre ha venido a ponerle unas cerraduras nuevas en la puerta de su piso. No puede cambiar la de la puerta principal, porque eso es cosa del propietario del edificio. Pero puede asegurarse de que su puerta sea totalmente segura. El señor Tempter enviará al administrador del edificio un juego de las nuevas llaves de su piso, tal como exige la ley. Pero no tiene que hacerlo deprisa.

Dijo esta última parte con una sonrisa de complicidad.

Sloane vio que saludaba con la mano al cerrajero mientras le abría la puerta del coche. Dejó entrar a los dos hombres en el edificio y subieron todos hasta su casa. El chófer alargó la mano y le impidió acceder a su piso cuando hubo abierto la puerta. Con la mano de nuevo bajo la chaqueta, entró él. Sloane imaginó que registraba rápidamente las pequeñas habitaciones, cada armario, el cuarto de baño y seguramente bajo la cama. Ni rastro de Roger. A su lado, el cerrajero le sonrió con la caja de herramientas en la mano.

Pasados unos minutos, el chófer regresó.

—¿Le gustan los bombones, señorita Connolly? —preguntó.

Sujetaba una pequeña caja roja en forma de corazón.

Sloane sacudió la cabeza.

—Alguien entró y le dejó esto en la cama. Sobre la almohada. Con una nota.

Le dio una tarjeta. Estaba adornada con querubines y corazones, y rezaba: SIEMPRE PIENSO EN TI.

No estaba firmada. La letra le era desconocida.

Debió de parecer asustada, porque el chófer habló antes de que ella pudiera decir nada.

—Bueno, quienquiera que fuera, no va a volver a entrar. Sea cual sea la llave que usara, está a punto de volverse inservible.

Hizo un gesto con la cabeza al cerrajero.

—Adelante —ordenó.

El hombre sacó de inmediato un taladro eléctrico.

—Voy a ponerle la mejor que tenemos —indicó el cerrajero—. Si alguien quiere entrar en su casa, necesitará un ariete o un par de cartuchos de dinamita, señorita. Puede que incluso algo de nitroglicerina.

El chófer se volvió hacia Sloane.

—Puede entrar mientras él trabaja. Yo voy a quedarme aquí hasta que haya terminado. —Quitó la cinta dorada que rodeaba la caja—. Me gustan los que llevan frutos secos —comentó, metiéndose un bombón en la boca—. ¿Y a usted? —preguntó acercándole la caja. Sloane sacudió la cabeza—. Deliciosos. Si no le importa entonces, señorita Connolly, se los llevaré a mi mujer y a mis hijos.

Sloane asintió.

—Bueno, puede que sea una sabandija —comentó cuando acabó de masticar—, pero es una sabandija con gustos caros en cuanto a bombones. —Lo dijo con una carcajada.

Sloane miró la caja. Lo que tendría que haberla aterrado parecía ahora inocuo.

—Oiga —añadió el chófer pasado un momento—, eché un vistazo rápido a algunos de sus bocetos. Son estupendos. Obra de una verdadera profesional.

Sloane cayó en la cuenta de que había algunos de los dibujos de prueba que había descartado esparcidos por su mesa.

—Gracias —dijo—. Todavía estoy intentando encontrar el diseño adecuado.

Se sintió algo incómoda al recordar que tenía platos sucios en el fregadero, latas de refresco y tazas de café vacías por todas partes, y algunas prendas de ropa interior, de la sexy, de encaje negro, sobre la cama. Se estremeció por dentro, preguntándose si Roger, cuando había dejado la caja de bombones en su cama, las habría tocado. Tal vez olido. Excitado con ellas. Puede que algo peor. La idea casi le dio náuseas y decidió tirarlas a la basura. También recordó que tenía escondida la pistola del 45 en el cajón superior de la cómoda. Esperaba que Roger no la hubiera encontrado rebuscando entre sus cosas. Pensó por un instante mencionárselo al chófer. Parecía más que capaz de darle una rápida lección sobre cómo usarla, algo mucho más íntimo y mucho más efectivo que un vídeo de YouTube. Pero decidió no hacerlo. No quería que viera lo incompetente que podía ser con el arma en la mano. Con un zumbido, el cerrajero comenzó a usar el taladro para quitar las cerraduras existentes.

Dos

Por primera vez desde hacía días se sintió segura. Ya tenía el nuevo juego de llaves colocado en el llavero, la calle estaba tranquila mientras la luz del día menguaba y la noche asomaba por la manzana. Hacía horas que Roger no le había enviado ningún mensaje, no desde el inquietante «T veo» que la había llevado al probador de la tienda de ropa. Se dijo a sí misma que no se fiara demasiado de esa sensación. Roger seguía ahí.

«Pero —argumentó para sus adentros—, ahora Patrick Tempter ha tomado cartas en el asunto y sacará a Roger de mi vida para que pueda hacer el trabajo para el que fui contratada.»

Imaginó la secuencia de expresiones de sonrojo asustado, disculpa avergonzada y cachorro apaleado en el rostro de Roger cuando supiera quién estaba al otro lado de la línea telefónica y viera de golpe su carrera profesional y su futuro dependiendo de su reacción.

Vestida con pantalón de chándal y con una descolorida camiseta roja de la gira de Lucinda Williams, dio unos saltitos en medio de su reducida sala de estar y soltó en voz alta:

—¡Chúpate esa, Roger! —Esto la hizo sonreír. Y prosiguió, casi exultante—: Procura no parecer demasiado patético.

Se sentó a su mesa, tomó un carboncillo y un bloc de dibujo y esbozó una serie de seis móviles alados como el que había junto a la parada de metro de Porter Square por el que había pasado corriendo antes, pero mucho más pequeños y de un color distinto cada uno. Estaban situados en un jardín urbano de bolsillo de modo que giraban suavemente con la brisa y proyectaban sombra a seis bancos de madera.

Ese diseño le pareció apacible.

«Puede que demasiado apacible —comentó para sí misma—. O puede que sea así exactamente cómo le gustaría al Empleador recordar a los Seis Nombres de Difuntos, no en la forma violenta en que murieron, sino tal como vivieron.»

Vidas, muertes y mentiras parecían formar parte de un todo.

La única mentira de la que estaba completamente segura era la del nombre del yonqui rico asesinado en la ciudad de Nueva York.

Carmichael.

Esa era la ruta que Patrick Tempter la había apremiado a seguir. Tomó la fotografía de Il Labirinto y, con la misma rapidez, la dejó en la mesa. Echó otro vistazo a la fotografía que la había acompañado, la de la pareja de espaldas contemplando la puesta de sol sobre el mar. Sintió una punzada de frustración. Era una fotografía pensada para ayudarla a comprender algo, pero se le escapaba qué.

Dejó a un lado los bocetos. Dejó a un lado las fotografías. Apartó todas sus notas y desechó cada uno de los Seis Nombres de Difuntos de su cabeza. Se volvió hacia su ordenador.

Doctor Richard Kessler. El experto en adicciones.

Su fotografía y su biografía aparecieron en la pantalla.

Había un número de teléfono de contacto para nuevos pacientes. Llamó y la atendieron enseguida para darle hora.

—Consulta del doctor Kessler. ¿En qué puedo ayudarlo?

—Necesito ayuda —contestó Sloane con un hilo de voz. Una actriz en el escenario telefónico.

Una falsa yonqui.

Logró que le dieran una cita urgente para esa misma semana con un nombre falso. Usó Carmen Mitchell. Sloane dudó que el médico captara la ironía. Como elemento añadido de urgencia, contó al servicio de atención telefónica que había llegado a un punto crítico en su adicción.

—Tengo miedo de... ya sabe... no sé si podré seguir adelante... podría hacerme daño a mí misma...

En lugar de heroína, mencionó los opioides. Eran lo último en el mundo de las adicciones. Muchos artículos periodísticos, especiales televisivos y vallas junto a las carreteras daban fe de esa epidemia.

Tras obtener la cita y decir a la operadora que no haría nada drástico hasta haber hablado con el doctor Kessler, Sloane buscó un poco más el nombre del médico en internet. Se imaginó sentada frente al médico exigiéndole un nombre verdadero.

«¿Y si no me lo da?», se dijo.

Pudo verse a sí misma como una estrella de cine sacando el arma del 45 del bolso y amenazándolo a punta de pistola.

—Dígame el nombre o le meteré una bala en la pierna.

Más bien no.

Podría verse a sí misma suplicándole.

—Por favor, dígamelo, por favor, o me echaré a llorar.

Más bien no.

Pudo verse a sí misma inclinándose provocadoramente hacia él a modo de mujer fatal, desabrochándose la blusa.

—Deme el nombre y yo le daré algo.

Seguro que no.

Se planteó todas las posibilidades que pudo imaginar. En ninguna parecía sonsacar el nombre al médico.

Mientras ese pensamiento tan deprimente calaba en ella, vio una entrada con el nombre del médico en un artículo de una prestigiosa revista médica: «Examen de las similitudes entre los asesinos repetitivos y las formas de adicción habituales».

Hizo clic en esa entrada y leyó el primer párrafo.

> Los rasgos identificables de los asesinos en serie y los apuntalamientos psicológicos conocidos y previamente identificados de las personalidades adictivas comparten algunas cosas en común que apoyan el conocimiento de los asesinos psicópatas usando pruebas similares basadas en los indicios que son indicativas de individuos propensos a las adicciones y sugieren algunos programas de tratamiento concretos tras el encarcelamiento.

Lo primero que pensó Sloane fue que el médico no sabía escribir. El resto del extenso artículo citaba estudios de casos y examinaba exhaustivamente los planteamientos abordados para tratar a personas adictas a las drogas y al alcohol, y aplicaba esas matrices a lo que se conocía sobre diversos asesinos en serie destacados. Estaba escrito en un lenguaje científico complejo, apenas comprensible, para darle autoridad ante los colegas expertos en los campos de la psicopatología y la adicción. Vio varios nombres reconocibles: Ted Bundy, Kenneth Bianchi, John Wayne Gacy, Jack el Destripador, el Asesino del Zodíaco.

El artículo del médico parecía sacar una única y obvia conclusión: los asesinos en serie eran tan adictos al asesinato como un alcohólico a la bebida o un yonqui a las drogas.

No creyó que necesitara saber más.

TRES

El día siguiente Sloane comprobó con frecuencia el móvil.

Nada de Roger.

Ningún mensaje de texto. Ningún mensaje de voz. Ningún correo electrónico. Nada en Snapchat o Instagram.

«Ni un puto bombón. Ni una puta rosa.»

Cuando miró por la ventana para examinar su calle, no había ni rastro de su coche. Ninguna presencia acechando entre los edificios.

Ninguna noticia de Patrick Tempter tampoco.

A media mañana, salió de su piso, con la bolsa de viaje en la mano tras hacer las reservas del billete de tren y del hotel con el ordenador. Su primera reacción fue encorvarse, agachar la cabeza y caminar deprisa, como había hecho una y otra vez los días anteriores. Combatió ese impulso. Se enderezó y respiró el aire de principios de verano en la ciudad. Algo húmedo. Algo caliente. Era lánguido, agradable, aunque casi notaba el sabor de una tormenta que se estaba preparando para más tarde. Por primera vez en semanas tuvo la sensación de que ya no la vigilaba nadie.

Dio un paso adelante.

Y le pareció que sí.

Dio un segundo paso.

Y le pareció que no.

Se desprendió de esa incertidumbre, culpando de esa situación a lo implacablemente que Roger había restringido su vida, se quitó las distracciones de la cabeza y se dirigió hacia South Station.

El tren de alta velocidad Acela a Manhattan redujo la marcha al cruzar la zona residencial del nordeste de la ciudad y volvió a acelerar mientras serpenteaba por las afueras de la misma. El mundo que Sloane veía por la ventanilla era cada vez más urbano. Un reguero constante de almacenes, fábricas y aparcamientos empezaron a sustituir las casas esbeltas con arbustos muy cuidados. Las vallas publicitarias ocuparon el lugar de las calles bordeadas de árboles. Todas las paredes vacías estaban cubiertas de grafitis. Finalmente, cuando el tren traqueteaba entre bloques de edificios de pisos anodinos, se sumergió bajo tierra. Las ruedas chirriaron al entrar en la estación.

El nombre falso de Sloane tenía una cita a primera hora de la tarde. Fue en taxi hasta un hotel del Upper West Side que estaba a tan solo dos manzanas de la consulta del médico. Se registró y subió a su pequeña habitación. No tenía planeado nada, aparte de llegar a la hora prevista, sentarse frente al médico y exigirle una sola verdad.

Un nombre.

Imaginaba que eso bastaría. Le permitiría conocer lo que relacionaba entre sí los Seis Nombres de Difuntos y por qué el Empleador quería honrarlos.

Miró el móvil y el ordenador mientras esperaba que fuera la hora.

Un único mensaje de texto airado de Roger:

No puedo creer que me obligues a hacer esto.

Eso la hizo sonreír. De modo que Patrick había hablado con él.

Se dijo a sí misma que su salida de aquella relación estaba a punto de completarse. Se permitió imaginarse qué clase de hombre podía esperar conocer los próximos días. Imaginó al instante los clichés habituales: alto, bien parecido, listo y sensible.

A las seis menos cuarto salió del hotel y descendió la avenida Columbus. Como muchas zonas residenciales de Manhattan, estaba abarrotada de coches y camiones que luchaban contra el tráfico de la hora punta e intentaban dirigirse al oeste por cualquier ruta que ofreciera la perspectiva de correr más. Sonaban bastantes cláxones, y los autobuses y los camiones expulsaban gases de escape. Sloane pensó que la ciudad era un lugar donde todo el mundo creía que tenía que estar en un sitio en aquel preciso instante y la urgencia constante por llegar allí eliminaba cualquier pensamiento ocioso o ensoñación.

Encontró la consulta del médico sin problemas. Estaba en un viejo edificio de piedra rojiza con una elegante valla de hierro forjado. Su despacho estaba bajo la escalera que conducía a una media docena de pisos. Había una única puerta que daba a un sótano que había sido convertido en un espacio más amplio y más luminoso. Había una placa de bronce con su nombre en una pared y un timbre.

Lo pulsó, y treinta segundos después le abrieron automáticamente la puerta.

Accedió a un vestíbulo pequeño y estrecho con unas cuantas obras de arte moderno en las paredes blancas y dos sofás rígidos.

Se sentó y esperó.

A los pocos minutos se abrió una puerta y salió un hombre joven que tendría unos cinco o seis años más que ella. Llevaba un traje caro y el pelo largo. Pasó ante Sloane sin decir nada, sin establecer contacto visual con ella, casi como si lo estuvieran persiguiendo mientras salía deprisa a la calle. La pesada puerta se cerró de golpe con un ruido que recordó un disparo. La sobresaltó, y estaba mirando en aquella dirección cuando oyó:

—¿Señorita Mitchell?

Se volvió y vio al doctor Kessler sujetando la puerta de la consulta para que ella entrara.

Sin apretón de manos.

Sin presentación.

Sin cumplidos del tipo: «¿Cómo está?».

Sloane entró en la pequeña consulta. Vio una silla dispuesta delante de una mesa y se dejó caer en ella. Algunas obras más de arte moderno en una pared, una estantería llena de libros sobre adicción y tratamientos, autobiografías como *Retrato de un joven adicto a todo*, de Bill Clegg, o novelas como *El hombre del brazo de oro*, de Nelson Algren. Había diplomas enmarcados en una pared, pero no tuvo tiempo de examinarlos. El psiquiatra rodeó la mesa y se sentó. La observó atentamente, como un constructor que calcula la altura de una pared propuesta.

—Muy bien, señorita Mitchell —dijo despacio—. ¿Cuál es el problema y por qué cree que puedo ayudarla?

Sloane intentó imprimir intensidad a cada palabra.

—Tengo una sola pregunta para usted, doctor —soltó con frialdad. Provocadoramente.

—¿Cuál?

—Es la misma pregunta que tendría que haberle hecho el otro día.

Dejó que el silencio se instalara entre ellos con la esperanza de que realzara la urgencia. El psiquiatra se movió ligeramente en su asiento. Cuando habló, fue como si cada palabra resonara como un diapasón situado en una cuerda de piano.

—Entonces ¿hemos hablado antes? —preguntó, pronunciando las palabras lentamente.

—Sí —contestó Sloane. Iba a continuar, pero el psiquiatra parecía penetrarla con la mirada.

—Pues claro que sí. ¿Sabe qué, señorita Mitchell, cuyo verdadero nombre es Sloane Connolly? Hace unos días que la estaba esperando —aseguró.

Y entonces Sloane vio en su mano el revólver que había sacado de debajo de la mesa y con el que la apuntaba directamente al corazón.

19

Uno

Sloane se quedó petrificada.

Una avalancha de miedo le cayó encima.

«Voy a morir —se dijo—. Aquí. Ahora. Y no sé por qué.»

Unos pensamientos electrizantes le recorrieron el cuerpo: hormigueo, sudor, asfixia. Frío. Calor. Hielo y fuego. Al borde del pánico. Se vio a sí misma huyendo. Se vio a sí misma lanzándose en plancha para ponerse a cubierto como una heroína de Hollywood. Se vio a sí misma flotando de repente y elevándose sobre el *skyline* de Manhattan como si no hubiera techo en la habitación, nada que la cubriera y ella pudiera volar. Todas ellas parecían salidas posibles e imposibles en medio de la misma oleada implacable de terror. Le costó un esfuerzo mayúsculo darse cuenta de algo: no se podía mover. En aquel momento todos los músculos de su cuerpo la traicionaron. El único movimiento que conservaba era un temblor espasmódico de las manos y, seguramente, el labio inferior, aunque no lo notaba.

«Ya estoy muerta —pensó por un instante—. Disparó el arma. La bala me entró por el pecho. El corazón me explotó. Ahora mismo estoy tumbada en el suelo desangrándome. Exhalando mi último suspiro. Gritando mi última palabra como un soldado agonizando en el campo de batalla: "Mamá".»

Y mientras todas estas cosas diversas y aterradoras colmaban su imaginación, oyó que el psiquiatra decía:

—¿Ha venido a matarme, señorita Connolly?

La pregunta la devolvió a la realidad.

Era la misma pregunta que le había hecho el viejo profesor de historia en Hampton Beach. Entonces una pregunta a punta de escopeta. Ahora una pregunta a punta de pistola. Una pregunta de *Alicia en el país de las maravillas*. Todo parecía invertido. Sloane estaba mareada.

—No. Como le he dicho, solo he venido a preguntarle un nombre.

Un titubeo.

Un añadido:

—El nombre real.

Un momento de silencio entre ella y el médico, aunque el arma que seguía en su mano hacía que todo pareciera ruidoso, un feedback creciente de guitarra eléctrica que chirriaba y aullaba en sus oídos.

—¿Va armada, señorita Connolly?

Sloane sacudió la cabeza. Miraba directamente al médico.

Kessler era un hombre menudo, diminuto, unos cuatro o cinco centímetros más bajo que ella, algo calvo, con una perilla teñida de gris y unas gafas para ver de cerca que le colgaban del cuello. Parecía un peso gallo pero sin la bravuconería de un hombre bajo. En aquel segundo se dio cuenta de que estaba tan asustado como ella, solo que él tenía el arma.

«No permitas que te mate por error», se dijo a sí misma.

—Por favor, póngase las manos detrás de la cabeza con los dedos entrelazados —ordenó el médico, hablando en el mismo tono que usaría si estuviera pidiendo nervioso a un paciente peligroso al borde de un brote psicótico si seguía su medicación cuando sabía que la respuesta era que no.

Sloane hizo lo que le decía.

—Ahora, levántese, vuélvase y póngase de cara a la pared, por favor.

Sloane hizo lo que le decía.

El médico salió de detrás de la mesa. De golpe, Sloane se notó el cañón del arma en la nuca. Estaba caliente. Ardiendo. Oía su propia respiración: rápida, superficial. Se mezclaba con el sonido de la respiración del médico: rápida, superficial. Sloane fue consciente de que el médico hurgaba en su cartera con una mano sin apartar el arma de ella. Se dio mentalmente algunas órdenes como si la Sloane razonable sermoneara a la Sloane aterrada: «No te muevas. Quédate quieta. Ni siquiera parpadees. Si lo haces, apretará accidentalmente el gatillo».

—Siento tener que hacer esto —se disculpó el médico.

Notó que le recorría el cuerpo con las manos. El lado derecho. El lado izquierdo. Arriba y abajo.

Fue algo íntimo. Una violación. El contacto le quemó, especialmente cuando lo notó en los pechos y, después, en la entrepierna. Imaginó que le había dejado marcas rojas en la piel.

Sonrojada, permaneció en silencio.

—Muy bien —dijo el psiquiatra con una voz cargada de algo desconocido, como si hubiera esperado encontrar navajas, pistolas y granadas de mano atadas a su cuerpo bajo la ropa y quizá explosivos escondidos en el bolso—. Vuelva a su asiento, por favor. Y ya puede bajar las manos.

Mientras lo hacía Kessler retrocedió, apuntándole otra vez el pecho con el arma. Cuando se sentaba, fue hacia la puerta, la cerró con llave con un sonoro clic y volvió a situarse despacio al otro lado de la mesa.

—¿Ha venido sola, señorita Connolly?

—Sí. Claro.

Por primera vez, su voz reflejó cierta irritación, remanente del insulto de ser registrada. Notó que se le normalizaba el pulso. Notó que recobraba la compostura.

—No la creo.

—Bueno —respondió Sloane con frialdad—. No tengo forma de convencerlo.

El hombre se inclinó hacia delante. El arma en su mano no se movió.

—¿Debería matarla, señorita Connolly?

Esta pregunta la pilló por sorpresa.

Fue a gritar «¡No!» pero se contuvo. Carraspeó. Esperó que no le saliera una voz cascada y ronca que delatara todos los miedos que se albergaban frenéticamente en su interior.

—No lo entiendo, doctor. ¿Por qué iba a querer matarme? ¿Qué le he hecho?

Kessler se inclinó hacia delante; era la viva imagen de la intensidad contradictoria y la indecisión.

—Para mantenerme a salvo.

—¿De mí? Como le he dicho, he venido solo por un nombre.

—No la creo, señorita Connolly. No creo que nada relacionado con ese nombre sea real.

Sloane vio una duda desbocada y algo de miedo reflejados en los ojos del médico. El arma que tenía en la mano parecía haberle llevado en direcciones de las que no estaba seguro. Se dio cuenta de que el médico no estaba preparado para manejar un arma, como ella cuando abrió el regalo de cumpleaños de su madre.

«Tendría que haber mirado en YouTube como yo», pensó.

Se percató de que el médico estaba acostumbrado a tener sentada delante a gente con problemas y sufrimientos, y a escucharle resumir su aflicción y su dolor. Y siempre estaba al mando de esa situación.

«Pero ahora no. Ni siquiera con el arma en la mano está al mando. Pero tú tampoco —se dijo a sí misma—. Quizá lo esté el Empleador.»

Señaló el arma y añadió:

—¿Y si deja eso para que podamos hablar de una forma más razonable? Me pone muy nerviosa.

—No —respondió el médico—. Aún no. No hasta que esté seguro.

Sloane no sabía cómo darle esa seguridad. No con lo asustado que estaba el médico. Pero el miedo que ella sentía era concreto: un arma apuntada a su pecho en unas manos temblorosas. El miedo del psiquiatra era desconocido.

—¿Quién la ha enviado aquí? —quiso saber.

—Nadie —contestó demasiado deprisa. La respuesta exacta habría sido «Patrick Tempter». O quizá: «el Empleador, que estaba relacionado con su paciente». Seguramente la respuesta adecuada habría sido: «El trabajo que me han encargado». Pero no dijo nada de todo esto.

El médico le acercó un poco el arma.

—Señorita Connolly —dijo con frialdad, pero cada palabra de su nombre estuvo teñida de amargura—, empiece a decirme la verdad, por favor. Porque, si no, solo me dejará una alternativa.

«Matarme —pensó Sloane. Y, en aquel mismo momento, lo supo—. No lo hará. No puede. No aquí. No ahora. Solo es un farol. Lo ha aprendido viendo demasiadas series policíacas por televisión.»

—Le estoy diciendo la verdad, doctor —afirmó con frialdad. Su voz seguía siendo aguda, cargada de tensión. Se dijo que demasiado aguda e inspiró hondo—. No creo que sea usted un asesino. Y no creo que quiera empezar a serlo ahora.

Era un reto, y pareció funcionar.

—No lo soy —soltó el médico como si lo hubiera insultado.

—¿Por qué me apunta entonces con el arma?

—Ya sabe por qué —repuso, con la voz teñida de repente de ira.

—No, no lo sé —replicó Sloane, intentando igualar su ferocidad—. Estoy aquí porque me dieron un nombre falso y...

—Usted usó un nombre falso cuando pidió hora —la interrumpió el psiquiatra.

—Sí. Porque creí que, de otro modo, no me recibiría.

El médico asintió sin darse cuenta, porque lo que Sloane había dicho era cierto.

—He venido por Mitchell Carmichael.

—Ya se lo dije. Cuando hablamos por teléfono. No existió.

—Pero alguien sí.

—Sí —asintió de nuevo el médico—. Pero no puedo... —Se detuvo—. ¿Qué está pasando, señorita Connolly?

La pregunta tenía casi un aire lastimero. Era como si dejara que la confusión lo invadiera.

—Soy médico, señorita Connolly. Trato a personas con adicciones. Intento hacer lo correcto en este mundo. Intento ayudar a personas que necesitan ayuda. He logrado mi propósito la mayoría de las veces. Pero esto... —agitó el arma en el aire—, usted, los nombres falsos, las mentiras, las amenazas y todo lo demás. No he hecho nada malo. No me merezco esto. ¿En qué estoy metido?

Sloane decidió arriesgarse.

—Supongo que yo me hago las mismas preguntas, doctor Kessler.

El psiquiatra se movió en su asiento un momento. Después bajó el revólver y lo dejó en la mesa a pocos centímetros de su mano.

—Muy bien, señorita Connolly, si no ha venido a matarme... veamos qué podemos aclarar. En primer lugar, su interés por el nombre que ambos sabemos que es falso.

Sloane ordenó sus pensamientos y soltó su discurso habitual.

—Me han contratado para crear un monumento conmemorativo para honrar a seis personas...

—¿Es usted arquitecta? ¿O diseñadora? Pero creía...

Se detuvo, dejando esa última frase en el aire.

—Sí. Y la persona que me contrató permanece en el anonimato...

—¿Anonimato? ¿Y esa persona anónima quiere un monumento conmemorativo?

—Correcto.

—¿Expuesto en público?

—Sí. Insiste en que esas personas fueron fundamentales para él en diversas fases de su vida. Cada una de esas seis personas murió en circunstancias inusuales. Asesinatos y accidentes sospechosos, doctor. Una de esas seis personas fue un exadicto llamado Michael Smithson... ¿Le suena ese nombre, doctor?

El psiquiatra frunció los labios mientras intentaba recordar a la vez que procesaba lo que Sloane le había dicho. Murmuró entre dientes la palabra «¿Trofeos?» a modo de pregunta, casi como si en aquel segundo Sloane no estuviera en la habitación sentada frente a él. Pasado otro instante, sacudió enérgicamente la cabeza.

—No. Lo cierto es que he estado en contacto con muchas personas con problemas de adicción, pero ese nombre... Naturalmente, tendría que examinar detalladamente mis registros... lo que conllevaría repasar décadas de tratamientos, pero no recuerdo...

Sloane lo interrumpió:

—Smithson fue en su día consumidor y proveedor. Vendía a clientes de postín.

—Sí. Traficante. Sí. Pero a lo largo de los años he oído literalmente cientos de nombres de traficantes, hasta tal punto que ya no los retengo. Nombres reales. Apodos. Nombres falsos. El traficante no forma parte del tratamiento. Evitarlo sí.

Sloane reflexionó un momento antes de comentar:

—Bueno, si mató a uno de sus pacientes...

—¿Sin querer?

—No. A propósito.

—Eso sería un asesinato en primer grado —dijo el psiquiatra sacudiendo la cabeza—. Un asunto policial. Y, por supuesto, si hubiera tenido la menor idea de que había pasado algo, habría contactado de inmediato con las autoridades y les habría transmitido toda la información pertinente. —El médico adoptó al instante un tono oficioso, casi burocrático—. Y recordaría cada nombre y cada detalle. Pero nunca he tenido que hacer algo así en todos mis años de tratamientos...

—Me dijeron que él fue el hombre que vendió una dosis mortal a Mitchell Carmichael —insistió Sloane—. Asesinato con heroína sin cortar. El nombre falso del que fue su paciente. Esa relación es lo que me ha traído aquí. Creo que el nombre real de ese paciente me dará la clave de las conexiones que estoy intentando encontrar y que vinculan todos esos nombres con mi empleador y su monumento conmemorativo.

Sloane se detuvo. Pensó que parecía de lo más organizada y resuelta cuando era todo lo contrario. Echó un vistazo al arma que descansaba en la mesa. De repente parecía una decoración más de la habitación, como un jarrón con flores o un cuenco con frutas.

El psiquiatra siguió moviéndose en su asiento.

—¿Lo que me está diciendo es que ese hombre que fue mi paciente fue asesinado?

—Eso es lo que me han dicho.

Kessler miró un momento al techo, como si buscara orientación. Después bajó los ojos y los fijó en Sloane.

—¿Qué móvil habría tenido ese asesinato?

—No lo sé.

—Un asesinato sin razón alguna. ¿Le parece normal, señorita Connolly?

—No sé lo suficiente sobre asesinatos como para contestar esta pregunta, doctor —repuso Sloane. Y era totalmente cierto.

El psiquiatra titubeó antes de decir con frialdad:

—Yo sé mucho sobre asesinatos. Y le aseguro, señorita Connolly, que siempre hay una razón cuando se mata a alguien. Puede ser algo tan sencillo como la necesidad de dinero, por ejemplo en el atraco a una tienda que sale mal, o una discusión que se tuerce, lo que motivaría algunos homicidios domésticos. O podríamos profundizar en la psicología y encontrar el origen de los crímenes de los asesinos en serie en los abusos infantiles. Pero... —Se detuvo.

Sloane asintió.

«Conocimientos académicos —pensó—. Sabiduría extraída de los libros. Ninguna experiencia en el mundo real.»

El médico volvía a estar callado. Casi como absorto en sus pensamientos. Sloane lanzó su siguiente pregunta al silencio.

—¿Quién era Mitchell Carmichael, doctor? —insistió. Con una dureza granítica.

El psiquiatra sacudió la cabeza.

—Creo que podemos correr un peligro considerable, señorita Connolly —dijo muy despacio.

Por segunda vez desde que entró en la consulta del psiquiatra, Sloane sintió una punzada de miedo. Era como la sensación que tiene una persona cuando está demasiado cerca del bordillo y un coche pasa a pocos centímetros de ella a toda velocidad.

—¿Por qué dice eso, doctor? —Le costó un gran esfuerzo articular esta pregunta.

Kessler ordenó sus pensamientos. Pasado un momento de silencio, habló, pero cada palabra pareció afilada, como si le cortara los labios al salir de ellos.

—Permítame que le cuente una historia, señorita Connolly...

—Muy bien —dijo Sloane mientras veía como el médico acariciaba con los dedos el arma que tenía en la mesa—. Adelante.

—Hace muchos años vino a verme un hombre. Pidió hora, como usted. Se sentó donde está usted sentada. Me dijo: «Mi hermano es drogadicto, doctor. Desde hace años. Estoy desesperado por ayudarlo. Lo quiero, doctor. Pero se está matando con las drogas. Lo hemos intentado todo. Otros médicos. Otros programas. Ninguno ha funcionado. Por eso he venido a verlo. Ayúdelo. Sálvelo». Le di todas las respuestas habituales: «Mire, no hay ninguna garantía. No hago milagros...». Todas las cosas que suelo decir y que nadie escucha. Solo me pidió: «Sálvelo, doctor. Sálvelo». Y lo intenté.

El psiquiatra se detuvo. Sloane observó que cuanto más hablaba, más temblaba.

—Accedí a ver al hermano en cuestión. Tal como le conté la primera vez que hablamos por teléfono. Era imposible ayudarlo porque no quería que lo ayudaran. Ni terapia. Ni medicación. Ni programa de doce pasos. Ni rezar a un poder superior. Ni apelar a su buen corazón. Ni engatusarlo, ni amenazarlo, ni siquiera suplicarle iba a apartarlo de su adicción, más o menos como yo me había imaginado. Esta es a veces la triste realidad del tratamiento de las adicciones, señorita Connolly. Sin motivación... y me refiero a muchísima motivación...

Se detuvo, y Sloane vio que se ponía tenso.

—Por lo que no podía hacer nada. Informé al hermano que estaba tan desesperado de que las probabilidades de lograr un buen resultado eran mínimas. Insistió en que siguiera adelante. Más horas. Más charlas. Era patético, señorita Connolly. Una vez el hermano adicto me dijo: «Todas las personas a las que he querido me han abandonado. Todas aquellas a las que he odiado se han aprovechado de mí». Probé todo lo que contempla el manual terapéutico. Nada funcionó. De modo que pasó lo inevitable. El hermano adicto vino a una última sesión y se marchó diciendo: «Esto ha sido instructivo, doctor, pero yo soy como soy...». Sin ningún arrepentimiento. Y un par de semanas después murió de una sobredosis. No es tan extraño, señorita Connolly, los adictos toman sobredosis con cierta frecuencia. Es algo que aceptan. Un accidente de su elección. Los afortunados, puede que sean afortunados o puede que no, sobreviven. Los desafortunados, no, salvo que puede que ellos sean los afortunados. Tengo algunos colegas que sugieren que la adicción es una forma de suicidio lento. Yo no estoy seguro. Pero no sé nada sobre una dosis homicida. Ni puedo decirle por qué iba a querer alguien matar a mi paciente. Hay una razón, créame. Solo que no la sé.

—Pero —empezó a decir Sloane, sin embargo, interrumpió la pregunta porque el médico levantó la mano.

—La historia no ha terminado, señorita Connolly. Un tiempo, aunque no mucho, después de la muerte, el hermano vivo volvió a ocupar este asiento. Estaba abatido, evidentemente afligido por la muerte de su hermano. Pero entre lágrimas me pidió que diera la conferencia cuya información usted leyó. Acepté. La remuneración fue... bueno... considerable y estuvo canalizada a través de la universidad, como usted sabe. Totalmente legal.

—Pero el nombre relacionado con la conferencia...

—Sí. Exacto. Un pseudónimo. No lo supe hasta más tarde. Nunca supe su auténtico apellido. Ni el de nadie. Muchas mentiras. Mucho engaño. Pero la adicción era real.

Sloane pensó que era como si supiera todo lo que le estaba contando y, a la vez, no lo supiera.

—De modo que di la conferencia. El hermano vino y se sentó con los estudiantes del primer curso de Medicina, en la última fila. Después me estrechó la mano y se marchó. Yo lo clasifiqué como un caso de buenas intenciones con fracaso inevitable y me olvidé del asunto. No tendría que haberlo hecho. Estuve años sin tener noticias de nadie. Hasta hace unos meses, cuando, tras pedir hora, ese hermano se sentó de nuevo donde está usted sentada. Me preguntó si todavía conservaba mis notas y un expediente sobre el difunto hermano adicto. Era así. Me pidió verlo. Accedí. Le entregué todo el expediente del caso. No tendría que haberlo hecho. Me dio las gracias y se lo guardó en el maletín. Le dije que no podía hacerlo, que era mi única copia puesto que no tengo estas cosas en el ordenador, donde podrían verse comprometidas, y le pedí que me lo devolviera, pero simplemente me ignoró. Y entonces me dio esto, junto con unas instrucciones concretas...

El Dr. Kessler metió la mano en un cajón del escritorio, rebuscó en él un momento y sacó después un sobre grande de papel manila parecido al que el abogado de pacotilla de San Diego le había dado. Se lo entregó a Sloane.

—Adelante —dijo el psiquiatra—. Ábralo.

Sloane lo hizo. Dentro había una única foto satinada de veinte por veinticinco.

Se la quedó mirando.

«No grites —se dijo—. No te dejes llevar por el pánico.»

De repente hacía mucho calor en la habitación. Notó que en su interior todo se tensaba como un tornillo que se enrosca en un bloque de madera. Una vuelta lenta tras otra.

Era su fotografía.

Dos

Sloane se esforzó por no desmayarse.

—Pero... —soltó. No le salió nada tras esa sola palabra.

Era una fotografía de ella frente a una de las aulas de la facultad de Arquitectura. Se fijó en la ropa y en la expresión de su cara, en el peinado y en los libros que llevaba bajo el brazo, y fechó la foto en el último año.

Una fotografía corriente que no era corriente.

Alzó los ojos hacia el psiquiatra.

—Ese hombre me dijo que recordara su aspecto porque era muy posible que usted viniera a mi consulta. Me dijo que, sin duda, me llamaría. Y me indicó qué decirle exactamente en ambas circunstancias. Era como estar sentado frente a un director que te entregaba las líneas de un guion sin saber dónde empezaba y dónde terminaba la obra o cuál era el argumento.

—¿Por qué aceptó ayudar...? —empezó a decir, pero Kessler la interrumpió enseguida.

—Me dejó muy claro que si no hacía exactamente lo que me pedía, me pasarían cosas terribles.

Fue obvio que el médico había previsto la siguiente pregunta de Sloane porque prosiguió diciendo:

—Nada concreto. Se sentó donde está usted sentada, señorita Connolly. —El médico se detuvo un momento mientras recordaba el encuentro—. ¿Qué sabe de la naturaleza de una amenaza?

—Una amenaza, bueno...

—Las amenazas pueden adoptar muchas formas. Normalmente son simples: «Si no haces esto o lo otro, te haré daño». De patio de colegio. De abusón. Amenazas a las que se puede hacer frente o amenazas que pueden ignorarse. Pero ese hombre parecía saber que las mejores amenazas, que el tipo de amenazas que funciona de verdad son las sutiles, las que hacen que la imaginación de la víctima haga horas extras. En realidad, las mejores amenazas hacen que la persona amenazada rellene todos los vacíos imaginarios sobre lo que podría pasarle.

Kessler se mordió el labio inferior antes de continuar.

—Lo primero que hizo fue recitar unos cuantos números...

—¿Números? Pero ¿por qué?

—Mi número de la seguridad social. El número de mi cuenta bancaria. El número de seis dígitos de mi contraseña bancaria. El número de la calle de mi casa de verano. El número de mi piso. El número del piso de mi exmujer. El número del autobús que va al colegio de nuestros hijos. El número de tropa de boy scouts de mi hija. El número del dorsal de mi hijo en los partidos de fútbol y la hora a la que entrena. Muchos números, señorita Connolly. Todos los pequeños números que nos convierten en quienes somos. Los números que dan forma a nuestro día a día. A nuestra existencia. Números rutinarios. Números públicos. Y números que tendrían que ser privados. Secretos. Los conocía todos.

El psiquiatra se retorció de nuevo.

—Llevaba un bloc. Lo miró como si tal cosa y me preguntó si quería que me dijera todas las contraseñas que he ido acumulando. No quise, aunque no me cabe ninguna duda de que las sabía. Ni de que, en cuanto las cambiara todas, sabría también las nuevas.

El psiquiatra se movió incómodo al recordarlo.

—Fue como si me hubiera desnudado —aseguró, y, pasado un instante, prosiguió, vacilante—. ¿Tiene idea de lo que significa esta clase de enumeración?

Sloane no respondió.

—Al principio, estaba enojado. Y después, asombrado. Era una amenaza. No tuvo que decir que podía vaciar mis cuentas bancarias. No tuvo que decir que podía secuestrar a mis hijos. La ruina puede adoptar muchas formas, señorita Connolly.

Inspiró hondo una vez más.

—También me dijo que era usted muy peligrosa.

—¿Cómo dice? —soltó Sloane.

—Dijo que tuviera cuidado con usted todo el rato —explicó el médico, que bajó la vista hacia el arma—. Me dio esto. Lo llevaba en el maletín. Lo sacó y me lo entregó. Sin ninguna explicación. —Tragó saliva con fuerza—. Es psicológicamente interesante, señorita Connolly. Dice que es usted peligrosa. Pero todo indica que el peligroso era él.

El psiquiatra sacudió la cabeza.

—¿Es usted una asesina, señorita Connolly? —preguntó.

—No —respondió Sloane.

—Es extraño —afirmó el psiquiatra.

Nada de todo aquello parecía tener sentido para Sloane.

Pero había algo que le había quedado claro: el hombre que se había sentado donde ella estaba sentada era el Empleador.

—¿Sabe el nombre del hombre que buscaba ayuda para su hermano? —preguntó.

—Tengo un nombre. Pero como el otro, era falso.

—Pero ¿quiénes eran en realidad? Seguro que alguien en la universidad donde dio la conferencia...

—Intenté averiguarlo. Los fondos procedían de fuentes muy ocultas. Pero esto lo supe mucho después de dar la conferencia. Después de que el hombre viniera a verme.

—Pero sabrá el nombre del hermano que murió...

—El nombre que me dio no era más real que el nombre que usted usó.

El psiquiatra se movió nervioso, como si la conversación tuviera lugar en una habitación que estuviera en llamas y se estuviera llenando rápidamente de humo.

—¿Qué es lo que está pasando, señorita Connolly? ¿Qué es todo esto?

«Un laberinto —quiso decir Sloane—. Doblas una esquina, luego otra. Es prometedor. Crees haber encontrado la salida. Te llenas de esperanza. Pero aparece otro muro justo donde creías que verías la salida. Y te vuelves, desesperado porque no puedes seguir avanzando. Un laberinto de personas. Un laberinto de recuerdos. Un laberinto de muertes.»

—Tengo que saber el nombre de ese adicto —comentó Sloane en lugar de responder la pregunta del médico—. Seguro que tiene algo...

Y se detuvo. Vio que el psiquiatra casi se retorcía en su asiento.

—Sí. Sí. Sí —afirmó, balanceándose hacia detrás y hacia delante—. Me dijo que me pediría esta información. Y que insistiría...

Kessler estaba pálido. Casi desencajado. Era como si todo lo que sabía, lo que podía decir y lo que recordaba se uniera para ponerlo físicamente enfermo.

—Me dio una respuesta preparada... —dijo despacio.

Sloane se quedó callada.

—Como dije antes, fue como si me dieran páginas de un guion. —Se movió de nuevo. Parecía que luchara consigo mismo—. Me temo que si le digo lo que me dijo que le dijera, la pondré en peligro.

—O no —soltó rápidamente Sloane.

—Yo creo que sí. —Se detuvo. Superar su reticencia parecía costarle un gran esfuerzo físico—. Creo que decirle lo que me dijo que le dijera la matará —aseguró—. Pero creo que si no se lo digo, tal vez quien muera sea yo.

Sloane se quedó mirando con dureza al psiquiatra. Pasado un momento, este se encogió ligeramente de hombros, como si se hubiera planteado otras cosas que decirle y las hubiera desechado todas. Sloane tuvo la impresión de que el hombre menudo se había empequeñecido aquellos últimos instantes.

—Me dijo que le dijera lo siguiente —soltó.

Sloane no dijo nada.

—Ya sabe el nombre.

Ahora le tocó a Sloane balancearse hacia atrás. «No es posible», pensó.

—Pero yo no... —tartamudeó por fin.

Y entonces, antes de que Kessler pudiera responder, se oyó un timbre.

—Algo no anda bien —soltó el médico, sobresaltado—. Hoy no tiene que venir ningún otro paciente.

El timbre insistió, aumentando de volumen como si la persona que estaba en la puerta de entrada lo mantuviera pulsado.

Sloane vio que el psiquiatra tomaba el revólver, enojado y asustado a la vez.

—Me dijo que había venido sola —soltó, acusador.

—He venido sola.

El timbre se detuvo de repente.

Ambos se volvieron hacia la puerta cerrada. Por un instante Sloane creyó que se abriría de golpe. Imaginó fragmentos de madera volando por la habitación, convertidos en metralla mortífera.

Nada.

Ningún sonido.

Ninguna llamada.

Ningún paso al otro lado de la puerta.

Ninguna voz.

Ningún ruido salvo los distantes y apagados sonidos de la ciudad que se colaban en la habitación.

Kessler había recogido el arma. Primero apuntó con ella la puerta, dispuesto a disparar a quien entrara. Pasado un momento, dirigió el cañón otra vez hacia Sloane, y aquel agujero era como un ojo que miraba directamente su interior.

El timbre sonó de nuevo. Unas notas urgentes que llenaron la habitación.

Sonó nueve veces. El repentino silencio de la habitación era tan insistente como el airado sonido que emitía el timbre. Sloane vio que el psiquiatra sujetaba la culata del revólver con más fuerza.

—Váyase —le dijo con frialdad—. Váyase ya. No vuelva aquí por ninguna razón, por favor. Y si alguien le pregunta alguna vez, diga a quienquiera que sea que hice exactamente lo que me pidió. Palabra por palabra. Mensaje entregado. Cumplí al cien por cien la parte del trato que me tocaba y no hay ningún motivo en absoluto para verme involucrado en lo que sea que está pasando.

«Como todos los demás», pensó Sloane.

Señaló la puerta con el arma.

—Ya —repitió para apremiarla.

Sloane no quería quedarse en la habitación con el hombre armado ni quería salir a la calle, donde estaba esperando quien había llamado al timbre. Se levantó. Vacilante.

Y en aquel segundo de indecisión, sonó el aviso de su móvil.

Tenía un mensaje entrante.

Sacó el móvil del bolso sin apartar los ojos del cañón de la pistola. Vio que el médico estaba cada vez más nervioso. Le sudaba la frente. Le temblaban las manos. Abrió la boca para decir algo, pero después la cerró y apretó los labios. Era la viva imagen de un hombre atrapado por un miedo indefinido e indescriptible.

Miró la pantalla del móvil.

Qué esperaba: la persona que había tocado el timbre de la consulta. Quienquiera que fuera.

Era de Patrick Tempter.

> He hablado con Roger y lo he puesto en contacto con el Empleador. Debo decir que sus sentimientos eran muy intensos, pero ahora conoce mejor tus sentimientos. Creo que decidirá no volver a molestarte. Pero puede que otro encuentro cimente esa decisión. Creo que puedes concentrarte por completo en tu trabajo. Tenemos muchas ganas de ver alguno de tus primeros diseños.

20

Uno

Al salir de la consulta del psiquiatra, Sloane estaba dominada por la confusión. En cuanto las cosas cobraban forma en su cabeza, el siguiente pensamiento acababa con ellas. El miedo retumbaba en su interior mientras las dudas la asediaban.

La puerta que se cerró tras ella acabó con un miedo inmediato: el médico nervioso con la pistola cargada. Algo más grande e incluso más desconcertante lo sustituyó.

«Ya sé el nombre del adicto fallecido.»

—No, no tengo ni puñetera idea.

«¿Roger no va a molestarme más?»

—No me lo creo.

Avanzó con cautela, observando la manzana de la consulta del médico. A primera vista parecía de lo más benévola. Típica de Manhattan: un edificio de pisos tras otro; un aparcamiento en medio; una lavandería al final de la calle. Echó un vistazo a su alrededor. Nadie la miraba desde un callejón oscuro. Ningún coche reproducía despacio sus movimientos. Ninguna figura con gabardina y gorro calado hasta las cejas seguía sus pasos desde el otro lado de la calle. Ninguna forma oscura la acechaba desde detrás de una ventana con unos prismáticos o con una cámara de vídeo, pendiente de todo lo que ella hacía.

«¿Quién ha tocado ese timbre?», se preguntó.

La noche se cernía sobre ella.

«Mantente entre las sombras», se dijo a sí misma.

Por un momento se preguntó disparatadamente si habría sido Roger quien había tocado el timbre del médico. No le sorprendería. Pero había algo cierto: era imposible que Roger supiera dónde iba aquella noche. Finalmente desestimó el timbre.

«Uno de los pacientes del psiquiatra en apuros. Es un problema del médico. No mío. No tienes nada que temer. Relájate.»

Aun así, recorrió deprisa varias manzanas antes de dar media vuelta de golpe y bajar la calle también deprisa antes de doblar a la derecha, avanzar muy despacio y echarse a correr de un lado a otro esquivando un par de coches al llegar a la mitad de la manzana. Una vez estuvo en el otro lado de la calle, giró y regresó por donde había ido. Se pasó todo el rato que hizo estas maniobras mirando a un lado y a otro para intentar identificar a alguien que la siguiera, imaginando que con todo aquel brusco ir y venir le sería fácil reconocerlo mientras se esforzaba en seguirle el paso. Sabía que era algo descabellado. No tenía ni idea de si el rumbo absurdo que había adoptado frustraría los planes de un profesional experto en el arte de seguir a un blanco.

Dos

En la puerta de su habitación de hotel había tres cerrojos distintos, y Sloane los usó todos al cerrar por dentro. Le costaba desprenderse de la sensación de que la estaban siguiendo, y estaba enojada consigo misma por plantearse esa posibilidad. Una situación bipolar de ansiedad.

Se sentó en el borde de la cama y repasó el mensaje de Patrick Tempter.

Pensó en responderle con sencillez: «Gracias».

Pensó en responderle con crueldad: «Espero que le doliera mucho».

Pensó en responderle con agradecimiento: «Gracias. Ahora puedo seguir adelante con el monumento conmemorativo».

Pensó en responderle la verdad: «Roger me daba miedo. Todavía me lo da. No quiero volver a verlo nunca. ¿Puedes garantizarme eso? ¿Estás seguro de que te estaba diciendo la verdad? Está loco y me está volviendo loca a mí».

Alargó la mano hacia el móvil, preparada para enviarle un mensaje con esa cuarta contestación, pero se detuvo.

Interiormente pasó a pensar en lo que había oído en la consulta del psiquiatra.

Trató de introducir lo que el psiquiatra le había contado en una especie de fórmula matemática en la que X era igual a un exadicto muerto en Miami, Y era igual a una víctima de sobredosis en Nueva York y los demás elementos consistían en un profesor asesinado, un empresario asesinado, un agente de seguros ahogado, una enfermera víctima de un atropello con fuga y una exmodelo tal vez asesinada.

Se preguntó cómo cuadraba todo eso.

Le entraron ganas de dar un puñetazo a la pared.

«No sé el puto nombre», pensó.

Para calmar sus pensamientos desbocados, se acercó a su cartera y sacó de ella el bloc de dibujo y un lápiz. Diseñar la situó en otro lugar emocional, y enseguida esbozó seis columnas alrededor de un pequeño parque circular. Imaginó el pavimento central de ladrillo rojo y las columnas de un anodino cemento gris, que contrastaba con él. De distintos tamaños para reflejar al azar la importancia de cada persona para el Empleador. La más alta podría medir un impresionante metro ochenta. La más baja, quizá la mitad. En el centro, un banco circular de hierro para que quien estuviera en aquel espacio pudiera sentarse y contemplar por lo menos una de las seis columnas, y pensara en lo que una persona había hecho por otra. Imaginó un mensaje grabado en cada columna explicando lo que cada individuo había hecho para ayudar al Empleador en su vida. Enfermera. Amigo. Compañero. Sostén. Amante. Profesor. Serían como lápidas, pero inspiradoras.

Esbozó con rapidez, totalmente concentrada.

Pasada una hora larga se recostó en la silla y se quedó mirando su diseño. Le pareció que tenía cierta fuerza. Pero creía que el fallo estaba en el mensaje de cada columna. Positivo. Edificante. Dinámico. El problema era que ninguno de los Seis Nombres de Difuntos encajaba realmente en ninguna de estas categorías.

Llevó el bloc de dibujo a la cama y se dejó caer en ella. Echó un vistazo al móvil.

Ningún mensaje nuevo.

Volvió a concentrarse en sus bocetos. Añadió algunos detalles a su diseño. Una pasarela. Un camino peatonal. Dibujó hasta que empezó a ver borroso y el cansancio la venció.

Apenas se dio cuenta de que cerraba los ojos.

La despertó el timbre del móvil.

Confusa, todavía medio dormida, miró a su alrededor y vio que había amanecido. Aún iba vestida. Tenía la boca seca y pegajosa. Estaba despeinada. Su bloc de dibujo y diversos lápices de colores estaban esparcidos a su lado en la cama. Apartó el móvil sin mirarlo y vio, en un reloj del hotel, que ya eran más de las ocho. Se dirigió al cuarto de baño quitándose lo que llevaba puesto y se metió en la ducha. Dejó que el vapor y el agua caliente eliminaran todo lo posible la noche anterior. Se pasó cinco minutos cepillándose los dientes y otros tantos cepillándose el pelo.

Se había desprendido prácticamente de toda la ansiedad de su encuentro con el psiquiatra.

«Un muro más del laberinto —pensó. Y luego se dijo a sí misma—: Estoy en la ciudad de Nueva York. Una de las ciudades más maravillosas del mundo. La Gran Manzana. Piensa en las oportunidades que te ofrece: la Estatua de la Libertad, la tumba del general Grant, el Museo de Arte Moderno, Central Park. Un sinfín de lugares que significan algo. Que representan algo. Que recuerdan algo.»

Pero sabía dónde iría cualquiera inmerso en la creación de un monumento conmemorativo, y decidió que sería así como pasaría el día. Descolgó el teléfono del hotel y dijo al recepcionista que se quedaba otro día. Compró con el ordenador una entrada para el museo usando la tarjeta de crédito del Empleador.

Miró entonces el móvil para ver qué era lo que la había despertado.

Era un mensaje de Roger.

Lo primero que pensó fue: «Joder. Maldita sea».

Después leyó:

> Solo quiero disculparme, Sloane. Me doy cuenta de que he actuado mal. Solo quiero desearte toda la suerte del mundo en el futuro y te prometo que ya no te molestaré más. Puedes seguir adelante sin preocuparte por mí.

Sacudió la cabeza.

«Es mentira. Como antes», pensó.

Decidió que más tarde se pondría en contacto con Patrick Tempter y le pediría que volviera a hablar con Roger, tal vez subiendo un poco el tono de la confrontación. Eso le hizo sentir cierta satisfacción. «A ver si eso te gusta, Roger», pensó. Recogió el bloc de dibujo y salió.

TRES

Como muchas grandes ciudades, Manhattan hace que una persona se sienta aislada en medio de grandes muchedumbres. Sloane sabía que la observaban, pero unos segundos cada vez, cuando una persona pasaba a su lado en la acera, u otra persona se cruzaba en su camino. Todos esos momentos de observación, en los que se ve a una persona y se la olvida al instante, ocupaban su mente mientras se dirigía hacia el centro. Pensó que se mezclaba con la gente a la perfección al cruzar la calle, mirar el escaparate de una tienda, meterse en el metro y sujetarse a una barra metálica al dirigirse al sur en el vagón. Aquella persistente sensación de que la estaban siguiendo se disipó entre la multitud. Las calles estrechas que rodeaban su piso de Boston eran íntimas y conocidas. Aquellas avenidas tan amplias subrayaban el anonimato.

Era mediodía cuando llegó a su destino.

Hacía un día espléndido. Cálido. Radiante. Hasta el aire de la ciudad parecía más limpio de lo habitual.

Llegó al borde de los dos inmensos estanques: unos cuadrados fantásticos donde se habían elevado antes unos cimientos de acero y hormigón. Encontró un lugar vacío desde el que mirar el agua que caía en cascada por los lados oscuros; el murmullo ahogaba el ruido de la ciudad a apenas unos pasos de distancia. No estaba en el Memorial del 11-S para llorar una pérdida, estaba allí para valorar el diseño.

Sloane observó la gente que la rodeaba y evaluó sus reacciones. Vio que la inmensidad de los estanques sobrecogía a algunas personas. Vio a unas cuantas que buscaban un nombre concreto entre los 2.983 nombres grabados en las placas de bronce; había descubierto este fenómeno al ver como la gente deambulaba por el monumento a los veteranos de Vietnam en la ciudad de Washington, donde el dolor por uno solo de entre los 55.000 nombres que había era casi magnético. En Nueva York pasaba un poco lo mismo, además de intentar también abarcar una pérdida que no se había producido a lo largo de varios años sino en pocos minutos.

Intentó medir todo lo que veía desde el punto de vista de un arquitecto. Pensó que los agujeros en la tierra conferían un significado sombrío a la pérdida. Pero también era consciente de que el monumento conmemorativo del Empleador tenía que ser inspirador, lo que le parecía que conllevaba un diseño que hurgaba en otras emociones.

No sabía muy bien cuánto rato había pasado fuera antes de ponerse en la cola que serpenteaba hasta la entrada del museo. A diferencia de la mayoría de los museos, que ascienden, el Museo del 11-S desciende bajo tierra. Es un lugar donde se expone el sufrimiento y una indudable valentía de múltiples formas, desde las inmensas vigas de acero retorcidas hasta lo más sublime, el casco roto de un bombero. Sloane podía contemplar una viga e imaginar la fuerza increíble, inconmensurable que había sido necesaria para retorcerla a la vez que podía hacerse una idea de la generosidad del bombero que corrió hacia el edificio que se estaba derrumbando para intentar rescatar a alguna de los millares de personas atrapadas dentro. Pensó que todos los pequeños actos de heroísmo reflejaban más fuerza de la que podrían tener jamás las toneladas de destrucción.

Había una exposición que quería ver más que ninguna otra, no la enorme e imponente pared de lodo líquido que no se derrumbó, ni los restos todavía polvorientos del camión de bomberos número tres.

Se dirigió hacia la escalera de los supervivientes.

Recubiertos originalmente de granito, los dos tramos, que habían estado en el exterior del edificio 5 del World Trade Center, conducían de la plaza a la calle Vesey. Cientos de empleados habían bajado por ella para ponerse a salvo. Era una de las pocas partes de la construcción original que había permanecido intacta cuando las torres cayeron. Se recaudaron millones de dólares para trasladarla al museo, donde los visitantes podían reflexionar sobre la poca distancia entre la muerte y la seguridad.

Cuando se encaminaba hacia esta exposición le sonó el móvil. Se hizo a un lado para dejar pasar a los grupos de visitantes a quienes los guías del museo explicaban cada uno de los objetos expuestos.

Bajó la vista y vio un mensaje de texto de un número que, al principio, no reconoció. Se tranquilizó, lo miró una segunda vez y vio que era el de uno de los amigos de Roger, uno de los números que había utilizado semanas antes, cuando le había dicho que todo se había acabado. Lo que no era cierto.

La invadió la rabia.

«Vete a la mierda, Roger.»

Después, más desesperación.

«Déjame en paz.»

Pensó que quizá tendría que limitarse a borrar el mensaje

pero cambió de parecer y se dijo que tendría que reenviárselo a Patrick Tempter para que viera mejor lo falso que era Roger y que una conversación, por más contundente que fuera, no iba a echarlo de su vida. Abrió el mensaje y lo leyó.

Sloane, ¿qué has hecho? Mira el *Globe* de hoy.

Nada más.

Sloane titubeó. Releyó el mensaje varias veces.

«¿Qué he hecho yo? Nada, coño», pensó.

Iba a reincorporarse a la gente que se acercaba a la escalera pero se detuvo. Abrió el navegador de internet y tecleó el nombre de Roger y *Boston Globe*.

Vio un titular:

Joven abogado fallece en un aparente asesinato con suicidio.

Se tambaleó hacia atrás y notó que se le secaban la boca y la piel, como si hubiera perdido de repente toda la humedad del cuerpo. Se quedó en blanco y, acto seguido, sintió que la invadían unas corrientes veloces, como un torrente de emociones fuera de control. Había un reportaje bajo una fotografía de Roger que parecía sacada de un anuario y una fotografía parecida de una mujer joven que le resultó vagamente familiar, pero que no alcanzó a recordar.

«Te conozco. No. Sí. Pero ¿de qué?», pensó.

Fijó los ojos en la foto de Roger y casi le pasó lo mismo por la cabeza: «No te conozco. Sí te conozco». Comenzó a leer el texto en la pequeña pantalla, pero le temblaba tanto la mano que apenas podía.

Nerviosa, empezó a bajar hasta la planta inferior. Cada paso parecía engullirla más. Quería huir. Tenía miedo de tropezar y caerse, pero igual que la gente que combatía el pánico el 11 de septiembre, pudo bajar.

A media escalera se detuvo.

En aquel momento tuvo la sensación de que se le había helado todo el cuerpo.

Boquiabierta, quiso gritar. Quiso chillar. No hizo ninguna de esas cosas. Notó que palidecía y tuvo que sujetarse de la barandilla para no perder el equilibrio. Estaba mareada. A punto de desmayarse. Con el pulso acelerado al instante. Pensó que se había caído al suelo pero no, seguía de pie, tiesa como un palo.

Al final de la escalera la esperaba un fantasma.

Una imposibilidad.

Maeve O'Connor la saludaba con la mano.

Sloane vio que su madre vocalizaba la palabra «corre».

Casi a trompicones, Sloane logró descender el resto del camino.

No creía que la mujer que tenía delante estuviera viva. En un lugar dedicado a tanta muerte repentina y violenta, resultaba de lo más natural que apareciera un fantasma más.

Maeve sonreía lánguidamente.

—¿No te dije que huyeras? —preguntó.

SEGUNDA PARTE

UN PASADO DISTINTO...
UN PRESENTE INESPERADO...
... Y UN POSIBLE FUTURO

TODO ELLO EN LA HABITACIÓN DE UN HOTEL

En la vida de cada persona llega un momento que es como un fulcro. En ese momento tienes que aceptarte a ti mismo. Ya no se trata de lo que llegarás a ser. Se trata de lo que eres y siempre serás.

JOHN FOWLES, *El mago*

Verdades o mentiras, no importa en realidad.
Cuesta saberlo cuando el juez es ciego.
El cielo está al final de la escalera.
Pero el infierno es un estado mental.

CHRIS SMITHER, «Seems So Real»

21

Sin decir nada más, Maeve tiró de Sloane hacia la calle iluminada por el sol para dejar atrás la historia de un día terrible. Una vez en la plaza, tras salir rápidamente del museo, se volvió hacia ella. Sujetaba con fuerza la mano de su hija, del mismo modo que había hecho veinte años antes en sus visitas aleatorias a un parque o una galería.

—Dime —soltó tras examinar con cautela las calles a su alrededor—. ¿Qué te dieron?

A Sloane le daba vueltas la cabeza. Tenía calor, estaba sofocada como si tuviera fiebre. La pregunta la pilló por sorpresa. No pudo contestar bien, tenía demasiados pensamientos agolpados en la mente.

—Creía que estabas muerta... —tartamudeó.

—Sí. Sí. Lo sé. Ya te contaré. Pero ¿qué te dio?

En medio de una oleada de confusión que amenazaba con ahogarla, Sloane pensó: «¿Cómo sabe quién es él?».

—¿Cómo pudiste...? Quiero decir, ¿cómo es que...? No lo entiendo... —dijo.

Maeve vaciló, y su tono cambió.

—Sloane, querida hija mía, mi cielo, mi vida, dímelo por favor —susurró con dulzura—, ¿qué te dio?

Sloane vio la carta en sus manos: «Recuerda qué significa tu nombre». Vio el equipo de buceadores y el tramo reluciente del río. Vio el cuidadosamente limpio y nunca antes organizado hogar donde creció. Vio el testamento, el dinero y la póliza de seguros. Soltó un grito ahogado, inspiró como un submarinista a pulmón libre que emerge entre las olas del mar, y trató de tranquilizarse aunque creía que todo su mundo seguía moviéndose a toda velocidad fuera de control. Acarició con la mano libre la mejilla de su madre como para asegurarse de que la mujer que tenía delante era real. Después logró soltar la respuesta:

—Una oficina nueva, totalmente equipada. Un ordenador nuevo. Obras de arte en las paredes. Todo lo que necesitaba. El lote completo. Mucho dinero. Firmé un contrato. Un móvil nuevo. Una tarjeta de crédito. Platinum. American Express...

—Mierda —dijo Maeve, entrecerrando los ojos, resignada—. Así que dondequiera que fueras, él sabía exactamente dónde estabas, qué estabas haciendo y con quién te estabas viendo. Cada vez que usaste ese móvil o esa tarjeta de crédito... —Se detuvo, como si estuviera valorando la impresión en el rostro de su hija antes de proseguir—. Saca el móvil y apágalo del todo ahora mismo. ¿Qué más?

Sloane hizo lo que le había dicho y trató de pensar qué más le había dado el Empleador, pero antes de poder acabar, Maeve le preguntó de golpe:

—¿Sabe qué coche conduces?

—Sí.

—¿Y sabe dónde vives?

—Sí.

—¿Y qué más?

—Roger —tosió Sloane.

—Bueno, ¿quién es Roger? —preguntó Maeve.

—Roger está muerto —contestó Sloane.

LO QUE MAEVE APRENDIÓ DE NIÑA

Cuando Maeve tenía nueve años, fue a pasear con su padre por el bosque de Maine, junto a un reluciente lago que captaba todos los brillos del sol del ocaso que se ponía sobre las oscuras cumbres de granito de las lejanas montañas Blancas. Tras retirarse después de muchos años en la División de Investigación Criminal del Ejército de Estados Unidos, años después de dos viajes a Vietnam y tres años después de la muerte de su madre, su padre se había recluido en el bosque y se había dedicado a adiestrar setters ingleses como perros de caza de aves. Desde su perspectiva infantil, creía que cuando estaba en un campo vacío un gélido día de noviembre, en el césped verde de la parte trasera de su pequeña granja bajo el calor del verano o incluso cruzando una carretera cubierta de nieve en invierno, su padre era de lo más feliz enseñando a un cachorro a pararse, alertar, señalar y recuperar una pieza y, especialmente a no asustarse al oír el sonoro disparo de una escopeta. Enseñar estas cualidades hacía que fuera menos probable que estuviera de mal humor y bebiera. Le encantaba cada minuto que la incorporaba al régimen de adiestramiento. Era como si la estuviera enseñando a ella a la vez que a los perros.

Aquella tarde espléndida de principios de primavera habían llevado uno de los animales jóvenes con ellos. Maeve había observado cómo el perro de apenas un año corría entusiasmado entre los matorrales, los avanzaba veloz, olisqueaba el aire con curiosidad y después se volvía hacia ella y su padre. Un setter puede correr kilómetros sin esfuerzo, deleitándose con cada nuevo aroma. Era para lo que había sido criado, y su instinto le decía que estaba donde tenía que estar, haciendo lo que tenía que hacer. Vio que su padre observaba el comportamiento del animal, orgulloso de que el adiestramiento estuviera yendo bien. Maeve sabía que nada le gustaba más que ver cómo un cachorro se convertía en un cazador.

Mientras recorrían el pinar siguiendo la orilla del lago, los dos oyeron un largo aullido del perro.

—Va en pos de un pájaro —dijo su padre.

Aceleraron el ritmo y avanzaron apresuradamente entre los árboles para reducir la distancia entre ellos y los ladridos entusiastas del perro. Oían al animal delante de ellos y al salir de un recodo del camino llegaron a una ensenada del lago, casi como una muesca en la orilla, que creaba un remanso de aguas tranquilas de unos ochenta o noventa metros de anchura.

—¡Oh! —exclamó Maeve—. ¡El pato se ha roto un ala!

Padre e hija vieron lo mismo en el mismo instante. El setter había hecho salir un pato de entre las hierbas altas que había en la orilla del lago. El pájaro, a menos de dos metros del excitado perro, había aterrizado en la ensenada con un ala extendida colgando inerte a un costado. El perro se lanzó enseguida al agua tras el pato, nadando con energía, ladrando con insistencia.

—Mira atentamente —dijo su padre tras sonreír.

El ala rota golpeaba el agua, y el perro se acercó a menos de un metro. Y, entonces, con lo que a Maeve le pareció una energía heroica para sobrevivir, el pato se elevó del agua y voló de forma irregular tal vez unos tres metros más allá. El perro, resuelto, con el instinto cazador de varias generaciones hirviéndole en las venas, redujo la distancia, pero el pato se elevó de nuevo del agua y avanzó con esfuerzo tres metros más.

—Ahora atrapará al pato —comentó Maeve.

—No —le contestó su padre en voz baja.

—El pato tiene un ala rota, papá. Cederá en cualquier momento. El perro lo atrapará y lo matará —dijo Maeve, elevando la voz. No quería verlo. De repente, lo que estaba viendo era un asesinato. Sabía que la naturaleza era implacable en esta clase de cosas, pero aun así, era un asesinato.

—No —repitió su padre. Su voz mostraba ahora una repentina preocupación. Alargó la mano hacia el silbato del perro a la vez que gritaba el nombre del animal y le ordenaba—: ¡Quieto! ¡Quieto!

Maeve vio que el perro se volvía un poco, como dividido entre el irresistible deseo de cazar al pato herido y las órdenes insistentes que acababa de oír de su dueño. En aquel segundo, el pato golpeó el agua con el ala rota como admitiendo la derrota. El perro parecía no saber qué decidir.

—¡Mierda! —soltó su padre, que avanzó rápidamente hacia la orilla, de nuevo gritando órdenes y soplando con furia el silbato sucesivamente de tal modo que su sonido agudo rasgaba el aire tranquilo sobre la ensenada. Maeve vio que el perro joven volvía hacia la orilla. Pero ahora se movía más despacio, sin ladrar, y le costaba mantener la cabeza fuera del agua, puesto que el largo pelaje empapado tiraba de él hacia abajo.

—¡Papá! —gritó. Pensó que la muerte había llegado de improviso y estaba en todas partes a su alrededor, pero que había cambiado caprichosamente de blanco.

Su padre se quitó las botas, la camisa de gamuza y los vaqueros, hasta quedarse en paños menores. Maeve vio como se sumergía en las aguas heladas del lago, soltaba un grito ahogado cuando el agua le tocaba el tórax y tras seis o siete potentes brazadas llegaba a mitad del camino de donde el perro estaba ahora en auténtico peligro de acabar bajo la superficie. Vio como el joven animal utilizaba la poca energía que le quedaba para llegar hasta su dueño, y como su padre agachaba la cabeza y pateaba frenéticamente para llegar lo bastante cerca del perro como para poder sujetarlo por el collar. Después, los dos regresaron con esfuerzo hasta la orilla donde ella esperaba. Por un instante temió que ambos se ahogaran mientras peleaban con aquellas aguas oscuras. Alzó la mirada y vio que el pato se había vuelto hacia ellos. Una vez más golpeó con el ala rota la superficie del agua y entonces, casi como por arte de magia, se elevó de repente del lago volando a la perfección para describir un amplio círculo sobre la ensenada donde su padre y el perro se arrastraban hacia la hierba. El perro se sacudió y se dejó caer exhausto junto a Maeve. Su padre, casi igual de exhausto, rodó sobre su espalda y se quedó mirando el cielo azul mientras la oscuridad avanzaba hacia ellos. Tenía una larga cicatriz teñida de rojo bajo el hombro, y unas cuantas más en la espalda. Heridas de metralla muy antiguas. Entonces, con un enorme suspiro, se incorporó, recogió la ropa y se estremeció. El perro hizo lo mismo.

—Una marcha rápida de vuelta a casa —dijo su padre con una sonrisa—. Demasiado frío. Posible hipotermia. Tengo que hacer circular la sangre.

—El pato —soltó Maeve—. Se marchó volando.

—Pues claro. —Su padre sonrió de nuevo—. Nunca tuvo el

ala rota. Era una hembra. Fingió estar herida. Su nido y sus crías tienen que estar cerca. Nos alejaba de ellas. Lo habría hecho hasta ahogar a nuestro cachorro. Cada vez que se acercara, habría fingido esforzarse por alejarse tres metros más. Coño, me habría ahogado a mí también si hubiera ido a por ella.

De camino a casa caminaron rápidamente. Su padre se abrazaba a sí mismo y temblaba un poco, pero no estaba descontento. Su ropa mojada emitía un sonido a chapoteo. El perro no se separó más de unos pasos de su lado.

—Hoy ha aprendido una valiosa lección —comentó su padre cuando tuvieron la granja a la vista y se detuvo para acariciar las orejas del animal.

«Muchas lecciones», pensó Maeve.

Lecciones que ella nunca olvidó.

—Muy bien —soltó Maeve enérgicamente—. De modo que Roger está muerto. ¿Quién era?

Sloane no respondió esa pregunta.

—Creía que estabas muerta —soltó—. Todo indicaba que estabas muerta. Todas las cosas. Las cuentas bancarias. El dinero. El testamento. Tu carta. Estaba segura de que estabas... —Sabía que se estaba repitiendo. Pero eran los únicos pensamientos que podía formar.

Maeve la interrumpió de nuevo.

—Ya lo sé, cielo. Tenía que ser así. Ya te lo explicaré. Pero ¿quién era Roger?

Sloane se seguía esforzando por conservar un poco la compostura. Quería llorar. Quería reír. Una parte de ella quería montar en cólera. Otra parte quería librarse a la felicidad.

—Durante un tiempo fue mi novio. Luego, cuando intenté cortar con él, podría decirse que se volvió un poco loco. Empezó a acosarme. —Titubeó—. No podría decirse. Se volvió loco. Me amenazó.

—¿Una amenaza sincera? —preguntó Maeve tras reflexionar un momento—. ¿Te asustó?

—Sí. Parecía obsesionado.

—¿Peligroso?

—Sí. Mucho. Me hizo daño una vez. No sabía qué podría hacer a continuación.

—Pero ¿ahora está muerto? ¿Cómo fue?

—Solo sé que ha sido algún tipo de suicidio. Un asesinato con suicidio, decía el periódico. Apenas leí el titular.

Maeve pareció valorar otra vez cada palabra que Sloane le decía.

—Lo que le pasara a Roger, quienquiera que fuera, no fue ningún suicidio —aseguró Maeve. La dureza añadió colores caleidoscópicos a su voz—. Pobre chico. Supongo que se merecía algo mejor. O puede que no. Seguramente no. Vamos —añadió tomando a Sloane por el brazo y tirando de ella hacia la calle a la vez que llamaba a un taxi amarillo.

LO QUE MAEVE APRENDIÓ DE ADOLESCENTE

Una tarde, poco después de que Maeve cumpliera los trece años, su padre la llamó a su pequeño despacho. Tenía un armario en el que guardaba existencias de bebidas alcohólicas y normalmente había una botella de Johnnie Walker Etiqueta Negra y un vaso de chupito en la mesa que tenía delante. A menudo se quedaba dormido en su silla, con la botella vacía, hacia las diez. Murmuraba en sueños. Palabras de pesadilla de recuerdos ocultos como «¡Cuerpo a tierra!» o «¡Devuelvan el fuego!».

Pero no aquella noche. La sentó frente a él, para lo que Maeve supuso que iba a ser una típica charla entre padre e hija. El esperado mensaje sobre los chicos, las drogas o el alcohol y mantenerse a salvo o la embarazosa conversación sobre los ciclos menstruales y el sexo no llegaron. Su padre se meció unos instantes en silencio en su silla del despacho y, después, dijo pensativo:

—Ojalá tu madre estuviera viva.

Maeve no respondió nada. Ella deseaba lo mismo.

Su padre se tocó la cicatriz, un gesto ausente que resultaba muy familiar a Maeve, y después dijo:

—Han intentado matarme más de una vez. Eran gajes de lo que hacía entonces para ganarme la vida.

Lo dijo casi con nostalgia.

Maeve guardó silencio en su asiento.

Su padre abrió un cajón del escritorio y lo siguiente que Maeve vio fue una pistola inmensa. Negra. Reluciente. Un arma que gritaba: «Estoy aquí para matarte».

La dejó en la mesa, delante de ella.

—Esas escopetas son armas para pájaros. Ni siquiera el treinta cero seis para cazar venados que a veces te dejo disparar es igual que esta —comentó—. Un arma como esta solo tiene un propósito.

Se quedó mirando el arma.

—Es una pistola Colt semiautomática M1911 del calibre 45. No es la pistola más potente que existe. Pero se le acerca mucho. Es la misma que me proporcionaron cuando estaba en el ejército. No es demasiado buena a distancia. Pero de cerca detendría a un elefante. —Su padre sonrió y añadió—: Es una exageración. Pero no muy grande.

Recogió el arma, extrajo el cargador de la empuñadura, vació todas las balas en la mesa y acabó de sacar las que quedaban en la recámara. Entregó la pistola a Maeve, que tuvo la sensación de que el arma pesaba cuarenta y cinco kilos.

Su padre sonrió. Después, al ver a su hija pelearse con la corredera de la pistola, se quedó pensativo. Alargó la mano y le quitó el arma.

—Te enseñaré a usarla —indicó. Y, casi en el mismo movimiento, le dio un fajo de papeles que estaban grapados entre sí y un sobre de papel manila que notó que contenía una gruesa colección de fotografías.

—¿Qué es esto? —preguntó Maeve.

—Bueno —empezó a decir su padre despacio—. Es una elección que puedes hacer. Esta noche. O bien otra noche en el futuro. O nunca, si así lo decides.

—¿Una elección?

—Sí. —Se detuvo como si organizara lo que iba a decir antes

de inclinarse hacia delante y continuar—. Sé que es difícil que lo entiendas, pero en la guerra era un joven mayor. Eso tendrá sentido para ti algún día. Sea como sea, los documentos que tienes en tus manos son las notas y los elementos de la investigación, todas las declaraciones y los informes forenses de uno de mis casos más difíciles. 1968. Un teniente que había pasado seis meses en combate y estado en situaciones realmente difíciles día tras día murió de un disparo en un prostíbulo de Saigón. Fue la primera noche del primer permiso que tenía desde que había llegado a Vietnam. El chico solo tenía veintidós años, por lo que no era mucho mayor que tú. El asesino usó esta arma e intentó que pareciera un suicidio, pero no lo era. No debería obrar en mi poder porque fue una prueba en un consejo de guerra. La guardé. No sé muy bien por qué la traje de vuelta a casa, y tampoco es del todo legal, pero lo hice y aquí está.

—¿Por qué quiso alguien matarlo?

—Bueno, cielo, es difícil de entender, pero algunos hombres bajo sus órdenes creían que él los mataría. En el campo de batalla era temerario. De West Point y ambicioso, así que corría riesgos innecesarios. Para los hombres que lo mataron, era una verdadera amenaza. Quisieron matarlo antes de que él lograra acabar con ellos.

Maeve se quedó mirando la pistola. Pensó que un arma que se había usado para matar a alguien debería tener alguna clase de marca. Algo que dijera: «Sé que soy peligrosa. Me he cobrado una vida».

Su padre se detuvo y examinó la expresión en el rostro de Maeve.

—Las fotografías son bastante desagradables —comentó—. Desagradables y espeluznantes. Hay mucha sangre y son en color.

Maeve estuvo callada un minuto antes de preguntar:

—¿Cuál es mi elección?

—Bueno —dijo—, no tienes que leer nada. Y no tienes que mirar esas fotografías. Puedes devolvérmelo todo. O no. O puedes pedirme verlo en otro momento. O no. Puedes llevártelo para mirarlas y leer cada palabra, y así sabrás lo que yo era y lo *que hice entonces y cómo lo hice. O no. O puedes olvidarte por completo de esto. O no. Tú. Es elección tuya.*

Maeve, con tan solo trece años, supo que no era ninguna elección. La decisión era: «Puedes entender todo lo que hizo que tu padre fuera quien es. Todo lo bueno. Todo lo malo. O no».

—Me lo quedaré —aseguró, casi desafiante. Su decisión la asustó y, al mismo tiempo, comprendió que era la única que podía tomar, aquella noche o cualquier otra noche. Más tarde, aquella misma noche, leyó hasta la última palabra del expediente.

En el asiento trasero del taxi, Maeve abrió su bolso y sacó de él una peluca cara de color negro, del tipo que suele darse a las pacientes de cáncer que pierden el pelo, un estrujado sombrero flexible de ala ancha que habría quedado perfecto en Woodstock en 1969 y unas gafas de sol oscuras. Se recogió hacia arriba el pelo castaño rojizo, el mismo color que el de Sloane, solo que más corto y teñido de gris y menos vivo, y se puso la peluca, tirando de ella por la derecha y por la izquierda para que le quedara ajustada.

—Es difícil reconocer a tu madre con todo esto —dijo volviéndose hacia Sloane.

Esta asintió.

—Pasé a tu lado más de una vez —comentó Maeve.

Sloane iba a contestar «No te creo» o «¿Por qué hiciste eso?», pero no lo hizo. El cambio de aspecto de su madre la mareaba.

Maeve se inclinó hacia delante y dio al taxista el nombre de un hotel.

—Estoy en la habitación 322 —susurró a Sloane. Puso una llave electrónica en la mano de su hija. A continuación habló a través de la separación de plexiglás con el taxista—. Pare al llegar a la manzana siguiente. Ella se va a bajar. Yo voy a seguir ocho manzanas más.

El taxista asintió. Parecía mucho más preocupado con la música de Oriente Próximo de su móvil que sonaba por los auriculares que llevaba puestos.

—Muy bien. Cuando llegues al hotel, ve a la habitación 322 y espérame. Asegúrate de que nadie te siga. Tardaré unos veinte minutos y me reuniré allí contigo. —Y añadió—: Nunca se sabe quién podría estar mirando.

El taxi se paró junto al bordillo y Sloane salió después de que su madre le hubiera apretado con fuerza la mano una vez. Observó como el taxi con su madre volvía a sumergirse en el tráfico y, por un momento, pensó que había entrado en una especie de mundo de ensueño, un universo paralelo. Percibía la realidad que la rodeaba en la concurrida calle, los peatones con prisa y el ruido de la ciudad. Pero era como si ella no formara parte de él. Una parte de ella creía que ver a su madre había sido una alucinación. Otra parte creía: «A lo mejor todos somos fantasmas y yo me morí cuando Kessler, el psiquiatra, me disparó. A lo mejor Roger me mató en la calle, junto a mi piso. Ya no estoy segura». Inspiró hondo, agachó la cabeza y bajó la calle hasta la entrada del hotel. No habló con nadie en el vestíbulo ni en la recepción. No estableció contacto visual con la pareja que subió en el ascensor con ella. Fue hasta la cuarta planta, salió, se aseguró de que no hubiera nadie en ningún pasillo, encontró la escalera de emergencia y bajó un piso. Le alivió que los pasillos de la tercera planta también estuvieran vacíos. Se encerró en la habitación y empezó a contar los minutos. Llena de preguntas, se sentó con la mente en blanco y en silencio. Al llegar a veinte se levantó.

Salió al pasillo.

Vacío.

Esperó unos segundos para escuchar si oía pasos.

Nada.

Dudó, miró primero a la derecha y después a la izquierda.

Nadie.

Volvió a meterse en la habitación de su madre, medio imaginando que había entrado de algún modo en la habitación de un desconocido y que en cualquier momento alguien furioso abriría la puerta y la vería allí de pie. Se dirigió hacia la ventana y observó la calle. Después se volvió y se fijó en que había un ordenador en una mesa auxiliar. Encendió el portátil y vio que el salvapantallas era una imagen de su proyecto final de arquitectura.

Era exactamente la misma imagen que adornaba su portátil, que la esperaba en su habitación de hotel a tres manzanas de allí. Por un instante pensó que su madre se había colado en su habitación de hotel y se había llevado su ordenador, pero entonces cayó en la cuenta de que eso era improbable e imposible a la vez.

Se quedó mirando la fotografía. Recordó haberla tomado con el móvil y asignarla a su ordenador tres meses atrás.

Era una imagen que su madre no podía haber visto.

Porque estaba muerta.

Solo que no lo estaba.

Oyó tras ella el sonido de una tarjeta en la cerradura.

Cerró el portátil y se giró bruscamente cuando su madre abrió la puerta. Maeve recorrió la habitación con los ojos en busca de alguien más. Al verlo, Sloane no sabía si abrazar a su madre o pegarle.

—Supongo que tendrás algunas preguntas —dijo con total naturalidad Maeve, todavía con la peluca, el sombrero y las gafas puestas.

Esto provocó una explosión en el interior de Sloane. Notó que la rabia y las lágrimas se abrían paso por encima del desconcierto.

—Quítate eso. Ya —dijo con frialdad.

Su madre se quitó el disfraz.

—Mejor —soltó Sloane. Inspiró hondo y, medio tartamudeando, continuó—: Me dejaste. Me hiciste creer que estabas muerta. ¿Por qué? —Temía que si decía otra palabra le saldría algo terrible de los labios.

Maeve echó la cabeza hacia atrás. Sloane pudo ver que su madre estaba tan abrumada por las emociones como ella.

—La respuesta más sencilla es que pensé que eso nos mantendría a salvo a ambas. Al parecer, estaba equivocada.

Levantó la mano, un gesto con el que quiso indicar que posponía lo que sabía que era la explicación subsiguiente.

—Antes tengo que saber algunas cosas.

—Creo que soy yo quien debería hacer las preguntas —casi gruñó Sloane.

—Sí. Pero antes tengo que estar segura... —Se detuvo—. Sé que te has llevado una impresión...

—¡Una impresión! ¡Joder, mamá!

Sloane notó otra vez que las lágrimas competían con la rabia en su interior. Su madre se inclinó hacia ella.

—El hombre que te contrató...

—El Empleador.

—¿Sabes quién es?

—No. Era parte de mi trabajo. Averiguar quién es...

Maeve se movió en su asiento. Agachó la cabeza y murmuró:

—Claro, claro, tendría que haberlo imaginado. —Fijó entonces los ojos entrecerrados en Sloane—. ¿Qué quería exactamente? —preguntó.

—Un memorial.

—¿Un memorial? —repitió—. ¿Quieres decir como una exposición? ¿O una estatua o algo así?

—Sí. Vio mi proyecto de final de carrera en la universidad...

—Claro —repitió con los dientes apretados.

—Para seis personas —prosiguió Sloane—. Las personas que, según dijo, lo habían ayudado en su vida. Pero...

—Pero ¿qué?

—En realidad, las seis personas de su lista no eran admirables. Quiero decir, no alcanzo a entender cómo ayudarían a nadie y, mucho menos, al Empleador. No tenía ni pies ni cabeza. Algunos eran... no sé, crueles. Malos. Duros. Algunos eran víctimas. Algunos parecían abusones. Criminales. No eran de la clase de personas a las que se conmemora, la verdad. No sé muy bien cómo decirlo, pero...

—¿Puedes enseñarme la lista? —pidió Maeve, asintiendo.

Sloane se encogió de hombros y sacó el móvil. Tenía la lista en él.

—No, no uses eso —soltó Maeve—. Parezco un poco paranoica, ¿verdad? —Sonrió.

—Sí.

—Con razón —dijo casi con frialdad—. ¿Recuerdas los nombres de la lista?

Sloane asintió. Los escribió en un papel del hotel y se lo dio a su madre.

—Tendría que haber otro nombre en la lista —afirmó Maeve tras mirarla.

—¿Cuál?

—El mío.

LO QUE MAEVE APRENDIÓ EL DÍA QUE TUVO QUE HACERSE MAYOR

Maeve tenía dieciocho años y su padre y ella estaban cargando la furgoneta de su padre para que este la llevara a la universidad. Entonces sonó el teléfono. Como su padre estaba cargando una caja de discos y un par de altavoces, con su anticuado sintonizador-amplificador y tocadiscos encima, mientras aguantaba con el pie la puerta con mosquitera, le gritó que contestara ella. Maeve descolgó el teléfono del pasillo mientras él iba hacia el coche.

—¿Diga?

*—Hola. Me llamo Walter Richards. Soy periodista del Wash*ington Post. *Estoy intentando hablar con el excapitán del ejército de Estados Unidos Liam O'Connor. ¿Está ahí?*

—Sí —contestó Maeve—. Ahora lo aviso.

—¡Papá! —gritó—. ¡Es alguien de un periódico que quiere hablar contigo! —Y, a continuación, dijo por teléfono—. Enseguida se pone.

Su padre regresó a la puerta de entrada. Parecía acongojado. Pálido. Enfermo. Nunca lo había visto así.

—¿Un periodista?

—Del Washington Post.

—Cuelga —le ordenó con brusquedad. Y sacudió de inmediato la cabeza—. No, no. Espera. Contestaré en el despacho. Cuelga en cuanto yo descuelgue.

Maeve asintió.

Su padre pasó a su lado, se metió en el despacho y cerró la puerta rápidamente.

Maeve oyó su voz por teléfono.

—*Soy Liam O'Connor* —*dijo.*

—¿*Capitán O'Connor?*

—*Sí. Lo fui. Hace mucho. Ahora estoy retirado.* —*Y entonces añadió*—: *Maeve, cielo, ya puedes colgar.*

No lo hizo.

Tapó el auricular con la mano y escuchó. Oyó que el periodista se presentaba de nuevo, solo que esta vez añadía que se dedicaba al periodismo de investigación.

—*Muy bien* —*repuso su padre*—. *¿De qué se trata?*

—*De un caso del que usted se encargó durante la guerra de Vietnam.*

—*Me encargué de muchos casos. De eso hace un millón de años. Es probable que no recuerde los detalles...*

Era una excusa poco convincente. Maeve sabía que su padre guardaba muchos documentos y notas exhaustivas que detallaban sus procesos investigadores de hacía años porque ella los había leído. Y su memoria, cuando no había estado bebiendo, era muy buena porque ella le había hecho muchas preguntas. Le decía que un día escribiría un libro, pero nunca se había puesto a hacerlo. Demasiado Johnnie Walker. Siguió escuchando a escondidas.

—*Fue el investigador principal asignado a examinar un incidente en la provincia de Quang Tri en julio de 1967. Afectaba al pelotón Alfa de la Compañía Delta, 101.ª División Aerotransportada. ¿Recuerda el incidente al que me refiero?* —*el periodista lo preguntó en un tono que indicaba que ya conocía la respuesta.*

—*No* —*dijo su padre con frialdad pasado un momento*—. *Creo que no.*

Maeve sabía que era mentira.

—*Los archivos del ejército muestran que fue usted* —*aseguró el periodista. Era como el comienzo de un interrogatorio.*

—*Mire, lo siento, pero no puedo atenderlo ahora. Tengo que llevar a mi hija a la universidad.*

El periodista insistió.

—El incidente supuso la muerte de diecisiete civiles desarmados. Seis miembros del pelotón fueron acusados de asesinato. Usted fue el investigador principal. Los archivos del ejército muestran que al principio usted recomendó esa acusación de homicidio. Y que después todos los cargos fueron retirados unas semanas antes del consejo de guerra. Estoy escribiendo un artículo sobre ese incidente...

—Fue hace muchos años —se excusó su padre—. No recuerdo nada con exactitud.

Esa contestación heló la sangre a Maeve, porque sabía que era otra mentira.

—Se perdieron pruebas. Se cambiaron declaraciones. El testigo clave, el machacante que entregó a los seis hombres de su pelotón, falleció en circunstancias dudosas. ¿Recuerda este caso?

Oyó toser a su padre.

—¿Ha estado usted en el ejército, señor...?

—Richards. Walter Richards. De hecho, sí. En los marines. Estuve en la batalla de Hué.

—Muy bien —respondió su padre—. Entonces puede usar el término «machacante». En caso contrario... —Se detuvo.

—¿Recuerda el incidente y la investigación? —volvió a preguntar el periodista.

Silencio.

Maeve podía oír la respiración de su padre. Era como un fumador que acababa de verse obligado a moverse deprisa. Esperó.

Finalmente una respuesta.

—Sí. ¿Cómo podría nadie olvidar todo aquello?

Maeve sabía que eso era verdad.

—Tengo muchas preguntas —afirmó el periodista.

—Estoy convencido de ello.

—Quiero ir a verlo. Hacerle una entrevista. A no ser que prefiera hablar ahora por teléfono.

—No. Quiero llevar a mi hija a la universidad. Ya se lo he dicho antes. Hemos cargado el coche. Nos vamos en un par de minutos.

—Pues mañana entonces. O pasado mañana.

—No. ¿Qué le parece la semana que viene? A finales de la semana que viene. El viernes, por ejemplo. ¿Le va bien? Hablaré con usted entonces.

—Tengo un artículo que escribir.

—Bueno —dijo su padre—. Lleva años esperando. Podrá esperar un poco más, ¿no?

—Claro —respondió el periodista—. Pero...

—Si quiere información sobre ese caso, yo soy quien la tiene —lo interrumpió su padre—. Toda. Pero será a finales de la semana que viene.

—El viernes. Entendido. Allí estaré —aseguró el periodista.

Maeve colgó el teléfono más o menos en el mismo momento que lo hizo su padre. Salió deprisa y se puso a colocar maletas en la parte trasera de su furgoneta. Estaba de espaldas a la puerta principal cuando salió su padre.

Mintió al hacerle la primera pregunta.

—Caray, papá. Un periodista de Washington. Qué pasada. ¿Qué quería?

—Ah, nada —contestó su padre con una jocosidad forzada en la voz—. Quiere hablar sobre un viejo caso de la guerra. Como todos los demás casos que te he enseñado. Lo mismo. Testigos, pruebas, declaraciones y todas esas cosas. Nada del otro mundo. Le he dicho que hablaríamos de aquí a unos días. ¿Estás preparada? ¿Dónde está tu abrigo grueso? ¿Y esas botas de goma tan graciosas que te pones cuando nieva? Porque ahora hace buen tiempo, pero pronto empeorará y vas a la parte más septentrional de Vermont. Allí el invierno llega deprisa y dura mucho.

—Tengo todas las prendas de invierno arriba —dijo con una carcajada forzada—. He pensado que vendría a casa en un par de semanas para verte y las recogería entonces...

—Será mejor que te lleves ahora todo lo que necesites, por si no puedes venir a casa.

Maeve rio de nuevo, solo que cada carcajada la hacía sentir peor.

—Voy a buscarlas —dijo.

Corrió escaleras arriba, recogió el abrigo y las botas que no iba a necesitar hasta al cabo de más de dos meses y se echó a llorar. Era la primera vez que oía mentir a su padre. Tras un rápido espasmo de desesperación, entró en el cuarto de baño, se echó agua en la cara y se frotó enérgicamente los ojos con la toalla para intentar borrar las señales de lo que había pasado. Oyó que su padre la llamaba desde abajo.

—Maeve, cielo, ¿por qué tardas tanto? ¡Vámonos! —Seguido de una broma—: ¡La enseñanza superior y los conocimientos inútiles te esperan!

Maeve tomó el abrigo y salió al rellano.

Cuando miró abajo vio que su padre sujetaba una gran carpeta marrón, como las demás que le había enseñado y que habían comentado detalladamente desde el expediente del primer caso que le había entregado a los trece años.

—Ten —dijo, dándole la carpeta—. Esto es por lo que ha llamado. Es el único caso que jamás iba a enseñarte.

Titubeó un momento antes de seguir.

—Puedes leerlo —dijo—. Tendrías que leerlo. Cuando tengas tiempo. No hace falta que sea esta noche, ni mañana. Tal vez cuando estés totalmente integrada en la universidad pero tengas algo de tiempo libre... —Sonrió otra vez—. Como un sábado por la noche que no tengas ninguna cita. —Lo dijo a modo de broma—. De hecho —añadió—, no tengas citas. Haz que tu padre no sufra por que puedas perder la cabeza al estar sola...

Ambos rieron. Pero fue forzado.

—Sea como sea, cuando lo hayas leído, tíralo todo. —Sonrió, pero no con otra cosa que no fuera tristeza—. Preferiría no tenerlo por aquí cuando ese periodista venga la semana que viene. Verás, seguramente tendrá copias de todo lo que hay aquí excepto de mis notas personales, pero no quiero facilitarle el trabajo en absoluto. Y no quiero tener que mentirle. Si me pregunta si tengo algún documento, podré decirle: «No, lo siento». Y no estaré lo que se dice mintiendo, ¿no?

Maeve tomó la carpeta.

—No es uno de mis mejores momentos —dijo su padre casi con nostalgia.

Metió la carpeta con el fracaso de su padre en una maleta abarrotada ya de ropa. Miró a su padre mientras se sentaba al volante. Le pareció más insignificante. Toda la solidez y la fuerza que su padre le inspiraba se habían debilitado de repente. Fue como ver desgastarse de golpe una cuerda. Al principio se preguntó qué habría hecho años atrás para que unos hombres que habían asesinado quedaran impunes. Y entonces comprendió que jamás puedes huir del todo de tu pasado por más que lo intentes.

Que su padre no mantuviera su cita con el periodista del Washington Post subrayó esa idea. Se había pasado la semana con sus queridos perros, adiestrándolos intensamente durante horas, de la mañana a la noche. Al final de cada día, la llamaba, simplemente para charlar, sin decir nunca nada importante aparte de que la quería. Después de hablar con ella, le sacaba humo al teléfono para encontrar una familia cazadora para cada uno de los nueve perros de menos de un año. Estuvo ahí para ver a cada animal en el asiento trasero de un elegante Mercedes o en la caja de una vieja camioneta, pero eso Maeve lo supo después, para irse con personas que sabía y confiaba en que cuidarían de los perros como él. Cada perro debía de valer miles de dólares, pero los regaló. Y cuando el último cachorro había desaparecido por el largo camino de entrada la noche anterior, al alba de la mañana en que estaba previsto que llegara el hombre con las preguntas difíciles, Liam O'Connor se adentró en un campo situado tras su granja y se disparó con la vieja pistola del 45 cuando el sol salía ante sus ojos, con una fotografía de Maeve en el pecho, cerca del corazón.

Sloane pensó que estaba atrapada entre el presente y el pasado. Cientos de preguntas hervían en su interior, pero trató de eliminarlas todas salvo la más importante.

—¿Sabes quién es el Empleador? ¿Y Patrick? —dijo.

—¿Quién es Patrick?

—Patrick Tempter, el abogado del Empleador.

—Un nombre interesante. No, no lo conozco. Pero el hombre al que llamas el Empleador...

—¿Lo conoces?

—Sí y no. Sé quién es. O, por lo menos, sabía quién fue tiempo atrás. Dudo que siga usando el nombre con el que yo lo conocía.

Maeve se estremeció al recordarlo.

—Cuéntamelo —pidió Sloane. Su voz había subido casi una octava. La indignación y la rabia afloraban a la superficie. Todo amenazaba con hacerle perder el control. Se sentía como si estuviera intentando aferrarse a unas nubes de tormenta cargadas de electricidad en medio de un peligroso vendaval.

—Lo conozco porque lleva años intentando matarme —soltó Maeve enderezando la espalda, erguida de repente y casi orgullosa por la silenciada pero implícita segunda parte de aquella ecuación homicida: «Sin conseguirlo».

22

Silencio.

La respuesta de Maeve la sumió de nuevo en la ansiedad. Echó un vistazo a la habitación de hotel nerviosa, como si esperara ver a alguien escondido en el armario, detrás de la cortina de la ducha o bajo la cama.

—Tenemos que irnos de aquí. Ahora mismo —dijo, alargando la mano hacia la peluca y las gafas, pero se detuvo.

—¿Intentando matarte? —preguntó Sloane—. No lo entiendo. ¿Por qué?

Vio que su madre miraba a la derecha, a la izquierda, al techo y al suelo, como si dudara si podría evitar responder esa pregunta.

—Hace muchos años... —contestó por fin.

Se detuvo, y Sloane intervino enojada.

—Muy bien. Empecemos por esto: ¿por qué me dejaste? ¿Por qué fingiste suicidarte? ¿Por qué me dejaste sola por completo?

—Tuve que hacerlo —respondió Maeve enérgicamente—. Tengo mucha experiencia en mantenerme con vida —añadió—. Años de experiencia. Tú tan solo estás aprendiendo.

El silencio llenó de nuevo la habitación de hotel hasta que Maeve habló otra vez.

—Te contaré una historia. La que intenté contarte cientos de veces cuando crecías. Pero que nunca pude. Odiaba esa historia.

Supongo que podría decirse que me odiaba a mí misma por haberla vivido.

—¿Me dirás la verdad? —preguntó Sloane, llena de amargura. Pensó que debería tener un papel delante. Así podría dividirlo en dos columnas. En una columna pondría VERDADES y en la otra, MENTIRAS. No sabía cuál de las dos sería más larga.

—Sí.

«Muy bien —pensó Sloane—, yo tengo algo para la primera columna.»

—Hace muchos años, después de que tu abuelo muriera...

Se detuvo. Sacudió la cabeza y repitió:

—Después de que el abuelo al que tú jamás conociste se suicidara...

LA PRIMERA CAÍDA DE MAEVE Y DÓNDE LA CONDUJO

El día del funeral diluviaba. Era la zona rural de Maine. El frío aire de octubre y el cielo encapotado anunciaban la llegada del invierno. Había pasado mucho tiempo desde el suicidio de Liam O'Connor, semanas en que la policía había determinado lentamente lo evidente. No asistieron demasiadas personas. Un par de exmilitares que dijeron que habían sido amigos de su padre durante la guerra, pero a los que ella nunca había visto ni había oído mencionar antes. Uno de ellos llevaba un uniforme de faena raído y botas de combate, y tenía la mirada ausente. Algunos de los vecinos se dejaron caer. Vio al señor y la señora Conroy. Él estaba estoico. Ella lloraba. Varias parejas ricachonas vestidas con prendas de tweed que habían recibido perros de caza adiestrados de su padre ocupaban bancos al azar. Aquella concurrencia bastó para que Maeve se diera cuenta de que estaba totalmente sola en el mundo.

Lo que Maeve recordó después: la bandera que cubría el ataúd estaba deshilachada por el borde. Todavía notaba la madera dura del banco ahondando su dolor.

Volvió a la universidad lo antes que pudo.

No contó a nadie, a ningún amigo, docente, psicólogo, terapeuta del duelo, desconocido que se encontraba en un camino del campus, lo que había sucedido. Como un actor que interpreta en el escenario un papel difícil, ocultó cómo había cambiado su vida.

Estudió. Mucho. Sabía que era lo que su padre quería para ella. Se especializó en psicopatología, a sabiendas de que cada libro que abría, cada artículo que escribía, cada conferencia a la que asistía era algún tipo de esfuerzo por comprender la muerte de su padre. La pregunta persistente: «Si me quería, ¿por qué iba a suicidarse?». Leyó a científicos como Durkheim y autobiógrafos como A. Alvarez. Devoró a Camus y a Sartre y a otros existencialistas que reflexionaban sobre el suicidio. Prácticamente memorizó el apartado sobre suicidio del libro de texto sobre psicología patológica de Whitbourne y Halgin. Lo abordaba todo del mismo modo que su padre había abordado en su día los crímenes en el ejército: era tenaz. Resuelta. Metódica.

El periodista del Post la llamó para saber si tenía alguna información sobre la carrera de su difunto padre. Le dijo que no y colgó. Sus artículos aparecieron y crearon un escándalo pasajero que quedó rápidamente tapado por todos los demás escándalos pasajeros que se producen en Washington.

Maeve dividió su vida.

Cuando no estaba sepultada bajo montones de libros en la biblioteca, se volvía imprudente, ignorando todo lo que sabía sobre depresiones y los actos temerarios que inspiran. Se decía a sí misma: «¿Seis fases del duelo? A la mierda». Se convirtió en una contradicción perfecta: dedicaba los días laborables a aprender el cómo y el porqué de la conducta humana, invirtiendo horas en obtener las notas perfectas; reservaba la noche de los sábados a beber como una loca, experimentar con las diversas drogas que circulaban por el campus y practicar un sexo desinhibido, triste. En cuanto era domingo al mediodía, volvía a la biblioteca y se olvidaba de la pareja que había dejado atrás. Una vez contó la cantidad de chicos o chicas con los que había estado de los que solo conocía el nombre de pila y lo dejó al darse cuenta de que había una cantidad considerable de los que ni siquiera sabía el nombre.

Mucho peligro.

Un riesgo enorme.

Poca gratificación.

Eso la frenó.

Y una mañana lo dejó por completo.

Basta de drogas. Basta de alcohol. Basta de chicos o chicas. Basta de sexo. Tiró las pastillas anticonceptivas, el hachís, la marihuana, algunas anfetaminas sueltas, y vació todas las botellas de bebidas alcohólicas en el fregadero. Se volvió una puritana, solicitó el ingreso en programas de posgrado y se dirigió a California. Pensó que se estaba labrando una nueva vida, una variación del probablemente ficticio consejo «Ve al Oeste, jovencito» de Horace Greeley en la década de 1850. Era algo que se incluía en la categoría de empezar de cero. Una vez estuvo allí, se dijo a sí misma que era feliz. Trabajaba diligentemente. Empezó a hacerse un nombre en los círculos académicos. Tenía un piso pequeño, mal amueblado y fuera del campus aunque podía permitirse algo mucho mejor, una beca, un modesto estipendio de su programa, una herencia sustanciosa con propiedades inmobiliarias, inversiones en compañías de alta tecnología cuyo valor se disparaba y una pensión del ejército, todo ello de su difunto padre. Tenía una rutina que le iba bien y que no incluía a nadie más. Como el investigador que su padre fue en su día, y recordando todo lo que él le había enseñado sobre cómo analizar minuciosamente un crimen, se pasaba todo el tiempo perfeccionando sus aptitudes en el campo que había elegido. Era como escoger entre patologías cada día: una mañana serían pedófilos; una tarde, trastornos obsesivo-compulsivos; una noche, personalidades narcisistas; el lunes, esquizofrenias paranoides; el martes, demencias del lóbulo frontal; el miércoles, trastornos del estado de ánimo, y así sucesivamente a lo largo de la semana. Aprendió sobre asesinos y estafadores, sobre depresiones y autismo. Tenía una vida llena de aflicciones, y la mantenía demasiado ocupada para preocuparse por su soledad.

Y entonces conoció a alguien.

—Fue algo totalmente al azar. Una especie de momento de Hollywood. Yo estaba en una cafetería y se me cayó un libro y unos papeles sueltos. Él me ayudó a recogerlo todo. Vio el título en el artículo de investigación en el que estaba trabajando: problemas para reconocer abusos sexuales ocultos en la infancia sufridos por los reclusos de las cárceles de máxima seguridad y comentó: «Un tema interesante. Uno de los algoritmos en los que estoy trabajando puede aplicarse para identificar rasgos criminales y crímenes potenciales...». Y le pregunté por él, de modo que nos sentamos y nos tomamos una taza de café mientras charlábamos. No me imaginé que eso condujera a nada, pero al final me pidió mi número de teléfono y si querría cenar con él algún día. Tal vez ir al cine. Aquello parecía tan poca cosa, tan corriente, tan rutinario. Una parte regular de la vida.

Maeve se detuvo y, después, añadió:

—No tendría que haberle dado mi número.

Paró de nuevo. Volvió a empezar a hablar.

—Era California. Todo era nuevo. El tiempo era soleado y cálido. Mi difunto padre en Maine, todo aquel frío y aquel hielo, y los recuerdos buenos y malos quedaron olvidados. Parecía inocente. Seguro. Una especie de momento de «Bienvenida de vuelta al mundo, Maeve». Nuestra primera cita consistió en ir a un pase en horas golfas de *Bonnie y Clyde*, de Arthur Penn. Con Warren Beatty y Faye Dunaway. Iba de amor y violencia, versiones extremas de cada cosa. Era un caballero. Y era brillante. Listo. Divertido. Incisivo. Y guapo. Después nos tomamos otro café y charlamos un poco más. Luego me llevó a casa en coche, me acompañó hasta la puerta de entrada, me estrechó la mano y me preguntó si podría volver a verme. Todo parecía de lo más corriente en un momento en que lo corriente me resultaba maravilloso.

Paró de nuevo. Volvió a empezar a hablar.

—No podía saberlo —tartamudeó, como si se avergonzara—. No tenía motivo para sospechar... Pero yo...

Paró de nuevo. Volvió a empezar a hablar.

—Cuando le dije «Sí, llámame», todo cambió a partir de aquel día.

Maeve descubrió deprisa que Will —diminutivo de Wilfred, llamado a veces Willy por sus seres queridos—, Crowder, el tercero con ese nombre, procedía de una familia que era rica de toda la vida, y mucho, y se dedicaba activamente a ganar más dinero, y mucho. En un sur de California lleno de empresas emergentes, de innovación y de tecnología punta, era un científico de lo posible. Maeve pensó que era lo opuesto a ella. Si ella era estricta, él era flexible. Él brincaba en lugar de andar. Hablaba con torrentes floridos de palabras apasionadas, reía a carcajadas ante la menor provocación humorística y parecía maravillarse sin cesar del mundo extraño y fantástico que lo rodeaba. Conducía deprisa cuando era necesario ir despacio. Si la vida de Maeve era investigar conductas anormales, la suya era explorar sus límites. Era un joven aparentemente ajeno a cualquier responsabilidad u obligación corrientes, que solo buscaba alcanzar un potencial exorbitante. Eso la asustaba y, a la vez, la atraía poderosamente. Después de la primera vez que se vieron y de cada subsiguiente vez, se dijo que tenía que eludir cualquier relación amorosa. Seis veces se desoyó a sí misma. Él era como un imán que la atraía.

Y entonces...

La séptima cita: una cena estupenda. Demasiado vino. Demasiada risa. Todo era íntimo. Cómodo. Relajado. Un roce en la mano. Una caricia en el antebrazo. Ella recostó la cabeza en su pecho. Él le rodeó los hombros con el brazo. Una mano suave en el pelo. Las señales de haber conectado. Un titubeo que los había unido, como si todo en el mundo fuera una canción que solo ellos podían oír.

Y demasiado vino.

Más tarde Maeve fue incapaz de recordar qué fue exactamente lo que él dijo, lo que él hizo o cómo se comportó que desembocó en una noche larga, sudorosa y apasionada en su piso. Simplemente pareció que era algo natural. Se sentía trastornada. Desatada. Golosa. Jadeos. Exploraciones. Lenguas y caricias.

Dureza y suavidad. Su celibato autoimpuesto se evaporó mientras se aferraba a él y la sensación de desear más y más dominaba sus confusos pensamientos. Era como si hubiera abandonado la rigidez y la hubiera sustituido por un deseo armonioso. Había abierto una puerta. Se había lanzado a la piscina. Había saltado al vacío. Era temerario. Maravilloso. La asustaba tanto como lo aceptaba.

Hicieron el amor a oscuras. Una vez. Dos. Tres veces, y quedaron exhaustos. Cuando se despertó con la primera luz del alba fue la primera vez que lo vio desnudo. Seguía dormido a su lado. Fue entonces cuando observó las marcas de pinchazos en el brazo.

«No puede ser», se dijo a sí misma.

Lo miró más de cerca.

Unos puntos rojos en la piel clara.

Cicatrices.

Una leve infección.

No muchas.

Pero...

Inconfundibles.

Lo primero que pensó fue: «Despiértalo. Pregúntale que es eso».

No lo hizo.

Maeve se levantó sin hacer ruido. Se acercó a una cómoda del dormitorio, pensando que era demasiado obvio. No lo era. Abrió el cajón superior y vio calcetines, ropa interior, un torniquete de goma y un recipiente con una aguja hipodérmica, una cuchara doblada, un mechero de butano y un paquetito de papel celofán con polvo blanco y otro con uno marrón. También había una bolsita con pastillas y otra con una onza de marihuana. Tocó la aguja y apartó la mano. Se volvió para contemplar la figura que dormía en la cama tras ella. Estaba inmersa en una sinfonía de pensamientos, la orquesta de: «Creía que te conocía».

La terrible previsibilidad de todo ello la dejó helada.

Moviéndose aún lo más deprisa que podía sin hacer el menor ruido, recogió sus prendas de ropa de donde las había tirado al *desprenderse con entusiasmo de ellas la noche anterior y se marchó de la habitación con la intención de vestirse rápidamente en el salón para largarse de allí antes de echarse a llorar.*

Desnuda, cerró la puerta con el mayor cuidado posible sin volverse para mirar a Will, diminutivo de Wilfred, que había pasado de ser un total desconocido a una intimidad total en pocas semanas y había vuelto a convertirse en un desconocido en cuestión de segundos. Y entonces oyó:

—Puta.

Sloane había transitado de la exasperación a una fascinación silenciosa. Escuchar a su madre describir cómo se había liado con aquel hombre era como oír a otra Maeve y no a la que ella conocía. Era como ser daltónico toda la vida y entonces, de repente, ver aparecer mágicamente todas las tonalidades del arcoíris de golpe. Asombro por lo que era el azul o lo que sugería el rojo.

Tenía mil preguntas.

Las contuvo todas.

—Nadie me había llamado nunca así —comentó Maeve en voz baja—. Me dolió. Me volví hacia la voz; era de un chico algo mayor que Will. Me estaba mirando, pero no era como si se estuviera comiendo mis pechos con los ojos o estuviera admirando mi entrepierna o relamiéndose al imaginar lo que Will y yo habíamos hecho. Era rabia. Pero de la peor clase, porque era una furia controlada y que se liberaba muy despacio. Del modo en que puedes emitir un chirrido al dejar salir el aire de un globo.

Titubeó.

—Sloane, cielo, ¿has mirado alguna vez a un hombre a los ojos y visto solo rabia en ellos?

Sloane sacudió la cabeza, pero pensó en Roger.

A Maeve se le quebró un poco la voz.

—Fue lo que yo vi. Pero entonces vi algo peor. Mi padre, tu abuelo, también lo habría visto enseguida. —Se detuvo para prepararse a seguir—. No sé cómo. Ni por qué. Ni qué fue exactamente. Toda aquella educación. Todos aquellos libros de texto. Las horas en la biblioteca. Las horas de clase. Las lecciones de los profesores. Los años de estudio. Algo de trabajo de campo. Y entonces todo aquello se sumó a aquellos expedientes que tu abuelo me había dado para que leyera a partir de los trece años y a todas las conversaciones que él y yo habíamos tenido año tras año: «¿Por qué has hecho esto? ¿Por qué has sospechado aquello? ¿Cómo has resuelto ese misterio?». No lo sé, pero fue como si de repente pudiera oírlo gritándome al oído: «¿Qué ves, Maeve?».

Sloane no dijo nada.

—La mayoría de la gente solo habría visto la rabia. Era evidente.

Sloane permaneció en silencio.

—Pero yo vi muerte.

DOS SEMANAS MÁS TARDE, CUANDO MAEVE SALIÓ DEL EDIFICIO DONDE ESTABA SU AULA

No volvió a hablar después de aquella única palabra que había dicho.

Ella tampoco respondió.

Se vistió, colorada, sintiendo que él tenía los ojos clavados en ella. Incluso vestida, siguió sintiéndose desnuda.

Pensó que tendría que decir algo pero no se le ocurrió nada. Solo quería irse lo más rápido posible. Se puso las braguitas, los vaqueros y el sujetador, cogió el jersey y los zapatos y salió corriendo. No se planteó quién había estado sentado en la habitación esperándola hasta que bajó la escalera, salió a la calle, deteniéndose solo para calzarse, y esprintó dos manzanas calle arriba hasta donde pudo tomar un autobús. Supo sin necesidad de preguntarlo que eran parientes. Se parecían. Hasta la única palabra que había dicho tenía un acento como el de Will. Aquella noche, con la puerta cerrada, con los deberes amontonados a su alrededor pidiendo atención, Maeve se pasó el rato mirando viejas fotografías granuladas en blanco y negro de asesinos en un libro titulado Enciclopedia del asesinato. *Una tras otra. De-cenas de fotografías. Desde la década de 1880 hasta la actuali-dad. Más de una vez creyó ver en las páginas que tenía ante los ojos, la boca y la mirada del hombre que había estado sentado en el piso de Will. Era William Bonney. Era Al Capone y Nelson Cara de Niño. Era Charles Manson. Era Ted Bundy.*

Se dijo a sí misma que se estaba pasando.

Y después se dijo a sí misma que no.

No sabía muy bien qué era peor, tener razón o estar equivo-cada.

Estuvo días y noches sin contestar el teléfono aunque sonó sin cesar. Ignoró cada mensaje en el contestador automático.

No abrió cuando oía las frecuentes llamadas a la puerta de su piso.

Tiraba a la papelera sin leer las notas que recibía a diario en el buzón.

Le dejaron flores en la puerta con una nota: «Por favor, por favor, llámame, por favor».

Sola en su piso, tenía distracciones constantes; cosas munda-nas, como un grifo que goteaba o una sirena lejana que captaban su atención, o complejas: horas que pasaba simplemente revi-viendo cada uno de los momentos compartidos con Will hasta descubrir las marcas de pinchazos en sus brazos.

No quería volver a verlo nunca.

No habría sabido decir muy bien por qué. Todos los aspectos de la personalidad, la inteligencia y la pasión por la vida de Will que habían derribado todas sus barreras seguían ahí. Había creí-do que se estaba enamorando. Pero una sensación gélida había sustituido el sudoroso y desenfrenado placer de la noche que pasa-ron juntos, y lo único que veía en su mente era aquella aguja y el contenido de aquel cajón de la cómoda, seguido de la expresión en los ojos del hombre que la había llamado de aquella manera.

Las dos semanas esquivando a Will terminaron cuando salió de clase y lo encontró esperándola en la extensión de hormigón donde estaban las escaleras que daban acceso al edificio. Tuvo calor y frío a la vez cuando lo vio. El corazón se le desbocó en cien direcciones distintas. Maeve se dio cuenta de que no podía darse la vuelta, no podía huir y tal vez no quería hacerlo.

—Maeve —dijo Will con tristeza—. He intentado una y otra vez...

No siguió porque lo que había intentado era obvio.

—¿Qué pasa? ¿Qué he hecho? —preguntó por fin.

Maeve pensó un montón de respuestas pero solo necesitaba una.

Se dio unos golpecitos con dos dedos justo debajo de la parte interior del codo izquierdo.

—Es una afición reciente —explicó Will, mirándola con tristeza—. Algo así como experimental. Solo quería ver y sentir algo distinto, ya sabes. Estaba solo. Deprimido. Y entonces nos conocimos. La verdad es que se me olvidó que todavía tenía todo aquel material. No lo he tocado desde que empezamos a salir...

Maeve no dijo nada.

—Puedo dejarlo cuando lo decida. Si quieres que lo haga, puedo hacerlo, ahora mismo, en este segundo. Lo tiro todo si eso es lo que quieres y si eso hace que vuelvas conmigo. No soy un verdadero adicto. Es solo por placer. Te lo aseguro.

«Me está mintiendo a mí. Se miente a sí mismo», pensó Maeve.

Sabía que tendría que sacudir la cabeza a modo de negación y marcharse. Pero no lo hizo; simplemente siguió sin decir nada.

—Muy bien. Lo dejaré —aseguró Will con voz resuelta aunque teñida de la confianza de considerarlo algo insignificante—. Tú eres mucho más importante para mí que cualquier droga. Pasaré el mono, como se dice. Tiraré las drogas al váter. Lo tiraré todo a la basura. Puede que me lleve unos días. Pero te llamaré en cuanto haya terminado. Por favor, no me cuelgues. Te prometo que haré exactamente lo que digo. Y después podremos seguir adelante. Será como antes. Será mejor. Lo sé. Tenemos algo juntos. Es especial. Sé que tú puedes sentirlo igual que yo.

Era verdad, pero intentó mantener la calma cuando una oleada de emociones le recorrió el cuerpo. Esperaba ser más importante para él que una droga, pero lo dudaba.

—Era tu hermano quien estaba allí aquella mañana, ¿verdad? —preguntó por fin.

Will sonrió. Una sonrisa familiar, llena de la clase de energía despreocupada que era lo que más la había atraído.

—Claro —contestó—. Mi hermano; es un poco mayor que yo. Joseph. Sé que al principio puede asustar un poco, pero es solo su forma de ser. Le gusta adoptar esa actitud de tipo duro. Siento si te atemorizó un poco. En realidad es un chico excelente y cuida de mí. Lo ha hecho toda su vida. Solían llamarnos los gemelos irlandeses. Nacimos con apenas once meses de diferencia. Él me ayudará a estar totalmente limpio. Y entonces te lo presentaré como es debido. Te caerá bien, te lo prometo.

No creyó nada de lo que Will le decía.

Ni la mentira de que estaría limpio. Ni la mentira de que su hermano era un chico excelente.

Lo que recordaba eran todas aquellas fotografías de ojos de asesinos.

—Te llamaré —dijo Will—. De aquí a una semana más o menos.

—De acuerdo —respondió Maeve. Y en cuanto esas dos palabras se le escaparon de los labios, lamentó haberlas dicho.

—Estamos hechos el uno para el otro —afirmó Will.

Cuando Sloane oyó a su madre citar al difunto, notó que se le secaba la garganta. Había oído decir lo mismo a Roger. El difunto número dos. O tal vez el difunto número... Repasó rápidamente las muertes, intentando sumarlas. Tres. Cuatro. De repente se le revolvieron las tripas.

Su madre siguió hablando.

—Pensé que sabía dónde conduciría todo aquello, pero a la vez no quería saberlo. Pensé que a una decepción. A una depresión. Tal vez a unas cuantas lágrimas. Y después a pasar página. Dicho de otro modo, a algo nada inesperado y nada fuera de lo común. Estaba totalmente equivocada.

CATORCE DÍAS MÁS Y EL MOMENTO DESAGRADABLE EN QUE MAEVE ABRIÓ LA PUERTA

Maeve estuvo días sin tener noticias. Pasó una semana. Y después otra.

Finalmente recibió una llamada de Will Crowder. Estaba en su anticuado contestador automático cuando llegó a casa tras pasar una tarde en la biblioteca, donde durante horas había sido incapaz de leer una sola página. Todo lo que se ponía delante parecía enturbiado por las emociones.

Su voz era alegre. Despreocupada.

—Estoy limpio. Ha sido fácil. He perdido algo de peso. Pasé una o dos noches difíciles. Pero de verdad, ningún problema, como te dije. A partir de ahora soy el señor Impoluto. Limpio como una patena. Quedemos esta noche. ¿Qué tal ir a cenar y al cine? En la sala de arte y ensayo reponen en sesión de noche Tener y no tener*, de Bogie y Bacall. Ya tengo las entradas. Te recogeré poco después de las siete.*

Animado. Seguro.

Recordaba al chico del que se había enamorado.

Maeve echó un vistazo al reloj de la pared.

Faltaban unos minutos para las cinco.

Escuchó cuatro veces el breve mensaje intentando captar en cada tono una verdad, pero sabiendo que podía tratarse solamente de la música de las mentiras. Alargó la mano hacia el teléfono para hacer la llamada de «no vengas», pero se detuvo tras marcar tres números. Mientras vacilaba, llamaron a la puerta. Se volvió hacia ella, pensando al instante: «Will está aquí. Ya. Temprano. ¿Qué debería decirle?».

Fue hacia la puerta.

La abrió y vio lo inesperado.

No era Will. Era su hermano.

—Hola, puta —dijo Joseph Crowder mientras entraba en su piso y se dejaba caer inmediatamente en su gastado sofá. Llevaba una pequeña bolsa de deporte amarilla de lona, unos anodinos pantalones caqui manchados, unas zapatillas de ba-

loncesto, una sudadera rasgada con capucha y una gorra raída, que se quitó, liberando un cabello greñudo mientras echaba un vistazo a su alrededor. Parecía medio estudiante, medio sintecho y en absoluto rico, aunque eso era lo que era—. Este sitio es horroroso —soltó. Su voz era tan fría como sus ojos—. Barato. Me imaginé que sería así porque sé exactamente lo que persigues.

—Me enojé al instante. Me enfurecí. Me sentí de lo más insultada. Me vinieron un montón de respuestas cortantes a la cabeza, la mayoría del estilo: «Vete a la mierda, no quiero tu dinero y lárgate de aquí, coño». Quise echar a aquel cabrón de una patada —explicó Maeve.

—Pero no lo hiciste, ¿verdad? —preguntó Sloane.

—Tal vez tendría que haberlo hecho —respondió su madre sacudiendo la cabeza—. No lo sé. Simplemente no lo sé —repitió—. He pensado en ese momento un millón de veces. Lo he revivido una y otra vez en mi cabeza. Suponiendo qué habría pasado si hubiera hecho esto o hubiera hecho aquello. A lo mejor me habría matado allí mismo. A lo mejor se habría ido y yo podría haberle dicho a Will cuando se presentó unos minutos después: «Gracias, pero no, gracias. Fue bonito mientras duró pero se acabó. Buena suerte. No volveré a verte jamás». No sé. Podría haber dicho: «Pasa, Will, tenemos que hablar. ¿Eres tú mi hombre ideal?». Era joven y no controlaba la situación. Era como un cuadro que estaba siendo pintado y cada pincelada cambiaba la imagen por completo.

Titubeó de nuevo.

—Él estaba tranquilo. Era metódico. Persuasivo. Frío.

Otra respiración profunda.

—Escuché mientras la muerte me hablaba. Solo que no lo sabía. Todavía no. No del todo. Pero enseguida lo averigüé.

—Deja de llamarme así. Si lo haces otra vez...
—¿Qué harás?
Silencio. Como si el aire entre ellos se espesara.

—Lárgate —dijo Maeve. Intentó hablar con fiereza y eso hizo sonreír al hermano. Maeve detestó esa sonrisa al instante. La hizo sentir insignificante. Intrascendente.

—No, señorita O'Connor —soltó su apellido como un insulto—. No hasta que hayamos tenido ocasión de hablar.

—No quiero hablar contigo. ¿Qué quieres?

—Solo una cosa: quiero que mi hermano menor sea feliz. Por eso estoy aquí. Y eso es lo que va a pasar.

—Yo le hago feliz.

Otra pausa.

—En realidad no. Puede que sí la noche que te lo follaste. Pero hoy no. Y mañana tampoco. Verás, yo siempre contemplo la vida a largo plazo. Acabarás haciéndole daño. Como todos los demás. Incluido yo.

—Yo nunca le haría daño —soltó Maeve.

—Sí se lo harías. Y se lo harás. Tú lo sabes. Yo lo sé. No discutamos por algo que ambos sabemos que es inevitable.

Maeve no le replicó porque creía que tal vez podría estar en lo cierto.

—Quiere que volvamos a salir —dijo en cambio.

—No. No creo que sea buena idea.

—Quiere que esta noche vayamos al cine.

—Ya lo sé. No. No creo que pase.

—Seguramente estará de camino hacia aquí.

—Entonces tendremos que acabar deprisa esta conversación.

—Tú no puedes decirme qué puedo y qué no puedo hacer.

—Sí que puedo.

—¿No crees que puede decidir él solito a quién ve y cuándo? —Maeve habló con agresividad. Nada de lo que dijo reflejaba las dudas que la habían asaltado antes de que llamaran a su puerta.

—No. Nunca lo ha hecho. Nunca pudo. Nunca lo hará.

—No digas tonterías —le espetó Maeve con virulencia—. Es un hombre adulto. Puede tomar sus propias decisiones.

El hermano sacudió la cabeza.

—*Es un niño. Siempre será un niño. No es culpa suya. Y nunca dejará de ser un niño. Lo siento. Es triste. Pero esa es la verdad.*

Esta observación la sobresaltó. Era como si se hubiera abierto una puerta a la que no quería asomarse.

—*No creo que tengas derecho...* —*empezó a decir, pero el hermano levantó la mano.*

—*¿Qué sabes de Will?*

En aquel momento Maeve pensó en muchas cosas. No dijo ninguna.

El hermano sonrió. Lánguidamente. Una sonrisa sombría.

—*¿Te das cuenta de que es un genio?*

—*Sí.*

—*¿Sabes que ha tenido éxito y está destinado a muchísimo más?*

—*Sí.*

—*Y es por eso por lo que lo sedujiste, ¿verdad? Dinero, dinero, dinero. Es tu pasaporte al éxito. Solo que no lo será.*

—*Estás muy equivocado* —*dijo Maeve sacudiendo la cabeza*—. *¿Que yo lo seduje? Él me tiró los tejos a mí...*

—*Eso es lo que me imaginaba que dirías.*

—*Me da igual si es rico o no...*

—*También me imaginé que dirías eso. Una respuesta muy previsible, ¿no te parece?*

Lo dijo con voz monótona. Dura. De hierro.

Maeve no respondió. Quería señalar la habitación con una mano y decir que todo aquello era una ilusión, que tenía mucho dinero. No lo hizo.

El hermano se recostó en el sofá.

—*¿Sabes cómo lo han...* —*vaciló un momento antes de continuar*— *dañado?*

Maeve sacudió la cabeza.

—*¿Sabes por lo que ha pasado?*

Maeve sacudió la cabeza.

—*De modo que, en realidad, no sabes nada, ¿verdad?*

—*Sé que es...* —*dijo, pero se detuvo.*

—*De modo que no te ha contado gran cosa, ¿no?* —*comentó*

el hermano, frío y engreído a la vez—. Ahí va la verdad: mi hermano ha experimentado la maldad, señorita O'Connor. De primera mano.

Maeve intentó ser diplomática y enérgica a la vez.

—¿Sabes que Will tiene un problema con las drogas?

El hermano volvió a sonreír. Esta vez la sonrisa fue perversa.

—¿Un problema? Es una forma pintoresca de decirlo. Claro que lo tiene y claro que lo sé.

El tono displicente y despreocupado de su respuesta la pilló por sorpresa.

—Dice que lo ha dejado.

El hermano se encogió de hombros. Entornó los ojos.

—Eso es lo que mi hermano dice siempre.

Como si tal cosa. Glacial. Rutinario.

—Quieres decir que...

—Quiero decir que ya he pasado por esto. Y sospecho que volveré a pasar por ello. ¿Crees que alguna vez lo dejará de verdad? Si lo crees, no lo conoces demasiado bien. No como yo.

Maeve iba a responderle. Pero el hermano alzó la mano para detenerla.

—No digas nada —soltó—. Ya lo he oído todo demasiado a menudo.

Consultó su reloj de pulsera.

—Se está acabando el tiempo para charlar. De modo que te diré qué vas a hacer y no es algo sujeto a debate...

La miró directamente. Con una expresión fría en los ojos entrecerrados.

—Márchate. Ahora. No contestes sus llamadas. No te inventes ninguna razón absurda para encontrarte con él, aunque solo sea para despedirte en persona. Y, por descontado, no le cuentes nada sobre nuestra pequeña conversación de esta noche. No, limítate a salir de su vida inmediatamente. Corta toda relación al instante. Después carga el coche y vete a otro sitio. Estoy seguro de que hay otras universidades fantásticas y otros programas de posgrado a los que puedas cambiarte. Para empezar totalmente de cero. No dejes ningún rastro de miguitas de pan que pueda sentirse obligado a seguir porque creas que va a haber algún final romántico de amor verdadero como en un cuento de hadas a lo Cenicienta. No lo habrá.

Se detuvo como si estuviera valorando el impacto de cada palabra que había dicho.

—En resumen, señorita Maeve O'Connor, de la carretera rural número 3 de Andover, Maine: ve a casa. Di a todo el mundo que California no estaba hecha para ti. Y empieza de cero. Lábrate en otro sitio la vida que quieras tener y mantente tan lejos que no incluya a mi hermano. ¿Wisconsin? ¿Oregón? ¿Florida? ¿Europa? Simplemente ve. No vuelvas a pensar siquiera en mi hermano. Y si por casualidad lo haces, bueno, piensa en él como en un sueño que tuviste y una vez te despertaste se desvaneció y se acabó. Él no existe para ti. Y tú ya no existirás para él.

Todo aquello parecía razonable cuando no debería serlo.

—Y te daré un consejo para cuando te hayas ido: búscate otro hombre. Enamórate. Vete a vivir con él. Cásate. Luce un vestido blanco en tu boda aunque en su día fueras una puta, y jamás cuentes a nadie esta pequeña aventura que tuviste en el pasado. Ten familia. Múdate a una bonita casa en las afueras, cómprate una furgoneta para llevar a los críos arriba y abajo, y hazte de la asociación de padres de alumnos local.

Consultó su reloj de pulsera.

—Tienes unos treinta y ocho minutos para tomar esta decisión. Que, añadiré, es la única que te permitiré tomar. Es más agradable para todos si crees que la tomaste tú.

Maeve se tambaleó hacia atrás. Que el hermano supiera la dirección de su casa de Maine la asustó. Una mezcla de rabia y de miedo retumbaba en su interior.

—Tú no puedes decirme qué hacer con mi vida —espetó.

—Sí que puedo —aseguró el hermano.

—¿Qué te hace pensar que yo...? —empezó a decir, pero se detuvo cuando el hermano volvió a sonreír.

Vio que metía una mano en su bolsa amarilla y sacaba de ella un cuaderno, un rollo de cinta adhesiva y un rotulador negro.

—*Escribe esto* —*le ordenó tras dárselo todo a ella*—: «*Lo siento, Will, pero no quiero volver a verte ni tener nada que ver contigo. Adiós...*». —*Joseph Crowder reflexionó un momento, sonrió y dijo*—: *Añade*: «*Para siempre*». *Un buen detallito. Y fírmalo. Podemos pegarlo en tu puerta con la cinta adhesiva.*

—*No voy a hacerlo.*

—*Rómpele el corazón. Hazlo de tal forma que no quiera volver a verte. Sé cruel. Sé desconsiderada. Sé desagradable y malvada. Sé lo que quieras, pero el resultado tiene que ser el mismo. Tú. Él. Se acabó. Es la única opción que hay sobre la mesa.*

—*No voy a hacerlo* —*repitió.*

—*Lo harás* —*replicó con seguridad.*

Se encogió de hombros y volvió a meter la mano en la bolsa. Esta vez sacó un sobre grande de papel manila. Lo abrió y dejó caer su contenido en la mesa que había entre ambos. Dinero. Billetes grandes enfajados. Maeve vio cientos amontonados. Puede que miles. Decenas de miles. El hermano los apiló con cuidado hasta formar un cuadrado y los deslizó hacia ella como un jugador de póquer que lo apuesta todo.

—*Ten* —*dijo*—. *También me he tomado la libertad de hacerte una reserva en un hotel.* —*Le dio una tarjeta*—. *Quédate ahí un par de días. Está pagada. Tómate unas vacaciones. Y con esto...* —*Señaló el montón de dinero*—. *Bueno, pasados unos días, vuelve aquí a hurtadillas y recoge tus cosas, y esto te servirá para ir a ese otro sitio. Hay suficiente para que empieces de cero. Te servirá para pagar el alquiler. Para pagar todo el posgrado. Puede que más. He querido ser espléndido.*

Maeve apenas podía contenerse. Rabia. Miedo. Nervios. Ansiedad. Y estupefacción. Estaba desbordada.

—*¿Pretendes sobornarme para que deje a tu hermano?*

—*«Soborno» es una palabra muy fea. Digamos que es un incentivo financiero.*

—*¿Y si no lo acepto?* —*preguntó, desafiante.*

El hermano sacudió ligeramente la cabeza.

—*Lo harás* —*contestó*—. *La alternativa a mi generosidad es, bueno, francamente, muy mala.*

Entonces extrajo despacio de la bolsa de donde había sacado el dinero una pistola semiautomática con silenciador. La dejó con suavidad en la mesa de centro. A continuación sacó un cuchillo de caza dentado. Lo desenfundó y la hoja relució al captar la luz de una ventana. A esa segunda arma la siguió una anticuada navaja de afeitar, que dispuso junto a las demás en la mesa. A ello añadió rápidamente una pistola Taser y una porra envuelta en cuero marrón. Después, en rápida sucesión, salió un maletín de cuero negro, al que abrió la cremallera. Estaba lleno de material quirúrgico, incluidos varios bisturíes distintos y una sierra para cortar huesos. Lo siguió un juego de esposas metálicas, cuerdas de varios tamaños, un rollo de cinta adhesiva plateada y, por último, un collar de perro rojo y negro que consistía en un juguete sexual para la práctica del bondage, del tipo que se mete en la boca y amordaza a uno de los participantes. Lo sostuvo un momento en alto, sobre su propia boca, sin decir nada para demostrar cómo tenía que colocarse. Después se recostó para observar lo que había dispuesto. En la mesa había una muestra de naturaleza muerta del asesinato multiplicada por cien. Tras esa ligera pausa, se agachó de nuevo y sacó un par de guantes de piel negros. Se los puso, dedicó un segundo a sonreír a Maeve y alargó una última vez la mano para sacar una naranja grande de la bolsa.

Maeve estaba petrificada. Hipnotizada por lo que estaba expuesto ante de ella.

Observó cómo el hermano examinaba la colección de armas, como si intentara tomar una decisión, dejando la mano un momento sobre cada una de ellas. Al principio fue a tomar el cuchillo dentado, después el juego quirúrgico, pero finalmente pareció decidirse por la anticuada navaja. La abrió de golpe con un giro experto y familiar de la mano derecha mientras sujetaba la naranja con la izquierda.

Miró atentamente a Maeve.

—Imagina —dijo.

Y hundió despacio la navaja por la cáscara de la naranja para abrir una herida en ella. Exprimió la naranja con la mano izquierda, de modo que lanzó chorros de zumo al sofá y al suelo hasta que no quedó más que una pieza de fruta aplastada. Dejó la naranja ante ella en la mesa, junto a los fajos de billetes.

—No quieres formar parte de su vida. Porque entonces formarás parte de la mía...

La miró fijamente. Clavando los ojos en ella.

Maeve permanecía callada. No podía apartar la vista de lo que quedaba de la naranja. Una naranja muerta.

—Deja que te muestre cómo es exactamente mi vida —dijo el hermano, agitando la hoja de la navaja al hablar—. Si lo demás no te convence, esto tendría que hacerlo. —Con la mano libre, sacó de repente de la bolsa una fotografía satinada a todo color de veinte por veinticinco y la depositó sobre el montón de billetes—. Mírala bien —ordenó.

Maeve lo hizo.

Al principio no sabía qué estaba mirando, aunque le quedó claro enseguida. El cabello estaba apelmazado y mojado. El entorno parecía ser un bosque tras una tormenta. Hojas húmedas y barro. De noche. Una piel pálida que relucía bajo el flash de la cámara.

Estaba desnuda.

Muerta.

Vio unas rajas rojas en sus pechos. También en sus brazos y cortándole el cuello. En la barriga se le había acumulado una gran ola de color carmesí oscuro, que le llegaba hasta la entrepierna. Parecía que le habían cortado un dedo. Los ojos vidriosos de la mujer parecían mirar al vacío. En blanco. Pero tenía la boca algo abierta, como si la muerte hubiera interrumpido su última petición de ayuda.

Junto a ella había una pala y una tumba apenas cavada.

Un asesinato.

El hermano se inclinó hacia delante, recogió despacio la foto y volvió a guardarla en la bolsa.

—Pregúntate lo siguiente —le indicó con frialdad—: ¿cómo es que tengo esta fotografía? ¿Puedes imaginártelo?

Podía. Pero no quería.

—No es una fotografía de la policía, ¿verdad? Tampoco es el plano preparado de una película, ¿verdad? No son actores. No es sangre falsa. Es muy real, ¿verdad?

Maeve siguió sin responder.

—¿Quién crees que es? ¿Piensas que podría ser alguien como tú? Una sanguijuela en el trasero de la vida de mi hermano.

Maeve tuvo la sensación de que no podía respirar.

—A lo mejor es alguien que no aceptó el dinero que se le ofrecía —comentó el hermano despacio—. Que a lo mejor pensó que podía sacar más engatusándolo un poco más de tiempo. —Parecía estar relajado—. ¿Crees que alguien encontró alguna vez a la mujer de esta foto? ¿Crees que puede ser otra cifra más en la estadística de personas desaparecidas y que solo significa algo para los pobres que se acuestan cada noche y se despiertan cada mañana preguntándose dónde estará? ¿Para los que en el fondo saben que se ha ido para siempre?

Maeve no dijo nada.

El hermano metió la mano en la bolsa y de repente tenía unas seis fotografías parecidas en las manos. Más cadáveres desnudos. Más sangre. Las agitó ante ella como un tahúr antes de juntarlas y volverlas a guardar en la bolsa.

—¿Crees que tendría que enseñártelas? ¿O es esta lo bastante convincente?

Era una pregunta que no precisaba respuesta.

—Su nombre podría haber sido Sandra. Sandy para los amigos. Mi mundo —dijo, vacilando un momento—, te lo aseguro, no es un mundo del que quieras formar parte. —La miró un instante y añadió—: Lo sabes, ¿verdad? Te has pasado el tiempo suficiente estudiando libros de texto sobre psicopatología y leyendo estudios para saber con exactitud la clase de persona que soy.

Marcó sus palabras con una larga mirada a la navaja que tenía en la mano. La sostuvo de forma que la luz de una lámpara se reflejó en la hoja.

Maeve no se podía mover. De repente, Joseph Crowder se inclinó sobre la mesa y le puso el extremo romo de la navaja en la mejilla. *Quiso gritar. Retirarse. Correr.* No pudo moverse. Joseph Crowder hizo descender la navaja por su mejilla de modo que Maeve notó su presión en la piel.

—Maeve. Maeve. Maeve —dijo, arrastrando su nombre de pila como si se mofara de cada letra—. ¡Qué nombre tan bonito! Como creo que ya tenemos suficiente confianza, puedes llamarme Joey. La verdad es que pareces una puta bastante simpática. Vete a otra parte a ser una puta feliz con otra persona. Y hazlo ya, sin titubear.

Esta vez apenas captó la palabra «puta».

El hermano sonrió y a ella le pareció que era como la sonrisa de Satanás al dar la bienvenida a un alma al Hades.

—¿Sabes qué? Mucha gente como yo, bueno, no te daría esta oportunidad. Ya estarías más que muerta. Pero como mi hermano te tiene tanto cariño, tienes una oportunidad para salir de esta con vida. De hecho... —señaló con la navaja el montón de dinero—, se te va a pagar bien por esta decisión. Yo que tú aprovecharía esta oportunidad y jamás volvería la vista atrás.

Maeve no sabía muy bien si había asentido o no.

—Ahora mismo, Maeve, somos amigos. Pero ¿sabes qué podría cambiar eso?

Maeve no respondió la pregunta.

—Que algún día contaras a alguien esta conversación —expuso y observó su reacción—. Verás, Maeve, yo soy el guardián de mi hermano. Es mi única tarea en este mundo y me la tomo muy en serio. Puede que haya fallado alguna vez en el pasado. No fallaré en el futuro.

Dejó que asimilara esta frase. Después cerró tranquilamente la navaja de golpe y empezó a guardar con cuidado todas las armas en la bolsa hasta dejar la naranja rajada y el dinero en la mesa. Se levantó, se estiró como un gato perezoso y soltó:

—Me ha gustado nuestra conversación, Maeve. Pero se te está acabando el tiempo. Piensa con mucho cuidado lo que te he dicho. Toma la decisión obvia porque es la única opción segura. Quiero que te quede totalmente claro. ¿Está claro, Maeve?

Burlón.

Maeve asintió.

—*Excelente. Nos hemos entendido. La claridad es una virtud, ¿no te parece?* —*Soltó una carcajada*—. *Me voy, no hace falta que me acompañes. El dinero es todo tuyo. Y no te olvides de escribir esa nota y pegarla a tu puerta. Entre nosotros, Maeve, lo llamaremos «el primer paso». Y el segundo, el tercero y el cuarto paso tendrían que seguirlo muy deprisa.*

Maeve no contestó.

—*Adiós, Maeve. Asegúrate de que sea un adiós para siempre.*

Se puso educadamente su gorra raída, exagerando cada movimiento, e hizo una pequeña reverencia antes de volverse y salir del piso de Maeve con la bolsa amarilla cargada de muerte colgada caballerosamente del hombro. Maeve pudo oír el repiqueteo de las armas al chocar entre sí. Una vez fuera, cerró la puerta de golpe.

«¿Qué sabe de la naturaleza de una amenaza?» fue lo primero que Sloane pensó.

Era lo que Kessler, el psiquiatra, le había preguntado.

—El problema era que no podía marcharme como él quería —contó Maeve cautelosamente con lágrimas en los ojos—. Estaba muy asustada. Pero no podía.

—¿Por qué no? —soltó Sloane. En cuanto la pregunta le salió de los labios, supo la respuesta.

—Por ti —contestó su madre.

23

Las dos mujeres de la habitación de hotel se sumieron en otro silencio incómodo.

Sloane pensó que toda su historia había quedado sepultada por una avalancha y, acto seguido, la habían llevado al punto de ebullición. Todo lo que le habían contado cuando era pequeña acerca de que su padre enfermó y murió antes de que ella naciera era mentira. Todo lo que le habían hecho creer lo había transformado en una figura mítica. Misteriosa. Imposible de conocer. Nada de todo eso había sido cierto.

Maeve se puso de pie. Miró por la ventana del tercer piso como si las respuestas a las decisiones que había tomado un cuarto de siglo antes estuvieran al otro lado del cristal. Vaciló e inspiró hondo antes de hablar.

—Y entonces cometí un error. Un error estúpido. Un accidente. Aunque ya sabes que Freud decía que los accidentes no existen. El inconsciente siempre interviene. ¿Quién sabe? Sea como sea cometí un único y estúpido error. No tendría que haber significado nada. Pero lo significó todo.

Tras decir eso apoyó la cabeza en la pared, casi como si estuviera exhausta.

LO QUE HIZO MAEVE ANTES DE COMETER SU ÚNICO ERROR

Maeve se quedó petrificada en su piso un minuto. Puede que dos. O tres. El portazo del hermano asesino parecía retumbar a su alrededor. Cuando el ruido se desvaneció, de repente tuvo la sensación de que el tiempo se le estaba escapando. Tomó parte del dinero que había en la mesa y se lo metió en un bolsillo de los vaqueros antes de recoger el resto con los brazos. Corrió hacia su cuarto y dejó caer los fajos restantes de dinero en un cajón de la mesilla de noche. Después metió una muda de ropa en una mochila raída.

Volvió a toda velocidad al salón, tomó el cuaderno que el hermano le había dado y escribió su primera mentira:

Will, he intentado ponerme en contacto contigo...

Esto la puso enferma. Tuvo náuseas, así que dejó el rotulador y corrió al cuarto de baño para vomitar con un gran esfuerzo en el retrete. Era como si todo lo que tenía dentro saliera con violencia. Una vez terminó, se levantó, se echó agua en la cara y volvió para seguir con la nota. Escribió su segunda, tercera, cuarta y quinta mentiras:

Me acaba de llamar un profesor sobre un proyecto de investigación en el que estamos trabajando y me he tenido que ir a una reunión de última hora. Siento lo de las entradas. Me gustaría ver esa película. ¿Te las cambiarían para algún día de la semana que viene? Saldré tarde de la reunión. Te llamaré muy pronto para que podamos quedar. Tengo muchas ganas de hablar contigo. Me alegra mucho de que tengas tu problema bajo control.

Y una última gran mentira final:

Te quiere, Maeve.

Llena de dudas, tomó el rollo de cinta adhesiva y cerró con ella la carta. Escribió el nombre de Will por fuera en mayúsculas y la pegó a su puerta, más o menos como se le había dicho que hiciera. Solo que no contenía el mensaje que se le había dicho que escribiera. Imaginó que Joseph volvía y la veía en lugar de Will. Que la leyera un hermano le permitiría ganar algo de tiempo, pero si el otro hermano la leía, podía empezar a planear su muerte.

Si no la estaba planeando ya.

Se cargó la mochila de viaje al hombro, bajó la escalera y salió del edificio corriendo. Cuando había recorrido media manzana para llegar a su coche, vio como el vehículo del hermano adicto doblaba la esquina. Se le paró el corazón. Le dio vueltas la cabeza. Se debatió un momento en un dilema. Primero pensó: «Cuéntaselo todo. La verdad es siempre la mejor forma de abordar las cosas».

Acto seguido pensó: «Puede que no lo sea».

Se escondió en una sombra que había entre dos edificios, apretujándose contra una pared de ladrillo. En cuanto el coche de Will hubo pasado, la invadió una oleada de culpa que casi la hizo salir de entre la penumbra. Levantó la mano a punto de saludarlo, pero se detuvo. Nada segura de lo que iba a hacer, siguió apresurándose mientras caía la noche. Se movía deprisa, a escondidas. Iba de un peligro conocido a un peligro desconocido.

Las siguientes horas hizo lo siguiente:

Se registró en un hotel muy bonito. Como el hermano le había dicho, estaba totalmente pagada una estancia de tres días.

Pasó algo de tiempo, entre unos minutos y una hora, era incapaz de precisar cuánto, llorando a moco tendido en la cama del hotel, boca abajo contra la almohada hasta que sus lágrimas dejaron empapada la funda suave de algodón.

Se levantó, fue al cuarto de baño y vomitó otra vez.

Cayó en la cuenta de que tenía un retraso.

Dijo en voz alta: «No es posible».

Aunque sabía que, en realidad, lo era.

Y por último: se quitó toda la ropa y se contempló en el espejo. Se puso de lado, primero hacia la derecha y después hacia la izquierda, para intentar detectar algún cambio visible. Se puso las manos sobre la tripa. Nada. Describió despacio un círculo con ellas y la invadió la sensación de que notaba algo distinto en su interior. Volvió a mirarse en el espejo y se echó de nuevo a llorar, sujetándose a los bordes del lavabo para no caerse al suelo alicatado.

Pasado un momento, salió sollozando del cuarto de baño y se dejó caer, todavía desnuda, en la cama. Más lágrimas. Murmuró «no, no, no, no» una y otra vez.

Cuando por fin se incorporó, fue como si la habitación diera vueltas a su alrededor.

—¿Qué hago? —pregunto en voz alta.

Le pareció oír el eco de sus palabras. Y en aquel momento fue como si su padre estuviera a su lado en la habitación. Se tapó la desnudez con una sábana y oyó su voz. La voz del veterano investigador criminal.

«Ten mucho cuidado.»

«Claro —pensó—. Obvio.»

Lo segundo que oyó fue: «Piensa como lo haría yo.»

Eso la confundió un momento. Entonces se percató de que quería decir como un detective. No como un padre. No como un adiestrador de perros. No como un suicida. Y eso tuvo algo de sentido para ella.

—¡Puede que esté embarazada! —exclamó.

«¿Estás segura?»

—No.

«Pues entonces sé lógica. Metódica. Precisa. Tienes que estar segura de ti misma porque cualquier cosa que hagas a partir de este momento exige certeza. Saca partido de las verdades y de los hechos.»

—Tendría que comprar un test de embarazo en una farmacia. Eso tendría que ser lo primero.

«Correcto.»

—Pero ¿qué pasa con Will? ¿Y con su hermano?

«¿Quieres que lo sepan?»

—Will tiene derecho a saberlo. Creo. Puede. No estoy segura. Pero ¿Joey? Me da miedo.

«Debería dártelo. Ya sabes qué es. ¿Hace falta que te lo deletree?»

—No. Pero ¿debería llamar a la policía?

«¿Y qué les dirás?»

—Que es un asesino.

«¿No te dijo que no lo hicieras?»

—Sí. Pero quizá debería hacerlo igualmente.

«¿Crees que te creerán?»

—No. Seguramente no.

«¿Qué harán por ti?»

—¿Protegerme?

La respuesta llegó enseguida y Maeve la escuchó con gran atención.

«¿Cómo? ¿Y por qué? ¿No es ingenuo pensar eso? Si vas a la policía, ¿qué crees que te hará él?»

Podía oírlo hablar. Su voz retumbaba, llenando casi por completo la habitación. Susurró su contestación:

—Mató a aquella mujer, la de la fotografía.

«¿Y qué pruebas tienes de ese asesinato?»

—Ninguna. Solo su palabra.

«Ya has visto fotografías así. ¿Lo creíste?»

—Sí.

«Pues tienes que asegurarte de no terminar como ella. Solo tú puedes hacer eso. No confíes en nadie más.»

Maeve asintió.

—Entendido —soltó en voz alta de nuevo—. Sí.

«¿Crees que Will sabe cómo es su hermano?»

Maeve no respondió. Esperó otra pregunta de su padre difunto antes de volver a hundirse en la cama y mirar al techo. Pero de repente su padre guardó silencio, como si aquellas pocas advertencias fueran todo lo que ella necesitara oír en aquel momento.

Se dijo a sí misma que tenía que dejar de alucinar.

No estaba segura de poder hacerlo. O de querer hacerlo.

Pero, a pesar de que no creía que siguiera a su lado para oírla, preguntó en voz baja:

—¿Tendría que abortar?

—Joder, espera un segundo —soltó Sloane, incorporándose muy erguida en la cama de la habitación de hotel—. ¿Ibas a abortar?

—Tenía que planteármelo —respondió su madre. De repente con voz monótona. Carente de emoción. Con frialdad científica—. Pero no lo hice.

Sloane sintió una oleada de rabia, seguida de una oleada de algo distinto. No era exactamente alivio. No era sorpresa. ¿Sería gratitud? Era como si unas emociones indefinibles jugaran al tenis de mesa en su interior.

—Pero ¿lo pensaste?

Maeve inspiró hondo otra vez.

—Tenía que hacerlo. Pero... —Se detuvo para prepararse y prosiguió—: En primer lugar, tú no eras tú entonces. Dejemos eso claro ahora mismo. Tan solo eras un puñado de células unidas en mi cuerpo. No puedo decirte por qué en aquel momento decidí tenerte. La lógica me decía de modo aplastante que hiciera lo contrario.

—No lo entiendo.

—Tú... la promesa de tenerte... la expectativa de tenerte... No sé cómo decirlo, pero lo cambiaba todo. Huir yo sola era una cosa. Huir llevándote conmigo era otra cosa, y muy distinta. Y mi decisión de tenerte, bueno, no estuvo motivada por la moralidad o la religión. Puede que hubiera nacido siendo católica romana, pero en aquel instante, eso no significaba nada de nada.

—Muy bien —soltó Sloane despacio, intentando comprender y, especialmente, intentando imaginarse a su madre tantos años atrás y el torno de banco que se cerraba hacia ella.

—Tú eras el comodín, ¿sabes? —prosiguió Maeve—. Si la Maeve que conocían esos dos hermanos desaparecía, eso sería una clase de vida para mí. No habría sido mala. Volver a la universidad. Acabar el posgrado. Montar una consulta. Más o menos todo lo que el hermano asesino había predicho. No tendría que haberme pasado todo el tiempo mirando atrás porque sería una vida que correspondería a hacer exactamente lo que un asesino me había dicho que hiciera. Y había muchas probabilidades de que se olvidaran de mí por completo y pasaran a la siguiente chica que podría o no enamorarse o ser asesinada. No lo sabía. No quería saberlo. No quería imaginarme nada de eso. Solo quería recuperar mi vida, alguna vida. Pero, por otra parte, si se enteraban de tu existencia... Bueno, dímelo tú: ¿qué crees que harían entonces?

Sloane sacudió la cabeza.

—Exacto —soltó Maeve con fiereza—. No lo sabes. Y yo tampoco lo sabía en aquel entonces. Nadie lo habría sabido.

Esta afirmación provocó un silencio. Maeve suspiró y alargó la mano hacia su hija para continuar.

—Pero tú pasaste a serlo todo. Tú has sido lo mejor de mi vida...

Sloane no estaba segura de ello. «Todo.» «Lo mejor.» Parecían tópicos. Mantenía el equilibrio entre una rabia que no comprendía y una compasión que no comprendía.

—Muy bien. Continúa. ¿Qué hiciste en lugar de abortar?

Esa tarde Maeve fue a una farmacia y compró cuatro pruebas de embarazo. No miró a los ojos al farmacéutico mientras registraba la venta. Regresó al lujoso hotel y dispuso las cajas sobre la cama. No abrió ninguna. Tenía la disparatada esperanza de que sus náuseas se debieran al miedo y a la tensión en lugar de a un embarazo. Sabía que ambas cosas podían ser ciertas.

Pasó una noche terrible en la habitación de hotel, incapaz de armarse de valor para hacer la prueba. Por la mañana llamó al servicio de habitaciones, pero apenas tocó nada del copioso desayuno que le trajeron. Poco antes de las doce metió las pruebas en la mochila y se marchó sin molestarse en pasar por la recepción. En lugar de volver a su casa, fue en coche a un motel mucho más barato situado al lado de una carretera importante, en las afue-

ras de la ciudad, y pidió una habitación. Formaba parte de una cadena, y estaba al borde de lo que podía considerarse limpio y tal vez dentro de lo que podía considerarse seguro. Estaba convencida de que nadie la había seguido y cuando se registró usó un nombre falso y parte del dinero del asesino. El recepcionista le dio la llave de la habitación sin apenas mirarla.

Pasó otra noche en blanco, seguida de un día horroroso.

No comía.

No bebía.

Vomitó dos veces. Tuvo náuseas más de dos veces.

Entre carrera y carrera al cuarto de baño para devolver, yacía perezosa en la cama repasando mentalmente sus opciones.

Alargó tres veces la mano para llamar a Will. Cada vez se detuvo. Tomó por lo menos esas mismas veces las pruebas de embarazo, pero cada vez las dejaba sin abrir y sin usar.

De vez en cuando se levantó de la cama y se acercó a la ventana. Vio los coches que viajaban por la carretera. El sol brillaba. Soplaba una ligera brisa. Era un día apacible. Vio alguna que otra persona recorriendo un amplio estacionamiento, normalmente tirando de una maleta, a menudo con una expresión de cierto agobio y cierta prisa. Después volvía a la cama dura y se echaba.

A media tarde oyó un chirrido de neumáticos en la cercana carretera, seguido del inconfundible y aterrador sonido del metal al chocar con metal. Cuando se asomó a la ventana vio un accidente en la calle. Al principio simplemente parecía confuso, como una naturaleza muerta de desastre. Dos coches enganchados entre sí, destrozados y retorcidos, ardían bloqueando la calle. Vio que un hombre salía del lado del conductor, impotente, mirando cómo le manaba la sangre de una herida en la frente. Pasado un minuto se desplomó en el asfalto, despatarrado en la calzada. Otros coches se pararon y vio como varios desconocidos corrían hacia el accidente. Mucho agitar de brazos. Personas que se asomaban a los coches afectados. Ojos llenos de pánico. A los pocos minutos oyó la primera sirena que se acercaba. Contempló la escena más de una hora, mientras llegaban coches de la policía, dos ambulancias y un camión de bomberos y, por último, varias grúas a la escena y el tráfico se acumulaba tras las formas retorcidas de los coches siniestrados. Las sirenas penetraron las paredes cuando las ambulancias se llevaron a las víctimas al hospital. El sonoro ruido de la tijera hidráulica que abría un vehículo se coló en su habitación. Vio que colocaban una forma muy pequeña en una camilla y que dos sanitarios corrían hacia una ambulancia que al instante se marchó a toda velocidad con las luces centelleando. Esto le hizo soltar un grito ahogado.

—Debe de ser un niño —exclamó, desgarrada. Fue incapaz de detener las lágrimas que le resbalaban por las mejillas.

Siguió observándolo todo hasta que el último operario de la grúa tomó una escoba y, bajo la mirada crítica del último agente de patrulla que quedaba, barrió el cristal y el plástico reflectante rojo rotos junto con los restos cortantes hasta un lado de la calzada.

Se preguntó si habría muerto alguien.

Pensaba que uno de los conductores había cometido un simple error: cambiar de carril sin mirar o girar el dial de una radio. Tal vez encender un cigarrillo. Algo que lo distrajo un instante. Y había vidas que habían cambiado para siempre.

«Esto es igual que un accidente de coche —pensó—. Cometes un pequeño error y todo puede cambiar.»

Imaginó a Joseph Crowder y a Will Crowder. Asesino y adicto. Listo y más listo. Repasó sus estudios de psicopatología, todo lo que había aprendido en sus años de licenciatura y de posgrado en busca de una respuesta aunque era incapaz de formular la pregunta, sabiendo todo el rato que la única respuesta era la incertidumbre.

«No quieres que te ame un adicto. No quieres que te asesine un psicópata», se dijo.

La pareció que era una ecuación.

Suma. Resta. Valora. Recorta. La presión parecía aumentar en la habitación, como si el aire estuviera siendo succionado.

Corre. Escóndete. Desaparece.

Deja atrás a los hermanos.

Empieza de cero. Haz exactamente lo que el hermano asesino te dijo que hicieras.

«*Es la mejor opción*», *se dijo a sí misma.*

«*Es la peor opción*», *se dijo a sí misma.*

«*Es la única opción*», *se dijo a sí misma.*

Se puso una mano en la tripa como si pudiera notar la vida en su interior.

—*Tienes que ser un secreto* —*susurró.*

De modo que, sentada en el borde de una cama barata de un motel barato, rodeada de muebles baratos, esta fue la decisión que tomó.

—*Papá* —*dijo en voz alta, con fiereza*—. *Por favor, papá. Soy Maeve. Dime: ¿es esta la decisión correcta?*

Pudo oír la voz de su padre: «Podría serlo, Maeve. Podría no serlo. Esperemos que lo sea.»

Sloane estaba fascinada por la historia de su madre y, a la vez, creía que la volvería loca.

Maeve se había sentado de nuevo, con las comisuras de los labios hacia abajo como un niño a punto de echarse a llorar, los hombros caídos y el labio inferior tembloroso. Sloane pudo ver que los años que se pasó mintiendo empezaban a aflorar a la superficie.

«¿Mentiras necesarias?», se preguntó.

—Así pues, ¿qué...? —empezó a decir. Antes de que pudiera seguir, Maeve la interrumpió.

—No es tan sencillo marcharse sin más.

Sloane se mordió el labio inferior.

—Claro que lo es —aseguró con algo de la rabia que le quedaba impregnándole la voz—. Pones algo de efectivo y una pistola en una caja, la envuelves con un bonito papel de regalo para cumpleaños y...

Maeve la interrumpió con el ceño fruncido.

—Subestimas la dificultad —aseguró.

—¿Feliz cumpleaños? Joder, mamá. ¿Tienes la menor idea...? —Se detuvo, porque tuvo la impresión de que cuando envolvió esa pistola, su madre sabía lo que estaba haciendo y el impacto que tendría. Por un instante vio el tormento reflejado en el semblante de su madre.

—Deja de pensar en Hollywood y trata de pensar en el mundo real —replicó Maeve una vez repuesta—. A veces hay que ser dura. No te compadezcas de ti misma. No me compadezcas. Todo lo que hice conllevó una considerable planificación. Supuso semanas de pensar cuidadosamente en cada detalle. Recurrir a un abogado para preparar el testamento y la escritura de la casa, e ir a un banco, transferir dinero de cuentas, planear dónde ir, dónde dejar el coche y después abandonar aquella vida. Ensayos. Práctica. Ajustar bien los tiempos.

—¿Cómo lograste hacer lo último? —quiso saber Sloane.

—En bicicleta. —Sonrió su madre—. La dejé el día antes entre los arbustos junto con unas cuantas cosas importantes. Como un par de zapatos de repuesto.

—¿Te marchaste de mi vida en bicicleta? —No sabía muy bien si indignarse o reír a carcajadas.

—Solo unos kilómetros, hasta donde tenía aparcado otro coche. Uno que compré fuera del estado con un nombre falso.

—Hubo buceadores buscándote...

—No es un lugar donde sea poco habitual suicidarse...

—La policía me lo dijo.

—Evidentemente, elegí bien. Y sabía que más arriba de la central hidroeléctrica, donde aquellas turbinas captan tantos litros cada instante... —Se detuvo, alzó un poco la cabeza como si estuviera pensando y añadió—: El brillante papel de regalo que te resulta tan, no sé, ¿desagradable? Bueno, dime una forma mejor de poner todas esas cosas en tus manos y no en las manos de un policía curioso de pueblo. El papel tocó la fibra psicológica que me convenía, incluso en un policía.

Sloane se inclinó hacia delante y su madre dejó de hablar. Pensó en toda aquella planificación. Jamás había considerado que su madre fuera lo suficientemente metódica. Siempre dispersa, siempre sujeta a arrebatos de imaginación. Puede que eso no fuera tan cierto. Era como si estuviera sentada frente a una Maeve completamente distinta a la madre junto a la que había crecido.

—Los buceadores encontraron una parca roja con...

—Mis iniciales. Sí. La tiré al río. Puse unas piedras en los bolsillos, aunque no demasiadas, para que no se la llevara la corriente. ¿La encontraron?

—Sí.

De repente pareció complacida.

—Desaparecer es un arte —afirmó despacio—. Algunos elementos tienen que ser sutiles. Otros tienen que ser obvios. Una cosa tiene que parecer otra. Pistas falsas. Desinformación. Tiene que ser totalmente convincente. Creo que he llegado casi a la perfección. He practicado mucho. El problema fue que la primera vez, cuando todavía te llevaba en mi vientre, aún no sabía lo que estaba haciendo. Fue todo improvisado. Precipitado, apresurado y sin planificación.

—Y...

—Cometí ese error. Hace veintisiete años dejé olvidado algo que no debí dejar ahí.

EL ERROR DE MAEVE

Maeve pasó otra noche de perros en el motel barato. Incapaz de dormir. Cada sonido procedente del pasillo, de las habitaciones contiguas o del exterior era como una explosión en sus oídos: el ruido del aire acondicionado, la voz de un borracho gritando un nombre, el inconfundible ritmo de una cama que golpeaba una pared debido a la pasión. Se levantó bien entrada la noche y se pasó más de una hora junto a la ventana contemplando el lugar donde se había producido el accidente horas antes, pensando sin cesar que habría otro choque, otro siniestro, otra muerte en el mismo sitio si fijaba los ojos en él el tiempo suficiente.

Hacia las tres de la madrugada se metió de nuevo bajo las ásperas sábanas y se tapó con ellas la cabeza. Se quedó frita unas horas y se despertó, sin haber descansado nada, llena de una an-

siedad tan fuerte como el café que bebió más tarde aquella mañana.

Apenas tenía un plan.

Llamó a la secretaria del departamento de psicología y le explicó que faltaría al resto de las clases y al trabajo de investigación de aquel semestre por motivos personales. Sabía que aquello provocaría una reacción de algunos de los profesores con los que había estado trabajando, pero como todo lo concerniente al mundo académico, esa reacción tardaría en llegar.

Llamó a la oficina de su casero y avisó de que se mudaba. Llamó a las compañías eléctrica y telefónica y canceló sus contratos. Llamó a Goodwill Services para que recogieran los muebles de su piso aquella tarde.

Se pasó por el banco y retiró todo el dinero de su cuenta corriente. Tenía otras cuentas, el dinero de la pensión de su difunto padre, una cuenta de ahorros en un banco de Maine, una cuenta de valores donde estaba invertida su herencia, el seguro de su coche, tarjetas de crédito y un préstamo para la compra de un vehículo que estaba prácticamente liquidado y del que sabía que tendría que encargarse tarde o temprano.

«¿Cómo borras tu existencia en unas horas?», se preguntó.

Fue a un economato y compró unas bolsas de lona baratas y un par de maletas de segunda mano. Se detuvo en una gran tienda de comestibles y convenció al encargado para que le permitiera quedarse algunas cajas de sobras. Metió todas estas cosas en su pequeño coche y condujo hasta un centro comercial cercano, donde encontró una plaza de aparcamiento en un rincón donde veía los coches que subían y bajaban una rampa. Observó pacientemente durante el mediodía. El rincón estaba sumido en la penumbra, y pensó que quedaba bien disimulada. Su estado de ánimo era igual de sombrío.

Aguardó hasta media tarde, cuando sabía que Will Crowder tenía habitualmente una sesión de laboratorio informático. No sabía si asistiría o no. Supuso que había el cincuenta por ciento de probabilidades. Era igual de posible que estuviera sentado en los peldaños de la entrada de su edificio.

Condujo despacio, mirando con inquietud a derecha y a izquierda, hacia delante y hacia atrás, de vuelta hasta su casa.

Tras inspirar hondo varias veces, procurando no hiperventilar, notando que se le cubría la frente de sudor y sintiendo náuseas, salió a toda velocidad de su coche y entró corriendo.

La nota que había dejado pegada a su puerta ya no estaba.

Se quedó fuera un instante, como si pudiera husmear el aire o interpretar una huella en el suelo para saber cuál de los hermanos se había llevado esa carta.

Una vez dentro, echó un vistazo a su alrededor.

Se puso a hablar de inmediato con su difunto padre.

—¿Qué me llevo?

«Solo lo que necesites.»

—Pero esto es mi vida.

«Ya no.»

—Estas son mis cosas.

«Pueden reemplazarse.»

Esperó un momento como si fuera a oír «Esa es mi niña», «Estás haciendo lo correcto» o «Te ayudaré». Algo tranquilizador. Algo alentador. Algo de años atrás.

«No mires las cosas —se dijo a sí misma—. No trates de tomar una decisión. Sé despiadada. Necesitas esa fotografía de tu difunta madre y tu difunto padre, y aquel gracioso pañuelo de seda que él te regaló unas Navidades. No necesitas los cacharros de cocina.»

No dejó de recoger cosas hasta el momento en que esperaba que Will se estuviera sentando en el laboratorio de la universidad, y entonces llamó al fijo de su piso. Para su gran alivio, le saltó el contestador automático.

Oyó la grabación del señor Sin Ninguna Preocupación en el Mundo: «Hola, soy Will. Ahora no estoy en casa. Seguramente estoy haciendo algo divertido. Pero deja un mensaje de todas formas».

Maeve utilizó todas sus aptitudes interpretativas.

—Will, cariño, qué pena no encontrarte otra vez. Sé que has intentado ponerte en contacto conmigo... —Eso era una suposición, pero sabía que era acertada—. He tenido una emergencia familiar. ¿Recuerdas aquella maldita prima lejana de la que te hablé?

Mentira total. No había tal prima. No había habido tal conversación. Pero eso le haría pensar que quizá había olvidado que le hubiera hablado de esa prima ficticia durante aquella última cena, antes de la bebida y del sexo, y antes de que quedara al descubierto el secreto de su adicción.

—El caso es que, al parecer, ha tocado fondo...

«Tocar fondo» era un bonito eufemismo. Podía significar cualquier cosa.

—Y he tenido que ir en coche a Sacramento a echar una mano...

Sacramento había salido de la nada. Nunca había estado allí. Nunca lo había mencionado. Estaba a muchos kilómetros en una dirección que no iba a tomar.

—Y estoy aquí, colgada en un hotel...

Lo de «colgada en un hotel» era cierto, o por lo menos lo había sido la noche anterior. Era la población lo que era falso.

—... Este es el problema de ser una psicóloga en ciernes; todo el mundo cree que lo sabes todo sobre las conductas descabelladas de las personas y que puedes resolver el problema de cualquiera en un plis plas. Como si tuvieras una varita mágica...

Despreocupada. Alegre. Sin problemas. Sin embarazo. Sin amenazas. Todo mentira.

—... Así que voy a quedarme aquí uno o dos días más, pero tengo que estar de vuelta para el fin de semana porque el puto proyecto de investigación sigue siendo un caos y hay que arreglarlo, y creen que yo soy la única que puede hacerlo...

Más falsedades. Dichas en un torrente de palabras.

—No desesperes, por favor, y dame algo de tiempo. No me puedo creer que esto esté pasando ahora, cuando tenemos tanto de lo que hablar. En cuanto pueda, te llamaré para ir al cine...

Lo dijo simulando lo mejor que pudo la voz que indica que todo va bien.

—Lo siento mucho. Sé que te has desvivido por mí, y quiero

estar ahí para ti, pero me ha pasado todo esto cuando tendría que haber estado a tu lado. Espero que lo entiendas. Te llamaré pronto.

Esta última mentira la puso enferma. Imaginó que Will iba a odiarla para siempre. Colgó y corrió al cuarto de baño, donde pasó varios minutos con la cabeza inclinada hacia el retrete vomitando bilis.

«Ha llegado el momento de salir de dudas», pensó cuando hubo terminado. Fue a buscar las cuatro pruebas de embarazo, regresó al cuarto de baño y las usó todas.

Todas dieron el mismo resultado.

La confirmación la asustó. Combatió las ganas de gritar. De echarse a llorar. De desplomarse al suelo del baño. Simplemente dejó las cuatro pruebas en el lavabo y se puso de nuevo a recoger sus cosas.

Sloane vio como su madre se transformaba. De mostrarse casi huraña, lacónica, pasó, acto seguido, a estar animada y comunicativa. Era como si contar aquella historia la hiciera venirse abajo y después la animara. Sloane, por su parte, tenía cada vez más frío, como si el invierno hubiera llegado de repente y las ventanas estuvieran abiertas. Casi se estremecía. Con cada elemento de la historia de su madre notaba que su propia vida avanzaba un poquito más hacia el cambio. Era como si el pasado fuera una rectificadora.

Se preguntó por un momento si algo de todo aquello era real. Miró un instante a su alrededor como una loca, mientras iba calando en ella la idea de que si parpadeaba, podría encontrarse de vuelta en la consulta de Kessler, el psiquiatra, donde él había apretado el gatillo de su revólver y todo, la muerte de Roger, la aparición de su madre a los pies de la escalera de los supervivientes y todo lo que le estaba contando, eran las alucinaciones del momento previo a que la bala le impactara en el corazón.

Se clavó las uñas en las palmas de la mano, hasta que casi le sangraron. El dolor le sirvió para darse cuenta de que todo aquello era muy real.

El margen que tenía Maeve para marcharse era escaso y se acortaba rápidamente. Deseó que fuera de noche para poder recoger sus cosas y cargarlas en el coche al amparo de la oscuridad. Pero esperar a que cayera la noche parecía mucho más arriesgado que seguir adelante a toda velocidad. Cada minuto que pasaba esperaba oír:

—¿Qué estás haciendo?

Pero no sabía de cuál de los dos hermanos sería la voz.

La tarde iba llegando a su fin. Luchó contra la tentación de replantearse decisiones, e impuso la urgencia a cualquier sentimiento.

«Márchate, márchate, márchate», se repetía como un disco rayado.

Se sentía sucia.

No era solo por el polvo de empaquetar las cosas. Era por el sudor del miedo. Cada viaje rápido al coche llevando una caja cargada era como un recorrido por la selva. Pensó que debía de haber sido igual para su padre cuando lo enviaban a investigar algún posible crimen durante la guerra. Tenía que adentrarse en un mundo donde no tenía ningún aliado. Solo enemigos. Las personas que llevaban el mismo uniforme que él eran igual de peligrosas que un francotirador vestido de negro apostado en un árbol. Se dio prisa para terminar.

Cuando estaba metiendo la última caja en el atiborrado asiento trasero de su pequeño sedán, alzó la vista y vio una furgoneta de Goodwill que bajaba por la calle.

El conductor la vio y bajó la ventanilla.

—¿Es usted la persona que llamó para pedir la furgoneta? —preguntó.

—Sí —contestó Maeve señalando su piso—. Es el 302. La puerta está abierta. Llévese todo lo que queda.

—¿Quiere que detalle cada donación? —dijo el conductor tras asentir—. Estas aportaciones a entidades benéficas desgravan impuestos.

—No —respondió Maeve, sacudiendo la cabeza—. Tengo que irme. Ya llego tarde.

No dijo a qué llegaba tarde.

—Entendido —soltó el conductor con una voz que equivalía a encogerse de hombros.

Había otro hombre en el asiento del copiloto. Era evidente que había ido a ayudar a cargar.

—¿Quiere que cerremos con llave cuando hayamos terminado?

—No —respondió Maeve—. Ya lo hará el administrador. Basta con que cierren de golpe. —Le dio las llaves—. Déjenlas en la encimera de la cocina.

El conductor y su ayudante asintieron.

Maeve titubeó un momento, temerosa de haberse olvidado algo. Comprobó de nuevo la bolsa barata metida en el maletero que contenía los fajos de dinero que le había dado el hermano asesino. Ni siquiera lo había contado.

Tras detenerse un momento junto al coche, Maeve miró a derecha y a izquierda. De repente el mundo de su calle le pareció extraño, un paisaje lunar de lo equivocado.

«Te está observando —pensó de repente—. Controlándote. Asegurándose.»

Este temor la dejó helada. Tuvo que combatir el pánico. Se dejó caer en el asiento del conductor y se marchó de su vida. Condujo despacio. La primera manzana, a paso de tortuga. La segunda, un poco más rápido. Después aceleró bruscamente, pisando a fondo el pedal, para tomar una autopista que la llevaría a casa. Iba a cruzar todo el país rumbo a una granja vacía llena de tristeza y de fantasmas, pero no se le ocurría ningún otro lugar adonde ir. De modo que iba de vuelta, esperando que significara que iba hacia delante.

—Lo entiendo —dijo Sloane, que dudaba que cualquiera que no estuviera en su situación pudiera comprenderla del todo—. Te fuiste. Nadie te vio, salvo los hombres de Goodwill, y ellos no sabían dónde ibas ni nada, en realidad. Tú simplemente...

Se detuvo. Había estado a punto de decir «huiste», que es lo que su madre le había dicho que hiciera en la nota incluida en su regalo de cumpleaños. Maeve estaba sentada frente a ella, sacudiendo la cabeza hacia atrás y hacia delante.

—No me di cuenta hasta después. Días después. Y no me di cuenta de lo que me había dejado hasta un tiempo después de eso. Tendría que haber sido totalmente obvio. Pero estaba nerviosa, asustada, tenía prisa y no pensaba con claridad. O con la suficiente claridad.

Sloane se imaginó a su madre tras el volante, conduciendo demasiado deprisa, tratando de huir sin ver lo que había dejado en aquel piso que no eran muebles inútiles, libros innecesarios, cachivaches abandonados y prendas de ropa prescindibles.

Cuatro pruebas de embarazo que habían dado positivo tiradas en el lavabo del cuarto de baño.

24

Por un instante pareció que Maeve revisaba la historia. Tenía la cabeza agachada y la levantó de golpe, casi como si el movimiento pudiera liberar los recuerdos fosilizados en el pasado.

—¿Dónde está la pistola de mi padre?

«El regalo de cumpleaños», pensó Sloane.

—En Boston, en mi casa.

«Envuelta en ropa interior de encaje negro y unas medias rojas.»

—¿No la tienes contigo?

—Acabo de decirte que no.

—Vas a necesitarla.

—¿Por qué?

Esta pregunta salió de los labios de Sloane sin pensarlo. Su madre contestó enseguida:

—¿No me has estado escuchando?

Maeve se levantó, se dirigió al armario de la habitación de hotel, en uno de cuyos estantes había dejado una maleta pequeña. La abrió y de repente se volvió con las piernas algo flexionadas, los brazos extendidos hacia delante y un revólver en las manos apuntando a la pared, por encima de la cabeza de su hija.

—Yo estoy preparada —dijo despacio—. Los militares dicen «asegurada y cargada». —Bajó el arma—. Tú también tienes que estarlo.

—¿Dónde lo compraste? —preguntó, pronunciando las palabras con dificultad.

—No lo compré —respondió Maeve—. Pero siempre lo he tenido cerca.

Esto carecía de sentido para Sloane, que observó como su madre volvía a guardar el arma en la maleta.

—No lo comprendes —dijo Maeve, hablando despreocupadamente con la cabeza vuelta hacia atrás un instante—. Todo esto pasó hace veintisiete años. Y las cosas eran muy distintas entonces.

—¿Qué quieres decir?

Maeve señaló el móvil que Sloane había apagado y dejado en la cama a su lado.

—Entonces no había de estos —comentó—. Por lo menos no como este. Los que había entonces eran grandes, pesaban mucho y no iban demasiado bien. Hay muchas cosas que hoy en día se dan por sentadas, como ese portátil que puedes llevar a todas partes y hace todo tipo de cosas mágicas que no existían entonces. E internet estaba tan solo comenzando a alcanzar su potencial.

Se detuvo e inspiró bruscamente.

—El mundo no era igual cuando tú naciste. Las pruebas de ADN estaban dando sus primeros pasos. Las pruebas para detectar el cáncer eran complejas y a menudo inexactas. La Unión Soviética se había disuelto, el muro de Berlín había caído, los Balcanes estaban en llamas. Clinton llegó a la presidencia. Podría seguir y seguir. El mundo del clic, clic, clic que te resulta tan familiar estaba comenzando a surgir. Tú has crecido con todas estas cosas. Pero entonces tan solo formaban parte de la imaginación de alguien. ¿Sabes qué era un ThinkPad de IBM? ¿Sabes qué es un disquete? ¿Y qué me dices del MS-DOS? ¿Y Napster? Recuerdo cuando era joven y el hombre llegó por primera vez a la Luna, la sensación de posibilidad que había. Cuando tú naciste era como si hubiera alunizajes cada día, no en el espacio sino aquí mismo, en un extraño mundo tecnológico paralelo. El cambio estaba en todas partes.

«Lección de historia», pensó Sloane asintiendo.

Maeve casi parecía enfadada cuando continuó:

—Esta era la razón por la que Will Crowder estaba en California, porque todos los días había un nuevo avance tecnológico que conllevaba la bancarrota para una persona o miles de millones para otra. Sé que California ha sido siempre un buen sitio para enriquecerse o para asesinar. Facebook. Instagram. Todogram e Instabook. De la Dalia Negra o Charles Manson al Asesino del Zodíaco o al Asesino de Golden State. Dinero de la A a la Z. Asesinos de la A a la Z.

Maeve miró a su hija.

—Supongo que nunca has pensado demasiado en el asesinato.

«Roger», pensó Sloane, pero sacudió la cabeza.

—Tal vez tendrías que haberlo hecho. Yo lo hago. Tal vez te haya fallado al criarte. Tendríamos que haber dedicado menos tiempo a las formas, los diseños y la arquitectura, y más tiempo a Ted Bundy.

La amargura de esa afirmación llenó la habitación.

—Tardé tres semanas en llegar a Maine —comentó pasado un momento.

—¿Por qué tres semanas?

—No dejaba de intentar encontrar algún tipo de futuro. Me detuve en las universidades de Wyoming, Montana, Wisconsin, Chicago y Pennsylvania. Fui una ingenua. Fui una estúpida. Creía que podía hacer lo que el hermano asesino me dijo que hiciera. Matricularme en otro programa. Retomarlo todo y labrarme una vida. Una nueva Maeve pero conservando la vieja Maeve. Y entonces, cuando llegué a casa, en Maine, vi mi futuro. Con total claridad. Y no era como creía que sería.

Sloane se inclinó hacia delante. Se dio cuenta de que cuando su madre decía «futuro» se refería a ella.

—¿Qué...?

Maeve levantó la mano.

—No estaba sola cuando en realidad tendría que haberlo estado. —De repente, soltó una carcajada—. Los vecinos entrometidos —dijo—. Gracias a Dios por los vecinos entrometidos. ¡Quién lo habría dicho!

LO QUE MAEVE AVERIGUÓ CUANDO REGRESÓ A CASA

En lugar de enfilar el camino de entrada de la granja vacía, Maeve detuvo el coche en la cuneta, cerca de un viejo y deteriorado buzón que mezclaba algo de óxido rojizo con algo de pintura negra desvanecida. Apenas se sostenía. El palo de madera estaba torcido y astillado. Durante años había sido tarea suya vaciar el buzón a diario. Catálogos y propaganda. Facturas y extractos bancarios. Nunca una carta. Pensó que tendría que abrirlo entonces para ver si había algo dentro. Alargó la mano y se detuvo. Alzó la vista, y una parte de ella esperó ver a su padre cerca del granero, como habría estado años atrás, con uno o dos perros a su lado aguardando, expectantes, una orden. Los cachorros aprendían deprisa que el ruido que hacían los frenos del autobús escolar amarillo al detenerse junto al buzón significaba que Maeve estaba en casa. Su padre les daba una orden silenciosa con la mano y los cachorros bajaban corriendo el largo camino de entrada de tierra para recibirla.

Moviendo la cola. A veces ladrando de alegría.

«Mentalidad de perro —pensó—. Puede pasar cada día a la misma hora sin falta, pero para ellos siempre es único y especial.»

Contempló la casa abandonada.

Vacía. En silencio. Totalmente familiar. Un misterio total.

Le alegró que, desde donde estaba, la casa y el granero le impidieran ver el campo donde su padre se quitó la vida de un disparo. Solo se había llegado hasta ese sitio una vez, justo antes de irse a California, con la esperanza de que estar ahí le dijera algo. No lo hizo. O, si lo hizo, ella no lo oyó.

«Una bala puede hacer eso —se dijo—. Cambiarlo todo.»

Alzó la mirada. Un cielo encapotado. Algún rayo de luz aislado. Un montón de nieve con tierra incrustada a ambos lados del camino. Un aire frío y una humedad invernal. Lo contrario a California.

Mientras se sentía como si tiraran de ella en distintas direcciones, oyó que un vehículo se acercaba a ella por detrás. Era una cafetera. Traqueteaba. Chirriaba. Petardeaba. Hacía mucho ruido. Se volvió y vio una vieja camioneta roja que aminoraba la marcha hasta pararse.

Un ocupante bajó la ventanilla.

—¿Eres tú, Maeve? No me lo puedo creer.

Un perro ladró.

Maeve vio dos caras sonrientes con un hocico en medio.

—Hola, señora Conroy —saludó—. Señor Conroy. —Sonrió—. Y hola también a ti, Atenea.

La vieja hembra de setter inglés estaba situada entre la pareja mayor. Movía la cola frenéticamente. Maeve metió la mano en el vehículo y acarició el cuello del animal. A su padre le gustaba poner a los perros que adiestraba nombres de héroes mitológicos y de religiones ancestrales. A lo largo de los años, había habido un Zeus, un Apolo y un par de cachorros casi idénticos, Aquiles y Héctor, un Loki, un Odín y una Freya. Una vez hasta un Buda, que en boca de Maeve sonaba más bien como Buddy. Puede que hiciera siete años que no había visto a Atenea. Pero esto le daba igual a la perra, que meneaba la cola a toda velocidad.

—Bueno, es un placer inesperado verte, cariño. ¿Qué te ha traído de vuelta? —preguntó la señora Conroy.

—Todo el mundo imaginó que te quedarías en la bonita y cálida California —intervino su marido.

Ambos cubiertos de canas. Con la piel agrietada y arrugada, curtida por muchos inviernos duros. Con abrigo de lana, camisa de franela y un marcado acento de aquella zona de Maine. Vivían a alrededor de kilómetro y medio de distancia, pero sus tierras colindaban con la propiedad de su padre.

La propiedad que ahora le pertenecía a ella.

Y que quería vender. Algo que todavía no se había visto con el valor de hacer.

Acarició un poco más a la perra. Atenea había sido un regalo. La señora Conroy había sido hospitalizada para recibir trata-miento oncológico y su marido se había quedado solo en su destartalada granja, de modo que una noche Liam O'Connor le había llevado uno de sus mejores perros.

—He pensado que necesitarías algo de compañía hasta que Sally vuelva a casa —había dicho al vecino, negándose a aceptar ningún dinero por el animal. Maeve lo había visto todo desde el asiento del copiloto de su furgoneta. Atenea se había convertido en lo que ahora se denominaban «perros terapéuticos». Primero para el marido. Después para la esposa, una vez volvió a casa tras la cirugía. Como perro de caza de aves, Atenea era muy valiosa. Como animal de compañía, no tenía precio. En lugar de cazar urogallos, Atenea iba en pos de las depresiones posquimio y hacía todo lo posible por liquidarlas.

—No —respondió Maeve—. Allí las cosas no acababan de convencerme.

—La mayoría de la gente que te conoce pensaba que ya te habrías sacado el doctorado y tendrías un trabajo interesante. Que nunca volverías. Que te convertirías en millonaria tratando a todos esos chalados de Silicon Valley.

—Casi. Pronto —aseguró con una sonrisa—. Tengo que volver a ponerme a ello.

—¿Te vas a quedar un tiempo en casa? —preguntó la mujer. Dirigió una mirada al coche cargado hasta los topes de Maeve—. A lo mejor necesitas ayuda para limpiar e instalarte de vuelta.

—No. No creo —contestó Maeve. Esa frase casi la sorprendió. No había llegado a aquella conclusión pero oyó como le salía con decisión de los labios.

—Bueno, si necesitas cualquier cosa, avísanos —dijo el marido. Se detuvo un momento y adoptó una expresión de cierta preocupación—. ¿Tal vez puedan ayudarte los que estuvieron aquí la semana pasada?

Maeve tuvo de repente frío, como si la temperatura de su cuerpo hubiera bajado.

—¿Estuvo alguien aquí?

—Sí. Dos chicos jóvenes. Más o menos de tu edad. No eran de por aquí. Lo vimos enseguida.

—¿Dos chicos?

—Sí, pasábamos por aquí delante con la camioneta y los vimos husmeando, llamando a la puerta, mirando por las ventanas. Nada que fuera demasiado sospechoso. Tampoco era que se escondieran ni nada por el estilo. Pero, aun así, nos llamó la atención.

—¿Hablaron con ellos?

—Un poco. Debieron de ver que me detenía y que los miraba. Así que uno de ellos se acercó y me preguntó si te había visto los últimos días.

Maeve no dijo nada. No sabía muy bien qué preguntar.

—¿Son amigos tuyos?

Sí. No. Recordó que no sobreviviría a un segundo encuentro. Sacudió la cabeza.

—No eran de por aquí, lo vi enseguida —insistió el hombre mayor—. Tenían pinta de urbanitas.

—¿Dijeron por qué querían verme?

—Al principio no. Comenté al que se había acercado a hablar que en tu casa no había habido nadie desde hacía tiempo. No me gustó su aspecto. No me gustó cómo hacía las preguntas. Tengo que admitir que intercambiamos algunas palabras.

—Perdone, ¿de qué hablaron, señor Conroy? —se interesó Maeve.

—Quiso saber dónde estabas. Y no lo preguntó de una forma demasiado educada tampoco. Le dije que no lo sabía y que a no ser que explicara por qué era asunto suyo, tampoco se lo diría. No pareció gustarle esta respuesta.

—Muy bien. ¿Qué más?

—Dijo que más me valía no tocarle las narices, salvo que no usó la palabra «narices», sino una palabra que yo jamás diría ante una dama.

—¿Qué contestó usted?

—Que estaba en mi casa y hacía lo que me daba la gana...

Era la respuesta típica de un hombre de Maine. Sin ceder un milímetro. Sin echarse para atrás. «Ha tenido suerte de seguir con vida tras esa respuesta», reflexionó Maeve.

—Y que me estaba planteando llamar a la policía. Y él me soltó que sería un error. Muy atrevido por su parte, diría yo. De modo que volví a preguntarle por qué te estaban buscando y me dijo: «Porque le robó algo a mi hermano y lo queremos». Y, por supuesto, le aseguré que aquello no era propio de la Maeve O'Connor que yo conocía, y que sería mejor que se marchara.

Maeve lo supo al instante: lo que había robado no estaba en su coche, ni en el maletero ni en el asiento trasero.

Lo llevaba en su vientre.

Inspiró hondo.

—¿Qué pasó entonces?

—No pareció gustarle demasiado. Me dirigió una larga mirada y yo se la devolví todo el rato. Pero él y el otro, supongo que efectivamente era su hermano como había dicho, aunque no llegué a hablar con él, se fueron en coche muy deprisa. Un par de cobardes, si quieres saber mi opinión.

«No. No lo son. Son otras cosas. Pero no cobardes», pensó Maeve.

—¿En qué clase de coche iban?

—Uno elegante. Un gran Mercedes negro. La clase de coche que conduciría un banquero. Ese coche costaba más de lo que yo gano en todo un año. Si ese chico vuelve a preguntarme algo, no voy a darle la hora siquiera —aseguró con la solidez total y absoluta de alguien de Nueva Inglaterra.

«Genial», pensó Maeve.

—Pero me parece que a ese chico no le gustó que lo mirara de aquella forma.

No. Desde luego que no.

La señora Conroy observó a Maeve con ojos penetrantes.

—¿Tienes algún tipo de problema, cariño? ¿Necesitas ayuda?

«Sí. No. No estoy segura —dijo Maeve para sus adentros—. ¿Necesito ayuda? Claro que sí. Solo que no voy a pedirla.»

—Creo que estoy bien —contestó.

«Sí. No. No estoy segura.»

—Bueno, si necesitas ayuda con algo, ya sabes que nuestra puerta está siempre abierta para ti, cariño —comentó la mujer.

—O si necesitas ayuda con alguien —intervino el marido. Recalcó mucho la última palabra para que quedara muy claro a quién se refería al decir «alguien». Después sonrió y añadió—: Y a Atenea también le gustaría. —Acarició la cabeza de la perra.

«Atenea —pensó Maeve—. La diosa de la sabiduría. Y tal vez yo tenga algo.»

Solo se le ocurría un motivo por el que ambos hermanos estuvieran en una carretera rural de Maine asomándose a aquella casa vacía.

Lo sabían.

¿Cómo?

Recordó cada paso. Imaginó cada momento de las últimas semanas. No se lo había contado a nadie. No se le notaba. No se le había escapado nada delante de nadie. Ni siquiera había ido aún al médico para confirmarlo del todo. Y, en aquel instante, vio su error. Las pruebas que había dejado en el lavabo del cuarto de baño. Tenía que ser eso. La única prueba física de su estado. Entonces imaginó a los dos hermanos. Primero los vio llegando a su casa cuando los hombres de Goodwill terminaban de recoger sus pertenencias restantes. Vio como los dos entraban en el piso vacío. Tal vez dando algún puntapié a algún trasto. Will estaría intentando averiguar dónde había ido. Joseph estaría poniendo excusas: «Estás mejor sin esa zorra». Y, entonces, un momento incómodo cuando Will vio las pruebas abandonadas. Habrían bastado para provocar una reacción rápida. Una reacción que los había llevado al otro extremo del país.

Un hermano: un buscador de un amor perdido.

Un hermano: un mago para una muerte violenta.

Cuando iba a despedirse de los Conroy, Maeve oyó la voz de su padre. Pareció flotar sobre su cabeza, en el cielo plomizo. Era urgente.

«Protégete, Maeve.»

Se volvió hacia los vecinos.

—Tengo que sacar una o dos cosas de la casa. ¿Podrían esperar aquí mientras lo hago? No serán más de unos minutos.

—Claro, cariño. Walter, aparca en el camino de entrada.

El marido hizo lo que le decía su mujer.

—Uno o dos minutos —repitió Maeve.

—Haz lo que tengas que hacer —indicó el marido—. No tenemos prisa. Si me oyes tocar el claxon, significa que ha aparecido alguien más. Pero no dejaré que se acerquen.

Maeve sonrió, agradecida. Se volvió y subió al trote hasta la granja vacía. Al llegar al porche delantero, se agachó. Había un entramado de madera cuya pintura blanca estaba algo descolorida a la derecha y a la izquierda.

Sabía algo: «Tercer panel. Presiona la parte superior derecha. La parte inferior izquierda está suelta y saldrá. Escarba la nieve del borde. Busca debajo. Una cañería contiene una llave de repuesto de la puerta principal».

Encontró la llave exactamente donde recordaba que estaría, incluso después de varios inviernos crudos y veranos calurosos. Abrió la puerta de entrada y entró.

Hacía frío. La calefacción estaba bajada, justo a la temperatura suficiente para evitar que el agua se congelara en las cañerías.

Estaba en silencio.

«Muerte y recuerdos», pensó.

Sabía lo que quería llevarse. Estaba en el despacho de su padre. En el cajón superior izquierdo. Estaba donde él la guardaba, y donde ella volvió a ponerla cuando se la devolvieron y antes de irse a California.

Era la última vez que había tocado el arma.

Jamás la había disparado.

Que ella supiera, solamente había sido disparada un par de veces.

Una vez en Saigón para asesinar a alguien.

Una vez en Maine para suicidarse alguien.

No imaginaba que el arma la equiparara a Joseph Crowder. Cuando trató con ella, lo había hecho equipado no solo con una pistola, sino también con toda clase de artefactos homicidas. Pero la pistola del 45 era un comienzo. No quería estar totalmente indefensa. Se preguntó por un instante si todo aquello no sería un poco de histeria de la primera fase del embarazo.

Abrió el cajón y sacó el arma. Parecía más ligera de lo que ella recordaba. Podía ver a su padre enseñándole cómo extraer el cargador. Lo hizo y este cayó sobre el tablero de la mesa. Totalmente cargado, salvo por una única bala. Accionó la corredera como él había hecho cuando ella tenía quince años para asegurarse de que no hubiera ningún cartucho en la recámara. Vio un cargador adicional lleno en el fondo del cajón. Lo tomó todo y se lo metió en el bolso.

Miró a su alrededor y lo que vio casi la abrumó. Era como si el pasado la envolviera oprimiéndola con fuerza. Una boa constrictor de recuerdos. Contuvo un sollozo. Quería sentarse, quizá echarse en el suelo y dejar que pasara lo que iba a pasarle. Pensó que su padre había muerto allí y que ella también podía hacerlo. Pero descartó esta idea.

«Él quería que yo viviera, de modo que tendría que hacerlo. —Se tocó la barriga—. Tú quieres que yo viva, de modo que tendría que hacerlo.»

Observó lo familiar que le resultaba todo lo que la rodeaba y tuvo ganas de llorar al despedirse. Pero entonces reflexionó: «Esta no es la forma en que él te educó. El ejército. Maine. Fuerte. Y no será la forma en que tú educarás al bebé que llevas en el vientre».

Tras secarse los ojos, se volvió y se fue.

Una vez fuera, devolvió la llave a su escondite.

«Jamás volveré a ver este sitio», pensó.

Vio a los Conroy, esperando amablemente al final del camino de entrada, los saludó con la mano y corrió hacia allí, sin volver a mirar atrás ni una vez porque sabía que si lo hacía, quizá no pudiera seguir adelante. Orfeo conduciendo con su lira a Eurídice fuera del Hades. Dos nombres de la mitología que su padre nunca había puesto a sus cachorros, aunque quizá hubiera tenido que hacerlo.

—Así que tuve que actuar —explicó Maeve—. Dos personas habían estado husmeando en aquella granja. Una buena y una mala. Pero la buena no era demasiado buena, ¿no? Y la mala lo era mucho.

La decisión había regresado a su voz.

—Calculé las emociones. Lo sumé todo y llegué a una conclusión: sabían de tu existencia, y actuaban deprisa porque no estaban seguros de lo que yo iba a hacer contigo.

Sloane tuvo la impresión de haber entrado de algún modo en un extraño universo paralelo, donde algo que ella consideraba cierto un instante se convertía en falso al siguiente.

Le costaba procesar lo que estaba oyendo. Estaba nerviosa. Intranquila. Enferma. Asustada. Tenía frío. Calor.

—Así que tú... —empezó a decir.

—Lo primero que se me ocurrió fue esconderme.

LO QUE MAEVE DECIDIÓ HACER A CONTINUACIÓN

Maeve se sentó al volante de su coche. Miró por el retrovisor, medio esperando ver el gran Mercedes negro aparcar detrás de ella. Puso el coche en marcha y pensó: «Ningún rastro de miguitas».

Como se le había dicho. Antes de que la ecuación cambiara.

Condujo despacio. «No corras demasiado —se dijo a sí misma—. Párate en todos los semáforos en rojo. Pon el intermitente al girar a la derecha o a la izquierda, o al cambiar de carril. No hagas nada que pueda hacer que te paren. —Llevaba una pistola no registrada, y por tanto, ilegal, además de una cantidad inexplicable de efectivo, y quería irse de Maine dejando las menos pistas posibles—. Nada de tarjetas de crédito. Que nadie aparte de los Conroy sepa que estuviste en casa.»

Miró a su alrededor, intentando asimilar lo que veía en la carretera para grabarlo en su memoria. Podía imaginarlo durante las distintas estaciones. Radiante en verano. Frío en invierno. Lleno de colores en otoño. Verde en primavera. Notaba que su infancia se alejaba de ella con cada metro que recorría. Pensó por un momento que iba a echarse a llorar, pero oyó que su padre le insistía: «Sigue adelante, Maeve. No te detengas». Se pasó prácticamente un kilómetro y medio de la carretera que la alejaba del hogar que sabía que nunca volvería a ver susurrando despedidas. Pero entonces su lado práctico asumió el control y puso coto a sus emociones.

«Huye», se dijo a sí misma.

25

La palabra «huye» pareció retumbar en la habitación de hotel.

Sonora. Rotunda. Como el ruido de un motor a reacción.

«La misma palabra que usó veintisiete años después», pensó Sloane.

—No se me ocurrió ninguna alternativa —contó Maeve—. No estaba del todo segura de lo que significaba... huir así. Solo sabía que tenía que largarme. En psicología, lo denominan «respuesta de miedo y huida». La gente suele decir: «Mi instinto me dijo...». Tenía que encontrar un lugar seguro. Pero ¿qué era seguro? Había estudiado el caso de mujeres maltratadas que huían de relaciones terribles. Les había hecho entrevistas en persona como parte de mi trabajo universitario. Había leído ensayos y análisis sobre el acoso. Había examinado rabias explosivas. El punto de vista académico sobre el asesinato. Y desde los trece años, había leído todos aquellos expedientes que tu abuelo me daba. Sobre el papel... era una experta. Pero aquello no era sobre el papel...

Sloane aguardó a que su madre terminara.

—Fui una ingenua. Creía que podría esconderme pero seguir siendo yo.

De golpe, Sloane tuvo la extraña sensación de que estaba sola en medio del mar, sin saber muy bien qué se escondía bajo ella en las aguas oscuras. Podía nadar a la derecha. Podía nadar a la izquierda. El aire que la cubría auguraba vida. El agua debajo, muerte. Se preguntó si esa sensación sería la misma que su madre había sentido hacía todos aquellos años al volante de su coche mientras dejaba atrás para siempre el único lugar que había conocido como su hogar. «Adiós Maine. Nunca volveré a verte.» Trató de recordar si su madre había mencionado alguna vez ese estado. Vio como su madre se levantaba nerviosa y se acercaba de nuevo a la ventana. Eso despertó un recuerdo en ella: su madre mirando por la ventana cientos de veces. Buscando algo. Buscando a alguien. No había significado nada para ella a los seis años, a los diez años, a los quince años o a los veintiún años. Ahora, sí.

Se puso al lado de su madre.

—¿Qué estás buscando? —Sloane hizo la pregunta que tendría que haber hecho años atrás.

Su madre se encogió de hombros, como si la respuesta fuera lo más simple del mundo.

—A la muerte que sube por la calle hacia nosotras. —Sonrió. Tendrá el pelo gris y arrugas en la piel. Los músculos doloridos y las rodillas mal, la vista mal, la espalda mal y tal vez un problema en el corazón. Le quedarán menos años. Pero aun así... él es la muerte.

LOS PRIMEROS PASOS DE MAEVE Y LO QUE SUCEDIÓ A CONTINUACIÓN

Un embarazo de lo más normal y de lo menos normal:
Maeve se pasó dos semanas deambulando por el país. Tomó vuelos de forma espontánea. Al sur. Al norte. Al este. Al oeste. A Chicago. A Dallas. A Nueva Orleans. Nunca hizo una reserva con antelación, ni de un billete de avión, ni de una habitación de hotel ni del alquiler de un coche. Simplemente dejaba que el país la engullera. Se pasó muchas noches cenando sola. En moteles baratos. En hoteles de lujo. Nunca más de dos noches seguidas en el mismo sitio. Finalmente, cuando calculó que los hermanos que la seguían se habrían rendido frustrados, volvió al

Aeropuerto Internacional de Baltimore, donde había dejado aparcado su coche. Se sentó de nuevo al volante y esta vez se dirigió constantemente al sur. Estuvo tres días conduciendo. Los paisajes fueron dejando atrás los sombríos tonos marrones para volverse cada vez más verdes.

Maryland. Virginia. Las Carolinas. Georgia. El norte de Florida. Y después el sur de Florida, un lugar en el que nunca había estado.

Del frío al calor. De una luz apagada a una luz radiante. Y por fin: un sol que reverbera en el asfalto. Que abrasa a través del parabrisas.

Acabó en lo que había sido la colonia hippy de Coconut Grove.

Hacía calor. Era un lugar oscuro. Húmedo.

Anárquico.

El Miami al que llegó seguía siendo el paraíso del lino y la seda, los Ferrari, los Rolex y las cadenas de oro, y el mundo del narcotráfico y de los Mac-10 de 9 milímetros de Corrupción en Miami. *Los asesinatos seguían siendo habituales e iban desde las ejecuciones con un disparo en la nuca del tipo «Hola, mi hermano, la cagaste...» hasta los elaborados ataques al estilo de la escena final de* El precio del poder. *La relajación y la omnipresente delincuencia parecían originar otros tipos de crímenes. Había violadores en serie y asesinos en serie. Artistas del engaño y estafadores especializados en el esquema piramidal. Políticos corruptos y policías que en sus ratos libres ejercían de asesinos. Era un lugar donde había balseros viviendo al lado de brujos que practicaban la santería. Donde locos homicidas se unían a exmiembros de la CIA y de la Brigada de Asalto 2506, y a extraficantes internacionales de armas, y todos ellos coexistían más o menos sin problemas. Era un lugar que acogía a turistas y a personas que huían... de dictaduras, de compraventas de droga que habían salido mal y de la monótona vida rutinaria habitual en el resto del país.*

«Un buen lugar para un asesino —pensó Maeve—. Un lugar mejor aún para esconderse de un asesino.»

Encontró un pequeño piso al lado de la calle Grand, en una zona que no quedaba lejos de lugares famosos por la violencia urbana, atracos a tiendas abiertas de madrugada y robos de coches. En una concurrida feria callejera dedicada a artistas locales con música reggae sonando de fondo gracias a una banda de inmigrantes con rastas subidos a un escenario improvisado compró una colorida bolsa de punto, de la clase que la gente usaba para llevar toallas, bebidas y bronceador cuando iba a la playa. Metió la pistola del 45 en el fondo, donde no le fuera difícil alcanzarla.

Al principio la llevaba a todas partes. La tranquilizaba.

Con la pequeña vida que tenía en el vientre moviéndose con un entusiasmo creciente, se dirigió al centro de planificación familiar local. Con ello logró dos cosas: la pusieron en contacto con un médico que supervisaría su embarazo por un módico precio, y además le dijeron que tenían una vacante de consejera. El sueldo no era nada del otro mundo, y se trataba básicamente de tomar de la mano y explicar sus opciones, cada vez más reducidas, a adolescentes afligidas que habían hecho más o menos lo que Maeve había hecho con una amplia gama de personajes poco idóneos. Maeve no había detallado todas sus dotes para conseguir que la contrataran, pero al parecer sus nuevos empleadores consideraron más que suficiente sus estudios universitarios en psicopatología. Lo que Maeve oía todos los días de un flujo constante de mujeres jóvenes era: «Sé que va a pegarme otra vez. Y otra. Y otra». O: «Aunque voy a tener un hijo, no creo que pueda dejar la cocaína. O la bebida. O la metadona. O la heroína». Todo se incluía en la categoría: «¿Qué puedo hacer?». Y la respuesta solía ser: «No mucho». Cada vez que aconsejaba esto, pensaba: «Yo soy distinta».

Al cabo de un mes, cuando ya se había ganado la confianza de sus empleadores y se había vuelto indispensable, les contó que se estaba escondiendo. Ni siquiera tuvo que inventarse una historia elaborada. Habían oído demasiadas variaciones de los mismos temas como para necesitar detalles. La mandaron a las reuniones de un grupo de apoyo. Fue a algunas, oyó las mismas historias que oía en el trabajo, pero no contó la suya. Se guardó aquel secreto.

Pasados cinco meses, cuando empezaba a sentirse segura de sí misma, empezaba a sentirse tranquila, estando más y más voluminosa cada día, acabó creyendo que todo aquel viajar al azar la había liberado. Sacó la pistola del 45 del bolso colorido y la dejó bajo el colchón de su cama.

Los hermanos desaparecieron de sus pensamientos diarios. Con cada día que pasaba, más parecían un sueño. Era como si perdieran consistencia o adquirieran insignificancia. Ya no eran reales para ella.

Al mismo tiempo notaba que algo nuevo se apoderaba de ella. Un entusiasmo. Unas expectativas. Trató de matricularse en la Universidad de Miami para terminar su doctorado una vez hubiera nacido el bebé. Pagó un anticipo con el dinero del asesino en secretaría y firmó la autorización para que la universidad obtuviera sus expedientes. Buscó una guardería. Su vida era la normal de una futura madre soltera. Estaba al borde de la alegría y la posibilidad. Empezó a buscarse un piso más bonito en un barrio más seguro cerca de uno de los muchos parques de Miami y bien comunicado con la universidad.

Se compró una cuna de segunda mano en una venta de garaje. La llevó a casa y le dio una capa nueva de pintura blanca.

Ropa de bebé. Un mordedor.

Un ejemplar gastado del famoso libro sobre el cuidado de bebés y niños del doctor Spock. Séptima edición.

Hizo listas de posibles nombres.

Ocho meses y medio y bastantes días más. Tenía la impresión de estar hinchada como un globo. Tres horas después de oír como su médico le decía con total seguridad que iba a dar a luz en cualquier momento y le aconsejaba que organizara el desplazamiento al hospital y tuviera preparada una bolsa con algo de ropa, Maeve se pasó por el trabajo para recoger algunos expedientes. Charló con algunos de los demás compañeros. Muchas bromas y comentarios jocosos sobre adaptarse a una nueva vida, del tipo: «No vas a dormir nada. Ja, ja, ja». Todo sobre potencial. Todo sobre la nueva vida que iba a llevar.

«Estamos ambos a punto de nacer», pensó Maeve.

Y, en medio de esta camaradería, entró en la habitación una de las supervisoras del centro de planificación familiar. Seria. Acongojada. Miró directamente a Maeve y le dijo con una voz digna de un aviso de bomba:

—Han venido dos hombres antes. Te estaban buscando.

Una ola de frío le recorrió el cuerpo. Sudó al instante. Palideció. Tartamudeaba. Se le aceleró el pulso. Un miedo espantoso la invadió.

Y sintió un dolor en el corazón que se mezclaba insistentemente con un dolor agudo y apremiante en la barriga. Gimió con fuerza, se dobló hacia delante, notó que un líquido le bajaba por las piernas y casi se cayó al suelo mientras se ponía de parto.

26

Sloane estaba fascinada.

Jamás se había planteado las circunstancias de su nacimiento. Como la mayoría de los niños, simplemente creció pensando siempre en el presente. Por primera vez empezó a comprender que lo que había tomado por excentricidad, soledad y ansias de estar alejada del mundo normal de su madre quizá fuera algo totalmente diferente. Su madre había vivido en el pasado.

—¿Qué hiciste? —susurró Sloane.

Maeve irguió el cuerpo. Como un soldado que se pone firmes para recibir órdenes.

—¿Qué hice? ¿Tú que crees que hice?

LAS DECISIONES DE MAEVE:
Algunas buenas.
Algunas malas.
Algunas precipitadas.
Algunas premeditadas.
Todas necesarias.

South Miami Hospital.
Ocho horas ingresada.
Contracciones cada vez más frecuentes.
Sudor en la frente. Lágrimas en los ojos. Las sábanas de la cama retorcidas cuando las aferraba presa del dolor. Unas pun-

zadas terribles seguidas de jadeos y de unos maravillosos segundos de alivio. Maeve trataba desesperadamente de mantener la entereza cada vez que una oleada de dolor del parto la invadía. Se aferraba a la enfermera neonatal, una mujer unos diez años mayor que ella, tranquila y experta. Maeve le sujetaba el brazo, con fuerza, mucha más de la que había usado jamás para sujetar nada. La enfermera intentaba quitarse con delicadeza los dedos de Maeve del antebrazo, dispuesta a tomarle la mano pero no a permitir que Maeve le clavara las uñas en la piel.

—Aguanta, cariño. El bebé llegará pronto. Puedes hacerlo. Sé fuerte.

La última punzada de dolor se disipó. Maeve pensó que a lo mejor no tendría otra oportunidad.

—No, no —gimió—. Necesito ayuda. Necesito ayuda...

—Lo superaremos —dijo la enfermera inclinándose hacia ella.

Empezó a venirle otra contracción. Se aferró al bastidor de la cama, casi alucinando, pensando que podría retorcer el metal solo con sus manos.

—No —soltó con los dientes apretados y los labios secos—. No es el bebé. Es el padre.

—¿Qué quieres decir? —preguntó la enfermera. De repente la preocupación impregnaba su voz.

—Me está persiguiendo.

Estas últimas palabras fueron las que le costó más pronunciar por encima del dolor.

Sabía que estaba uniendo a los dos hermanos en uno solo. Pero en aquel momento todo parecía demasiado difícil de explicar.

La enfermera neonatal se inclinó hacia delante, procurando acercarse más a ella.

—¿Qué estás diciendo? ¿Qué quieres decir?

—Quiere matarme. Podría matar al bebé. O robarlo. No lo sé.

El dolor solo permitió gemir a Maeve. Pero subrayó con los ojos lo que había dicho.

La enfermera pareció recelar un instante. En la calma momentánea Maeve pudo ver que la enfermera estaba pensando: «Fantasía. Delirios. Provocados por el dolor y un parto difícil. Psicosis del parto. No era real. No, no es real en absoluto. Espera un segundo. ¿Por qué diría algo así si no es verdad? Así que sí que lo es. No, no lo es. Puede. Puede que no». Sin poder decidirse.

De modo que Maeve hizo acopio de la poca fuerza que le quedaba y la imprimió en su voz.

«Tienes que parecer racional —se dijo a sí misma—. Tienes que parecer tranquila. Tienes que convencer a esta enfermera de que le estás diciendo la verdad. Aunque no lo sea del todo.»

—Sé que parece una locura —soltó con toda la decisión y serenidad que pudo—. Pero no lo es. El padre. Creo que me ha estado persiguiendo. Me tuve que esconder. Huir. Pensé que aquí no me encontraría, pero lo ha hecho. No sé cómo, pero lo ha hecho. No sé qué hará esta vez. Lleva pistola. Está loco. Obsesionado. Se lo suplico, ayúdeme, por favor. Ayude al bebé. No tengo a nadie más a quien recurrir.

Todo lo que dijo podía ser una exageración disparatada.

O no.

No lo sabía.

Pero al decir las últimas palabras, tuvo otra contracción. Maeve soltó un grito ahogado, apretó los dientes y trató de respirar. Intentó capear el dolor, jadeando. No funcionaba. Pero el dolor se desvaneció de nuevo y logró colar:

—Por favor. Por favor. Tiene que creerme...

Al principio la enfermera neonatal pareció estupefacta. Pero Maeve vio después que su semblante reflejaba algo distinto. Como en cualquier profesión, las enfermeras saben cuándo tienen que mantenerse firmes y cuándo tienen que cambiar de actitud al instante. Cuando la contracción remitió, Maeve trató de incorporarse. Presa del pánico.

—Ayúdeme por favor —suplicó—. Por favor...

Y se dejó caer, exhausta, sobre la almohada empapada de sudor.

La enfermera neonatal titubeó. Después se soltó con cuidado la mano de Maeve del brazo y la dejó en la cama.

—Muy bien, cielo. Relájate. Yo siempre digo que hay que curarse en salud.

Maeve vio que descolgaba el teléfono de la habitación y marcaba unos números.

—¿Seguridad? —No apartaba los ojos de Maeve.

Una pausa.

—Miren, tenemos un problema grave en el paritorio número 7. Nadie, bajo ningún concepto, puede saber quién está en este paritorio. Especialmente cualquier hombre que asegure ser el padre. ¿Entendido?

Otra pausa.

—¡No, maldita sea! Nadie. ¡Absolutamente nadie! ¿Me oye? Puede ir armado. Puede ser muy peligroso. Avise también al puesto de información de la entrada. Avise a recepción y a ingresos. Nadie debe dar ningún tipo de información. Ya conoce el procedimiento. ¿Entendido?

Maeve notó que iba a tener otra contracción.

La enfermera miró a Maeve.

—Los de seguridad se entrenan para situaciones en las que un hombre armado viene al hospital —Sonrió—. Al fin y al cabo, esto es Miami.

—Gracias —susurró Maeve.

—Ya no falta mucho, cariño. Voy a llamar al médico. Tú concéntrate. Casi ha llegado el momento de empujar. Y no te preocupes. Tengo un par de ases más en la manga.

Maeve soltó un largo gemido. Vio como la enfermera neonatal cronometraba la contracción con su reloj de pulsera.

—Sí —comentó—. Ha llegado la hora.

Descolgó otra vez el teléfono y a los pocos segundos llegaron dos enfermeras más con una camilla.

—Vamos, cariño —dijo la enfermera neonatal.

Maeve se recostó en la cama. Asustada. Con dos tipos de miedo. Miedo a lo que iba a hacer y miedo a quien podría estar cerniéndose sobre ella.

—*Mi nombre* —susurró—. *Saben mi nombre.*

—*Nos encargaremos de eso* —aseguró la enfermera.

Lo último que vio antes de que la llevaran a la sala esteriliza-da para parir a Sloane fue la chapa con el nombre de la enferme-ra neonatal en la bata blanca: CONNOLLY.

—Recuerdo la primera vez que te tuve en brazos —dijo Maeve.

Sonrió a su hija.

—Amor y pánico. Dos tipos distintos de pánico. El pánico de ser madre primeriza. Y el segundo tipo...

—Muy bien —comentó Sloane lentamente—. Estaban allí. O cerca. Y tenías que hacer algo. ¿Qué hiciste? —quiso saber.

—Es curioso —respondió Maeve—. Naciste algo más de una semana antes de tiempo. Normalmente suele ser al revés con el primer hijo. Sospecho que me puse de parto debido al susto que me llevé cuando aquella supervisora vino y me dijo que los dos hombres de quienes me estaba escondiendo estaban peligrosamente cerca. El miedo puso en marcha la naturaleza, supongo. Pero fue una ventaja. Había muchos hospitales en la zona de Miami. Todos ellos tenían servicio de maternidad. Así que haz el cálculo. Cualquier noche dada, ¿cuántos partos hay? Desde el norte de Miami, incluido Fort Lauderdale, hasta los Cayos Superiores. Una aguja en un pajar. No el pajar más grande del mundo, claro. Pero lo bastante grande para permitirme ganar algo de tiempo.

—¿Cómo crees que te encontraron?

—Seguía usando mi nombre —contestó Maeve encogiéndose de hombros—. Una estupidez, ya lo sé. Verás, al principio no renuncié a quien era. Pensé que Maeve podría esconderse y seguir siendo Maeve, la madre primeriza, la estudiante de posgrado, la hija huérfana del veterano de Vietnam. Me encantaba ser quien era. Es difícil expresar lo mucho que todo aquello significaba para mí. Trabajo duro. Emociones. Relaciones. Recuerdos. De modo que... mi nombre real aparecía en el contrato de alquiler de mi piso. Estaba usando mi nombre en mi trabajo en el centro de planificación familiar. Era mi nombre el que figuraba en la solicitud para matricularme en la universidad. Estaba en mi tarjeta de la seguridad social, en mi nuevo carnet de conducir de Florida y en la inscripción en el censo electoral. Cualquiera de esas cosas podría haber facilitado que me encontraran... Eran ricos. Eran resueltos. Tenían recursos de los que yo no fui consciente hasta más adelante.

Maeve sacudió la cabeza, como si se estuviera reprendiendo a sí misma.

—No se me ocurrió hacer lo que tendría que haber sido lo primero que hiciera. Al mirar atrás, veo lo tonta que fui, lo ingenua, lo joven y lo estúpida que fui. Pero no conocía la obsesión. Y no conocía la implacabilidad. Descubrí esas cosas la noche que tú naciste.

«Joven y estúpida —pensó Sloane—. Tenía más o menos mi edad actual. Y puede que yo también haya sido joven y estúpida.»

No se lo dijo a su madre.

Pasada la medianoche y veintisiete horas tras dar a luz:
Algo de sueño y momentos inolvidables.

El corazón le latía a Maeve con fuerza y, de repente, un miedo sombrío llenaba su imaginación. Cada vez que se abría la puerta de su habitación en el hospital se volvía con emociones paralelas. Se le paraba el corazón. Se le aceleraba el corazón. Se movía en un mar de sentimientos, como un barco soltado de su amarradero.

El bebé dormía en una cunita a su lado. De vez en cuando contemplaba su diminuta figura. Todos los tópicos de una nueva vida le vinieron a la cabeza: indefensa, inocente. Notaba que la invadían oleadas de energía protectora. Tenía el cuerpo como si hubiera participado en un combate de boxeo de diez asaltos, pero estaba preparada para el décimo primero y los siguientes. Echó un vistazo a la pequeña habitación. Había una jarra metálica de agua en una mesilla de noche. Era la única arma que veía, y no era demasiado buena. Deseó tener la pistola del 45, pero estaba bajo el colchón de su piso.

La puerta se abría despacio. Maeve notó que se le tensaban los músculos. Estaba a punto de salir de la cama de un salto para ponerse a pelear. Cuando vio que era la enfermera neonatal se dejó caer de nuevo en la almohada, aliviada.

La enfermera entró sin hacer ruido en la habitación.

—¿Cómo estás? —preguntó en voz baja.

—Bien —respondió Maeve.

—¿Te sientes con fuerzas?

—Un poco insegura —respondió Maeve sacudiendo la cabeza.

—Te lo preguntaré otra vez: «¿Te sientes con fuerzas?».

Maeve comprendió inmediatamente lo que le estaba preguntando.

—Con las fuerzas suficientes para hacer lo que tengo que hacer —dijo con voz desafiante.

—Estupendo. ¿Puedes andar?

—Sí. —Empezó a salir de la cama, pero la enfermera sacudió la cabeza.

—Todavía no —indicó—. Conserva las fuerzas. —Dirigió una larga mirada a Maeve—. Muy bien —dijo despacio—. Dos hombres han estado en el puesto de información. Preguntaban por ti —explicó.

Fue como si el calor de la habitación se hubiera elevado de repente.

—Son...

La enfermera levantó la mano.

—No quiero saber quiénes son. Ni por qué están aquí. Ya sé bastante. Verás, nadie, ni seguridad, ni recepción, ni nadie, les ha confirmado que estás en esta habitación. Pero seguramente decirles que no les íbamos a dar la información que querían saber les dio la respuesta que necesitaban.

—Sí —coincidió Maeve.

—No sé cuánto tiempo podrán mantenerlos alejados los de seguridad. Puede que estén esperando en el vestíbulo. O en la cafetería. O en un coche aparcado fuera. O si se presentan por la mañana con un abogado... —No continuó.

Abogado. Pistola. Maeve no sabía qué era más aterrador.

—Uno de ellos, el padre, tiene algunos derechos legales...
Maeve no respondió.

—Pero ni siquiera necesitan un abogado —comentó la enfermera neonatal—. Las horas de visita empiezan a las ocho de la mañana. Basta con que pasen frente a la recepción con un ramo de flores, les saluden con la mano y les sonrían, se dirijan hacia maternidad y se comporten como si supieran exactamente lo que están haciendo...

Maeve cerró los ojos. Cuando los abrió segundos después, la enfermera estaba inclinada hacia la cunita, contemplando el bebé.

—Preciosa —aseguró tocándole la frente—. Hola, cariño. Bienvenida al mundo. —Se volvió hacia Maeve—. Perfecta. Todo aquel dolor valió la pena, ¿verdad?

Maeve permaneció en silencio.

—He estado en tu lugar —dijo la enfermera mirándola a ella—. No exactamente igual, pero se le acerca mucho. Tuve que alejarme de un mal hombre. Divorcio. Orden de alejamiento. Hice todos los trámites legales. Y entonces él se emborrachó una noche y apagó a tiros una farola que había enfrente de mi casa gritando mi nombre. La policía se llevó el arma. No sirvió de nada: tenía otras siete. Después de otro par de tragos dijo a uno de sus amigos que todo lo que tenía de malo su vida era culpa mía. Y de nuestros dos hijos. Claro. Como si eso tuviera puñetera lógica. De modo que podía esperar a que hiciera algo terrible. O podía salir pitando de ahí. No quería salir en los titulares de prensa. No fue una decisión difícil de tomar.

La enfermera acarició con los dedos el bebé dormido.

—¿Has pensado ya cómo vas a llamarla?

—No estoy segura —contestó Maeve.

—Bueno, yo soy irlandesa hasta la médula —explicó la enfermera sonriendo—. No somos demasiados aquí, en el sur de Florida. En Boston, en Nueva York, en Chicago, mi ciudad natal... Tú también lo eres, ¿no?

—Sí.

—Bueno, Shannon sería por el río, y significa «vieja y sabia». Podría estar bien. Y Fiona significa «justa», y Callie, «la más hermosa». Serían nombres excelentes. Y Sloane significa «guerrera»...

Maeve asintió.

—Hay papeleo —prosiguió la enfermera—. Documentos oficiales. El certificado de nacimiento y la seguridad social. Formularios del seguro. —Sonrió—. Nadie llega a este mundo sin que la burocracia lo siga de cerca.

Maeve siguió guardando silencio.

—Si, por ejemplo, rellenas el certificado de nacimiento con un nombre, pero los nombres de los formularios del seguro son otros, y los del alta del hospital vuelven a ser diferentes, y resulta que se quedan en un mostrador un par de días o que uno de los documentos se traspapela, y entonces uno de los empleados tiene que averiguar qué ha pasado y tú no estás aquí para responder preguntas y las direcciones y los números de teléfono son incorrectos...

—Se crea cierta confusión —intervino Maeve, que vio dónde quería ir a parar.

—Sí. Más bien una gran confusión. Eso te daría algo de tiempo. Y sería muy difícil seguirte la pista a través de ese lío burocrático. Pero también es peligroso.

—¿Por qué?

—Si alguien quisiera arrebatarte la niña, te sería muy difícil demostrar que es hija tuya.

Maeve asintió. Una de las opciones suponía un riesgo enorme. La otra también.

La enfermera se volvió y se inclinó hacia la cunita.

—De modo que, jovencita, tenemos que ofrecerte la mejor oportunidad que podamos —susurró, y a continuación preguntó a Maeve—: ¿Verdad?

—Sí.

—Infringirás algunas leyes.

—Sí.

—¿Estás segura?

—Sí.

—Requerirá mucha fortaleza. ¿Estás segura de tenerla?

Maeve dudó, como si estuviera haciendo alguna especie de introspección.

—Eso espero —afirmó.

—Esa es la respuesta correcta —repuso la enfermera—. Nadie lo sabe hasta que necesita saberlo. —Señaló un reloj de pared—. A las cinco de la mañana vendrán a tomarte las constantes vitales y a examinar al bebé. Tres horas después, a las ocho de la mañana, hay cambio de turno en la sala de maternidad, en seguridad y en urgencias. Pero es poco probable que vuelva nadie aquí hasta ese cambio de turno.

Maeve estaba empezando a ver dónde quería ir a parar la enfermera.

—¿Tienes algún amigo? ¿Alguien a quien llamar que pueda ayudarte?

—Estoy totalmente sola —contestó Maeve sacudiendo la cabeza.

—Ya no —replicó la enfermera señalando al bebé con una sonrisa. Y, tras reflexionar un momento, añadió—: De acuerdo. Enseguida vuelvo.

Sin decir otra palabra, salió de la habitación.

Maeve miró la diminuta forma en la cunita. Las emociones la abrumaban.

—Hola, Shannon, Fiona, Callie... —recitó en voz muy baja. Sacudió la cabeza—. No. Perdona. Hola, Sloane. —Inspiró hondo y susurró al bebé—. ¿Hago bien?

«No me estoy equivocando», se respondió a sí misma.

Eso no significaba que hiciera bien, claro.

—De modo que guerrera, ¿eh? —dijo Sloane mirando a su madre.

—Sí.

«Recuerda qué significa tu nombre», pensó.

—¿Y Connolly?

—La enfermera. Nunca supe su nombre de pila. Es curioso

cómo alguien ve algo de sí mismo en ti. O algo de su problema pasado en tus problemas actuales y decide ayudarte. En cualquier caso, en épocas remotas o tal vez en la actualidad, dirías que era un ángel. Enviado desde el cielo. Supongo que del mismo modo que Joseph Crowder fue enviado desde el infierno. No creo en esas bobadas. Pero preparar aquella combinación de documentos confusos y ponerte tu nombre, bueno, en aquel momento parecía lo correcto.

Todo el rato Maeve había estado transitando suavemente por distintas emociones. En aquel momento, Sloane detectó orgullo, puede que altivez, en la espalda erguida de golpe y en la sonrisa irónica de su madre.

—Esa fue la noche que empecé a aprender a permanecer verdaderamente oculta.

—¿Qué quieres decir?

—Bueno, piensa en ello: tenía que esconder cada conexión que yo tenía con el mundo, y cada conexión que tú creabas, porque dejar al descubierto cualquier parte de mi historia, aunque fuera la más pequeña, podría ser lo que les permitiera encontrarnos. Maeve se fue de California. Maeve huyó de Maine. Puede que Maeve hubiera entrado de parto en aquel hospital. Pero otra persona, alguien diferente, iba a salir de él. Todo comenzó cuando tú apenas tenías un día de vida. Eras nueva en este mundo. Pero sabía que yo también tenía que serlo.

Su voz contenía una marcada energía.

«Algunas personas miran atrás con orgullo por haber tenido un éxito empresarial, o por marcar el gol de la victoria, o por conseguir un premio o un extraordinario logro académico —pensó Sloane—. Algo nos convierte en lo que somos. Pero mi madre se forjó con una clase distinta de éxito.»

—Me convertí en una delincuente —sentenció Maeve—. Una delincuente especializada en la ocultación.

Hacia la una de la madrugada, la enfermera neonatal regresó sin hacer ruido a la habitación de Maeve con un fajo de documentos. Algunos parcialmente llenos. Otros en blanco.

«¿Te puedes esconder a golpe de bolígrafo?», se preguntó Maeve.

Un certificado de nacimiento: Sloane Connolly. En el apartado correspondiente al nombre y el número de la seguridad social del padre, usó un personaje ficticio: Nick Adams, de Hemingway. Había leído esas historias cuando estudiaba en la universidad y le pareció que a lo mejor se le pegaría algo de su carácter independiente a la recién nacida que ocupaba la cunita. Tras el nombre, anotó: «Fallecido».

Un segundo certificado de nacimiento con su nombre, el nombre de Will Crowder, dos números falsos de la seguridad social para ella y para él y un nombre de bebé falso.

Formularios del seguro. Tres juegos. Se inventó los nombres y las direcciones de los dos primeros. Usó su nombre y su dirección verdaderos en el último. La enfermera neonatal los recogió todos y los mezcló entre sí, de modo que juntó páginas correctas con páginas falsas.

A continuación entregó otro formulario a Maeve.

—Échale un vistazo —le indicó.

El formulario tenía un marco negro.

Maeve vio que ponía: «Certificado de defunción».

Bajo esas palabras, la firma de un médico.

Miró a la enfermera.

—«Natural» no es la palabra adecuada. Una mujer joven. Aproximadamente de tu edad. Un caso realmente trágico. Un accidente de coche. Unos amigos y ella habían salido a celebrar que habían terminado la carrera de Derecho y al parecer no habían aprendido en ninguna clase que hay que designar a un conductor sobrio. Iban demasiado deprisa y chocaron con un árbol. Ella era la única que no llevaba abrochado el cinturón de seguridad y salió despedida por la ventanilla. Horroroso. Este formulario... ¿Ves el número de la seguridad social? ¿La dirección? ¿Ves que el familiar más próximo vive parte del tiempo en Cayo Vizcaíno y otra en Venezuela?

Maeve no dijo nada.

—Murió esta noche. Una suerte, supongo. Suerte para ti. No para ella. ¡Qué pérdida de talento!

A Maeve no le pareció que fuera una suerte en absoluto. Pero enseguida comprendió que sí lo era.

—Esta es la copia oficial. Cuando me la llevé, cometí un delito. Podría perder mi empleo si alguien llegara a descubrir que me la llevé y te la di. Tengo que devolverla a su sitio en unos minutos, antes de que nadie se dé cuenta.

Maeve examinó el certificado de defunción.

—Memoriza los detalles. No la causa de la muerte ni la firma del cirujano. Memoriza quién era la mujer. El número de la seguridad social. La fecha de nacimiento. La dirección.

Maeve se quedó mirando el nombre.

—Es alguien en quien podrías convertirte —indicó la enfermera.

—Hola, Consuela García —susurró Maeve, que entendía lo que le quería decir.

Devolvió el formulario a la enfermera.

—No sé si esto... —replicó tocándose la cabeza. Se refería a su pelo rojizo.

—Cámbiatelo. Y vuelve a cambiártelo cuando sea necesario.

Maeve asintió. Se teñiría el pelo castaño. Rubio. Azabache.

—Muy bien —dijo la enfermera neonatal—. Enseguida vuelvo.

Volvió a los pocos minutos. Llevaba una mochila negra con el logo del hospital bordado y un montón de ropa.

—Necesitarás esto —comentó.

Dio a Maeve un juego de ropa de color verde para cirujano, una mascarilla sanitaria y un gorro de colores, de los que se llevan en el quirófano. Un disfraz.

—No es raro que se traslade a recién nacidos de una sala a otra —explicó señalando al bebé que dormía en la cunita—. Las enfermeras los llevan por los pasillos todo el rato.

Entonces abrió la mochila.

—Es el regalo que tenemos para todas las madres. Pañales. Un poco de leche en polvo para bebés, aunque esa es mejor —afirmó a la vez que señalaba los pechos hinchados de Maeve—. Una mantita rosa. Un juguete. Un chupete. Nada especial.

Maeve asintió.

—Estás en la tercera planta. Recepción y urgencias están en la primera. Ambas tienen puertas que dan al aparcamiento. A esta hora solo hay una persona en recepción, pero no tiene demasiado que hacer, de modo que podría estar alerta, y no sabes quién puede estar sentado en la zona de recepción. En urgencias hay más gente, incluido un guarda de seguridad que suele estar sentado junto a la enfermera de triaje, y ambos están pendientes de quienes entran y salen... Por lo que una salida está tranquila. La otra podría estar, o no, concurrida, y es más fácil pasar desapercibido entre un montón de gente, pero también hay un guarda vigilando. No sé cuál de las dos usaría yo. Tendrás que decidirlo tú. —Se detuvo un momento y añadió—: Esos últimos pasos son los peligrosos. Ahí es donde es probable que te paren.

Señaló entonces la puerta.

—En esta planta, el puesto de enfermeras está a la derecha y los ascensores a la izquierda —dijo.

—¿Y tú? —preguntó por fin Maeve.

—Fiché hace tres horas. —Sonrió la enfermera—. Estoy en casa, durmiendo en la habitación de al lado de mis hijos.

Alargó la mano para apretar la de Maeve.

—Buena suerte —le deseó.

Se dirigió hacia la puerta, se detuvo y se volvió hacia ella.

—Nunca mires atrás —añadió.

—El caso es que lo que me dijo fue un buen consejo —comentó Maeve—. Muy positivo. Casi romántico. Salvo que me he pasado toda la vida mirando atrás. Nunca tuve otra opción.

Sloane no dijo nada.

—Ahora no podría hacer lo que hice entonces —añadió Maeve encogiéndose de hombros—. Ahora hay cámaras de seguridad en todas partes. Vayas donde vayas, te graban en vídeo. El personal está mucho más alerta. Pero hace veintisiete años, bueno, las puertas no estaban siempre cerradas con llave. No se controlaban demasiado las idas y venidas, especialmente en un lugar ajetreado como un hospital, por lo menos no como hoy en día.

—¿Qué fue de la enfermera que te ayudó? —preguntó Sloane pasado un instante.

No dijo «que me ayudó».

—¿Tu especie de hada madrina? No lo sé —contestó Maeve—. Espero que ellos no la mataran.

27

De repente Sloane se sintió exhausta. Se dejó caer en la cama del hotel y se tapó los ojos con las manos para privarlos de luz un instante. Abrumada.

Su madre la miró con el ceño fruncido.

—No seas débil —dijo—. Nunca seas débil. No lo seas hoy. Ni mañana. Ni nunca. Nunca seas indecisa. Está siempre preparada para luchar, incluso cuando todo esté en tu contra.

Sloane se incorporó. Eran como las órdenes que había recibido año tras año. Familiares como «es hora de acostarse» o «la cena está en la mesa».

—¿Sabes qué? —Sonrió Maeve—. Aquella noche eras todavía tan pequeña que cupiste en mi bolsa coloreada de punto. —Y añadió—: La misma en la que solía llevar la pistola del 45 de tu abuelo.

LA HUIDA

Maeve fingió estar dormida cuando la enfermera de la sala de maternidad que estaba de guardia llegó para la comprobación habitual de las constantes vitales poco después de las cinco de la madrugada. Con un ojo ligeramente abierto, vio como examinaba a la pequeña y se situaba después junto a la cama.

—¿Cómo estás, cariño? —preguntó cuando Maeve simuló abrir los ojos con dificultad.

—Bien —respondió con voz pastosa, como si se estuviera despertando.

La enfermera le puso el brazalete para tomarle la tensión y escuchó por el estetoscopio.

—Un poco alta —comentó—. El pulso también está un poco acelerado. Pero seguramente es normal. Lo has pasado bastante mal.

«Eso no es nada comparado con lo que me espera», pensó Maeve.

—En uno o dos días más estoy segura de que te darán el alta —continuó la enfermera—. La niña está bien. La madre está bien. —Sonrió. En la cunita, Sloane empezó a gemir un poco y a llorar—. Es la hora de amamantarla —indicó la enfermera. Sacó a Sloane de su cunita y se la llevó con cuidado a Maeve—. ¿Necesitas ayuda, cariño? —preguntó.

Maeve sacudió la cabeza mientras se acercaba a Sloane al pecho.

La enfermera volvió a sonreír. Benévola. Maeve supuso que era una estampa que había visto un millón de veces al día durante un millón de días a lo largo de un millón de años y que nunca cambiaba. Era a la vez lo más corriente y lo más especial del mundo.

—Pues te dejo en ello —dijo—. Si necesitas ayuda, pulsa el timbre y vendré de inmediato.

Con un ojo puesto en el bebé que estaba mamando con avidez y el otro en el reloj, Maeve se tranquilizó. Se sentía como un corredor en la salida de un maratón: en tensión, con los músculos preparados para activarse de golpe, pero a sabiendas de que tenía muchos kilómetros por delante y que la mayor amenaza para llegar a la meta estaba en algún punto de la distancia que debía recorrer, oculta pero aguardando. Cuando Sloane estuvo saciada, Maeve la envolvió bien en una manta delgada y volvió a dejarla en la cuna. Estaba mareada y tropezó, pero conservó el equilibrio, se enderezó y actuó deprisa.

Dejó allí toda la ropa que llevaba al llegar al hospital y que había guardado en la bolsa de colores. En su lugar metió la mochila de regalo del hospital. Se puso la ropa verde que la enfermera le había dado, se colocó la mascarilla en la cara y se cubrió el pelo con el gorro quirúrgico. Se calzó y volvió a meterse en la cama. En la mesilla de noche había un teléfono. Llamó a información y consiguió el número de un servicio de taxis que funcionaba las veinticuatro horas.

La operadora de la centralita se mostró brusca.

—¿En qué puedo ayudarla?

—Querría que un taxi me recogiera en el South Miami Hospital lo antes posible. ¿Cuánto tardará?

—Puedo conseguirle uno en unos quince minutos.

—Perfecto.

—¿Nombre?

Titubeó un momento mordiéndose el labio inferior.

—García —contestó—. Soy enfermera. Trabajo aquí.

—Quince minutos —repitió la operadora.

—Venga, Sloane, cielo, tenemos que irnos —susurró después de colgar.

Inspiró hondo para intentar calmarse y empujó la cuna hasta el pasillo.

Miró a la derecha.

Miró a la izquierda.

Oyó un par de voces procedentes del puesto de enfermería, pero estaba sola en el pasillo. Los fluorescentes del techo emitían poca luz. La cuna crujía un poco mientras la conducía hacia el ascensor. Cada paso que daba parecía resonar con fuerza, como una alarma al dispararse.

«¿Qué estás haciendo? —se gritaba para sus adentros. Y respondía al instante—. Estoy robando a mi hija. Estoy robando el nombre de una mujer que ha muerto. Esto intentando robar mi vida antes de que me la roben a mí.»

Tocó el botón del ascensor para bajar.

«Vamos. Vamos. Date prisa. Está vacío.»

Las puertas del ascensor se abrieron con un sonido neumático.

Estaba vacío.

Empujó la cuna hacia dentro. Tocó el botón de la primera planta.

«No te pares en la segunda. Por favor —rogó mentalmente—. Que nadie se suba. Por favor.»

A última hora de la noche, primera hora de la mañana, el hospital estaba cubierto de calma. Maeve rezó al dios que fuera que se hubiera fijado en su miedo y ansiedad y hubiera dejado de lado un rato sus demás obligaciones divinas para velar por las dos. ¿El patrón de los recién nacidos? ¿El patrón de las madres fugitivas? ¿El patrón de quienes querrían saber si están haciendo lo correcto?

Miró a Sloane y pensó que tendría que decir algo, pero no tenía ni idea de qué. Algo tranquilizador como «Vamos a estar bien, querida Sloane» no parecía tener demasiado sentido.

Y podía no ser cierto.

El ascensor se detuvo con una ligera sacudida, y Maeve salió con la cuna a la primera planta.

En la pared había un letrero con indicaciones. URGENCIAS. RECEPCIÓN. INGRESOS. CARDIOLOGÍA. CIRUGÍA. CUIDADOS AMBULATORIOS. REHABILITACIÓN.

Tal como le había dicho la enfermera neonatal, urgencias estaba hacia un lado, justo detrás de dos amplias puertas. El pasillo que llevaba a recepción estaba en la otra dirección.

Titubeó. Echó un vistazo a un gran reloj que había en la pared. La centralita del taxi había dicho quince minutos. Llevaba ocho.

«Ve a la derecha.»

«Ve a la izquierda.»

Cualquiera de las dos podría ser la salida. Cualquiera de las dos podría no ser la adecuada. Era como si ya pudiera oír una voz penetrante en su interior: «¡Alto! ¡Quieta ahí! ¿Qué estás haciendo?». Podía notar unas manos que la sujetaban, como para impedirle avanzar, intentando arrebatarle a su hija.

En aquel momento de duda oyó el alarido de una sirena distante.

Que se acercaba.

Y una segunda.

Seguida de una tercera.

El sonido urgente aumentaba a cada instante que pasaba, como una ola que se elevaba a punto de golpear la costa. El pasillo donde estaba pareció llenarse de un ambiente de emergencia, como un globo a punto de estallar. Otra sirena. Tal vez la cuarta. Una quinta. Inmediatamente perdió la cuenta. El exterior se estaba llenando de ruido. Desde detrás de la puerta de la sala de urgencias, pudo oír de repente unas voces altas, aunque no acababa de distinguir lo que se decía. Pero había movimiento no lejos de allí y pudo ver reflejados en una pared unos centelleos rojos y amarillos que se colaban por las ventanas. Mientras estaba allí plantada, una puerta doble situada al otro lado bajo un letrero que rezaba ALA DE CIRUGÍA *se abrió de golpe y dos enfermeras y un médico con bata blanca se dirigieron corriendo hacia urgencias. Ni siquiera la miraron al pasar.*

Se quedó petrificada.

Más sirenas fuertes. El chirrido de unos neumáticos al frenar en seco.

Más voces altas.

El inconfundible sonido del caos controlado.

«Corre hacia el otro lado —pensó por un instante, pero rectificó—. No. Corre hacia él.»

Con la boca seca y el pulso acelerado, tomó la mochila de regalo y se la cargó a los hombros. Esto dejaba el espacio suficiente en la descomunal bolsa de colores para el bebé. Sloane estaba dormida, y solo se movió un poquito cuando la pasó de la cuna a la bolsa.

—Por favor, Sloane —susurró—. No hagas ruido. Por favor. Hagas lo que hagas, no llores.

Se acercó la bolsa al pecho, sujetándola con toda la fuerza que pudo y dejó la cuna a un lado. Pensó que tenía un aspecto ridículo: con ropa sanitaria verde, la mascarilla puesta, el gorro puesto, la mochila a la espalda y una bolsa de punto sujetada con fuerza delante de ella. No tenía pinta de enfermera. No tenía pinta de madre. No tenía pinta de delincuente. Imaginó que tal vez parecía una combinación de las tres cosas. Se dijo que si ella fuera guarda de seguridad y viera alguien así, la pararía. No tenía otra opción. Inspirando hondo y poniendo, vacilante, un pie delante del otro, se dirigió hacia las puertas de urgencias. Pulsó un botón de acceso para sillas de ruedas, las puertas se abrieron hacia ella y se sumió en un torbellino de actividad.

Lo primero que vio:

Una docena de agentes de policía por lo menos. Con la cara tensa. La ansiedad impregnaba la sala. Algunos de ellos se sujetaban el arma que llevaban a la cintura.

Había tres hileras de sillas de plástico rojo, medio llenas con una gama estrambótica de personas que esperaban a que las llamaran por el nombre, algunas sorbiéndose la nariz, otras tosiendo y unas cuantas más tiritando. Todas ellas parecían desaliñadas. Pero por más enfermas que estuvieran, las apartaban hacia atrás, mientras la habitación se llenaba de más gente. Los habituales usuarios de urgencias a aquellas horas que comprendían los que estaban enfermos, los que se habían hecho daño y los que necesitaban ayuda y no tenían ningún otro sitio adonde ir eran empujados de golpe hacia un lado, carentes de repente de importancia.

Por lo menos seis técnicos de emergencias sanitarias con mono azul y naranja.

Médicos y enfermeras, todos ellos con las mismas prendas verdes que ella llevaba, aunque los médicos vestían también batas blancas, rodeando dos camillas en las que transportaban a dos heridos hacia unos boxes ocultos tras unas cortinas. Ambas tenían una bolsa negra con equipo a sus pies.

Más uniformes, que llevaban puestos los dos heridos.

Un hombre sujetaba la mano de uno de los policías heridos, que parecía retorcerse desesperadamente. Llevaba una máscara de oxígeno que le cubría la cara.

La sangre manchaba las sábanas blancas enmarañadas.

Un chorro de sangre arterial salió disparado hacia arriba al aflojar un torniquete. Salpicó el suelo y una de las batas blancas de los médicos. Una enfermera agitó en el aire un clamp plateado y se lo dio a la médica, que se agachó mientras interrumpía los chorros de sangre.

Un puñado de personal médico se reunió alrededor de cada camilla. Dispositivos: botellas de oxígeno, desfibriladores, una reluciente bandeja metálica llena de instrumentos esterilizados.

Vio: uno de los médicos se subía prácticamente de un salto a la camilla y se ponía a horcajadas sobre el policía, que de repente dejaba de retorcerse. El médico iniciaba compresiones torácicas.

Lo que oyó:

—¡Uno! ¡Dos! ¡Tres! ¡Cuatro!

Más órdenes:

—¡Dejad libre un espacio!

—¡Carro de emergencias!

Agentes de policía intentando hablar con los dos hombres de las camillas.

—¡Aguantad!

Técnicos de emergencias sanitarias gritando a la gente para que se apartara. Enfermeras chillando para que los médicos pudieran oír sus respuestas.

Ante los ojos de Maeve, un caos instantáneo; muchas personas apresurándose a salvar unas vidas que se estaban escapando rápidamente.

Más sangre.

Más ruido.

Una tercera camilla entró en urgencias.

Otra sábana blanca manchada de sangre y dos técnicos de emergencias sanitarias empujando la camilla corriendo.

Oyó que uno de los policías bramaba:

—¡Ese es el hijo de puta del tirador!

Una oleada repentina de actividad, casi como si los policías quisieran impedir que aquella camilla avanzara.

Más gritos:

—¡A cirugía, ya!

—¡Apártense!

—¡Dejen paso!

Y, en medio de todo eso, Maeve sujetó la bolsa con Sloane lo más cerca posible de su cuerpo, soltó un «perdonen» apagado a través de la mascarilla a dos agentes uniformados que se pusieron delante de ella mientras se abría paso entre toda aquella actividad. No volvió la cabeza ni una sola vez, y cruzó las puertas por donde habían entrado los dos policías heridos y el tirador también herido para sumirse en la oscuridad. Esperaba oír que alguien la llamara, pero nadie lo hizo. Esperaba notar una mano en el hombro y escuchar una voz brusca que dijera: «¿Dónde coño cree que va?».

Vio:

Una serie de ambulancias, coches patrulla y coches de incógnito, todos ellos con luces centelleantes que bañaban por completo la zona de urgencias, aparcados al azar bajo un enorme letrero de neón rojo que rezaba: ENTRADA DE URGENCIAS.

Mientras observaba la escena, dos furgonetas diferentes que llevaban pintado el rótulo de UNIDAD MÓVIL entraron a toda velocidad en el estacionamiento. Al mirar a su alrededor vio también un taxi, parado a un lado, casi como si se le hubiera ocurrido en el último minuto.

Se acercó a él y el taxista bajó la ventanilla.

—¿Es usted García? —preguntó inclinándose hacia la puerta del copiloto.

—Sí —respondió Maeve mientras abría la puerta y se sentaba en el asiento trasero.

—¡Madre mía, qué locura! —exclamó—. Nunca había visto tanto jaleo aquí. ¿Dónde la llevo?

Le dio la dirección de su casa.

El taxista echó un último vistazo antes de marcharse.

—Han disparado a dos policías —explicó—. Lo han dicho por la radio. No demasiado lejos de aquí, en South Dixie. Oí que quisieron parar al conductor de un Porsche que corría demasiado. Iba a más de ciento sesenta. Debía de ir puesto de coca hasta arriba, y tenía un Uzi en el asiento de al lado. —Sacudió la cabeza y se encogió de hombros—. Supongo que no quería que le pusieran una multa.

Maeve permaneció en silencio. Movió a Sloane en la bolsa y

la acercó más a ella. La niña dormía tranquila, lo que contradecía todo lo que acababa de vivir. Maeve pensó que tenía que
mantenerla calentita, a pesar de que hacía calor en la calle aquella noche húmeda en Miami. Pudo ver como la tenue luz del
alba empezaba a luchar en el cielo contra el omnipresente neón
de la ciudad. Había sombras por todas partes, como si fueran
reacias a renunciar a la oscuridad.

«¿Tenía que morir alguien esta noche para que nosotras pudiéramos vivir?», se preguntó.

—Menuda nochecita —dijo el taxista.

28

Sloane intentó imaginar a su madre, apenas mayor que ella ahora, sentada en el asiento trasero de un taxi al amanecer: «Esperando que yo siguiera durmiendo en la bolsa. Mirando la calle
donde vivía por la ventanilla del taxi. Viendo solo silencio, presa
del miedo. Sin saber si la estarían esperando dentro de su piso,
calle abajo, tras un árbol, en un callejón o en ninguna parte. Pensando que la matarían, que se llevarían a su hija».

Se dijo que parecía totalmente paranoico, pero podría no
serlo.

«¿Podría yo hacer lo que ella hizo? —se preguntó. Y la respuesta fue—: Creo que no.»

—Me temía que estuvieran en mi casa —afirmó a continuación Maeve en tono autocomplaciente—. Tuve suerte. No estaban ahí. A lo mejor fueron después. No lo sé. Yo solo sabía que
iba, que íbamos, un pasito por delante de ellos y que esa distancia podría estarse reduciendo, por lo que tenía que moverme
deprisa. Había aprendido un poco. No dije nada a nadie. Recogí
unas cuantas cosas, incluida la pistola del 45 y te puse en una
sillita de coche como si todo fuera bien y tan solo fuéramos a
estar fuera un rato, y nos fuimos. Adiós, Miami. Añadí eso al
adiós, California y al adiós, Maine.

—¿No pensaste que podrían dejarlo correr cuando vieran
que te habías vuelto a escapar? ¿Que te habías esfumado?

—No podía correr ese riesgo. Cada vez que te acercaba a mi

pecho sabía que nunca más volvería a haber nada normal en mi vida. Pero tenía que hacer que fuera normal para ti. Tenía que encontrar una casa en la que pudiéramos vivir seguras. Aquella mañana que abandonamos Miami teníamos que desaparecer. Calculé que tendríamos minutos, tal vez horas para seguir llevándoles ventaja. Tenía que transformar poco tiempo en mucho tiempo. Días. Semanas. Meses. Años.

—Y...

—Bueno, Consuela García me resultó útil durante muy poco tiempo. Solo estuvo conmigo una semana más o menos. Fuimos a Tampa. Después a Gulf Shores, en Alabama. Y a Nueva Orleans. Ahí es donde dejé que Consuela volviera a estar muerta y enterrada. Tenía miedo de que establecieran la relación en Miami. Una chica muerta en el mismo hospital la noche que me perdieron en cuestión de... ¿qué? ¿Minutos? ¿Una hora? ¿Dos? No había que ser un detective demasiado bueno para hacer esa deducción. Así que la usé solo el tiempo suficiente para reunir información y llegar a dominar cómo convertirme en otra persona. Me transformé en Martha Riggins, de Oxford, en Mississippi. Era una camarera rubia que falleció de una sobredosis en las afueras de Baton Rouge, en Luisiana. Una vida triste, o eso supuse yo.

Se detuvo un momento. Se dirigió de nuevo a su maleta y sacó el arma que le había mostrado antes. La sujetó como si fuera una frágil antigüedad familiar.

—Era el Colt Python del calibre 357 Magnum de Martha —prosiguió—. Lo robó de debajo de la caja registradora del bar donde trabajaba. Aquella noche el barman habitual estaba enfermo. El arma era suya. La llamaba «el disuasor de discusiones». El caso es que en cuanto lo tuvo, lo tuve, en las manos, huimos y nos convertimos en Lucy Lawrence en Asheville, en Carolina del Norte. Cabello negro. Cinco centímetros más alta que yo y seis años mayor, por lo que no podía seguir con ella demasiado tiempo. Trabajaba en una biblioteca y no se merecía el cáncer de colon que acabó con su vida. Y después...

Se detuvo como si el recuerdo le resultara doloroso.

Una sensación de intranquilidad empezó a apoderarse de Sloane, algo indefinido, pero lo contuvo lo mejor que pudo.

—Imaginé que tenía que convertirme en por lo menos seis personas en rápida sucesión. Elecciones al azar en lugares al azar. Eso ocultaría cualquier rastro. De modo que lo hice. Tú eras muy chiquitita pero, gracias a Dios, muy tranquila. Desarrollé una rutina. Encontraba un nuevo nombre, algún trabajo corriente en el que pudiera cobrar en negro y un estudio barato que pudiera alquilar mes a mes. Me quedaba en sitios donde encontraba una guardería razonable, o por lo menos, un centro donde pudiera dejarte segura mientras yo me dedicaba a ser otra persona... —Hizo una pausa antes de continuar—. De modo que fui Consuela un tiempo. Fui Martha. Fui Lucy. Y Sally...

Sloane las contó. Eran cuatro.

—Como he dicho antes, trabajé en un bar. Fui camarera más de una vez. Fui dependienta de una tienda. Cociné hamburguesas en un local junto a la carretera. Cambié las placas de matrícula de mi coche. Me hice con otro carnet de conducir una, dos, tres veces. Abrí y cerré un par de cuentas bancarias. Conseguí tarjetas de crédito a nombres de distintas personas y las usé una vez antes de tirarlas. Repasaba las necrológicas del periódico y las esquelas para encontrar nuevas identidades. Es algo bastante estándar. Fui lista —aseguró Maeve—. Aprendí todo lo que había que aprender sobre ser otra persona.

Miró a Sloane.

—Me convertí en una estudiante de la ocultación.

Sloane se sintió mareada.

—Dos, tal vez tres meses en cada sitio. Y entonces, adiós a un nombre y hola a otro. No hacía amigos. No dejaba rastro, solo algunas facturas sin pagar y puede que al encargado de algún restaurante de comida rápida maldiciéndome cuando me esfumaba. Estuviéramos donde estuviésemos, en cuanto me sentía demasiado a gusto, cuando la gente procuraba ser simpática, saludarme en la calle o invitarme a tomar una cerveza, sabía que aquello era peligroso, de modo que recogía todas mis cosas y me marchaba. Normalmente a altas horas de la noche. Sin decir nada a nadie.

Adiós, Lucy. Hasta luego, Martha. Dejaba que volvieran a estar muertas. Les doy las gracias a todas ellas. Que descansen en paz. Pero, a la larga, éramos solo tú y yo rumbo al anonimato, porque eso significaba seguridad.

Sonrió.

—Me volví una buena delincuente.

Sloane pensó que todo lo que había oído era razonable e imposible a la vez.

—¿Sabes qué? —continuó Maeve—. Cuando estudiaba psicopatología en la universidad, uno de los libros que leí, muy popular por aquel entonces, era de una psiquiatra que hablaba sobre una de sus pacientes. Sybil. Era una personalidad múltiple con diecinueve identidades distintas, todas ellas pensadas para abordar distintos aspectos de un trauma infantil. Había otro libro, *Las tres caras de Eva*, que analizaba algo parecido, pero fue Sybil la que más me gustó. Ella luchaba contra lo que le había pasado. Yo combatía lo que podría pasarme. Creo que ella lo tenía más fácil.

No lo dijo, pero Sloane creía que estaba equivocada. Se fijó en que cada vez que su madre recalcaba una palabra, cerraba un puño y lo agitaba en el aire.

—Yo era el zorro. Ellos eran la jauría. ¿Cómo conservas la ventaja ante los ladridos, los cuernos de caza y el ruido de los cascos? Tu madre averiguó cómo.

Era como si contárselo todo a Sloane infundiera vigor a Maeve.

—Estaba volviendo despacio a Nueva Inglaterra —explicó—. Sabía que no podía regresar a Maine, a mi casa. Pero quería encontrar algún sitio que estuviera cerca. En espíritu, supongo. Algún lugar que me recordara donde me había criado. La clase de sitio donde nadie hace demasiadas preguntas y se deja a la gente bastante en paz.

Sonrió y siguió contando:

—Pero lo inteligente fue que la última identidad que adopté antes de trasladarnos a la ciudad donde tú creciste, la de Laura Johnson, era perfecta. Murió asesinada durante un viaje de vacaciones a Sudamérica. O por lo menos, eso fue lo que yo deduje, porque iba de excursión a pie con su novio por los Andes y jamás se encontró el cadáver de ninguno de los dos. Se especuló que se habían tropezado con un centro de producción de cocaína. Bueno, cuando robé su identidad, nunca la abandoné. Era realmente útil que tuviera un nombre tan corriente, tan habitual. Solo necesitaba conseguir su número de la seguridad social. Y una vez lo tuve, bueno, Laura Johnson volvió a cobrar vida en la pequeña población de Rhinebeck, en Nueva York. Y la mantuve viva. Año tras año. Tarjetas de crédito. Cuenta bancaria. Al principio un apartado de correos para disponer de una dirección. Y, de vez en cuando, te dejaba y me iba a aquella pequeña población y hacía algo como Laura Johnson. En este mundo moderno donde impera el ciberacoso y la humillación en línea, necesitaba alguna identidad que pudiera observar. De vez en cuando yo, o Laura, votaba en unas elecciones. O recibía una multa por exceso de velocidad. Pagaba algunos impuestos. Cualquier cosa que apareciera en un registro oficial en algún lugar. Podía examinar la vida de Laura en busca de cualquier indicio de Will o de Joseph Crowder. Y si veía algo que fuera mínimamente sospechoso, podía retirarme a nuestro hogar, volver a ser un breve período de tiempo Maeve O'Connor y saber que tenía que desaparecer otra vez contigo. Siempre tenía planes de huida en distintas fases de desarrollo por si surgía una posible emergencia. El problema fue que más o menos me olvidé de ellos los últimos años porque creí que nos habíamos librado.

Sloane estaba boquiabierta. Atónita. Una parte de ella admiraba la dedicación de su madre. Otra parte de ella estaba enojada.

«Mentiras —pensó, pero cayó en la cuenta de que eso no era del todo cierto—. Verdades basadas en mentiras. Y mentiras basadas en verdades.»

La cabeza le daba vueltas.

Sintió oleadas de rabia: «Maldita seas, mamá, por mentirme».

Sintió oleadas de gratitud: «Gracias, mamá, por mentir al resto del mundo».

Emociones que eran totalmente contradictorias. No sabía por cuál decantarse.

Interrumpió a su madre.

—Pero Will Crowder, el hombre que... —vaciló. Tenía la garganta seca, como si decir el nombre se la hubiera resecado. Le costó un gran esfuerzo soltar lo que vino a continuación—: El hombre que era mi padre... Murió. De una sobredosis. En la ciudad de Nueva York. Hace años.

Maeve se encogió de hombros.

—Yo nunca me enteré de eso. Pero había sido adicto durante tantos años que me imaginaba que la droga podría matarlo. Es muy difícil dejar una adicción. Hay quien lo consigue, pero jamás creí que él lo lograría.

Lo dijo como si aquello pusiera fin a toda esa línea de interrogatorio. Sloane estaba intentando organizar sus pensamientos, pero sus emociones desbarataban su sensatez y deterioraban su buen juicio.

—Pero, mamá —replicó despacio—, ¿cómo podías saber eso? Supón que hubiera dejado las drogas. Supón que se hubiera convertido en el hombre del que te enamoraste al principio. Era posible, ¿no?

—No podía correr ese riesgo. Seguía teniendo aquel hermano. Puede que Will me amara. Puede que Joseph me matara. Riesgo y recompensa.

Esto era determinante. Era como si Maeve no pudiera contemplar aquella posibilidad. Sloane se sintió como si se estuviera tambaleando al borde de un precipicio.

—Pero ¿por qué iba el hermano, Joseph, el asesino, a seguir con su búsqueda después de que el hermano que te amó muriera?

—No lo sé.

«Es una respuesta penosa. Lo sabe —pensó Sloane. No obstante, después se dijo a sí misma—: A lo mejor no lo sabe.»

Miró fijamente a Maeve. La mujer mayor asintió y expuso muy lentamente:

—Me pregunto si perseguirme, encontrarme y matarme se convirtió en una adicción para él.

Esto dejó helada a Sloane.

Le vino una imagen a la cabeza: Il Labirinto.

Pensó que tendría que decir algo sobre laberintos, búsquedas inútiles y el Empleador, pero no lo hizo.

—¿Qué ocurrió después? —preguntó en cambio.

—Bueno, pasamos años juntas. Tú creciste. Pasados cinco años, me sentí confiada. Pasados diez años, creí que lo habíamos logrado. Pasados veinte, casi me permití olvidarme de esos hermanos. No del todo. Pero casi. Todos esos años, bueno, eran una poderosa prueba de que habíamos ganado. Estaba a punto de felicitarme a mí misma y de dedicarme a envejecer y verte ser famosa, feliz, exitosa y todo lo demás que no se me había permitido ser a mí. Hasta que...

—¿Qué?

—Hará poco más de un año me enteré de que alguien estaba buscando a Laura —respondió Maeve, resignada. Triste—. Fue algo inesperado. Laura tenía un pisito. Un estudio. Barato. Como una habitación de hotel, donde me hospedaba muy a menudo. Lo recuerdas, ¿verdad? Cuando me iba de improviso unos días...

Sloane lo recordaba.

Se quedó rígida. Se sentía como si fuera de metal.

—Me había llegado a gustar mucho Laura —comentó Maeve, casi con indiferencia. Con tranquilidad—. Me sentía cómoda en su piel, supongo. Era como tomarme unas vacaciones de aventura cada vez que iba y era ella un breve período de tiempo.

—Pero ¿cómo supiste que...? —empezó a decir Sloane. Su madre la interrumpió con amargura en la voz.

—Un puto detective privado se presentó en aquella pequeña población y empezó a hacer preguntas. Estuvimos a salvo veinticinco años. Más. Pero allí estaba, joder. ¡Un puto detective privado! En correos. En la empresa que administraba mi edificio. Con las personas que vivían al lado de mi casa. En el banco local. Incluso habló con la policía. El problema era que había algunas cosas que relacionaban a Laura conmigo. La hija de Liam tuvo que vender esa granja de Maine. La hija de Liam tuvo que cobrar la pensión del ejército de su padre. Tuve que ingresar este tipo de cosas en bancos y transferir después el dinero a cuentas de Laura. Creía que esas transacciones eran seguras. Después de todo, eran de años atrás, pero allí estaban. Imaginé que aquel detective no tardaría demasiado en descubrirlas y en vincular a Laura con Maeve.

Se detuvo un instante antes de proseguir.

—¿Quién más iba a contratar a un detective privado para encontrarme?

Sloane sintió una tensión creciente en su interior.

—No se me ocurrió que un asesino contratara a un detective privado para encontrar a la persona a la que quería matar —soltó Maeve tras reír con amargura.

Se detuvo. Y empezó a hablar de nuevo.

—Pero lo hizo.

Otra pausa. Sloane pensó que tendría que comentar algo, pero no tenía ni idea de qué decir.

—Esperaba que matar a Maeve los condujera a otro callejón sin salida —prosiguió su madre—, y que tú pudieras seguir siendo tú y no tener nada de que preocuparte. Después de todo, llevas otro apellido. Te habías instalado sola en Boston. Creí que no había nadie en nuestra pequeña ciudad que pudiera decir a ese detective dónde estabas o qué estabas haciendo, por lo menos nadie que yo supiera. Eliminé todas las relaciones que pude encontrar entre tú y yo. Al parecer, te encontraron igualmente. Tendría que haber sabido que lo harían. Me equivoqué con respecto a varias cosas.

«En efecto, me encontró —pensó Sloane—. Fue a mi facultad, me hizo una fotografía y se la dio al Empleador. Y después fui contratada para crear un monumento conmemorativo.»

Mezcló la confusión con el caos que sentía en su interior. Sabía que había muchas cosas que tendría que decir en aquel momento.

—Creo que todavía quieren matarme. O mejor dicho, que lo harán si averiguan que estoy viva.

Hizo una pausa antes de proseguir.

—Rellenaste el papeleo, ¿verdad? ¿Me declaraste muerta?

—Bueno, hice algunos trámites... —asintió Sloane.

—¿Y actuaste como si estuviera muerta?

«¿Cómo se actúa como si alguien estuviera muerto? —se preguntó Sloane. Pero dijo que sí mientras pensaba—: La policía. Los bancos. Los agentes inmobiliarios.»

—Espero que bastara con eso.

En aquel instante Sloane se preguntó si la historia de su madre la estaría volviendo loca. Después imaginó que era igual de posible que fuera su madre quien estuviera completamente chalada.

«¿Ocurrió de verdad algo de todo esto?», pensó.

Estaba casi enferma. Intentó organizar sus pensamientos y sus sentimientos, pero en aquel momento la tenía absorta una sola pregunta. Vaciló, porque no estaba segura de querer hacerla.

—Mamá —dijo despacio—. ¿Maeve es tu verdadero nombre?

Maeve sonrió.

—Claro que no —respondió.

29

Sloane quería decir un millón de cosas. No dijo ninguna.

Se levantó mirando fijamente a su madre.

En la punta de la lengua: «¿Cuál es tu verdadero nombre?».

Se tragó estas palabras como una medicina que sabe amarga.

«Tal vez no quiera saberlo», pensó.

—Tengo que ir al baño —soltó por fin. Sin esperar respuesta, cruzó la habitación de hotel y una vez dentro del lavabo cerró la puerta con llave. Abrió el grifo del agua fría y puso las muñecas debajo. Alguien le había dicho una vez que esa era la mejor forma de refrescarse, especialmente después de correr un buen rato. No lo notó. Se sentía acalorada. Febril. Se miró en el espejo.

—Soy Sloane Connolly —susurró muy bajito—. Ese es mi nombre. Esa es quien soy. Quien siempre he sido. Quien siempre seré.

Lo dijo como un monje que recita una oración. No sabía muy bien si alguna de esas frases era cierta.

Pasado un momento tiró de la cadena del retrete que no había usado.

Cuando salió, vio a su madre sentada al otro lado de la habitación esperándola, con las manos juntas en el regazo como una tía solterona en un salón en el siglo XIX.

—¿Estás enfadada? —preguntó Maeve.

No respondió.

—Sé que estás enfadada —insistió Maeve.

—¿De veras? —contestó Sloane con sarcasmo.

—Da igual —dijo Maeve encogiéndose de hombros. Había cambiado de papel en un instante. Ahora era una ejecutiva de primera haciendo una presentación con Power Point en una reunión de ventas—. Tenemos que largarnos. Mudarnos a otro sitio. Tú, yo, tenemos que encontrar un nuevo lugar donde escondernos. Para empezar, el dinero que tienes en el banco. Tenemos que transferirlo a otro sitio. Después coge el coche... Supongo que no quieres abandonarlo. Eso podría tener sentido. Puedes conseguir uno nuevo cuando tengas un nuevo nombre. ¿Qué más te relaciona con Boston?

«Nada. Todo», quiso decir Sloane.

—Te envié una fotografía —continuó Maeve—. Estaba en una playa junto a un faro. Era en Oregón. Es un estado muy bonito aunque llueve un poquito demasiado. Imagino que es un sitio en el que podríamos ser felices y permanecer ocultas.

Sloane simplemente se puso rígida, sin responder.

Su madre pareció reflexionar durante aquel silencio momentáneo.

—Seguramente tendrías que morir —anunció. Como si tal cosa.

—¿Qué?

—Me pregunto qué clase de muerte sería mejor —empezó a soltar Maeve a toda velocidad, hablando en parte con Sloane y en parte simplemente consigo misma—. No creo que tengamos demasiadas opciones. La enfermedad queda descartada; te han visto y saben que estás muy sana. Tu ex, Roger, podría habernos sido útil, pero ahora está fuera de escena...

—No está «fuera de escena» —espetó Sloane—. Está muerto.

—Creo que eso solo nos deja el suicidio o el accidente —prosiguió Maeve como si no hubiera oído lo que Sloane había dicho—. Y el Empleador no se tragará lo del accidente y no se creerá un suicidio como el mío en el río. Tenemos que encontrar una muerte que sea verosímil. Algo único. Y sin que haya ningún cadáver.

—¿Verosímil? —exclamó Sloane. No pudo contener el asombro.

—¿En la corriente del Golfo? —Maeve estaba hablando consigo misma—. ¿O tal vez en el sendero de los Apalaches? ¿O en los bosques alrededor del monte Washington, en New Hampshire? No para de perderse gente que se sale de las rutas señaladas.

«No hago senderismo. No tengo un barco de pesca para salir a mar abierto», pensó Sloane.

—No se lo creerá, hagamos lo que hagamos —aseguró Maeve sacudiendo la cabeza—. Pero tardará unos días en descifrarlo y eso nos dará el tiempo necesario para desaparecer y reinventarte, y acabará de vuelta en la casilla de salida.

—¿Desaparecer?

—Piensa en ello, Sloane, cielo. Los libros. Las películas. Todos reflejan la realidad. Una triste realidad. La realidad que acabo de contarte. Mi realidad. ¿Con qué frecuencia tienen que esfumarse las mujeres para seguir vivas y a salvo? Yo lo hice una vez. Si tú no lo haces, ya sabes qué pasa. Ahora te toca a ti.

Sloane estaba estupefacta.

—¿De qué otro modo puedes ser realmente libre? —preguntó Maeve.

«Eso no es ser libre —pensó Sloane—. Nunca lo fue. Nunca lo será.»

—Necesito tomar el aire —soltó.

—Tenemos que hacer planes —contestó su madre.

«No, no tenemos que hacerlo. Sí tenemos que hacerlo», repuso Sloane para sus adentros. Pero no estaba segura de cuál de esas respuestas era la correcta.

—Las dos juntas —continuó Maeve—. Debe ser algo concreto. Tenemos que pensar las cosas con cuidado. Con determinación. Tú y yo podemos estar a la altura de este hombre, por más personas que haya matado.

«La vida convertida en un juego —se dijo Sloane—. Hay que mover las piezas en un tablero. El ganador vive. El perdedor muere.»

Sloane tuvo la sensación de que las paredes se le venían encima. Que la habitación ardía en llamas. Que un humo denso le impedía respirar. El corazón le latía con fuerza. La cabeza le daba vueltas. Sudaba y, de repente, estaba helada.

«No puede ser así», se dijo a sí misma.

Miró a Maeve, que parecía esperar que la siguiente pregunta fuera simple y organizada: «¿Dónde puedo conseguir una peluca como la tuya?».

«Yo no soy mi madre —pensó—. No lo seré. No puedo serlo.»

—De verdad que necesito tomar el aire. Tengo que pensar —soltó.

El silencio se hizo entre ambas.

—Bueno, de acuerdo... —convino Maeve despacio, tras una larga pausa que pareció reflejar cierta decepción—. Supongo que es normal. Muy bien. Podemos dar un paseo. Podemos hablar sobre lo que te preocupe.

Alargó la mano hacia la peluca y el sombrero.

—Sola —aclaró Sloane.

—No creo que eso sea prudente —replicó su madre con la mano suspendida en el aire—. Ya te he explicado a quién te enfrentas exactamente. Es un asesino y es implacable. No sé a qué viene lo que ha hecho, lo de la tontería del monumento conmemorativo, el dinero, el contrato y el abogado, pero, confía en mí, sea lo que sea lo que quiere, no es lo que tú piensas.

En aquel instante Sloane pensó dos cosas.

La primera: su madre había dicho «confía en mí».

Eso era imposible.

La segunda: fuera lo que fuese lo que quería realmente el Empleador, no era ninguna tontería.

—Llevas semanas observándome —comentó sacudiendo la cabeza—. Puedes esperar un poco más mientras pienso detenidamente en todo esto.

No confiaba en poder pensar detenidamente en aquello, o en nada, en aquel momento.

—Sloane, cielo, sé que ha sido difícil para ti entenderlo, pero...

Una vez más, Maeve se detuvo antes de continuar. Muy despacio. Con paciencia. Como si Sloane todavía fuera una niña. Cada uno de los tonos en que habló le recordó a Sloane su infancia, y no con alegría.

—Mira, Sloane, no creo que ahora mismo esté fuera, en la calle, delante del hotel, esperando a que salgas. Pero podría estar ahí. Sea como sea, está cerca. Más de lo que te imaginas. ¿A una manzana de aquí? ¿A un kilómetro? ¿A una hora de distancia? ¿A dos minutos? Y no sabes, ni yo tampoco, lo que planea hacer, pero te aseguro que no será nada bueno. Y lo que es capaz de hacer... no tendrías que subestimarlo en ningún momento. Yo nunca lo hice. Nunca lo haré.

Era como si su madre la invitara a sumirse en la misma incertidumbre que había sido como su segunda piel durante toda su vida adulta.

Levantó la mano para detenerla antes de que pudiera decir nada más.

Algo explotó de golpe en su interior. Sintió una mezcla de frío y calor. Ruido y silencio. Dureza y suavidad. Una pregunta evidente le quemaba en los labios. En cierto modo tendría que haber sido su primera pregunta, pero se había perdido en medio del aluvión de la historia cuando su madre cruzó la puerta de la habitación de hotel. Darse cuenta de repente de que ya tendría que haberla hecho hizo que se enojara consigo misma.

—Mamá —dijo despacio—. ¿Cómo sabías que iba a estar hoy en el Memorial del 11-S?

Maeve abrió la boca como si fuera a contestar enseguida, pero se detuvo.

—Bueno —comentó moviéndose en su asiento—. Me he vuelto una experta en seguirle la pista a una persona...

—Sandeces. ¿Cómo lo sabías?

—Bueno, conocía tu interés por el diseño de memoriales, así que imaginé que...

—Más sandeces. Dime la verdad o me marcho ahora mismo.

—Eso sería una tontería, sabiendo lo que sabes ahora —soltó Maeve con brusquedad—. Un error de lo más estúpido.

A Sloane le dolió la palabra «estúpido» pero respondió sin perder el control.

—Puede. Pero sería mi decisión, estúpida o no. —Miró con dureza a su madre—. Responde mi pregunta: ¿cómo sabías dónde iba a estar hoy?

Lo dijo enérgicamente, alzando la voz. Pero en su fuero interno tenía la sensación de que ya sabía la respuesta. Solo necesitaba oír a su madre decirlo en voz alta.

Maeve titubeó, y tras inspirar hondo, explicó:

—Compraste la entrada del museo por internet con tu portátil antes de dirigirte hacia el centro.

—Por supuesto.

—El portátil que te regalé hace un año.

—Sí, pero...

Se detuvo.

Echó entonces un vistazo al portátil de su madre.

De la misma marca que el suyo.

Con la misma fotografía como salvapantallas. Su proyecto de arquitectura.

Una fotografía que ella no podía haber visto porque estaba muerta.

Su madre siguió con los ojos la mirada de Sloane.

—Lo siento —empezó a decir, pero se interrumpió—. Bueno, no. No lo siento. Hay una explicación sencilla: cuando te regalé ese ordenador, le había instalado un programa de clonación. No es difícil de instalar. Te lo hacen en una tienda Apple. Es lo que usan las empresas para que los empleados vean lo que están haciendo los demás cuando trabajan en el mismo proyecto. Podía ver todo lo que hacías en ese ordenador sin que tú lo supieras. Supongo que el hombre que llamas el Empleador hizo exactamente lo mismo con el ordenador que te proporcionó en tu nuevo estudio. Y con ese lujoso teléfono inteligente que te dio, lo mismo. ¿Sabes la pequeña cámara que tiene cada uno arriba? Pues puede hacerse funcionar en ambos sentidos. Puedes ser observada. Y cuando compraste esa entrada al Museo del 11-S, me apuesto lo que quieras a que usaste la tarjeta de crédito que él te dio, ¿no?

—Sí.

Maeve esperó un momento, como si quisiera valorar el impacto de cada palabra en su hija.

—De modo que sabía dónde estabas y dónde ibas y más o menos cuándo. Y él también. Gracias a esa cámara del portátil, hasta sabía la ropa que llevabas puesta. Ya te lo he dicho, nunca has estado sola —aseguró con fiereza.

Sloane se recostó en su asiento. Tenía ganas de llorar. Frustrada por la evidencia.

EL SIGUIENTE PASO DE SLOANE:
PUEDE QUE EL PRIMERO...
PUEDE QUE EL ÚLTIMO...
PUEDE QUE EL PRIMERO DEL ÚLTIMO.

Pasado un momento, Sloane se levantó. Hizo acopio de calma de algún lugar de su interior que no sabía que tenía.

Se acercó al pequeño escritorio de la habitación de hotel, arrancó una hoja de un taco con el nombre, el número y el sitio web del hotel impresos y se la metió en el bolsillo.

—Espérame aquí —dijo a su madre. Y señalando el teléfono que había en el escritorio, añadió—: Habitación 333. Dentro de poco me pondré en contacto contigo.

—Sloane, cielo, es una mala idea.

—Sí —contestó—. Pero no me importa. —Impulsiva.

—No tendrías que irte. Tenemos que... —insistió Maeve, pero se detuvo al ver la expresión en el rostro de su hija—. Muy bien. Lo entiendo —aseguró, aunque cada palabra sugería lo contrario—. ¿Dónde piensas ir?

«Aquí. Allá. A cualquier parte», respondió para sí.

No lo sabía. Solo sabía que apenas podía respirar y que si se quedaba un segundo más en la habitación de hotel podía asfixiarse.

—Tú espérame aquí. Me pondré en contacto contigo —se limitó a repetir sacudiendo la cabeza.

—¿Cuándo?

—Muy pronto.

No era ninguna respuesta, pero no le importaba.

Vio el conflicto en los ojos de su madre. Años atrás, Maeve habría exigido a Sloane que hiciera lo que le decía y ella la habría obedecido. Madre e hija. Orden y disciplina. Yo te digo algo, tú lo haces. Ahora esa ecuación había cambiado. Un fantasma no podía decirle qué hacer.

—Muy bien. Si tienes que estar uno o dos minutos sola... Deja esta calle. Ve a algún sitio inesperado. Ve y vuelve sobre tus pasos, como hiciste cuando saliste de la consulta de aquel psiquiatra, Kessler. Eso es efectivo. No uses el móvil. No uses esa tarjeta de crédito. No hables con nadie. Encuentra un sitio donde puedas estar sola para poner en orden tus pensamientos y llegar a la conclusión, la única conclusión posible. Y después vuelve aquí para que podamos irnos a otro lugar.

Cuando oyó «la única conclusión», Sloane se dio cuenta de que era más o menos lo que el hermano asesino había dicho a su madre años antes. Permaneció inmóvil mientras su madre proseguía.

—Si tienes que hacer una llamada, entra en una tienda de electrónica o en cualquier sitio y compra un teléfono desechable. No lo pagues con esa tarjeta de crédito. De hecho, ten... —metió la mano en el bolso, abrió el monedero y sacó varios billetes de cien dólares—, usa esto.

Sloane vaciló antes de aceptar el dinero.

—De acuerdo —asintió su madre—. Estaré esperando.

«Exacto —pensó Sloane—. No tienes otra opción. Yo debo tener una opción. Solo que no la veo. Aún.»

Otra pausa.

—Y no tardes demasiado, Sloane. No sé de cuánto margen de tiempo disponemos. Pero no puede ser demasiado.

Era en parte una advertencia y en parte una amenaza. Sloane vio que su madre quería abrazarla, pero en aquel segundo ella no quería que nadie la abrazara. Así que por tercera vez dijo:

—Me pondré en contacto contigo.

Y se marchó de la habitación sin mirar atrás una sola vez hacia su madre.

Cerró la puerta.

Recorrió el pasillo.

Subió al ascensor.

Cruzó el vestíbulo.

Salió a la calle.

Era como si estuviera cruzando una barrera entre dos mundos distintos, paralelos. Unas horas antes, bajar la escalera de los supervivientes la había conducido a otra existencia y ya no sabía qué era real y qué no lo era. Caminó deprisa, y después despacio, se paró y volvió a ponerse en marcha. Los sonidos cercanos parecían distantes. El ruido que la rodeaba parecía subir y bajar de volumen. Pensó que tendría que llorar. O reír. O dejarse caer en la acera y adoptar la postura fetal hecha un mar de dudas. Sabía que tenía miedo, aunque no sabía muy bien de qué. Su madre parecía tan aterradora como el Empleador. Como en sus pesadillas, la invadieron todas las imágenes de las muertes, terminando con una visión extraña de Roger muriendo desangrado en el suelo de una habitación de hotel. Se preguntó cómo se habría suicidado. ¿Acaso con una pistola? ¿De dónde la habría sacado? ¿Habría querido usarla con ella? Nada tenía sentido. Todo tenía sentido. Procuró imponer la lógica en una situación que la desafiaba.

Se detuvo en una esquina concurrida y esperó a que el tráfico parara para poder cruzar, aunque se le escapaba por qué quería cambiar de acera. Solo quería seguir andando. En aquellos breves instantes, notó de repente el peso del móvil en el bolsillo. Apagado por instrucciones de su madre, Sloane tuvo ahora la abrumadora sensación de que tenía que volver a encenderlo y reentrar en la vida que llevaba antes, aquella misma mañana.

Lo hizo.

Tenía un mensaje de texto esperándola.

De un número que no reconoció. Supo al instante que no podía ignorarlo.

Lo abrió.

Hola, Sloane. Espero que te lo hayas pasado bien en Manhattan. Es una ciudad especial. Pero creo que por fin ha llegado el momento de reunirnos y comentar tus progresos hasta la fecha. Simplemente responde «sí» a este mensaje y Patrick Tempter se pondrá en contacto contigo con todos los detalles oportunos. Tengo muchas ganas de que nos conozcamos. Solo que ya lo hemos hecho.

No estaba firmado.

«¿Nos conocemos?» Se sintió mareada.

—No, no nos conocemos —dijo en voz alta.

Un par de personas que esperaban en la esquina se volvieron hacia ella y, al instante, desviaron la mirada. Típica reacción neoyorquina.

«¿Nos hemos conocido? ¿Cuándo? ¿Dónde? ¿Cómo?»

Se le quedó seca la garganta.

El semáforo cambió. Los coches se pararon. Los coches aceleraron.

Los demás peatones pasaron, y uno de ellos le dio un ligero golpe cuando ella se quedó inmóvil en la esquina. Intentó obligar a sus músculos a reaccionar, a poner un pie delante del otro, pero no pasó nada. Alzó la vista y vio como la señal de tráfico pasaba de la luz blanca a una cuenta atrás en rojo y, por último, a una indicación de no cruzar. Los coches que estaban parados a su izquierda salieron disparados y, por una fracción de segundo, Sloane se planteó lanzarse bajo las ruedas. No lo hizo. Se volvió una vez para mirar hacia atrás, hacia el hotel donde su madre la esperaba. Sabía que su madre le diría que no contestara. Que le diría que huyera ya. Recogería sus cosas, se pondría la peluca, tomaría a Sloane de la mano y escaparían juntas hacia una vida desconocida y misteriosa.

Se quedó helada. No le pareció que tuviera otra opción.

Envió rápidamente su respuesta.

«Sí.»

Se preguntó entonces si aquel pequeño mundo podría ir a por ella.

O matarla.

TERCERA PARTE

EL ENDEREZADOR DE ENTUERTOS

La mejor forma de evitar que un prisionero se escape es asegurarse de que jamás sepa que está en prisión.

FIÓDOR DOSTOYEVSKI,
que estuvo preso en un gulag

Variación homicida de una canción infantil para aprender a contar.

Un muerto, dos muertos, tres muertos, cuatro.
Cinco muertos, seis muertos, siete muertos, más...
Ocho muertos, nueve muertos...
Así hasta llegar a diez.
Devolvamos nuestros muertos a su sitio
y empecemos a contarlos otra vez.

30

Uno

A mitad de secundaria, la profesora de inglés de Sloane había asignado la lectura de la traducción de Richmond Lattimore de la *Odisea* de Homero a la clase. Les había dicho: «No creo que lo entendáis todo, especialmente la poesía, porque está compuesta en hexámetros dactílicos, pero es una historia realmente buena sobre lo duro que es a veces volver a casa cuando quieres hacerlo».

Recordó eso: «volver a casa».

Era una frase que creía que podía significar varias cosas.

Durante años llevó grabadas en la memoria muchas escenas de ese poema épico: la de dejar ciego al cíclope, la de la tierra desmemoriada de los lotófagos, la de atarse al mástil y oír el canto de las sirenas. Le encantó la estratagema de Penélope de tejer de día el sudario para el funeral de su esposo desaparecido y deshacer de noche ese trabajo. Y celebró para sus adentros la matanza de sus pretendientes. Pero la secuencia que le vino a la cabeza con más vividez allí, en la calle de Manhattan, fue aquella en que Odiseo había gobernado su barco entre las amenazas gemelas del monstruo Escila y el remolino Caribdis. Una amenaza era la pérdida segura de varias vidas; la otra, la pérdida segura de todas las vidas.

Dirigió la vista al hotel donde su madre la esperaba. Bajó los ojos hacia el texto del Empleador en su móvil.

«Nos hemos conocido», decía.

«No supongas. No especules. No hurgues en tu memoria intentando averiguar cuándo y dónde. Piensa solo en lo que sabes, lo que ves, lo que reconoces como real. Ya lo averiguarás. Tarde o temprano», se dijo a sí misma con los puños cerrados.

Se alejó del bordillo y vio una tienda de la cadena Duane Reade. No le llevó demasiado encontrar el pasillo entre los analgésicos y los remedios para el resfriado y los productos capilares donde estaban los teléfonos desechables baratos. Contó el efectivo que le había dado su madre y compró una docena. No estaba segura de que fuera a necesitar más de uno, no estaba segura de que no fuera a necesitar cien.

La dependienta registró la compra en la caja sin comentar nada. Cuando iba a salir, Sloane se volvió hacia ella y le preguntó:

—¿Hay alguna tienda de informática por aquí cerca?

—No lo sé —respondió la dependienta—. Seguramente.

—¿Tienes teléfono inteligente? —dijo Sloane.

La dependienta miró a Sloane con curiosidad, puesto que acababa de cobrarle una docena de móviles. Pero asintió.

—Míramelo, ¿quieres? —pidió adoptando la actitud y el acento bruscos de un neoyorquino. La dependienta se sacó un móvil del bolsillo trasero, tecleó unas palabras y aguardó.

—¿Es esto lo que busca? —preguntó, y le pasó el móvil a Sloane. En la pantalla había un mapa con varias tiendas indicadas con puntos verdes. Sloane memorizó dos direcciones distintas y le devolvió el teléfono.

—Gracias —repuso antes de volverse y salir de la tienda.

«Nadie va a vigilarme —pensó—. No a partir de este instante. A no ser que yo quiera que lo hagan.»

No es que rebosara confianza. Pero se dijo a sí misma que ya les había plantado cara dos veces a hombres armados, se las había visto con abogados, policías y pederastas, y cuando analizaba las semanas transcurridas desde que su madre había hecho como que se suicidaba y el Empleador había llegado a su vida, la única persona que la había asustado de veras había sido Roger.

El recientemente fallecido Roger.

«Por lo menos jamás colgó fotos mías desnuda en internet. Creo», pensó.

Empezó entonces a andar con brío por la calle. No estaba lejos de una manzana donde había tres bancos distintos con cajero automático, y unas cuantas más hasta una tienda Apple. Retiró el máximo posible en cada cajero con su tarjeta personal.

«No, gracias, mamá. No, gracias, Empleador. Haré esto yo solita.»

Se metió el dinero en el bolsillo y siguió hasta la tienda de informática. Llegó unos quince minutos antes de que cerrara. Un joven que ocultó muy bien lo molesto que era que un cliente llegara tan tarde avanzó entre los relucientes y modernos ordenadores plateados expuestos para ayudarla.

—Justo a tiempo —comentó—. ¿Qué está buscando?

Sloane señaló un pequeño portátil.

—Ese —dijo—. Con memoria adicional y los mejores gráficos. Y todos los accesorios.

—¿Le gustaría comparar un par...? —empezó a preguntar el joven.

—No.

—Como quiera —convino—. ¿Desea transferir todos los datos de un modelo más antiguo?

—No —repuso—. De ninguna manera. Quiero empezar totalmente de cero.

—No es lo habitual —contestó sonriendo el joven—. ¿Ni siquiera archivos con música o con documentos?

—Por favor —respondió a la vez que sacaba el dinero en efectivo—, tengo prisa.

No la tenía aunque se preguntó si tal vez la tendría.

No tardó demasiado en encontrar un Starbucks cercano. Pidió una taza de café carísima, se sentó en un rincón y desembaló su nuevo ordenador. En el rato que tardó en beberse el café con leche extragrande había creado un acceso al sistema y una dirección de correo electrónico nuevos, y una nueva serie de contraseñas para sus cuentas bancarias, tarjetas de crédito y autorizaciones. Imaginó que todo aquello era vulnerable en el sofisticado mundo informático, pero solo si alguien sabía que el ordenador existía y que ella lo usaba. Así que, por lo menos de momento, era seguro. Sacó entonces uno de los nuevos móviles desechables y llamó a su madre, que la esperaba en la habitación de hotel.

—Sloane, cielo, ¿dónde estás? Estaba empezando a preocuparme.

—Me vuelvo a Boston —anunció, ignorando las palabras de su madre.

—No creo que sea prudente.

Sloane ignoró también esas palabras.

—¿Cuándo piensas irte? Te acompañaré. Debemos permanecer juntas.

«Mala idea. Así que...», pensó Sloane.

—Voy a darte el número de un móvil desechable —afirmó sin hacerle caso a su madre—. Y una nueva dirección de correo electrónico. Para hablar conmigo, usa una de las dos cosas y yo me pondré en contacto contigo.

Notó las dudas de su madre. Estaban ocultas en el tono frío y exigente que había adoptado al instante, un tono que Sloane había oído años antes.

—¿Qué piensas hacer, Sloane? Tenemos que marcharnos. Sin dilación. Tendríamos que ir en la dirección contraria y dejar el menor rastro posible a nuestro paso.

«Oregón —se dijo Sloane—. Joder, ni hablar.»

—Dame el número del móvil que has estado usando. Supongo que será seguro. Será imposible acceder a él, ¿verdad?

—Sí. Está a nombre de Mary Wilcox. Murió hace nueve meses en Seattle. Pero, Sloane...

—¿Ahora eres Mary Wilcox?

—Sloane, cielo...

—El número.

Pasado un instante su madre le dictó uno a uno los diez dígitos.

—Cariño —dijo después en un tono que no mostraba el menor arrepentimiento—, tengo la impresión de que a pesar de todo lo que te he dicho, no acabas de entenderlo. El hombre que conoces como el Empleador es un asesino. No te conviene tenerlo ni remotamente cerca de tu vida. Has estado trabajando en una lista que él te dio. Bueno, ¿qué crees que pasará cuando tú aparezcas en otra lista suya?

«Roger apareció en una lista —pensó Sloane—. Una lista de una sola persona. Que yo le proporcioné.»

Paró ahí, como si se planteara qué decir en voz alta y sin querer seguir escuchando aquella conversación interior. Mientras vacilaba, tuvo de repente la sensación de que algo estaba a punto de golpearla.

Su intuición era acertada.

—Sloane, cielo —dijo su madre despacio. Se detuvo para hacer hincapié en lo que iba a decir al borde de la ferocidad—. Dime que tú no habrías hecho exactamente lo que yo hice y cómo lo hice. Exactamente. Paso por paso.

Primer silencio. Y entonces:

—Lo que hice la noche que tú naciste.

Segundo silencio.

—La primera noche que huimos.

Tercer silencio.

—Y cada noche desde entonces hasta que creciste y te convertiste en quien eres y descubrí que aquel hombre me seguía dando caza. Y también a ti.

Cuarto silencio.

—Dime que no habrías hecho lo mismo.

Una pregunta imposible que Sloane sabía que jamás podría responder.

—¿No crees que merecías la vida que te di?

Otra pregunta imposible.

Un nuevo y renovado silencio entre ambas. Diez segundos. Treinta segundos. Una hora. Sloane no lo sabía con certeza. Por un instante se sintió como una niña. Se aferraba a una cadena resbaladiza que la llevaría a la edad adulta.

—Sloane —insistió Maeve con frialdad—, lo que tienes que hacer es...

—No me digas lo que tengo que hacer —la interrumpió Sloane.

Otra pausa.

—O lo que no tengo que hacer.

No añadió: «Perdiste ese derecho cuando no te lanzaste al río Connecticut cuando todo indicaba que lo habías hecho».

Ni tampoco señaló: «Ya estoy en una lista. Solo que no sé de qué tipo es».

Su madre se calmó al instante.

—Muy bien —soltó, y, tras vacilar de nuevo, añadió—: Por favor, Sloane, cielo...

No fue necesario que siguiera. Lo que quería estaba meridianamente claro: volver a una existencia que Sloane no estaba dispuesta a adoptar. ¿Volver a la infancia rodeada de misterio de Sloane? Puede. ¿Crear un mundo rodeado de nuevo misterio para Sloane y Maeve? Es probable. ¿Encontrar una nueva ciudad donde ambas pudieran estar a salvo y vivir felices para siempre en un total anonimato?

«¡Y qué más! Eso nunca pasará. No lo permitiré. el Empleador no lo permitirá.»

Sloane sabía lo que iba a decir a continuación. Sabía que estaba siendo cruel, pero como no veía ninguna alternativa, trató de suavizar lo que planeaba hacer.

«Un laberinto es una serie de callejones sin salida —se dijo—. Caminos que conducen a muros. Pero siempre hay un camino, por más retorcido y complejo que sea, que lleva a la salida. Solo hay que encontrarlo.»

—Mamá —soltó en voz baja—. Tendrás que mantenerte cerca.

—De acuerdo —dijo Maeve con un resoplido de frustración.

—Otra cosa —añadió Sloane.

—¿De qué se trata?

—Sigue estando muerta.

Dos

Después de colgar, Sloane salió del Starbucks y se sumergió en la noche de la ciudad, con la luz y la penumbra, las sombras oscuras y el neón brillante compitiendo entre sí. Dejó caer el primer móvil desechable al suelo y lo pisoteó antes de tirar los trozos rotos en un contenedor cercano. Encendió entonces el lujoso iPhone del Empleador. Como esperaba, había un mensaje de Patrick Tempter. Llevaba por título: «Instrucciones para la reunión».

No leyó nada más y volvió a apagar el móvil.

Sabía que tenía que abrir aquel mensaje en un lugar seguro. Sin duda precisaría respuesta. Y no era solo una respuesta. Podría ser que los dos le estuvieran viendo la cara, buscando algún cambio en sus ojos, algún indicio que revelara que las cosas habían cambiado. No sabían que ella conocía la historia. Ni las conexiones. Todavía no. Sabía que tenía que encontrar una forma de usar el hecho de que sabía más de lo que ellos creían que sabía. No paraba de darle vueltas a estas ideas. Sabía algo: tenía que lograr que al Empleador y a Patrick Tempter les pareciera que no había nada fuera de lo normal cuando todo estaba fuera de lo normal. Tenía sus dudas sobre sus dotes de actriz. Pero de lo que no tenía dudas era de otras capacidades suyas.

«Se me da bien esto —se tranquilizó a sí misma—. ¿Qué es lo que hago? Construyo algo concreto y real a partir de esperanzas, deseos, anhelos y emociones. Conceptos transformados en creatividad. Eso es lo que hace un arquitecto. Puedo hacer lo mismo con mi propia vida.»

Una madre difunta. Una madre viva. Un asesino joven. Un asesino viejo.

Y en algún momento, mezclado con esto:

Un adicto muerto. Un padre muerto.

Eran unos cimientos inestables para cualquier construcción.

Pensó que se estaba moviendo en el filo de una navaja. Casi mareada. Unas ráfagas de viento hacían peligrar su equilibrio. Se ordenó a sí misma seguir avanzando sin titubear. Eran aguas

inexploradas, llenas de peligros y amenazas. Escila. Caribdis.
Y estaba bastante segura de que también había sirenas peligrosas
cantándole, llamándola a estrellarse contra los bajíos rocosos y
ser engullida por el oleaje. Mortífero. Ninguna de las amenazas
que imaginaba parecía menos difícil que aquellas a las que se
enfrentó Odiseo. Claro que a él le llevó diez años regresar a
casa. Y toda su tripulación murió por el camino.

TRES

Se percibía un característico olor a gases de escape de motor diésel en el mostrador cuando Sloane compró con dinero en efectivo
su billete de Nueva York a Boston en el autobús exprés de dos
pisos que partía del centro. No estaba lejos de lo que en su día se
denominaba Hell's Kitchen y cerca del río Hudson, en el lugar
donde Sully Sullenberger había aterrizado su reactor averiado
con lo que había salvado la vida a los ciento cincuenta y cinco
pasajeros además de a la tripulación que iba a bordo. Fue lo que
los tabloides llamaron «el milagro del Hudson». Esperaba no necesitar un milagro parecido para seguir con vida.
   O simplemente para seguir siendo quien era.
   Mientras esperaba en la pequeña y sucia sala de espera que
anunciaran por los altavoces la salida del autobús, sacó su viejo
portátil y compró un billete de avión de Nueva York a Boston
con la tarjeta de crédito del Empleador. No tenía ninguna intención de tomar ese vuelo. No creía que el Empleador tuviera a
nadie siguiéndola, pero no podía estar segura de eso. Le parecía
una forma sencilla de que empezaran a seguirla en el lugar donde no estaba. El aeropuerto Logan quedaba lejos de South Station, donde la dejaría el autobús.
   Alzó la cabeza y observó la extrañamente dispar variedad de
gente que esperaba el autobús exprés. Estudiantes. Familias. Parejas. Hombres con aburridos trajes de negocios, del tipo que le
hizo pensar que serían comerciales que viajaban barato para em-
bolsarse la diferencia entre lo que su empresa les daba para un

billete de tren o de avión y el autobús. Nadie parecía estar observándola, pero no podía estar segura.

Se recostó en la incómoda silla de plástico.

«No estés segura de nada, porque cualquier cosa podría ser, en realidad, otra cosa.»

Sus pesquisas sobre los Seis Nombres de Difuntos le habían enseñado eso.

Un altavoz anunció la salida de su autobús, y se levantó con otras personas. Encontró un asiento cerca de la parte posterior, dos filas por delante del diminuto baño, esperaba que las suficientes para evitar el olor.

El autobús solo iba dos tercios lleno.

Nadie se movió tras ella, lo que la convenció de que no la seguían.

Tras ponerse ruidosamente en marcha, el vehículo salió de la estación y se dirigió hacia el lugar donde el puente George Washington deposita a las personas procedentes de distintos puntos de la zona sur. Desde ahí, se accede con facilidad a la Interestatal 95 en dirección al norte. El autobús exprés no tardó mucho en salir de la ciudad. Por el carril de la izquierda. A treinta kilómetros por encima del límite de velocidad. Poniéndose a rebufo de cualquier coche que cometiera la locura de ponérsele delante. Con temeridad.

Acorde con su estado de ánimo.

Dejó sus cosas en su asiento y se llevó el móvil al retrete tipo armario. Era allí donde había decidido abrir el mensaje.

La sensación era inquietante, puesto que no sabía si la estarían viendo o no. La elección del baño era deliberada. Era parecido a los baños de los trenes o los aviones, y el ruido del motor quedaba mitigado. Además, una parte de ella imaginaba que a Patrick Tempter, elegante y refinado, le resultaría desagradable observarla en un lavabo.

No sabía si podía decirse lo mismo del Empleador.

Lo dudaba.

Un par de clics y el texto apareció en la pantalla:

Hola, Sloane. el Empleador y yo estamos impacientes por ver lo que has ideado y comentar lo que has averiguado. Toma el ferry de Woods Hole a Vineyard Haven que sale el miércoles a las 5 p. m. Su nombre es *The Islander*. Habrá alguien esperándote a los pies de la rampa de salida a tu llegada. Lleva ropa para varios días. Hay una piscina en la que podrás bañarte. Es verano, por lo que el Empleador relaja la etiqueta en las comidas. ¿Hay algún tipo de alimento que desees evitar? Por favor, ten a punto los bocetos de tus diseños. Aunque no se trata en absoluto de la presentación formal de un diseño final, querrá comentar el enfoque que das a cada propuesta. el Empleador es un hombre minucioso. Tengo ganas de verte. Por favor, confirma la recepción de este mensaje. Patrick.

Quedar el miércoles le daba varios días para prepararse. Contestó con otro mensaje:

Excelente. Nunca he estado en Martha's Vineyard. Nos vemos el miércoles en el muelle.

Apagó el teléfono y regresó a su asiento.

Por más que quería ignorarlo, pensó que estaría bien averiguar algo más sobre cómo murió Roger.

31

—Me alegra mucho que hayas venido, Sloane. Estábamos pensando en ponernos en contacto contigo. Todavía hay algunos interrogantes abiertos sobre la muerte del joven y tal vez tú puedas proporcionarnos algunas respuestas.

El inspector de homicidios del Departamento de Policía de Massachusetts mostraba una simpatía fingida que, al parecer de Sloane, podía convertirse en antipatía en un abrir y cerrar de ojos. Era mayor que ella, con el pelo alisado hacia atrás y el cuerpo enjuto y fuerte, muy distinto de los policías de New Hampshire o San Diego con los que había hablado cuando intentaba penetrar en el laberinto del Empleador. Pero no era tan ingenua que no supiera que, por más distinto que fuera el aspecto de aquellos otros hombres, todos ellos estaban hechos de la misma pasta.

—No te importa que grabe esta conversación, ¿verdad?

—No —contestó, deseando de repente que Patrick Tempter estuviera a su lado en el pequeño despacho. Sabía que él diría: «¡Ni hablar!»—. Adelante —admitió. Si él fingía simpatía, ella fingía inocencia.

El inspector pulsó una tecla de una anticuada grabadora de casetes y prosiguió sonriente:

—Su familia, como podrás imaginar, está desconsolada. El muchacho tenía mucho potencial y les cuesta verlo desaparecer así, sin más.

Chasqueó los dedos, y hubo algo en ese gesto que la hizo recelar.

Se inclinó hacia ella. Como un par de viejos amigos que se ven tras una larga ausencia. Sloane vio que el inspector no era entonces ni sería nunca un amigo.

—Te compadeces de ellos, ¿verdad? ¿Crees que se merecen algunas respuestas?

—Naturalmente —contestó, pensando lo contrario e intentando que no se notara—. Pero yo nunca conocí a su familia.

—Eso me sorprende —comentó el inspector adoptando una expresión de falso asombro—. Porque estaba locamente enamorado de ti. Eso es lo que me dijeron. Me imaginé que te habría llevado a verlos para presentarte.

—No salimos demasiado tiempo —objetó Sloane. Tuvo al instante la impresión de que el policía no se lo creía.

—Vale. Claro —convino, alargando cada palabra para conferir escepticismo a cada sílaba—. Muy bien, Sloane, a ver si puedes ayudarme: ¿por qué crees que se suicidó?

—No lo sé. Me pilló totalmente por sorpresa.

—¿Rompiste con él hace poco?

—Sí.

—¿Hizo eso que estuviera deprimido?

—No sé si «deprimido» es la palabra adecuada.

—¿Que tuviera ideas suicidas, entonces?

—No. No que yo supiera. Solo tenía problemas para aceptar nuestra ruptura.

—¿A qué te refieres al decir «problemas»?

Sloane midió sus palabras. Se dijo a sí misma que tenía que parecer razonable.

—Bueno, se comportaba de un modo que podría llamarse imprevisible. Me enviaba muchos mensajes y me llamaba sin cesar. Pedía a amigos que intentaran ponerse en contacto conmigo, esa clase de cosas.

No se refirió a: «Acoso. Enfrentamiento. Miedo».

—Cuando intentaba ponerse en contacto contigo, ¿qué hacías?

—Le repetía una y otra vez que lo nuestro había acabado.

—¿Qué te llevó a romper con él? Por lo que tenemos entendido, era un buen chico en todos los sentidos.

«Sí, claro —pensó cínicamente Sloane sin dejar de poner cara de póquer—. Igual de buen chico en todos los sentidos que Jack el Destripador.»

—No me parecía que fuera el hombre adecuado para mí. Teníamos intereses distintos. Ambiciones distintas. Quise pasar página. No quería que la cosa se volviera seria.

Era una respuesta que no decía nada.

No se refirió a: «Cuernos. Maltratador. Furioso».

—Entendido —convino el inspector—. Supongo que tienes derecho a tomar esa decisión.

«¿Supone?», no lo dijo, pero antes de que el inspector pudiera hacerle otra pregunta, soltó:

—¿Puede decirme qué pasó? Porque solo sé lo que leí en el periódico y no era mucho.

—¿Es eso todo lo que sabes?

Parecía dudarlo.

—Sí.

—Bueno, se pegó un tiro.

—Eso lo leí. Ni siquiera sabía que tenía un arma.

—Ni tampoco su familia. Nadie sabe de dónde la sacó. No estaba registrada y él no tenía licencia. ¿Habló alguna vez de conseguir un arma?

—No.

—¿Cuál de sus amigos crees que podía haberle proporcionado una?

—Lo siento. No tengo ni idea. Ese tema nunca salió en ninguna conversación que yo recuerde.

El inspector reflexionó un instante. Su siguiente pregunta fue más directa:

—¿Tienes alguna arma?

—No —mintió Sloane al instante—. ¿Para qué iba a necesitar yo un arma?

—¿Conoces a alguien que venda ilegalmente armas de primerísima calidad?

—No, en absoluto.

—Si lo conocieras, me lo dirías, ¿verdad?

—Sí.

—Muy bien —prosiguió el inspector tras titubear un instante—. ¿Sabes qué es un supresor de sonido?

—¿Como un silenciador? Solo los he visto por televisión o en el cine.

—Su arma llevaba uno incorporado con pericia. Son ilegales. Y son difíciles de conseguir en nuestro estado, incluso en el mercado negro. ¿Había hecho tu ex algún viaje al sur recientemente? ¿A Georgia o Alabama, por ejemplo? Allí la venta de armas es más fácil. ¿O había ido a alguna de las ferias de armas que se celebran aquí, en el nordeste, donde pudiera haber conocido a alguien dispuesto a venderle un arma sin licencia? Un arma muy cara. Una Ruger automática del calibre veintidós de la mejor calidad. La clase de arma que usa un asesino profesional.

Sloane guardó silencio un instante para asimilar esta información.

—No que yo sepa —aseguró, procurando ser tajante.

—Me estás diciendo la verdad, ¿no? —preguntó el inspector.

«Es una vieja estratagema —se dijo Sloane—. Haces que una persona te diga que algo es verdad para ir a por ella después, cuando puedes demostrar que es mentira.»

—Por supuesto —contestó. Y para llevar la conversación a lo que ella quería saber, añadió—: Todo esto me resulta tan desconcertante como a usted, inspector. Me está costando tanto entenderlo como a usted.

Dudaba que la hubiera creído, pero prosiguió:

—He estado recordando nuestra relación, repasándolo todo. En ningún momento vi a Roger deprimido y mucho menos con ideas suicidas.

No creía que esta frase fuera cierta tampoco. Sonrió tímidamente, y habló antes de que el inspector pudiera responder.

—Hay algo que no entiendo —soltó—. A ver si puede ayudarme. El periódico decía que había sido un asesinato con suicidio y mostraba la fotografía de una chica que también había muerto. Nunca la había visto, no tengo ni idea de quién era, él nunca mencionó a nadie más...

—Bueno, no era la clase de chica que suela mencionarse —contestó el inspector, casi socarrón—. Era una acompañante, que es una forma fina de decir *call girl* de lujo, que es una forma de decir prostituta cara. Por lo que sabemos, tu exnovio llegó a una suite del Ritz-Carleton, en Beacon Hill, pidió cena para dos y recibió a la joven en la habitación. No hemos podido encontrar su móvil. ¿Sabes dónde podría estar?

Sloane sacudió la cabeza.

—Bueno, obtuvimos igualmente sus registros telefónicos. Fue fácil ver todos los mensajes y las llamadas que te hizo. Pero no hay ningún registro de que la llamara a ella para pedir sus servicios, lo que resulta sorprendente. Al parecer, practicaron sexo enérgico, porque los ocupantes de la habitación contigua los oyeron, y tomaron comida gourmet, porque el servicio de habitaciones se la llevó. No firmó al recibirla. Habló a través de la puerta y dijo al camarero que la dejara fuera. El camarero se acordaba de eso. Y un poco después, tras zampársela y supuestamente practicar sexo de nuevo, por alguna razón que somos incapaces de determinar, la apuntó con la pistola y le disparó dos veces de una forma muy profesional, una vez al pecho y la otra a la frente... —El policía lo dijo despacio para ver la reacción de Sloane—. Y entonces se sentó ante un escritorio, se puso la pistola en la boca y apretó el gatillo. Una forma de morir rápida, aunque desagradable.

Sloane se quedó helada. Le sorprendió lo poco que la afectaba.

—Estamos intentando rastrear el arma, pero de momento... —El inspector se detuvo y cambió de repente de tema—: ¿Tenía tu ex algún problema de rendimiento?

—¿Rendimiento?

—En la cama.

—No. No conmigo —respondió, y tuvo la impresión de que podía haberse sonrojado.

—El informe preliminar de la autopsia indica que no había restos de semen en ninguna parte. Y no pudimos encontrar ninguno en las sábanas. Y tampoco envoltorios de profilácticos en ninguna parte. Extraño, ¿no crees?

No quería pensar en eso. No contestó.

—Puede que esa fuera la razón por la que mató a la joven. Ya sabes, no pudo terminar y se enojó...

La vergüenza era un motivo muy pobre para matar a alguien. Pero tampoco dijo eso. El inspector se inclinó hacia ella.

—¿Te dice algo el nombre de Michael Forrest? —preguntó.

—No —respondió Sloane sacudiendo la cabeza.

—Fue el nombre que dio al hacer la reserva. ¿Usó alguna vez ese nombre contigo?

—No.

—¿Qué me dices de sus amigos? ¿Podría haber usado el nombre de un antiguo compañero de clase, colega, lo que sea...?

—No. Lo siento. No me suena. Pero solo se refería a la mayoría de sus compañeros de clase, desde primaria hasta la facultad de Derecho, por el nombre de pila. ¿Su familia no...?

Esta vez fue el inspector quien la interrumpió a ella sacudiendo la cabeza.

—No fue de ayuda —sentenció.

—No acabo de entenderlo —insistió Sloane.

—Bueno, se hizo una reserva y se usó una tarjeta de crédito para cubrir el precio de la habitación y todos los gastos. La tarjeta de crédito resultó corresponder a un número robado, pero el hotel no lo descubrió hasta el día siguiente. Y es curioso, porque recibió autorización por un importe considerable la primera vez que se usó. Y Roger ni siquiera se detuvo en la recepción. Subió directamente a la habitación 930. Y no encontramos ningún artículo de tocador, ni ropa para cambiarse ni nada así en la habitación de hotel. Es como si hubiera ido a esa suite esperando una reunión, pero no la fiesta sexual y la matanza que tuvieron lugar.

Sloane se movió en su asiento. La luz de la oficina de homicidios era demasiado brillante; el sol se colaba con fuerza por las ventanas y los fluorescentes del techo eran implacables. Era como si todo lo que oía la abrasara.

—¿Has estado alguna vez en ese hotel? —quiso saber el inspector.

—No.

—¿Segura?

—Sí, estoy segura —respondió con irritación en la voz.

—¿Y el nombre de Erica Lewis? ¿Te dice algo?

Sacudió otra vez la cabeza.

—Era el nombre de la escort. Su nombre real. Podría haber utilizado otro en su negocio. No es nada raro. Tenía unos modestos antecedentes penales: una redada o dos en Las Vegas. Un cargo por un delito de posesión. Conducción en estado de embriaguez. No se sabe cómo ni cuándo vino a Boston. En Las Vegas cobraba más de mil por noche. Seguramente aquí también, pero no hay duda de que este mercado es más duro. No hay tantos turistas buscando que los desplumen. A lo mejor lo valía. No lo sé. Su familia era de Minnesota, pero no habían sabido nada de ella en casi cuatro años, desde que dejó la escuela de interpretación y dijo que se iba a Los Ángeles. Para convertirse en una estrella cinematográfica y hacerse famosa. No pasó. Se hizo famosa aquí, en Boston, por un motivo muy distinto. Una forma dura de lograr esos quince minutos de gloria, ¿no?

Sloane no respondió a su cinismo.

—El caso es que estamos intentando conseguir algo más de información, pero no estamos llegando demasiado lejos. Ya ves, pues, por qué hay interrogantes abiertos sobre este incidente.

Esta vez asintió.

—Y seguramente acabará siendo la clase de misterio familiar que nunca se resuelve —prosiguió el inspector—. Injusto para el padre y la madre de Roger. Injusto para el hermano y la hermana de Erica. Y eso será todo.

Sloane se fijó en que no dijo: «Injusto para ti».

Presentía que cada vez que el inspector decía algo aunque solo fuera mínimamente provocador, examinaba su reacción para ver si algo de lo que decía o la forma en que lo decía suscitaba una reacción suya. No sabía muy bien por qué lo estaba haciendo. La hacía sentir como si fuera sospechosa, cuando sabía que no podía serlo.

El inspector la miró fijamente un momento y ella se quedó inmóvil. No sabía qué otra cosa hacer.

«¿Qué cara pones cuando el novio que te ha estado acosando se quita la vida? ¿Cómo se supone que tienes que actuar cuando alguien a quien conocías, te tirabas, alguien que viste que era un niño rico violento y egoísta, se pone una pistola en la boca?», pensó, y de nuevo notó que el inspector la observaba.

—Hay algo que nos tiene un poco desconcertados —comentó el policía—. Tal vez puedas ayudarnos.

Lo dijo de una forma que indicaba que había vuelto al modo simpático.

No se fio ni por un segundo.

—¿Recuerdas haber enviado este mensaje? —preguntó el inspector.

Le acercó un papel por encima de la mesa. Era la impresión de un mensaje. Sloane vio que parecía proceder de su número de móvil. Empezó a preguntarse cómo era posible. Supuso que la sorpresa se le había dibujado en la cara y que el inspector lo había visto. Lo leyó:

> Roger, ya sabes que lo nuestro ha acabado. Pero si vas a la suite 930 del Ritz-Carleton a las 7, tal vez podamos hablar y terminar como amigos.

Alzó los ojos hacia el inspector.

—Yo no envié ese mensaje.

—¿No?

—No.

—¿Ha tenido alguien más acceso a tu móvil?

—No que yo sepa.

Era mentira. el Empleador lo tenía. Por un momento se planteó contárselo todo a aquel policía. Pero en cuanto le vino esa idea a la cabeza, la descartó. No iba a entenderlo.

—De acuerdo —convino el inspector.

—Yo estaba en Nueva York.

—Sí. Ya lo sabemos —añadió el inspector.

Esta frase dejó helada a Sloane. Ya habían comprobado su coartada antes de que ella fuera siquiera consciente de que necesitaba tenerla. Se le escapaba cómo habían podido hacerlo.

—¿Crees que pensó que podías reunirte con él y tal vez tener algo de sexo de despedida en un hotel de superlujo?

Duro. Agresivo. Sloane se alegró al instante de no haberle contado nada.

«Averígualo tú solo, gilipollas», pensó.

—No, yo no hago eso. Yo no haría eso. ¿Y por qué iba a enviar un mensaje a Roger para quedar con él en Boston si yo estaba en Nueva York?

—¿De modo que no puedes explicar cómo recibió ese mensaje?

—No. Usted es el policía. Dígamelo usted.

El inspector se movió inquieto en la silla.

—Muy bien —dijo, aunque Sloane sabía que distaba mucho de estar bien.

Pasado un instante, el inspector sacó una gruesa carpeta. Eso le tocó la fibra a Sloane, pues le recordó que el abuelo al que nunca conoció enseñaba todos aquellos expedientes a la madre a la que nunca conoció cuando estaba creciendo. El policía rebuscó en la carpeta y extrajo de ella algunos documentos, algunos diagramas del médico forense y unas cuantas fotografías satinadas de gran tamaño, que extendió en la mesa mirando hacia él. Eran imágenes de la escena del crimen. Sloane se dio cuenta al instante de que las estaba colocando de forma que pudiera verlas sin tener que enseñárselas. El efecto sorpresa. A lo mejor soltaba algo que a él le resultaba útil.

Como no lo hizo, empezó a volverlas despacio hacia ella, una tras otra.

Puedo ver sangre.

Pudo ver extremidades desnudas.

Pudo ver formas retorcidas.

Pudo ver lo que quedaba de Roger.

Apenas reconocible.

Decir horrible era quedarse corto.

Estaba despatarrado en una silla del hotel con la cabeza echada hacia atrás y la boca abierta, vestido con un albornoz blanco del hotel manchado de sangre medio abrochado de modo que se le abría en la cintura y mostraba su desnudez. La cortina que había tras él estaba también salpicada de sangre y de cerebro.

Inspiró con fuerza.

El inspector seguía observándole la cara para ver su reacción. Pasado un momento, giró otra foto y la deslizó por el tablero hacia ella.

Era una fotografía de la joven de los archivos de la policía en la que aparecía de perfil mirando a la derecha y a la izquierda, y de cara. Un número. Departamento de Policía de Las Vegas.

—¿La reconoces?

—No.

A continuación le mostró una de las fotografías de la escena del crimen. La mujer estaba despatarrada en la cama, desnuda. Con las piernas provocativamente abiertas y el sexo depilado a la vista. Tenía una pequeña herida entre los pechos y otra en la frente. La sangre se había coagulado sobre una piel de porcelana perfecta. Sloane vio que era hermosa. Estaba hermosamente muerta.

—¿Estás segura de no haberla visto nunca? —preguntó el policía.

Le acercó una tercera foto.

Era un primer plano de la cara de la difunta *call girl*.

Sloane sacudió la cabeza otra vez.

Pero debió de palidecer. Puede que se estremeciera un poco, porque en aquel momento reconoció a Erica Lewis. No conocía a Erica Lewis. Pero sabía exactamente dónde la había visto antes.

Fue como si una descarga eléctrica le recorriera el cuerpo.

«Que no se te note nada —se ordenó a sí misma, y después pensó—: Te conozco.»

—¿Quieres un vaso de agua? —preguntó el inspector.

Sloane alzó los ojos y sonrió ligeramente.

—Estoy bien —respondió.

—¿Estás totalmente segura de que no la conoces?

—Del todo. —Otra mentira.

—Bueno, hay otra cosa.

—¿Sí?

De repente el inspector tenía un sobre en la mano.

—Tu ex dejó esto para ti. Estaba en la mesa, donde los agentes que acudieron a la escena lo encontraron.

Vio su nombre garabateado en él. Era la letra de Roger. Ponía: «Para Sloane Connolly». Tomó el sobre y vio que lo habían abierto. Estaba salpicado de sangre.

—Tuvimos que mirarlo para ver si contenía alguna explicación que nos sirviera de ayuda —comentó el inspector—. Era la única nota que dejó. —Hizo una pausa y prosiguió—. No nos pareció que fueras a querer que compartiéramos esta opinión suya con su familia.

Era un sobre del hotel.

—¿Puedo? —preguntó Sloane mirando al policía. Él hizo un gesto con la mano, de modo que sacó la carta y la desdobló.

Había una sola línea:

La culpa de esto es totalmente tuya.

32

Uno

Sloane estaba en la calle, frente a su casa mientras anochecía a su alrededor. Esperaba pacientemente la oscuridad. Agradecía cada sombra. De vez en cuando, consultaba el reloj de su móvil para intentar encontrar la hora adecuada mientras se distraía repasando mentalmente lo que había averiguado al hablar con el inspector de homicidios.

El difunto Roger era un flamante asesino.

Eso lo sabía.

El difunto Roger era un cobarde suicida.

Eso también lo sabía.

¿Por qué fue a esa habitación de hotel?

¿A tener sexo? Seguro.

¿A morir? No. No era el estilo de Roger. Era demasiado engreído.

Trató de dejar a un lado estos pensamientos conflictivos.

—Maldito seas, Roger —dijo en voz alta—. La culpa no es mía.

Esperaba que fuera verdad. Miró a su alrededor, dejó la mente lo más en blanco que pudo y empezó a medir los ángulos de los edificios, el avance de la noche, la intensidad de las sombras. La preocupaba otra noche distinta.

«Salí de mi estudio tras el ocaso.

»Recorrí varias manzanas. Me paré a comprar los fideos que no llegué a comerme.

»Eso me llevó pocos minutos.

»Seguí hacia casa.

»No andaba deprisa. No prestaba atención.

»Estaba allí cuando oí que él me llamaba. La farola más cercana estaba a veinte metros. Ese edificio estaba oscuro. Había algunas luces procedentes de los coches que pasaban. Había otras luces, que encendían personas que llegaban a su casa.

»Roger debía de estar aparcado cerca, pero no lo vi. Tendría que haberlo visto. Pero no lo hice.

»Me sujetó en ese sitio.

»Me amenazó.

»Y entonces oí a esos dos buenos samaritanos.

»¿Fue segundos después? ¿Minutos?

»Estaban justo aquí. Exactamente donde estoy ahora.»

Se giró un poco hacia la derecha y hacia la izquierda para intentar deducir hacia dónde podían ir los dos buenos samaritanos. Se dio cuenta de que era posible que hubieran estado aparcados en la calle, igual que Roger, y que hubieran salido de un coche a oscuras cuando ella había doblado la esquina. También era posible que la hubieran seguido desde su estudio. Desde donde estaba, se percató de que la pareja podría haber estado viendo todo lo que pasaba al otro lado de la calle como si contemplara la acción en un escenario teatral.

Se detuvo un instante, como encerrada en un enclave oscuro, recordando lo que pudo ver esa noche, mirándolos. Recordó sus voces. Recordó sus percepciones enturbiadas por el miedo.

«Creí que Roger iba a pegarme. No, creí que iba a matarme. Y entonces intervinieron esas voces. Me salvaron de lo que Roger fuera a hacerme. La mujer dio un paso hacia delante para que pudiera verle la cara.»

Dio un paso adelante, salió de la oscuridad, y vio que la luz de la entrada del edificio de pisos contiguo le iluminaba la cara y la figura. Asintió y habló consigo misma y con un fantasma.

—Hola, Erica Lewis. Ahora eres una difunta *call girl*. Seguramente por mi culpa, solo que no sé exactamente por qué. Lo siento. Pero gracias por ayudarme a seguir viva esa noche —susurró.

«El hombre permaneció atrás. Oculto. Entre las sombras. Irreconocible.»

Sloane miró hacia detrás y vio la oscuridad que la atraía. Murmuró la última línea del último mensaje del Empleador:

—Solo que ya nos conocemos.

Asintió.

No fue lo que se dice un encuentro. No hubo presentación ni apretón de manos. Ni palmadita en la espalda. Ni abrazo entre viejos amigos.

Se preguntó un instante lo cerca que había estado Roger de morir asesinado aquella noche. Lo habían amenazado con llamar a la policía, pero no creía que lo dijeran en serio. Había otra amenaza implícita, mucho peor. Se estremeció al imaginar que seguramente Erica Lewis no sabía a lo que estaba siendo arrastrada cuando recibió la llamada del Empleador y bajó con él la manzana pendientes de Sloane y sus fideos, camino de cobrar mil dólares por esa noche. Dinero fácil. Llevaba un vestido de fiesta sexy, revelador. Hablaba de cosas banales. Un placer para los ojos yendo del brazo de un hombre mayor. Puede que ni siquiera tuviera que terminar el trabajo con una ronda de sexo para ganarse el dinero esa noche. Puede que Erica Lewis solo tuviera que dar un corto paseo por una calle oscura e impedir que ocurriera algo terrible.

«Cada paso te acercaba más a tu muerte —dijo Sloane mentalmente a la *call girl* asesinada—. Así que cuando volvió a llamarte unos días después, pensaste que serían otros mil dólares fáciles. Ir a una lujosa suite de hotel. Practicar sexo con un joven vigoroso. ¿Qué podía salir mal? Lo siento mucho, Erica. Seguramente no te lo merecías.»

Estos pensamientos se entremezclaban con los temores que conservaba en su memoria porque había creído que iba a morir asesinada justo cuando los dos buenos samaritanos habían intervenido.

La palabra «buenos» casi la enfermó.

Se sentía atrapada en las corrientes de un miedo inexplicable, diferente a cualquiera que hubiera sentido antes, a cualquiera sobre el que hubiera leído, del que hubiera oído hablar o que hubiera imaginado en ninguna pesadilla o ningún estrés diurno. Intentó identificarlo pero fue incapaz. Imaginó que estaba robando cada aliento a una prolongada muerte premeditada, pero rechazó esta idea porque no tenía demasiado sentido, a la vez que le preocupaba que lo tuviera y no alcanzara a ver cómo. Tenía la sensación de estar resbalando por un camino helado, incapaz de frenar e incapaz de ver cómo podía parar. Pensó que su madre se había pasado toda su vida adulta esquivando la muerte y ocultándose para no ser asesinada, y que ella había estado haciendo lo mismo sin saberlo cada segundo de su vida mientras crecía. Sintiéndose como si hubiera entrado a trompicones en un mundo paralelo donde todo lo que había considerado razonable y ordenado en su día resultaba no haber sido nunca así, pasó entre dos coches y cruzó la calle para entrar en su casa.

Se le hizo un nudo terrible en el estómago cuando sacó el nuevo juego de llaves que le había proporcionado el cerrajero contratado por el Empleador.

«¿Quién más puede entrar en mi piso?», pensó.

Sabía la respuesta a esa pregunta.

También sabía que no le quedaba más remedio que ignorarlo.

Se preguntó quién la estaría observando en aquel preciso instante. El mundo tras ella parecía electrizante, aterrador, con cientos de ojos clavados en su nuca, observando cada movimiento que hacía. Los ojos de un desconocido. Los ojos de su madre. Los ojos de un asesino.

Vio que le temblaban un poco las manos al introducir la llave en la cerradura. Antes de girarla trató sin éxito de eliminar toda la ansiedad que había en su interior, diciéndose lastimeramente: «¿Por qué iba nadie a querer matarme? ¿Qué he hecho yo?». Le vino su madre a la cabeza. «Yo no soy Maeve, ¿verdad?»

En lugar de darse algún tipo de respuesta tranquilizadora que la ayudara a dormir esa noche, solo pudo pensar en una palabra: «Practica».

Dos

La siguiente mañana, poco antes del amanecer se dirigió en coche desde su piso de Cambridge hasta Concord, situada unos kilómetros más allá de los límites de la ciudad. Condujo con cuidado, ya que no quería llamar la atención a aquella hora tan temprana. En el asiento del copiloto llevaba la pistola del 45 de su abuelo. Le había extraído el cargador de la empuñadura y vaciado la recámara como recordaba haber visto en el instructivo vídeo de YouTube y había dejado atrás, todavía envuelto en ropa interior sexy, el segundo cargador lleno. No creía que fuera capaz de hacer más de unos pocos disparos y no tenía ni idea de cómo obtener balas de repuesto sin hacer el papeleo correspondiente en una armería autorizada. Así que sabía que iba a limitarse a unos cuantos disparos solamente. Esperaba que eso bastara para familiarizarse con el arma.

También sospechaba que se estaba mintiendo a sí misma.

«Una cosa es saber cargarla y dispararla. Otra totalmente distinta es apuntar a alguien. Y apretar el gatillo —pensaba. Y ni siquiera sabía si esa era la situación en la que estaba—. ¿Se supone que alguien va a asesinarme? ¿Se supone que voy a asesinar a alguien?»

Su madre, con su aplomo y seguridad habitual, le habría dicho: «Yo sé la respuesta a ambas preguntas».

Pero ella no la sabía.

Lo que sí sabía era que si iba a preparar sus bocetos, diseños y conceptos para el monumento conmemorativo a los Seis Nombres de Difuntos y enseñárselos al Empleador, también iba a prepararse con el arma por si había otro monumento conmemorativo proyectado.

Al llegar a la entrada del Parque Histórico Nacional Minute Man pasó de largo porque la barrera del estacionamiento estaba bajada. Aparcó en la cuneta, unos cien metros más adelante, tomó la pistola del 45 y retrocedió al trote. El parque no abría hasta las nueve y media, pero imaginaba que el personal llegaría una hora antes. Calculaba que disponía de una hora de soledad.

Nada más. Los rayos del sol, que empezaba a despuntar por el este, se iban abriendo paso a través de las ramas frondosas mientras ella cruzaba deprisa el estacionamiento. El Battle Road Trail es un sendero de casi quince kilómetros que serpentea entre grupos de árboles y campo abierto, pasando junto a casas y granjas antiguas. A Sloane le gustaba mucho ese sitio. Enfilabas el sendero y empezaban a susurrarte fantasmas de más de doscientos cincuenta años. El 19 de abril de 1775, los casacas rojas británicos intentaron marchar por esa ruta de vuelta a Boston, pero las milicias coloniales les tendieron una y otra vez emboscadas. Recordaba los poemas de su infancia. Todos los niños de Massachusetts los oyen en algún momento.

Longfellow escribió: «Desde detrás de cada valla y muro de las granjas...».

Emerson escribió: «El disparo se oyó en todo el mundo».

El parque cuenta con senderos bien cuidados. Sloane siguió trotando hasta que uno de ellos desembocó en el bosque. Se adentró en él zigzagueando entre zarzas y matorrales hasta encontrar un pequeño claro.

De dentro de la camisa, se sacó un papel blanco en cuyo centro había dibujado dos círculos negros. Lo colocó en un roble y retrocedió veinte pasos.

Cerró los ojos un momento para recordar de nuevo el instructivo vídeo de YouTube.

Introdujo el cargador.

Cargó una bala en la recámara y oyó el clic que hacía al ponerse en su sitio.

Levantó la pistola del 45 con ambas manos, se colocó bien, con las piernas separadas y ligeramente inclinada por la cintura, inspiró hondo, apuntó y apretó el gatillo.

La fuerza del disparó la lanzó tambaleándose hacia atrás con tal fuerza que casi la tiró al suelo. Apenas había logrado seguir sujetando el arma, que pareció salir volando hacia el cielo matinal. Notaba un hormigueo en las manos, entumecidas, y una corriente eléctrica que le había subido por el antebrazo. Le zumbaban los oídos, y tuvo la impresión de haber dejado de respirar.

Le costó cierto esfuerzo reorganizarse.

Miró el blanco improvisado.

Vio un borde del papel rasgado y una cicatriz en la corteza del árbol. La bala había pasado lejos del centro.

Otra inspiración profunda.

Un segundo para prepararse. Volvió a adoptar la posición de disparo. Apuntó de nuevo y murmuró en voz baja:

—Uno.

Pausa.

—Dos.

Pausa.

—Tres.

Procuró apretar el gatillo como el vídeo le había mostrado. Pareció llevarle unos segundos a cámara lenta.

El segundo disparo la volvió a dejar sorda. Hasta sujetándola con más fuerza, el arma quiso elevarse hacia el cielo.

Pero ese disparo dio algo más cerca del centro.

«Estupendo —pensó—. Pero ¿crees que tendrás tanto tiempo para prepararte? Puede. No lo sé. No, sí lo sé. De ningún modo.»

Quería darse prisa y, al mismo tiempo, no quería darse prisa.

Levantó el arma por tercera vez y guiñó un ojo para apuntar.

Trató de ponerse rígida. Ordenó a sus músculos que se tensaran.

«Nada de contar —se dijo a sí misma—. Sé rápida. Preparada. Lista. Ya.»

Esta vez apretó el gatillo cinco veces.

La pistola del 45 pareció cobrar vida en sus manos, como un perro grande sin adiestrar que tira de la correa a izquierda y a derecha, arriba y abajo. Las balas acribillaron el blanco, el suelo, los árboles cercanos, silbando hacia la nada.

Creyó que se había quedado sorda.

Tenía las manos y los brazos como si hubiera metido los dedos en un enchufe.

Mientras intentaba recuperar el pulso normal, extrajo el cargador de la empuñadura. Le quedaban algunas balas, pero de repente se sintió débil. Había creído que disparar el arma la haría sentir poderosa. Pero, en cambio, se sentía derrotada. Se sentía insignificante e incompetente. Apenas se atrevió a mirar el blanco.

Sin pensarlo demasiado, se giró y volvió rápidamente sobre sus pasos. A través de las zarzas, entre los árboles, por el sendero hacia el estacionamiento y la carretera, donde había dejado el coche. Ni siquiera pensó en esconder el arma que llevaba en la mano. Alzó la vista y le pareció que era capaz de oír la llegada de la mañana. Tal vez el canto de los pájaros. Quizá el distante tráfico de quienes iban a trabajar. Pero seguía sorda debido a los fuertes disparos y ni siquiera podía oír el ruido de sus zapatillas deportivas en el asfalto polvoriento del aparcamiento.

TRES

Sloane se pasó horas valorando sus bocetos y diseños. Examinar su trabajo la ayudaba a vencer el pánico, a controlar una zona cercana a su corazón. Contempló sus ideas: móviles alados, obeliscos, cruces de hierro y bancos para parque con nombres. Ninguna le parecía bien. Ninguna era sosegada y organizada con la consistencia que había tenido su proyecto de monumento conmemorativo para la universidad. Sabía que, desde un punto de vista meramente arquitectónico, no tenía nada que estuviera a punto para ser presentado. Todo estaba desordenado y poco definido. Reunió frenéticamente cada elemento de cada diseño, tomando nota de todos los puntos fuertes y los puntos débiles que podía identificar.

No sabía muy bien qué otra cosa podía hacer.

A última hora de la tarde sacó uno de los móviles desechables y llamó a su madre.

Maeve contestó al instante.

—Sloane, cielo, ¿estás bien? Estaba preocupada.

—Sí. Estoy bien —aseguró Sloane, aunque no creía estarlo.

Esperaba que su madre soltara de inmediato el mantra «tenemos que huir». Pero, en lugar de eso, Maeve dijo:

—Muy bien. ¿Cuál es el siguiente paso?

—Tengo que ir en coche hasta Cape Cod, tomar un ferry a

Martha's Vineyard y lucirme con mis propuestas de diseño. No las tengo a punto. Están inconexas y deslavazadas. No sé...

Se detuvo al darse cuenta de que parecía una diseñadora que no estaba preparada. Ya no sabía muy bien qué era. Arquitecta. Hija. ¿Blanco? Se sentía como un jugador al que han repartido una mano de cartas en una partida de póquer, pero las reglas del juego habían cambiado: fueran cuales fuesen las apuestas y lo que los otros jugadores tuvieran, no se le permitía retirarse a pesar de estar quedándose sin fichas para jugar.

Maeve permaneció callada.

—Eso es todo lo que me han dicho —explicó Sloane.

Omitió la parte de «ya nos conocemos».

Omitió la parte de la muerte de Roger. La parte de la muerte de Erica.

Omitió la parte de la semiautomática del 45.

Dio la impresión de que Maeve estaba reflexionando.

—No saben que estoy viva, ¿verdad? —preguntó por fin.

—No. Creo que no.

—¿Has dicho...?

—Fue un mensaje —la interrumpió Sloane—. O sea que no.

—¿Crees que pudieron haberte seguido en Nueva York?

«Como tú», pensó Sloane, si bien no lo dijo.

—No. Pero no puedo estar segura al cien por cien. No me lo pareció, aunque sabían que estuve en Nueva York...

—Eso es porque monitorizan tu móvil y tu ordenador.

«Como tú», pensó de nuevo.

—En cualquier caso, que yo sepa, esa es la única forma que tenían de averiguarlo —comentó Sloane despacio.

Una vez más, dejó de decir: «Seguramente creen que estás en el fondo del río Connecticut esperando que el kayakista mágico encuentre tu cadáver. Como hacía yo».

—Entendido. Supongo que tendremos que arriesgarnos —indicó Maeve. Hablaba como un soldado que, al observar un objetivo, no estaba seguro de los informes que le habían entregado los servicios de inteligencia y no estaba seguro de si el enemigo oculto era débil o fuerte, numeroso o escaso—. ¿Cuándo tienes que ir?

—Mañana. A las cinco de la tarde. En *The Islander*.

Otro titubeo.

—¿De verdad vas a tomar el ferry y encontrarte con ese hombre? —preguntó Maeve despacio, dando a entender con cada tono de su voz que hacer eso era lo más estúpido del mundo.

«¿Qué alternativa tengo?», estuvo a punto de soltar Sloane, pero se mordió la lengua.

—Sí —respondió.

—¿No tienes miedo? —preguntó Maeve.

—No —aseguró Sloane. Era mentira. Y decidió que mentir no era lo adecuado—. Sí —rectificó.

—Muy bien —dijo Maeve—. Creo que deberías tenerlo. Pero a lo mejor me equivoco. No tengo forma de saberlo con certeza. Todavía no. Pero, Sloane, cielo, tienes que protegerte. Necesito protegerte. Ya lo he hecho en el pasado. Ese hombre es un asesino.

—También podría ser simplemente un hombre rico que solo quiere un monumento conmemorativo.

—Cierto. Pero lo dudo.

Sloane se movió, nerviosa.

—Solo sé que si no voy...

Se detuvo.

Recordó las fotografías de la escena del crimen que mostraban a Roger y a Erica muertos en una habitación de hotel. Le vinieron a la cabeza de golpe.

Durante ese silencio supuso que Maeve estaría recordando las fotografías de un asesinato que le habían enseñado hacía muchos años.

—Muy bien —convino Maeve—. Mira, estoy cerca y...

—No —la interrumpió Sloane—. No me digas dónde estás ni lo que planeas hacer ni nada.

Otro silencio.

—Eso es inteligente —afirmó Maeve—. Entendido. Nada de información.

De nuevo madre e hija esperaron un momento antes de que Maeve añadiera:

—¿Tienes otro móvil desechable?

—Tengo un par.

—Muy bien. Activa el GPS de un número que no hayas usado y envíame un mensaje con ese número. Activa la aplicación para encontrar el teléfono. Después ponte ese móvil en el bolsillo y tenlo cerca en todo momento, pero no lo uses para llamarme. Si tienes que hablar conmigo, usa otro móvil.

Sloane comprendió lo que le proponía su madre. Era una forma burda de conocer su paradero.

—De acuerdo —respondió.

—Cada momento que estés sola, llámame. Dime dónde estás. Dime qué quieren. Dime cuál es el siguiente paso. Cualquier cosa. Da igual lo insignificante o aparentemente intrascendente o lo que sea..., necesito saberlo. No te guardes nada. Tenme informada de lo que está pasando lo más que puedas. A medida que se vayan desarrollando las cosas, podemos decidir qué hacer a continuación. Juntas.

«Juntas podría estar bien. También podría estar mal», pensó Sloane.

—Pero tienes que estar del todo segura de que estás sola. Dispositivos de escucha. Circuito cerrado de vídeo. Cualquier cosa es posible.

—Muy bien. Entendido —aseguró Sloane, aunque dudaba de sí misma.

—Se me ha dado muy bien quitarme la vida —dijo Maeve—. Una y otra vez. Soy experta en ello. Puedo hacerlo otra vez, si es necesario. —Esperó un segundo y añadió—: No subestimes la situación, Sloane.

Sloane pensó que lo último que haría sería subestimar la situación.

Cuatro

Treinta minutos después de hablar con su madre y de enviarle un mensaje con el número del móvil desechable, volvió a sonar el teléfono, pero esta vez era el iPhone que el Empleador le había dado. Sloane no reconoció enseguida el número que aparecía en pantalla.

—Sloane Connolly al habla —dijo.

—Perdone que la llame fuera del horario laboral, señorita Connolly —fue la respuesta. Reconoció la voz al instante. Era el abogado de oficio de Somerville, en New Jersey, que representaba a Michel Anderson, pederasta, profesor de piano, marido de una enfermera y delincuente sexual convicto.

—No pasa nada —aseguró—. ¿De qué se trata?

Su voz era la misma que Sloane recordaba de cuando se habían conocido: un tono de rabia mal disimulada bajo una formalidad general.

—Quería que supiera que hace algo más de cinco horas, mi antiguo cliente, Michael Anderson, el hombre en el que estaba tan interesada para su proyecto de monumento conmemorativo, fue asesinado en el patio de la población general en la cárcel donde lo visitamos.

Sloane inspiró hondo.

Quiso exclamar algo, pero no lo hizo. Esta noticia no era merecedora de ninguna expresión ni de otra cosa que no fuera una ligera impresión. Habían asesinado a un hombre que merecía morir. No era ninguna sorpresa, la verdad.

—¿Asesinado? —soltó por fin.

—Sí. Recordará que el señor Anderson había expresado satisfacción por pasar el resto de sus días en aislamiento, en el ala de seguridad de la cárcel.

«Satisfacción» no era la palabra adecuada. A Sloane se le puso la carne de gallina al recordar su conversación con aquel pervertido.

—Recuerdo lo que me dijo.

—¿Recuerda que nos contó que lo habían amenazado? Nos enseñó aquella nota.

—Sí. Recuerdo todo eso.

—¿No le parece curioso que poco después de esa reunión y de oír lo que tenía que decir se produzca una supuesta confusión burocrática en la cárcel? Hace un par de días, a pesar de sus súplicas, lo trasladaron brevemente junto con la población general. Me llamó a la primera ocasión que tuvo. Estaba aterrado. Nunca lo había oído asustado, señorita Connolly. Pero esa vez tenía miedo de verdad...

«Sabía lo que le aguardaba —pensó Sloane—. Solo que no sabía cómo. Cuándo. Dónde exactamente. Pero lo sabía.»

—¿Una confusión?

—Sí. A veces pasa. No es tan extraño. Hay muchos cambios de un sitio para otro en las cárceles. Tienen que mantener separadas las distintas bandas. Un preso se queja de otro; hay que separarlos. Tienen que mantener a los violadores alejados de los miembros de bandas moteras. A los Maras Salvatruchas de la Hermandad Aria. Pasa todo el tiempo. Puede que la cárcel sea una rutina, pero es también un mundo cambiante de alianzas inusitadas, señorita Connolly. Naturalmente, en cuanto me lo dijo, me puse de inmediato en marcha. Llamé a la cárcel para rogar al ayudante del director que viera el evidente error y lo corrigiera. Que transfiriera al señor Anderson de vuelta al ala de aislamiento, donde tenía que estar. Eso requirió más papeleo, señorita Connolly. Es la burocracia de la cárcel en acción. Muy lenta, incluso cuando sabe que se ha cometido un error. Aun así, gracias a mi insistencia, la reubicación ya se estaba tramitando cuando le dejaron salir al patio con cientos de presos más.

—¿Qué pasó?

—Alguien lo degolló.

—¿Quién?

—Las autoridades penitenciarias están revisando las imágenes de seguridad. Pero, según me cuentan, no se ve nada.

—¿Nada?

—Exacto. Los presos saben dónde están las cámaras. También saben cómo crear distracciones de modo que la atención esté centrada en otro sitio cuando se comete un asesinato. ¿Y quién de los que están entre rejas cree usted que va a dar un paso al frente y decir: «Yo vi cómo asesinaban a ese pederasta»? Ya se lo digo yo: nadie.

—No... —empezó a decir, pero se detuvo. No iba a decir «no lo entiendo».

«Cabos sueltos —pensó—. Se están atando muchos cabos sueltos.»

—A ellos, y me refiero a las autoridades penitenciarias, no les importa —soltó el abogado de oficio con la voz llena de amargura—. A la fiscalía no le importa. —Vaciló de nuevo—. A los demás presos no les importa —dijo. Y añadió de repente resignado—: De hecho, a mí no me importa. Puede que a las únicas personas a las que les importe algo sean las familias de los niños de los que abusó. Lo más probable es que alguna de ellas lo organizara, ya sabe, alguien que conoce a alguien que conoce a alguien que podría meter la pata con el papeleo. O conoce a alguien que ya está cumpliendo la perpetua y no tiene demasiado que perder si le añaden otra. Pero todo eso será difícil de probar y no es demasiado probable que haya un policía o un fiscal en este mundo que esté dispuesto a perder diez segundos en ese crimen porque aunque descubrieran quién lo hizo, ¿qué jurado lo condenaría? En este estado, a cualquier jurado le gustaría conceder una medalla al asesino del señor Anderson. Y todas las demás familias se alegrarán de esta noticia cuando se publique en periódicos, sitios web y blogs. Así que, en realidad, no se me ocurre nadie a quien le importe un comino que a Michael Anderson le rebanaran el pescuezo con un bardeo artesanal en el patio de una cárcel y se desangrara antes de que algún guardia, que seguramente iría caminando y no corriendo, llegara donde estaba y lo ayudara.

Hizo una pausa y, después, preguntó:

—¿A usted le importa, señorita Connolly?

Sloane consideró su respuesta. «Sí, porque conozco a alguien a quien podría haberle interesado el asesinato de Michael Anderson.» Pero en lugar de decir esto, contestó:

—No.

—Ya me lo parecía —dijo el abogado de oficio con un resoplido, y colgó.

33

Uno

A su izquierda, filas de coches que subían al ferry. Los pasajeros que iban a pie ascendían por un conjunto de rampas y entregaban sus billetes a un tripulante con un contador en la mano, que pulsaba cada vez que dejaba pasar a alguien. Cuando Sloane salió a la cubierta de pasajeros, el sol de última hora de la tarde que se reflejaba en el mar le dio de lleno en la cara, y se tapó los ojos para evitar que la deslumbrara. Vio las pintorescas casas de madera de la pequeña población de Woods Hole, al estilo de Cape Cod, y los restaurantes del centro, que ofrecían almejas fritas y que se escapaban por poco de la categoría de garitos. El ferry estaba atracado junto a la mundialmente famosa Institución Oceanográfica, un edificio moderno, impasible. Pudo ver uno de sus elegantes barcos de investigación amarrado cerca, como un cohete a la espera de la cuenta atrás. Más allá de la terminal del ferry, había yates caros que surcaban las aguas contra la marea entrante y algún que otro estilizado velero impulsado por la ligera brisa, todos ellos en dirección a Vineyard Sound. Algunos barcos de arrastre y de pesca de pez espada navegaban hacia el este y el resto del cabo, rumbo al banco Georges y la corriente del Golfo. Tras ella, en la cubierta del ferry, oía voces alborotadas. Familias agobiadas que cargaban maletas, jóvenes con el móvil conectado con auriculares y más de un grupo vigoroso de niños que querían hacer de las suyas mientras los llevaban de la mano se encaminaban hacia las hileras de sillas de plástico azul claro de cubierta. Turistas, todos. Benevolentes. Idílicos. Seguros. Felices.

Sloane no se sentía ninguna de esas cosas.

Llevaba una carpeta con sus bocetos bajo el brazo. A sus pies, una pequeña bolsa de lona con unas cuantas mudas. Dentro, en el fondo de la bolsa, su pistola del calibre 45 envuelta en un bañador junto con sus tres móviles desechables restantes, incluido el que creía que Maeve estaba monitorizando a través del GPS. Sospechaba que era la única persona del ferry que llevaba un arma. Sabía que, en algún otro lugar, había empaquetado su colección de dudas y miedos.

Miró a su alrededor y pensó: «Ellos van a la playa. Yo voy a reunirme con un asesino».

Pegó un brinco cuando el ferry hizo sonar la sirena y, con una sacudida y una ráfaga de humo oscuro de los motores diésel, se puso en marcha, alejándose con estruendo de unos enormes pilotes de madera.

La sirena despertó a un labrador retriever de pelo castaño que ladró con fuerza antes de volver acomodarse a la sombra de un asiento, a los pies de una adolescente que leía una novela en cuya cubierta se veía la fotografía de otros dos adolescentes que se abrazaban apasionadamente.

«Un perro de caza convertido en perro de compañía», pensó Sloane.

Le vino a la cabeza la descripción que había hecho su madre de cómo su abuelo adiestraba cachorros como perros de caza de aves. Con nombres de la mitología griega. Esto sumió a Sloane en sus recuerdos de la *Odisea*.

«En el río Estigia, el barquero cobraba una moneda antes de llevar el alma de un difunto al inframundo. Daba igual si eras una belleza clásica, un héroe manchado de sangre o simplemente un granjero corriente, cuando tu vida llegaba a su fin tenías que pagar lo que él pedía. —Y, a continuación, pensó—: Mi billete de ida y vuelta costaba veintidós dólares.»

Se acercó a la barandilla y contempló hipnotizada cómo el agua verdiazul pasaba bajo la reluciente proa blanca del ferry.

La travesía a Vineyard Haven duró cuarenta y cinco minutos. Se unió al montón de pasajeros que descendían por las pasarelas hacia el terminal del ferry. En tierra pudo ver heladerías, joyerías y tiendas de ropa, galerías de arte y coches que abarrotaban calles estrechas. Era un lugar de pantalones cortos caqui y camisetas llamativas, donde personas con mucho dinero se vestían de modo informal y se mezclaban encantados con los turistas que iban a pasar el día y querían ver dónde se había rodado *Tiburón* o por dónde había caído el coche de Ted Kennedy en el puente Dike de Chappaquiddick. Las típicas casas de tablas de madera blanca de la isla bordeaban la costa con vistas al puerto y al mar, un poco más allá de donde alcanzaba la concurrida ciudad. Vio una mezcolanza de diseños. Algunos antiguos mezclados con formas modernas e irregulares apretujados entre sí para intentar vislumbrar las olas del mar. Al bajar del ferry, Sloane vio enseguida a Patrick Tempter esperándola a la sombra de un toldo.

La saludó con la mano.

Sonriente.

Igual que las demás personas que recogían a visitantes, solo que él llevaba unos pantalones de lino planchados y una guayabera de algodón blanca. Calzaba unos caros huaraches hechos a mano y se había quitado un panamá de ala blanca al verla.

—Ah, mi querida Sloane —exclamó Tempter cuando se acercó a él. Le estrechó la mano efusivamente—. Estoy encantado de volver a verte. Me alegra que hayas podido llegar sin percances.

A Sloane le preocupaba mucho más poder irse sin percances.

—Hola, Patrick —lo saludó. Una actriz en escena.

Fue a tomarle la bolsa, pero ella se lo impidió.

—Ya la llevo yo —dijo.

—A los de mi generación nos educaron para que les lleváramos siempre las bolsas a las señoras —afirmó Tempter—. Permíteme, por favor.

Sloane le entregó la bolsa pero se quedó con la carpeta que

contenía sus diseños. Se preguntó si Tempter notaría la pistola del 45 en el fondo de la bolsa de lona.

—El coche está por aquí —indicó Tempter, conduciéndola hacia la izquierda—. Me disculpo por este recibimiento tan frenético y disperso, pero aquí las cosas son así en verano. Esta isla es un lugar único. Las poblaciones están llenas de gente pero, como verás enseguida, muy pronto nos alejaremos de todo este bullicio.

Sloane vio que el chófer salía del lado del conductor de un caro todoterreno negro de gran tamaño dejando el motor en marcha. La saludó con la cabeza. Igual que Tempter, vestía menos formal, y había sustituido su traje de negocios oscuro de Boston por unos elegantes pantalones caqui y una camisa sport rosa. Sloane se fijó en que la camisa le quedaba demasiado ajustada para ocultar un arma.

«La guantera», pensó.

El chófer le tomó la bolsa a Patrick Tempter y la dejó en la parte trasera del coche.

—Encantado de volver a verla, señorita Connolly. Creo que la predicción meteorológica es buena para el resto del día. Pero se está acercando una tormenta que está previsto que llegue esta noche. Rayos y truenos. Seguramente la situación cambiará rápidamente.

Era todo tan rutinario, tan corriente que Sloane tuvo ganas de gritar. Se subió a la parte trasera del todoterreno. En medio de la calle vio un policía que dirigía a los coches que abandonaban el terminal del ferry. Era joven, con el cabello rizado castaño que le cubría el cuello de la camisa. Tocaba el silbato con energía mientras agitaba las manos como un marinero que hace señales con banderas.

«Policía de verano —pensó Sloane—. Un universitario que recibe dos semanas de formación, le dan un arma que seguramente no está cargada para que se la ponga a la cintura y le dicen que, bajo ninguna circunstancia, debe sacarla. Un mero adorno destinado a proporcionarle una sensación de autoridad.»

Sabía que tenía que haber policías de verdad en algún lugar de la isla. Aunque no pudieran ayudarla.

Miró a Patrick Tempter y al chófer.

«¿Matasteis vosotros a Roger? —preguntó mentalmente—. ¿Quién mató a Erica? ¿Qué pasó en aquella habitación de hotel?»

Creía que ellos lo sabían. También sospechaba que nunca se lo dirían.

Dos

Patrick Tempter se sentó en el asiento trasero a su lado.

Sloane no sabía si su presencia era tranquilizadora o aterradora.

—Vámonos —dijo Tempter con alegría—. el Empleador está esperando. Tiene muchas ganas de conocerte por fin.

«Solo que ya nos conocemos.»

No le pareció que Patrick Tempter lo supiera.

Aunque no podía estar segura de ello.

El todoterreno avanzó unas cuantas manzanas parándose cada dos por tres debido al tráfico hasta alejarse de la ciudad. Sloane se dedicó a mirar por la ventanilla y vio como las aceras abarrotadas desaparecían y un pinar ocupaba su lugar. Muy a menudo había un puesto de pan o de productos agrícolas que interrumpía el follaje. De vez en cuando veía casas apartadas de la carretera. El chófer iba esquivando ciclomotores y bicicletas que zigzagueaban por la estrecha calzada.

—¿Dónde vamos? —quiso saber Sloane.

—No muy lejos —respondió Tempter—. Pasado West Tisbury y Chilmark, hacia Aquinnah. Es el viejo nombre indio que los wampanoag daban a esa parte de la isla. Durante muchos años fue conocida como Gay Head, por el famoso faro que hay en la punta...

Sloane recordó que cuando había examinado imágenes de faros para intentar identificar el que aparecía en la foto de su madre había visto Gay Head.

—Naturalmente, los ricachones propietarios que poseen la mayoría de las casas de la zona, hablamos de Hollywood y de

Wall Street, prefirieron el viejo nombre indio. Era mucho más romántico. Y así se llama ahora.

Sloane asintió.

—Creo que hay bastantes niños pequeños en lujosas escuelas privadas de Nueva York y Los Ángeles que se llaman Acquinnah —comentó Tempter encogiéndose de hombros—. Nadie pondría Gay Head a su hijo. La propiedad de la difunta Jackie Kennedy Onassis está aquí. A la venta, si dispones de muchos millones para gastarte. Se está muy aislado en esta parte de la isla. Hay algunos diseños arquitectónicos buenísimos y originales que podrían interesarte. Como verás, aunque seguramente no lo harás... —Sonrió—. No podrás. La verdad es que no puede verse gran cosa desde la carretera. A la gente le gusta mucho su privacidad los meses de verano.

Se detuvo un instante y sonrió de nuevo.

—Al Empleador le gusta su privacidad —añadió.

Siguieron adelante. El chófer estaba callado. Tempter siguió dando su especie de charla sobre viajes, señalando caminos de tierra y mencionando nombres de celebridades: estrellas de cine, gestores de fondos de cobertura y miembros del gobierno. Cuando el todoterreno aminoró la marcha fue para enfilar uno de los omnipresentes caminos de un solo carril. A su paso por la tierra plagada de piedras, las ruedas levantaron una nube marrón claro que los iba siguiendo. La carretera giraba a derecha y a izquierda sin lógica alguna. La maleza crecía agreste y descontrolada a ambos lados del camino. Algunas ramas arañaban el costado del vehículo a pesar de los esfuerzos del chófer por esquivarlas. Había algunas traviesas de madera en las que el todoterreno botaba y uno o dos charcos que contradecían el cielo azul y el calor del verano. Sloane calculó que habrían recorrido cerca de kilómetro y medio del camino sin ver ninguna otra casa hasta llegar a una valla de acero pintada de amarillo. Adornada con un gran cartel: PLAYA PRIVADA. PROHIBIDA LA ENTRADA. SE PROCEDERÁ CONTRA LOS INTRUSOS. El todoterreno derrapó un poco cuando se detuvieron. El chófer marcó un código en un panel de control y la valla se abrió. Tras entrar, se detuvo y marcó de nuevo el código para que la valla se cerrara. Sloane quiso averiguar el número pero no alcanzó a ver los dígitos.

Siguieron adelante varios cientos de metros más, casi encerrados por las ramas que colgaban sobre ellos, como si cruzaran un túnel boscoso hasta finalmente salir e ir a parar a lo alto de un acantilado. El Atlántico se extendía interminablemente ante ella, y la luz del final del día se deslizaba sin esfuerzo por la superficie del agua.

—Puede llegar a ser más espectacular todavía cuando hay tormenta —comentó Tempter señalando el océano—. Cobra vida. El agua pasa de este bonito y acogedor color azul a un gris embravecido y peligroso. Hay espuma por todas partes. Cuando el Atlántico bate las rocas de la costa es como si tuviera un ataque de furia. Puede que tengas oportunidad de verlo mañana si la previsión es correcta. La gente viene aquí por el sol y la arena, pero es mucho más apasionante cuando la naturaleza se enfada.

El camino se alejaba del acantilado y de la vista, y tras un recodo vieron la única casa que había en los alrededores. Sloane vio enseguida que estaba situada para estar abierta al mar, pero a la altura suficiente de la colina para no verse amenazada por la erosión, los huracanes o las tormentas con viento del nordeste. Era un diseño elegante. Observó que las paredes de guijarro gris sostenían un tejado cuya forma imitaba el casco de un velero, lo que confería un cariz náutico a la casa. Pensó que algún arquitecto habría cobrado mucho dinero por aquel diseño.

—No es el lugar más caro de la isla —explicó Tempter—. Hay fincas verdaderamente grandes y muy feas. Pero creo que este lugar no tiene nada que envidiarles en cuanto a las vistas y se integra muy bien en la belleza natural del lugar. Y, como puedes ver, es muy privado.

A Sloane le pareció que había usado la palabra «privado» tres veces por lo menos.

El chófer llevó el vehículo hasta un camino circular de grava situado directamente frente a la entrada de la casa que remataba el camino de tierra.

Se quedó sentado al volante.

Patrick Tempter abrió la puerta y salió. Entonces rodeó el coche y le abrió la puerta a Sloane.

En aquel momento, Sloane fue presa del pánico.

«¿Qué estoy haciendo? —pensó—. Tendría que haber escuchado a mi madre. Huye.»

Tenía el corazón acelerado. Un sudor nervioso. Había palidecido en un instante. Era como si el trayecto en coche hubiera tenido lugar en otro mundo y ahora, al salir de él, estuviera accediendo a algo nuevo y completamente aterrador. Se peleó con el cinturón de seguridad, casi como si fuera demasiado resbaladizo para poder abrirlo.

Quería suplicar: «No puedo. No quiero. Que alguien me saque de aquí. Auxilio».

No confiaba en su voz. Creía que la repentina tensión haría que se le quebrara y que cada una de sus palabras fuera incoherente e incomprensible.

Quería preguntar: «¿En qué me estoy metiendo? ¿Tiene intención de matarme?».

Estas preguntas retumbaban en su interior. Alzó la mirada. Vio que en el oeste se estaban formando unas amenazadoras nubes grises. Pero sobre ella el cielo seguía siendo azul. La idea de ser asesinada le parecía imposible. Se sentía atrapada por acontecimientos, hechos, deseos, pasiones y odios que estaban fuera de su alcance. Algunos tenían su origen en el pasado, otros habían surgido en el presente y era posible que hubiera unos cuantos más acechando en el futuro. Era como mantener el equilibrio en la periferia de la tensión.

Salió del coche.

Cuando sus pies tocaron la grava prácticamente se tambaleó como si estuviera borracha.

Mareada y vacilante.

Con la boca seca. Asustada. Quiso sujetar a Tempter. Quiso gritar al chófer.

«Auxilio.»

Se sentía como una niña que tenía terror a la oscuridad, terror a lo desconocido, terror a algo que no podía ver, sentir o comprender. Todo esto la invadió con una abrumadora brusquedad y un ataque de miedo.

«Auxilio.»

Tempter tenía su bolsa en la mano, pero en lugar de acompañarla con ella hasta la puerta principal, se la dio.

—Toma, mi querida Sloane —dijo—. ¿Tienes la carpeta con tus diseños?

Sloane asintió.

—Excelente —prosiguió Tempter—. ¿Y te trajiste un ordenador?

—No —contestó Sloane.

—Perfecto. ¿Tienes el móvil que te proporcionó el Empleador?

—Sí —asintió Sloane. Hasta esta pequeña palabra se le atragantó.

—¿Podría verlo?

Sloane se metió la mano en el bolsillo del pantalón y le dio el móvil.

—Gracias. —Y, ante la sorpresa de Sloane, se lo guardó sin mirarlo siquiera en el bolsillo antes de señalarle la entrada principal de la casa—. Adiós, Sloane. Ha sido un placer volver a verte. Pero aquí termina mi participación en este proyecto. Mucha suerte.

Entonces se metió corriendo en el asiento del pasajero del todoterreno y, en cuanto cerró la puerta de golpe, el chófer arrancó a toda velocidad para dejar a Sloane desconcertada y sola mientras la puerta de la casa se abría detrás de ella.

34

UNO

FINALMENTE EL ENCUENTRO CON EL HOMBRE
CON UN CONSTANTE PESAR

Sloane apenas se veía capaz de volverse hacia la puerta principal. Cerró los ojos un instante. Apretó los labios e inspiró con
fuerza por la nariz para llenarse los pulmones de aire, preguntándose si podría calcular la cantidad de últimas respiraciones
que podría hacer. Después, como sabía que no le quedaba más
remedio, se giró despacio y se enfrentó con el hombre que estaba en la entrada principal.

No era excesivamente alto, apenas un poco más que ella, alrededor de metro ochenta, y delgado, con el físico enjuto y fuerte de un atleta.

Llevaba unos pantalones caqui raídos, descoloridos y manchados, una camiseta negra hecha jirones con las mangas corta-
das y unas anticuadas zapatillas de tenis de lona que tenían uno
o dos agujeros.

Tenía el cabello moteado de gris y lo llevaba largo, recogido
en una coleta mal peinada.

Iba ligeramente inclinado por la cintura, como si no acabara
de decidirse a recoger algo del suelo. Tenía la cara llena de arrugas, algo pálida, pero los ojos verdes muy vivos y clavados en

ella. Llevaba unas gafas colgadas al cuello con un cordón. Cejas pobladas. Manchas de la edad en las manos. Los dedos largos, como garras.

No parecía rico.

No parecía un asesino.

No se parecía en nada a la imagen que se había formado mentalmente de él tras escuchar durante horas la descripción que hacía su madre de un hombre fácilmente capaz de provocar un miedo implacable y una muerte violenta. Tampoco guardaba parecido con la imagen más reciente que se había hecho de él a partir de la fuerza de su voz, que le llegó como una exhalación desde el otro lado de la calle oscura de Cambridge la noche que Roger la había sujetado en la acera. Esos dos hombres imaginados, el de su madre y el suyo, eran enérgicos, poderosos y aterradores. Dinámicos. Musculosos. Su primera impresión del hombre que tenía delante era justo lo contrario. Tenía el aspecto de un hombre al que le habían caído años encima de repente.

—Hola, Sloane —la saludó.

Su sonrisa parecía sincera.

—Tenía muchas ganas de que llegara este momento.

Le tendió la mano y ella recorrió el camino de grava para estrechársela. Fue un apretón fuerte. Vigoroso.

—Bienvenida por fin a mi escondrijo —añadió.

Dicho esto, sujetó la puerta para que ella entrara en la casa. Dentro se estaba fresco, y Sloane tuvo un ligero escalofrío.

—¿Tal vez una visita rápida antes de ponernos manos a la obra? Solo para que estés orientada.

—Eso estaría bien —respondió Sloane. Tosió un poco. Miró a un lado y vio que en el vestíbulo había una sola obra de arte colgando de la austera pared blanca: era una famosa fotografía en blanco y negro de un marinero besando a una joven en Times Square el día de la victoria en Europa. Con los labios unidos por la pasión. Ella estaba inclinada hacia atrás por la cintura, y se rodeaban el uno al otro con los brazos. Era una imagen de una alegría desbordante. La foto fue tomada en 1945 por el fallecido

Alfred Eisenstadt. Vio la firma del fotógrafo en el margen inferior. el Empleador la señaló.

—Venía a menudo a la isla antes de morir. La galería Red Barn de West Tisbury tiene los derechos de su obra. Impresionante, ¿no? Lo que me gusta más es lo mucho que capta en un solo segundo. En ese momento concreto descarta los horrores, las muertes y todos los terrores e incertidumbres de los años de guerra y los sustituye por esperanza y posibilidad. ¿Sabías que el marinero y la joven no se conocían? Ni tampoco compartían demasiadas cosas, aparte de este instante en el tiempo y este espectacular beso. Pero gracias al fotógrafo y a su siempre rápido dedo en el disparador de su cámara viven para siempre.

Hizo una pausa.

—Corriente. Pero inmortal.

Otra pausa.

—¿No es eso lo que nos ha unido hoy aquí?

Antes de que Sloane pudiera contestar, sonrió.

—Por aquí. Sígueme, por favor —dijo.

—¿Cómo debería llamarlo? —preguntó Sloane tras vacilar un momento. Solo sabía un nombre que había usado una vez. Y sabía un parentesco: tío. Pero no quería revelar qué sabía y qué no.

«Revela únicamente lo que has averiguado por tu cuenta de los Seis Nombres de Difuntos —se recordó a sí misma—. No lo que tu madre te contó. Porque... si dices algo que solo podría haberte dicho Maeve, él sabrá que está viva. Puede. No sabe qué podría haberme contado sobre mi pasado a lo largo de los años que me tuvo oculta.»

Hacer estas distinciones mentalmente le parecía tremendamente difícil. Y tremendamente peligroso.

—Ah, una pregunta interesante —contestó él—. Puede que hayas estado pensando en mí como el Empleador, o eso me dijo Patrick. Pero a efectos de los asuntos que tenemos que tratar juntos, puedes llamarme Joseph si lo prefieres. Cualquiera de las dos cosas me va bien.

Cuando Sloane asintió, añadió:

—En el Antiguo Testamento, José es el hermano que fue enviado a Egipto, donde le fue muy bien. En el Nuevo Testamento, es el marido de María, la madre de Jesús. Cornudo por obra de Dios, supongo, aunque esta es una forma poco caritativa de describir su papel. Y una forma embarazosa de ganarse la santidad.

Soltó una ligera carcajada.

Sloane siguió al Empleador hasta un gran salón abierto. Una de las paredes era una puerta doble de cristal corredera que iba del suelo al techo con vistas al mar. Otra pared estaba dedicada a una mezcolanza de cuadros y fotografías, todos de islas, algunos de ellos impresionistas, de colores vivos, otros de colores apagados que intentaban capturar la niebla, los reflejos en el agua, un granero derrumbado o un par de boyas de pesca de langosta rojas y azules.

—Artistas locales —comentó, señalando en esa dirección—. Stan White y Mary Sipp Green, Wendy Weldon y Allison Shaw. El problema es que tienen que competir con estos dos...

Señaló primero el mar a través de las puertas de cristal y, a continuación, un gran cuadro de una flor azul y amarilla en un jarrón blanco que colgaba sobre una chimenea. Sloane también lo reconoció. David Hockney. Un cuadro de un millón de dólares. Se lo quedó mirando. el Empleador lo vio.

—Hay un cuadro parecido en el Museo de Arte Moderno de Nueva York. Dime, Sloane, ¿no te parece destacable que unas cuantas pinceladas de color en un lienzo vacío puedan provocar tantas emociones?

Un examen.

—Sí —respondió rápidamente Sloane.

—Admiro la simplicidad, Sloane —prosiguió el Empleador—. ¿Y qué opinas que es lo más simple de todo?

La segunda pregunta del examen.

—No sé muy bien a qué se refiere —contestó.

—El momento en que nacemos. Y el momento en que morimos —dijo el Empleador.

Sloane tuvo la impresión de que podía haber suspendido. Así que añadió rápidamente:

—Pero ¿no somos lo que dejamos detrás?

—Ah, mucho menos simple. Mucho más complejo —aseguró el Empleador—. Y la observación que esperaría de cualquier persona a la que se le ha encargado diseñar un monumento conmemorativo. Quizá sea una buena base para nuestras conversaciones.

Detrás de él había una cocina de reluciente acero inoxidable y mármol oscuro. Al volverse hacia el exterior, Sloane vio unas sillas de jardín de teca marrón dispuestas alrededor de una mesa en un patio al aire libre. Alcanzó a vislumbrar una piscina infinita justo al lado. Delante de la chimenea, unos sofás de piel negra. Una lámpara de araña de hierro forjado hecha a mano. Otra pared con una estantería de roble rojo americano a medida abarrotada de libros de tapa dura. el Empleador se detuvo.

—Lo que me gusta es equilibrar el arte que nosotros creamos con el arte que nos ofrece la naturaleza —comentó despacio, señalando primero los cuadros de la pared y después los ventanales.

Sloane asintió.

—¿No crees que lo que hacemos en la vida es una especie de forma de arte? —preguntó el Empleador.

—Supongo —respondió Sloane.

«Una respuesta floja», se dijo a sí misma.

—Si la vida es una especie de cuadro, ¿no lo es también la muerte?

Esta pregunta la dejó helada, pero antes de que pudiera responder, el Empleador soltó una carcajada.

—Pues claro que sí —afirmó—. Y es por eso, también, por lo que hoy estamos aquí. Para valorar vidas vividas y muertes que eran inevitables. Y que terminaron prematuramente debido a las circunstancias.

Señaló un pasillo con la mano.

—La habitación de invitados, tu habitación, es la segunda puerta de la izquierda. Pasada la sala de cine. ¿Te gustaría refrescarte un poco y tal vez comer algo después?

—Por supuesto, eso estaría bien —contestó Sloane.

Echó otro largo vistazo a su alrededor. Lo que vio eran muchos de los signos externos de la riqueza y el exceso. Se volvió de nuevo y cayó en la cuenta de lo que no veía:

A nadie más.

Ni cocinero.

Ni criada.

Ni ayudante ejecutivo.

Ni chófer.

Ni jardinero.

El silencio la asustó al instante.

—Por aquí —dijo el Empleador señalando la habitación de invitados—. Tómate tu tiempo —añadió con una pequeña sonrisa—. Deshaz el equipaje. Dúchate si te apetece. O podrías bañarte en la piscina, que quizá será menos apetecible próximamente dado que el tiempo cambiará tan deprisa. Relájate. Tenemos tiempo. Y no hay ninguna prisa.

Sloane asintió. Vio que el Empleador sacudía de repente la cabeza.

—No, eso no es del todo exacto —soltó en voz baja—. El tiempo siempre escasea. El tiempo es siempre limitado. El tiempo nos acecha. Al final, el tiempo nos asesina. Es siempre mortífero.

Se giró un poco hacia la pared de los ventanales y dirigió la vista al mar.

—O eso es lo que nos dicen los poetas.

Sloane debió de parecer sorprendida al oírlo, porque el Empleador agregó:

—Pero tú eres joven y no sientes estas cosas con la misma intensidad que yo. Así que haz lo que te apetezca y cuando estés lista, yo estaré listo.

Sloane tomó la carpeta y la bolsa y se marchó en la dirección que él le había indicado. Notaba que estaba observando cada paso que daba. Se fijó en una pequeña cámara en la junta de una pared, diseñada para quedar camuflada y ser discreta, tal como Maeve le había advertido. Se dio cuenta de que en toda la casa habría un sistema de seguridad igual de caro que el Hockney que colgaba de la pared.

Entró en la habitación, cerró la puerta e inspiró hondo varias veces, luchando con el miedo contra la incertidumbre. Una vez más, miró a su alrededor: su habitación era inmensa, con más vistas al mar. Una cama grande situada de tal modo que al acostarse podían contemplarse las olas. A un lado había un cuarto de baño privado, equipado con elementos chapados en oro y azulejos de importación en el suelo radiante. Una elegante cómoda, el pie y el cabezal de la cama estaban diseñados por Thomas Moser. Comprobó inmediatamente cada rincón de la habitación en busca de cámaras de seguridad pero no vio ninguna. Se dijo a sí misma que eso no significaba que no las hubiera. Solo que eran menos evidentes. Había dos grandes cuadros, de nuevo escenas de islas parecidas a las que ya había visto. También había en un rincón una escultura de mármol blanco que representaba una ballena saltando.

«Si me está observando, tengo que mantener oculta la pistola del cuarenta y cinco —pensó Sloane—. Bajo el colchón. En el cajón superior. En un estante del armario.»

Ninguna de estas opciones funcionaría.

Sabía que no podía sacar el arma de la bolsa de lona sin exponerla a una cámara oculta. Lo mismo podía decirse de los tres móviles desechables restantes que llevaba junto al arma, incluido el que creía que su madre estaba rastreando. No temía que la viera mientras se desnudaba y se quedaba en ropa interior. Temía que pudiera ver el arma, y lo que eso significaba. Sacó las pocas prendas que llevaba en la bolsa y las dejó en un cajón. Después guardó la bolsa de lona en el armario, en un rincón, esperando que pareciera inocente allí metida. Estaba intentando ser práctica, sin saber qué significaba serlo en sus circunstancias. Se imaginó de repente corriendo por el pasillo para recuperar la pistola del 45 mientras las balas le pasaban rozando la cabeza.

«Imposible. Es una fantasía estúpida», se dijo. Aun así, se sintió indefensa, sin saber todavía muy bien de qué tenía que protegerse.

De algo. Peligroso.

Se sintió sola.

Y estar sola era aterrador.

Se volvió hacia la ventana y contempló el mar. Como había indicado la predicción meteorológica, se estaban empezando a formar olas más altas, con algo de espuma en la superficie. El oleaje que batía la arena amarilla era cada vez mayor y el color del agua estaba pasando del azul oscuro a un gris que no presagiaba nada bueno. Algo de viento agitaba los arbustos situados al borde de la finca. La sensación de que el tiempo estaba empeorando casi la abrumó y la ayudó a canalizar su nerviosismo. Buscó en su interior la determinación que necesitaba, se dirigió al cuarto de baño, se lavó las manos y la cara, se cepilló el pelo y se puso ropa limpia antes de tomar la carpeta y salir del cuarto.

Oyó que cerca sonaba una música que le resultaba familiar.

Fue en esa dirección y vio que la puerta de la sala de cine estaba abierta. En la gran pantalla George Clooney estaba cantando «Man of Constant Sorrow» de la película *O Brother!* de los hermanos Coen.

El Empleador estaba de pie frente a un par de butacas mirando la pantalla.

Se volvió hacia ella.

—Una de mis canciones favoritas —comentó—. Creo que me identifico con el título: «Un hombre con un constante pesar». —Sonrió y entonó—: «I am a man of constant sorrow. I've seen trouble all my day». En la película le doblaron la voz a Clooney. De modo que lo que crees estar viendo y oyendo no es real. O quizá es real, pero falso a la vez. Y hay un verso maravilloso en la segunda estrofa: «No pleasures here on earth I've found». He reflexionado sobre esta frase muchas veces: «No he encontrado placeres aquí, en la Tierra». Eso me suena. ¿Sabes en qué se basa la película en líneas generales?

Lo sabía pero no quiso decirlo, así que respondió:

—No. No estoy del todo segura.

—Piensa en ello —soltó el Empleador. Tenía en la mano un mando a distancia, que apuntó hacia la pantalla y dejó a Clooney y a los Soggy Bottom Boys a media frase.

Pulsó entonces el mando una segunda vez.

Los Soggy Bottom Boys desaparecieron de la pantalla.

Los sustituyó una enorme ampliación de la fotografía que el abogado de San Diego le había dado a Sloane: la joven pareja imposible de reconocer que contemplaba el mar. La imagen tomada desde detrás.

En el centro se veía la omnipresente flecha de reproducción. Sloane comprendió que a continuación de la fotografía inicial habría más cosas. Imaginó que sería la imagen de Il Labirinto.

El Empleador observaba su reacción.

—Es... —empezó a decir Sloane.

El Empleador no la dejó terminar.

—Yo miro a menudo esta fotografía —dijo—. Así que empecemos a conocernos mejor.

La condujo pasillo abajo volviéndose para decirle algunas palabras mientras avanzaba despacio hacia la zona del salón.

—Pero ¿no hemos empezado ya a hacerlo?

Sloane no contestó.

Era como si estuviera ausente.

Dos

UNA CONVERSACIÓN CON EL FILÓSOFO DEL ASESINATO

El Empleador llevó a Sloane pasillo abajo, le hizo cruzar el salón y entrar en un comedor. Un lado de la mesa estaba preparado para un comensal. Se lo señaló y descorrió la silla para que se sentara.

—¿Usted no va a comer? —preguntó Sloane al hacerlo.

—No.

Tajante.

Mientras ella se acomodaba en la silla, el Empleador fue a la cocina y en un segundo regresó con un plato. Se lo puso delante.

Una ensalada, una guarnición de patatas y un corte generoso de lo que vio que era pez espada.

—Adelante —dijo, sentándose frente a ella—. Me encanta cocinar.

Sloane dio un bocado.

—Arponeado —dijo el Empleador.

—¿Perdón?

—El pescado fue arponeado. No pescado con palangre e introducido en un recipiente lleno de hielo un par de días antes de ir al mercado. Fue capturado vivo en el mar, comprado directamente en la costa. De ahí que tenga otro sabor, otra textura, otra consistencia. Estaba nadando en la superficie, disfrutando del calor del sol y, de repente, lo izaban a bordo de un barco pesquero con un arpón en el dorso. Más caro en la pescadería pero, a mi entender, vale la pena pagar ese dinero de más. ¿La forma más humana de matar a un pez? No estoy seguro. El barco cuenta con una larga plataforma en la proa y el capitán sitúa sigilosamente la embarcación detrás del confiado pez, lo bastante cerca para que el arponero acierte. Compara esta muerte con el pánico que siente el pez espada capturado con palangre en las profundidades del mar, con un anzuelo clavado de repente en la boca, incapaz de liberarse. El mundo que conocía y en el que se sentía cómodo se ha puesto patas arriba y es aterrador. Lucha impotente con el peso de la línea y el dolor en el labio. Sabe instintivamente que está condenado y lucha por una vida que sabe que está perdida.

Sloane titubeó con el tenedor en la mano.

—No, sigue comiendo —pidió el Empleador.

Sloane hizo lo que le decía. Por más triste que fuera cada bocado, era también delicioso.

—Dime, Sloane, ¿qué crees que es mejor? ¿Una muerte repentina o una muerte lenta? En el primer caso se arrebata la vida a alguien inesperadamente. En la otra, la persona tiene la oportunidad de hacer introspección mientras espera que le llegue la muerte.

—No sé si puedo responder a eso —soltó Sloane.

—¿No? —Esta palabra pareció divertir al Empleador—. Pero ahora sabes mucho más sobre la muerte que hace poco tiempo. ¿No es verdad?

—Sí.

—Me he dado cuenta de que pienso a menudo en la muerte —prosiguió el Empleador—. Creo que me he convertido en un filósofo del asesinato. La muerte es algo corriente y único a la vez, ¿no crees?

Sloane asintió.

La observó mientras terminaba de comer.

Una vez tuvo el plato vacío, el Empleador lo llevó a la cocina. Hubo un momento en que se oyó correr el agua y después poner el plato y los cubiertos en el lavavajillas. Para Sloane, cada acto, incluso algo tan mundano como enjuagar un plato, estaba teñido de otro significado. Se estremeció, pero no era de frío.

El Empleador abarcó con un gesto del brazo la mesa ahora despejada.

—¿Tienes aquí espacio suficiente para enseñarme algunos de tus diseños?

Sloane abrió su carpeta y tardó un momento extender los dibujos de obeliscos, móviles y parques en el tablero de la mesa.

El Empleador los miró y luego se dirigió hacia ella.

—Antes de que me expliques el proceso conceptual de cada diseño, dime lo que averiguaste al documentarte sobre cada muerte.

—Bueno —empezó a decir Sloane despacio—, cada muerte es diferente...

El Empleador sacudió la cabeza.

—Estilo, sí. Medios y métodos, sí. Pero ¿por qué murieron? ¿Qué los relacionaba entre sí? ¿No es eso lo que averiguaste?

Una oleada de imágenes inundó a Sloane: cadáveres en distintas posturas, asesinados de formas diferentes.

El Empleador señaló la flor de Hockney en la pared.

—Simples pinceladas que significan mucho —dijo.

Sloane vio un momento de rabia, una nube gris reflejada en su cara. Era comparable al cielo que se estaba oscureciendo y a la salpicadura en el patio de las primeras gotas de lluvia que traía el viento.

—¿Los mató usted? —soltó con dificultad. No pudo contenerse.

—Por supuesto —respondió el Empleador con una sonrisa.

—¿Por qué? —preguntó Sloane.

—Ya lo sabes.

Sloane sacudió la cabeza, pero fue una reacción automática. En realidad creía que podía saberlo.

—Lo sabes —insistió el Empleador con una voz gélida.

Sloane notó que le temblaban las manos. Estaba tensa. Quería correr, pero no podía. Estaba paralizada.

—Porque ellos... —empezó a decir, y se detuvo.

—Porque todos ellos merecían morir por lo que le hicieron a la única persona en este mundo que ha significado algo para mí.

—Su hermano —dijo Sloane. La cabeza le daba vueltas.

Le entró el pánico en cuanto la palabra «hermano» salió de sus labios. ¿Era eso algo que le había dicho su madre? ¿O lo había averiguado en sus pesquisas? No podía acordarse.

Pasado un instante, el Empleador asintió.

—Mi hermano —confirmó.

Se hizo un breve silencio.

—Tu padre —añadió.

Sloane lo sabía. Y sin embargo, no lo sabía. Notó que la incertidumbre la hacía temblar.

—Mi padre está muerto —comentó en voz baja.

—Sí.

—Murió antes de que yo naciera.

Era la primera mentira de su madre.

—No. Eso es lo que, sin duda, te contaron. No era cierto. Sabes cómo murió. Tus pesquisas te informaron de ello. Una aguja en el brazo después de comprar algo tan puro que lo mató. Una aguja que yo creo que no habría estado ahí si tú hubieras estado en su vida.

Y ahí lo tenía.

Sloane estaba acogotada. Un asesino le decía una verdad.

Una madre que la quería le mentía sin cesar. Se le hizo un nudo en el estómago.

El Empleador se acercó a una mesa auxiliar y abrió un cajón. Sacó de él una carpeta y regresó a la mesa. De la carpeta extrajo una foto grande y se la acercó a Sloane de modo que quedó sobre uno de sus bocetos. Sloane la miró.

Un hombre joven. De alrededor de veinticinco años. Su edad.

Cabello castaño largo, rizado, indomable. Una amplia sonrisa en los labios. Un hombro ladeado hacia la cámara. Una señal de indiferencia. Una expresión despreocupada en los ojos. Atractivo. Aparecía como si lo hubieran pillado viendo el mundo como una fuente constante de diversión. Sloane se preguntó si tendría sus ojos. Su mentón. Su sonrisa. ¿Qué habría heredado de él?

—Tomé esa foto hace décadas. Parece feliz, ¿verdad?

—Sí —respondió Sloane.

—Pero no lo era. Nunca lo fue. Estaba atormentado. Pero era brillante.

Sloane ya sabía eso. Pero no lo demostró. No sabía cómo reaccionar. Sabía que tenía que mostrar sorpresa. Asombro. Estupefacción. Algo. Buscó en su interior la reacción adecuada pero no la encontró.

El Empleador sacó una hoja de la carpeta y se la acercó. Sloane vio una serie de letras, números y signos matemáticos que recorrían la página formando un largo párrafo que parecía una ecuación.

—Eso lo hizo rico. No hay ningún portátil en el mundo que no use una variación de este algoritmo. No necesitaba ser más rico de lo que ya era, pero lo fue gracias a eso. Y después desarrolló otras aplicaciones con un amigo. Alguien a quien tú conoces.

«¿Alguien a quien yo conozco? ¿Quién?», pensó Sloane. No contestó.

Era como si su imaginación oscilara entre la parálisis y el colapso.

—Eso no lo hacía feliz.

—¿Qué lo hacía feliz? —preguntó Sloane, aunque cada palabra parecía proceder de otra persona.

—Tú lo habrías hecho feliz —aseguró el Empleador.

A Sloane se le secó la garganta.

—Por eso te buscamos con tanto ahínco.

Sloane no sabía qué decir.

—Nunca dejó de buscar —contó el Empleador—. Era su único interés en la vida. Su búsqueda, su persecución, su necesidad de encontrarte, eso era su pasión. Aparte de la heroína, claro. Estaba total y completamente dedicado a encontrarte. Se gastó miles, no, millones de dólares. Contrató profesionales. Recurrió a investigadores privados y a adivinos. Exploró todas las posibilidades. Yo lo ayudé en sus pesquisas. Fuimos a Maine. A Miami. A California. A Texas. Fueron, a menudo, búsquedas infructuosas. A veces había alguna esperanza, que acababa una y otra vez en nada. En más de una ocasión lo vi deshacerse en lágrimas cuando sus esperanzas se frustraban. Pero estaba decidido. Tú eras parte de él. Y él quería ser parte de ti. Fantaseaba con un encuentro. Soñaba con una relación. Con el paso de los años, trató desesperadamente de imaginarte creciendo. Una vez encargó a un artista retirado de la policía que dibujara bocetos del aspecto que tendrías a los seis años, a los once, a los catorce...

El Empleador se puso de pie, se dirigió hacia un aparador y regresó con unas cuantas hojas grandes de papel.

—Los he guardado —comentó, acercándoselos a Sloane—. ¿Te reconoces?

Los miró uno a uno. Una chica desconocida le devolvía la mirada. Distinguió algunos rasgos que podían compartir. Era de lo más extraño.

«Soy yo pero no lo soy», pensó.

El Empleador prosiguió:

—Fue algo continuo e increíblemente doloroso. Cada minuto perdido fue como una losa. Y cuando murió, y su sufrimiento, entre muchas otras cosas, tuvo algo que ver con las drogas, decidí que yo tampoco iba a rendirme.

Otra pausa.

—Se lo debía. Era lo mínimo que podía hacer en su memoria. Me sirvió para mantener vivo su recuerdo. Como esos otros asesinatos.

Se encogió ligeramente de hombros.

—Nunca he derramado una sola lágrima por ninguna de las personas a las que he matado. Pero sí por él. Curioso, ¿verdad?

Sloane no dijo nada.

—¿Tienes miedo, Sloane?

Sloane asintió.

—No es extraño. Pero te admiro. Por venir aquí sola. Mirarme. Escuchar la verdad. Sobre mí. Sobre ti. Sobre tu padre. Demuestras la clase de valentía que yo habría esperado. Mi hermano habría estado increíblemente orgulloso. Te habría querido todavía más.

Ella no se sentía valiente. Ni querida.

El Empleador vaciló. Dejó caer la cabeza hacia atrás un instante y miró al techo.

—De modo que imagina cómo habría disfrutado este momento. Habría estado desbordante de alegría.

—Pero todo esto... —dijo Sloane mirando los diseños que había en la mesa.

—Ah —soltó el Empleador con una pequeña sonrisa—. Sí. Tu trabajo. Es impresionante. Pero no era para él. Este monumento conmemorativo era para mí.

Sloane debió de parecer desconcertada, porque el Empleador añadió:

—A los asesinos nos gusta recordar nuestros éxitos. Como a cualquier profesional que se precie: el médico que cuelga sus diplomas en la pared; el empresario que tiene sus premios en un estante; el abogado que enmarca titulares de periódicos sobre los casos que ha ganado. A menudo somos como el artista que conserva su mejor obra en su estudio. O que visita en secreto la galería donde se exponen sus obras.

Sloane no sabía que decir.

—Bueno —dijo el Empleador despacio—. Ha llegado el

momento de saber por qué murió cada una de esas personas. Este era el laberinto que tenías que resolver.

En aquel segundo Sloane recordó lo que Kessler, el psiquiatra, le había dicho sobre los asesinos en serie.

Trofeos.

Le preocupaba convertirse ella en uno también.

35

UNO

LO QUE SLOANE AVERIGUÓ A CONTINUACIÓN

Su primer pensamiento fue intentar encontrarle la lógica a un mundo de miedo: «No me matará. Soy el único vínculo que le queda con su hermano».

Su segundo pensamiento fue intentar imponer la razón al mismo mundo de miedo: «No, no lo soy. Solo que no sabe que el otro vínculo que le queda sigue vivo».

El Empleador estaba observando atentamente el rostro de Sloane, como si midiera sus emociones del mismo modo que un científico mide los datos.

—Crueldad, Sloane. Sufrimiento. Perversión. Robo. Intimidación. Homicidio involuntario. Permíteme que te pregunte algo: si estuviera dentro de tus posibilidades vengar las cosas terribles que le hubieran hecho a alguien a quien tú amaras, las cosas que lo llevaron a una especie de suicidio, las cosas que te carcomieran a ti el alma, ¿no aprovecharías esa oportunidad?

Sloane quiso decir que no, pero se dio cuenta de que lo más probable era que la respuesta fuera que sí.

La voz del Empleador hizo que la venganza pareciera casi musical.

—Sígueme —soltó de golpe.

La condujo de nuevo hasta la sala de cine. Señaló la pantalla detenida que seguía mostrando la fotografía de la joven pareja.

—He preparado esto para ti —anunció—. Estoy muy orgulloso de ello. Creo que lo dice todo.

Le indicó una de las butacas y le pasó el mando a distancia.

—Pulsa la flecha —pidió—. Te dejaré para que lo veas.

Entonces se marchó y cerró la puerta.

Sloane se recostó en la butaca y levantó el mando. Situó el dedo sobre la tecla de reproducción. No sabía qué iba a ver, no estaba segura de querer verlo, no estaba segura de poder hacer otra cosa que no fuera verlo.

Pulsó la tecla de reproducción.

Por unos segundos, la imagen de la pantalla siguió siendo la misma: la pareja imposible de reconocer que contemplaba el mar. Entonces la imagen se fundió y apareció una segunda foto. Casi idéntica.

La misma pareja.

La misma posición.

Solo que ahora sus caras se veían con claridad.

Se oía música de fondo: una guitarra solitaria que interpretaba el animado riff de la canción de country «Stand by Your Man».

Pero cuando esta imagen cambió de un ángulo a otro, Sloane ya sabía a quién estaba viendo.

«Tendría que haberme dado cuenta enseguida», pensó con un ramalazo de rabia.

Maeve. Joven.

Will Crowder. Joven.

«¿Sería su cuarta cita? —se preguntó—. ¿La quinta? Fue antes de que mi madre abriera el cajón de esa cómoda. Pero no antes de que supiera que iba a acostarse con él. Antes de que yo fuera concebida.»

En la fotografía se tomaban de la mano. La imagen de la inocencia. No parecía que fueran conscientes de la presencia del fotógrafo que los acechaba. Sloane tuvo al instante la impresión de que había sido tomada de lejos, con un teleobjetivo. Una foto espía.

Ahora sabía exactamente quién los había estado observando.

Dos

LA PELÍCULA PRIVADA DE SLOANE

La imagen permaneció en la pantalla por lo menos treinta segundos, tanto rato que Sloane casi creyó que la presentación había terminado. Entonces se fundió en una pantalla negra con los Seis Nombres de Difuntos dispuestos en el centro con letras de un color rojo vivo. El acompañamiento musical era la fanfarria de *Así habló Zaratustra* que hizo famosa *2001: Una odisea del espacio* de Kubrick. Esto se fundió en:

Número uno: Wendy Wilson

Seguido de un rápido montaje. Wendy Wilson en poses de modelo, en una pasarela, en un anuncio. Sloane reconoció algunas de ellas de sus pesquisas. La foto final, sin embargo, no. Era la foto de una pareja en una mesa de una cena benéfica de aquellas a las que se va y se dona algo de dinero. Con una botella de champán y dos copas largas de cristal tallado delante, y un gran cartel que rezaba CATHOLIC CHARITIES en el fondo. Wendy Wilson, con el ceño fruncido, llevaba un ajustado vestido de fiesta con lentejuelas y Will Crowder lucía un esmoquin. En esta fotografía parecía mayor. Sin afeitar. Con el pelo canoso. Sonreía a la cámara, pero su sonrisa parecía teñida de tristeza.

Esa imagen permaneció en pantalla, pero en la parte inferior había una línea de audio que se reprodujo, acompañada de un gráfico de sonido de color verde lima que ascendía y descendía con cada palabra y cada pausa, como la banda sonora en la edición de una película.

Una voz de mujer.

«Will... siento dejarte este mensaje en el teléfono. Pero ya no quiero verte más. Sé que dices que me quieres, pero no es verdad. Creo que quieres más a las drogas. Y yo no te quiero. Y no quiero drogas. De modo que se ha acabado. Por favor, no me llames. Ni nada más. Fue divertido un tiempo, pero ya no lo es. Adiós y buena suerte. Lamento que las cosas hayan terminado así. Espero que puedas poner en orden tu vida. Rezaré por ti.»

La voz de la difunta.

Sloane se había quedado helada. La pantalla se fundió otra vez en negro un instante, antes de que aparecieran las siguientes palabras:

> Dijo que rezaría por él, pero las oraciones rara vez funcionan. Ella era su única oportunidad de encontrar un nuevo amor y dejar atrás lo que sentía por tu madre. La segunda vez que le rompían el corazón. La última. ¿Por qué creía esa mujer que tenía derecho a lastimarlo de esa forma?

Sloane se dio cuenta de que las imágenes le hablaban directamente y de que seguramente el Empleador había dedicado tiempo a elegir las palabras con cuidado. Esas palabras permanecieron un momento en la pantalla antes de que una sola frase apareciera ante sus ojos, añadida a la anterior:

> Matarla fue fácil.

Casi se atragantó. Notó que le temblaba el cuerpo entero. Tuvo la impresión de estar atrapada en unas arenas movedizas visuales. Comprendió algo de repente: «Si le fue fácil matar a la segunda mujer que le había roto el corazón a su hermano, le habría sido fácil también matar a la primera». En algún lugar de esa ecuación estaba la fotografía de una mujer asesinada que el hombre que se convertiría en el Empleador había enseñado hacía muchos años a su madre. No aparecía mencionada en la película pero su presencia la perseguía. Y enseguida se percató de una segunda cosa: «Mi madre tenía razón. Estaba huyendo de la muerte».

Mientras estos pensamientos la asediaban, apareció otra pantalla negra en la que se veían las palabras:

Número dos: el puto director de colegio

La brusca palabrota reflejaba una rabia incontrolable. Un atizador de hierro esgrimido con una furia ciega. La pantalla pasó a mostrar una fotografía de la granja de New Hampshire. Tendría que haber sido idílica, pero ahora la música de fondo era de heavy metal: «Enter Sandman», de Metallica. «Exit, light. Enter, night...» Tardó un segundo en reconocer la casa; la fotografía había sido tomada en pleno invierno. Había montones de nieve y de hielo acumulados en la parte delantera. La imagen cambió entonces y se convirtió en un vídeo: un plano subjetivo de alguien que recorría la casa, aunque entonces era un lugar lleno de muebles, no el espacio vacío que ella había visitado en lo que parecía otra vida totalmente distinta. La cámara seguía su camino hasta una habitación que reconoció al instante. La imagen descendió entonces hacia el suelo, y vio los cadáveres del director muerto y de su esposa despatarrados en una alfombra. No era la imagen que se había formado al preguntar sobre sus muertes al hombre del cortacésped o a la policía; no se trataba de charcos de sangre antisépticos ni de figuras inmóviles de porcelana. Esas muertes parecían recientes. Inmediatas. Como si hubieran sido asesinados momentos antes.

De nuevo, la imagen y la música desaparecieron y unas palabras aparecieron en la pantalla:

Desconsiderado. Cruel. Insensible. Arrogante. Malo. Intentó arruinarle el futuro a mi hermano cuando Will, a los diecisiete años, estaba apenas empezando. Will nunca hizo trampa en nada. Y a ojos de los demás, superó este revés. Pero, en realidad, no lo hizo. A partir de ese momento estuvo siempre tratando de demostrar algo que no podía demostrarse.

Tratando de dejar atrás un fracaso pasajero. Gracias a ese puto director.

Matar a ese hombre me produjo una satisfacción enorme.

Lamento lo de su inocente esposa. Ojalá no hubiera estado ahí esa tarde. No pudo evitarse.

Fue un daño colateral.

—Pero sí hizo trampa. Plagió su trabajo final —susurró Sloane. Era algo que había averiguado en sus pesquisas. Y cayó en la cuenta de que para el Empleador «hacer trampa» tenía un significado totalmente distinto.

La siguiente imagen que apareció en la pantalla que tenía delante fue la fotografía en blanco y negro de un periódico, bajo un gran titular: «Acusado de pederastia va a juicio». Mostraba a Elizabeth Anderson, la «enfermera entregada» colgada del brazo de su marido pederasta, con la cabeza gacha, esquivando a una airada multitud mientras el abogado de oficio al que Sloane reconoció de inmediato los conducía hacia los juzgados.

Número tres: La enfermera...

Y el verdadero número tres: el cabronazo de su marido.

En la pantalla se vio la foto del periódico unos segundos más hasta que la sustituyó otra serie de palabras rojas sobre fondo negro:

¿Qué crees que hicieron, Sloane?

Entonces, ante su sorpresa, la voz del Empleador retumbó por el sistema de altavoces de la sala.

«Te diré la respuesta: cuando mi hermano tenía apenas siete años, Michael Anderson tenía trece y vivía en la misma calle que nosotros. Y un día de otoño se llevó a Will al bosque y lo violó. Fue muchos años antes de que Will me lo contara. Como muchas víctimas, ocultó lo que había sucedido. Le daba vergüenza.

Pero no tenía la culpa. Lo que le hicieron ese día nunca desapareció. Yo tendría que haber estado allí para protegerlo. Ese recuerdo lo incapacitó de por vida. Saber lo que había sufrido me incapacitó a mí de por vida. Me llevó muchos años averiguar cómo tendrían que morir. El profesor de piano estuvo fuera de mi alcance hasta hace muy poco. Y tal vez te preguntes: pero ¿por qué la enfermera? Porque estaba tan ciega que no veía lo que hacía su marido. O puede que no tan ciega. «Facilitadora.» Este es el término que usan los psiquiatras. Sea como sea... creo que hice un favor a sus muchas víctimas. Les di algo de tranquilidad. Porque, verás, la cuestión no era si merecían morir...»

La voz del Empleador se redujo de repente a un susurro mientras titubeaba: «... la cuestión era: ¿por qué merecían vivir?».

La última pregunta del Empleador resonó por la sala. La fotografía del periódico estuvo en pantalla por lo menos diez segundos más antes de que, como era de esperar, la sustituyeran estas palabras en letras rojas sobre el habitual fondo negro:

Número cuatro: Martin Barrett

Mientras este nombre permanecía en pantalla, sonó una animada música mexicana. Trompetas, mariachis, guitarras y energía... hasta detenerse de golpe.

A continuación una imagen ocupó toda la pantalla.

Sloane estuvo a punto de chillar. Soltó un fuerte grito ahogado.

La siguiente imagen era de una cabeza cortada.

Un primer plano. A todo color.

La sonrisa mortal de una gárgola.

Sloane se echó hacia atrás, apretujándose contra el respaldo, sintiéndose atrapada, incapaz de mirar, incapaz de desviar la mirada. Sintió que la imagen se le grababa a fuego en el cerebro y fue consciente de que nunca la olvidaría. Tenía la garganta seca, y quiso decir algo en voz alta, pero no pudo hacerlo.

Con el sudor empapándole las axilas, vio con alivio como la

imagen de la pantalla cambiaba. La sustituyó una fotografía natural en blanco y negro de dos hombres en un campus de la costa Oeste. Caminaban juntos, charlando con las cabezas juntas. Llevaban libretas, carteras, vaqueros y camisetas; lo típico de los estudiantes, solo que mayores. Se fijó bien y vio:

Will Crowder a la derecha.

Martin Barrett a la izquierda.

Se estremeció un poco al ver una imagen del hombre con vida, que comparó mentalmente al instante con la cabeza cortada.

Más palabras sustituyeron la imagen:

> Martin robó una de las mejores ideas de mi hermano. Ganó millones con ella. Will lo perdonó. Me dijo que no le diera importancia, que ya éramos lo bastante ricos. «Déjalo correr» fueron sus palabras.

Fue como si la pantalla se quedara en pausa un momento antes de que apareciera una nueva frase:

> No lo hice.

Y luego otra:

> No pude hacerlo.

Seguido de:

> Jamás lo olvidaría.
> Nadie lo hace.
> Nunca lo perdonaría.
> Nadie lo hace.
> Puede que Dios lo haga.
> Pero no lo creo.

Y finalmente:

A Martin le gustaba correr riesgos. Creía que Tijuana, las putas, las drogas y el alcohol eran riesgos aceptables. No lo eran. Imagina su sorpresa cuando me vio la noche que murió.

Trató de imaginar la impresión del examigo y exsocio, seguida de la sensación de que iba a morir. Creyó por un instante que no podía respirar, porque imaginó que podría estarla aguardando la misma sensación. De nuevo, las palabras desaparecieron de la pantalla, sustituidas por:

Número cinco: Michael Smithson

Y después:

Aquí todo iba de matar al asesino.

De repente la acción de la pantalla cobró vida.

Sloane vio una aguja hipodérmica suspendida sobre una cuchara apoyada en un mechero y una llama temblorosa. Vio introducir un líquido de tonalidad marrón en la jeringuilla. Era casi artístico. Casi como una película de la Nueva Ola. Entonces el plano subjetivo cambió, y vio la figura de un hombre desplomado sobre una cama en un piso barato. El hombre parecía estar casi inconsciente. No pudo distinguir sus rasgos pero tenía la cabeza inclinada hacia delante y los brazos caídos, como si le hubieran seccionado de golpe cada músculo y cada tendón. La cámara descendió hacia las piernas del hombre y, a continuación, hacia sus pies desnudos, donde tenía una aguja hipodérmica clavada entre dos dedos. Comprendió, sintiendo un frío glacial: «Estoy viendo morir a un hombre».

De nuevo, la voz del Empleador retumbó por los altavoces. «No hace falta que lo explique, ¿verdad?»

Y aparecieron más palabras en la pantalla, como para responder la pregunta hecha oralmente:

No, no hace falta. Fue más una limpieza que un asesinato.

Sloane se preguntó si también ella era un desastre que había que limpiar. Se movió nerviosa, sin saber muy bien si lo que estaba viendo y oyendo la aterraba o la fascinaba, antes de caer en la cuenta de que ambas cosas eran ciertas. Fue consciente por primera vez de que era hija de un yonqui y sobrina de un asesino. Y también por primera vez se preguntó: «¿En qué me convierte eso?».

Antes de que pudiera reflexionar sobre ello, vio otras palabras en la pantalla:

Número seis: Ted Hillary

Las palabras desaparecieron y las sustituyó la fotografía de un anuario de la secundaria. Un dieciochoañero Ted Hillary, con una lista abreviada de clubes y equipos debajo. Entonces esta imagen se deslizó hacia un lado para dejar sitio a una segunda fotografía de anuario: Will Crowder. La misma media sonrisa. Una lista parecida de equipos y clubes. De nuevo, un acompañamiento musical: «19th Nervous Breakdown» de los Rolling Stones. Los últimos acordes resonaron en la sala. Las dos imágenes permanecieron una al lado de la otra un momento y, acto seguido, aparecieron estas palabras:

¿Imaginas qué hizo?

Abusón. Burlón. Canalla. Le arruinó la vida a mi hermano en la residencia de estudiantes. A algunas personas se les da bien ver quién es vulnerable. De quién pueden aprovecharse. Quién está triste y deprimido. Él era una de esas personas.

Despreciable.

Un día, poco antes de que los dos se graduaran, envió una nota a un profesor de historia de Estados Unidos: alguien de la clase había copiado.

Tendría que haber sido un chivatazo anónimo. Pero, como podrás imaginarte, un abusón como Ted era incapaz de callarse lo que había hecho. Estaba orgulloso de infligir dolor...

Justo cuando Sloane recordaba todo lo que los dos hijos gemelos de Ted Hillary le contaron sobre su padre y se daba cuenta de que lo que había escrito el Empleador era indiscutiblemente cierto, apareció de repente en la pantalla un vídeo que le hizo borrar todos esos pensamientos de su mente para concentrarse totalmente en lo que pasaba ante ella. Vio a Ted Hillary, ya mayor, vestido con un traje de neopreno, a la orilla de un mar grisáceo, con las olas batiendo tras él, el agua agitada hasta las rodillas y un encapotado cielo plomizo que parecía fundirse con la espuma de las olas. Daba la impresión de que estaba suplicando.

El sonido de la sala subió de volumen. El ruido que hacían las olas contra la costa era como un redoble de tambor que anunciaba algo terrible. El ruido del viento sonó por los altavoces, apagando casi por completo la conversación entre Hillary y el asesino invisible.

Era como ver una obra de teatro.

«Lo siento, lo siento. De eso hace muchos años. Era joven. No me daba cuenta de lo que estaba haciendo...»

Una interrupción. Una voz áspera. Fuera de cámara.

«Nada, Ted. Es lo que se te da bien.»

La respuesta al instante del hombre suplicante: «No puedo entrar ahí. La corriente de retorno me...».

Otra interrupción. Sarcasmo.

«Ted, Ted, Ted. Eres un buen nadador. A lo mejor puedes con la corriente. Sabes cómo hacerlo: nada en paralelo a la playa. No luches contra el mar. Utilízalo».

Todavía suplicando, casi entre lágrimas: «Por favor, por favor, mis probabilidades son...».

Otra interrupción. Unas palabras terminantes: «Sé cuáles son tus probabilidades. Un cincuenta por ciento, ¿verdad, Ted? El agua es una alternativa mejor que esto...».

Apareció en pantalla una breve imagen de una pistola con silenciador. Sloane se dio cuenta de que el sonido se había captado con una anticuada cámara de vídeo de las de antes de que un móvil hiciera lo mismo. Con la pistola en una mano y la cámara que grababa el momento en la otra. «Grabó estas imágenes porque sabía que algún día se las enseñaría a alguien —pensó Sloane—. A mí. O tal vez las grabó para poder ver lo que había hecho una y otra vez. Una especie de grabación conmemorativa de la venganza.»

El vídeo continuaba. Vio que la pistola señalaba el mar embravecido. A continuación, oyó la voz burlona del asesino: «Vamos, Ted. Sé un hombre. Arriésgate. Es una oportunidad mejor que la que tú diste a mi hermano. Y si sobrevives, bueno, tendrás una segunda oportunidad. Resistiré la tentación de matarte. Te doy mi palabra. Y mi palabra significa algo. La tuya, naturalmente, no».

Vio como al agente de seguros se le crispaba el rostro. Queriendo creerlo, pero sospechando que no debería hacerlo, engatusándole como cualquier abusón expuesto, con las manos juntas a modo de plegaria delante de él.

«Lo siento, lo siento. Éramos jóvenes, no me daba cuenta...»

Una interrupción. Rabia.

«Eso no es verdad, Ted. Sabías muy bien lo que estabas haciendo. Pero no te importaba. Ver sufrir a otra persona te hacía sentir importante. Fuerte. Mejor. Simplemente no conocías la ley básica de la física que dice que a cada acción le corresponde una reacción igual pero contraria. Ahora ya la conoces.»

Otra pausa. Vio que Ted Hillary miraba de soslayo el mar y después volvía a mirar la cámara.

«Cree que tiene una oportunidad —pensó Sloane—. Pero no la tiene.»

«Métete en el agua, Ted. Nada y lucha por tu vida. Igual que le hiciste hacer a mi hermano hace tantos años.»

Una imagen fija: Ted Hillary abandonando la arena y dirigiéndose hacia el mar mientras el asesino le iba dando empujoncitos con la pistola.

Después la pantalla se fundió en negro.

Sloane se alegró de no ver como el hombre entraba en el agua, era atrapado por la corriente y se esforzaba por sobrevivir. Era una lucha que podía imaginarse con facilidad. Una lucha perdedora.

Esperó, pensando que habría alguna otra imagen, pero no fue así. Ni tampoco apareció en la pantalla la palabra «Fin» o una frase final. Cuando comprendió que la película se había terminado, se movió un poco en su asiento, sin saber muy bien qué tendría que hacer entonces. La idea de salir pitando le parecía imposible. Esperó uno o dos minutos, como si el tiempo se alargara casi como un chicle, a su tío, el asesino, para saber qué iba a continuación. El silencio se le clavaba en la piel. Sabía que había otro acto a continuación. Solo que no sabía qué era. Se sentía atada a la butaca, aunque no lo estaba. Necesitó fuerza de voluntad para ponerse de pie, ir hacia la puerta y salir al pasillo.

—Por aquí, Sloane —oyó.

Se obligó a sí misma a dirigirse hacia la voz.

Cuando volvió a entrar en el salón, vio al Empleador junto a la mesa del comedor, inclinado hacia sus bocetos y posibles planes para el monumento conmemorativo a los Seis Nombres de Difuntos. Le señaló una silla.

—¿Quieres explicarme el concepto de cada diseño? —preguntó.

Sloane fue a decir algo, pero se detuvo.

—No están bien —respondió sacudiendo la cabeza.

—¿Ahora conoces mejor la relación? —dijo sonriendo el Empleador.

—Sí.

—Me lo pasé muy bien documentando cada uno de esos, ¿cómo debería llamarlos? ¿Actos necesarios de venganza? ¿Momentos de contrición? Me gustó tomar fotografías. Pero ¿qué clase de monumento conmemorativo crearías para estas seis personas ahora que sabes por qué murieron?

Sloane sacudió otra vez la cabeza.

—No es para ellos —afirmó. Cada palabra que decía era tensa, dura, pero precisa—. Es un monumento conmemorativo dedicado a usted. Y a lo que hizo por su hermano...

El Empleador asintió, pero dejó de hacerlo y sacudió la cabeza.

—No es para él exactamente, ¿verdad, Sloane?

—No —coincidió Sloane.

—Se portaron mal con él, ¿verdad?

—Sí. Pero...

—Ah —exclamó el Empleador—, el pero al que llegamos al instante todas las personas educadas, sofisticadas, acomodadas, morales y éticas. Eso es lo hermoso de ser el único juez de cada caso, Sloane. No hay debate. Solo veredicto y sentencia.

Sloane quería esconderse. Le vinieron a la cabeza cien respuestas. Las muertes provocadas le hacían difícil hablar.

—¿Qué quiere de mí? —susurró. Se le quebraba la voz. Sabía que era una pregunta que tenía que hacer pero que no necesariamente tendría una respuesta que quisiera oír.

—He deshecho muchos entuertos —soltó el Empleador—. Esta ha sido mi principal tarea desde hace años. Lo que quiero de ti es una corrección final. Un último entuerto deshecho.

Sloane no dijo nada.

El Empleador observaba los dibujos y bocetos.

—Quiero un verdadero monumento que conmemore lo que he hecho —dijo.

Entonces se agachó y sacó un maletín de piel caro de debajo de la mesa. Lo abrió despacio y comenzó a colocar su contenido sobre la mesa, encima de los diseños.

Sloane estuvo a punto de desmayarse.

Sintió un miedo repentino. Se le paró el corazón. Se le hizo un nudo en la garganta.

Tal como le había descrito su madre que había hecho más de dos décadas antes, el Empleador estaba dejando armas sobre la mesa. Una pistola equipada con silenciador. Un cuchillo de caza dentado. Una navaja. Una pistola paralizante. Un garrote con el mango de madera. Instrumentos para asesinar que cubrían la mesa.

«Voy a morir aquí —pensó—. Pero ¿por qué yo?»

Nada tenía sentido para Sloane, aunque sabía que, de algún modo que todavía no podía determinar, lo tenía.

El Empleador alzó la vista de las armas que había entre ellos para valorar la expresión en el rostro de Sloane.

—Tendrás que elegir —dijo.

«¿Va a obligarme a elegir el instrumento de mi asesinato? —Pensó que no podía respirar—. Tendría que haber huido con mi madre. A Oregón. Podría haber vivido. Dejar una vida. Comenzar otra. Como ella hizo una y otra vez.»

El Empleador la miró, como si esperara que dijera algo. Ella se quedó paralizada en silencio.

—Tengo una pregunta para ti, Sloane —anunció en voz baja.

«¿Cómo quiero morir?», se planteó Sloane. Quería cerrar los ojos a todo, pero no podía.

Vio, en cambio, que el Empleador se agachaba de nuevo. Pero esta vez sacaba algo que Sloane no se esperaba.

La pistola del 45 de su bolsa de lona.

—¿Por qué creías que necesitabas esto? —preguntó.

Su voz estaba llena de curiosidad.

Sloane no sabía qué responder.

—¿No sabes que desde el momento en que te encontré te he estado protegiendo?

No sabía qué responder.

—Sabes que Roger podría haberte hecho algo terrible. Iba en esa dirección. Loco. Obsesionado. Así que eliminarlo de tu vida fue una decisión muy sencilla. Te mantuve a salvo mientras tú te acercabas más y más a mí.

Sloane pensó en Roger. Momentos buenos de los inicios de su relación. Momentos difíciles del medio. Momentos terribles del final. Después, la muerte.

—¿No querrías que cambiara eso, no? —añadió el Empleador.

Para Sloane, «sí» y «no» eran posibilidades igual de válidas.

—Y lo que organicé en esa habitación de hotel te liberó, ¿verdad?

Sloane siguió sin decir nada. Recordó los orificios de bala en el pecho y en la frente de Erica Lewis, la difunta *call girl*.

—«Libre» es una palabra maravillosa, Sloane. Puede significar varias cosas.

Levantó la pistola del 45.

—Una buena arma. No de la clase que esperarías que tuviera una joven como tú.

Sloane siguió sin responder.

—Me gustaría saber de dónde la sacaste.

Sloane no iba a contestar esa pregunta.

—¿No quieres decírmelo? No pasa nada.

Puso una bala en la recámara. La apuntó con la pistola.

«Me equivoqué al pensar que no me mataría. Voy a morir», supo Sloane con certeza.

—Puedes elegir el arma que quieras —prosiguió el Empleador señalando con la mano la colección de armas—. La tuya. Las mías. Es decisión tuya.

Se sintió mareada.

—Porque tienes que crear un diseño más —dijo el Empleador despacio.

Sloane temblaba de pies a cabeza.

—Me gustaría que me mataras —soltó el Empleador.

36

UNO

UNA CONVERSACIÓN CURIOSA CON EL HOMBRE QUE QUERÍA MORIR

—¿Qué? —preguntó Sloane tras soltar un grito ahogado.

—Me gustaría mucho que me mataras —dijo educadamente el Empleador—. Tan pronto como te sea posible. Esta noche estaría bien.

—No puedo... —repuso Sloane. Las palabras le salieron de la boca sin pensarlas siquiera.

—¿De veras? —preguntó el Empleador. Parecía divertirle su estupefacción—. ¿No opinas que merezco morir?

Sloane no respondió.

—Soy una mala persona, Sloane. Tú lo sabes. Yo lo sé. He aceptado quién soy y todo lo que he hecho. Durante años he interpretado encantado mi papel en este mundo. Pero ya ha llegado el momento de que pague el precio. He ido acumulando deudas, Sloane. Y ahora tengo que saldarlas.

—No puedo... —repitió Sloane, esta vez en un susurro.

—Pues claro que puedes —replicó el Empleador con entusiasmo—. No es tan difícil. Solo tienes que pensar en todo lo que ya sabes y comprender que le estás haciendo un enorme favor al mundo. Y, como puedes ver, estoy preparado para morir, por lo que también me estarás haciendo un favor a mí.

—Pero ¿por qué?

—¿No te he dado motivos de sobra? ¿Se te ha escapado algo de la película que hice para ti? ¿Tal vez esa cabeza cortada? Eso fue un trabajo sucio. Con la sangre y la sierra de cadena. ¿Se te ha pasado por alto?

Sloane intentó tragar saliva pero no pudo. Miró fijamente al Empleador y vio el asesinato en cada arruga de su cara.

Él también parecía algo aturdido.

—Por supuesto que no —dijo por fin Sloane con sequedad. Y repitió por tercera vez—: No puedo. No soy una asesina.

El Empleador se mostró algo enojado un instante, con la expresión de un hombre que no está acostumbrado a que le digan que no, antes de volver a adoptar su tono persuasivo, casi cantarín.

A Sloane le vino a la cabeza la imagen de Odiseo atado al mástil para poder oír el canto de las sirenas sin verse obligado a seguir el sonido.

Se sentía como si estuviera atada a ese mismo mástil.

—Te subestimas, Sloane. Bajo las circunstancias adecuadas, cualquiera puede ser un asesino. Podemos enseñar a un soldado a matar. ¿Cuánto dura la formación básica en el ejército? ¿Seis semanas? ¿Un poco más? Podemos enseñar a un pobre inocente condenado por un crimen que no cometió a matar cuando llega a la cárcel. ¿Cuánto tardan los demás presos en educarlo? ¿Un día? ¿Dos? Tenemos idiotas en el gobierno que quieren enseñar a los profesores a matar para proteger a sus alumnos de algún que otro tirador perturbado. Y podría seguir hasta el infinito. Así que imagino que este es, sin duda, un desafío que puedes superar. Creo que puedo enseñarte a matar en una noche. Porque a ver, Sloane, ¿qué te estoy pidiendo? Que mates a un asesino. Que elimines de la faz de la Tierra a un hombre que ha asesinado repetidamente a personas no demasiado inocentes y que es probable que vuelva a hacerlo si se dan las circunstancias adecuadas. Pero si hasta diría que castigarme por lo que he hecho e impedirme hacer lo que podría debería considerarse un acto prácticamente heroico.

A Sloane le parecía que aquello podía ser muchas cosas, pero «heroico» no era una de ellas.

—No puedo —dijo de nuevo. Era una respuesta automática, palabras que en realidad carecían de significado porque se preguntaba si la respuesta correcta podría ser «puedo».

El Empleador se encogió de hombros.

—¿No crees que por tus venas corre algo de mi sangre? ¿Que tienes algo de mi ADN en tus células? ¿No crees que en algún lugar de tu interior tienes algo de asesina?

De nuevo, Sloane se debatía entre «sí», «no» y «no lo sé». Apretó los labios sin decir nada.

Tras esperar a que ella respondiera, el Empleador pareció pensar qué tendría que decir a continuación.

—Sloane, ¿recuerdas una pregunta que te hice antes?

—No. Sí, no sé. ¿Cuál?

—¿Preferirías una muerte rápida o una lenta?

—Acabas igualmente muerto —soltó Sloane.

—No es verdad. ¿Crees que es lo mismo un soldado que muere en el campo de batalla que unos adolescentes que pierden el control del coche por ir demasiado rápido?

—Está bien, no —concedió despacio Sloane, que seguía clavada en su asiento.

—Esta es la deliciosa decisión que estoy tomando, Sloane —prosiguió el Empleador—. Un momento de olvido, lo que sería un único disparo de tu pistola del cuarenta y cinco en mi frente, o lo que, según me han dicho fuentes fidedignas, es mi alternativa.

—No lo entiendo.

—Mírame —le pidió el Empleador.

Era una petición extraña porque Sloane lo había estado mirando durante toda la conversación.

—¿Qué ves?

«Solo muerte», pensó. No lo dijo.

—¿Piel pálida? ¿Manos temblorosas? ¿Ojos ictéricos? ¿Voz débil? Músculos en deterioro. ¿Una cojera? ¿Inseguridad general?

«Solo muerte», pensó Sloane de nuevo.

Siguió callada.

—Cáncer de próstata con metástasis —anunció el Empleador con una voz que tendría que haber sido frágil pero que prácticamente retumbó cargada de una extraña confianza—. Me he sometido a quimioterapia. A cirugía. Incluso he probado tratamientos descabellados, místicos, como formas piramidales bajo la cama y un enema de café. Irrisorios, ahora que lo pienso. Sea como sea, a tus efectos, es una sentencia de muerte tan segura como las que yo dicté a la gente a lo largo de los años. ¿Cuánto me queda? ¿Unos meses? ¿Seis? ¿Siete? ¿Nueve? ¿Un año? Puede. Como mucho. Pero ¿quién quiere contar? ¿Y qué me espera durante este tiempo? Un dolor considerable. No, mejor dicho, un dolor casi insoportable. Y junto con esta agonía, viviré todo lo que adorna actualmente a la muerte. Médicos incapaces de hacer nada. Hospitales antisépticos, analgésicos intravenosos, sumirme en la inconsciencia y volver en mí rodeado de enfermeras impotentes que intentarán que mis últimos momentos sean cómodos cuando nunca podrán serlo. Es una muerte desagradable, Sloane. A esta clase de cáncer no le importa si eres rico o pobre. Feliz o desdichado. Si estás satisfecho o no con tu vida. Es una enfermedad que te arrebata la dignidad y todos los aspectos de tu vida que hicieron que alguna vez valiera la pena vivirla. Naturalmente, Sloane, como ya has sido debidamente informada, en mi caso esos aspectos incluyen haber asesinado a personas que se lo merecían. Es un cáncer que te roba lo que eres. Sea como sea, la muerte que me espera no está hecha para mí, como podrás imaginar.

La descripción del Empleador casi había deslumbrado a Sloane. Había sido intelectual. Perceptiva. Homicida. Era un hombre que parecía contradictorio en todo.

Estaba desbordada, intentando asimilar todas aquellas ideas.

—No puedo —repitió una vez más, pero con menos convicción. Se daba cuenta de que la ecuación que había sobre la mesa había cambiado. Se sentía atrapada en unos vientos tan fuertes como los que soplaban fuera de la casa al descender sobre ellos la tormenta, zarandeando el mundo en el exterior, encerrando el mundo en el interior.

—Puedes. Y lo harás.

Sloane se esforzó por encontrar una pregunta.

—Quiere que lo mate de modo que...

El Empleador la interrumpió.

—¿Crees que la naturaleza, Dios o la justicia ciega ha decidido hacerme pagar por lo que he hecho con esta enfermedad que me ha enviado? Es muy posible. Casi romántico. He segado muchas vidas, Sloane. Soy un hombre rico, con tiempo y dinero, por lo que podía esperar para planear un asesinato e irme fácilmente de rositas. ¿No es lo justo y lo adecuado que alguien me quite ahora la mía? Ojo por ojo. Lo que es justo es justo. Uno más uno igual a dos. El mundo recupera un equilibrio adecuado. Mi venganza ha terminado. Puedes proporcionar cierta venganza a algunas personas que la necesitan pero que no saben dónde encontrarla. La sociedad queda satisfecha.

La lógica tras todo esto la aturdía. Intentó sujetarse a la silla donde estaba sentada para tranquilizarse. Las preguntas la asediaban. Trató de formular algún tipo de respuesta, pero sus labios fueron incapaces de moverse para formar las palabras. el Empleador ignoró lo petrificada que estaba y siguió adelante:

—Pero tengo intención de engañar al cielo.

Todavía sujetaba con fuerza la pistola del 45, pero la pasó por encima de las armas que cubrían la mesa para dejarla sobre los diseños inútiles de Sloane como un mago que agita la varita sobre un sombrero para que aparezca un conejo.

—Tienes que entender algo, Sloane. He intentado dirigir mi vida con una enorme pasión. He viajado. He visto muchas maravillas en este mundo. He catado los mejores vinos y saboreados las mejores comidas. He hecho el amor en playas de arena y sobre sábanas de seda con mujeres experimentadas, sofisticadas y hermosas. He reunido cosas bellas a mi alrededor y he visto lo mejor y lo más agreste de la naturaleza...

Señaló las puertas y Sloane vio que la noche se fundía con la tormenta al otro lado del cristal. La oscuridad parecía reunir capas de viento y de lluvia, y lanzarlas contra la terraza exterior. A lo lejos el mar grisáceo chillaba con una rabia inesperada.

—Y he matado, Sloane. Repetidas veces. Sin ningún problema. He segado vidas con absoluta impunidad y sin el menor remordimiento. He presenciado cómo más de un último aliento salía de unos labios culpables, y reído. Y he disfrutado de cada una de esas muertes tanto como he disfrutado al pasear entre las obras de grandes maestros expuestas en el Louvre o al estar en el campamento base del Everest alzando los ojos para contemplar la inmensa montaña o sentado en el Old Vic de Londres viendo como unos intérpretes extraordinarios decían líneas intemporales en el escenario. Mi vida tendría que haber sido poesía, Sloane. Riqueza, arte y perfección asesinando. Pero de todas estas cosas, ninguna significaba gran cosa porque la desesperación de mi hermano me acosaba a cada minuto. Lo que tendría que haber sido una canción, debido a él, era el canto fúnebre de un funeral. Minuto a minuto. Día a día. Año a año. Unas cenizas infinitas que cubrían lo que debería haber sido alegría.

Sloane lo entendía.

El Empleador la apuntó con la pistola del 45, pero por primera vez, ante su inmensa sorpresa, Sloane se dio cuenta de que no apretaría el gatillo. Pero esto no la relajó lo más mínimo.

—Tú eras su mayor creación. Pero te arrancaron de su lado y se pasó la vida, y yo con él, intentando encontrarte. Todo lo que lograba, cada invento, cada idea, todo se volvía insignificante al compararlo contigo. No, con la idea de ti. Y esta carencia, por así decirlo, este dolor y esta sensación de pérdida constantes fueron lo que lo llevó a las drogas.

Sloane sabía que no era verdad. Will Crowder, su genial padre, ya era adicto la noche que fue concebida, y era lo bastante lista como para comprender que seguramente la adicción de Will Crowder tenía su origen en las muchas otras tragedias de su vida. Pero para el asesino que tenía delante, estos hechos debían ser ignorados. Y no iba a discutirlo con él.

«Toda mi vida ha sido una guerra entre mi madre y esos dos hermanos, y yo no lo sabía —pensó—. Cada bando quería tenerme con él. Cada bando exageraba lo que significaba yo para él. Nunca se trató de mí. Siempre se trató de la idea de mí.»

Intentó pensar cómo decirlo, pero le fallaron las palabras.

—Tú, Sloane —declaró el Empleador sonriendo—, solamente tú puedes reparar todo eso.

—¿Matándolo?

—Desde luego.

Debió de parecer desconcertada, porque sin apenas detenerse, el Empleador prosiguió:

—La razón es de lo más simple. Quiero ser recordado, y quiero que él sea recordado. Y si simplemente me muero en un hospital para enfermos terminales, nunca nos recordarás aunque, por ejemplo, te regalara ese cuadro de Hockney para intentar dejarte algo duradero. ¿Lo mirarías colgado en tu pared y me verías a mí? ¿O a tu padre? No, más bien no. Solo verías la belleza de las curvas, las formas y los colores. Y a medida que pasaran los años, el cuadro desbancaría el recuerdo de quién te lo regaló y por qué. Yo, y él, iríamos desapareciendo gradualmente de tu mente hasta evaporarnos.

La miró fijamente.

—Pero si me matas, nunca lo olvidarás. Estaré grabado en tu mente con letras gruesas. Y nos llevarás, a mí y a mi difunto hermano, tu difunto padre, contigo para siempre.

Sloane estaba alterada.

—Mátame, y te convertirás por fin en quien eres: nuestra niña —dijo, meciéndose en su asiento—. Tu recuerdo será nuestro monumento conmemorativo. Mucho mejor que ninguno de estos...

Señaló una vez más sus diseños.

Esta idea atravesó el corazón de Sloane como una flecha de metal candente.

—Seguro que una arquitecta puede entenderlo, ¿no? —soltó—. Solo te pido que seas la arquitecta de mi muerte.

Sloane se puso tensa. Las emociones le rebotaban en las paredes del corazón. No quería entenderlo. Quería esconderse, no solo de las armas que tenía delante ni de lo que le estaban pidiendo hacer, sino de todo lo que había oído sobre quién era. Unas voces gritaban en su interior, tratando de ordenar una vorágine de identidades.

El Empleador esperó de nuevo un instante mientras le observaba la cara. Y entonces añadió:

—Sabes que tengo razón, ¿verdad?

—No, no lo sé —soltó Sloane como pudo.

Pero sí lo sabía. «Quiere marcarme para siempre —pensó—. Una marca que nunca desaparecería. Un tatuaje que nunca podría quitarse. Como un buen monumento conmemorativo que la gente visita año tras año a pesar de que el motivo por el que se diseñó se haya perdido en la historia.»

—Pero sí lo sabes —replicó el Empleador sacudiendo la cabeza.

Sloane siguió sentada, sin moverse, mientras el Empleador contemplaba la pistola del 45 y acariciaba el gatillo con un dedo.

—Sí, menuda arma te has traído a esta fiesta.

«Puede matarme sin matarme —se dijo Sloane—. Puede matarme a mí y puede que también a mi futuro haciendo que lo mate. Nunca volvería a ser la misma. Pero si hago lo que dice, podré seguir con vida. Puede que él tenga razón. Solo estaría matando a un asesino. ¿Qué hay de malo en eso? —Le daba vueltas la cabeza—. No lo sé. No lo sé.»

Lo correcto y lo incorrecto parecían estar distantes, imposibles de alcanzar.

—En Oregón se permite el suicidio asistido, ¿sabes? Qué bonita expresión. Pero, lamentablemente, aquí no. Y en ese estado, consiste en dosis letales de medicinas. Un apretón de manos, te tragas unas pastillas y dices *sayonara*. No es eso lo que yo tengo en mente. Quiero morir del modo en que han muerto mis víctimas.

Sonrió.

—Es algo razonable, ¿verdad, Sloane?

Cuando mencionó Oregón, Sloane casi se atragantó. Pero cuando oyó su última pregunta, pensó que aquella noche no había nada que fuera razonable.

—Un poco como un momento existencial, ¿no te parece, Sloane?

Lo dijo en un tono desenfadado que Sloane apenas oyó. No

lo captó, desde luego. Notaba como el desconcierto más absoluto se derramaba como si fuera aceite sobre cada pensamiento salvo el más obvio: «¿Qué otra opción tengo?».

Y también: «¿Cómo voy a irme de rositas si lo asesino? ¿Cómo voy a irme de rositas si no lo asesino?».

Incapaz de responder a ninguna de estas preguntas, alargó la mano con la palma hacia arriba, como si le pidiera la pistola del 45 o cualquiera de las demás armas.

Y entonces prácticamente saltó de la silla gritando porque de repente se oyó un fuerte golpe en la puerta de cristal que estaba detrás de ella y un grito gutural animal medio apagado que contenía una rabia desatada se coló en la habitación.

Dos

ASESINOS

Al Empleador se le desencajó la mandíbula, con la boca abierta de sorpresa.

Sloane se volvió en la silla y vio:

A Maeve.

Empapada. Desaliñada. Con la ropa rasgada y enlodada. Tenía un rasguño ensangrentado en la mejilla. Una mezcla de odio y furia reflejada en la expresión feroz de su cara. Las piernas medio flexionadas en posición de disparo.

Sujetaba un revólver con las manos.

Con la boca del cañón en la puerta de cristal, apuntando directamente al Empleador.

Un momento de silencio llenó la habitación. Fue como si las tres personas se convirtieran de repente en los vértices de un triángulo mortífero. Entonces Maeve volvió a dar unos golpecitos en el cristal con el cañón del revólver, tres llamadas contundentes que eran casi como los disparos que su arma auguraba hacer.

En aquel breve espacio de tiempo, el Empleador había recobrado la compostura.

—Bueno, esto complica las cosas —comentó—. Creía que habías venido sola.

Sloane oyó una dureza repentina en su voz.

—Y, desde luego, no creía que vendrías con una mujer muerta.

Cuando Sloane se volvió, vio que el Empleador todavía tenía la pistola del 45 en la mano pero ahora la estaba apuntando directamente con ella.

No a Maeve.

Pensó: «Voy a morir».

Y después: «Va a morir ella».

Y finalmente: «Vamos a morir todos».

Cada una de esas cosas parecía posible.

—Dime, Sloane —dijo el Empleador despacio—. ¿Crees que si ella dispara esa arma, la bala alcanzará el blanco deseado? Podría ser un cristal a prueba de balas. Desde luego, es a prueba de huracanes, capaz de soportar vientos de doscientos diez kilómetros por hora. ¿Se desviaría de algún modo esa bala y volvería inútil su posición?

Sloane no contestó.

—Esta es la clase de preguntas que alguien que conoce de verdad el arte del asesinato se hace a sí mismo—. El Empleador sonrió—. ¿Crees que ella se las ha hecho?

—No lo sé —susurró Sloane. Esperaba que la respuesta fuera que no. Pero no estaba segura de ello.

—Pero yo me las hago, siempre —dijo el Empleador con una calma absoluta—. Sea como sea, creo que tendríamos que invitar a tu madre a entrar para resguardarse de la lluvia.

Sin apartar la pistola del 45 de Sloane, con la mano libre se sacó un gran iPhone del bolsillo y lo dejó en la mesa ante él. Y, sin apartar los ojos de Maeve y de Sloane, desplazó la pantalla varias veces hasta tocar por fin una aplicación. Las puertas de cristal de la terraza eran motorizadas y se abrieron simultáneamente con un ruido metálico. Era como si Maeve y la tormenta, el viento que rugía, la lluvia torrencial, su madre y el pasado airado pudieran acceder al mismo tiempo en la casa.

Maeve entró sin abandonar la posición de disparo.

—Hola, Maeve. ¿O debería llamarte Erin? —la saludó el Empleador—. Ha pasado mucho tiempo. Se te ve mayor.

«Erin —oyó Sloane—. Su nombre verdadero.»

—Hola, Joey —respondió Maeve, que fue directa al grano—. A ti también. Y ahora deja que se vaya.

El Empleador sonrió pero no movió la pistola del 45, con la que siguió apuntando a Sloane a la cara.

—¿Qué nombre utiliza ahora tu madre, Sloane? —preguntó. Siguió a Maeve con los ojos mientras ella se acercaba a la mesa.

A Sloane se le ocurrió de repente algo. Se esforzó por recordar el nombre que Maeve le había dicho que estaba usando en aquel momento. Le vino de golpe: Mary Wilcox. Y el revólver del 357 Magnum que llevaba en la mano pertenecía a otro nombre. Sloane decidió mentir y decir la verdad a la vez.

—Maeve —contestó—. Maeve O'Connor.

El nombre de su difunta madre.

—Ah, irlandés como el nombre con el que yo la conocía. Tendría que habérmelo esperado.

—Sloane, cielo, márchate. Deprisa. Corre —dijo Maeve con frialdad, siguiendo al asesino con el arma.

—No, creo que no sería inteligente por tu parte, Sloane —advirtió el Empleador. Miró a Maeve con cautela—. Para estar muerta, se te ve llena de vida —comentó antes de soltar una breve carcajada.

—Sloane, recoge tus cosas y...

—No, Erin. No, Maeve, o quienquiera que tengas intención de ser en el futuro. Por cierto, ¿qué nombre prefieres que use? Solo a efectos de lo que pase aquí esta noche —dijo el Empleador, casi como Patrick Tempter, el abogado.

—Maeve está bien —respondió Maeve—. Erin murió hace mucho.

—Sí. En Miami. Lo sé. Yo estaba ahí la noche que murió. Llegué justo antes de que traspasara, podría decirse. De modo que te llamaré Maeve. ¿No quieres sentarte, Maeve? —Le señaló una silla.

—Estoy bien de pie. Esto no durará mucho porque voy a matarte enseguida —aseguró Maeve.

—¿Ahora mismo? —repuso el Empleador con una sonrisa—. Va a ser que no, Maeve.

Parecía divertido y seguro a la vez. Sloane permaneció sentada en su silla.

—¿Por qué crees que estoy apuntando a Sloane con esta arma, Maeve? Pues porque sé que si te apuntara a ti con ella, te daría igual morir o no, siempre y cuando pudieras hacer el disparo que me matara. Pero no te arriesgarás a hacer ese disparo si hay alguna probabilidad de que sea Sloane quien soporte el peso de tu acto. Matarme, puede. ¿Matarla a ella al mismo tiempo? Puede, también.

Maeve pareció afligida. Sloane se dio cuenta de que el Empleador la había juzgado bien.

—Y si advierto que estás apretando el gatillo con el dedo, dispararé esta arma, y te aseguro que soy muchísimo mejor tirador que tú. Y entonces te quedarás con un asesino muerto y una hija muerta. ¿Qué te parece eso, Maeve? Será difícil de explicárselo a las autoridades. Pero mucho más de explicártelo a ti misma. —Su voz era monótona. Sin emoción. Experta y tranquila. A Sloane le daba miedo oírla—. Creo que ese recuerdo sería una buena carga para ti por más tiempo que quisieras vivir. ¿Años, Maeve? ¿O solo diez segundos, después de ver el desastre que habrías creado y decidir llevarte ese cañón al frente? Una mala forma de dejar este mundo en cualquier caso. Así que te sugiero que te sientes, Maeve.

Su madre titubeó, pero, asegurándose de seguir apuntando con el arma al pecho del asesino, se sentó en una silla.

—Interesante —dijo el Empleador observando cada movimiento de Maeve—. ¿Qué te dije antes, Sloane? Te dije que mi venganza había terminado.

—Sí —respondió Sloane—. Lo recuerdo.

—Estaba equivocado —aseguró el Empleador—. Sorprendentemente, no había terminado. Falta una.

Aguardó un instante, como un actor en un escenario esperando conseguir el máximo impacto de cada línea, con los ojos clavados en Maeve.

—Pero lo estará. Muy pronto.

Maeve no respondió.

—Me arrebataste a Sloane; nos la arrebataste a mi hermano y a mí —dijo en voz baja—. Y después, cuando te lanzaste a ese río, me arrebataste una muerte que yo merecía causar. Estuvo bien fingido.

Maeve sonrió. Una sonrisa que forzó por encima de la tensión.

—Ya te digo —soltó.

—Pero aquí estamos. Donde siempre habíamos tenido que estar.

—Sí —asintió Maeve—. Un poco más tarde de lo que esperabas.

—Ah. Tienes razón.

Y entonces, ante la sorpresa de Sloane, su madre añadió:

—Llevo años preparándome para este momento. ¿Y tú, Joey?

—Sí. —El Empleador sonrió de nuevo—. Yo también.

—Me pregunto quién crees que está más preparado para esta noche. ¿Tú o yo? —le planteó Maeve. Su voz fría y regular era un reflejo de la del asesino.

—Bueno —respondió el Empleador tras soltar una carcajada—, vamos a averiguarlo enseguida, ¿no?

—Sí.

Dicho eso, su madre y su tío se quedaron inmóviles, y ella era incapaz de saber cuál de los dos podría ser más mortífero.

37

Uno

LAS MATEMÁTICAS DE LA MUERTE

En medio del repentino silencio, Sloane se dio cuenta de algo: «Todos somos rehenes».

El Empleador y Maeve se enfrentaban entre sí atados por su pasado, y Sloane era el nudo que los unía. Sloane era también el puente hacia su futuro, por más deforme que fuera. Ella era increíblemente importante para cada una de las personas que blandía un arma, por motivos que eran a la vez diferentes e iguales. Cada uno de ellos la necesitaba para dar su siguiente paso, aunque ella no quisiera formar parte de ninguno. Intentó calcular cuánto la necesitaba cada uno de ellos. Era imposible: «Suma este factor a ese, multiplica, divide, resta, lo que sea, y obtén una respuesta. Si me equivoco, moriré».

Estaba conectada.

Estaba sola.

Entonces, con la lluvia cayendo todavía a raudales, cayendo en cascada en la terraza y entrando en la habitación, con vientos que se colaban por las puertas abiertas azotándolos a cada uno de ellos, haciendo que aquella situación en punto muerto fuera tan incierta como las olas embravecidas que batían la playa cercana, Sloane tuvo la sensación de que estaba atrapada en una balanza imposible, manteniendo el equilibrio entre dos personas obsesionadas.

El silencio persistió.

Miró primero al Empleador.

La seguía apuntando con la pistola del 45 sin apartar los ojos de Maeve. Entre la cara de su madre y el cañón apenas había menos de un metro. Recordó su práctica de tiro en el Battle Road Trail, en Concord, y lo que le había costado dar en el blanco. Pero estaba a mucha más distancia. Por otra parte, el Empleador era un experto. Dudaba que se le hubiera acelerado el pulso ni siquiera un poco desde que su madre había golpeado el cristal de las puertas.

«No fallará», pensó.

Se volvió con cuidado hacia Maeve.

No sabía si su madre sabía disparar el arma, ni tampoco tenía la menor idea de si era buena tiradora. Pero al ver los rasgos tensos de su rostro, se dio cuenta de algo: «Toda mi vida fue un misterio para mí. No supongas que no sabe qué está haciendo. Puede que en una de sus muchas identidades aprendiera a disparar. A lo mejor aprendió a matar».

Vio que Maeve entrecerraba los ojos. Era como si su mirada fuera visible, una cegadora luz blanca de pasión maternal.

Parecía poseída. No parecía asustada, ni siquiera ligeramente nerviosa por lo que estaba dispuesta a hacer.

«Mucha rabia durante muchos años —comprendió Sloane—. Todos los años que se pasó escondiéndome le arrebataron su vida. La está calmando por fuera mientras que le hierve la sangre por dentro.»

Se volvió despacio hacia el Empleador.

Si la enfermedad lo había mostrado extrañamente frágil antes, cuando le pidió que lo matara, ahora su intensidad era casi eléctrica. Chisporroteante. Era como si se hubiera quitado años de encima, junto con la enfermedad y el dolor.

Estaba totalmente concentrado.

Sloane supuso que era una expresión que había adoptado antes.

Estaba en su elemento. Experto en causar la muerte. Haciendo lo que había nacido para hacer.

No sabía cuál de los dos era más peligroso.

Los dos parecían ser desconocidos.

Quiso estremecerse. Acurrucarse, cerrar los ojos, taparse los oídos con las manos y volver a ser una niña.

Se quedó sentada.

«No hagas movimientos bruscos», pensó. No quería hacer nada que pudiera alterar el equilibrio de la habitación.

Un equilibrio precario.

Tuvo la impresión de que los tres eran como escaladores aferrados a la pared resbaladiza de una montaña, zarandeados por el viento, sujetos por unas cuantas cuerdas desgastadas que colgaban de unos cuantos pitones flojos y oxidados clavados en unas grietas que se desmoronaban. Alguien iba a resbalarse y caer.

De modo que susurró:

—Voy a moverme.

—No lo hagas —ordenó el Empleador.

—Quédate quieta —añadió Maeve.

Fue un momento de extraña coincidencia.

Sloane inspiró hondo.

«Solo hay una salida», se dijo.

—Si esta noche muero aquí, ninguno de los dos conseguirá lo que quiere.

Sabía que ella era el fulcro en el que todo se equilibraba. Esperaba que el Empleador y su madre se dieran cuenta de ello.

—Si todos morimos aquí esta noche, todo el mundo morirá descontento.

Hizo una pausa e inspiró hondo de nuevo.

—Si nadie muere aquí esta noche, nadie conseguirá lo que quiere —prosiguió.

Casi se atragantó con cada palabra.

—De modo que alguien morirá esta noche —comentó con cautela—. Dos personas sobrevivirán.

Aguardó. Un silencio opresor llenó la habitación.

Vio que el Empleador sonreía y su madre fruncía el ceño.

—No te preocupes, Sloane, esto se acabará pronto —aseguró Maeve. Tonos calmados. Firmes. Resueltos.

—Yo podría decir exactamente lo mismo —replicó el Empleador en un tono no muy distinto del de Maeve.

—Tú vas a vivir, Sloane. Te lo prometo —dijo Maeve. Con los labios apretados. Hablando con esfuerzo.

—Yo podría hacer la misma promesa —insistió el Empleador—. Pero también podría prometer que tú morirás.

Sloane vio que ninguna de las dos armas, ni la que sujetaba su madre, ni la que sujetaba el Empleador, había oscilado lo más mínimo. Imaginó los dedos que rodeaban el gatillo con tensión. Repasó mentalmente todos los escenarios: su madre disparando, el Empleador disparando. Cada uno iba acompañado de múltiples resultados, de diversas variaciones y de incertidumbre, junto con una certeza más fuerte que ninguna de las demás cosas: yo estaré muerta.

Se dio cuenta de que la única arma que ella tenía era ella misma.

De modo que, en aquel mismo instante, se volvió hacia el Empleador y preguntó:

—¿Qué hago para seguir con vida esta noche?

Maeve intervino de inmediato, antes de que el Empleador pudiera contestar.

—Yo voy a salvarte, cielo. No te preocupes.

—¿Que no me preocupe? —soltó Sloane en voz baja pero airada—. Sé lo que puede hacer esa pistola del cuarenta y cinco.

De nuevo, el Empleador parecía divertido y tenso a la vez.

«La muerte es su aliada —pensó Sloane, que miró un momento de soslayo a su madre—. Y, de otra forma, también lo es para ella.»

—Buena pregunta —afirmó el Empleador. Y, tras reflexionar un momento, añadió—: Va a ser muy difícil que sobrevivas a esta noche, Sloane, a no ser que tu madre y yo acordemos dejarte vivir.

Pareció que Maeve iba a decir algo, pero se contuvo.

Entonces, ante la sorpresa de Sloane, su madre también sonrió. Era una sonrisa cínica, enojada, que significaba una cosa totalmente distinta a la alegría. Era como si pudiera ver algo desarrollándose ante ella.

—Muy bien, Joey. Te escucho. Dime, ¿cómo se va viva de aquí Sloane esta noche?

—Querrás decir: ¿cómo se va de aquí sin morir asesinada? ¿Verdad, Maeve? —soltó el Empleador, al parecer divertido.

—Sí.

—Pero hay otra cosa igual de importante, ¿no?

—Sí. Pase lo que pase, no puede repercutir en su futuro. Tiene que marcharse de aquí limpia.

—Exacto —asintió el Empleador—. Estamos de acuerdo.

«Un curioso acuerdo sobre el amor», pensó Sloane.

—Habla, pues —pidió Maeve con brusquedad.

—Tengo cierta experiencia en este tipo de cosas.

—Yo también.

—Sí. Me lo imagino —aseguró el Empleador. Sin apartar los ojos de Maeve, se dirigió a Sloane—. Muy bien, Sloane, si quieres seguir con vida, tienes que hacer exactamente lo que yo te diga. No te desvíes. No cambies nada. Hazlo paso a paso, sin variaciones. ¿Puedes seguir instrucciones de este modo?

—No hagas nada hasta oír cuáles son sus intenciones —recomendó Maeve.

El Empleador asintió.

—Eso es razonable. —Sonrió—. Estoy tentado de decirte que hagas caso a tu madre, Sloane. Muy bien, lo que quiero que hagas es borrarte de este encuentro.

—¿Borrarse? —se sorprendió Maeve.

—Sloane no puede estar aquí por lo que pueda pasar. Lo comprendes, ¿verdad, Maeve?

—Sí —asintió su madre tras vacilar un momento.

—Y eso significa que tendría que haber muy pocos indicios de que estuvo aquí en algún momento. ¿Lo comprendes también, Maeve?

—Sí.

—Lo que tenemos que proporcionarle son dos cosas —explicó el Empleador, como un profesor de asesinatos en una universidad del crimen—. Tiempo y distancia. Tiene que estar muy lejos de aquí cuando te mate. Y eso tiene que pasar mucho más tarde, a una hora en que ni siquiera el más avezado policía pueda deducir que ella estaba aquí.

Maeve escuchó y, acto seguido, asintió.

—Tiene sentido —afirmó—. Para cuando yo te mate a ti.

—Eso está por ver, ¿no?

—Sí.

—Pero Sloane —prosiguió el Empleador pasados uno o dos segundos—. Quiero que me prometas algo. Ya sabes de qué se trata. Y después de que mate a tu madre, cumplirás esa promesa, ¿verdad?

Sloane sabía cuál era esa promesa. También sabía que tenía que hacerla aunque no tuviera intención de cumplirla.

—Sí —aseveró.

—¿Por qué debería creerte?

—Porque no tengo alternativa. Porque sé que si no hago lo que quiere, me encontrará. Y sé mejor que nadie qué le pasa a la gente que lo ha traicionado cuando usted la encuentra.

—Muy bien, Sloane —exclamó el Empleador tras asentir—. Has aprendido mucho al abrirte paso por mi laberinto. De modo que podrías disponer de un año. Un año que sería terrible. Cada paso que dieras sería... bueno, ya sabemos cómo sería. La ansiedad de la espera. Como una enfermedad terminal a su manera. Tengo curiosidad por algo: ¿crees que podrías esconderte todo un año? Tu madre logró esconderse mucho más tiempo. ¿Te enseñó a desaparecer?

Sloane no sabía muy bien qué responder, pero entonces intervino Maeve:

—No. Nunca. La enseñé a ser quien es. No otra persona. Eso me tocaba hacerlo a mí.

—Bien dicho —soltó el Empleador con una carcajada.

—¿Qué promesa estás haciendo, Sloane? —quiso saber Maeve de golpe—. No lo entiendo.

—Quiere que lo mate.

—Pero ¿por qué? —dijo Maeve con una expresión de sorpresa en la cara.

—Está enfermo.

—Cáncer —confirmó el Empleador. Y, tras pensar un momento, añadió—: Pero no veo que eso cambie las cosas esta noche, Maeve. Soy yo quien decide cómo va a ser mi muerte.

—A no ser que yo lo decida por ti —soltó Maeve con brusquedad.

—Es posible. Pero no probable. Deja que te pregunte algo: yo sé cómo salir impune de un asesinato. ¿Y tú?

—No me subestimes —repuso Maeve.

—No lo hago. Solo te estoy haciendo una pregunta sencilla.

—Que yo no voy a contestar. Tendrás que averiguarlo. Solo que no podrás hacerlo porque estarás muerto. Pero te aseguro algo: he aprendido mucho en todos estos años que me has estado dando caza.

—Es probable. Aunque es un riesgo que estoy dispuesto a correr. Pero estamos de acuerdo en el primer elemento de todo esto, ¿verdad?

A Sloane oír a las dos personas que sujetaban un arma hablar con tanta soltura sobre el asesinato le parecía una locura. También le parecía normal.

—Sloane tiene que marcharse. Desaparecer. Y lo que pasará después...

—Es lo que siempre se supuso que tenía que pasar. —El Empleador terminó la frase por ella. Con frialdad. Con dureza. Los dos se miraban como los asesinos que eran. el Empleador seguía apuntando a Sloane con la pistola del 45, pero dijo—: Me parece que hemos llegado a una especie de acuerdo. Bueno, Sloane, esta es la primera orden: muy despacio, y me refiero a sin hacer ningún movimiento inesperado en absoluto, levántate de la silla. Sin ninguna brusquedad.

—De acuerdo —respondió Sloane.

No estaba segura de controlar la musculatura para poder hacer lo que le pedía. Notaba la tensión en los brazos, en las piernas. Le dolían las pantorrillas. Tenía la espalda rígida. Muy despacio, empujó la silla hacia atrás y se puso de pie.

—Muy bien. Y ahora acércate unos pasos a tu madre. Quiero que te pongas a su lado.

Sloane vio que Maeve, igual de rígida, igual de tensa, apuntaba con cuidado al Empleador.

Se situó junto a su madre.

Fue un momento de una tensión insoportable. Tuvo la impresión de que iba a desmayarse. Sabía que estaba lo bastante cerca como para que el Empleador, si así lo decidía, disparara dos veces antes de que Maeve pudiera reaccionar.

No tenía opción.

—Estupendo, ahora ve bajando la cara hasta dejarla a unos centímetros de la de tu madre.

Hizo lo que le ordenaba y, en ese instante, el cañón de la pistola del 45 se movió ligeramente, de modo que pasó a apuntar a Maeve.

—Mejor. Ahora sepárate de ella, Sloane. Muy despacio.

Una vez más, hizo lo que le ordenaba.

—Muy bien —dijo el Empleador, que apuntaba ya a Maeve—. Dime, Maeve, ¿comprendes que acaba de cambiar el equilibrio de esta noche?

—Lo comprendo —afirmó Maeve.

Sloane se dio cuenta de repente de que, por primera vez desde hacía minutos, no la apuntaba ninguna arma. Era como si unos pesados grilletes que llevaba en los pies y las manos hubieran caído al suelo. Quiso salir corriendo. El impulso era casi irresistible.

—Muy bien, Sloane, buen comienzo —la felicitó el Empleador—. Ahora quiero que vayas a tu cuarto y recojas todas tus cosas. Creo que usaste una toalla en el baño, métela también en tu bolsa. No te olvides la carpeta.

—¿La toalla?

—ADN. Mejor ir sobre seguro.

—Muy bien.

—Y después ve a la sala de cine. Encontrarás un reproductor

de CD en el fondo. Contiene la película que hice para ti. Sácala. Tráela junto con todas tus cosas a esta habitación. No tendría que llevarte más de dos o tres minutos. Los estaré contando. Cualquier demora y... —Se detuvo—. Díselo, Maeve.

—Y alguien morirá —aseguró su madre.

Dos

HACIENDO LO QUE SE LE DECÍA

Sloane se alejó de las dos personas que estaban en el comedor y se fue corriendo a la habitación de invitados sin volver la cabeza ni una vez. Tomó la bolsa del armario, en cuyo fondo seguían estando los tres móviles desechables restantes. Recogió la ropa y la toalla como se le había dicho, y echó un vistazo frenético a su alrededor a sabiendas de que había dejado sus huellas al tocar las cosas y que se había peinado, con lo que podía haber quedado algún pelo escondido en alguna parte. Se dio cuenta de que eliminar su presencia de esa habitación, a pesar de que solo había estado en ella unos minutos, era casi imposible en el poco tiempo que tenía.

No había nada más que pudiera hacer.

Salió a toda velocidad del cuarto en dirección a la sala de cine.

Solo tardó unos segundos en encontrar el reproductor y extraer el disco de su interior. Llevaba escrito con tinta negra:

PARA SLOANE

Regresó lo más rápido que pudo al comedor. Hasta con el menor esfuerzo le costaba respirar. Pensó que estaba atrapada en una especie de maratón y, como los corredores de Boston el día del Patriota, estaba llegando a la famosa Heartbreak Hill.

El Empleador y Maeve seguían sentados uno frente a otro.

Como estatuas. Aparte del regular movimiento ascendente y descendente de su tórax, era difícil saber que estaban vivos. Seguían apuntándose mutuamente con sus armas.

—¿Lo lograste? —preguntó el Empleador.

—Sí, pero...

Asintió, anticipándose a lo que ella ya había deducido.

—Pero no puedes estar segura de que no haya ningún indicio revelador de tu presencia. ¿Cierto?

—Sí.

—Interesante —dijo el Empleador—. Sloane piensa como una asesina.

—No —negó Maeve sacudiendo ligeramente la cabeza—. Te equivocas, Joey. Es arquitecta. Y será una de las famosas. Yo soy la asesina.

Una vez más, el Empleador sonrió.

—Estoy de acuerdo en que será famosa. Pero la razón por la que lo será depende de nosotros ahora, ¿no crees, Maeve? Supongo que no querrás que sea famosa por un asesinato.

Maeve no se movió, pero Sloane supo que su madre estaba de acuerdo. La familiaridad que ambos mostraban casi la superaba.

«No han hecho otra cosa que pensar el uno en el otro durante casi tres décadas —reflexionó—. Son como un viejo matrimonio.»

—Muy bien, un par de tareas más, Sloane. Primero recorre ese pasillo hasta encontrar un estudio. Mi estudio. En el escritorio hay un portátil. Junto a él verás un lápiz de memoria. Deja el ordenador pero trae aquí el lápiz de memoria. Y Sloane...

—¿Sí?

—Estoy contando de nuevo. Adelante.

Una vez más, Sloane se movió deprisa.

A los pocos segundos había localizado el estudio: estantes con libros en una pared, el portátil en un escritorio tallado a mano. Pero de modo parecido al Hockney que colgaba en la zona del salón, dominaba esta habitación una gran fotografía a todo color, situada frente a la silla del escritorio.

Un retrato de Will Crowder.

No el yonqui. No el hermano de un asesino.

El joven con un potencial ilimitado.

Era una fotografía con un margen marrón. Sloane reconoció quién la había tomado. Una famosa fotógrafa llamada Elsa Dorfman que llevaba mucho tiempo retirada tenía una antigua cámara Polaroid con la que tomaba grandes retratos a todo color en película instantánea. Una Polaroid corriente sacaba fotografías de cinco por diez. Su cámara sacaba retratos que medían sesenta por noventa centímetros. Durante años había sido toda una institución cerca de Harvard. La gente de Boston se enorgullecía de tener una foto de Elsa Dorfman colgando en la pared de su casa. Gente de todo el país viajaba a Cambridge para una de sus sesiones. Muchos de sus retratos estaban expuestos en galerías y museos destacados. La inmensa cámara de madera, una de las pocas que Polaroid había producido, era también una pieza de museo. Que Elsa Dorfman te sacara una foto era caro, y era considerado un honor. Tenía un mantra para sus sesiones de estudio: «Trae algunos objetos que reflejen quién eres», porque, a diferencia de prácticamente cualquier otro fotógrafo del mundo, solo sacaba dos fotos. La película era así de cara. De modo que se trataba de mirar hacia delante sin pestañear y mostrar los objetos que reflejaban tu personalidad. Una caña de pescar. Una pelota de fútbol. Una paleta de pintor. Una novela de misterio. La gente llevaba toda clase de objetos íntimos. Will Crowder, con vaqueros y camiseta, joven, sin afeitar y con el pelo largo, había sido fotografiado con un ordenador que ahora sería considerado una reliquia en una mano y una flor en la otra. Sloane reconoció el tipo de flor.

Una amapola blanca.

No como las que se cosechaban en Afganistán y se procesaban para obtener morfina o heroína, pero la implicación era evidente.

Se dio cuenta de que Joseph Crowder debía de haber contemplado aquella fotografía durante horas.

Apartó los ojos de ella y vio el lápiz de memoria junto al portátil. Lo tomó y regresó al comedor.

Nada había cambiado.

El Empleador y Maeve seguían en la misma posición.

—¿Lo encontraste? —preguntó el Empleador.

—Sí.

—¿Viste la fotografía?

—Sí.

—¿A que es impresionante? Ojalá se me ocurriera un modo de que tu madre la viera —soltó con amargura en la voz—. No tuvo ese aspecto mucho tiempo más. Las drogas y la desesperación envejecen, Sloane. Si pudieras verlo, comprenderías lo que ella le hizo.

Como Sloane no dijo nada, el Empleador se encogió ligeramente de hombros.

—Pero va a estar muerta —dijo. Como si tal cosa.

Maeve no respondió. Simplemente aumentó la intensidad con que apuntaba el arma.

Sloane alargó el lápiz de memoria al Empleador, pero este sacudió la cabeza.

—Es para ti —anunció—. Es importante que lo veas en cuanto te sea posible. Es una parte de todo esto. —No entró en más detalles.

Sloane se guardó el lápiz de memoria en el bolsillo.

—Muy bien, un último recado —agregó el Empleador—. Al final del pasillo hay un armario. En la puerta verás una cerradura electrónica. Como hay una barra metálica tras la puerta, tendrás que introducir un número para poder abrirlo.

—¿Cuál es el número? —preguntó Sloane.

—Tu cumpleaños —contestó el Empleador.

—¿Qué hago una vez lo haya abierto?

—Dentro encontrarás otro reproductor de CD. Extrae el disco y tráelo aquí. Pero antes coloca en el reproductor un CD nuevo, verás que hay algunos. Después cierra la puerta. El teclado de la cerradura te volverá a pedir un número. No introduzcas tu cumpleaños una segunda vez. Eso haría saltar la alarma. Teclea asterisco, asterisco, almohadilla y, a continuación, tres unos. ¿Entendido? En cuanto lo hayas hecho, vuelve aquí. Repítemelo.

—Asterisco, asterisco, almohadilla y, a continuación, tres unos.

—Bien. Ve.

De nuevo a toda prisa, Sloane recorrió el pasillo. Se dio cuenta de que a cada paso que daba esperaba oír dispararse las dos armas.

Hizo lo que el Empleador le había ordenado. Introdujo el código. Vio lo que había dentro: el sistema de grabación de la cámara de seguridad. Extrajo rápidamente el disco y lo sustituyó por otro nuevo. Después cerró la puerta y tecleó asterisco, asterisco, almohadilla, uno, uno, uno. Acto seguido regresó al comedor.

—¿Algún problema?

—No.

—Destruye ese disco en cuanto puedas —indicó el Empleador—. Contiene el documento visual de tu presencia aquí esta noche hasta el segundo en que lo has extraído.

Sin apartar los ojos de Maeve y del arma que ella sostenía, el Empleador se puso el móvil delante y desplazó de nuevo la pantalla varias veces. Sloane vio que cuando aparecía una representación del teclado, tecleaba un par de números y se detenía de golpe.

—Muy bien, Sloane —dijo—. Ahora viene lo difícil. Son las nueve y diecisiete de la noche. El último ferry hacia el continente sale a las diez treinta. Desde donde el camino de tierra que llega a mi casa se encuentra con la carretera principal hay unos treinta minutos en coche, suponiendo que no te detengan por exceso de velocidad. Tienes que tomar ese ferry.

—No tengo coche —comentó Sloane.

—Puedes usar el mío —ofreció el Empleador—. Está aparcado al lado de la casa. Encontrarás las llaves en la encimera de la cocina. Pero es posible que eso suscitara una pregunta a la policía. Como: «¿Cómo llegó ese coche al terminal del ferry y quién lo conducía?». No querrás que te pregunten eso, Sloane.

El Empleador miró intensamente a Maeve.

—Yo tengo coche —confirmó esta.

—Es lo que yo pensaba —reconoció el Empleador—. ¿Y usaste el localizador GPS para llegar aquí?

—Por supuesto —respondió Maeve.

—Habrías tenido otro recibimiento si no hubiera creído que ya estabas muerta —soltó el Empleador.

—Ya me lo imaginaba —contestó Maeve.

Se hizo un breve silencio.

—Sloane, cielo, tengo las llaves en el bolsillo. El coche está al otro lado de esa verja metálica.

—Eso está a unos ochocientos metros. Tendrás que correr —indicó el Empleador.

—Es de alquiler —comentó Maeve—. En la oficina hay una ranura donde dejar las llaves fuera del horario laboral. Está a solo unos metros de la entrada del ferry. Budget Rent-A-Car. Supondrán que lo dejé yo.

—Pero, mamá...

—No te preocupes por mí —dijo Maeve.

—Exacto —intervino el Empleador—. No te preocupes por ella.

Esta frase podía significar varias cosas.

—Y Sloane —prosiguió—, unos cuantos detalles más.

Sloane lo miró.

—Las armas que hay en la mesa encima de tus diseños... Quiero que te las lleves todas contigo. Cuando vuelvas a tu casa, encuentra una forma de deshacerte de ellas. No voy a decirte para lo que podrían haber sido usadas. Puede que nada. Puede que algo. Así que llévatelas. Y llévate también todos tus bocetos e ideas para el monumento conmemorativo.

Hizo lo que le pedía y lo metió todo en la bolsa y la carpeta. Cuando tocó con los dedos el cuchillo dentado y la pistola con silenciador, vaciló.

«Mátalo ahora —pensó por un instante. Pero enseguida se advirtió a sí misma—: Eso podría matarnos a todos.»

El Empleador debió de notarlo, porque exclamó:

—Bien pensado, Sloane. —Y añadió—: Es una situación interesante. Te estoy diciendo lo que tienes que saber para seguir con vida y tener un futuro. Tu madre, aquí presente, no ha hecho otra cosa que mentirte toda tu vida.

—Mentiras necesarias —aseguró Maeve con firmeza—. Mentiras absolutamente esenciales. Mentiras que nos han mantenido vivas.

El Empleador rio sin que le hiciera gracia.

—Han mantenido a una de las dos viva —puntualizó, y prosiguió tras otra pausa—. Muy bien, Sloane, eso te dará algo en lo que pensar mientras huyes. Y ahora, unas últimas cosas: cerciórate de que las cámaras de seguridad captan la hora de tu salida en el ferry. Monta una escena. Haz que se fijen en ti. Y cuando llegues al continente, asegúrate de dejar constancia de tu presencia. Un cajero automático, quizá. Una barrera de peaje de la autopista, tal vez. Piensa como una asesina, Sloane, aunque todavía no lo seas. Y cuando estés de vuelta en tu casa, llama a este móvil. De este modo sabré con certeza que ha transcurrido bastante tiempo y hay la distancia suficiente entre tú y lo que es inevitable que pase aquí esta noche. Ya tienes el número.

—Voy a sacarme las llaves del bolsillo —advirtió Maeve inclinándose un poco hacia delante.

El Empleador asintió.

Las llaves repiquetearon en el tablero de la mesa del comedor. Pero con el mismo movimiento, Maeve había sacado su móvil. Lo dejó más o menos a la misma distancia de ella que la que el Empleador había puesto entre el suyo y él.

—Llámame cuando estés a salvo. Eso será aproximadamente cuando él quiere que lo llames.

Se detuvo sin dejar de mirar al Empleador.

«Dos personas. Dos armas. Dos llamadas. ¿Una muerte? ¿Dos?», pensó Sloane con un escalofrío.

—Ya tienes el número —añadió Maeve con frialdad.

Esto hizo sonreír al Empleador. Sloane imaginó que sería la misma sonrisa que había esbozado justo antes de matar a cualquiera de los Seis Nombres de Difuntos.

Otro breve silencio.

—Sloane —dijo en voz baja el Empleador—, creo que es pe-

ligroso que te demores más. El tiempo vuela. Nada de despedidas.

—No te preocupes por mí —repitió Maeve en voz baja—.
Huye. Ahora.

Sloane se volvió, recordando que eso era exactamente lo que
su madre le había dicho una vez, en una nota pegada al arma
que estaba ahora dejando atrás.

38

UNO

EL ÚLTIMO FERRY

Como se le había dicho, Sloane huyó.

Cruzó como una exhalación la puerta principal, corrió por el camino de grava y después por el de tierra sumida en la oscuridad bajo una lluvia torrencial. A los diez metros estaba empapada. La bolsa y la carpeta tiraban de ella. El peso de la colección de armas del Empleador reducía su marcha. El tiempo la azotaba, como el viento que la desequilibraba. Las gotas se le clavaban como agujas. Esprintó, sin mirar atrás ni una sola vez, aunque pensara que eso era lo que tendría que hacer. Huyó, casi presa del pánico, dejando tras ella la muerte. Cada segundo esperaba oír dos disparos idénticos resonando para darle alcance mientras ella seguía avanzando desesperadamente. Caminó con esfuerzo, lo más rápido que pudo, con unos zapatos que parecían de hormigón, chapoteando en charcos ocultos por la noche que la envolvía. Sintió que la oscuridad y todo lo que había pasado aquella noche, y todavía más lo que podría pasar los siguientes minutos y horas, la engullían.

Los ochocientos metros parecieron más bien dos kilómetros.

Pensó que se había perdido.

Apenas veía nada.

Le pareció estar pisando arenas movedizas.

Tuvo la sensación de que se ahogaría.

Cada respiración que robaba a la noche y a la implacable lluvia era un tormento. Resollaba debido al esfuerzo.

El bosque la sujetaba con sus tentáculos. Más de una vez, la rama de un árbol le dio en la cara o le dificultó avanzar. La invadía la desesperación y el desconcierto.

«No podré irme —pensó—. No encontraré el coche. No llegaré al ferry a tiempo. ¿Qué estoy haciendo? Tendría que volver y matar al Empleador. No, deja que mi madre mate al Empleador. No, si vuelvo, él la matará primero a ella. No, quizá la mate y después me mate a mí. No. No. Corre.»

Siguió corriendo, como si pudiera dejar atrás toda aquella incertidumbre.

Prácticamente cegada por la tormenta y la oscuridad, tropezó más de una vez. En dos ocasiones tuvo que conservar el equilibrio para evitar caerse de cabeza en la carretera. Se esforzó por seguir adelante, luchando contra las dudas y la penumbra. Cuando pensaba que se debía de haber perdido, se topó con la barrera metálica de la carretera. La sujetó para incorporarse, exhausta. Era algo sólido, y eso la tranquilizó. Distinguió entonces la forma del coche delante de ella. Tomó las llaves, pulsó la tecla para abrirlo y la luz del interior parpadeó. Se lanzó hacia el vehículo, se sentó al volante, introdujo con torpeza las llaves en el contacto y puso el motor en marcha. Encontró el interruptor de los faros, y los haces de luz que aparecieron de repente hicieron que la oscuridad pareciera peor.

«¡Vuelve!», le insistió de nuevo una parte de ella.

Otra parte de ella le gritaba: «¡Huye!».

Pero casi como si estuviera fuera de su cuerpo observando cómo actuaba una Sloane robótica, se vio a sí misma maniobrando para dar media vuelta en la carretera, oyó como la maleza arañaba la carrocería y aceleró para marcharse en medio de una lluvia de tierra y piedras mojadas levantadas por las ruedas. No se atrevió a mirar el reloj para comprobar cuánto tiempo le quedaba. Condujo lo más rápido que pudo por la carretera de tierra, esquivando más ramas, peleándose con el volante mientras iba lo más deprisa que se atrevía, temiendo llegar tarde, temiendo perder el control y caer en una cuneta.

Pensó: «Si pierdo el ferry, mi madre morirá».

Se preguntó: «¿Matará ella al Empleador si pierdo el ferry?».

Su imaginación se llenó de muertes.

Mientras conducía, los arbustos y las ramas que colgaban sobre el coche parecieron desaparecer milagrosamente. De repente estaba en el claro y sus faros iluminaban el cruce con la carretera principal. Sin mirar siquiera si alguien más conducía en medio de la noche tormentosa, salió a la carretera y, al girar, lanzó una lluvia de agua y tierra tras ella.

Pisó el acelerador.

Un kilómetro y medio. Tres kilómetros.

La carretera a Aquinnah es estrecha, con dos carriles, llena de baches y curvas. Una carretera rural. Romántica cuando hace buen tiempo. Mortífera cuando llueve. Tenía la sensación de derrapar en cada curva, apenas conservando el control. Las escasas luces de los coches que se acercaban la deslumbraban.

Cinco kilómetros. Seis kilómetros y medio.

Algunas muestras de civilización, una tienda junto a la carretera, un parque de bomberos, un ayuntamiento, una gasolinera, la hicieron sentir como si regresara a un mundo más familiar. Cada señal de vida le hizo pensar que lo que había dejado atrás era una especie de sueño.

Diez kilómetros. Once kilómetros y medio.

Era como si con cada kilómetro, la imagen del Empleador y su madre uno frente a otro, apuntándose mutuamente, se desvaneciera.

Pasó ante un último edificio con un cartel que rezaba POLICÍA en la fachada. Policía rural. Poco formada y poco preparada. El turno de la noche. Lo más limitado que se podía ser profesionalmente.

Aun así pensó: «Tendría que parar. Decir a los policías: "Rescátenla. Ayúdenme, por favor". No, las luces centelleantes y las sirenas harán que él apriete el gatillo. ¿Qué tiene que perder? De todos modos, pronto estará muerto. No, a lo mejor ella apretará el gatillo. Matará al hombre que quiere asesinarla. Pero entró con una pistola en la mano. Esta noche es ella la delincuente. Se convertiría en la asesina. La detendrían allí mismo.»

Ya no sabía quién era culpable y quién era inocente.

Siguió conduciendo. Tuvo la sensación pasajera de que, en algún lado, había una respuesta, solo que ella no alcanzaba a verla.

«No hay ninguna respuesta —pensó entonces. Y enseguida le vino otra idea a la cabeza—: La única respuesta es dejar que pase lo que tenga que pasar. No es una respuesta demasiado buena, pero es la única que hay.»

Se sintió impotente. Hiciera lo que hiciese estaba mal.

Aceleró. No le quedaba mucho tiempo. Vio las señales: Vineyard Haven.

Unas flechas le indicaban que siguiera adelante. Otra señal: una imagen del ferry *The Islander* y otra fecha que la dirigía a su destino.

Vio cada vez más casas por el parabrisas. Cuanto más se acercaba a la población, más deprisa dejaba de llover. Finalmente dirigió una mirada al reloj del salpicadero.

Quince minutos.

Corrió todo lo que pudo. No había tráfico y se fijó de repente en el brillo de las farolas y las fachadas de los negocios que cerraban al caer la tarde. No podía creer que no se hubiera equivocado de camino. Bajó una colina hasta la pequeña población turística, sin reconocer en realidad nada en las calles, pero con la extraña familiaridad que podía tener algo que solo se ha visto una vez. Vio el puesto de Budget Rent-A-Car. En un aeropuerto habrían sido unas instalaciones modernas, bien iluminadas y abiertas las veinticuatro horas. En la pequeña población de Vineyard Haven, en Martha's Vineyard, era una pequeña oficina de tablas de madera con un solo mostrador y capacidad para quizá doce coches, apiñados en el espacio reducido de un campo enlodado. Aparcó el automóvil en una plaza situada junto a la puerta en penumbra. Tomó su equipaje y metió las llaves en la ranura tal como su madre le había indicado. Y echó a correr de nuevo.

Vio el terminal del ferry a una manzana.

Esprintó con la bolsa y la carpeta haciéndole correr de forma desequilibrada y empezó a gesticular con el brazo libre.

«Cerciórate de que las cámaras de seguridad te capten. Monta una escena.»

Recordó lo que el Empleador le había dicho.

—¡Esperen! ¡Esperen! ¡Voy para allá! —chilló.

Vio que un último coche accedía a la rampa del gran ferry blanco. Había dos hombres y una mujer que maniobraban la pasarela por la que subían los pasajeros. Vio que uno de los hombres se volvía hacia ella.

—Por aquí —le gritó haciéndole señas—. ¡Rápido!

Corrió los últimos metros casi sin aliento. Sabía que había cámaras de seguridad enfocando la entrada del ferry. Dejó caer la bolsa al llegar junto al trío. Uno de los empleados se agachó, la sujetó por la correa y se la cargó al hombro, sin saber que contenía diversas armas homicidas.

—Tenemos que proceder —afirmó el hombre, lo que era una perogrullada.

—He pinchado una rueda —mintió Sloane—. Mañana por la mañana tengo una reunión importante. Si no voy, me despedirán.

Los tres empleados daban la impresión de haber oído esas excusas un millón de veces.

—Ha llegado por los pelos —soltó la mujer. Sloane hurgó en el bolsillo en busca del billete y se lo dio. La empleada se lo marcó y le señaló la entrada abierta de los vehículos—. Tenemos un horario que cumplir.

—Entre y suba la escalera que hay a la izquierda —le indicó el tercer hombre, que ya estaba quitando una cadena de seguridad de la rampa para los coches con un sonoro repiqueteo—. Dese prisa.

—Gracias, gracias —dijo Sloane con voz atormentada.

—Tiene mucha suerte de que la dejemos subir —aseguró la mujer. Pero hizo señas a Sloane para que lo hiciera.

«Todos ellos recordarán a la chica que llegó corriendo al último ferry pocos segundos antes de que saliera», pensó Sloane. Mientras ascendía por la rampa para embarcar y enfilaba la escalera que la conduciría hacia las cubiertas superiores, el ferry hizo sonar la sirena y los enormes motores diésel se pusieron en marcha.

Dos

11 P. M. EN LA SEGUNDA CUBIERTA

Todavía llovía. Los demás pasajeros estaban esparcidos en mesas y sillas en el comedor mientras Sloane se abría paso en medio del barco, fuera de la vista de la torre de mando y lejos de donde nadie pudiera verla. El ferry había salido del puerto de Vineyard Haven y navegado por la costa en dirección al faro de West Chop. Mientras viraba ligeramente a la izquierda, tras pasar junto a una boya roja, para poner rumbo al puerto de Woods Hole, Sloane pudo ver las luces de las muchas casas multimillonarias que daban al mar.

Vio la espuma que coronaba las olas en medio de la oscura noche que la rodeaba. No eran diferentes del agua que golpeaba los dos costados de la proa del ferry. El barco surcaba majestuosamente las olas.

Oía como el viento sacudía espasmódicamente la bandera de Estados Unidos. Notaba la lluvia en la frente y, por primera vez, se dio cuenta de que estaba calada hasta los huesos. La noche era cálida, pero tiritó.

Entonces, tras echar un rápido vistazo a su alrededor para asegurarse de que estaba sola, abrió la cremallera de la bolsa.

Sacó de ella el cuchillo dentado del Empleador.

Se echó hacia atrás y lo lanzó lo más lejos que pudo a las aguas de Vineyard Sound.

Otro vistazo rápido alrededor. Sabía que tenía que estar sola.

Sacó la pistola con silenciador.

La pistola paralizante.

El garrote.

Todo cayó al agua por la borda del ferry.

Se preguntó cuántos asesinatos podría estar encubriendo. Oyó el ruido que hacía cada objeto al golpear la superficie, pero la lluvia, el viento y los motores diésel le taparon las salpicaduras. Cuando lanzó la navaja por la borda inspiró hondo, pero fue incapaz de relajarse. Regresó a la entrada del comedor, donde estaba reunida la mayoría de los pasajeros nocturnos. Por un instante, se planteó entrar y mezclarse con ellos, acaso tomarse una taza de café para entrar en calor, pero decidió no hacerlo. En lugar de eso, se sentó en una silla de plástico húmeda y, llena de tristeza, dejó que la cubriera más lluvia mientras intentaba alejarlo todo de su mente, pero incapaz de evitar que calara en ella la última imagen que había visto: el Empleador y Maeve, cara a cara, cada uno de ellos con un arma en la mano, esperando a que ella llamara.

TRES

3 A. M. EN SU PISO

Se aseguró de pasar por delante de las cámaras de seguridad de Woods Hole y después, cuando recogió su coche del estacionamiento del ferry, se guardó el tíquet con la hora impresa.

No muy lejos del puente Bourne, que unía Cape Cod al continente, se detuvo para llenar el depósito aunque tenía gasolina suficiente para llegar a casa. Se cercioró de que la gasolinera Shell dispusiera de una cámara enfocando los surtidores, y levantó la cabeza para mirarla directamente. También guardó ese tíquet.

Hizo todo lo que el Empleador le había dicho que hiciera.

«Irse de rositas sin asesinar a nadie.»

Tardó cerca de dos horas en regresar en coche a Cambridge. Se planteó superar el límite de velocidad para provocar que algún policía del estado que estuviera patrullando por la interestatal a esas horas la parara; sin embargo, temió que si se enfrentaba entonces con un policía de verdad, pudiera deshacerse en lágrimas y empezar a soltar realidades: «Él va a matarla. Ella va a matarlo».

Sloane entró en su piso, exhausta, arrastrando los pies, con todos los músculos de su cuerpo llevados al límite. Físicamente, quería tumbarse en la cama, taparse la cabeza con las sábanas y esconderse. Emocionalmente, estaba igual de exhausta. Era como si el aluvión de miedos de su interior la hubiera sumido en un profundo caos. Intelectualmente, sabía que su noche había terminado.

Una vez dentro, dejó caer la carpeta al suelo y la envió al rincón de un puntapié. Había sido un trabajo inútil. Un ejercicio de estupidez. Abrió entonces la bolsa y, tras tirar las prendas a un lado, buscó en el fondo los dos móviles desechables restantes.

Los llevó a una mesa y se sentó. Los colocó delante de ella.

Once dígitos la separaban de la conexión.

Alternando entre un teléfono y el otro, marcó diez de los números del móvil del Empleador y diez de los números del móvil de su madre.

Se detuvo al llegar al decimoprimero. Pensó: «Si suena primero el móvil del Empleador, ¿disparará mi madre? Si suena primero el móvil de mi madre, ¿disparará el Empleador? Si suenan los dos a la vez, ¿dispararán ambos simultáneamente? ¿Qué pasa si suena uno, pero el otro no? ¿O si uno de ellos ya está muerto y el otro contesta la llamada?».

Quería con todas sus fuerzas dar ventaja a su madre si todavía estaba viva. Pero no sabía muy bien cómo hacerlo. En aquel segundo, lo que más quería era volver a estar en la facultad, estudiando la profesión que había elegido, rodeada de formas de hormigón y diseños geométricos, construidos para durar, con problemas matemáticos sobre tensiones y paredes de carga que podían determinarse con ecuaciones, reglas de cálculo electrónicas y fórmulas reconocibles.

Imaginó: «Es mi dedo el que está en el gatillo. ¿Cuánta fuerza es necesaria para apretarlo? ¿Velocidad de salida, velocidad del sonido, impacto en el blanco?».

Trató de calcular estas cosas.

«¿Qué le dará una oportunidad y no la matará?», se preguntó.

La invadieron la tensión, las peleas, las discusiones y los afectos que había habido entre madre e hija a lo largo de los años, así como las esperanzas y los sueños, buenos y malos, que habían compartido. En medio de esta vorágine, pensó: «¿Cómo puedo salvarla?».

Inspiró con fuerza.

Sabía que aquella noche estaba matando a alguien.

Entonces, con la mano derecha, pulsó el último dígito en el teléfono con el número de su madre.

Inspiró y contó mentalmente: «Un segundo, dos segundos... tres segundos».

Y pulsó el último dígito del número de teléfono del Empleador.

Entonces se recostó, preguntándose quién contestaría.

39

Uno

LA MESA DEL COMEDOR A LAS 10.32 P. M.

—Bueno —comentó el Empleador—, o ha llegado a tiempo al ferry, o no.

—Exacto —respondió Maeve.

Ninguna de las dos armas había cambiado de posición.

Maeve miró con dureza al Empleador, buscando en sus ojos algún indicio de fatiga, esperando que su mirada no delataran la suya. La ropa mojada se le había pegado a la espalda. Se notaba la piel arrugada. Se le empezaban a agarrotar los músculos de los brazos, como si le hicieran preguntas que no podía responder, y de repente tuvo miedo de que el dedo que tenía en el gatillo del revólver del 357 no le respondiera cuando lo necesitara. Entrecerró los ojos para intentar deducir si él sentía la misma tensión en sus tendones. Imaginó que, a pesar de su inteligencia, su lenguaje sofisticado y su educación, el Empleador era un hombre duro. A diferencia de Sloane, Maeve solo sabía que había afirmado ser un asesino muchos años antes, pero recordaba la prueba que le había enseñado. Trató de rememorar el momento, décadas atrás, en que estudiaba psicopatología, para intentar recordar alguna técnica académica que pudiera utilizar para cambiar el equilibrio del subibaja que ocupaban ahora los dos. Sabía que necesitaba tener ventaja, así que reprodujo mentalmente cada segundo de las dos ocasiones en que lo había visto. Sabía que para ella era agotador hablar, así que decidió intentar hacerlo hablar a él, con la esperanza de que eso lo cansara más.

—A ver, dime algo mientras esperamos: ¿a cuántas personas has matado? —hizo la pregunta más obvia.

—No las suficientes —respondió—. Falta una.

—Sí —soltó—. Se lo has dicho a Sloane. Pero siento curiosidad. ¿Cuántas son?

—¿Por qué quieres saberlo?

—Cuando nos vimos hace tanto tiempo, Joey... —se arriesgó a decir, y mencionó adrede su nombre de pila al hablar, como si fueran viejos amigos—, sugeriste que tenías experiencia asesinando. Eso es lo que me asustó. Por eso hui. He tenido muchos años para pensar en aquel momento, pero nunca he podido llegar a una conclusión aceptable. ¿Verdad o ficción? Durante muchos años tuve que pecar de cautelosa. Así que compláceme. Ahora, aquí, al final de todo.

—¿Quieres que te complazca antes de irte de este mundo?

—Si quieres decirlo así...

—Una información que te llevarás a la tumba —comentó tras asentir.

—Lo mismo que tú —repuso Maeve.

—*Touché* —dijo el Empleador con una sonrisa. Pareció reflexionar sobre lo que iba a decir a continuación—. Bueno —prosiguió—, ya que estamos charlando amigablemente, te diré que ha habido dos categorías de personas a las que he matado.

—¿Dos?

—Al principio —contestó con calma—, cometí algunos asesinatos para demostrarme a mí mismo que podía hacerlo con impunidad. Ya sabes, creces siendo rico y privilegiado, y crees que puedes hacer lo que quieras e irte de rositas. Pero eso es solo en teoría. Tenía que demostrármelo a mí mismo. Sabía que era lo bastante inteligente como para matar. Pero ¿era lo suficientemente metódico? ¿Compulsión? ¿Obsesión? ¿Deseo? ¿Podría encauzar todas estas cosas?

—¿Y?

—Era un reto, pero podía. Y lo hice. Aunque, al principio, esos asesinatos eran lo que podría llamarse oportunistas. Todo asesino múltiple tiene motivos para lo que hace. Puede que sean unos motivos que no tengan sentido para ti, o para los policías de guardia, pero los hay. Descubres un método que te produce satisfacción. Muertes que colman necesidades. Seguro que leíste sobre todo esto cuando ibas a esas clases, ¿no?

—Sí. Exacto. Leí sobre ello.

—¿Así que lo entiendes, desde un punto de vista académico?

—Sí.

—El dilema al que me enfrentaba era que estos asesinatos no me satisfacían. O, te lo diré de otro modo, no me satisfacían lo suficiente. No colmaban todas mis necesidades.

—¿Era esto un problema?

—Por supuesto. Pero entonces, de repente, me di cuenta de algo. Tuve una epifanía, por así decirlo. Y comprendí que mi papel en este mundo era diferente del que creía al principio. La mayoría de los asesinos como yo son personas solitarias. Aisladas. Anónimas. Personas sin rostro que se manejan en el mundo normal, mientras que son los reyes en su propio mundo. Pero dada mi posición social, mi familia, mi dinero y todo lo demás, no podía ser ninguna de estas cosas. Así que tuve que encontrar máscaras adecuadas. Y lo que comprendí entonces es que tenía una vocación distinta, por así decirlo.

—¿Cuál?

—Ya conoces la respuesta. Y ahora Sloane también. Mi trabajo en este mundo, mi único objetivo, lo que daría significado a mi vida era reparar lo que se le había hecho a mi hermano, porque eso, a la vez, repararía el vacío en mi interior. Ya te lo dije hace todos esos años.

—Creo recordar que dijiste algo por el estilo.

El Empleador casi pareció disfrutar al recordarlo.

—Pues claro que sí. Verás, mi hermano Will era un niño con un potencial inmenso y un niño con una gran tragedia. Yo era fuerte. Yo no era vulnerable. Podía cuidar de mí mismo. Él no.

Él era débil. Adorable, pero también patético. Así que me encargué de protegerlo. De toda la maldad que parecía acecharlo sin descanso. Me convertí en su guardián. Lo ayudé, y eso se adecuaba a mis propios deseos. Es ahí donde pensé al principio que encajabas tú, como otra decepción que lo aguardaba. Y, tras su muerte, comprendí que la venganza era el camino. ¿Cómo podía, con toda mi experiencia y mi destreza en el arte del asesinato, dejar que lo que le había pasado quedara sin respuesta? Eso habría estado mal. Los antiguos vikingos colocaban el cadáver de un perro a los pies de un héroe al que estaban enterrando en representación de todos los perros enemigos a los que había derrotado. Eso es lo que yo hice.

Maeve asintió.

—No tenía nada en tu contra. Después de todo, te di la oportunidad de escapar. Lo hice por Will, porque creo que se había enamorado de ti de verdad. Pero cuando descubrimos el embarazo, bueno, eso alteró la ecuación, ¿no?

Esta vez Maeve no contestó.

—Fue una suerte que encontrara a Sloane... Y cuando averigüé lo que quería ser en la vida, todo pareció confluir a la perfección.

Maeve recordó a Joseph Crowder sentado ante ella la noche que empezó a huir de él. La fotografía de la joven en una tumba superficial en medio del bosque seguía grabada en su memoria.

—Aquella primera mujer, la de la fotografía que me enseñaste hace tantos años, ¿recuerdas su nombre? —preguntó. Provocadora.

—Soy aficionado a la fotografía. Me gusta sacar fotos —respondió el Empleador—. Es importante documentar los logros de uno.

—Sí, pero su nombre... —insistió Maeve.

El Empleador tardó un momento en contestar, como si estuviera organizando sus recuerdos.

—Hacía años que no pensaba en ella. Ah, déjame hacer memoria. Kelly. Eso es. Kelly, De origen irlandés, como tú.

—¿Por qué ella?

—Se tiró a mi hermano. Y, acto seguido, empezó a tirarse a otras personas. «Promiscua» sería una descripción amable. «Puta» es más exacta.

Maeve recordaba bien lo que el Empleador le había dicho: «Puta».

—Sea como sea, la traición de la joven Kelly lo sumió en una verdadera depresión de la que me costó cierto tiempo ayudarlo a salir. Comenzó a beber de nuevo. Comenzó a experimentar con drogas más intensamente. A menudo me lo encontraba llorando. Andaba alicaído. No comía. No dormía. Creo que se planteó suicidarse; sé que lo hizo más adelante, cuando Wendy lo dejó...

—¿Wendy?

—Sloane podría hablarte de ella. Vino después de ti.

—Entendido.

—Pero ahora no tendrá ocasión de hacerlo —dijo el Empleador, sonriente—. Porque ya no volverás a verla más. En cualquier caso, esa primera, Kelly, me sirvió de formación. Contribuyó a mostrarme el camino que tanto tiempo me había llevado ver. Tengo una deuda de agradecimiento con ella. Seguramente tendría que haberla añadido a la lista que di a Sloane, pero lamentablemente cayó de ella al final. No quería agobiarla.

—Yo no era Kelly —comentó Maeve.

—Lo habrías sido.

Maeve vaciló.

—Me enseñaste otras fotografías. O, más bien, sugeriste que las tenías.

—Lo recuerdo. Pero no estoy hablando de esas. ¿Eran reales? ¿Tú qué crees, Maeve?

Maeve captó el componente sexual en la imagen del Empleador. Iba a seguir por ahí, pero él interrumpió sus pensamientos.

—¿Sabes qué, Maeve? Caray, me resulta un poco extraño llamarte así tras tantos años dando caza a la mujer que conocí como Erin. Pues bien, Maeve, aprendes con cada asesinato. Adquieres experiencia. Conoces los matices y los detalles. Se vuelve más fácil. El proceso se vuelve más fascinante y estimulante, supongo.

«Con cada nueva persona en la que me convertí, yo también aprendí», pensó Maeve.

El Empleador parecía querer recordar y mantenerse concentrado a la vez.

—¿Quieres saber la mejor parte?

—Sí.

—Bueno, igual que esta noche, la mejor parte es el asesinato. Increíblemente satisfactorio. Pero quedar impune se le acerca mucho. Las dos cosas se funden entre sí para hacer que la experiencia completa sea memorable.

Hizo una pausa.

—Después de matar a Kelly, envolví su cuerpo en plástico, la metí en el maletero de mi coche y la llevé a Sierra Nevada. Fue muy fácil. Conduce sin pasarte del límite de velocidad. Lleva corbata. Esconde el pelo largo bajo una gorra. Asegúrate de poner el intermitente cada vez que cambias de carril. Sé un ciudadano respetuoso de la ley hasta el punto de poder enfilar una carretera forestal y adentrarte en el bosque. ¿Te enseñó alguien, en todas esas clases de piscología patológica, el exquisito placer de engañar a todo el mundo que te rodea? Casi tan apasionante como el asesinato en sí.

«Me lo enseñaron —pensó Maeve—. Los investigadores de ciencias de la conducta del FBI documentaron este fenómeno concreto. De modo que lo sabía. Lo he sabido desde hace años. He utilizado las mismas técnicas.»

—¿Sabes qué fue interesante, Maeve? —preguntó el Empleador.

—¿Qué?

—La policía interrogó a mi hermano después de la desaparición de la joven Kelly. Era un caso de personas desaparecidas, no de homicidios, aunque en el fondo los inspectores debían de saber lo que era en realidad. No se había fugado. No había querido desaparecer, como hiciste tú. Pero nunca me interrogaron a mí porque, después de todo, ¿qué tenía que ver yo con todo aquello? Solo la había visto una vez. La noche que murió. Era él quien había tenido la relación y quien disponía de la coartada más oportuna y más sólida. Yo me había asegurado de eso. Interrogaron a todos los hombres con quienes se había acostado, por lo menos a los que pudieron encontrar. Había sospechosos mucho mejores a los que acusar, pero sin el cadáver no pudieron llegar a ninguna parte. Y entonces, como era de esperar, cuando no pudieron encontrar una respuesta, simplemente añadieron su nombre a una lista, que la incluyó en una triste estadística, y pasaron página.

—¿Así, sin más?

—Así, sin más. En realidad no se les puede culpar. Trabajan demasiado y están mal pagados. Verás, Maeve, en este mundo a la gente le gustan las cosas que pueden explicarse con facilidad. Uno más uno igual a dos. Pero yo siempre me movía algo fuera de esa ecuación. Para encontrarme, y para descubrir lo que estaba haciendo, había que sumar uno más uno y obtener tres.

Maeve podía entenderlo.

El Empleador la miró atentamente.

—Dime, Maeve, si eres lo bastante afortunada como para apretar ese gatillo antes que yo, ¿cómo esperas quedar impune de ese asesinato?

Maeve no respondió.

—¿Tienes ahora algún medio de transporte para poder huir de la escena del crimen?

—No.

—¿Recuerdas que le pedí a Sloane que quitara un disco de la cámara de seguridad?

—Sí.

—¿Y que pusiera otro?

—Sí.

El Empleador sonrió. Desplazó la pantalla de su iPhone una vez y apareció un teclado en la pantalla. Tecleó unos números en ella.

—Felicidades, Maeve. Vuelves a estar delante de la cámara. ¿Habías previsto eso?

Esta vez Maeve tampoco contestó.

—¿Dejaste pisadas en el barro? ¿Y huellas dactilares en la puerta? Piensa, Maeve. ¿El agua que ha goteado al suelo mientras estabas sentada? ¿Qué clase de pruebas forenses podría haber? ¿Cómo esperas volver al lado de tu hija y no arrastrarla a todo esto? A ojos de la ley, ella sería cómplice de este asesinato. Al fin y al cabo, es ella quien te trajo aquí esta noche. Piensa que la pena por eso es de cinco a quince años.

Fue como si le abofetearan la cara, pero Maeve no lo reflejó.

—¿Qué clase de diseños arquitectónicos crees que podría hacer en la cárcel?

Maeve sacudió la cabeza pero permaneció callada.

—Yo, en cambio, puedo matarte con una relativa impunidad. Puedo encontrar varias formas de explicar tu presencia y por qué las cosas evolucionaron del modo en que lo hicieron, es decir, contigo muerta. Que es lo más probable que pase. Y, en cualquier caso, ya he recibido mi sentencia de muerte, gracias a unos médicos muy caros y a una enfermedad para la que no significa nada el dinero. De manera que lo único que me importa es asegurarme de que te veo morir antes de morirme yo, porque me he pasado años intentando lograr exactamente eso.

Maeve apretó los dientes sin dejar de apuntarlo con la pistola.

—Años, Maeve. Y, a mi modo de ver, el monumento conmemorativo a todo lo que he hecho ha adquirido algo de, bueno, profundidad, diría yo. De presencia. Al añadir tu nombre a la lista. Estoy seguro de que Sloane sabrá exactamente a qué me refiero.

Sonrió.

—Si fueras lista..., si de verdad fueras una madre atenta y entregada..., no, una madre abnegada, dejarías que te disparara ahora. Bajarías el arma y aceptarías que la mejor forma de mantener a salvo a tu hija es morir aquí y ahora, y dejar después que ella me mate como le he pedido.

A Maeve se le hizo un nudo en la garganta. No podía hablar.

—Es lo que tiene más sentido, Maeve. Tú lo sabes. Yo lo sé.

Y Sloane lo acabará sabiendo también. Después de todo, ya creyó una vez que estabas muerta y se adaptó a vivir sin ti. Puede volver a hacerlo.

Se produjo un silencio momentáneo entre ellos.

—Algo más de un kilo —soltó entonces el Empleador.

—¿Cómo?

—Es lo que pesa ese revólver del 357. Es cada vez más pesado, ¿no? Tengo que admitir que la pistola del 45 que tengo en la mano pesa más o menos lo mismo, pero ¿quién es más fuerte, Maeve? ¿Quién aguantará más esta noche?

Dos

LA MESA DEL COMEDOR A LA 1 A. M.

Llevaban horas sin hablar.

El agotamiento impregnaba cada fibra del cuerpo de Maeve. Al mirar al Empleador, al otro lado de la mesa, imaginó que lo mismo podía decirse de él.

«Tienes que ser más fuerte tú —intentó inculcarse a sí misma—. Él está enfermo.»

Pero no veía ningún indicio real de ello.

Debió de mover un poco el revólver del 357 al pensar eso, porque el Empleador preguntó de repente:

—¿Cansada, Maeve?

Su voz fue como una piedra que hace añicos una ventana.

—No —respondió sin embargo Maeve al instante.

—¿Por qué mientes, Maeve? Sé que lo estás. Igual que tú sabes que yo lo estoy. Somos mayores que la primera vez que nos vimos. No estamos tan en forma como antes. No tenemos la juventud y la vitalidad de Sloane, ¿verdad? ¿No te gustaría cerrar los ojos un instante y descansar un poco?

—No.

—Te lo repito —dijo sonriendo el Empleador—, ¿por qué mientes, Maeve? ¿No estás cansada de mentir?

Aunque pensó que la respuesta era que sí, Maeve repuso:

—Es mi última mentira. Después de esta noche, ya no tendré que mentir más. Porque tú ya no estarás aquí para obligarme a mentir. Voy a volver a ser quien soy en realidad. Es un buen regalo el que me haces esta noche, Joey.

—Sigue soñando —dijo el Empleador con una carcajada.

—Dime, Joey —soltó Maeve, esforzándose mucho por adoptar su tono de voz y su forma de hablar con la esperanza de que si por lo menos se expresaba como él, podría creer que actuaría como él—. ¿No te has cansado de matar? ¿No sería una especie de liberación morir esta noche? ¿Ver por fin lo que te espera al otro lado del mismo modo que facilitaste ese viaje a tantas personas? Creía que estarías intrigado. Y, en serio, ¿pedirle a Sloane que te mate? A ver, ¿a qué viene eso? ¿Para qué esperar? Deja que me encargue yo por ella. Ocuparé su lugar encantada.

Esto pareció espolear al Empleador, al que se le ensombreció el rostro mientras sujetaba con más fuerza la pistola del 45. Se le contrajeron los músculos y su voz se volvió todavía más aflautada y regular cuando respondió con una sola palabra:

—Interesante.

—¿Qué?

—Casi te mueres ahora.

Maeve apenas podía respirar.

—Pensé: «A la mierda. ¿Por qué voy a esperar a que suene el teléfono?». Has tenido mucha suerte, Maeve. Vas a vivir un poco más. No mucho, pero cada segundo es precioso, ¿verdad?

Maeve permaneció en silencio.

—Te sorprendería cuánta gente te suplica un solo minuto más. Un segundo. Se aferran a la vida.

—No me sorprendería —contestó.

—Así que dime, Maeve, ¿por qué crees que estamos los dos esperando a que nos suene el teléfono después de todo?

—Porque ambos queremos saber que Sloane está a salvo. Puede que tengamos razones distintas para querer saberlo, pero ambos queremos saberlo. Por igual. En cuanto sepamos que está lejos y a salvo, podemos hacer lo que vamos a hacer.

—Muy bien. Muy cierto. Me gusta pensar que es un regalo que te hago. No voy a matarte hasta el segundo en que sepas que Sloane está a salvo. Es curioso que los dos hayamos tomado medidas extraordinarias para protegerla. Yo conozco las tuyas. Pero tú no sabes lo que yo he hecho, ¿verdad?

—No.

—Bueno, no soy ningún mentiroso. A decir verdad, más bien lo contrario. He tomado medidas excepcionales que la han mantenido a salvo. Amenazas reconocidas. Amenazas retiradas. Muy dramático, debo decir. Apostaría lo que sea a que estos últimos días he estado tan entregado a ella como tú; he sido una auténtica madraza. Y aunque es probable que no te lo creas, esta noche estoy diciendo toda la verdad. Así que creo que está muy claro: cada uno de nosotros quiere ser la persona que contesta esa llamada, ¿cierto?

—Naturalmente —aseveró Maeve.

—Creo que tú y yo deseamos lo mismo —dijo—. Pero en este recién... ¿qué es esto, Maeve? ¿Respeto? ¿Amistad? ¿Comprensión? Es difícil ponerle nombre, ¿verdad?

—Yo no te respeto. No somos amigos. No podría imaginarme intentar comprenderte. Y no necesito nada de todo eso para matarte, Joey —soltó Maeve.

El Empleador la miró atentamente.

—¿Tienes algún plan, Maeve? ¿Lo has pensado bien, como yo habría hecho? ¿Tienes alguna idea de cómo sobrevivir a esta noche? ¿Y qué me dices de mañana? ¿De pasado mañana? ¿Y cómo imaginas que Sloane recibirá a la madre que sabe que es una asesina? ¿Afectuosamente? Lo que yo le pido a Sloane tiene mucho más sentido. Puede matarme y garantizar su futuro éxito. ¿Puedes hacer tú eso? No. Así que, aunque lograras matarme, lo que es extraordinariamente poco probable dados los niveles de nuestra experiencia y conocimiento innato del arte del asesinato, ¿qué le ofrecerás a tu hija? Nada salvo sufrimiento.

«No es verdad —pensó Maeve—. Puedo ofrecerle la libertad.»

No dijo estas cosas en voz alta.

—Verás, Maeve, estuviste muerta desde el momento en que trajiste a Sloane a este mundo. Te moriste en el parto, caray. Simplemente ha tardado estos veintitantos años en ocurrir finalmente.

—¿Sabes qué, Joey? —soltó Maeve tras pensar en ello—, lo que dices tiene algunos aspectos interesantes...

Quería sonar distante. Intelectual. Fría. Como un asesino. Como él.

—... pero no tienes en cuenta el elemento más importante: Soy una experta en desaparecer y reaparecer. He matado a la persona que yo era muchas veces para convertirme en otra. Hay cierta clase de libertad en eso...

El Empleador la miró fijamente.

—A lo mejor es eso lo que pasará esta noche —prosiguió, casi con aire despreocupado, aunque por dentro notaba que le latía con fuerza el corazón.

Otro breve silencio.

Vio que varias emociones cruzaban la cara del Empleador, empezando por la rabia, pero terminando con algo cercano a la ironía.

—Casi volviste a morir entonces, Maeve.

Siguió apuntándola con la pistola.

—Hay tantas cosas en las que pensar... Tantos componentes en todo esto... Y, para serte franco, estoy disfrutando de esta conversación. Muy pocas veces puedo hablar con alguien que ha sido una parte tan importante de mi vida. ¿Tienes idea de cuántas veces me he imaginado estar frente a ti y tener esta conversación? Lamentablemente, he pasado demasiados años solo. Pero esta noche es un poco como hablar con un igual. Un compañero de viaje. Un colega científico. Un compañero de equipo. Cada una de las demás personas que he matado en nombre de Will o en recuerdo de Will oyó una variación de lo que tú has oído esta noche. ¿Dijiste que mi hermano hacía trampas? Mueres. ¿Lo acosaste? Mueres. ¿Le robaste? Mueres. ¿Le rompiste el corazón? Mueres. Así que ahora, esta noche, te has unido a todas estas personas con quienes estabas relacionada aunque no lo supieras. Para mí, esto forma parte de la fascinación de la venganza. Pero hay algo que no es sofisticado, ni inteligente ni complicado, ¿verdad?

—¿Qué? —preguntó Maeve aunque no quería saberlo.

—Una bala —contestó el Empleador.

TRES

LA MESA DEL COMEDOR A LAS 2.59 A. M.

—¿Te queda algo, Maeve?

—Sí.

—Esa pistola pesa una tonelada, ¿no?

«No es necesario mentir.»

—Sí.

—¿Quieres cerrar los ojos un momento, recostarte en la mesa y dejar el arma?

Una sonrisa.

—Ya me lo preguntaste antes —contestó Maeve—. La respuesta es la misma: no más que tú.

Una pequeña carcajada. Una inclinación de la cabeza.

—¿Crees que Sloane ha llegado a casa?

—Sí.

—Yo también. ¿Preparada para morir, Maeve?

—Sí. Y preparada también para matar.

Una sonrisa.

—¿Has pensado qué pasará si no llama?

«No —respondió para sus adentros—. Pero ahora tengo que mentir.»

—Por supuesto —dijo.

—Creo que falta muy poco para la hora de morir —soltó el Empleador.

—Estoy de acuerdo —convino Maeve.

LAS 3 A. M.

Tanto el tío como la madre se concentraron en el arma. Maeve no sabía si la mano la obedecería; tenía los músculos demasiado tensos debido al estrés y al agotamiento. Ya no creía tener fuerzas para apretar el gatillo. Se le estaba empezando a nublar la vista, y dudaba de su capacidad para apuntar bien. Por primera vez empezó a creer que no había forma de salir de aquella situación y se quedaría allí delante de aquel hombre para siempre. Tenía muchas ganas de cerrar los ojos, y una parte de ella estaba dispuesta a aceptar lo que pasara. Miró al asesino e imaginó que los mismos pensamientos le estarían pasando por la cabeza, aunque serían retorcidos, maltrechos y dotados de maldad. Lo que ella estaba haciendo era lo correcto y no iba a permitir que la duda dominara sus pensamientos, aunque la estaba rondando sin cesar.

«Respira despacio —se dijo a sí misma—. Relaja tu pulso. No te precipites al apretar el gatillo, hazlo con el mismo cuidado con el que te oprimiste el pecho en su día para amamantar a Sloane. ¿Estás preparada para morir, Maeve? —respondió su propia pregunta—: Sí. ¿Y estás dispuesta a matar, Maeve? Sí. Pues acaba con esto.»

Y cuando este pensamiento vencía a su agotamiento, sonó el móvil que tenía delante.

Un segundo...

Una fracción de segundo. Un micromomento.
«Es ella», pensó Maeve.

Dos segundos...

Maeve ya no era capaz de apuntar. Simplemente, apretó el gatillo.

Tres segundos...

También lo hizo el Empleador, un milisegundo después que Maeve, y justo cuando el teléfono que tenía delante de él sonó, lo que lo distrajo un poquito.

A ciento sesenta kilómetros de distancia, en su piso, Sloane oyó el timbre de ambos teléfonos. Una, dos veces, sin cesar. No contestaron ninguno de los dos, y se deslizó hacia el suelo, sollozando desconsoladamente, sin saber qué había hecho ni qué había pasado, atrapada en algún lugar entre la desesperación y la seguridad.

EPÍLOGO 1

La mesa del comedor a las 3.01 a. m.
y lo que pasó después

UNO

La velocidad de salida del proyectil de un revólver Colt Python del calibre 357 Magnum supera los cuatrocientos veinte metros por segundo, mientras que la de una bala de la Colt semiautomática M1911 del calibre 45 es considerablemente menor. Las fracciones de segundo que separaron los momentos en que Maeve y el Empleador apretaron respectivamente el gatillo bastaron para que el disparo de ella diera en el blanco y el de él se desviara ligeramente.

A él le dio en la garganta.

A ella le dio en la clavícula.

La bala de ella atravesó la piel, rasgó el músculo y partió el hueso, para salir por la parte posterior del cuello del Empleador y alojarse en una vitrina hecha de encargo que estaba detrás de él. El disparo de él fracturó huesos y rozó la carne para salir por las puertas abiertas tras Maeve y desaparecer hacia el mar sacudido por la tempestad.

El impacto hizo girar a Maeve casi como si hiciera una pirueta en una pista de baile, retorciéndola con violencia antes de lanzarla al suelo.

El Empleador salió impulsado hacia atrás contra la silla y se cayó como si hubieran tirado de él enérgicamente con un lazo.

Maeve sintió que la envolvía una capa de dolor y de asombro. Aturdida, unas peticiones lejanas retumbaban en su interior. El suelo bajo ella estaba mojado de la lluvia. Al principio creyó que era su sangre. Pensó que estaba muerta antes de reemplazar este pensamiento por el de que estaba agonizando. Tardó varios segundos en darse cuenta de que ninguna de las dos cosas era exactamente cierta. Oyó un gemido, y comprendió que era su propia voz. El mundo que la rodeaba daba vueltas y, al instante, se sintió mareada. Cerró los ojos y aceptó lo que fuera a pasar. No había visto dónde había ido a parar su disparo, apenas era consciente de haber apretado el gatillo y no del todo consciente de que él también lo había hecho. Apretar el gatillo era como una fantasía, o una historia del pasado, o algo que ocurría en otro mundo y no en aquel en el que ella estaba atrapada. Imaginó al Empleador de pie a su lado, apuntando con cuidado, sonriendo como un maníaco y ejecutándola sistemáticamente en el suelo. Esperaba que el velo negro de la muerte la cubriera. Que eso no sucediera la desconcertó. Oyó un borboteo y unos arañazos, y se dio cuenta de que tenía los ojos abiertos y empezaba a ver con claridad lo que la rodeaba.

A través de las patas de la mesa del comedor vio el cuerpo del Empleador. Sacudía las piernas mientras se llevaba las manos a la garganta. Maeve se puso de rodillas con dificultad y vio que, a pesar de que todavía sujetaba la pistola, al principio no podía levantarla. Oyó un crujido en su interior cuando los huesos rotos intentaron obedecer sus órdenes. Empezó a gatear hacia el Empleador, pero cuando eso le pareció demasiado lento, levantó el brazo izquierdo y se apoyó en el borde de la mesa para incorporarse.

Rodeó la mesa con un enorme esfuerzo.

El Empleador tenía los ojos mirando al techo. La sangre le salía a borbotones de la herida, aunque él la presionaba. Sus miradas se encontraron, y pareció no hacer caso de la muerte, como si no fuera relevante, durante los segundos que tardó en ahogarse y morir.

Maeve esperó.

Le costó convencerse de que ella estaba viva y aquel hombre, tan acostumbrado a matar, estaba muerto. Se dejó caer junto a él y alargó la mano como si fuera a comprobar si tenía pulso para asegurarse de que ya no le latía. Después se inclinó hacia atrás, más exhausta de lo que nunca hubiera imaginado que una persona pudiera estar, y se limitó a contemplar al Empleador durante lo que podían haber sido segundos o minutos, pero que a ella le parecieron horas. No fue capaz de moverse hasta que el dolor de la clavícula amenazó con hacerle perder el sentido.

Se esforzó por volver a levantarse.

Pensó que tendría que decir algo pero no lo hizo.

Pensó: «De modo que esto es lo que se siente al asesinar a alguien».

Y después: «Yo fui más fuerte».

Esto la sorprendió.

Lo sustituyó con la verdad: «Yo tuve más suerte».

En algún callejón oscuro de su conciencia había algo vago sobre la ligera demora entre las llamadas a los dos móviles, pero no era capaz de analizarlo todavía.

En ese momento, otro ramalazo de dolor de la herida eliminó casi todo lo que le pasaba por la cabeza, y se dio cuenta de que tendría que esforzarse mucho para evitar entrar en estado de shock y acurrucarse junto al cadáver del Empleador a esperar a que un cocinero, un vigilante o un policía llegara por la mañana y los encontrara juntos.

Se gritó a sí misma: «¡Piensa!».

Se había concentrado tanto en el asesinato que la idea de sobrevivir no se le había ocurrido. Estaba total, completa y extraordinariamente sorprendida de estar viva. Entonces notó un subidón de adrenalina al mismo tiempo que la clavícula volvió a causarle un dolor punzante e insistente, y comprendió que lo que la unía a la vida era tenue.

Jadeando, recorrió el pasillo hasta encontrar el dormitorio

del Empleador. Como imaginaba, había un cuarto de baño privado tipo spa. Entró y se miró en el espejo.

Estaba pálida.

Con la blusa manchada de sangre.

Despeinada.

Con los ojos desorbitados de la impresión y del dolor debido a lo que había pasado.

Levantó una mano y se frotó la piel de la cara.

Pensó que se veía vieja. Después pensó que tenía aspecto de estar también muriéndose.

De repente tenía sed, muchísima, y abrió el grifo del lavabo, se agachó y bebió con avidez.

Creía que le sería imposible saciar su sed, pero pasado un momento se incorporó y empezó a rebuscar en el botiquín. Encontró un frasco de oxicodona, que se guardó porque sabía que tomarse una o dos pastillas en aquel momento le iría bien, pero también le haría perder el conocimiento. En los estantes había una colección considerable de fármacos, pero le pareció demasiado difícil procesar para qué eran y cómo podrían ayudarla, así que los dejó ahí. Se prometió a sí misma que encontraría el momento adecuado para el analgésico, que tendría que esperar. Vio una botella de desinfectante sin receta, que abrió con los dientes y se vertió en la herida después de quitarse como pudo la blusa rasgada y manchada de sangre. La repentina punzada de un nuevo dolor le hizo soltar un grito ahogado. Tomó entonces una toallita limpia y se la colocó sobre la herida lo mejor que pudo, de modo que contuvo un poco la sangre que le salía copiosamente, aunque volver a tocar el lugar donde los huesos estaban astillados le provocó tal dolor que casi se cayó de rodillas.

Volvió tambaleándose al cuarto y se dirigió hacia un armario. Colgando en una percha había una sudadera granate con capucha que lucía el logo de Harvard en la parte delantera. No lo sabía, pero era similar a la que Sloane había comprado para esconderse de Roger.

Fue duro, increíblemente doloroso, pero logró pasársela por la cabeza e introducir ambos brazos en las mangas, con lo que ocultó del todo la herida. Casi perdió el sentido cuando tuvo que mover el brazo lesionado. Se tambaleó hacia atrás y se sentó un momento en la cama para intentar recobrar un poco las fuerzas y combatir de nuevo el mareo. Se levantó, insegura, pero a cada paso que daba, sus piernas iban recuperando fuerza. Parte de su agotamiento desapareció. Imaginaba que no le quedaría demasiada energía en su interior, pero estaba dispuesta a apostar que sería la suficiente.

Regresó al pasillo.

El armario con el sistema de grabación de vídeo estaba allí, mirándola.

Movió el picaporte. Estaba cerrado con llave. Introdujo el cumpleaños de Sloane en el teclado.

Siguió sin abrirse. El Empleador había cambiado el código después de que Sloane hubiera extraído los discos que mostraban su presencia.

—Lo sabías —dijo en voz alta.

Oír su propia voz la sorprendió.

—No puedes hacer nada al respecto —susurró.

Volvió despacio al comedor y se quedó mirando un momento al Empleador.

—Espero que tus últimos segundos fueran dolorosos —le espetó.

Parecía algo mezquino pero era verdad. Odiaba al hombre muerto, pero en aquel momento desaparecieron años de miedo, ansiedad y paranoia. Sintió que la invadía el alivio.

Y entonces dijo, otra vez en voz alta, hablando consigo misma:

—A ver, Maeve, ¿cómo sales de esta?

Supo que no tenía respuesta para su pregunta.

Pero entonces le vino una respuesta a la cabeza: «De ninguna forma».

Así que se hizo una segunda pregunta:

—¿Cómo asegurar que Sloane no se vea involucrada en todo esto?

Echó un vistazo a su alrededor. Había sangre de Maeve en

muchos sitios. Huellas dactilares de Maeve. Pelos de Maeve. Sudor de Maeve. Pedazos de Maeve por todas partes. Y una cámara que no podía ver estaba grabando a Maeve de pie junto al cadáver del Empleador igual que había grabado los disparos no del todo simultáneos.

Por un instante se preguntó si podría hacer desaparecer su rastro de aquella habitación y fue consciente de que no.

Volvió a mirar a su alrededor.

«Puede que sea yo quien está aquí ahora. Pero ¿quién soy yo?»

Trató de recordar a cuál de las muchas identidades que había utilizado a lo largo de los años apuntarían todas aquellas pruebas forenses. ¿A Consuela? ¿A Martha? ¿A Lucy o a Sally?

¿A todas ellas?

¿A ninguna de ellas?

Y de repente cayó en la cuenta de que todas ellas estaban muertas.

Dejó despacio el revólver del 357 en la mesa.

Su rastreo permitiría identificarla como un arma robada años atrás en un bar de Oxford, en Mississippi, por una camarera que desapareció una noche y que usaba el nombre de una mujer fallecida. Tuvo ganas de soltar una sonora carcajada.

«¿Quién mató entonces a Joseph Crowder? Muchas mujeres.»

Echó un vistazo a la habitación y se percató de que solo había un objeto que fuera realmente suyo. Pero a quien hacía referencia ese «suyo» era una joven llamada Erin originaria de Maine, estudiante de psicología, cuyo padre se suicidó, y que murió y desapareció la misma noche en Miami hacía más de veinte años.

Se agachó y recogió del suelo la pistola del 45 que perteneció a su padre.

—No creerías que iba a dejar que te quedaras con esto, ¿verdad? —preguntó al Empleador—. Es una reliquia de la familia.

Era como una broma, y sonrió, aunque casi al mismo tiempo se dio cuenta de que era posible que la pistola que había matado a su padre la hubiera matado también a ella.

Sabía que iba a sobrevivir el resto de la noche.

No creía que pudiera sobrevivir mucho más.

Y sabía lo que tenía que hacer para garantizar la seguridad de Sloane. Sería duro pero estaba totalmente resuelta a hacerlo.

Dos

Maeve encontró las llaves del todoterreno Range Rover negro, carísimo, del Empleador en la encimera de la cocina. Y no tardó demasiado en encontrar una bolsa de lona de las que normalmente se usarían para comprar comestibles en la clase de tienda de categoría que desaprobaba las bolsas de plástico que costaba reciclar y las bolsas de papel que abarrotaban los vertederos. En la bolsa metió los dos móviles, el de ella y el del Empleador, y los apagó. Después, la pistola del 45. Y, por último, puso unos paños de cocina de Williams-Sonoma encima para taparlo todo.

Dirigió una larga mirada al Empleador.

—No salió como esperabas, ¿verdad? —soltó, y acto seguido se dio cuenta de que tal vez sí.

Pensó que tendría que sentirse liberada. Todos los años que había estado ocultándose, el estrés acumulado de encontrar otras identidades y utilizarlas tendrían que haberse disipado en aquel momento, pero no era así. Simplemente sentía un enorme frío en su interior.

Y entonces se marchó por donde había entrado.

Le costó sentarse al volante del coche. Cada vez que intentaba mover el brazo unas punzadas de dolor le recorrían el cuerpo. Agradeció que el todoterreno dispusiera de llave de proximidad y no tuviera que inclinar el cuerpo para ponerla en el contacto. Pero poner la marcha y girar el volante le resultaba casi insoportable. Se movió en el asiento, intentando encontrar un punto medio entre la necesidad y el dolor, y poco a poco se alejó de la casa del Empleador sin mirar ni una sola vez atrás.

Todavía era oscuro, pero notaba que faltaba poco para el

amanecer. Incluso con las luces largas surcando el final de la noche, le seguía costando seguir el camino de tierra. Cada bache que pillaba en el barro le provocaba una punzada de dolor. Iba adaptando su cuerpo a cada giro, como si se peleara con la herida para ver si sentarse de un modo o de otro, si girar el volante solo un poco a la derecha o a la izquierda fuera a hacer que le doliera menos.

Condujo despacio, avanzando con cuidado bajo las ramas que colgaban de los árboles para convertir el camino en una especie de túnel hasta llegar a la verja amarilla que le bloqueaba el paso.

Bajó la ventanilla y, con un dolor enorme, alargó la mano hacia el teclado. Introdujo el cumpleaños de Sloane.

Nada.

Quiso gritar de frustración.

Le parecía injusto.

Tecleó números al azar, exigiendo enojada que la verja se abriera.

Nada.

Quiso llorar.

Recostó la cabeza en el volante y pensó que seguramente iba a morirse allí.

Por un instante se planteó dar media vuelta y regresar a casa del Empleador para poder morir con relativa comodidad.

«Puedo poner un perro a mis pies —pensó—. Como él me dijo. Él será el perro.»

Pero entonces alzó la vista.

«¿Para qué está hecho este coche tan lujoso?», se preguntó a sí misma.

Encontró el interruptor para activar la tracción total. Miró a derecha y a izquierda, intentando valorar qué arbustos y arbolitos eran más vulnerables. Eligió la izquierda, giró el volante para ir en esa dirección y pisó el acelerador.

El coche comenzó al instante a cabecear. Maeve oyó como rugía el motor y como se partían las ramas a su alrededor. Las ruedas giraban airadas en la tierra, y se dio cuenta de que estaba lanzando un violento grito de guerra que mezclaba el dolor con la resolución mientras luchaba contra el enmarañado follaje que el parachoques delantero iba aplastando.

Dirigió el coche hacia delante, haciendo girar el volante para regresar a la calzada tras esquivar la barrera. Una última piedra la lanzó hacia el techo y, con un grito redoblado, volvió a llevar el coche a la carretera de tierra.

Pisó los frenos, se paró en seco e inspiró hondo. Pensó que aquella noche estaba superando muchos obstáculos, lo que le permitió albergar esperanzas de poder finalizar la tarea.

Allí sentada, el dolor de la clavícula le recordó que seguía allí.

—Muy bien, muy bien —susurró—. Una pastilla. Pero me da igual lo mucho que te duela y lo cansada que estés, no vas a quedarte dormida, Maeve. Todavía no.

Buscó en su bolsillo la oxicodona del Empleador, resistió la tentación de tomarse dos o tres pastillas y se tragó una. Se guardó las demás en el bolsillo después de decir al frasco:

—Después. Después. Espera.

Y, acto seguido, dijo:

—Sloane.

En cuanto pronunció el nombre de su hija en voz alta comprendió que no podía permitirse pensar en ella. Por más que deseara hablar con ella y oír su voz, no podía hacerlo. Por más que tuviera la imagen de su hija grabada en la mente, sabía que pensar en la única persona en el mundo a la que quería era un error. Cualquier emoción la conduciría al fracaso.

Como le había pasado al Empleador.

—Tendrías que haberme matado cada vez que tuviste ocasión de hacerlo —comentó Maeve, a sabiendas de que el Empleador había tenido muchas oportunidades y las había rechazado para intentarlo en el momento más peligroso. Se dio cuenta de que el Empleador había corrido muchos riesgos en su vida y que siempre había salido victorioso—. Cabrón arrogante —soltó, pero ni siquiera esas palabras lo describían del todo.

Volvió a ponerse en marcha.

Cuando llegó a la carretera asfaltada que Sloane había recorrido horas antes, notó un subidón de adrenalina. Condujo con cuidado, recordando lo que el Empleador le había contado aquella noche sobre haber ido a Sierra Nevada con un cadáver en el maletero de su coche. Ella no llevaba ningún cadáver, pero tenía un montón de pruebas incriminatorias.

«Casi un cadáver —se dijo a sí misma—. Así que ve despacio, sin brusquedades y recta. No dejes que el dolor te haga parecer borracha a los ojos de un policía con nada más que hacer antes de que salga el sol.»

La luz del alba empezaba a abrirse paso en la isla cuando entró en la pequeña y pintoresca población de West Tisbury, que constaba de una vieja granja, una gasolinera, una tienda rural, una galería de arte, un bar de bocadillos y un ayuntamiento muy pequeño. Delante de la tienda rural había una parada de autobús.

Eso le dio una idea.

Dio la vuelta y entró en el estacionamiento del ayuntamiento.

Aparcó el Range Rover en el fondo. Imaginaba que el estacionamiento se llenaría con otros todoterrenos lujosos a lo largo del día, cuando los veraneantes fueran a buscar licencias de pesca, pases para la playa y permisos relacionados con la gestión de residuos, o a pagar los impuestos de sus lujosas casas de verano. El Range Rover pasaría desapercibido cierto tiempo.

Lo cerró, metió la llave en la bolsa de lona y se dirigió hacia la parada de autobús. Un horario colgado la informó de que el primer autobús llegaría hacia las seis de la mañana. Se sentó en el banco y dejó que la oxicodona surtiera efecto y le aliviara el dolor.

Pasaron unos cuantos coches.

Varios de ellos pararon en la tienda rural. El personal que serviría la repostería casera y el café gourmet. La rutina estándar de un lugar de veraneo de categoría, en previsión de la llegada a primera hora de la mañana de gente acaudalada que necesitaba un café exprés antes de consultar el índice Nikkei o el *Daily Variety*.

Maeve aguardó.

Esperaba que la sangre que le salía de la herida bajo la sudadera no le manchara los vaqueros. Agradecía que los colores de la prenda de Harvard ocultaran la mayor parte de la sangre.

El autobús llegó unos minutos antes de las seis.

El conductor era un universitario con pantalones cortos que llevaba gafas de sol como si hubiera tenido una noche movida.

—¿Para el autobús donde el ferry? —preguntó Maeve.

El conductor asintió.

—Llegará a la embarcación de carga a las siete menos cuarto —dijo, evidentemente sin estar interesado en ninguna otra conversación y sin fijarse en la sangre que tenía en el dorso de la mano.

Maeve se sentó. Unos segundos después vio una señal con una «H» en la carretera.

Un hospital.

«No puedo ir —pensó—. No puedo dejar que un médico de urgencias me pregunte: "¿Por qué tiene esta herida de bala?" antes de que llame a la policía estatal.»

Fue la única pasajera del autobús hasta la siguiente parada, donde subió un chico con el pelo revuelto y una camisa desteñida, acompañado de una chica con el pelo igual de alborotado que llevaba unos vaqueros hechos jirones y unas sandalias. Los dos cargaban una mochila y parecían refugiados de la era de Woodstock. Apenas miraron a Maeve.

El autobús traqueteó cuando el joven conductor aceleró por la carretera.

Maeve combatió la necesidad de cerrar los ojos, porque sabía que si los cerraba aunque solo fuera un instante se desvanecería. La pastilla de oxicodona le había aliviado ligeramente el dolor, pero también le había nublado ligeramente las ideas. Quería tener la mente lo más en blanco posible sin sumirse en la inconsciencia. Reguló la respiración y abrió un poco una de las ventanillas para que el aire fresco le diera en la cara.

El autobús entró en la ciudad y giró hacia el terminal del ferry.

Maeve se dio cuenta de que estaba siguiendo los pasos que Sloane había dado la noche anterior. Esta idea la animó.

La embarcación de carga a Woods Hole solo aceptaba a unos cuantos pasajeros. Era más pequeña que los grandes ferris: tenía una sola cubierta que se llenaba de coches y de camiones que volvían al continente. La cubierta se situaba a apenas unos centímetros por encima del agua y, después de cargar, se tendía una cadena amarilla en la rampa. Pero las paredes laterales del ferry eran altas, por lo que toda la embarcación era como una caja de zapatos abierta. Los pocos pasajeros que acogía solían congregarse en una pequeña zona con sillas junto con los camioneros. Cuando la tarde era agradable, la gente se paseaba entre los vehículos apiñados. Los perros que permanecían en la parte trasera de los todoterrenos ladraban mucho. Pero Maeve tuvo suerte. Aquella mañana el cielo seguía encapotado después de la tormenta, y el tiempo era húmedo y desagradable. Así que cuando pasó entre dos coches vacíos y un camión articulado hacia la rampa de acceso, estaba sola.

El dolor fue intenso, más huesos fragmentados, más astillamiento, incluso con la oxicodona, cuando lanzó el móvil del Empleador a las aguas de Vineyard Sound, no muy lejos de donde Sloane había tirado las armas del Empleador, aunque ella no lo sabía.

Se dejó caer en la cubierta y luchó contra el agotamiento y el dolor durante el viaje de cuarenta y cinco minutos.

Tuvo que tomar otro autobús en Woods Hole para llegar al estacionamiento donde había dejado su coche.

«No mi coche —pensó—. Un coche que pertenece a Laura Johnson, de Rhinebeck, en Nueva York, que soy yo y, a la vez, una mujer que murió hace muchos años.»

En el estacionamiento había una papelera llena de toda la basura de los viajes, botellas vacías de agua y de refrescos, envoltorios de McDonald's y pañales usados. Tiró en ella las llaves del coche del Empleador.

Después se sentó al volante del suyo y se puso a conducir. Sabía exactamente dónde iba, pero no estaba segura de si conseguiría llegar.

Cinco horas. Esperaba que fuera un poco menos. Temía que fuera un poco más.

Las autopistas, el tráfico de las afueras de Boston, el sol a su espalda y las punzadas de dolor de la clavícula que le recorrían el cuerpo. Una fatiga absoluta y el fármaco que insistía en que cerrara los ojos.

«Ahora tienes que ser dura —se dijo a sí misma—. Pero después tendrás que serlo mucho más.»

TRES

LLEGUÉ A NAZARET
   SINTIENDO QUE ESTABA MEDIO MUERTO...
      SOLO NECESITO UN LUGAR
         DONDE RECOSTAR LA CABEZA...

> Robbie Robertson, The Band, 1968
> «The Weight»
> del álbum *Music from Big Pink*

El recorrido en coche duró cinco horas.

A unos cinco kilómetros de su destino, Maeve paró en un espacio reservado para que los autobuses escolares dieran la vuelta y esperó. Era una zona rural, con tierra de cultivo a un lado, bosque en el otro y solo unas cuantas casas lejanas en la periferia de su campo visual. Era un lugar de lo más solitario que podía ofrecer Massachusetts.

Era media tarde. El cielo seguía estando gris, y más de una vez la lluvia había golpeado el parabrisas.

Esperó.

Una hora.

Dos horas.

Curiosamente, creía que había llegado a un acuerdo con el dolor y a un entendimiento con el agotamiento. La clavícula le seguía doliendo y era duro moverla ni siquiera un poco, pero no más que permanecer sentada. Ambas cosas eran igual de malas.

Casi pudo con ella la tentación de sacar el móvil, encenderlo y hablar con Sloane.

«¿Decirle lo que ha pasado? —pensó—. ¿Decirle que estoy herida? ¿Decirle que no puedo recibir ayuda y escuchar cómo me suplica que deje que me ayude? No, no, no y no.»

Así que tarareó para sí misma. Fragmentos de música que recordaba de su juventud. Sonrió al acordarse de que cuando era pequeña, a Sloane le gustaba escuchar «Free Falling» de Tom Petty, porque la llamaba «la canción sobre las chicas buenas y los chicos malos».

Esto le hizo pensar en momentos pasados con su hija. Decidió que no iba a ser honesta y recordar momentos malos, momentos en los que habían discutido o momentos en los que había lamentado el aislamiento que imponía a su única hija. En lugar de eso se concentró en recuerdos que sobrevolaban la tristeza. Momentos felices. Tiempo compartido.

Mientras estas cosas le pasaban por la cabeza, a veces venciendo el dolor, observaba cómo la tarde se desvanecía ante ella.

Cuando la tarde estaba empezando a llegar a su fin, se sacó del bolsillo el frasco de oxicodona del Empleador. Dentro había doce pastillas.

Se las tomó todas.

Entonces salió del coche y dejó el frasco de plástico bajo la rueda delantera del coche de modo que quedara aplastado cuando avanzara.

Volvió a sentarse al volante y se dio cuenta de que no tenía mucho tiempo antes de que las pastillas surtieran efecto. Condujo deprisa los cinco kilómetros restantes.

Era un lugar que le resultaba familiar.

Aparcó el coche de Laura Johnson, la mujer fallecida, en el mismo lugar en el que había dejado el coche de Maeve O'Connor unos meses antes.

Sacó su móvil y finalmente lo encendió.

Treinta y tres llamadas perdidas. Todas ellas del mismo móvil desechable.

Quiso escuchar cada mensaje pero no lo hizo.

En lugar de eso, envió un mensaje a Sloane.

«Entenderá esto», pensó Maeve.

A continuación, lo más rápido que pudo porque la sobredosis de oxicodona le estaba llegando a la corriente sanguínea y hacía que la cabeza le diera vueltas, corrió hacia el saliente rocoso que se asomaba a gran altura al río Connecticut.

El mismo lugar del que no se había tirado.

La roca que elegían para suicidarse los deprimidos y los consternados.

Tenía la bolsa de lona de la casa del Empleador en una mano. Rebuscó en ella y primero tiró al río los paños de cocina. Lanzó después su móvil lo más lejos que pudo bajo la superficie del agua y, por último, la bolsa.

Lo único que le quedaba era la pistola del 45.

La sopesó con una mano. Pensó en su padre llevándosela a la sien. Pensó que era el único vínculo real con quien era en realidad y decidió que eso era cierto y falso a la vez, porque Sloane lo era tanto como el arma que tenía en la mano. Solo que con una persona distinta.

—No puede evitarse —dijo en voz alta. Escuchó la firmeza en su voz.

Se inclinó hacia atrás, hizo acopio de toda la fuerza que le quedaba y lanzó la pistola del 45 al agua lo más alto y lo más lejos que pudo.

Oyó la salpicadura a lo lejos.

La oxicodona se apoderaba insistentemente de ella. Un canto de sirenas que hablaba de sueño y de muerte.

El dolor desapareció de su cuerpo, desvaneciéndose en ese instante.

«Esto la mantendrá a salvo», pensó.

Un pensamiento agradable. Casi un pensamiento feliz.

Y entonces, sin ninguna preocupación más, saltó del borde de las rocas y se lanzó hacia el acogedor abrazo de las aguas profundas del río.

EPÍLOGO 2

Aquella mañana

Tras la sexta llamada, Sloane había perdido toda esperanza. Tras la trigésimo tercera dejó de marcar el número de Maeve. Sabía que no tenía demasiado sentido llamar tantas veces, pero no era capaz de impedir que sus dedos teclearan los números ni de no escuchar cada timbre hasta que saltaba la voz incorpórea del buzón para decirle que aquel número no estaba disponible. Todo aquel silencio le indicaba que había fracasado cuando había intentado dar a su madre la fracción de segundo necesaria para matar y vivir.

Aguardó lo que creía que era inevitable: la voz del Empleador por teléfono. Pero cuando eso no pasó, ni a las tres y cinco de la mañana, ni a las cinco, ni a las seis, ni a mediodía, supuso que su fracaso era todavía mayor. Le vinieron a la cabeza un montón de imágenes de su madre y el Empleador, uno frente a otro en la mesa, ambos muertos. Podía verlos desangrándose, conectados, casi abrazados, petrificados en su sitio. Una representación de la muerte. Esa pesadilla casi la superó, por lo que hizo todo lo posible para dejar la mente en blanco. Su fatiga absoluta la ayudaba un poco, pero no lo suficiente. Ni siquiera recordaba cuándo había dormido por última vez. Quería dejarse caer en la cama y cerrar los ojos a todo lo que había pasado, lo que podría pasar, lo que pasaría, pero le parecía un error terrible, e insistía en la idea de hacer algo cuando no había nada que pudiera hacer. A pesar de saber que su madre no llamaría, no podía llamar, jamás volvería a llamar, no soportaba la idea de no estar preparada para contestar. Su mente no asimilaba nada que fuera lógico, organizado, razonable. De modo que estaba sentada, clavada en la silla, con los músculos tensos, los labios apretados, las manos algo temblorosas y el móvil delante de ella en la mesa, esperando a que las pesadillas que tan fácil le resultaba imaginar se hicieran aterradoramente realidad.

No veía ninguna otra posibilidad razonable.

ESA TARDE

Sloane se planteó llamar a Patrick Tempter.

Lo descartó.

Sloane se planteó llamar a la policía del estado de Martha's Vineyard.

Lo descartó.

Se planteó llamar al número del Empleador y ver si contestaba.

Lo descartó.

Tras preguntarse qué otras llamadas podía hacer y darse cuenta de que no podía hacer ninguna, examinar lo que podía hacer y darse cuenta de que no podía hacer nada, se hundió en la silla y contempló como por el reloj del móvil que tenía delante iban pasando todos los números del día. Lloró una vez. Y después, otra. Finalmente se rindió y se deslizó hacia el suelo como un papel arrugado, se hizo un ovillo y liberó todas las lágrimas reprimidas en medio de un torrente de dolor que casi la ahogó. Unas oleadas de tristeza mezclada con frustración y la creencia de que había matado a su madre la sumieron en una oscuridad que iba más allá de la mera depresión. Cerró los ojos, sin apenas poder respirar, y notó como se le estremecía todo el cuerpo, sintiendo que también se le estremecía el alma.

El agotamiento se apoderó de ella por completo.

Notó que todo le daba vueltas y se desvaneció; la envolvió un vacío negro que era lo más cercano a la muerte que hay en este mundo.

En este estado de casi inconsciencia, no se enteró de la llegada del único mensaje de su madre.

La mañana siguiente

Sloane durmió casi diecisiete horas seguidas en el suelo de su casa.

Cuando se despertó, se dio la vuelta y se quedó mirando al techo. Notaba la rigidez de cada músculo, con el sueño todavía aferrado a sus ojos. Se los frotó y se puso de pie con un gran esfuerzo. Necesitaba un café. Necesitaba una ducha y necesitaba actuar, seguir, avanzar y concluir, pero se le escapaba dónde, cuándo o cómo conseguir ninguna de estas cosas. La ducha y el café, sin embargo, sí estaban a su alcance, así que se dijo a sí misma que daría esos pequeños pasos.

Se sentía completamente sola.

Se sentía como si su vida hubiera quedado desnuda. No tenía que investigar ni que diseñar ningún monumento conmemorativo para el Empleador. No tenía ningún novio a quien confiarse y en cuyo hombro recostar la cabeza, aunque reconocía que Roger nunca le había proporcionado esa clase de consuelo. No tenía ningún otro amigo con el que quedar y que pudiera compartir su tristeza con ella. Ningún compañero de trabajo con quien consultar. Ningún proyecto que finalizar. Y no tenía una madre a la que llamar que pudiera escucharla mientras le describía aquel vacío.

«Una vez supe que estaba muerta —pensó—. Ahora tengo que volver a saberlo. Mi madre ha muerto dos veces.»

Se sentía como si se tambaleara entre sus propias vidas.

Aun así, se duchó y se tomó esa taza de café. Ninguna de las dos cosas le pareció tan reconstituyente como antes.

Con la taza en la mano, ataviada solo con un viejo albornoz

y el pelo envuelto en una toalla, se dirigió hacia su ordenador y abrió el web del *Boston Globe*.

Enseguida vio el titular:

MECENAS Y FILÁNTROPO MUERE
ASESINADO EN SU SOLITARIA CASA
DE VINEYARD

Leyó:

Un vigilante encontró ayer el cuerpo de Joseph Crowder, residente desde hace muchos años en verano en Vineyard, muerto de un disparo en su solitario complejo en la isla, lo que motivó que la policía del estado iniciara al instante una investigación por homicidio.

Aunque poco conocido, Crowder efectuaba aportaciones regulares a museos y organizaciones benéficas, con un interés especial en el arte moderno y en las fundaciones que se concentraban en temas relacionados con los abusos infantiles. Rara vez visto, ni entre la alta sociedad de Boston ni por sus vecinos de la isla, según fuentes policiales, su cadáver presentaba una única herida de bala. Esas mismas fuentes explican que los equipos forenses procesarán hoy el lugar y admiten haber encontrado un arma que está siendo enviada al laboratorio de balística de la policía del estado para su análisis. También indican que se han encontrado otras pruebas sin especificar en la escena del crimen, además de confirmar que el ángulo del disparo mortal descartó de inmediato el suicidio...

El resto del artículo era igual de escueto. Faltaban detalles. Sloane se figuró que debía de ser frustrante para los periodistas que se habían apresurado a ir a la isla y que seguramente se arremolinaban alrededor de la verja de hierro sin poder entrar para ver las cosas por sí mismos ni obtener respuesta a ninguna pregunta. Había una foto de la casa del Empleador tomada desde un helicóptero. Reconoció el camino y las vistas. Se citaba a algunos vecinos famosos diciendo que no conocían bien a Crowder, aunque era visto con frecuencia en inauguraciones de galerías y en tiendas rurales, parecía simpático aunque no hablador y evitaba deliberadamente los innumerables cócteles de la isla, en los que se servía vino blanco y se hablaba de política. El vigilante que encontró el cadáver solo dijo a los periodistas que su empleador era un hombre francamente bueno que no hablaba mucho sobre quién era, lo que hacía o de dónde procedía su dinero, y al que parecía gustarle vivir solo en un aislamiento casi total.

«Puede que fuera franco, pero no era bueno», pensó Sloane al verlo.

Al final del artículo, *The Globe* incluía una petición de la policía del estado para que «cualquier persona que tenga información sobre el homicidio llame al 617-555-3000 de la policía, con una línea directa a tal efecto y en el que todas las llamadas serán tratadas confidencialmente».

Casi la venció la tentación de marcar el número de la unidad de homicidios de la policía del estado y susurrar por teléfono: «¿Saben quién era en realidad? ¿Saben qué hacía en realidad? Le encantaba matar y era un hombre muy rico que asesinaba con total impunidad. Una y otra vez».

No lo haría. Ni siquiera anónimamente. Incluso en medio del desconcierto provocado por todo lo que había pasado, Sloane sabía muy bien que tenía que mantenerse lo más alejada posible del Empleador y, especialmente, de su muerte.

Abandonó su fantasía de contar la verdad sobre él y buscó en el periódico algún detalle que le dijera algo sobre Maeve.

Especialmente: «En la escena del crimen fue hallado un segundo cadáver sin identificar». Sabía que habría encabezado la noticia. Ni una palabra.

Cerró la página del artículo del *Globe* y accedió a *The Boston Herald* y, después, a *The Vineyard Gazette* y *The Martha's Vineyard Times*, que eran periódicos locales de la isla. Ninguno hacía la menor mención a su madre, y todos eran igual de escuetos en cuanto a las pruebas que se habían encontrado. Tecleó la opción de noticias en directo de la NECN, la cadena New England Cable News, y vio que ofrecía imágenes aéreas de la casa y un vídeo del Empleador con corbata negra en un evento para recaudar fondos, aunque no había ningún audio de él diciendo nada.

Sintió que la invadía la esperanza.

Oregón.

Otro nombre. Otra persona. Pero siempre sería su madre.

Fue algo electrizante. Como si su cuerpo estuviera cargado y chisporroteante de energía. Se volvió hacia un lado, y luego hacia el otro, entusiasmada, intentando deducir qué tendría que hacer.

Fue hacia la mesa y tomó el móvil.

«Estás viva —pensó—. Llámame. ¿Dónde te has metido?»

Vio que tenía un mensaje en el móvil.

Lo abrió.

Leyó unas palabras.

Y se dejó caer al suelo como si la tristeza le hubiera atravesado el corazón para dar de nuevo rienda suelta a un incesante torrente de lágrimas.

EL DÍA SIGUIENTE

A media mañana, Sloane fue a su estudio.

En su piso había estado observando los muebles, mirando por las ventanas, clavada en la silla contemplando las paredes como si fueran a mostrarle algo sobre el futuro. Le había costado un esfuerzo inmenso levantarse, vestirse, recoger algunas cosas y salir a la calle. Fuera hacía el calor típico de finales de verano. El cielo era azul. Una ligera brisa jugueteaba con las hojas verdes de los árboles que pronto cambiarían de color. Miró hacia atrás una vez, temiendo de repente que alguien la siguiera. Pero, con la misma rapidez que había surgido, esta sensación desapareció. Muchos miedos la abandonaron mientras recorría la ciudad a buen ritmo. Se paró un instante para sentarse en un banco de piedra del John F. Kennedy Park, el parque que llevaba el nombre del malogrado presidente. Desde donde estaba veía a una persona que remaba en solitario rumbo al reluciente río Charles. Algunos corredores pasaron ante ella también. Iban con la cabeza gacha, haciendo un gran esfuerzo. Tardó un momento en apreciar la calma y el uso de granito, tanto en las formas alargadas que señalaban la entrada del parque como en el monumento semicircular y en una fuente cercana. Grabadas en la piedra había citas de los discursos del presidente.

«Es fabuloso no estar asustada», pensó Sloane.

Era como si dos Sloane ocuparan la misma persona. La Sloane que había sobrevivido a algo extraordinario. La Sloane asesina. Y la Sloane que estaba empezando de cero. La nueva Sloane. Arquitecta de...

«¿Qué?», se preguntó.

Pensó que había creado algo, construido sobre los cimientos del odio y el asesinato. Dudaba que lo olvidara jamás.

Aun así, cuando se levantó, se sentía más ligera que nunca.

Saludó a la recepcionista de vaqueros ajustados, medio esperando que le dijera: «Han vaciado y cerrado tu despacho». Pero no lo hizo.

—¿Recuerdas aquel exnovio del que te hablé? —dijo Sloane—. ¿El que me estaba amenazando? —La chica asintió a modo de respuesta—. Pues esa situación ya está resuelta, gracias a Dios. No hay que preocuparse más por eso.

Imaginó que cada palabra era cínica pero necesaria.

Se dirigió hacia su despacho y se sentó ante el escritorio.

En el ordenador había bocetos de sus muchos diseños. Los miró todos, preguntándose si contendrían algún elemento creativo que pudiera utilizar en el futuro. No lo sabía con certeza pero sospechaba que sí. Algunas de las formas parecían seguir diciendo algo, especialmente tras eliminar cualquiera de los Seis Nombres de Difuntos de las imágenes.

Recordó que todavía tenía en el bolsillo de los vaqueros el lápiz de memoria que el Empleador había insistido en que se llevara. Lo sacó y lo introdujo en el ordenador.

En la pantalla apareció el familiar icono azul. Hizo doble clic en él.

Roger la estaba mirando. Era un primer plano, como si estuviera mirando directamente a la cámara y al cañón de una pistola que ella tenía en la mano.

Iba en albornoz. Su semblante reflejaba un pánico absoluto.

Tras él, despatarrada en la cama, estaba Erica Lewis muerta.

Era la habitación de hotel.

«Por favor, no lo haga —estaba diciendo Roger—. Nunca volveré a hablar con ella, desapareceré. Me esfumaré. Por favor, quiero vivir...»

Oyó una voz fuera de pantalla que reconoció de inmediato.

«Gracias, Roger, pero por desgracia no creo una sola palabra de lo que dices...»

Sloane sacó el lápiz de memoria a toda velocidad.

No quería ver lo que la cámara captó a continuación.

Se quedó un instante con el lápiz de memoria en la mano, sin saber muy bien qué hacer. Después se acercó a la elegante cafetera del rincón y preparó una taza de café casi hirviendo. No se lo bebió. En lugar de eso, dejó caer el lápiz de memoria en el humeante líquido oscuro. Lo dejó sumergido un minuto y después lo sacó y lo tiró al suelo, donde lo pisoteó con el zapato. Después de varios intentos, el lápiz se partió. Finalmente, recogió todos los trocitos y los introdujo en la pequeña destructora del despacho.

«Adiós para siempre, Roger —pensó—. Me habrías matado, ¿verdad?»

Cuando estaba haciendo esto, le sonó el móvil.

Era una llamada no identificada.

Titubeó y, finalmente, descolgó.

—¿Sí?

—Mi querida Sloane, soy Patrick.

La entusiasta voz del abogado casi retumbaba en la línea telefónica.

—Es estupendo oír tu voz —prosiguió—. Estaba muy preocupado por lo que dicen las noticias y todo eso. ¿Estás bien?

—Sí —contestó Sloane.

—¿Has vuelto a tu piso?

—Sí.

—Es un momento excepcional, sin duda —aseveró el abogado. Indirecto. Cauto.

—Sí.

—Y ahora ya no tienes trabajo —comentó.

Evitó la palabra «asesinato».

—No. Al parecer, no.

—Tal vez sería prudente eliminar cualquier prueba de tu participación en el proyecto.

—Estaba haciendo algo de eso cuando me llamaste.

—Excelente. Eso es ser previsor. Ahora quiero darte un consejo muy importante, y es la clase de consejo que raya en la exigencia y que procede de muchos años ejerciendo el derecho, tanto dentro como fuera del sistema de justicia penal. ¿Lo comprendes?

«No sabe nada de lo que ha pasado», pensó Sloane.

—Sí —respondió. Hermética.

—No cuentes nunca nada a nadie sobre tu encargo, sobre las tareas que te fueron encomendadas y, especialmente, nada de nada sobre el Empleador y tu relación con él. Si alguna vez se presenta un policía para hacerte preguntas, no digas nada en absoluto en ningún momento. Sé educada, pero llámame al instante y estaré a tu lado en cuestión de minutos. A cualquier hora, día o noche. Sin dudarlo. No respondas ninguna pregunta, ni siquiera las rutinarias, como cómo te llamas y dónde vives o qué piensas del tiempo que está haciendo. Lo único que puedes decir es: «Quiero llamar a mi abogado». ¿Lo has entendido?

—Sí.

«Cree que yo apreté el gatillo. Cree que yo soy la asesina», se dijo Sloane.

—Te lo repito: ¿lo has entendido? Es vital.

—No digo nada. No hago nada. No admito nada. Te llamo.

—Correcto. Tienes que tomártelo en serio, Sloane. Ningún policía, por más agradable y extrovertido que sea, es amigo tuyo. Haz exactamente lo que te digo, porque tienes que asumir que has sido y eres ahora clienta mía, podría decir incluso mi clienta favorita. Y esto conlleva la confidencialidad de nuestras conversaciones, de modo que ambos saldremos de esta situación relativamente indemnes, querida mía. No temas.

Era una forma anticuada de hablar. Sloane ya no temía nada, una idea que le resultaba electrizante. Casi soltó una carcajada al oír la palabra «indemnes».

«Eso es imposible», pensó con una sonrisa.

Inspiró hondo para decir: «Y no hice nada. No soy una asesina. Soy inocente. Me salvó la persona que llevaba años salvándome».

Pero se dio cuenta de que cada una de esas cosas solo era parcialmente cierta.

Así que respondió al abogado diciendo:

—Soy fuerte.

Oyó reír a Tempter.

—Eso ya lo sé —soltó el abogado—. Lo he sabido desde nuestra primera conversación.

Sloane colgó. Se pasó el día esperando la visita de un inspector de policía. No fue ninguno. Aguardó parte de la noche, pensando que llamarían a su puerta. No fue así.

Ni tampoco el día siguiente. La semana siguiente. El mes siguiente.

TRES MESES DESPUÉS

Iban apareciendo adornos de Navidad en los escaparates de las tiendas. En los parques, las hojas se habían secado y caído de los árboles. Una lluvia fría humedecía con frecuencia la ciudad, y por la calle la gente llevaba abrigo y caminaba enérgica sorteando los charcos como si intentara pasar deprisa el invierno que se acercaba.

Sloane seguía yendo a su estudio todos los días.

Había esperado que el alquiler venciera y que la echaran, pero no sucedió. No preguntó cómo ni por qué.

No tenía nada oficial que hacer. Ningún contrato. Ningún encargo. Ningún trabajo de verdad. Una semana antes había empezado a enviar su currículum a estudios de arquitectura locales, y la habían citado inmediatamente para un par de entrevistas, que esperaba con impaciencia, aunque no sabía muy bien cómo explicaría el tiempo transcurrido desde su graduación hasta el momento en que cruzara su puerta. Sabía que le preguntarían: «¿Tenías algún trabajo? ¿Algún proyecto?». Decidió que se ceñiría a decir que después de graduarse y de obtener los permisos profesionales correspondientes, había decidido viajar unos meses para ver algunos lugares y examinar algunas formas acerca de las que solo había leído pero que la fascinaban.

Imaginó que quien la entrevistara le preguntaría cuáles.

Y la respuesta que había decidido dar era: «Un laberinto en Italia: Il Labirinto».

La mañana que se estaba preparando para la primera de estas entrevistas, recibió otra llamada de Patrick Tempter.

—Ah, Sloane, me alegra mucho poder hablar contigo.

—Creía que te habrías puesto en contacto conmigo antes —comentó Sloane.

—No hubo necesidad, ¿verdad? —respondió el abogado pasado un momento—. ¿Ningún policía? ¿Ninguna pregunta que no podías responder tú sola sobre tu vida y tu futuro?

Eso la sorprendió.

—Ahora estoy yendo a entrevistas de trabajo —explicó.

—Eso es excelente. Pero te lo repito: si alguna vez, ahora o en el futuro, alguien se dirige a ti por cualquier motivo relacionado con el Empleador y tu anterior proyecto con él...

—Sí —lo interrumpió—. Te llamo al instante.

—La semana que viene. El mes que viene. De aquí a diez años.

—Sí.

—E incluso después de que yo haya muerto y me haya ido de este mundo, dejaré el asunto en buenas manos. Dado el caso, serás informada de quién habrá asumido esta deuda... —Se detuvo.

Sloane pensó que «deuda» era una palabra curiosa, pero no lo dijo.

—Entendido.

—Excelente —soltó el abogado—. Ya nos entendemos.

Sloane no imaginó ni por un momento que eso fuera verdad.

—El caso es que dispongo de cierta información que es, bueno, fascinante —prosiguió Tempter.

—¿Fascinante?

—La policía del estado sigue investigando... Imagino que pronto incluirán el caso en la categoría de casos sin resolver... Los pobres parecen frustrados. No tienen ninguna pista nueva y las que han seguido los han llevado a curiosos callejones sin salida...

Sloane conocía muy bien esos «curiosos callejones sin salida».

—Y, por supuesto —prosiguió el abogado—, su tiempo es limitado... Sin embargo, hay una novedad que creo que tendrías que saber.

—¿Una novedad? —Sloane no sabía si ponerse o no nerviosa.

—El testamento del Empleador. Ya lo tengo en mi poder. Tú ocupas un lugar muy destacado en él.

—¿Qué?

—Te ha dejado varias cosas.

—¿A mí?

—Sí. Diversos cuadros muy valiosos, incluido un impresionante original de David Hockney...

Sloane recordaba aquel cuadro.

—También te ha dejado la finca de la isla. Vale algo más de diez millones de dólares.

Sloane casi soltó un grito ahogado.

—Y, si bien el grueso de su fortuna ha ido a parar a varias organizaciones benéficas, también te ha dejado una considerable renta vitalicia. Si a eso le sumas la propiedad, bueno...

—Quiero venderla. Es la casa donde murió.

Lo soltó sin más. La alegró no haber dicho: «Es la casa donde mi madre lo mató».

—Una sabia decisión —aseguró Tempter—. Puedo encargarme de eso por ti. Me pondré enseguida en contacto con agentes inmobiliarios de la isla. Pero... —titubeó.

—¿Qué? —quiso saber Sloane.

—La superficie total de la propiedad ronda las siete hectáreas. No es necesario que las vendas todas para conseguir un precio excelente. Tendrías que conservar una pequeña parte del terreno.

—¿Por qué?

—Por un interesante codicilo del testamento —explicó Tempter—. Pide específicamente que diseñes y supervises la construcción de un monumento conmemorativo en esa parte del terreno.

—¿Un monumento conmemorativo?

—Exacto.

—¿A quién?

—En esta ocasión no lo especificó.

«¿A los Seis Nombres de Difuntos? ¿Al Empleador? ¿A mi madre?», se preguntó.

Pensó que había muchas cosas que conmemorar. Y muchas cosas que superar y dejar atrás.

—Dejó fondos a tal efecto —dijo Tempter.

—Por supuesto —soltó Sloane antes de colgar.

Imaginó un sendero tranquilo y sombreado, bien cuidado, que conduciría a un lugar por encima de la casa, en el acantilado, con vistas al mar. Un banco de granito donde sentarse para contemplar las inmensas aguas azules. A un lado, unas alas de hierro inspiradas en las alas de las gaviotas, que soportarían todas las inclemencias del tiempo del Atlántico pero que, como una antigua veleta en una vieja casa, se moverían con cada soplo de brisa.

Sloane recogió las cosas y se puso bien la chaqueta para prepararse para la entrevista. Cerró los ojos un momento y se dijo que no tenía que estar nerviosa. Se sacó el viejo móvil del bolsillo. Lo había reemplazado por otro nuevo, pero no había cancelado el antiguo número porque había algo en él que había decidido impedir que jamás se borrara.

El último mensaje de texto de su madre.

Los momentos en que se sentía insegura, lo miraba.

Decía mucho en muy pocas palabras. Le había resultado familiar, el eco de un mensaje anterior, salvo por una pequeña adición y una pequeña redistribución. Y le había dicho todo lo que necesitaba saber:

> Lo siento mucho.
> Pero no lamento nada. Ni un solo minuto.
> Recuerda qué significa tu nombre.

Era, Sloane lo sabía, un buen consejo.